新日本古典文学大系
6

後撰和歌集

片桐洋一　校注

岩波書店刊行

目次

凡例 ………………………………………… v

巻第一 春上 ……………………………… 四
巻第二 春中 ……………………………… 一八
巻第三 春下 ……………………………… 二八
巻第四 夏 ………………………………… 四八
巻第五 秋上 ……………………………… 六六
巻第六 秋中 ……………………………… 全
巻第七 秋下 ……………………………… 一〇五
巻第八 冬 ………………………………… 一二三
巻第九 恋一 ……………………………… 一四八
巻第十 恋二 ……………………………… 一七四

巻第十一　恋三……二〇三
巻第十二　恋四……二三三
巻第十三　恋五……二六三
巻第十四　恋六……二九三
巻第十五　雑一……三一八
巻第十六　雑二……三三六
巻第十七　雑三……三六〇
巻第十八　雑四……三七八
巻第十九　離別　羇旅……三九五
巻第二十　慶賀　哀傷……四一六

付　録

底本書入定家勘物一覧……四三七
底本書入行成本校異一覧……四四四
他出一覧……四五一

解　説……四七一

索　引

凡例

一　底本には、藤原定家天福二年書写本を江戸時代に透写した国立歴史民俗博物館蔵（高松宮旧蔵）本を用いた。

二　本文の作成は、次のような方針によった。

1　歌番号は『新編国歌大観』によった。

2　底本の漢字はそのままとしたが、通行の字体に改めた。読み難いものには、（　）に入れて振り仮名をふった。

3　底本が仮名で書かれている場合には、読解の便をはかって適宜漢字をあて、もとの仮名は振り仮名の形で残した。ただし、歴史的仮名遣いと異なるものが漢字を当てて振り仮名となった場合は傍記しなかった。

（例）きさいの宮　→　后《きさい》の宮　　をそく　→　遅《をそ》く

4　仮名遣いは底本のままとし、歴史的仮名遣いと異なるものには、（　）の形で傍記した。

（例）をとづれ　→　を《(お)》とづれ

5　清濁は校注者の見解によって施した。

6　底本にある反復記号は、原則としてそのままにした。ただし、（助詞などの）異なった品詞に続く場合と、漢字をあてたために送り仮名扱いとした場合は、平仮名に訂し、反復記号を振り仮名の位置に残した。

（例）たてゝ　→　たてて《ゝ》　　きゝて　→　聞《き》き《ゝ》て

7　底本の本文に疑問がある時は、校訂を加えて脚注で説明した場合と、そのままの形にして脚注に私見を示した場合がある。

8　底本に加えられた藤原定家の勘物と行成筆本による校異は一切省略し、付録の「底本書入定家勘物一覧」と「底本書入行成本校異一覧」にまとめて示した。

三　脚注で引用した和歌の歌番号は『新編国歌大観』によった。ただし、『万葉集』のみは旧番号によった。

後撰和歌集

『古今集』の時代と『後撰集』の時代は、延喜・天暦の治と並び称される。この時代、醍醐・村上両帝の在位期間が、当時としてはめずらしく長かったというだけでも、まさしく安定した時代として評価されるが、これというのも、両帝を支える摂関家の体制が、藤原忠平とその息の実頼・師輔を中心とした、結束のよい、安定したものになり切っていたことと無関係ではない。延喜・天暦の治は、摂政を十二年、関白を八年続けた藤原忠平のありようと深くかかわっていると言ってよい。

　太政大臣忠平が七十歳で世を去った翌々年の天暦五年（九五一）、村上天皇は、忠平の孫で、右大臣師輔の長男である蔵人少将藤原伊尹を撰和歌所の別当として、後宮の梨壺（昭陽舎）に撰和歌所を設けた。『万葉集』の訓釈と、第二の勅撰和歌集である『後撰集』の撰集を目的としてのことであった。

　『後撰集』には「太政大臣」として忠平の歌が七首も採られている。そのうちでも、慶賀部の一三七八番と一三八〇番は「今上」すなわち村上天皇その人との贈答であることを看過してはならない。しかも、

　今上、帥の親王《みこ》ときこえし時、……　（一三七八）

　今上梅壺におはしましし時、……　（一三八〇）

というように、「ける」を用いるのが普通である勅撰和歌集の詞書に、ここでは例外的に「し」が用いられていることに注意しておきたい。「し」は語り手みずからの経験範囲の中での事柄を身近な過去として語る場合に用いる助動詞「き」の連体形であり、村上天皇と忠平一家の接点に『後撰集』が位置していることを、おのずからに示しているのである。

　忠平が没した翌年の天暦四年、その忠平の孫で、右大臣師輔の娘である女御安子が第二皇子憲平親王（後の冷泉天皇）を産んで中宮となり、摂関家につながる皇子として待望されていた憲平親王は生後僅か二か月で東宮となった。その翌年に、忠平の孫で安子の兄にあたる伊尹を撰集責任者として撰集を開始した『後撰集』は、その意味において、忠平追悼と憲平親王の立太子を寿ぐ一大イベントと言ってよく、忠平の歌が七首、師輔の歌が十三首、そして師輔の兄で忠平から氏の長者を継いだ左大臣実頼が十首というように、一族の歌がきわめて数多く採られているのは当然だったのである。

　忠平の歌集は残っていないが、実頼の集は『清慎公

集』として、師輔の集は『九条右丞相集』として、そして伊尹の集は『一条摂政御集』として現存している。

　この三人の集に共通した特徴は、きわめて個人的な男女関係を前提にした恋歌を中心に編纂されていて、公的な場で詠まれた歌はほとんどないということである。というよりも、この三人や、『村上御集』の村上天皇もそうだが、たとえば他人の元服や算賀、あるいは送別など、神への祈願を前提にしている和歌、つまり「晴《はれ》の歌」については、紀貫之や凡河内躬恒、あるいは大中臣能宣や清原元輔などの専門歌人に命じて詠ませるのが常であり、みずからが詠むのは、愛する女性との交歓怨情の歌、すなわち「褻《け》の歌」に限られていたのであるが、『後撰集』の最大の特性は、これと同じく褻の歌を集めた集であるというところにある。

　このように見れば、『後撰集』に屏風歌がないことも説明がつく。「寛平御時后宮歌合」や「是貞親王家歌合」のような『古今集』以前の歌合は別として、当代の歌合の歌が無視されているのも納得される。というよりも、大中臣能宣・清原元輔・源順・紀時文・坂上望城という五人の撰者の歌が全く採られていないわけもわかる。『大和物語』などによって平兼盛の歌であると考えられる歌が「よみ人しらず」としてしか採られていないこともよくわかる。紀貫之や凡河内躬恒のような『古今集』時代の専門歌人の歌は、師輔や実頼のような権門貴族の歌のサンプルであり得たが、普段からマネージャー役として歌合や屏風歌の企画・発注・設営・運営などにかかわって来た当代の専門歌人の場合は、『後撰集』撰集の実務などに参加していたのである。

　このようにとらえることによって、四季の部にまで恋や雑の歌が入り込んでいる『後撰集』、権門の貴公子と宮廷女房の歌がきわめて多い『後撰集』の仕掛けが、くっきりと見えて来るのである。

　平安時代初期の勅撰三詩集を意識し、「色好みの家」に「埋もれ木」(仮名序)となってしまっていた歌を切り捨てて、晴の場に和歌を開花させようとした『古今集』の志は、権門貴族と宮廷女房などの日常生活における褻の歌に、高い文芸性と社会性を与えることになったのである。

後撰和歌集巻第一

春上

正月《(むつき)》一日、二条の后《きさい》の宮にて、しろきおほうちきをたまはりて

藤原敏行朝臣

1 降《ふ》る雪のみのしろ衣うちきつゝ春きにけりとおどろかれぬる

春《はる》立《(たつ)》日よめる

凡河内躬恒

2 春立《(たつ)》と聞《き》き《ゝ》つるからに春日《かすが》山消《(きえ)》あへぬ雪の花と見ゆらん

1 降る雪を防ぐ蓑代衣ならぬ白い大袿を賜わり、それを何度も肩にかけつつ、暖かい御厚情に、我が身にも春が来たことよと、驚いているのでございますよ。〇二条の后の宮　古今集によれば、在原業平・素性法師・文屋康秀らに歌を詠ませている歌壇のパトロン的存在。ここは、后の御所のことをいう。〇おほうちき　「袿(うちき)」は「婦人ノ上衣」(和名抄)のことであるが、女房の正装となった小袿と異なって、大袿は公儀などの参加者に禄として下賜されるのが常。この場合も、新年の祝宴の禄として賜わったのである。〇みのしろ衣　蓑代衣。蓑の代りに着る防雨衣。「降る雪の蓑代衣」は「降る雪のように白い衣」の意と「経(ふ)る身」を掛ける。〇うちきつゝ　「着る」に軽い意を添える接頭語「うち」を付けた「うち着つつ」を表面に出し「袿(うちき)」を隠す。禄として衣を賜わった時はそれを肩にかけて拝舞をするので、そう言った。▽新年を賀する気持と自分にも春が来たと喜ぶことによって相手に対する感謝の心を示す寿歌のパターン。

2 今日は立春だと聞いたただそれだけで、寒さのために消え切らずに残っていた春日山の雪が早くも春の花のように見えるのだろうか。〇からに　助動詞「らん」と呼応して短絡的に理由づけをする。〇春日山　奈良の三笠山一帯を言うが、「春日野」の場合と同様に春のイメージを包含した歌枕。だから他よりも雪が花に見えやすいのである。二荒山本・片仮名本の「吉野山」では、雪深く春の遅い所でも立春と聞いただけで…の意となる。

3 立春になった今日からは、枯れた荻を焼いた原っぱをかきわけて一緒に若菜を摘みに行きましょうと、どなたをお誘いしましょうか、あなた以外にお誘いする人はありませんよ。〇やけ原　春になって野焼きをし、荻などを焼いたので

3 今日《けふ》よりは荻のやけ原かきわけて若菜つみにと誰をさそはむ

兼盛王《かねもりのおほきみ》

ある人のもとに、新参《にひまゐ》りの女の侍《はべり》けるが、月日ひさしくへて、正月《む》のついたちごろに、前《まへ》ゆるされたりけるに、雨のふるを見て

よみ人しらず

4 白雲の上《うへ》知《し》る今日《けふ》ぞ春雨のふるにかひある身とは知《し》りぬる

朱雀院の子日《ねのび》におはしましけるに、さはることと侍て、え仕《つか》うまつらで、延光朝臣につかはしける

左大臣

5 松もひき若菜《わかな》もつまず成《なり》ぬるを何時《いつ》しか桜はやも咲《さ》かなむ

ある。「原」は「野」よりも荒涼たる地を言う。○かきわけて　かきわけるようにして。春になり、野焼きも済んだので、もう若菜が摘めるという喜びが表われている。○若菜つみ　新年、特に初子(はつね)の日などに若菜を摘んで食し延命をことほぐ。今の七草粥にそのなごりが見られる。○誰をさそはむ　「誰ならぬあなただけをお誘いしたいのですよ」と相手に言っているのである。ちなみに大和物語八十六段では正月一日頃に大納言(藤原顕忠か)に対して詠んだ平兼盛の歌。▽作者名「兼盛王」は平兼盛の天暦四年(九五〇)以前の呼称。

4　白雲の上ならぬ、知らなかった上つ方の世界を知った今日、春雨が降っておりますが、経(ふ)るなどというのは大げさながら、我が身もここまで過ごして来た甲斐があったと知ったことですよ。○新参りの…　新参の女房がおつかえしていたが。○前ゆるされ　主人の御前に出ることを許されたのである。○白雲の上　今迄知らなかった雲の上の世界。「白」と「知ら」は掛詞。○春雨自分にも春が来たという気持がこめられている。○ふる　「降る」と「経(ふ)る」を掛ける。

5　子の日なのに、松も引かず若菜も摘まぬままに終ってしまったけれど、こうなった今は、いつか、少しでも早く桜が咲いてほしいものですよ。○朱雀院の　朱雀上皇の在位中(九三〇—九四六)とすれば、左大臣実頼三十一歳から四十七歳、延光四歳から二十歳になるので、その終りの頃か。○子日　正月最初の子の日の行事、野に出て小松を根から引き、若菜を摘んで食し不老延命をことほいだ。○さはること　支障があって。○延光朝臣に　延光に託して朱雀院に思いを伝えたのである。六二のように延光は朱雀院の近習であったらしい。○松も…　「松も引かずなり若菜も摘まずなる」の意。○何時しか　早く。

院御返し

6 松に来《く》る人しなければ春の野《ゝ》のわかなも何もかひなかりけり

子日《(ねのび)》に、男《おとこ》のもとより「今日《けふ》は小《こ》松引《ひ》きにな
んまかり出《い》づる」と言《い》へりければ

よみ人しらず

7 君のみや野辺に小松を引《(ひき)》に行《ゆ》く我もかたみにつまむ若菜《わかな》を

題しらず

8 霞立《(たつ)》春日《かすが》の野辺《ゝべ》の若菜《わかな》にもなり見てし哉《(がな)》人もつむやと

子日《(ねのび)》しにまかりける人に、遅《をく》れてつかはしけ
る

みつね

6 待っているのに、来る人がないので、春の野の若菜ならぬ我が名も何も、役に立たないことだよ。○松　子の日の「松」に「待つ」を掛け、「若菜」に「我が名」を掛ける。だから「何も」と言ったのである。帝という名があっても来てくれないのだなあと言っているのである。▽後撰集歌の日常性を示す歌。「何も」という語も日常語的である。

7 あなただけが野辺に小松を引きに行くのですか。お誘いがあれば私も野辺へ行って、あなたとかたみに(互いに)筐(かたみ)に入れるべく若菜を摘もうと思うのですが。○まかり出づる　退出する。男は宮廷に仕えている身。女も宮廷女房であろう。○かたみに　若菜を入れる筐(かたみ＝竹の籠)と「互いに」の意の「かたみに」を掛ける。▽女房の日常的発言。後撰集歌の特徴。

8 春霞が立っている春日の野辺の若菜にでもなってみたいものです。ひょっとしてどなたかが摘んでくれることもあるかと思いますので。▽「春の日」というイメージの強い春日野は若菜摘みの名所で、多くの人が摘みに来るので、あるいは私を摘んでくれる人もあろうかと思って、「春日野の若菜」になりたいと言っているのである。これも女の立場に立っての歌。寛平御時后宮歌合に提出された興風作「春霞たなびく野辺の若菜にもなりみてしがな人もつむやと」(古今集・誹諧歌)の異伝または改作である。

9 春の野に遊びに行くどころか、思いを馳せることすら出来ない私は、この新春、若菜を摘むこともなく、年だけを積んで老いゆくことでありますよ。○遅れて　時間的に間に合わなかったのではない。何かの事情で行けずに、後に残ること

9 春の野に心をだにもやらぬ身は若菜《わかな》はつまで年をこそつめ

宇多院《(うだのゐん)》に子日《(ねのび)》せむとありければ、式部卿の親《み》王《こ》をさそふとて

行明親王

10 ふるさとの野辺《べ》見にゆくといふめるをいざもろともに若菜《わかな》つみてん

初《はつ》春の歌とて

紀友則

11 水の面《おも》にあや吹《(ふき)》みだる春風や池の氷を今日《けふ》はとく覧《(らん)》

寛平御時后《きさい》の宮の歌合の歌《うた》

よみ人しらず

12 吹《(ふく)》風や春立《た》ち来《き》ぬと告《つ》げつらん枝にこもれる花咲《さ》きにけり

になったのである。○心… めでたい行事に参加出来ないばかりか、思いを馳せて気を晴らすことすら出来ない立場だったのである。○つまで「摘む」と「積む」を掛ける。

10 私たちのゆかりの野辺を見に行くと言っているようですから、さあ御一緒に行って若菜を摘みましょうよ。○宇多院 今、京都市右京区西の京宇多小路(花園大学の近く)にあった宇多上皇の御所。○式部卿の親王 宇多皇子行明親王は天暦二年(九四八)五月に二十三歳で没しているから、ともに宇多法皇ゆかりの地を「ふるさと」と呼び得る式部卿親王は天暦四年までその任にあった宇多皇子敦実親王以外に求められない。ちなみに堀河本には「敦実親王に」とある。○ふるさと 今では古くなっているゆかりの場所。現代語の「故郷」とはやや異なる。

11 水面に文様をなすように乱れ吹く春風は、ずっと張っていた池の氷を今日こそ溶かしていることだろうよ。▽白氏文集・巻二十八・府西池の「池ニ波文有テ氷尽(ことごと)ク開ク」の翻案。伊勢集が亭子院歌合の歌として収める「水の面にあや織り乱る春雨や野辺の緑をなべて染むらむ」はこの歌の影響を受けた最も早い時期の作として注目される。

12 吹く風が春が立ってやって来たと告げたのであろうか。風が吹くとともに、今迄は枝に深く籠っていた花が咲き出したことであるよ。○春立ち来ぬ 立春になったことを「春が立ってやって来た」と擬人法的に言ったのである。▽この歌、新撰万葉集には見えるが、寛平御時后宮歌合の現存写本にはない。白氏文集・巻十七の「潯陽ノ春三首」の中の「春生」という詩の「春生ジテ何処ニカ闇ニ周遊スル…先ヅ和風ヲ遣リテ消息ヲ報ジ…」の翻案と見てよい。

しはす許《(ばかり)》に、大和《やまと》へ事につきてまかりけるほどに、宿《やど》りて侍《(はべり)》ける人の家のむすめを思《(おもひ)》かけて侍けれど、やむごとなきことによりて、まかりのぼりにけり。あくる春《はる》、親《おや》のもとにつかはしける

み つ ね

13
春日野《かすが》におふる若菜《わかな》を見てしより心をつねに思《(おもひ)》やる哉《(かな)》

かれにける男《おとこ》のもとに、その住《す》みける方《かた》の庭《には》の木の枯《か》れたりける枝《えだ》を折《お》りてつかはしける

兼《(かねみのおほきみのむすめ)》覧 王 女

14
萌《も》え出《い》づる木《こ》の芽《め》を見ても音《ね》をぞ泣《な》くかれにし枝の春を知《し》らねば

女の宮仕《づか》へにまかり出《い》でて侍《(はべり)》けるに、めづらしきほどは、これかれ物言《い》ひなどし侍けるを、ほどもなく一人《ひとり》にあひ侍にければ、正月《む》

13　春日野に生えている若菜ならぬ若々しいあなたを見てからというものは、我が心を常にそちらに馳せていることでありますよ。○事につきて　ある仕事に従事して。○やむごとなきこと　避けることのできない重要なこと。○まかりのぼり…　そこを退去して京に上ったのであった。▽古今集・恋一「春日野の雪間を分けて生ひ出で来る草のはつかに見えし君はも」(忠岑)と競作した虚構の作であるとも考えられる。

14　春になって萌え出る木の芽を見るにつけても、私は声を上げて泣いております。枯れた枝は春になっても萌え出ることがないのと同様に、あなたに離(か)れられた私に春は関係ありませんので。○かれ　離れてゆくこと。主として女のもとから男が離れてしまうことに限定して用いられ、「枯る」と掛けるのが一般的であった。○その住みける方の　その男が通い住んでいた所の。

15　いったい、いつの間に春が来て霞が立って私を隔てるようになったのだろう。春日野の雪でも、まだ溶けはしない冬のようにうちとけることがないと思っていましたのに。○これかれ　この男あの男が。○あひ　夫として逢うようになったので。○言ひつかはしける　別の男が言い遣わしたのである。○霞　「霞」は春の物。また隔てとなって人の目を遮るもの。知らない間に男が出来て他の男を隔てているというのである。○春日野の…　春の日というイメージの強い春日野の雪さえまだ溶けることのない冬だと思って、うちとけてもらえるのには時間がかかると思っていたのに。古今集・恋一「春日野の雪間を分けて生ひ出で来る草のはつかに見えし君はも」(忠岑)を意識し、まだ雪間から見えるはずがないと思っていたのにと残念がっているのである。▽宮仕え女房に対する歌が多いのも後撰集の特徴の一つ。

のついたち許《(ばかり)》に、言《い》ひつかはしける　　よみ人しらず

15 いつのまに霞立覧《(たつらん)》春日野《かすがの》の雪だにとけぬ冬と見しまに

題しらず　　閑院左大臣

16 なを《(ほ)》ざりに折《(をり)》つる物を梅花《(むめのはな)》こき香《か》に我や衣そめてん

前栽に紅梅をうへ《(ゑ)》て、又の春遅《をそ》く咲《さ》きければ　　藤原兼輔朝臣

17 宿《やど》ちかく移《うつ》して植《う》へ《(ゑ)》しかひもなく待《ま》ち遠《どを》にのみにほふ花哉《(かな)》

延喜御時、歌めしけるに、たてまつりける　　紀　貫　之

18 春霞たなびきにけり久方の月の桂も花やさくらん

16　何げなく枝を折っただけなのに、この梅の花はその濃い香りで、私はすっかり衣にしみこませてしまったのだろうか。〇なをざりに　軽い気持で。〇衣そめてん　「染む」は本来「しみつく」の意。すっかり染(し)みつけてしまうのだろうか。▽古今集・春上の「よそにのみあはれとぞ見し梅の花あかぬ色香は折りてなりけり」と同様に梅の花を女に喩えて言ったと見るとよくわかる。

17　住まい近くに移して植えたかいもなく、お待ち遠さまという感じでやっと色あざやかに咲いた花であるよ。〇宿ちかく　少しでも速く賞美したいという気持で建物近くに紅梅を移植したのである。〇かひもなく　まだ花は咲いていないという解釈もあるが、「待ち遠にのみにほふ花かな」と対応しない。〇にほふ　上代以来の「にほふ」にはピンク色に映えるの意と、「香」が「匂う」意があるが、「梅」の場合は三七-三九に見られるように「香」が匂う意が中心になるが、ここは「紅梅」とわざわざ断わっているので「色」と見ておきたい。▽「やど近く」と「待ち遠」を対照させたのがポイント。夏部一四九の「ほととぎす来ゐる垣根は近ながら待ち遠にのみ声の聞こえぬ」と同じ。兼輔集には「兵衛の司離れてのちに、前に紅梅を植ゑて、花の遅く咲きければ」とある。兼輔が右兵衛佐を離れて右衛門佐になったのは延喜十年(九一〇)正月、三十四歳の時であった。

18　春霞がたなびくようになった。あの月の中の桂の木にも春が来て花が咲いていることだろうよ。〇月の桂　月の中に桂が生えているという有名な中国の故事による。古今集・一九四・四六三参照。▽霞のかかった春の夜、見えないけれども月の中の桂の木にも、花が咲いているだろうと、見えないものに対してやさしく想いを馳せる貫之らしい詠風。

おなじ御時、御厨子《みづし》所にさぶらひけるころ、沈《しづ》めるよしをなげきて、御覧ぜさせよとおぼしくて、ある蔵人に贈《をく》りて侍《(はべり)》ける十二首がうち　　　　みつね

19 いづことも春の光《ひかり》はわかなくにまだみよしのゝ山は雪ふる

人のもとにつかはしける　　　　伊勢

20 白玉をつゝむ袖のみながるゝは春は涙もさえぬなりけり

人《ひと》に忘《わす》られて侍けるころ、雨のやまず降《ふ》りければ　　　　よみ人しらず

21 春立《(たち)》てわが身ふりぬるながめには人の心の花も散《ち》りけり

19 どこを照らそう、どこを照らさずにおこうなどと春の光は差別するはずもないのに、ここ吉野の山は春の光もなく雪がまだ降っていることであるよ。○おなじ御時　延喜の御時。○御厨子所　内膳司に属し、宮中の供御や節会の饗などをつかさどる所。躬恒集(正保版本)では「つかさ召しの頃」とあり、一月の除目の頃の作であることを思わせる。○沈めるよしを　沈淪していることを。○御覧ぜさせよと…　天皇に御覧に入れてほしいと思われるように。○ある蔵人に　二四にも「延喜御時、時の蔵人のもとに奏しもせよとおぼしくてつかはしける」とあるように天皇のそばに仕える蔵人に託したのである。▽「春霞たてるやいづこみよし野の吉野の山に雪は降りつつ」(古今集・春上)など、世間に春が来ても吉野山にはまだ雪が降り続いているという歌の発想を借りて、みずからを吉野山にたとえ、帝の広いお心にもかかわらず、私には春が遠いと言って愁訴している。

20 あなたにお逢いできないゆえの、白玉ならぬ涙を包む私の袖ばかりが流れるほどに泣かれるのは、春は涙さえも凍ることがないからなのですね。○白玉　古今集・恋二「つつめども袖にたまらぬ白玉は人を見ぬ目の涙なりけり」(安倍清行)により、逢えぬゆえに泣く涙のこと。○ながるゝ　「流るる」と「泣かるる」を掛ける。○さえぬ　名義抄に「凍」を「さゆ」とも訓んでいる。

21 新たに立春を迎えて、まさに我が身が古くなってしまったよと物思いにふけりつつ眺める長雨には、現実の花だけではなく、あの人の心の花も散ってしまうことであるよ。○ふり　「長雨」の縁語としての「降り」と齢をとって古くなってゆく意の「古り」を掛ける。このような「古(ふる)」は男に古くされる、棄てられるという意を含む。○ながめ　「長雨」と、物思いつつぼんやり外を見る

題しらず

22 我《わ》がせこに見せむと思《（おもひ）》し梅花《（むめのはな）》それとも見えず雪の降《ふ》れれば

23 来《き》て見べき人もあらじな我《わ》がやどの梅の初《はつ》花折《お》りつくしてん

24 ことならば折《（をり）》つくしてむ梅花我《わ》が待《ま》つ人の来《き》ても見なくに

25 吹《（ふく）》風に散《ち》らずもあら南《（なん）》梅《むめ》の花我《わ》が狩衣《（かりごろも）》一夜《ひとよ》宿《やど》さむ

「眺め」を掛ける。古今集・春下の小町の歌「花の色はうつりにけりないたづらに我が身世にふるながめせし間に」を意識。○人の心の… 人の心を花に喩えた表現。「色見えでうつろふものは世の中の人の心の花にぞありける」(古今集・恋五・小町)。▽前歌が古今集所載の小町に対する安倍清行の歌を意識した表現であったのに対し、これは小町の歌の表現によっているのに注意。

22 あなたに見せようと思っていた梅の花。しかし、どれが梅の花であるのか見わけがつかない。雪が降っているゆえに。○せこ 万葉語。女性が愛する男性のことを親しみを持って言う場合に用いる。女の立場に立っての詠である。○降れれば 「れ」は完了の助動詞「り」の已然形。▽万葉集・巻八(赤人)。古今六帖や和漢朗詠集も作者を赤人とする。女の立場で詠んだ歌であるので「よみ人しらず」となったか。

23 どうせ、来て見てくれる人もないだろうよ。わたしの家の庭の梅の初花のすべてを折ってしまおう。○来て見べき人 やって来て見るはずの人。男性と見てよかろう。▽万葉集・巻十「来て見べき人もあらなくに吾家なる梅の初花ちりぬともよし」の異伝。

24 こんなことなら、この梅の花は全部折ってしまいたい。私が待っている人がやって来て見ることもないのだから。○ことならば 「ことならば咲かずやはあらぬ桜花見る我さへに静心なし」(古今集・春下)と同じく、「どうせ、こんなことならば」の意(古今集の三九五・八五四・一〇三七も同じ)。

25 吹く風にも散らないでいてほしい、梅の花よ。わたしの狩衣をここに一夜泊まらせて香りを移しておきたいから。▽梅といえば香りという通念を前提にして、「狩衣」を擬人化し、狩衣に泊らせて香りを移し留めておきたいと言ったのである。

26 我《わ》がやどの梅の初《はつ》花昼《ひる》は雪夜《よる》は月とも見えまがふ哉《(かな)》

27 梅花《(むめのはな)》よそながら見むわぎもこがとがむ許《(ばかり)》の香《か》にもこそしめ

素性法師

28 梅《むめ》の花折《お》ればこぼれぬ我《わ》が袖に匂《にほ》ひ香《か》うつせ家づとにせん

男《おとこ》につきて、ほかに移《うつ》りて

よみ人しらず

29 心もて居《お》るかはあやな梅花《(むめのはな)》香《か》をとめてだにとふ人のなき

「梅が香を袖に移してとどめてば春は過ぐともかたみならまし」(古今集・春上)が思い出される。

26 私の家の庭に今年はじめて咲いた梅の花は、その白さによって、昼は雪、夜は月に見紛うほどであるよ。▽三のような梅の花の白さを雪に喩える歌や「月夜にはそれとも見えず梅の花香をたづねてぞ知るべかりける」(古今集・春上)のように梅の花の白さを月と比べる歌もあったが、両者を同時に持ち出した歌はめずらしい。

27 梅の花は離れて賞美しましょう。近くで見るといとしい人が誰の香かととがめるほどにしみこんでしまうといけないから。○わぎもこ 万葉語。○もこそ 「ひょっとして…するといけないから」という懸念を表わす。▽「梅の花立ち寄るばかりありしより人のとがむる香にぞしみぬる」(古今集・春上)と同発想。

28 梅の花は折って持って帰ろうとすると花びらがこわれて落ちてしまう。だから匂いだけを私の袖に移してほしい。家への土産にしたいから。○こぼれぬ 溢れて落ちること。

29 自分の意志でここに居るのではありません。それなのに、梅の花の香りを求めて尋ねて来るという人さえいないのは、わけのわからないことですよ。○居る 「居る」ではなく「折る」と解するのが普通であるが、それでは意が通じない。「自分から望んでここに居るのではない」と解すべきである。○かは 「かは」は反語。第二句が「居るかは」と「あやな」に割れているが、「あやな」(「あやなし」の語幹)は挿入句的に第三句以下を統括した言い方になっている。○とめて 万葉集以来の歌語。尋ね求めること。▽男に連れられて移り住んだものの、男はかよって来ない。来たくて来たのではありません、せめて梅の香りを口実にしてでも、尋ねて来てくだされればよいのに、と怨

年をへて心かけたる女の「今年《ことし》許《(ばかり)》をだに待《ま》ち暮《く》らせ」と言《い》ひけるが、又の年《とし》もつれなかりければ

30 人心うさこそまされ春立《はるた》てばとまらず消《き》ゆるゆきかくれなん

題しらず

31 梅花《(むめのはな)》香《か》を吹《ふ》きかくる春風に心を染《そ》めば人やとがめむ

32 春雨の降《ふ》らば野《の》山にまじり南《(なん)》梅の花笠《がさ》ありといふなり

んでいるのである。恋三・七〇五などと似た状況。

30 あなたのつれないお心に対して憂さばかりがまさってゆきます。立春になると留まることなく消えてゆく雪のようにどこかへ行き、あなたの前から姿を消してしまいましょう。〇心かけたる女　男が心をかけていた女。〇又の年も　翌年も。〇人心…　男の歌。私に対するあなたのお心は。〇ゆき　「雪」と「行き」を掛ける。▽「世の中のうけくにあきぬ奥山の木の葉に降れる雪や消なまし」(古今集・雑下)とあるように、男女の中(世の中)を憂しと感じて山に入り、雪のように消えたいと言っているのである。二荒山本・片仮名本・堀河本などは「題しらず」とする。

31 梅の花の香りを届けるように吹く春風に我が心を染めてしまったら、あの人はとがめるだろうか。〇吹きかくる　自分の方に吹いてもたらすのである。〇染めば　香りが染みこむこと。↓一六。〇人　あの人。愛する人。▽後撰集の堀河本や古今六帖・五には「梅の花香を吹きつくる春風に衣を染めば人やとがめむ」とあるが、風流とも言ってよい戯れの気持で「人やとがめむ」と言っているとすれば、「心」はやや重過ぎる。「衣」の方がよいという見方も出来る。

32 春雨が降ったならば野山に入り込んで行こう。梅の花笠があるということだから。濡れることもあるまいよ。〇まじり　「いざ今日は春の山べにまじりなむ暮れなばなげの花の陰かは」(古今集・春下)を意識。野山に入り込んで自然と一体になること。〇梅の花笠　梅の花を笠に見立てた語。古今集・神遊歌の「青柳を片糸に縒りて鶯の縫ふて笠は梅の花笠」による。▽梅の花笠があるので濡れることもあるまいと言っているものの、春雨が降ったら野山に入り梅の雫に濡れそぼってみたいという風流な気持こそ真意であろう。

33 かきくらし雪は降《ふ》りつゝしかすがにわが家の苑《その》に鶯ぞ鳴《な》く

34 谷寒《さむ》みいまだ巣《す》だゝぬ鶯の鳴《な》く声《こゑ》わかみ人のすさめぬ

35 鶯のなきつる声《こゑ》にさそはれて花のもとにぞ我は来《き》にける

36 花だにもまだ咲《さ》かなくに鶯の鳴《な》くひとこゑを春と思《おも》はむ

33 あたり一面まっ暗になって見えなくなるほどに雪は降り続いているのに、それでいて、さすがに春、我が家の園には、鶯が鳴いているよ。○しかすがに　それはそれとして一方では。▽万葉集・巻八の「うち霧らし雪は降りつつしかすがに我家の園に鶯鳴くも」(大伴家持)の異伝。拾遺集には家持の歌として再録されている。

34 谷が寒いのでまだ巣を出ないままに鳴く鶯の声が未熟であるので、人が心を楽しませないことであるよ。○すさめぬ　賞翫しない。心を慰さめない。「山高み人もすさめぬ桜花いたくなわびそ我見はやさむ」(古今集・春上)などと同じ意。▽鶯が谷から出るというのは漢詩の影響。詩経・小雅・伐木「鳥鳴嚶嚶。出レ自二幽谷一」。

35 鶯の鳴いている声にさそわれて、気がついてみると、花の下に私は来ていたよ。▽大江千里集所収の「句題和歌」の第二首目の歌。その詞書に示すように「鶯ノ声誘引シテ花ノ下ニ来タル」(白氏文集・巻十八・春江)という白楽天の詩句を直訳したものである。千里の作としていないのは、同じく「句題和歌」の「おほかたの秋来るからに我が身こそかなしきものとおもひ知りぬれ」を同時代の古今集が「よみ人知らず」としているように「句題和歌」の歌が千里の創作とは認められていなかったせいであろう。

36 花でさえもまだ咲かないのだけれど、鶯が一声鳴いたことをもって春が来たと思いましょう。▽三三と同様に「春来ぬと人は言へども鶯の鳴かぬかぎりはあらじとぞ思ふ」(古今集・春上)、「鶯の谷より出づる声なくは春来ることを誰か知らまし」(同)のように鶯の鳴き声を春の到来のしるしにしているのである。

37 君がため山田の沢《さは》にゑぐ摘《つ》むと濡《ぬ》れにし袖は今もかは《(わ)》かず

あひ知《し》りて侍《(はべり)》ける人の家にまかれりけるに、梅の木侍けり。「この花咲《さ》きなむ時、かならず消息《せうそこ》せむ」と言《い》ひ侍けるを、ことなく侍ければ

朱雀院の兵部卿のみこ

38 梅花《(むめのはな)》今は盛《さか》りになりぬらんたのめし人のを《(お)》とづれもせぬ

返し

紀長谷雄朝臣

39 春雨にいかにぞ梅やにほふ覧《(らん)》わが見る枝は色もかはらず

37 あなたのために山の田の沢でえぐを摘もうとして濡れてしまった袖は今も乾いておりません。○ゑぐ　いわゆる万葉植物。黒くわい。沼地に生え、その丸い根茎を食したという。ただし平安時代以降はその実体がわからなくなり、「若菜」と誤解されていたのか、「雪消えばゑぐの若菜も摘むべきを春さへ晴れぬ深山辺の里」(好忠集)なども詠まれた。○今もかはかず　「今も乾かないばかりか、涙で濡れております」と理解してよかろう。▽万葉集・巻十「君がため山田の沢にゑぐ摘むと雪消の水に裳の裾濡れぬ」の異伝。

38 お宅の梅の花は今まさに盛りになっているでしょうよ。期待させるようなことをおっしゃったあなたからのお招きの便りはないけれど。○あひ知りて　お互いに知り合う。男性同士だが、恋歌仕立てでやりとりしていることをわからせる書き方である。○まかれりけるに　尋ねて行きましたところ。○消息せむ　家の主の紀長谷雄が「お招きのお便りをいたしましょう」と言ったのである。○ことなく…　「梅の花を見にいらっしゃい」という便りがなかったので。○たのめ　下二段活用。たよりにさせる。期待させる。○をとづれ　音信。

39 春雨の中、よその梅はどのように匂っているのでしょうか。私が見ているこの梅の枝は、香りどころか、まだ色も変わっておりませんよ。咲けば必ずお招きしますよ。▽あまりにも稚拙な歌であるのは、約束を実行していないことの苦しい弁解であるからだろうか。なお堀河本にはこの返歌がない。

春の日、事のついでありて、よめる　　よみ人しらず

40 梅花《(むめのはな)》散《ち》るてふなへに春雨のふりでつゝ鳴《な》くうぐひすの声《こゑ》

かよひ住《す》み侍《(はべり)》ける人の家の前《まへ》なる柳を思《(おもひ)》やりて　　みつね

41 いもが家のはひいりに立《た》てる青柳《あをやぎ》に今や鳴《な》くらむ鶯の声

松のもとに、これかれ侍て、花を見やりて　　坂上是則

42 深《ふか》緑常磐《ときは》の松の影《(かげ)》にゐてうつろふ花をよそにこそ見れ

藤原雅正

43 花の色は散《ち》らぬ間《ま》許《(ばかり)》ふるさとに常《つね》には松の緑《みどり》なりけり

40 梅の花が散るという折りも折り、春雨が降るとともに、声を振り出すように鳴く鶯の声が聞こえてくることだよ。〇なへに　…と同時に。〇ふり　「春雨が降る」と「鶯が声を振り出すようにして鳴く」の「ふり」を掛ける。▽「思ひ出づる常磐の山のほととぎすからくれなゐのふりいでてぞ鳴く」(古今集・夏)のように振りしぼるような「ほととぎすの鳴き声」を言うのが普通であったが、ここはあえて鶯について言ったのである。なお、梅の花が散る時に鶯が散るのを惜しんで鳴くのは、「散る花の鳴くにしとまるものならば我鶯に劣らましやは」(古今集・春下)など例が多い。

41 彼女の家の入口に立っている青柳に来て今まさに鳴いているであろう鶯の声がまざまざと思いやられるよ。〇かよひ住み…　夫婦の関係になっている女の家。〇思やりて　思いを馳せて。〇いも　男性が女性を言う万葉時代の語。平安時代には日常語ではなく、時代色を含んだ歌語として用いられていた。〇はひいり　入り口。▽躬恒集では屏風絵の画中の人物の立場に立って詠んだ歌。屏風の絵は万葉時代の風俗を描いていたのであろう。

42 緑深く永遠に変わることのない松の蔭にたむろして、うつろいゆく花を関係のないことのように傍観していることだよ。〇これかれ　この人あの人とたむろして。〇うつろふ　盛りが衰えてゆくこと。〇よそに…　関係のないこととして見ること。▽前歌と後歌の間にあってこれも屏風絵の画中の人物の立場に立っての詠という感じであり、慶事にあたって屏風を贈られた(あるいは作らせた)人物の繁栄をことほぐ気持をも感じとってよさそうである。

43 花の色のすばらしさは散らない間だけのこと。この古い里で常に私を待っている松の緑こそ

紅梅の花を見て　　　　　　　　　みつね

44 紅《（くれなゐ）》に色をば変《か》へて梅花《（むめのはな）》香《か》ぞこと〴〵ににほはざりける

かれこれまどゐして酒《さけ》らたうべける、前《まへ》に、梅の花に雪の降《ふ》りかゝりけるを　　　　　　　　　つらゆき

45 降《ふ》る雪はかつも消《け》ななん梅花散《ち》るにまどはず折《（をり）》てかざゝむ

兼輔朝臣のねやの前《まへ》に、紅梅を植《う》へ《（ゑ）》て侍けるを、三年《みとせ》許《（ばかり）》ののち花咲《さ》きなどしけるを、女どもその枝を折りて、簾《す》の内《うち》より「これは、いかゞ」と言《い》ひいだして侍ければ

46 春ごとに咲《さ》きまさるべき花なれば今年《ことし》をもまたあかずとぞ見る

はじめて宰相になりて侍ける年になん

は本当に永遠のものであるよ。○ふるさと　今は古くなったゆかりの地。奈良の旧都をいう場合が多い。○松　「常に待つ」と「松」を掛ける。▽古今集・春上の「人はいさ心も知らずふるさとは花ぞ昔の香ににほひける」を意識している。貫之集によれば天慶二年(九三九)四月に右大将実頼四十の賀の屛風に画中の人物の詠としてよんだ歌になっている。貫之集の本文を疑うことも出来るが、四二以降、屛風歌らしい詠が並んでいるので否定し難い面もある。ちなみに古今六帖も貫之の作として採っている。かつて雅正のために代作した旧作を屛風歌に用いたのであろうか。

44 紅に色を変えている梅の花であるが、香の方は白梅と異なった香が匂うことはないよ。○紅に…　白梅よりも紅梅の方が遅く咲くので「紅に色を変えて」と言っているのである。○ことぐ〳〵に　白梅と異なった紅梅独自の香に。

45 降る雪は、降る一方で消えてしまってほしい。その降る雪のために梅の花が散っていると錯覚することのないように枝を折って頭に挿そうよ。○かれこれ　この人あの人、数人で。○まどゐして　円居して。団欒して。○たうべ　賜わる。酒は晴の場で神や高貴な人から賜わって飲むのがたてまえであったから、飲むことを「たうぶ」という。○前に　前栽に。○かつも　その一方で。

46 毎春毎春すばらしさがまさっていく花でありますので、今年の花をもまた、すばらしいと思って見ている次第ですよ。○ねやの前に　奥方のいる建物の前の庭に。○女ども　奥方をはじめとする女房たち。○あかず　飽きることがない、いつまで見ていてもすばらしい。▽御夫君にとっては今年は一つの過程。今後ますます栄達しますよと言っているのである。兼輔が宰相(参議)になったのは延喜二十一年(九二一)一月三十日。

後撰和歌集巻第二

春　中

年老《お》いてのち梅花《(むめのはな)》うへ《(ゑ)》て、あくるとしの春、思《おも》ふ所ありて

藤原扶幹《(すけもと)》朝臣

47 うへ《(ゑ)》し時花見むとしも思《おも》はぬに咲《さ》き散《ち》る見ればよはひ老《(おい)》にけり

ねやのまへに竹のある所にやどり侍《(はべり)》て

藤原伊衡《(これひら)》朝臣

48 竹ちかくよどこねはせじ鶯の鳴《な》く声聞《き》けばあさいせられず

47 植えた時はこの花を見るまで生きていようとも思わなかったのに、今、花が咲き、更に散ってゆくのを見るのだから、しみじみ年をとったなあと思うことだよ。○思ふ所　「所懐」の訳。○花見むとしも　「し」も「も」も強意。▽昨年植えた時は翌年のことをおぼつかなく思っていたが、思いもかけず今年も健在で、その梅の花の一めぐりを見てしまった。三九四や四三の歌のように「よはひ」という語は、長寿のめでたさをことほぐ場合に用いられることが多かった。思いもかけぬ長寿によって花の生きざまを確認出来たよろこびが表現されている。他の集ならば雑の部にあってもよい歌である。

48 竹の植わってる近くに夜の寝床を設けて寝たりしないでおこう。鶯がやって来て鳴く声を聞くと、ゆっくり朝寝などしていられないから。○ねや　和名抄に「寝殿　和名、禰夜」とあるように寝所の意。○よどこね　夜の床を設けて寝ること。▽鶯が竹に飛来することは万葉集・八二四・四二八六など大伴氏文化圏の歌に見えるが、平安時代の和歌には少ない。芸文類聚の竹の項の梁の江洪の和新浦侯斎前竹詩に「…𢷾紫春鶯思…」とあり、また和漢朗詠集・春・鶯に「中殿ニ灯残ッテ竹ノ裏ノ声」(菅三品)とあるように、中国的な感じである。竹の近くに寝所をとると朝寝が出来ないと不満を言っているように見せつつ、その実、風流を満喫出来た喜びを表わしているのである。

49 いそのかみの布留の山辺の桜花は、その地名のように古くて、植えた時代を知っている人はもういないことだよ。○まかる　「行く」の意だが、聞き手(この場合は後撰集撰集の宣下者である村上天皇)に対する謙譲の意を表わしている。○いその神　石上神宮のある奈良県天理市の地名だが、「布留」もその一部の地名であったので、

大和《やまと》の布留《ふる》の山をまかるとて　　僧正遍昭

49 いその神《(かみ)》ふるの山べの桜花うへ《(ゑ)》けむ時を知《し》る人ぞなき

花山《(はなやま)》にて、道俗、酒《さけ》らたうべけるおり《(を)》に　　素性法師

50 山守はいはばいは南《(なむ)》高砂の尾上《おのへ》の桜折《(をり)》てかざゝむ

おもしろき桜《さくら》を折りて、ともだちのつかはしたりければ　　よみ人しらず

51 桜《(さくら)》花色はひとしき枝なれどかたみに見ればなぐさまなくに

返し　　伊勢

52 見ぬ人のかたみがてらはおら《(を)》ざりき身になずらへる花にしあらねば

「布留」の枕詞として用いられることが多かった。さらに「布留」は「古」と通じるので「いそのかみ古き都のほととぎす」(古今集・夏)、「いそのかみふりにし里」(同・雑上)のように用いられた。〇知る人ぞなき　古いことなので知る人がないと一般的に理解してもよいが、古今集・二四八の詞書が示すように、ここに遍昭の母が住んでいたことを思えば、母はもういないという気持が含まれていると見ることも出来る。

50 山守はとやかく言うなら言ってよい。この峰の尾の桜を折って頭に挿そうよ。〇花山　京都市山科区花山の地。素性の父遍昭が住持をしていた花山の元慶寺のことか。片仮名本・二荒山本では「やまにて」とだけあり、奥義抄は比叡山でのこととしている。〇道俗　法師と俗人と。〇山守　山を管理している人。元慶寺でのこととすれば、戯れて主の遍昭のことを掛けて言ったとも解し得る。〇高砂の　「尾上」にかかる枕詞。▽花を髪に挿すのは花の精気を身につけるための呪術的習俗だが、ここは風流に徹したいという心。

51 お送りいただいた桜花、その美しさはあなたと同じく素晴らしい枝なのですが、お逢い出来ないあなたの形見と思って見ますと、恋しさのため、心は慰まないのですが…とにかく御礼申しあげます。〇ともだちの…　その「ともだち」が伊勢である。〇色は　見た目の美しさは。伊勢の美しさと等しいと言っているのである。〇かたみ　目の前にいない人のゆかりとなる物。〇なぐさまなくに　「なくに」は三六・七九・八〇などのように「…ないのだけれども…」という気持である。

52 お逢いできないあなたのための形見を兼ねて折ったのではありません。私なんかになぞらえられる花ではありませんから。〇かたみがてら　万葉集・四二三六、貫之集にも例がある。

桜《さくら》の花をよめる　　　よみ人しらず

53 吹風《(ふくかぜ)》をならしの山の桜花のどけくぞ見る散《ち》らじと思へば

前栽に竹の中《なか》に、桜《さくら》の咲《さ》きたるを見て　　　坂上是則

54 桜花今日《けふ》よく見てむ呉《くれ》竹の一《ひと》夜のほどに散《ち》りもこそすれ

題しらず　　　よみ人も

55 さくら花にほふともなく春くればなどか歎《(なげき)》のしげりのみする

貞観御時、弓《ゆみ》のわざつかうまつりけるに　　　河原左大臣

56 今日《けふ》桜雫《しづく》に我《わ》が身いざ濡《ぬ》れむ香込《かご》めにさそふ風の来《こ》ぬ間《ま》に

53 吹く風を親しく馴れさせているという名を持つならしの山の桜花は、よその桜より、のどかな気持で見ることです。風に散らされることもなかろうと思いますので。○吹風をならしの山　掛詞的な言いまわしで、吹く風を馴らしているという名を持つならしの山という意。能因歌枕と五代集歌枕も土佐とするが、万葉集・巻八に「古里の奈良思の丘のほととぎす言告げやりし如何に告げきや」とあって大和であることは疑えない。いずれにせよ、風と桜の交感の中に春を惜しみ春を賞する姿勢が浮かび上がって来ればよい。

54 桜花は今日こそよく見ておきましょう。「呉竹のひとよ」ならぬ一夜の内に、ひょっとして散ってしまうかも知れませんから。○見てむ　完全に見てしまっておこう。○呉竹の　呉竹は中国南方の呉から移入された竹だが、ここでは竹の歌語となり、「呉竹の」と続いて「よ」の枕詞になっている。「よ」は「竹」の節と節の間の空間の意と「夜」の意を掛ける。

55 春が来ると、桜の花は咲き輝く間もないほどにあわただしく散り、どうして「嘆き」という木だけが繁りまさるのだろうか。○にほふ　色あざやかに咲くこと。○歎　「(なげ)き」と「木」を掛ける。「しげり」は「木」の縁語。▽「よみ人知らず」だが、伊勢集に「春、物思ひける頃」として見える。

56 今日は桜だ。さあ桜の雫に我が身は濡れよう。雫どころか、香りまで誘って行ってしまう風が来ない間に。○貞観御時　清和天皇の御時。八五八―八七六年。○弓のわざ　弓の行事。○今日桜　強調表現。「今日は桜がすべてだ」の意。併せて次句に続き、「桜の雫に濡れよう」となる。○香込めに　香を含んで。

57 桜花よ。お前がここの家主を忘れぬものであるならば、私の方に吹いて来る風に伝言して

家より、とを《(ほ)》き所にまかる時、前栽の桜《さくら》の花に結《ゆ》ひつけ侍《(はべり)》ける

菅原右大臣

57 さくら花主《ぬし》をわすれぬ物ならば吹《ふ》き来《こ》む風に事づてはせよ

春の心を

伊勢

58 青柳《あをやぎ》の糸《いと》撚《よ》り延《は》へて織《を》るはたをいづれの山の鶯か着《き》る

花の散《ち》るを見て

凡河内躬恒

59 あひおもはでうつろふ色を見る物を花に知《し》られぬながめする哉《(かな)》

帰《かへ》る雁《かり》を聞《き》き《ゝ》て

よみ人しらず

60 帰《(かへる)》雁雲地《(くもぢ)》にまどふ声すなり霞吹《ふ》き解《と》けこのめはる風

おくれよ。○家より　「より」は動作の起点・通過点を示す助詞。「家より」は、家を出て。道真が大宰の権の帥として西下した時のことである。○吹き来む風に　礼記・月令の「東風解レ凍」などに見える「春風は東から吹き氷を溶かす」という考えを前提にしている。大宰府で氷のように結ぼほれている私に東から風に託して花の便りを伝えてほしいと言っているのである。

58 青柳の糸を撚って延ばして織る布は、どこの山の鶯が着るのだろうか。▽柳と鶯のとりあわせは、古今集・神遊歌「青柳を片糸に撚りて鶯の縫ふてふ笠は梅の花笠」が知られているが、この歌は「鶯の縫ふ笠」ではなく、鶯自身に青柳の糸で撚った衣を着せたいとやさしく思いやっている。

59 お互いに思い合うことなく散ってゆく花だとわかっているのだけれども、その花には知ってもらえない物思いにふけっていることであるよ。○あひおもはで　花を擬人化している。○うつろふ　最高の状態から衰えてゆくこと。詞書に「散る」とあるので「散ってゆく」と訳した。○ながめ　物思いにふけりつつぼんやり外を見ること。▽「あひ思はぬ花に心をつけそめて春の山辺にながめ暮しつ」(躬恒集)は同じ作者の類歌。

60 帰る雁は雲の通い路に迷って鳴く声がするよ。春霞を吹き散らして道を示してやってください。木の芽をふくらませる春風よ。○帰る雁を聞きて　春になって北へ帰る雁の声を聞いて。○雲地　「大空に行きかふ鳥の雲路をぞ人のふみみぬものと言ふなる」(一三三)のように鳥の通う路。○声すなり　聴覚による判断は「なり」が用いられる。○このめはる風　「木の芽が張る」と「春」を掛けた表現としては「霞たちこのめもはるの雪ふれば花なき里も花ぞちりける」(古今集・春上・貫之)が有名。

朱雀院の桜《さくら》のおもしろきことと延光朝臣の語《かた》り侍《(はべり)》ければ、見るよしもあらまし物をなど、むかしを思《(おもひ)》いでて

大将御息所

61 咲《さ》き咲《さ》かず我にな告《つ》げそ桜花《さくら》人づてにやは聞《き》かむと思《(おもひ)》し

題しらず

よみ人も

62 春くれば木《こ》がくれおほき夕月夜《ゆふづく》おぼつかなしも花かげにして

63 立渡る霞のみかは山高み見ゆる桜の色もひとつを

61 咲いたとか咲かないとか私に告げないでください。あの桜花のことを、人伝てに聞こうなんて思いもしませんでしたよ。○朱雀院の…→五。○見るよしも… 「まし」は実現性のないことについての意志を示す。「今は、見るよすがもないでしょうが」。○人づてにやは聞かむと思し 作者は女御として、昔朱雀院に住んでいたのである。▽作者の「大将御息所」について底本の勘物は「藤能子 女御 三条右大臣女 元更衣仁善子弟」としているが誤り。尊卑分脈に従って朱雀天皇の女御であった実方の娘慶子とすべきである。

62 春が来ると、繁っている木に隠れることが多い夕べの月であるが、花の蔭にいると、なおさら月の光がつかみにくいことであるよ。○夕月夜 「夕べの月」のこと。「月夜」ではない。○おぼつかなしも… 花の輝やき、すなわち夕映えする花のために、月の光がぼんやりしてしまうと言っているのである。▽万葉集・一八七五「春されば木のくれ多み夕月夜おぼつかなしも山陰にして」の異伝。

63 ずっと一面に白く見えるのは、立っている霞だけではありません。山が高いので高い所に見える山桜の色も一つになって見えているのです、あれは。○立渡る 「立ち」で高く立つことを表わし、「わたる」で一面に立っていることを表わしている。○霞のみかは 「かは」は反語。否定になる。○ひとつを 「を」は詠嘆の終助詞。▽「山桜我が見に来れば春霞嶺にも尾にも立ちかくしつつ」(古今集・春上)、「誰しかもとめて折りつる春霞立ち隠すらむ山の桜を」(同)などのように、桜は山のものとされ、霞に隠されるものとされていた。この歌はそれを一歩進めて「隠す」という語を使わずに詠んだのである。

64 大空《おほぞら》におほふ許《(ばかり)》の袖も哉《(がな)》春咲《さ》く花を風にまかせじ

やよひのついたちごろに、女につかはしける

65 なげきさへ春を知《し》るこそわびしけれもゆとは人に見えぬものから

「春雨《はるさめ》の降《ふ》らば思ひの消《き》えもせでいとゞなげきのめをもやすらん」といふ古歌《ふるうた》の心ばへを、女に言《い》ひつかはしたりければ

66 もえ渡る歎《(なげき)》は春のさがなればおほかたにこそあはれとも見れ

64 花を覆うほどの大きな袖が大空にあったらよいのになあ。そうすれば春咲く花の処理を風に任せないですむだろうに。○大空に　新撰万葉集・下・春は「大虚緒…」、寛平御時后宮歌合も「大空を…」とある。この場合は「風が吹いて来る大空全体を覆う袖がほしい」という意になるが、後撰集では諸本「大空に…」であるので、「大空に花全体を覆う袖があればよいのになあ」の意と解した。▽前歌とのつながりから見ても、歌の内容から見ても、「花」は「桜」と見るのが自然であろう。

65 溜息までが春を知って萌え出るのはつらいことです。私が燃えているとはあなたにはおわかりにならないでしょうが。○なげき　「薪として投げ込む木」と「恋の嘆息(なげき)」を掛ける。「薪として投げ込む木までが春を感じて萌え出る」と言っているのだが、それだけでは「わびし」に続かない。恋の嘆きが春だと知って燃え出すのがつらいのである。「投げ木」と「嘆き」、「燃ゆ」と「萌ゆ」が掛詞である。○人に　第三人称的に言っているが、相手の女のこと。

66 なげきが一斉に芽を出すというのは、春の本性ですので、あなたのことだけではなく、総じてお気の毒に思ってはおりますが。○春雨の…　「思ひ」に「火」を掛け、「消え」「もやす」というように縁語仕立てにしている。春雨が降っても「思ひ」の「火」は消えないで、いっそう投げ木(嘆き)の芽(目)を萌やし(燃やし)ているのはどうしてだろう。この古歌、出典未詳。「なげき」については前歌参照。○心ばへ　歌から発現される情意。従ってこの歌をそのまま「いひつかはした」のではなく、その語句の一部を手紙に用いて心を伝えたのであろう。○春のさが　春が本来備えている性格。○おほかたにこそ　あなたの場合だけではなく、一般的に。

女の許《(もと)》につかはしける　藤原師尹《(もろまさ)》朝臣

67 青柳《あをやぎ》のいとつれなくもなりゆくかいかなるすぢに思《(おもひ)》よらまし

衛門の御息《みやすん》所の家太秦《うづまさ》に侍《(はべり)》けるに、「そこの花おもしろかなり」とて折《お》りにつかはしたりければ、きこえたりける

68 山里《ざと》に散《ち》りなましかば桜花にほふさかりも知《し》られざらまし

御返し

69 匂《(にほひ)》こき花の香《か》もてぞ知《し》られけるうへ《(ゑ)》て見るらん人《ひと》の心は

67 たいそうつれなくなってゆくことですね。それじゃ私は、どのような手順で思いを寄せればよいのでしょうか。〇青柳　五八のように「青柳の糸…」と続けることが多かったので、ここでは程度副詞の「いと」の序として使われている。〇すぢ　一般的に細い物を言う。ルート。「いと」の縁語。〇思よらまし　「まし」は実現性の乏しいことを意志する場合に用いる。

68 この山里で、もし散ってしまっていたならば、私の場合と同様に、ここの桜花は咲き誇る盛りがあることも知られなかったことでしょうよ。〇太秦　京都市右京区太秦。〇つかはし…　主語が示されていないが、天皇とすべきであろう。〇きこえ…　衛門の御息所が天皇に申しあげたのである。〇山里に　隠遁に近い形で里帰りしていたのであろう。太秦付近を山里と言った例は二六六にもある。

69 直接見なくても、馥郁たる花の香りによってわかりました。それを植えて見ているであろうあなたの心のすばらしさは。〇御返し　帝の御返しであろう。ただし伝正徹筆本や承保三年本には「ただもと」と作者名がある。〇匂こき　色の美しさとも解せるが、ここの「匂」は香りと見るべきであろう。香りを「濃し」と言った例は古今集・八七六にある。

70 時もあろうに、花の盛りに、つれないお仕打ちですので、出家して、今まで思いもしなかった山に入ってしまおうかとも思います。〇小弐　朝忠集に見える少弐命婦と同一人であろう。〇時しもあれ　「時しもあれ秋やは人の別るべき…」（古今集・哀傷）、「時しもあれ秋しも人の別る

小弐につかはしける　　　　藤原朝忠朝臣

70 時しもあれ花のさかりにつらければ思《おも》はぬ山に入《い》りやしなまし

返し

71 わがために思《おも》はぬ山の音《をと》にのみ花さかりゆく春をうら見《(み)》む

題しらず　　　　宮道高風

72 春の池の玉藻《も》に遊《(あそぶ)》　鳰鳥《にほどり》の脚《あし》のいとなき恋《こひ》もする哉《(かな)》

寛平御時、「花の色霞にこめて見せずといふ心をよみてたてまつれ」とおほせられければ　　藤原興風

73 山風の花の香《か》か《ゝ》どふ麓《ゝもと》には春の霞ぞほだしなりける

れば…」(拾遺集・別)などよく使われる表現。○つらければ　現代語の「つらい」と違って、「相手が自分につれなくあたるので苦しい」の意。○思はぬ山　今まで思いもしなかった山。そこに入ることは出家遁世することにもつながる。斎宮女御集(一〇九・一三七・一四八)、一条摂政御集(一八四)参照。

71 私のために何も思ってくださらずに、思わぬ山のことはお便りだけですませて、お逢いすることもなく、花の盛りに、私から離れて行こうとなさる。この春を怨むことですよ。○わがために　「思はぬ」にかかるとともに、掛詞的に「思いもしなかった山」(出家入山する山)の意となる。○音にのみ　便りだけで。○花さかりゆく　季節の「花盛り」と「さかりゆく」(離れ行く)を掛ける。

72 春の池の美しい藻のあたりで泳ぎ遊んでいる鳰鳥のように、脚の休まる間もないほど足繁く通う恋をすることだよ。○玉藻　「藻」を美しく言う歌語。○鳰鳥の　ここまでが比喩の序詞になっている。「鳰鳥」はかいつぶり。水上ではゆったり浮かんでいるように見えても、潜水する時は忙しく足を動かすと思われていたのか、「脚のいとなき」と続けたのである。「いとなき」は「忙しい」の意。→四三〇。▽天喜三年(一〇五五)五月の六条斎院物語歌合に「玉藻に遊ぶ権大納言」という新作物語の歌が披露されているが、この歌によって題名がつけられたのであろう。

73 山風が花の香を誘い出そうとするその麓では、春の霞が花を包み隠して障害物となっていることだよ。○寛平御時　宇多天皇の御時。○花の色霞にこめて見せず　古今集・春下の「花の色は霞に籠めて見せずとも香をだに盗め春の山風」の上句。○おほせ…　宇多天皇が「おほせられ」たのである。○かどふ　名義抄は「誘」という字を「カドフ」と読んでいる。束縛する意。

題しらず　　よみ人も

74 春雨《さめ》の世にふりにたる心にも猶《(なほ)》あたらしく花をこそ思《おも》へ

京極の御息所《みやすん》にをくり《(お)》侍《(はべり)》ける

75 春《はる》霞たちて雲《くも》ゐになりゆくはかりの心のかはるなるべし

題しらず

76 寝《ね》られぬをしひてわが寝《ぬ》る春の夜の夢をうつゝになすよしも哉《(がな)》

しのびたりける男《おとこ》のもとに、春、行幸あるべしと聞《きゝ》きて、装束《さうぞく》一具《ひとくだり》調《てう》じてつかはすとて、

桜色の下襲《したがさね》にそへて侍ける

74 この世に年をへて古くなってしまった私の心でも、やはりあらためて花を惜しく思うことですよ。〇春雨の　「ふりにたる」の序。「ふりにたる」は「降りにたる」と「経(ふ)りにたる」を掛ける。「経りにたる」は人が年経て古くなること。〇あたらしく　「ふりにたる」の「経る」「古」と対応させて新しいと言っているのだが、名義抄が「惜」という字を「アタラシ」と読み、遊仙窟の古訓が「可惜」を「アタラシ」と読むように「惜しむ」気持がこめられている。

75 春霞が立ってから、あなたのお心が遠くに離れて行くのは、もともと仮のものであったあなたのお心が変ったのでしょうね。〇春霞たちて　「春霞が立つ」と「出発する」意の「たつ」を掛ける。〇雲ゐになりゆく　遠く離れた所の人になる。「雲ゐ」→三五・五三四・六一四。〇かりの心　「雁の心」と「仮の心」を掛ける。

76 寝られないのを無理して眠った春の夜の夢を、何とか現実のことにしたいものでありますよ。▽「春の夜の夢にあふとし見えつるは思ひ絶えにし人を待つかな」(伊勢集)のように、「春の夜の夢」は期待し得るものとされていたようである。なお、この歌、貫之集「寝られぬをしひて寝て見る春の夜の夢の限りは今宵なりけり」の詠み換えであろう。

77 私の家の桜の花の色はいかに薄くても、花の盛りの時はやって来て折り取っていただきたいものです―私の家で染めた桜色の衣は色が薄くても、華やかな場で着ていただきたいものです。〇装束一具　行幸に着る衣裳一式。〇きても　「来て」と「着て」を掛ける。〇下襲　束帯の下着。▽当時は、盛儀に着る装束は女の側で整えるのが一般的であった。「うすくとも」は、あなたの愛情が薄くてもの意を含む。女の抑えた姿勢が印象的。

77 わがやどの桜の色はうすくとも花のさかりはきても折《お》らなん

忘《わす》れ侍にける人の家に、花を乞ふとて　　　かねみのおほきみ

78 年をへて花のたよりに事とはばいとゞあだなる名をや立《(たち)》なん

よぶこどりを聞《き》きて、隣《となり》の家に贈《をく》り侍ける　　はるみちのつらき

79 わがやどの花にな鳴きそ喚子鳥《(よぶこどり)》よぶかひ有《(あり)》て君も来《こ》なくに

壬生忠岑が左近の番長《つがひのおさ》にて、文《ふみ》を《(お)》こせて侍け
るついでに、身をうらみて侍ける返事《(かへりごと)》に　　　紀　貫　之

80 ふりぬとていたくなわびそ春雨《はるさめ》のたゞに止《や》むべき物ならなくに

78 何年も来ないままに、花を見たいということで安否を確かめましたら、今迄以上に、変りやすい心の持ち主だという評判を立ててしまうことになるでしょうか。○忘れ侍にける…　かつて関係したが今は忘れた状態になっている女の家。○花を乞ふとて　通りすがりに桜の花にかこつけて逢いたいと言ったのである。○花のたより　花のついでに。「あぢきなく花のたよりにとはるれば我さへあだになりぬべらなり」(躬恒集)、○事とはば　安否を尋ねると。▽古今集・春上の業平との贈答「あだなりと名にこそ立てれ桜花年にまれなる人もまちけり」による。

79 私の家の庭では鳴くな、呼子鳥よ。呼ぶかいがあってお隣のあの人がいらっしゃるというわけではないのだから。○喚子鳥　万葉集では九例のおおむねが「人を呼ぶ」という意を喚起。古今集・二九や後撰集・六九〇・九四三・一〇三四・一〇三五も同じ用法。○君も来なくに　後撰集・四〇〇「…花もてはやす君も来なくに」と同じ用法。

80 今の官職のままで、年をとってしまったと言ってひどくお嘆きあるな。今降っている春雨が簡単にやまないように、そのまま止ってしまうものではないのですから。○左近の番長　番長は近衛舎人の中から選ばれる下級の職。大臣もしくは大将の外出には衛護のために随行する。忠岑が大将藤原定国の衛護をしていたことは大和物語の一二五段に見える。延喜五年(九〇五)に書かれたかと思われる古今集の仮名序には右衛門の府生となっているから、それ以前のことであろう。○身をうらみて　我が身の不遇を恨むのである。○ふりぬとて　時を経て古くなったと言って。○春雨の　返歌をした時に春雨が降っていたのであろうが、表現上は初句の「ふり(降)」の縁語で「やむ(止)」を導き出している。

後撰和歌集巻第三

春　下

贈太政大臣あひわかれてのち、ある所にて、

その声《こゑ》を聞《き》き《ゝ》て、つかはしける

藤原顕忠朝臣母

81 鶯の鳴《な》くなる声は昔にて我《わ》が身ひとつのあらずもある哉《(かな)》

桜《さくら》の花の瓶《かめ》にさせりけるが散《ち》りけるを見て、

中務につかはしける

つらゆき

82 ひさしかれあだに散《ち》るなと桜《さくら》花瓶《かめ》に挿《さ》せれどうつろひにけり

81 鶯の鳴く声ならぬあのお声は昔と少しも変らず、私一人だけが昔のままではなく、すっかり変ってしまったことでありますよ。○贈太政大臣　藤原時平。顕忠は時平の息だから作者は時平の妻。この時は疎遠になっていたのである。公卿補任や底本の勘物に「大納言源湛女」とある。○鶯の鳴くなる声　男の声。鶯の季節であったからそれに寄せた。「なる」は耳から入ったことを感動的に表現する場合に用いる助動詞。○昔にて我が身ひとつの　「月やあらぬ春や昔の春ならぬわが身ひとつはもとの身にして」(伊勢物語四段、古今集・恋五)に拠った表現。従って「あらずもあるかな」は「昔にてはあらずもあるかな」「もとの身にてはあらずもあるかな」ということである。

82 久しくあれ、はかなく散るなと思って亀ならぬ瓶(かめ)に挿して大切にしたのですが、散ってしまいましたよ。○桜の花　中務から贈られた桜の花であろう。▽不老長寿の瑞祥である亀に瓶を掛け、あなたからいただいた花であるから、いつまでもひさしかれと亀ならぬ瓶に挿したが、と言っているのである。なお、この歌は拾遺集・雑春に重出し、瓶に挿した花を貫之から中務に贈った時の歌になっている。

83 「亀のように千歳も続くはずの瓶(かめ)に挿しても、桜の花が散らずに留まっているだろう」というようなお言葉はいつもおっしゃっていることではないのですか。○とまらむ事は　貫之集には「とまらぬことは」とあってわかりやすいが、底本の方が皮肉がきいている。「こと」は「言」と解すればわかりやすい。○常にやはあらぬ　「やは」は

返し

83 千世《(ちよ)》ふべき瓶《かめ》に挿《さ》せれど桜花とまらむ事は常にやはあらぬ

題しらず　　よみ人も

84 散《ち》りぬべき花の限《(かぎり)》はを《(お)》しなべていづれともなく惜《お》しき春哉《(かな)》

朝忠朝臣隣《となり》に侍《(はべり)》けるに、桜《さくら》のいたう散《ち》りければ言《い》ひつかはしける　　伊勢

85 垣越《かきこ》しに散《ち》り来《く》る花を見るよりは根込《ねど》めに風の吹《(ふき)》も越《こ》さなん

女につかはしける　　よみ人しらず

86 春の日のながき思ひは忘《わす》れじを人の心に秋や立《た》つらん

反語。常でないのか、常である。▽底本に書入れられた行成筆本のほか、堀河本・二荒山本・片仮名本にはこの返歌がない。返歌を加えることによって、「あだではない」とおっしゃるあなたの弁解はいつものことではないのですかと疑ってみる恋歌仕立ての贈答となって後撰集らしくなる。

84 散ってしまうことになっている花のすべては、おしなべてどの花もこの花も惜しく思われるこの春であるよ。▽「限りは」「おしなべて」「いづれともなく」と繰り返しがくどいが、梅や桜だけではなく散る花すべてをいとおしむことによって春を惜しむ心がやさしく素直に表現されている。

85 隣から垣越しに散って来る花を見るよりは、風が吹いて桜を根こそぎ垣を越して移してほしいと思うことです。○根込めに　根を含めたままに。伊勢集には「根ながら」となっているが、同じ。○吹も越さなん　「吹きこす」は「今々と我が待つ妹は鈴鹿山吹きこす風の早も来ななむ」(古今六帖・五)のように何かを越えて風が吹いて来ること。「なん」は「…してほしい」の意の終助詞。

86 春の日のように長々と辛抱強く待つ私の思いはあなたを忘れないつもりですが、あなたの心にはもう立秋が来たかのように私を厭きていらっしゃるようですね。○春の日のながき思ひは「…春の日のながくや人をつらしと思はむ」(古今集・恋三)のように春の日は長いものとされていた。また「ながき思ひ」は「…秋の夜のながき思ひは我ぞまさされる」(古今集・秋上)に見られるように、恋しながら長い間待ち続ける思い。○人の心　相手の心。○秋や立つらん　「秋」に「厭き」を掛ける。「人の身に秋や立つらむ言の葉の薄く濃くなりうつろひにけり」(貫之集)。▽「春の日のながき思ひは」と比喩した恋歌であるのに、恋部でなく春部に入っているのが後撰集の特色。

題しらず

87 よそにても花見るごとに音《ね》をぞ泣《な》く我《わ》が身にうとき春のつらさに

88 風をだに待《ま》ちてぞ花の散《ち》りなまし心づからにうつろふがうさ

貫　　之

荒《あ》れたる所に住《す》み侍《(はべり)》ける女、つれ〴〵に思《おも》ほえ侍ければ、庭にあるすみれの花を摘《つ》みて、言《い》ひつかはしける

よみ人しらず

89 我《わ》が宿《やど》にすみれの花の多《おほ》かれば来《き》宿《やど》る人やあると待《ま》つかな

87 離れていても、花を見るごとに声を立てて泣いております。我が身に疎遠になさるこの春のつれなさを噛みしめつつ。○よそにても　遠くに離れていても。男が通(かよ)って来てくれないことを思い起こしているのである。○春のつらさに　「つらさ」は相手につれなくされている状態。男につれなくされているこの春の悲しみを嘆いているのである。▽「花見るごとに」とあるから、「我が身にうとき春のつらさ」とあっても、春が「うとい」わけではない。花の頃に男のつれなさを身にしみて感じている歌である。なお、雲州本・慶長本には「陽成院の御門におほつぶねがまいらでこもりゐにける時に、我はこひしやとのたまひける時にきこえける」という詞書がついている。

88 花が散りたければ、風でも何でも待って散ってしまうでしょう。風も吹かないのに、自発的に散って心が変ってゆくのは、いやなことでありますよ。○風をだに待ちてぞ花の散りなまし「まし」は「もし散るのであれば…だろう」という仮想。○うつろふ　最高の状態から衰える状態に移ること。ここは花が「散る」と対応して「自分に対する相手の心が変り果ててゆく」意。▽古今集・春下の「春風は花のあたりをよきて吹け心づからやうつろふと見む」を応用して恋の意を持たせた所が後撰集的。

89 私の家の庭にはすみれの花が多いので、「住み」という名のとおり、来て泊まる人があるかと思って待つことでありますよ。○つれ〴〵に…　孤独でものさびしく思ったので。○言ひつかはしける　男に言い贈ったのである。○すみれの花の多かれば　すみれの花が多いので。「すみれ」に男が「住み」の意を掛ける。あるいは万葉集・巻八の「春の野にすみれつみにと来し我ぞ野をなつかしみ一夜寝にける」(赤人)の「一夜寝にける」を

題しらず

90 山高み霞をわけて散《ち》る花を雪とやよその人は見るらん

91 吹風《(ふく)》のさそふ物とは知《し》りながら散《ち》りぬる花のしひてこひしき

きよはらのふかやぶ

92 うちはへて春《はる》はさばかりのどけきを花の心やなにいそぐらん

つねに消息《せうそこ》つかはしける女ともだちのもとより、桜《さくら》の花のおもしろかりけるを折りて「こ

意識したか。▽「荒れたる所に住み侍りける女…」という詞書は物語を思わせる。野の花であるすみれが邸内に群生しているのである。なお、非定家本系や初期の定家本では隣家に贈ったことになっている。隣家に贈った歌とすれば、恋歌仕立ての挨拶という感じが強くなる。

90 山が高いので、霞を分けるようにして散る花を離れている人は雪だと思って見ることだろうよ。▽「山桜わが見に来れば春霞嶺にも尾にも立ち隠しつつ」(古今集・春上)のように霞は花を隠すものとされ、「桜散る花のところは春ながら雪ぞ降りつつ消えがてにする」(同・春下)のように散る花を雪と見るのも一般的であったが、それを一つにまとめた所にこの歌の趣向がある。

91 吹く風が花を誘って散らすものとは知っているけれども、散ってしまった花がどうしようもなく恋しく思われることだよ。▽「吹く風にあつらへつくるものならばこのひともとはよきよと言はまし」(古今集・春下)と言ってみるが、どうしようもない、散ってしまった花が恋しく思われると言っている。これも古今集の歌の発展である。

92 ずっと引き続いて春はこのようにのんびりしているのに、花の心はどうしてあわただしく散ろうと急ぐのだろうか。▽古今集・春下の友則の歌「ひさかたの光のどけき春の日に静心なく花の散るらむ」と同趣。なお、花を擬人化することによって生れた「花の心」という語は二七六・三四三・五四〇・五四一に見え、流行語になっていたことが知られる。

93 私の家の木はなげきの木で春を知らない木ですが…。いただいた花を何に比べてみればよいのでしょうか、比べるものもございません。○そこの花に… 「この花はすばらしいでしょう」と押しつけないで、「あなたの庭の花と比べて見てください」と言って来たのである。○歎は 「嘆」

れ、そこの花に見比《くら》べよ」とありければ　　こわかぎみ

93
わがやどの歎《(なげき)》は春《ゝる》も知《し》らなくに何にか花を比《くら》べても見む

父《ちゝ》の親王《みこ》の心ざせるやうにもあらで、常《つね》に物思《(おもひ)》ける人にてなんありける

春の池のほとりにて　　よみ人しらず

94
春《はる》の日の影《(かげ)》そふ池の鏡《かゞみ》には柳の眉《まゆ》ぞまづは見えける

春《はる》の暮《く》れに、かれこれ花惜《お》しみける所にて

95
かくながら散《ち》らで世をやはつくしてむ花の常磐《ときは》もありと見るべく

に「投げ木」(投げ込んで燃やす木、薪にする木)をかける。五五・六五・六六・五一八・七六一・九八九・一〇四三・一二六七・一二六八など、後撰集に多い表現。○父の親王の…　底本の勘物には作者名「こわかぎみ」の下に「惟喬親王女」とあるが、この左注もこれを前提にした書き方になっている。父惟喬親王が願っていたような女ではなく、常に心に苦しみ悩む性格であったと言っているのである。

94　春の陽光を湛える鏡のように美しく静かな池には、何よりもまず柳の眉が映っているのが見えることだよ。○春の日の影　春の陽光。「そふ」は伴っていること。○柳の眉　眉のように細い柳の枝を喩えて言う。有名な「長恨歌」にも「芙蓉ハ面ノ如ク柳ハ眉ノ如シ」とあるように中国渡来の比喩だが、既に万葉集・巻十に「梅の花取り持て見れば吾がやどの柳の眉しおもほゆるかも」とある。▽池水に柳が映っているのを見て、池を鏡に喩えて、人が鏡に向えば眉が見えるように柳の眉が何よりも目に入ると趣向したのである。池を鏡に喩えるのも漢詩的表現。

95　このまま解散しないでこの世を終えてしまおうか。いやそんなことはない。花が常磐に散らないこともあるのを見とどけるためにそうしたいのだが…。○かれこれ　あの人この人、親しい人が集まって。○かくながら　このように親しい者が集まった状態で。○散らで　「花」の縁で「散らで」という語を使った。散り散りになる。解散する。○世をやはつくしてむ　底本はじめ定家本系統の諸本には「世をやはつくしてぬ」とあるが、打消の助動詞「ず」の連体形「ぬ」が完了の助動詞「つ」の連用形「て」に接続する例はない。そこで、白河切・堀河本・片仮名本・承保三年本・伝正徹筆本などの「ちらで世をやはつくしてむ」に従って校訂した。世をつくしてしまおうか、いやそんなこと

延喜御時、殿上のをのこどもの中《なか》に召《め》し上《あ》げられて、をの《(お)》〳〵かざしさし侍《(はべり)》けるついでに　凡河内躬恒

96 かざせども老《(おい)》も隠《かく》れぬこの春ぞ花の面《おもて》は伏《ふ》せつべらなる

題しらず　よみ人も

97 一年《ひとゝせ》に重《かさ》なる春のあらばこそふたゝび花を見むとたのまめ

花の下《もと》にて、かれこれ、ほどもなく散《ち》ることなど申《(まうし)》けるついでに　つらゆき

98 春来《く》れば咲《さ》くてふことを濡衣《ぬれぎぬ》に着《き》する許《(ばかり)》の花にぞありける

は出来ない。○花の常磐もありと見るべく　花が常磐であることはありえないが、何とかあってほしい、そうあるのを確かめたいという気持である。三八五の「紅葉ながらに常磐ならなむ」に似た表現。▽古今集・春下の「いつまでか野辺に心のあくがれむ花し散らずは千代もへぬべし」にも似た思いである。

96　花を頭に挿しても老いが隠れることもないこの春ですから、挿した花は面目なげに顔を伏せてしまっているようです。○延喜御時　醍醐天皇の御代。○殿上のをのこ　殿上人。躬恒は殿上人ではないが、歌を詠むために特に召されたのである。○をの〳〵かざしさし　小規模の花の宴であろうか、参加者が各自花をかんざしに挿して、邪気を払い長寿をことほいだのである。○かざせども老も隠れぬ　古今集・春上「鶯の笠に縫ふてふ梅の花折りてかざさむ老い隠るやと」による。もう年をとり過ぎてしまって、花をかざして邪気を払おうとしても邪気どころか老いも隠すことが出来ない私の春だから。○花の面は伏せつべらなる　面目を失うことを「面伏せ」というのでこのように言った。

97　一年にもう一度春があったならば、再び花を見ることが出来ると楽しみに思えるが、一度しかないので、どうしようもないことであるよ。▽一〇九など、同趣の表現は多い。

98　「春が来ると咲く」ということは、無いことをあるように言っているのではないかと疑う程にすぐ散ってしまう花であることよ。○ほどもなく…　すぐに散るというようなことを身分の高い人に申しあげていた時。▽「濡れ衣」は万葉集・一六八八では文字通り「濡れた衣」であったが、古今集・四〇二や後撰集・九五六・一一三〇・一二六七・一三五一などは、ありもしないことをあるように言われる意になっている。

春《はる》、花見に出《い》でたりけるに、文《ふみ》をつかはしたりける、その返事《(かへりごと)》もなかりければ、あくる朝《あした》、昨日《きのふ》の返事と乞《こ》ひにまうで来《き》たりければ、言《い》ひつかはしたりける

よみ人しらず

99 春霞立《た》ちながら見し花ゆへ《(ゑ)》にふみとめてけるあとのくやしさ

男《おとこ》のもとより、たのめを《(お)》こせて侍《(はべり)》ければ

100 春《はる》日さす藤のうら葉《ば》のうらとけて君し思《おも》はば我もたのまむ

題しらず

伊勢

101 鶯に身をあひかへば散《ち》るまでも我《わ》が物にして花は見てまし

99 ほんのちょっと立ちどまって花を御覧になったついでにいただいたお手紙がそのまま残っておりましたので、その後も残念な気持が残っておりました。○春花見に… 男が春に花見に出て来たついでに、女の家に文を贈った。しかしその返事もなかったので、翌朝、男が「昨日の返事がほしい」ともらいに来たので、女の言い贈った歌、と解すべきであろう。○春霞 「立ち」を導くための語。○立ちながら見し花 あなたが立ったままで見た花。あなたがすぐに帰る姿勢で見た私。○ふみとめてける 踏んで残った足跡に残された「文(ふみ)」を掛ける。▽伊勢集では、たまたま伊勢の桂の家に立ち寄った宇多上皇が歌を花につけて残したのに対して伊勢が詠んだ返歌として、「春霞立ちながら見し花なればふみとどめけるあとぞうれしき」と詠んだとある。後撰集はそれを改変して用いたのであろう。

100 心うちとけてあなたが思ってくださるなら、私も御信頼申しあげますよ。○たのめをこせて たよりにさせるようなことを言って来たので。○春日さす 「藤」にかかる枕詞。春の陽がよくさすところに藤の花が咲くゆえか。○藤のうら葉の 「うらとけて」に掛る枕詞。「うら葉」は先端の方の葉。○うらとけて 「うら」は「うらなく」「うらがなし」の「うら」と同様に「心裡」のこと。心とけて。▽源氏物語の「藤裏葉」の巻名の由来となった歌。

101 鶯に我が身を換えることがもし出来るならば、花は、散るまでずっと我が物にして見ることが出来ましょうが。○あひかへば 換えることが出来るならば。▽古今集・春下の「鳴き止むる花しなければ鶯も果ては物憂くなりぬべらなり」のように鶯は最後まで花と共にいるという認識を前提にして詠んでいる。

元良の親王《みこ》、兼茂朝臣のむすめに住《す》み侍ける を、法皇の召《め》して、かの院にさぶらひければ、 え逢《あ》ふことも侍らざりければ、あくる年の春、 桜《さくら》の枝《えだ》にさして、かの曹司《ざうし》に挿《さ》し置《を》かせ侍け る

もとよしのみこ

102 花の色は昔ながらに見し人の心のみこそうつろひにけれ

月のおもしろかりける夜、花《はな》を見て

源さねあきら

103 あたら夜の月と花とをおなじくはあはれ知《し》れ覧《(らん)》人に見せばや

県《あがた》の井戸《ゐど》といふ家より、藤原治方につかはし ける

橘のきむひらが女

104 宮《(みや)》こ人来《き》ても折《お》らなんかはづ鳴《な》くあがたの井戸《ゐど》の山吹の花

102 あなたと共に見た花の色は昔のままで変らず、深く愛し合ったあなたの心だけは他に移ってしまったことだよ。○住み侍けるを　夫婦として生活していたところ。○法皇　宇多法皇。○かの院　宇多院。○曹司　宇多院におけるその女の個室。○見し人　「見る」は夫婦の関係になること。共に花を見た人の意を掛ける。▽劉希夷・代白頭吟「年年歳歳花相似、歳歳年年人不レ同」、古今集・春下「花の木は今は掘り植ゑじ春立てばうつろふ色に人ならひけり」参照。

103 もったいないこの夜の月と花とを、同じことなら、私よりももっと情趣を解するような人に見せたいものだよ。○あたら夜　「あたら」は形容詞「あたらし」の語幹。感動詞的に用いられたり副詞的に用いられたりするのが普通だが、ここは「夜」を連体修飾していると見るべきであろう。○あはれ知れ覧　「知れ」に助動詞「り」の未然形「ら」と「む(ん)」の連体形が接続している。▽非定家本はすべて「桜の花をみて」とあるが、信明集では、許されぬ仲の女に逢えずに詠んだ歌となっており、女は、古今集・春上の紀友則の歌「君ならで誰にか見せむ梅の花色をも香をも知る人ぞ知る」という歌をもって返歌としている。これによれば、「花」は梅の花だということになる。底本などの定家本はこれに気づいて「桜の」を省いたのであろう。

104 都の人よ、来て折ってほしい。蛙が鳴くあがたの井戸の山吹の花を。○県の井戸　枕草子に「家は…小野の宮、紅梅、あがたの井戸…」とあり、拾芥抄には、「井戸殿　又、県ノ井戸。一条北、東洞院西角」とある。○宮こ人　自分は「県の井戸」と呼ばれる御殿にいるので、面白がって相手を「都人」と呼んだのである。「あがた(県)」は地方のこと。○かはづ鳴く　古今集・春下「かはづ鳴く井手の山吹散りにけり花のさかりにあはましも

助信《すけのぶ》が母身まかりてのち、かの家に敦忠朝臣のまかりかよひけるに、桜《さくら》の花の散《ち》りける折《おり》にまかりて、木のもとに侍《(はべり)》ければ、家の人の言《い》ひ出《い》だしける

よみ人しらず

105 今よりは風にまかせむ桜花散《ち》るこのもとに君とまりけり

返し

あつたゞの朝臣

106 風にしも何かまかせん桜《さくら》花匂《(にほひ)》あかぬに散《ち》るはうかりき

さくら河といふ所ありと聞《き》き《ゝ》て

つらゆき

107 常よりも春べになればさくら河花の浪こそ間《ま》なく寄《よ》すらめ

のを」によって「かはづ鳴く」と言って田舎の感じを出すとともに、「花の盛りに逢」いたいと男を誘っている歌である。

105 今からは何でも風のなすがままに任せましょう。桜の花が風で散る木の下、子の許にあなた様のお留まりをいただいたのですから。○助信が母　助信は藤原敦忠の長男だから、その母は敦忠の妻であった人。○家の人　助信を養育していた乳母などであろう。○今よりは風にまかせむ　九でも知られるように、風は花を散らすものという把握が一般的であったが、これからは風を厭わず、風に運命を任せようというのである。○散るこのもとに君とまりけり　花が散ってしまうと誰も花見に来ないはずなのに、その散った木の下に君はおいでくださったから。妻が亡くなってしまうと男は来ないのが普通だが、残った子の許にあなたはおでましいただいたのですからと、「木の下」と「子の許」を掛けて言っているのである。

106 風などにどうして任せられましょうか。桜花の美しさに満足していないのに、風で散ってしまったのはつらいことでしたから。あの人のすばらしさに未練が残っているのに、死別してしまったのはつらいことでしたよ。○匂あかぬに「匂」は香ではなく、「美しい色に飽かないのに」の意。▽助信の母を桜の花に喩え、その木の下、すなわち子の許に敦忠が訪ねて来てくれたことを喜ぶ家人と、風に桜が散るようにはかなく亡くなった妻を思う敦忠の思いが一つの世界を作り出している。

107 春の頃になると、あの桜河では、花の浪がいつもの浪よりも間断なく寄せていることであろうよ。○さくら河　和歌初学抄、八雲御抄などは常陸とし、謡曲「桜川」は茨城県下館市と笠間市に近い川とする。

前栽に山吹ある所にて

かねすけの朝臣

108 わが着《き》たるひとへ衣は山吹の八重《やへ》の色にも劣《おと》らざりけり

題しらず

在原元方

109 ひとゝせにふたゝび咲《さ》かぬ花なればむべ散《ち》ることを人はいひけり

寛平御時、桜の花の宴ありけるに、雨の降《ふ》り侍ければ

藤原敏行朝臣

110 春雨《さめ》の花の枝より流《(ながれ)》来《こ》ば猶《(なほ)》こそ濡《ぬ》れめ香《か》もやうつると

和泉《いづみ》の国に《くにゝ》まかりけるに、海《うみ》の面《つら》にて

よみ人しらず

111 春《はる》深き色にもある哉《(かな)》住の江の底《そこ》も緑に見ゆる浜《はま》松

108 私が着ている単衣(ひとえ)の色は、私のひとえなる心の深さと同じように、この八重の山吹の色にも劣っていないことだよ。〇前栽に… 詞書が簡単過ぎるが、宮内庁書陵部本・兼輔集(五〇一・七七)では「山吹の花の咲きたる所にゆきて」と詞書があり、「あるじの女の返し、色なる人にやありけむ」という詞書を伴った返歌が続いているので女に贈ったと見て、「ひとへ衣」に「ひとへなる心」の意を含ませて解釈した。〇山吹の八重の色　八重山吹の深い色。

109 一年に再び咲くことのない花なのだから、なるほど、人は散ることを惜しんであれこれ言うのだなあ。〇ひとゝせにふたゝび咲かぬ「ひととせにふたたびにほふ」(古今集・秋下)、「ひととせにふたたびとだに」(同・春下)、「ひととせにふたたびさける」(拾遺集・冬)などのように常套的表現。

110 春雨が花の枝を伝って流れて来るのであれば、もっと濡れてみよう。ひょっとして花の香りも移るかと思うので。〇寛平御時　宇多天皇の御時。

111 春の深さにふさわしく深い色であることよ。住吉の海の底も緑に見えるように映っている浜辺の松は。〇和泉の国に…　住吉は摂津が和泉に接する所。和泉の国に赴く時は必ず通った。伊勢物語六十八段参照。〇海の面　海に面した所。海岸。〇深き　「春深き」と松の色が「深き」を掛けた表現。〇住の江の　本来は「住吉」と書いて「すみのえ」と読んでいたが、この時代になると、「すみよし」が一般的な地名となり、「すみのえ」は住吉の岸や浜を言うようになっていた。▽古今集・三六〇・七七八・七七九・九〇五・九〇六、後撰集・五九七・五九九・六六一のように「松」は住吉の名物。春の深さと色の深さを掛け、水底に映っている景を詠んだのが新趣向。春らしい明るさが感じられる。

女ども、花見むとて、野辺《のべ》に出《い》でて　典侍よるかの朝臣

112 春来《く》れば花見にと思《(おもふ)》心こそ野辺《のべ》の霞とともにたちけれ

あひ知《し》れりける人のひさしうとはざりければ、
花ざかりにつかはしける　よみ人しらず

113 我をこそとふにうからめ春霞花につけても立《た》ち寄《よ》らぬ哉《(かな)》

返し　源清蔭朝臣

114 立《た》ち寄《よ》らぬ春の霞をたのまれよ花のあたりと見ればなるらん

山桜《ざくら》を折りて贈《をく》り侍《(はべる)》とて　伊勢

115 君見よと尋《(たづね)》て折《お》れる山桜《ざくら》ふりにし色と思はざら南《(なん)》

112 春が来ると、花を見に行こうと思う心が、野辺に霞が立つのにあわせて、立って来ることであるよ。▽「霞がたつ」というのと「野辺に花を見に行こうと思う心がたつ」の「たつ」を掛ける。「霞がたつ」はごく一般に用いるのに対して、「心」が「たつ」というのは珍しいが、「思いたつ」という語があることを思えば納得出来る。

113 私を目的に訪ねて来るとなると、いやな気持もなさるでしょう。しかし、花にかこつけてでも立ち寄ってくださらないかしら。あの春霞が立つように。○つかはしける　女が男に遣わしたのである。○春霞　春の景物である「霞」が「立つ」ということを言い出して、「立ち寄らぬ哉」を誘導している。

114 立つのは立っても傍(そば)に寄らない春霞のように、傍に寄らずに遠慮している私をたよりになさい。傍に寄らないのは、霞が花を隠してはいけないと思うように、あなたの邪魔をしてはいけないと遠慮しているからなのですよ。○立ち寄らぬ春の霞　立つのは立っても傍に寄らぬ春の霞と、心に思い立っても遠慮して傍に寄らない自分を掛けて言っている。○花のあたりと見ればなるらん　言葉足らずで理解しにくいが、要するに霞で花を隠さないように傍らに寄るのを遠慮しているというのである。

115 あなたに見てほしいと思って探し求めて折った山桜です。もう春も終り、古くなった花の色だと思わないでください。▽「里はみな散り果てにしをあしひきの山の桜はまだ盛りなり」(躬恒集)と言われるように山の桜は時期が遅いから古くなったわけではない。あなたのためにわざわざ山で求めて来たのですと言っているのである。

宮づかへしける女の、いその神《(かみ)》といふ所に住《す》みて、京のともだちのもとにつかはしける　　よみ人しらず

116 神さびてふりにし里に住《す》む人は都ににほふ花をだに見ず

法師にならむの心ありける人、大和《やまと》にまかりて、程《ほど》ひさしく侍《(はべり)》てのち、あひ知《し》りて侍ける人のもとより「月ごろはいかにぞ、花は咲《さ》きにたりや」と言《い》ひて侍ければ

117 み吉野のよしのの山の桜花白雲とのみ見えまがひつゝ

亭子院歌合の歌《うた》

118 山桜《ざくら》咲《さ》きぬる時は常よりも峰の白雲立《た》ちまさりけり

116 神さびて古くなったという名を持つこの里に住む私は、ますます古くなり、都に咲き誇る花なんか、とても見ることはありません。○宮づかへしける女　京で宮仕えしていた女。○いその神　今の奈良県天理市の地名。○神さびてふりにし里　「神さびて」は、神様然として。神代から生きているように古くなって。詞書にある「いそのかみ」は四九・三六八などに見られるように「石上布留(いそのかみふる)」と続けて詠まれることが多かったので、歌に「ふりにし里」と言ったのである。→七五六。○都ににほふ…　この場合の「にほふ」は視覚的な美しさを言う。「だに」は究極の物を限定して言う。▽古くなった私は古いという名の里に住む過去の人間になったよという嘆きを都の友達に訴えているのである。

117 みよしのの吉野の山の桜花は、世を背いた仙人が乗る白雲のように見紛うことですよ。○み吉野の　「吉野の山」にかかる枕詞。▽古今集・春上の紀友則の歌「みよしのの山辺に咲ける桜花雪かとのみぞあやまたれける」(古今六帖では下句「白雲とのみあやまたれつつ」)の改変か。古今集・雑下「みよしのの山のあなたに宿もがな世のうき時の隠れがにせむ」のように吉野山は俗世を棄てた人が入る所であり、伊勢物語一〇二段の「そむくとて雲には乗らぬものなれど世のうきことぞよそになるてふ」に見られるように、世捨人は仙人となって雲に乗ることを理想としていたのである。

118 山桜が咲いた時は、いつもより峰の白雲が多く出ているように見えることであるよ。○亭子院歌合　延喜十三年(九一三)三月十三日に行われた歌合。歌合の十巻本では貫之の作、二十巻本では興風の作。▽「桜花咲きにけらしなあしひきの山のかひより見ゆる白雲」(古今集・春上・貫之)をはじめ、山桜を雲に喩えるのは常套的表現。

山桜《ざくら》を見て　　つらゆき

119 白雲と見えつる物を桜《さくら》花今日《けふ》は散《ち》るとや色異《こと》になる

題しらず　　よみ人も

120 わがやどの影《(かげ)》ともたのむ藤の花立《た》ち寄《よ》り来《く》とも浪に折《お》らるな

121 花ざかりまだも過《す》ぎぬに吉野河影にうつろふ岸の山吹

人の心たのみがたくなりければ、山吹の散《ち》りさしたるを「これ見よとて」つかはしける

119 今まで白雲のように見えていたあの山の桜の花は、今日は散るということなのだろうか、色が変って見えるよ。▽古今集・春下「春霞たなびく山の桜花うつろはむとや色変りゆく」と似た発想。

120 私の一家があれこれとお蔭を蒙っているこの藤の花よ。浪が立って寄せて来るように近くに寄って咲いてくれるのはうれしいが、藤浪といわれるのにふさわしく、並みに折られることのないようにしてほしいよ。○題しらず　伊勢集には「五条の尚侍の御四十の賀を清貫の民部卿のつかうまつりたまふ屏風の絵に」として「うみづらなる家に藤の花咲きたり」とあるが、「題しらず」の場合は「藤浪」の縁で「並に折らるな」と言ったとするほかはない。○わがやどの影ともたのむ藤の花屏風絵では、藤の花の蔭に家があるような絵が描かれていたのであろう。「影ともたのむ」という言い方はお蔭を蒙るということであり、この一家が藤原氏の庇護を受けていることを暗示している。○立ち寄り来とも　「立ち」「寄り」ともに「浪」の縁語。○浪に折らるな　「浪」に「並み」を掛ける。

121 花の盛りはまだ過ぎぬゆえ、花が移ろい散るはずとてないのに、ここ吉野河では、岸の山吹の影が水に映っていることであるよ。○吉野河　古今集・春下の「吉野河岸の山吹吹く風に底の影さへうつろひにけり」(紀貫之)に拠る。▽花が色あせ散りゆくのを「うつろふ(移)」と言うので、「水に映ろふ」と掛けた洒落。

122 蛙が抑さえ切れずに鳴いて惜しんでいるのをも知らないで散ってゆく山吹の花よ。どうしようもなく泣いてとどめようとしているのに、それさえ御存じなく他に心を移すあなたなのですね。

122 しのびかね鳴《な》きてかはづの惜《(をしむ)》をも知《し》らずうつろふ山吹の花

やよひ許《(ばかり)》の花の盛《さか》りに、道《みち》まかりけるに　僧正遍昭

123 折《(をり)》つればたぶさにけがる立《た》てながら三世《みよ》の仏に花たてまつる

題しらず　よみ人も

124 水底《みなぞこ》の色さへ深き松が枝《え》に千歳《ちとせ》をかねて咲《さ》ける藤波

やよひの下《しも》の十日許《(ばかり)》に、三条右大臣、兼輔《かねすけ》の朝臣の家にまかりて侍《(はべり)》けるに、藤《ふぢ》の花咲《さ》ける遣《やり》水のほとりにて、かれこれおほみきたう

〇人　相手の人。男であろう。▽古今集・春下の「かはづ鳴く井手の山吹散りにけり花の盛りに逢はましものを」に依拠し、自分を蛙に、相手を山吹に喩えて、一三の注に引いた「山吹…うつろひにけり」に拠って「うつろふ」に「花が散る」意と「心変りする」意を持たせているのである。

123 折ってしまうと、私の手で汚れてしまう。だから立ててあるそのままの姿にて、三世の仏にこの花を奉るのです。〇たぶさ　手と腕首を含む箇所。「おのがたぶさの血をさしあやして琴の名を書き付く」(うつほ物語・俊蔭)「たぶさにとりてあそびけらしも」(神楽歌)などの例がある。〇立てながら　立ててあるままに。〇三世の仏　過去・現在・未来の仏。つまり特定の仏ではなく、あらゆる世界の仏という仏に花を奉ると言っているのである。

124 水底が深いだけでなく、そこに映っている色までが深く見える松の枝の長寿にあやかって、千年後の繁栄を予見するように咲いている藤波であるよ。〇水底の色さへ深き松が枝に　水底に映っているので、深さだけでなく、松の枝の色まで深いと言っているのである。〇千歳をかねて　千年後の繁栄を予祝するように。〇藤波　水の縁語で「波」と言った。▽藤が千歳の松にかかっているのは屏風絵に多い図様。藤原氏が常に皇室と共にあることを示すめでたい組合せ。「題しらず」であるが、藤原氏に対する賀の歌である。

べけるついでに　　三条右大臣

125 限《(かぎり)》なき名におふふぢの花なればそこゐ《(ひ)》もしらぬ色の深《ふか》さか

兼輔朝臣

126 色深くにほひし事は藤浪の立《た》ちもかへらで君とまれとか

貫之

127 棹《さほ》させど深《ふか》さも知《し》らぬふちなれば色をば人も知《し》らじとぞ思《(おもふ)》

琴笛《ことふえ》などしてあそび、物語《がたり》などし侍《(はべり)》けるほどに、夜ふけにければ、まかりとまりて　　三条右大臣

128 昨日見し花の顔《かほ》とて今朝《けさ》見れば寝《ね》てこそさらに色《いろ》まさりけれ

125 藤原氏の中でも名門として知られるお宅の藤の花ですから、水に映っても、まるで淵のように底も知れない色の深さなのですね。○やよひの下の十日許　三月二十日頃。○三条右大臣　藤原定方。○かれこれ　あの人この人が集まって。○おほみき…　神からいただいた酒を飲むというたてまえで「おほみき」と言ったのであろう。「みき」は酒のこと。○限なき名におふふぢ　「名におふ」は「…の名前を背負っている」「…という定評がある」の意だから、「限りない藤」に喩えられるほどの名家であるという評価が定着しているという意。また「淵」には「魚が多く集まる所」の意から発展した「物の多く集まる所」に喩える意がある。人や物が多く集まって栄えている家という意で用いられたのであろう。また「淵」がつく漢語の熟語はすべて深みのある意の褒め言葉になっている。「藤」と「淵」を掛けて、兼輔一家の繁栄を讃美しているのである。○そこゐ　「底」の歌語。

126 色深く咲き輝いているのは、あなた様が立ち帰らないで一泊してくださいと、藤浪が願ってのことでしょうよ。○藤浪の立ちもかへらで「藤浪」の「浪」の縁語で「立ち」「かへる」と言ったのである。▽定方の讃美に対する御返し。

127 舟から棹を差しても、深さもわからないほどの淵でありますので、その傍(そば)に咲いている藤の花の色の深さをどなたも御存じないのだと思います。だからお帰りになろうとなさっているのだと思います。○深さも知らぬふちなれば「淵」に「藤」をかけ、「淵」の深さから「藤の花」の色の深さに転換している。▽一二四を承けて「深さも知らぬ淵」と兼輔を讃え、淵があまりに深いので藤の花の色の深さもわかってもらえないのだろうと言って定方をとどめようとする兼輔に調子を合わせている貫之の姿勢がよくわかる。ここでも、

兼輔朝臣

129 一《ひと》夜のみ寝《ね》てし帰《かへ》らば藤の花心とけたる色見せんやは

貫之

130 朝《あさ》ぼらけ下《した》ゆく水は浅《あさ》けれど深くぞ花の色は見えける

題しらず

よみ人も

131 鶯の糸に撚《よ》るてふ玉柳吹《ふ》きな乱《みだ》りそ春の山風《かぜ》

桜《さくら》の花の散《ち》るを見て

みつね

132 何時《いつ》の間《ま》に散《ち》りはてぬ覧《(らん)》桜花おもかげにのみ色を見せつゝ

「淵」は兼輔邸のシンボルとして用いられる。

128 昨日見た花の顔だ、どうせ変りはしないと思いつつ今朝見ると、なんと、共寝をした結果、いっそう色がまさっていたことであるよ。○夜ふけにければ　前の三首から連続している。○まかりとまりて　「まかり」は詞書の語り手の聞き手に対する謙譲を表わす。○花の顔　藤の花を擬人化した表現。○寝てこそさらに　藤の花を女に喩え、「共寝をして一層」の意に解した。○色まさりけれ　「色」は女の顔色・色香の「色」を言う。▽「泊まる」ということから、女の家に泊まることを連想し、「寝」「色」などの語で統一している。楽しい座興のやりとりである。

129 そうはおっしゃいますが、一夜共寝をしただけでお帰りになるのでは、藤の花とて心を許した色を見せはしないと思いますよ。○心とけたる色見せんやは　反語。見せるでしょうか、見せはしません。もう一泊してください。

130 ほのぼのと明けようとする朝の光の中、下を流れる遣り水は浅くても、藤の花は深い色に見えましたよ。一夜泊まるだけという浅いお心かも知れませんが、この朝の雰囲気は格別、御主人のお心は、まことに深いものに思われましたよ。○朝ぼらけ　朝、東の空が白み始める頃。○下ゆく水　一二五の詞書に「藤の花咲ける遣水のほとりにて」とあった。建物の下を水が流れていたのであろう。▽後撰集新抄は「下ゆく水は浅けれど」を「定方右大臣のお心は浅いが」と解するが、貫之が定方の代弁をしたとすべきであろう。一二五からの六首、前半後半とも、貫之の立場から統括されていることに注意したい。

131 鶯が糸に撚ったという美しい柳の枝を、吹いて乱すな。春の山風よ。○鶯の糸に撚るてふ　「青柳を片糸に撚りて鶯の縫ふてふ笠は梅の

敦実《あつみ》の親王《みこ》の花見侍《(はべり)》ける所にて　源仲宣朝臣

133
散《ち》ることのうきも忘《わす》れてあはれてふ事を桜《さくら》に宿《やど》しつる哉《(かな)》

桜《さくら》の散《ち》るを見て　よみ人しらず

134
桜色に着《き》たる衣の深《ふか》ければ過《す》ぐる春日も惜《お》しけくもなし

やよひに閏《うるふ》月ある年、司召《つかさめ》しの頃《ころ》、中文《(まうしぶみ)》にそへて、左大臣の家につかはしける　貫之

135
あまりさへありてゆくべき年だにも春にかならずあふよしも哉《(がな)》

返し　左大臣

136
常《つね》よりものどけかるべき春なれば光《ひかり》に人の遇《あ》はざらめやは

花笠」(古今集・神遊歌)とあるように、柳の枝を糸に喩え、それは鶯が撚ったものと見立てていた。○玉柳　「玉」は美称の接頭辞。催馬楽・高砂に「高砂の　さいささごの　尾上に立てる　白玉　玉椿　玉柳…」とある。▽寓意がありそうだが、「題しらず」なのでわからない。

132　いつの間に散り果ててしまったのだろうか、桜花は。面影としてだけ満開時の美しさを我々に見せ続けているけれど。○おもかげにのみ　イメージとしてのみ脳裏に残っていると言っているのである。

133　散ることのつらさをも忘れて、「ああ、本当にすばらしい」という言葉を、うかつにも桜に与えてしまったことだよ。○あはれてふ事を　「ああすばらしい」という言葉。「あはれてふことをあまたにやらじとや春に遅れて独り咲くらむ」(古今集・夏)など例は多い。○宿しつる哉　「宿す」は、そこに留めてしまうこと。一三三の詞書「…を宿し置きて侍りけるを」参照。

134　着ている衣の桜色が深い色なので、春の日が過ぎ去ってゆくのが惜しいこともありません。▽古今集・春上の「桜色に衣は深く染めて着む花の散りなむのちのかたみに」のその後を詠んだということになる。春を惜しみ花を惜しむ心の切なさを逆説的に表現したのである。

135　余分の月さえ伴って春が過ぎ去ってゆく今年だけでも、何とか確実に人生の春に遇いたいものです。○やよひに閏月ある年　貫之在世中に、三月に閏月のある年は仁和元年(八八五)、延喜四年(九〇四)、天慶五年(九四二)の三回であるが、堀河本に「おの丶宮の左大臣」とあり、貫之集にも「左大臣さねよりのきみ」とあるので、小野の宮と呼ばれた藤原実頼が活躍した時期という限定を加えると、天慶五年、貫之七十歳前後となる。○司召し　京

常《つね》にまうで来《き》かよひける所に、障《さは》る事侍《(はべり)》て、ひさしくまで来逢《きあ》はずして年かへりにけり。あくる春《はる》、やよひのつごもりにつかはしける　藤原雅正

137 君来《こ》ずて年は暮《く》れにき立《(たち)》かへり春さへ今日《けふ》に成《(なり)》にける哉《(かな)》

138 ともにこそ花をも見めと待《ま》つ人の来《こ》ぬ物ゆへ《(ゑ)》に惜《お》しき春《はる》かな

返し　つらゆき

139 君《きみ》にだにとはれでふれば藤の花たそがれ時も知《し》らずぞ有《(あり)》ける

官を任命する公事。○申文　願い状。○あまりさへ　左伝に「閏月者附月之余日」とあり、後漢書・張純伝にも「閏者歳之余」とある。「春が余っている年だけでも人生の春、つまり恵まれた官につきたい」と言っているのである。

136 いつもより一箇月多くてのどかであるはずの春なのですから、あなたが光明に遇わないことはありますまい。そのように取りはからいますよ。○のどけかるべき　有名な「ひさかたの光のどけき春の日に…」(古今集・春下)のように光が「のどけかる」状態なのである。○光　光明。帝王の恵みの光。▽他の集ならば雑の部に入るはずの贈答が春の部に入っているのが後撰集の部立ての特徴。

137 あなたがいらっしゃらないままで年は暮れてしまいました。また新しく始まった年の春までも最後の今日になってしまったことだよ。○まうで来かよひける所　お互いに行ったり来たりしていた所。「まうで」は「行き」の謙譲語。○障る事侍て　支障があって。○立かへり　新しい年が始まって。「たつ」は出発すること。新しく始まること。「あらたまの年たちかへるあしたより待たるるものは鶯の声」(拾遺集・春・素性)と同じ。○春さへ今日に成にける哉　春までがその最後の日の今日になったことだなあ。▽以下、白氏文集に多い「三月尽」、すなわち三月の末日に春の終わるのを惜しむ歌が続く。→一三九注。白氏文集の間接的影響と見てよい。

138 お逢いして、共に花を見ようとお待ちしているあなたがいらっしゃらないにもかかわらず、惜しまれる春でありますよ。○待つ人の来ぬ物ゆへに　古今集・春下「待つ人も来ぬものゆゑに鶯の鳴きつる花を折りてけるかな」による。「ものゆゑに」は一般的前提とそれに反する事実を結びつける。「…であるのに」「…であるくせに」の意。

140
八《や》重葎《へむぐら》心の内に深《ふか》ければ花見にゆかむいでたちもせず

題しらず　　　　よみ人も

141
惜《お》しめども春の限《かぎり》の今日《けふ》の又夕暮《ゆふぐれ》にさへなりにける哉《かな》

みつね

142
行《ゆ》く先《さき》を惜しみし春の明日《あす》よりは来《き》にし方《かた》にもなりぬべき哉《かな》

やよひのつごもり　　　　つらゆき

143
行《ゆ》く先《さき》になりもやするとたのみしを春の限《かぎり》は今日《けふ》にぞ有《あり》ける

139　特に親しいあなたにまでお訪ねいただかない状態で過ごしていますので、藤の花を見ながら、三月尽日の黄昏（たそがれ）時が来ているのも気づかないでいたことですよ。○君にだに　特に親しいあなたにまで。→一四〇注。▽白氏文集・巻十三の「三月三十日、慈恩寺ニ題ス」という詩の「惆悵ス春帰リテ留メ得ズ。紫藤ノ花下漸ク黄昏」による。一三七に対する返歌。

140　八重葎が門だけではなく、心の内にも深く生い繁っているので、花を見に行こうとするための出立もいたしません。○八重葎　「八重葎」は門や庭に葎が一面に生い繁っていること。逼塞している状態を示している場合に言う。なお、貫之集には雅正の「君来ずて…」の詞書に「世間なげきて、ありきもせずしてある間に…」とあって、貫之が何らかの事情で逼塞していたことがわかる。○心の内に　庭前が鬱蒼としているだけではなく、心の中も暗いのである。○いでたちもせず　出立もしない。「いでたち」には、世に交わるという意もあり、逼塞している状態がよく表われている。一三八に対する返歌である。

141　惜しんでいるのだけれども、とうとう春の最後の今日の日の、そのまた最後の夕暮にまでなってしまったことだよ。▽伊勢物語九十一段は、この歌を利用して「昔、月日のゆくをさへなげく男、三月つごもりがたに　惜しめども春の限りの今日の日の夕暮にさへなりにけるかな」という形にまとめている。

142　去り行く方向に向かって惜しんでいた春が、明日からは過去のこととして思い出すようになってしまうことであるよ。○行く先　春が去り行く先。○来にし方　過去。「に」「し」は過去完了的表現。▽春を擬人化し、「行く先」と「来にし方」を対比しつつ春を惜しんでいるのである。なお、

144
花しあらば何かは春《ゝる》の惜《お》しからん暮《く》るとも今日《けふ》は嘆《なげ》かざらまし
よみ人しらず

145
暮《く》れて又明日《あす》とだになき春《はる》の日を花の影にて今日《けふ》は暮《くら》さむ
みつね

やよひのつごもりの日、ひさしうまうで来《こ》ぬよし言《い》ひて侍《(はべる)》文《ふみ》の奥《おく》に書《か》きつけ侍《(はべり)》ける
つらゆき

146
又も来《こ》む時ぞと思《おも》へどたのまれぬわが身にしあれば惜《お》しき春《はる》哉《(かな)》
つらゆき、かくて同《おな》じ年になん身まかりにける

躬恒集には第三句「今日よりは」となっている。

143 ひょっとすると、まだまだずっと先のことになるのではないかなどと、はかない期待を抱いていたのだが、その春の最後の日は、何と今日であったことだよ。○行く先　この場合は、時間の進み行く先。「来しかた」に対する語。未来。▽「もやする」は、「ひょっとすると…かも知れない」というはかない期待を表わす。遥か後のことになるかも知れないと、春の終りの遠からんことを期待していたのだが…と言っているのである。

144 もし花さえあるのならば、春の過ぎ去りゆくのがどうして惜しかろう。このまま春が暮れてしまっても、最後の日の今日、嘆いたりしないだろうに。しかし花がなくなるから嘆かざるを得ないのであるよ。▽春を惜しむのも、要するに花ゆえのことであると言っているのである。

145 暮れてしまうと、「また明日」ということもない春の終りの日なのだからねえ。今日一日は花の蔭で暮れるまで過ごしましょうよ。○春の日を　「を」は格助詞ではなく感動の終助詞のように訳した。▽躬恒集には「今日暮れて明日とだになき春なれば立たまく惜しき花の蔭かな」という形で出ている。

146 再びおいでになる頃合だと思いますけれども、いつまで生きていられるかわからない、はかない我が身でございますので、暮れてゆく今年の春がことさらに惜しまれることでありますよ。早くおいでいただきたいものです。○ひさしうまうで来ぬよし言ひて侍文　永い間尋ねて来ないことを怨んでよこしました手紙。○奥に　手紙の末尾に。○又も来む時　あなたがもう一度たずねていらっしゃるであろう時。○たのまれぬわが身　いつ消滅するかわからない、はかない我が身。○同じ年　貫之の没は天慶九年(九四六)頃。

後撰和歌集巻第四

夏

題しらず　　　よみ人も

147 今日よりは夏の衣に成《(なり)》ぬれど着《き》る人《ひと》さへは変《かは》らざりけり

148 卯花《(うのはな)》の咲《さ》けるかきねの月きよみ寝《いね》ず聞《き》けとや鳴《な》くほとゝぎす

147　今日からは皆が夏の衣になったけれども、それを着る人までが薄い心に変りはしないことであるよ。○今日よりは　当時は四月一日に一斉に夏の衣に換えたのである。▽「蟬の声聞けばかなしな夏衣薄くや人のならむと思へば」(古今集・恋四)のように「夏衣」は薄いものであることを前提に、しかし、人の心は薄くならないよとみずからを納得させているのである。このように人の心を主体にした歌を夏部の冒頭に置くのは後撰集の特徴。

148　卯の花が白く咲いている垣根を照らす月はどこよりも明るいので、「寝ないで聞いてくださいよ」と言ってか、ほととぎすがやって来て鳴いていることであるよ。○卯花の咲けるかきね　一四九・一五一―一五五のように「卯花」は「垣根」に植えられることが多かった。▽古今六帖・六の「月をだにあかず思ひて寝ぬものをほととぎすさへ鳴きわたるかな」(紀貫之)に「卯の花の垣根」の白さ明るさを加えたか。

四月《う》許《ばかり》、友だちの住《す》み侍《はべり》ける所近《ちか》く侍て、かならず消息《せうそこ》つかはしてむと待《ま》ちけるに、音《をと》なく侍ければ

149 郭公《ほとゝぎす》来《き》ゐるかきねは近《ちか》ながら待《ま》ち遠《どを》にのみ声のきこえぬ

返し

150 ほとゝぎす声待《ま》つほどは遠《とを》からでしのびに鳴《な》くを聞《き》かぬなる覧《らん》

もの言《い》ひかはし侍ける人のつれなく侍ければ、その家のかきねの卯花《うのはな》を折《ゝ》りて、言《い》ひ入《い》れて侍ける

151 うらめしき君が垣根《ゝきね》の卯花はうしと見つゝも猶《なほ》たのむ哉《かな》

149 ほととぎすが来ている垣根は近いのですが、私を待ち遠しく思わせるほど、声が聞こえて来ないことでありますよ。同様に、近くに住んでいらっしゃるあなたの消息が待ち遠しいことです。○四月許　詞書末尾に補われてしかるべき「つかはしける」に掛かるとも見られるが、詞書全体の前提としての時期をまず示して、ほととぎすを待つ思いと友の音信を待つ思いを掛けて表現しようとする必然性を示す。○消息つかはしてむ　その友達が必ず便りを贈るだろうと待っていたのに。「消息つかはしてむ」という表現は友達の側からの書き方であって、やや理解しにくい。○近ながら待ち遠に　「近ながら」と「待ち遠」を対応させている。▽二荒山本では作者を「まさたゞ」、片仮名本では「雅正」とする。

150 ほととぎすの声を待っているとおっしゃるあなたは遠い所にいるわけでもないのに、こっそりと鳴いているほととぎすならぬ私の声をどうしてお聞きになってくださらないのでしょうか。○聞かぬなる覧　「らん」は原因推究。どうして聞かないのだろうか。

151 怨みたい気持にさせるあなたのお宅を訪ね、その垣根の卯の花を折って、「卯の花」という名前の通り「憂し」という気持にまたまたなるのだが、それでもやはり今後に期待をかけてしまう私でありますよ。○もの言ひかはし侍ける人　恋文の贈答をする仲の人。○その家　その女の家。○うらめしき　「つれなく侍」のが「うらめしい」のである。○卯花はうしと見つゝも　「卯の花」の語呂合せで言うのではないが、こんなつれない状態は、やはり「憂し」だなあと思いつつ。▽古今集・夏の躬恒の歌「ほととぎす我とはなしに卯の花のうき世の中に鳴きわたるらむ」のように「卯の花のうし…」と続ける例は多い。

返し

152 うき物と思ひ知《し》りなば卯花の咲《さ》けるかきねもたづねざらまし

卯花《うのはな》のかきねある家にて

153 時わかず降《ふ》れる雪かと見るまでにかきねもたわに咲《さ》ける卯花

ともだちのとぶらひまで来《こ》ぬことをうらみつ

かはすとて

154 白妙《しろたへ》にに《ゝ》ほふかきねの卯花の憂《う》くも来《き》てとふ人のなきかな

155 時わかず月か雪かと見るまでにかきねのまゝにさける卯花

152 みずからの身を憂きものと本当に思い知っていらっしゃるのであれば、「憂」を連想させる卯の花が咲いている私の家の垣根を訪ねていらっしゃらないでしょうよ。▽前歌では「卯の花という名前の通り「憂し」という気持だ」とおっしゃったが、私がつれないゆえに「憂し」と本当に思っていらっしゃるのであれば、卯の花の咲いている私の家になんかいらっしゃるはずもありますまい…と言っているのである。

153 時節をわきまえずに降った雪かと錯覚するほどに、垣根もたわむばかりに咲いている卯の花であるよ。○かきねもたわに　垣根がたわむほどに花がおびただしくのしかかっている様。▽拾遺集・夏に重出。

154 真っ白に咲き輝いている私の家の垣根の卯の花を見て言うわけではないが、まことに憂きことに、訪ねて来て私に声をかけて下さる人がないことであるよ。○白妙ににほふかきねの卯花女の家の実景であろうが、「卯花」の「う」と同音反復して「憂くも」を導く序詞の役割をも果している。

155 時節がわからずに、秋の月か、冬の雪かと見るほどに、垣根そのものになって白く咲いている卯の花であるよ。○月か雪か　「時わかず」とあるから、秋の月、冬の雪の意。卯の花の白さの形容。○かきねのまゝに　卯の花が垣根そのものになっているというのである。

156 私は泣くのがつらくなりました。もう、どこかへ行こうと思います。しかし、ほととぎすが卯の花の木蔭を離れないように、憂き思いはいつまでも私から離れないでしょうよ。○鳴わびぬ　ほととぎすのことを言っているかに見えるが、作者自身のことが中心になっている。○いづちかゆかん　古今集・夏「五月雨に物思ひをればほととぎす夜深く鳴きていづちゆくらん」(友則)による。

156
鳴《(なき)》わびぬいづちかゆかん郭公《(ほととぎす)》猶《(なほ)》卯花の影《(かげ)》は離《ゝな》れじ

四月《う》許《(ばかり)》の、月おもしろかりける夜、人につかはしける

157
あひ見しもまだ見ぬこひも郭公月に鳴《な》く夜《よ》ぞよにに《ゝ》ざりける

女の許《(もと)》につかはしける

158
有《(あり)》とのみ音羽《をとは》の山の郭公聞《き》き《ゝ》に聞《き》こえてあはずもある哉《(かな)》

題しらず　　伊勢

159
木《こ》がくれて五月《さ》待《ま》つとも郭公羽《はね》ならはしに枝うつりせよ

ほととぎすと同じく「いづちかゆかん」と思ったのである。「卯」と「憂(ぅ)」を掛けるのは常套的。▽前掲友則の歌の他に「ほととぎす我とはなしに卯の花のうき世の中に鳴きわたるらん」(古今集・夏・躬恒)の影響もある。

157　既に逢って深いかかわりを持ってしまった人を恋い慕うにしても、まだ見ぬ人を恋い慕うにしても、ほととぎすが月の素晴らしさに鳴く今夜にまさるような時は絶対にありませんよ。○あひ見しもまだ見ぬこひも　「逢ひ見し恋もまだ見ぬ恋も」の意。○よににざりける　他に似るものがない。比類するものがないの意。

158　そこにいらっしゃるということだけは便りに聞くのだが、あの音羽の山のほととぎすのように、鳴き声は聞こえても、お姿を見ることがないのですよ。○有とのみ音羽の山の郭公　「有りとのみ音はするが」の意と「音羽の山のほととぎす」を掛ける。▽「音羽の山」は今の京都市山科区、逢坂山につながる山であるが、古今集・一四二の友則の歌や同・三八四の貫之の歌に見られるように、ほととぎすの名所であることを前提にしつつ、同じく古今集・恋一の在原元方の歌「音羽山音に聞きつつ逢坂の関のこなたに年をふるかな」によって、物は言ったが、まだ逢う前の状態であることを示しているのである。

159　まだ四月なので、木の蔭に隠れて五月の来るのを待っている時期だとしても、ほととぎすよ、羽のウォーミング・アップのために枝から枝へと飛び移ってみなさいよ。▽「五月待つ山ほととぎす…」(古今集・夏)、「五月来ばなきもふりなむほととぎす…」(同)のようにほととぎすは五月を待って鳴くものとされていたから、「木隠れて五月待つとも…」と言い、「羽ならはしに枝移りせよ」とやさしくほととぎすに言いかけたのである。

藤原のかつみの命婦にすみ侍《(はべり)》ける男《おとこ》、人の手にうつり侍にける又のとし、かきつばたにつけて、かつみにつかはしける

良岑義方朝臣

160 いひそめし昔のやどの杜若《(かきつばた)》色許《(ばかり)》こそかたみなりけれ

賀茂祭の物見侍ける女の車《くるま》に言《い》ひ入《い》れて侍ける

よみ人しらず

161 ゆきかへる八十《やそ》氏《うぢ》人《(びと)》の玉かづらかけてぞたのむ葵《(あふひ)》てふ名を

返し

162 ゆふだすきかけてもいふなあだ人の葵《(あふひ)》てふ名《な》はみそぎにぞせし

160 この杜若はあなたと契りを結ぶようになった昔の宿の杜若ですよ。花の色だけは昔と変らずそのなごりを留めていますが、情況はまったく変ってしまったことですよ。〇藤原のかつみの命婦にすみ侍ける男　「つかはしける」に続く。良岑義方である。〇人の手にうつり侍にける　かつみが別の男の所に引き取られたのであろう。歌にいう「昔のやど」がかつみの家である。〇いひそめし　一〇三に「思ひつつまだ言ひそめぬ我が恋を…」とあるように、最初に契りを結ぶこと。〇色許こそ　杜若の視覚的美しさだけが。「かたみ」は記念として残しておく物。

161 行ったり来たりしている多くの氏人がかけている葵と桂の鬘(かずら)ではないが、この葵ならぬ「逢う日」が来ることを心にかけて願っているのです。〇賀茂祭　四月の中の酉の日。〇物見侍ける女の車　奉幣使の行列を見物するための女車。〇ゆきかへる八十氏人　奉幣使の行列。「八十氏人」は万葉集以来用いられている歌語で(一〇三・四一〇〇に例あり)、天皇に仕える多くの氏の人。〇玉かづら　貫之集に「人もみなかつらかざしてちはやぶる神のみあれにあふひなりけり」とあるように、賀茂祭の日、供奉の人は葵を衣冠に付したので「玉かづら」と連想し、「かけて」を導き出したのである。〇葵てふ名　「葵」は「あふひ」と発音し表記したので、その「逢ふ日」という名(意味)を期待しようといっているのである。

162 賀茂の祭には木綿襷(ゆうだすき)をかけるからいうわけではありませんが、かけても言わないでほしいのです。浮気者が「逢ふ日」などという意を持つ葵などという語は禊(みそぎ)に流してしまいましたので。〇ゆふだすき　神事に奉仕する時に用いた木綿のたすき。「ちはやぶる賀茂のやしろのゆふだすきひと日も君をかけぬ日はなし」(古今集・

題しらず

163 このごろは五月雨《さみだれ》近《ちか》み郭公《(ほととぎす)》思《(おもひ)》みだれてなかぬ日ぞなき

164 待《ま》つ人は誰ならなくにほとゝぎす思ひの外《(ほか)》に鳴《な》かばうからん

165 にほひつゝ散《ち》りにし花ぞおもほゆる夏は緑の葉のみ繁《しげ》れば

朱雀院の春宮におはしましける時、帯刀《たちはき》ら、五《さ》月許《(ばかり)》、御書所にまかりて、酒《さけ》などたうべ

恋一)によって賀茂の社と特に結びつき「かけ」(心にかける)を導き出す働きをしていた。○あだ人の葵てふ名　「浮気者が逢う日」という意を持つ葵。○みそぎにぞせし　賀茂の斎院の禊からの連想で、「逢う日」などというものは、川で行なった禊で流してしまったと言っているのである。

163 今の時節は五月雨が近づいているので、ほととぎすも私と同じく思い乱れて鳴かない日とてありません。○思みだれて　「さみだれ」と同音反復しているのだが、ほととぎすよりも人の心情表現にふさわしい。私と同様に、と補って訳したゆえんである。▽古今集・夏「五月雨に物思ひをればほととぎす夜深く鳴きていづちゆくらん」(紀友則)に見られるように「五月雨」は物思わせるもの。なお、この歌は貫之集にある。

164 ほととぎすが鳴くのを待っているのは、誰でもない、この私ですのに。思いもしないよそで鳴くならば、さだめてつらい気持になるでしょうよ。○誰ならなくに　「誰でもない、私であるのになあ」と、打ち消しながら詠嘆する形。古今集・恋四「みちのくのしのぶもぢずり誰ゆゑに乱れむと思ふ我ならなくに」(源融)の「我ならなくに」と同じ言い方。▽ほととぎすを男に喩えての詠とも解せる。

165 美しく咲きながら散ってしまった花がおのずから心に思い浮かびます。夏には緑の葉ばかり繁って花はまったく見られませんので。▽ほととぎすの歌が続く中に突然一首だけ、夏の青葉の中に春の花を懐かしむ歌が登場するが、次の「鶯を慕う」歌とは呼応している。

て、これかれ歌《うた》よみけるに

大春日師範

166 さみだれに春の宮人来《く》る時は郭公《ほととぎす》をやうぐひすにせん

夏夜《なつのよ》、深養父《ふかやぶ》が琴ひくを聞《き》ゝて

藤原兼輔朝臣

167 短《みじ》か夜のふけゆくまゝに高砂の峰の松風吹《ふ》くかとぞ聞《き》く

おなじ心を

つらゆき

168 葦引《あしひき》の山下《した》水はゆきかよひ琴《こと》の音《ね》にさへながるべら也

題しらず

藤原高経朝臣

169 夏の夜はあふ名のみして敷妙《しきたへ》の塵《ちり》はらふ間《ま》に明《あ》けぞしにける

166 五月雨の中、このように酒に乱れようと、珍しくも季節外れの春の宮の人がやって来る時は、ほととぎすを鶯に換えたい気持がいたします。○朱雀院の… 朱雀天皇が皇太子であったのは延長三年(九二五)十月から同八年(九三〇)九月まで。○帯刀ら 春宮の帯刀。春宮舎人の内、武具を帯びて衛護の任にあたるもの。○御書所 宮中の貴重書を管理する役所。作者の大春日師範は御書所の役人だったのであろう。○さみだれに 「五月雨」に「さ乱れに」を掛ける。○春の宮人 春宮の役人。

167 短い夏の夜が更けゆくにつれて、中国の詩に言うように、峰の松風が吹いているのではないかと、この琴の音を聞いてしまいますよ。○高砂の この場合は「峰」にかかる枕詞。▽琴の音を松風に喩えるのは中国文学の影響。李嶠百詠の「松風入夜琴」が有名だが、「寒山颯颯雨、秋琴冷冷弦」(白氏文集・巻五・松声)、「松寂風初定、琴清夜欲レ闌」(白氏文集・巻二十五・松下琴贈客)など、ほかにも例が多い。

168 山下水のように目立たない私ですが、あなたの琴の音と通じ合って自然に泣かれることですよ。○葦引の山下水 「あしひきの山下水の木がくれて…」(古今集・四九一・一〇〇二) のように、「山下水」は、木に隠れて流れるもの。目立たない自分自身を比喩。○ゆきかよひ 通じ合っている。「山下水」から連想して春秋時代の伯牙・鍾子期の「山水」の故事による。文選・琴賦「伯牙之ヲ鼓シ、鍾期声ヲ聞ク」の李善注に呂氏春秋を引き、伯牙が太山を思って弾くと鍾子期は峩々たる太山を感じ、伯牙が流水を思って弾くと鍾子期は湯々たる流水を感じるほどのよい聞き手であったとする。よい聞き手は「山水」を感じるというこの故事によって、「山下水のように目立たない自分ながら、琴の音に感じ自然に泣かれてくることよ」と言っ

170
夢よりもはかなき物は夏の夜の暁がたの別《わかれ》なりけり

壬生忠岑

あひしりて侍《はべり》ける中の、かれもこれも心ざしは有《あり》ながら、つゝむことありて、えあはざりければ

よみ人しらず

171
よそながら思《おもひ》しよりも夏の夜の見はてぬ夢ぞはかなかりける

夏の夜、しばし物語《がたり》してかへりにける人のもとに、又のあした、つかはしける

伊勢

172
二《ふた》声と聞《きく》とはなしに郭公夜深く目《め》をもさましつる哉《かな》

ているのである。〇ながるべら也　「流るべらなり」と「泣かるべらなり」を掛ける。

169　夏の夜は短いので、せっかく逢っても、それは名目だけで、寝床の塵を払う間に、もう明けてしまったことだよ。〇あふ名のみして　逢うという名前だけで。〇敷妙の　枕詞として寝所に関係する「枕」「床」「袖」などにかかるが、ここは寝所の敷物の意。〇塵はらふ　寝所の敷物の塵を払うことが疎遠になっていた交情が復活する際のシンボル的表現になっている。

170　すぐ醒めてしまう夢よりもはかないものは、夏の夜の明け方の、あまりにも短くはかない別れであるよ。▽忠岑集には「しのびて女のもとに待りしに、いくばくもなくて明けはべりしかば」という詞書がある。

171　離れて思っていた時よりも、短い夏の夜の見果てぬ夢のように僅かな間にしか逢えない今の情況の方が、何とも、はかないものであるよ。〇あひしりて待ける中の　既に関係を持った男女の仲で。〇かれもこれも　あちらもこちらも。男も女も。〇心ざしは有ながら　愛情はあるのだけれども。〇つゝむことありて　他人に隠さねばならぬ事情があって。▽「命にもまさりて惜しくあるものは見果てぬ夢の醒むるなりけり」（古今集・恋二）。

172　二声と聞くこともないままに、ほととぎすは一声だけ鳴いてまだ夜が深い間に目を醒ましてお帰りになったことでありますよ。〇しばし物語してかへりにける人…　しばらく言葉を交して帰ってしまった男のもとに。〇二声と聞とはなしに　「夏の夜のふすかとすればほととぎす鳴くひと声にあくるしののめ」（古今集・夏）による。男をほととぎすに喩えて、夜が深い間に早くも帰ってしまったことを怨んでいるのである。

人《ひと》のもとにつかはしける　　　　藤原安国

173 あふと見し夢にならひて夏の日の暮《く》れがたきをも歎《(なげき)》つる哉《(かな)》

よみ人しらず

174 うとまるゝ心しなくは郭公《(ほととぎす)》あかぬ別《(わかれ)》に今朝《けさ》は消《け》なまし

思事侍《(おもふことはべり)》けるころ、ほとゝぎすを聞《き》き《ゝ》て

175 折《(をり)》はへて音《ね》をのみぞ鳴《な》く郭公しげきなげきの枝ごとにゐて

四五月許《(ばかり)》、遠《とを》き国《くに》へまかりくだらむとするころ、郭公を聞《き》き《ゝ》て

176 ほとゝぎす来《き》ては旅とや鳴渡《(なきわたる)》我は別《(わかれ)》の惜《お》しき宮《(みや)》こを

173 現実とは違って、逢っていると見える夢の世界に慣れきって、早く夜にならないかと夏の日の暮れ難いのを嘆いていることです。○あふと見し夢　逢うということが見える夢。▽古今集の小野小町の歌(五五二—五五四・六五六—六五八)をはじめ、「夢でしか逢えぬ」というテーマの歌は多いが、夢の中で逢うことに、あきらめと満足を見出し、早く夜にならないかと思う、いじらしい歌である。

174 人に疎まれるような浮気心がなければ、あなたは、この充たされないままの別れの悲しみに、そのまま今朝は死んでしまっているでしょうよ。○うとまるゝ心　古今集・夏の「ほととぎす汝が鳴く里のあまたあればなほうとまれぬ思ふものから」により、「浮気をするゆえに疎まれるという例のお心がもし無ければ」の意。○消なまし　死んでしまうだろう。○郭公　男を喩えている。疎まれるほど浮気なあなただから平気なのでしょうと皮肉っているのである。▽八代集抄とその影響を受けた本だけが末句を「けさは鳴かまし」とするが、主語を「ほととぎす」とするゆえの意解改竄の本文であろう。

175 あのほととぎすが繁った嘆きの木の枝ごとにいて鳴いているように、私も嘆きのまっただ中にいて、ずっと声を限りに泣いているのです。○折はへて　その時を延長して。ずっと。○なげき　「嘆き」に「木」を掛ける。

176 ほととぎすは山からやって来て、ここは旅先だと思って鳴きながら飛び渡って行く。私にとっては、別れて行くことが何よりも惜しまれる都であるのに。○遠き国へまかりくだらむと　地方官として赴任するのであろう。▽都に居つかないで飛び去っていくほととぎすのようには都を捨てられない旅のつらさを素直に詠んでいる。

題しらず

177 独《ひとり》ゐて物思ふ我を郭公こゝにしも鳴《な》く心あるらし

178 玉匣《たまくしげ》あけつるほどのほとゝぎすたゞふたこゑも鳴《な》きて来《こ》し哉《かな》

五《さ》月許《ばかり》に、物言《い》ふ女につかはしける

179 数《かず》ならぬわが身山べの郭公木《こ》の葉《は》がくれの声《こゑ》は聞《き》こゆや

題しらず

180 とこ夏に鳴《な》きても経《へ》なんほとゝぎす繁《しげ》きみ山になに帰《かへる》らん

177 独りじっとすわって物思いにふけっている私を気にして、ほととぎすは、ここにやって来て鳴く。やさしい心があるらしい。〇こゝにしも鳴く 「し」も「も」も強意の助詞。▽万葉集・巻八「ひとりゐてものおもふよひにほととぎすこゆ鳴きわたる心しあるらし」の異伝であろう。

178 明けた頃になって、やっと来たほととぎすは、あちらで、一声ではなく二声も鳴いてからやって来たということなのでしょうね。〇玉匣「玉」は美称の接頭語。「匣(櫛笥)」は櫛を入れる箱。蓋をあけるので「明け」の枕詞になっている。〇ふたこゑ 櫛笥の縁で、蓋(ふた)→二(ふた)と続く。▽明けがたの「ほととぎす」は古今集・夏「夏の夜のふすかとすればほととぎす鳴く一声に明くるしののめ」(貫之)や本集一九二・一九七のように「一声(ひとこゑ)」と詠まれるのが普通であったが、「鳴きて来しかな」という言い方から見ると、明け方になってやって来た男を皮肉って「あちらの女の所で二声も鳴いて来たのでしょう」と皮肉っているのである。

179 数の内にも入らない私が山辺のほととぎすのように、木の葉に身を隠しながら泣いている声は、あなたに聞こえているでしょうか。〇物言ふ女 自分が文通している女。▽明らかに恋歌。後撰集の四季歌の特徴を示している。

180 夏の間ずっと鳴いて過ごしてほしい。ほととぎすよ、あんなに生い繁った山にどうして帰るのだろうか。〇み山 「み」は何となく畏敬の念を表わす接頭語。「深山」と解するのは誤り。▽古今集・夏「今さらに山へ帰るなほととぎす声の限りはわがやどに鳴け」(よみ人しらず)と同趣。

181 臥《ふ》すからにまづぞわびしき郭公《(ほととぎす)》鳴《な》きもはてぬに明《あ》くる夜なれば

三条右大臣、少将に侍《(はべり)》ける時、しのびにかよふ所侍けるを、上《うへ》のをのこども五六人許《(ばかり)》、五月の長雨《ながあめ》すこしやみて、月おぼろなりけるに、酒《さけ》たうべむとて、押《を》し入《い》りて侍けるを、少将はかれがたにて侍らざりければ、立《た》ちやすらひて、「あるじ出《いだ》せ」など、たはぶれ侍ければ

あるじの女

182 さみだれにながめくらせる月なればさやにも見えず雲《くも》がくれつゝ

女子《ども》持て侍ける人に、思《(おもふ)》心侍てつかはしける

よみ人しらず

181 臥すとすぐに、まずつらい気持になるよ。ほととぎすがまだ鳴き終りもしないのに明けてしまうほどの夜の短さだから。〇臥すからに　古今集・秋下「吹くからに秋の草木のしをるればむべ山風をあらしといふらむ」のように、「からに」は「…すると同時に」の意。〇わびしき　現代語の「つらい」。▽古今集・夏「夏の夜の臥すかとすればほととぎす鳴く一声に明くるしののめ」(紀貫之)を前提に、「鳴く一声」どころか、「鳴きも果てぬに」「明くる」夜であるよ、と言っているのである。

182 五月雨の中、物思いにふけりながら一日を暮らした夜の月ですから、さやかにも見えません。雲に何度も隠れまして。ずっと待ちつづけていたあのお方も、どこにいらっしゃるのか、はっきりいたしません。〇三条右大臣少将…　三条右大臣藤原定方が少将であったのは、寛平九年(八九七)から延喜六年(九〇六)まで。〇しのびにかよふ所　歌の作者の所である。〇上のをのこ　殿上人。〇酒たうべむとて　お酒をいただこうと言って。〇かれがた　女と疎遠になる頃。〇あるじの女　「あるじの女が…」というように、歌に対する主語として、歌をよんだ人を表わすとも解せる。堀河本詞書「いひたはぶれ侍ければ、あるじの女」。

183 幼い時から、私が一人で守って来た愛しい瞿麦(なでしこ)のようなあの子を、あたら花の盛りに他人に折らせないように、取らせないようにしてくださいよ。〇ふた葉　植物が最初に出す幼い葉。幼児の比喩。〇しめゆひ　しめ縄を張って部外者を入れないようにし、そこを占拠していることを神に申告する行為。〇なでしこ　瞿麦に「撫でし子」つまり「撫でるように大切に育てた子」の意を掛ける。〇人に折らすな　他の男に取らせるな。「折る」は「瞿麦」「花」の縁語。▽ずっと前から、その幼女の一家を世話していた男が、ライバルの出

183 ふた葉よりわがしめゆひしなでしこの花のさかりを人に折《お》らすな

題しらず

184 葦引《あしひき》の山郭公うちはへて誰かまさると音《ね》をのみぞ鳴《な》く

五月長《なが》雨のころ、ひさしく絶《た》え侍《はべり》にける女の許《もと》にまかりたりければ、女

185 つれ〲とながむる空《そら》の郭公とふにつけてぞ音《ね》はなかれける

題しらず

186 色かへぬ花橘に郭公千代《ちよ》をならせる声《こゑ》きこゆなり

現に驚いて、思いを示したのであろう。

184 山にいるほととぎすは自分以上に鳴き声が勝る者は誰もいないと、ずっと絶えることなく鳴き続けているよ。〇葦引の　「山郭公」の「山」にかかる枕詞。〇うちはへて　ずっと引き続いて。▽里ではほととぎすの一声を聞くのも大変だが、山ではずっと鳴いていると言って山居の楽しみを述べているのである。古今集・夏に第三句「折はへて」とするほかは同じ歌が見える。

185 なすこともなく物思いに耽って恋しい人の形見である空を眺めていますので、その空からやって来るほととぎすのように、あなたがお訪ねくださると私は声に出して泣いてしまうことです。▽「空をながむる」のは、恋しい人を思って物思いに耽るしぐさであった。「大空は恋しき人の形見かは物思ふごとにながめらるらむ」(古今集・恋四)。また、ほととぎすを浮気な男に喩える例も多く、「ほととぎす汝が鳴く里のあまたあればなほうとまれぬ思ふものから」(古今集・夏)などがある。

186 常緑の木である橘の花に、ほととぎすが千年もの間ずっと慣れさせている声が聞こえて来ることであるよ。〇色かへぬ花橘　万葉集・巻十七に「橘は常花(とこはな)にもがほととぎす住むと来鳴かば聞かぬ日なけむ」と詠まれているように、葉が常緑である橘は花も常であってほしいと願うのである。〇千代をならせる声　ほととぎすが、橘の花に、千代も続けて慣れさせている声。花橘もほととぎすも不変のシンボルとして詠まれているのである。▽なお、西本願寺本中務集に「三条のおほいまうちぎみ、権中納言とつかうまつれる屛風の絵に…橘にほととぎすの鳴くに」として下句「ちとせならぶる声ぞ聞ゆる」という形で見える。慶事に作られる屛風の歌であるから、このように常住不変の形に詠まれたのであろう。

187 旅寝《たびね》してつまこひすらし郭公神なび山に小夜《さよ》ふけて鳴《な》く

188 夏の夜に恋《こひ》しき人の香《か》をとめば花橘ぞしるべなりける

女の物見にまかりいでたりけるに、異車《ことくるま》かたはらに来《き》たりけるに、物《もの》など言《い》ひかはして、後《のち》につかはしける

伊勢

189 郭公《(ほととぎす)》はつかなる音《ね》を聞《き》き《ゝ》そめてあらぬもそれとおぼめかれつゝ

五月《さ》ふたつ侍《(はべり)》けるに、思事《(おもふ)》侍て

よみ人しらず

190 さみだれのつゞける年のながめには物思ひあへる我ぞわびしき

187 旅寝をして妻を恋い慕っているらしい。ほととぎすが神名備山に夜更けて鳴いているよ。〇神なび山　万葉集では飛鳥川とともに詠まれているので飛鳥の雷丘(いかづちのおか)のことかとされているが、古今集・秋下・二八四に竜田川とともに詠まれてからは、斑鳩町の西南の竜田山のことと思われていたようである。▽万葉集・巻十「旅にして妻恋ひすらしほととぎす神名備山に小夜更けて鳴く」の異伝であろう。

188 夏の夜に恋しいあの人の香りを求めるのであれば、「昔の人の袖の香ぞする」と詠まれたあの花橘がしるべとなることであるよ。〇香をとめば　拾遺集・春・躬恒「香をとめて誰折らざらむ梅の花あやなし霞たちなかくしそ」参照。▽古今集・夏・よみ人しらずの「五月(さつき)待つ花橘の香をかげば昔の人の袖の香ぞする」に依拠した歌である。

189 ほととぎすの僅かに聞こえる声を初めて聞いてからは、他の音でも、ほととぎすの声であるかのように、ぼんやりと聞いております。あなたのお声を僅かにお聞きしてからは、全く違った声にも、あなたではないかと思うほどに、はっきりしない状態が続いております。〇女の物見にまかりいでたりけるに　伊勢が見物に出かけたのである。〇異車　男の乗っている車。〇物など言ひかはして　言葉のやりとりをして。〇後に　帰ってから。〇はつかなる音　やっと聞こえる声。〇あらぬもそれと　そうでもない物もそうであると。

190 五月雨が続いている年の長雨に、ぼんやりと外をながめつつ物思いを二つ合わせている私はつらいことであるよ。〇五月ふたつ侍ける　閏五月がある年。〇ながめ　「長雨」とぼんやりと外を眺めながら物思いに耽る意の「ながめ」を掛ける。〇物思ひあへる我　物思いが重なっている自分。▽西本願寺本伊勢集に「五月ふたつある年」という

女に、いとしのびて物言《ものい》ひて、帰《かへ》りて

191 郭公一声《ひとこゑ》に明《あ》くる夏の夜の暁がたやあふごなるらん

題しらず

192 うちはへて音《ね》をなきくらす空蟬《（うつせみ）》のむなしき恋《こひ》も我はする哉《（かな）》

193 常もなき夏の草葉に置《を》く露《つゆ》を命《いのち》とたのむ蟬《せみ》のはかなさ

194 八《や》重葎《（へむぐら）》しげきやどには夏虫の声より外《（ほか）》に問《（とふ）》人もなし

詞書で見える。もし伊勢の歌であれば、伊勢が活躍した時代に閏五月があったのは、寛平五年(八九三)、延喜十二年(九一三)と承平元年(九三一)の三回。

191 ほととぎすが一声鳴くと、そのまま明けてしまうという短い夏の夜の夜明けの前の短い時間だけが、私たちの逢う時なのでしょうか。○郭公一声に明くる　古今集・夏の紀貫之の歌「夏の夜の臥すかとすればほととぎす鳴く一声に明くるしののめ」に依拠。○暁がた　貫之歌に言う「しののめ」の前の時間。○あふご　逢ふ期。逢う時。▽詞書に「いとしのびて」とあるように、人目が気になってなかなか逢えず、明ける前に帰らなければならぬのである。

192 ずっと続いて声をあげて鳴きながら一日を暮らす蟬のように、声をあげて泣くような空しい恋を私はしていることであるよ。○うちはへて　ずっと続いて。○空蟬　この時代には「蟬」の歌語になっているが、あわせて「空しき」を導き出す枕詞的な役割をも果たしている。

193 すぐ枯れる夏の草葉に置くはかない露を命の糧と頼りにする蟬は、何とも、はかないものであることよ。▽蟬が「露を命とたのむ」という言い方は古今集・物名「命とて露をたのむにかたければものわびしらに鳴く野辺の虫」にあるが、その露の置く所を「常もなき夏の草葉」と指定することによって、はかない物を三つ重ねているのである。

194 葎が幾重にも生い繁った我が家には、夏虫の声のほかに、来て声をかけてくれる人とてありません。○夏虫　「蟬」と言えば、はかないイメージとなり、「ひぐらし」といえば、夕暮時のイメージが強くなり過ぎるので、あえて「夏虫」と呼称したのであろう。二〇九・二一三の蛍とは違う。▽古今集・秋上「ひぐらしの鳴く山里の夕暮は風よりほかにとふ人もなし」の影響が大きい。

195 うつせみの声聞《こゑき》くからに物ぞ思《おもふ》我も空《むなし》き世にし住《す》まへば

人のもとにつかはしける　藤原師尹朝臣

196 如何《いかに》せむをぐらの山の郭公《ほととぎす》おぼつかなしと音《ね》をのみぞなく

題しらず　よみ人も

197 郭公暁がたの一声《ひとこゑ》はうき世中《よのなか》を過《す》ぐすなりけり

198 人《ひと》しれずわがしめし野《の》のとこなつは花咲《さ》きぬべき時ぞ来《き》にける

195 蟬の声を聞くとすぐに、何となく物思いをすることです。私も蟬と同様に空しいこの世に生活していますので。○うつせみの　↓一九三。○聞くからに　聞くや否や。○空き世　「空蟬」の縁語。↓一九三。ただし、「世」を、男女間のことと解することも出来る。

196 どうしたらよいのでしょうか。あの小暗いという連想を呼ぶ小倉の山のほととぎすが、どちらへ飛んだらよいのか、はっきりしないと声をあげて鳴いていますが、私も同様にどうしたらよいかわからずに、声をあげて泣くばかりなのです。○をぐらの山　京都市右京区嵯峨の小倉山。小暗いというイメージを持つ。↓一三一。拾遺集・夏の藤原実方の歌「五月闇くらはし山のほととぎすおぼつかなくも鳴きわたるかな」はこの歌の影響を受けている。

197 暁がたに鳴くほととぎすの一声は、このつらい夜中を過ごして鳴く声、いや、つらい世の中を過ごして鳴く声であるよ。○暁がた　男女が別れる時刻。↓一九一。○うき世中　「夜」と「世」を掛ける。「暁がた」は男女が別れる時刻だから、短い憂き夜を過ごしての時であり、同時に憂き世の中(つらい男女の中)を過ごした時なのである。

198 誰にも知られないように私が占拠していた常夏(なとこ)ならぬあのいとしい子は、やっと花に咲くべき時が来たようであるよ。○しめし野　↓一八三。○とこなつ　なでしこ(「撫でし子」を掛ける)の別名であることを前提にしている。▽「我が占めし野」とあることを見ても、「常夏」は比喩で、幼い時から育てあげた女子のことを言っていると見るのが自然であろう。この歌、一八三の後日譚的歌語りの役割を果たしている。

199 私の家の垣根に植えた瞿麦(なでしこ)は、早く花に咲いてほしいよ。咲いたならば、あの娘によ

199 わがやどの垣根《かきね》に植《う》へ《(ゑ)》しなでしこは花に咲《さ》か南《(なん)》よそへつゝ見む

200 常夏の花をだに見ば事《こと》なしに過《す》ぐす月日も短《みじ》かかりなん

201 常夏に思《(おもひ)》そめては人しれぬ心の程は色に見え南《(なん)》

返し

202 色といへば濃《こ》きも薄《うす》きもたのまれず山《(やま)》となでしこ散《ち》る世なしやは

そえて見たいと思うから。▽「なでしこ」は「撫でし子」のイメージで詠まれている。幼い娘に思いをかけ、それに贈った歌であろう。「わがやどの垣根に植ゑし」も、自分の管轄内に女がいることを暗示している。万葉集・巻八の大伴家持が坂上大嬢に贈った歌「わがやどにまきしなでしこ何時しかも花に咲きなむなそへつつみむ」の異伝か。

200 常夏の花だけでも見ることができるのであれば、何事もなく無聊に過ごす月日も短く感じられることだろうよ。▽貫之集の「とこなつの花をし見ればうちはへて過ぐす月日の数も知られず」の類歌。

201 常夏の花のようなあなたを常に思いを染めてしまった今は、誰にもわかってもらえない私の心の程を、あざやかな色に示して見ていただきたいものです。○常夏に　「なでしこ」の異名だが、「夏の間ずっと」という意を掛ける。○思そめては　思いが深く染まってゆくこと。「は」は強意。「…してしまった今は」と訳したゆえんである。○人しれぬ　世間に知られないという場合が多いが、ここでは相手に知られていないこと。○見え南　直訳すると、「見られるようであってほしい」の意。「見え」は「見ゆ」の未然形。「見られる」の意。

202 思いを色に示すとおっしゃいますが、色というものは、濃いのも薄いのも、うつろうので、あてには出来ません。それとも、あなたのおっしゃる大和撫子は散る時がないのでしょうか。そんなことはないはずですよ。○色といへば　「花の色」に「色めく」「色好み」などの「色」を掛ける。○山となでしこ　贈歌の「常夏」を言い換えたのである。「常夏」と呼ばれるのは「大和撫子」に限られ、石竹の異名である「唐なでしこ」は入らなかったことがわかる。

師尹《もろまさ》朝臣のまだわらはにて侍《はべり》ける、常《とこ》夏の花を折りて持《も》ちて侍ければ、この花につけて、内侍のかみの方《かた》に贈《をく》り侍ける

太政大臣

203 撫子《なでしこ》はいづれともなくにほへども遅《をく》れて咲《さ》くはあはれなりけり

題しらず

よみ人も

204 なでしこの花散《ち》り方《がた》になりにけり我《わ》が松《まつ》秋ぞ近《ちか》くなるらし

205 夜ゐ《よひ》ながら昼《ひる》にもあら南《なん》夏なれば待《ま》ち暮《く》らす間《ま》のほどなかるべく

203 撫子はどれがよいと決められないほどに美しく咲いているが、遅れて咲いた一株は特にいとおしく思われるよ。愛情をこめて育てた子供はいずれもすばらしいが、遅く育った子は特にいとおしく思われることだよ。○師尹朝臣　太政大臣忠平の五男。○わらはにて侍ける　元服前。師尹の元服は承平二年(九三二)十三歳の時だから、それ以前。○内侍のかみ　尚侍藤原貴子。太政大臣忠平の長女。○撫子　「撫でし子」を掛ける。○にほへども　咲き誇っているが。▽師尹は忠平が四十三歳の時の子だから、この歌を作ったのは五十歳前後であろう。

204 撫子の花が散りかかって来たよ。私が待っている秋が近くなっているらしい。▽万葉集・巻十「野辺見ればなでしこの花咲きにけり我が待つ秋は近づくらしも」の異伝か詠み換えであろう。

205 宵のままで昼になったらよいのに。つらい朝の別れもなく、昼が至って長い夏のこととて、あなたを待って日を暮らす間のつらい時間が少しでもなくなるように。▽別れにあたって、朝の別れのつらさだけでなく、昼の待つ間の苦しさを訴えた女の立場からの歌。

206 夏の夜の月は、すぐに夜が明けてしまってゆっくり見ることが出来ないので、朝の時間の月をこれも月だとこじつけて見ていることであるよ。○かこちよせつる　「かこちよす」は愚痴を言いつつ味方にすること。都合よくこじつけること。

207 鵲が峰を飛び越えて鳴いて行くのに気をとられていると、短い夏の夜を渡って行く月がもう西の山に隠れてしまっていることであるよ。○夏の夜渡月ぞ隠るゝ　「夏の夜」と断わったのは「短い」の意を表わしていると見るべきであろう。もう朝が来て月が西に隠れてしまうと言っている

206 夏の夜の月は程なくあけぬれば朝《(あした)》の間《ま》をぞかこちよせつる

207 鵲《(かささぎ)》の峰飛《(とび)》越《こ》えて鳴《な》きゆけば夏の夜渡《(わたる)》月ぞ隠《かく》るゝ

208 秋近《ちか》み夏果《は》てゆけば郭公《(ほととぎす)》鳴《な》く声かたき心ちこそすれ

桂のみこの「ほたるをとらへて」と言《い》ひ侍ければ、わらはのかざみの袖《そで》につゝみて

209 つゝめども隠《かく》れぬ物は夏虫の身よりあまれる思ひなりけり

のである。▽後撰集新抄は魏の武帝の「短歌行」に「月明ラカニ星稀ニシテ烏鵲南ニ飛ブ」(文選)とある心を詠んだものだというが、大江千里の「句題和歌」が「鵲の峰飛び越えて鳴きゆけばみ山隠るる月かとぞ見る」の題にしている「鵲飛ビテ山ノ月曙ナリ」(全唐詩・一函第八冊・上官儀)に拠っていると見た方がよい。

208 秋が近くなって、夏が終わって行くので、ほととぎすの鳴く声はめったに聞けない気持がするのですけれど。○郭公鳴く声かたき心ちこそすれ　「こそ…すれ」の形は「…なのだけれども」の意。「実際は、いかがでしょうか」を補えばよくわかる。

209 包むのだけれども、隠れないものは、夏虫が身から余って発する火のような我が「思ひ」であるよ。○桂のみこ　宇多天皇皇女孚子内親王。浮気な人という伝承がある。○わらはのかざみの袖につゝみて　「男童がかざみの袖に包んで」とも解し得るようであるが、かざみ(汗衫)は童女が袙(あこめ)の上に着るものであるから、「桂の皇女の許に来た(よみ人知らずの)ある男性が、女の童のかざみを借りてそれに包んで」と解すべきであろう。しかし、二荒山本では、「かつらのみこの、ほたるをとらへてといひはべりければ、わらはのかのみやをおもひかけたるが、かざみのそでにつつみて」となっていて、男の童が桂の内親王に贈った歌になる。一方、大和物語四十段には、桂内親王に仕えていた女の童が、内親王の許にかよって来た式部卿敦慶親王に思いを寄せて詠んだ歌とある。○つゝめども　「袖で包む」の意と「思いを慎(つつ)む」の意を掛ける。○夏虫　夏の虫。ここは蛍のこと。○身よりあまれる思ひ　「思ひ」に「火」を掛ける。蛍で言えば身から発する火、人について言えば身からほとばしり出る「思ひ」。

題しらず

210 天《あま》の河水まさるらし夏の夜は流る《(ながる)》月の淀《よど》む間《ま》もなし

月ごろ、わづらふことありて、まかりありきもせで、まで来《と》ぬよし言《い》ひて、文《ふみ》の奥《おく》に

つらゆき

211 花も散《ち》り郭公《(ほととぎす)》さへいぬるまで君にもゆかずなりにける哉《(かな)》

返し

藤原雅正

212 花《はな》鳥の色をも音《ね》をもいたづらに物うかる身は過《す》ぐすのみなり

題しらず

よみ人も

213 夏虫の身をたきすてて玉しあらば我とまねばむ人目《め》もる身ぞ

210 天の河は水嵩がまさっているらしい。夏の夜はその天の河を流れる月がとどこおる間もないほどに早く流れているよ。▽夏の夜は短いので、天の河を流れる月が淀む間もなく西に流れて行く…ということから、「天の河水まさるらし」と原因を推究したのである。

211 春過ぎ花も散り、夏過ぎほととぎすさえ去ってしまうまで、あなたの許にもお伺いせぬままになってしまいましたよ。○まで来ぬよし言ひて 「まうで来ぬよし…」の約。お伺い出来ないという理由を述べて。○文の奥に 手紙の末尾に。▽「花も散り郭公さへいぬるまで」という言い方の中に、花を愛しほととぎすを慕う心が何よりも相手に理解されるという前提があったことが知られる。雅正が貫之と親しかったことは一三七―一三九の贈答によってもわかる。

212 あなたは花やほととぎすに執着するあまりの御無沙汰だとおっしゃいますが、あなたからのお便りもいただけずに物憂い我が身は、花の色や鳥の音ともかかわりなく空しく日を過ごすばかりでありますよ。○花鳥の色をも音をも 「花の色をも鳥の音をも」と言うのを一括した。○いたづらに 空しいままに。関係のないままに。○物うかる身 何となく憂鬱な我が身。▽源氏物語・桐壺の巻に、桐壺更衣の美しさを誉めて「花鳥の色にも音にもよそふべき方ぞなき」と言っているように、この歌の修辞の影響は大きい。

213 あの飛蛾が、その身を捨てて焼いてしまっても、もし魂が残っているのであれば、私としてもそれを真似てみよう。人目を気にして、あの人に逢えない身なのだから。○夏虫 二〇九と違って、ここでは飛蛾のこと。○たきすてて 焼き捨てて。○我と 自分自身のこととして。

夏夜《(なつのよ)》、月おもしろく侍《(はべり)》けるに

214 今夜《(こよひ)》かくながむる袖の露《つゆ》けきは月の霜をや秋と見つらん

六月《みな》祓《はら》へしに、河原にまかり出《いでゝ》て、月のあかきを見て

215 賀茂《かも》河の水底《みなぞこ》澄《す》みて照《ゝ》る月をゆきて見むとや夏祓《ばら》へする

六月《みな》二《ふた》つありける年《とし》

216 たなばたは天《あま》の河原《かはら》を七《なゝ》かへりのちの三十日《みそか》をみそぎにはせよ

214 今夜このように物思いに耽りつつ眺める私の袖が涙で露っぽくなっているのは、霜のように見える月の白さを見て秋が来たと思ってしまったせいであろうか、まだ夏なのに。▽白氏文集・巻十五「燕子楼中霜月ノ夜、秋来リテ只一人ノ為ニ長シ」により霜のように白い月を見たから秋を感じてしまったと言っているのである。なお、詞書、二荒山本には「なつのよ、つきおもしろきをながめて、ものおもひけるひと」(片仮名本もおおむね同じ)とあり、「ものおもひける人」には悲しい秋が早く感じられると言っているのである。

215 賀茂河の水が底まで澄んでいて、そこに照る月が映っているのを、行って見物しようという目的で夏越(なご)しの祓をするのであろうよ。○夏祓へする　陰暦六月の末に夏をつつがなく越すために賀茂河や桂川でお祓いをすること。いわゆる夏越しの祓である。

216 織女は詩に言われているように、天の河原で牽牛に逢うために七回の禊を今日六月の晦日にして、後の閏六月の晦日を一般の人がする夏越(なご)しの祓にあてなさいよ。○六月二つありける年　後撰集によく歌が採られている時代で閏六月があったのは、延喜元年(九〇一)と延喜二十年の二度である。○七かへり　後撰集新抄は本居宣長の説として、詩経・小雅・大東に「維レ、天ニ漢有リ。監レバ亦光ルコト有リ。跂タル彼織女終日ニ七襄セリ」とあり、さらに注に「伝ニ曰ク、襄ハ反也」とあることを紹介している。▽織女は七月に入ると牽牛に逢うために六月晦日に禊をしなければならぬとされていたのであろうか。また一般人も六月末日に夏越しの祓をしなければならなかったから、閏六月がある時は初めの六月晦日に牽牛に逢うための禊をし、後の六月晦日に一般人と同様に夏越しの祓をすればよいと詠んでいるのである。

後撰和歌集巻第五

秋上

是貞《これさだ》の親王《みこ》の家の歌合に　　よみ人しらず

217 にはかにも風のすゞしくなりぬるか秋立日《(あきたつひ)》とはむべもいひけり

題しらず

218 打《(うち)》つけに物ぞ悲《(かなし)》き木《こ》の葉《は》散《ち》る秋の始《(はじめ)》を今日《けふ》ぞと思《おも》へば

217 急に風が涼しくなったことだよ。秋が発(た)つ日だとは、なるほど、うまく言ったものだよ。○是貞の親王の家の歌合　光孝天皇第二皇子是貞親王の主催。寛平五年(八九三)の披講か。新撰万葉集の編集素材にもなっている。○秋立日とは…　「たつ」は行動をおこすこと。「秋たつ」とは秋が行動をおこすこと。「風たつ」も風が行動をおこすこと。「むべ」は「吹くからに秋の草木のしをるればむべ山風を嵐といふらむ」(古今集・秋下)と同じく「だから、なるほど…」の意。▽古今集の秋部の冒頭「秋来(き)ぬと目にはさやかに見えねども風の音にぞおどろかれぬる」と同様に、風によって立秋を知ったというのである。

218 急に何となく悲しくなって来たよ。木の葉が散る秋の始まりが今日だと思うと。○打つけに　前触れもなく急に。▽木の葉散る秋を寂しい物悲しい季節とする把握は、漢詩の影響もあって、古今集からはじまった。

219 長らく期待を抱かせていたあなたはつれないお仕打ち。秋風ならぬ飽き風も今日立秋から吹いた。我が身の何と悲しいことよ。○物思侍けるころ　恋に苦しんでいる頃。○秋風　「秋」に

物思侍《（ものおもひはべり）》けるころ、秋立日《（あきたつひ）》、人につかはしける

219 たのめこし君はつれなし秋風は今日《けふ》より吹《ふ》きぬわが身かなしも

思《おも》ふこと侍《（はべり）》けるころ

220 いとゞしく物思《（ものおもふ）》やどの荻の葉に秋と告《つ》げつる風のわびしさ

題しらず

大江千里

221 秋風のうち吹《（ふき）》そむる夕暮《ゆふぐれ》はそらに心ぞわびしかりける

222 露わけし袂《たもと》ほす間《ま》もなき物をなど秋風のまだき吹《ふ》くらん

「飽き」を掛ける。○今日より　まさしく立秋の今日から。▽前歌は秋は悲しいというだけであったが、この歌では秋は男に「飽き」られる悲しい季節として把えられている。このような歌が恋部や雑部でなく秋部にあるのが後撰集の特徴。

220 いつも以上に恋の苦しみに悩む私の家の庭の荻の葉に、「秋が来たよ」と告げている風が何ともつらく感じられることであるよ。○物思やど　古今集・秋上・よみ人しらずの「鳴き渡る雁の涙や落ちつらむ物思ふやどの萩の上の露」によるか。○秋と告げつる風　荻の葉のそよぐ音が秋（飽きを連想させる）の来たことを実感させると言っているのである。貫之集の「荻の葉のそよぐ音こそ秋風の人に知らるるはじめなりけれ」によるか。

221 秋風がそっと吹きはじめる今日立秋の夕暮は、空を見ていると、何ということもなく、心がつらくなってゆくことだよ。○秋風のうち吹そむる夕暮　立秋の夕暮のことであろう。○そらに「うつろに」の意の「空」にと「大空に」の「空」を掛ける。▽古今集・恋五・紀友則「秋風は身を分けてしも吹かなくに人の心のそらになるらむ」の影響で「秋風」が「空に」に続くのだが、「空」は「大空は恋しき人のかたみかは物思ふごとにながめらるらむ」（古今集・恋四）の影響で「空を眺めていると」の意をも含んでいるのである。

222 あなたと逢い、露に濡れた笹を分けて朝帰りした袂を乾す暇とてないのに、どうして秋風ならぬ飽き風がこんなにも早く吹くのだろうか。○露わけし袂　古今集・恋三・在原業平の「秋の野に笹分けし朝の袖よりも逢はで来し夜ぞひちまさりける」のように、女の許から朝帰りして帰る時に露に濡れた袂。○など　疑問副詞「らん」と呼応。どうして。○秋風　「飽き風」を掛ける。

女のもとより文《ふん》月許《(ばかり)》に言《い》ひを《(お)》こせて侍《(はべり)》ける　　よみ人しらず

223
秋萩《はぎ》を色どる風の吹《(ふき)》ぬれば人《ひと》の心もうたがはれけり

返し　　在原業平朝臣

224
秋《あき》萩を色どる風は吹《(ふき)》ぬとも心はかれじ草葉《ば》ならねば

源昇朝臣時〴〵まかりかよひける時に、文《ふん》月の四五日許《(ばかり)》の七日《なぬか》の日の料《れう》に装束調《さうぞくてう》じてと言《い》ひつかはして侍ければ　　閑院

225
あふことは織女《たなばたつめ》に等《ひと》しくて裁《た》ち縫《ぬ》ふわざはあえずぞありける

223　秋萩を色づかせる風が吹くようになりましたので、あなたのお心の色も飽き風によって変ってくる頃ではないかと疑われてくることです。○文月　七月。陰暦では七月から秋。○色どる風　紅葉させる風。▽古今集・恋四・素性「秋風に山の木の葉のうつろへば人の心もいかがとぞ思ふ」に類似した表現。

224　秋萩を色づかせる風は吹いたとしても、私の心はあなたから離(か)れないでしょうよ。すぐ枯れる草の葉ではないのですから。○かれじ　草葉が「枯る」と、「離れる」の意の「かる」を掛けた。▽この贈答、大和物語一六〇段の前半部に染殿内侍と業平の贈答として見えるが、返歌の初句が「秋の野を」となっている。

225　逢うことは織女と等しく年に一度でありますが、裁縫の方はあやかってそんなに上手には出来ないのですよ。○源昇朝臣　三兲の作者。宇多天皇の側近。○七日の日の料　七月七日の乞巧奠(きこうでん)の行事に着るための晴の衣装。「料」は、そのために用いる物。○装束調じてと言ひつかはして…　当時は妻の側が夫の装束を整えるのが常であったから、昇と閑院は夫婦であったことがわかる。○あえず　「あやかる」という意の「あゆ(肖ゆ)」の未然形「あえ」に「ず」が接続した形。▽乞巧奠(きこうでん)は織女に機織や裁縫などの上達を願う行事。だから、織女のように上手には縫えませんと謙遜したとも読めるが、妻の側が夫の装束を整えるのが常であっても、私は織女のように年に一度しか逢わないのだから、とても妻とは言えません…という気持から、「上手に縫えませんから」と怨んで言ったとも解し得る。

226　帰りに天の河を渡る場所もまるでわからない。来年もあるのでこれでそのまま絶え絶えにな

題しらず　よみびとも

226 天河《(あまのがは)》渡らむそらもおもほえず絶《た》えぬ別《(わかれ)》と思《(おもふ)》ものから

文《ふん》月の七日に、「夕方《ゆふがた》、詣《ま》で来《こ》む」と言《い》ひて侍けるに、雨降《あめふ》り侍ければ、詣《ま》で来《こ》で　源中正

227 雨ふりて水まさりけり天河こよひはよそに恋《こ》ひむとや見し

返し　よみ人しらず

228 水まさり浅き瀬《せ》しらずなりぬとも天《あま》の門《と》渡る舟もなしやは

七日、女のもとにつかはしける　藤原兼三

229 織女《(たなばた)》もあふ夜《よ》ありけり天河この渡《(わたり)》にはわたる瀬《せ》もなし

ることもない一時の別れだと思いはするものの。○そら　不特定の空間。「旅のそら」「道の空」の「そら」と同じ。▽「題しらず」だが、八日の朝に帰って行く牽牛の立場で詠んだ歌である。

227 雨が降って、水嵩がまさったことだよ。今宵は離れたままで恋い慕うだろうと思って、天の河はこのように水嵩を増したのであろうか。○よそに　離れた所で。○見し　「思った」と同じ意。主語が定かでないが、「天の河」を主語にして解した。▽雨を口実にして女の許に行くのを止めるということだが、ちょうど七月七日であるので、みずからを牽牛に喩えて天の河の水嵩が多いので渡って行けないと言っているのである。

228 水嵩がまさり、徒歩渡りするための浅瀬の場所がわからなくなっても、天の水門を渡る舟までなくなることはないでしょうに。○天の門「門」は通る所。ここでは天の河と同じ。○舟もなしやは　舟も無いだろうか、有るはずだ。みずからを織女に喩えての答歌である。▽牽牛は「天の河浅瀬白浪たどりつつ渡り果てねば明けぞしにける」(古今集・秋上・紀友則)のように浅瀬を徒歩で渡る場合もあれば、「ひさかたの天の河原の渡守君渡りなばかぢかくしてよ」(同・よみ人しらず)のように舟で渡る場合もあった。ここは、それを前提にして、徒歩で渡るのではなく舟で渡る方法もあるのではありませんかと皮肉っているのである。

229 今夜のように、織女でも逢う夜はちゃんとあるのです。にもかかわらず、私にとっての天の河のこの渡る場所には、渡るべき浅瀬もありません。一度だけでもぜひ逢っていただきたいものです。○七日　七月七日。▽織女でも年一回は逢うのに、あなたは逢ってくださらないと怨んでいるのである。

かれにける男《おとこ》の、七日の夜《よ》、詣《ま》で来《き》たりければ、女のよみて侍《(はべり)》ける

230 ひこぼしのまれにあふ夜《よ》の常夏《とこ》は打《(うち)》はらへども露《つゆ》けかりけり

七日、人のもとより、返事《(かへりごと)》に、「今《こ》宵《よひ》逢《あ》はん」と言《い》ひを《(お)》こせて侍ければ

231 こひ〳〵てあはむと思《(おもふ)》夕暮《ゆふぐれ》はたなばたつめもかくぞあるらし

返し

232 たぐひなき物とは我ぞなりぬべきたなばたつめは人目《め》やはもる

230 牽牛のように稀にしかお逢い出来ない夜の私の寝床は、あの常夏に露が置いているように、待ち続けている私の涙で常に濡れていて、払ってはみるのですが、涙の露を含んだままなのです。○かれにける男　女から離れてしまっている男。○七日の夜　七月七日の夜。○まれにあふ夜の常夏は　撫子(なでしこ)の異名だが、「寝床」の意を掛けるために、異名の「常夏」を用いた。▽詞書だけではなぜ「常夏」が詠まれるのか説明不足の感がある。七夕の趣きを描いた屏風絵の傍らに撫子を植えた家があり、縁側から外を眺める女の姿でもあれば、その女の立場に立って詠んだ歌と見てすっきりする。

231 あなたを恋い続けて、やっとお逢いできそうだと思うこの夕暮の気持は一年間待ち続けた織女もこのようではないかと思われることです。○人のもとより　「人」は男。「いひおこせて侍りければ」に続く。○返事に　返事として。女が先に手紙を出していたのである。

232 あなたは織女のようだとおっしゃいますが、私は他に比べる者がないほどに悲しい存在になってしまいそうです。あなたが比べたがっていらっしゃる織女は逢う時に人目を気にすることはないのですから。○人目やはもる　「人目もる」は、人目を気にする。「やは」は反語。▽織女は年に一度だけれども人目を気にすることなく逢える。私は常に人目を気にしているあなたが相手だから悲しいと言っているのである。なお、伊勢集では初句「たとひなき」という形だが、桂にいる伊勢に宇多院が贈った「あふほどと川を隔ててふるほどはたなばたつめも何か異なる」という歌に対する伊勢の返歌になっている。

233 天の河が流れるように長々と恋い慕っているならば、つらい目を見ることになるかも知れ

題しらず

233 天《あま》の河流《(ながれ)》て恋《こ》ひばうくもぞあるあはれと思《(おもふ)》瀬《せ》に早《はや》く見む

234 玉鬘《(たまかづら)》絶《た》えぬ物からあらたまの年の渡《(わたり)》はたゞ一夜《ひとよ》のみ

235 秋の夜の心もしるくたなばたのあへる今宵《こよひ》は明《あ》けずもあらなん

236 契剣《(ちぎりけん)》事《(こと)》の葉今は返してむ年のわたりによりぬる物を

ない。感情が盛り上がった機会に、早く逢っておきたいものだよ。〇天の河流て恋ひば 「天の河が二人の間を流れているままに恋い慕うならば」の意だが、「ながれて」は「長らえて」の意を掛ける。仲文集の巻頭歌の「ながれて」は「長らえて」の意を掛ける。仲文集の巻頭歌の「ながれてと契りしことはゆくさきの涙の上をいふにぞありける」の「ながれて」と同じ。〇うくもぞある 「もぞ」は「ひょっとしたら…」という懸念を表わす。〇瀬 天の河の「浅瀬」の意と「逢瀬」などの「場合」「機会」の意の「瀬」を掛ける。

234 二人の仲は、葛の茎のようにどこまでも絶えることはないものの、川を渡って逢えるのは、一年間にただ今宵一夜だけなのです。〇玉鬘 蔓草の総称。長く続くので「絶えぬ」の枕詞になった。〇あらたまの 「年」の枕詞。〇渡 「渡る」の名詞形。渡る場所の意になる場合もあるが、ここは渡ること。▽万葉集・巻十「玉葛絶えぬものからさ寝らくは年の渡りにただ一夜のみ」の異伝であろう。

235 秋の夜の特質である夜長ということがはっきりと表われるように、牽牛・織女が逢っている今宵は明けないでほしいものだよ。〇秋の夜の心 「心」は内部に備えている最も大切なもの。本質。〇しるく はっきりと特徴を示すように。

236 「いつまでも絶えない」と契りなさったというあなた方牽牛・織女のお言葉は、今はお返ししたいのです。年に一度だけの逢瀬を期待していたのですが、それさえ果たせませんので。〇契剣事の葉 七夕の歌群の中にあるのと「契りけん」と「けん」を用いていることから見て牽牛・織女のこととした。〇年のわたり 二四にも見られるように七夕歌語である。年に一度天の川を渡って逢うこと。〇よりぬる物を 依拠していたのだけれども。▽牽牛・織女の契りよりもなおはかないと相手の男の契りに不信感を表明したのであろう。

七日、越後蔵人につかはしける　　藤原敦忠朝臣

237
逢事《(あふ)》の今夜《(こよひ)》過《(すぎ)》なば織女《(たなばた)》に劣《おと》りやし南《(なん)》恋《こひ》はまさりて

七日　　よみ人しらず

238
織女《(たなばた)》の天《あま》の門《と》わたる今宵《こよひ》さへ遠方《をち》人のつれなかるらん

七夕をよめる

239
天河《(あまのがは)》遠《とを》き渡《(わたり)》はなけれども君が船出《ふなで》は年にこそ待《ま》て

240
天《あま》の河岩越《いはこ》す浪のたちゐつゝ秋の七日《なぬか》の今日《けふ》をしぞ松《(まつ)》

237　逢うことについて、今夜をのがしてしまうと、年に一度だけ逢う牽牛にも負けてしまうでしょう。恋い慕う思いはそれにまさっていますのに。○七日　七月七日。○越後蔵人　女蔵人であろう。○織女　底本「織女」と記しているが、牽牛のこと。牽牛のことを「たなばた」という例は二三八・二四八にもある。▽今夜だけでも逢いたい、今日過ぎると年一回逢う牽牛にさえ負けると言っているのである。

238　牽牛が天の水門を渡る七夕の今宵さえも、遠く離れた存在であるあなたは、どうしていつものようにつれなくなさるのでしょうか。○織女　→二三七注。○天の門　→二三八。▽男の歌である。「遠方人」と呼ばれる相手はかなり距離を置かざるをえない身分ある人であろうか。

239　天の河の渡し場は遠い所にあるわけでもないのに、あなたの船出は一年も待っているのですが…。○七夕　織女のことではない。「しちせき」と読むか、「たなばた」と読んでも「たなばたの日」のことと解すべきであろう。○遠き渡はなけれども　遠い渡し場はないのに。○年にこそ待て　「こそ」があるので「待て」という已然形で結んでいる。一年にわたって待っている。▽万葉集・巻十の異伝。

240　天の河では岩を越すほどに浪が立つように、私の心は穏やかではなく、立ったり坐ったり落ち着かぬままに、秋の七日の今日を待っていたことです。○天の河岩越す浪　実景をイメージしつつ、「浪のたち…」「立ち居つつ」と掛詞を用い、織女と重なる待つ女の動作に続けている。○秋の七日　陰暦では七月から秋であるので、こう言った。

241 今日《けふ》よりは天《あま》の河原はあせな南《（なん）》そこゐ《（ひ）》ともなくたゞ渡《わた》りなん

紀　友　則

242 天河流《（ながれ）》て恋《こ》ふるたなばたの涙なるらし秋の白露《しらつゆ》

よみ人しらず

243 天《あま》の河瀬《せ》ゞの白浪高《たか》けれどたゞ渡《わた》り来《き》ぬ待《ま》つに苦《くる》しみ

244 秋来《く》れば河霧渡《わた》る天河川上《かはかみ》見つゝ恋《こ》ふる日の多《おほ》き

241 今日七月七日からは天の河原は浅くなってほしい。そうなれば、どこまで行くということもなく、ただ一途に渡ってしまえるだろうから。「あす」は浅くなる。○あせな南　浅くなってほしい。「ななん」は完了の助動詞「ぬ」の未然形に希求の終助詞「なん」が加わったもの。干上がる。○そこゐともなく　「そこひ」は、極限、行き着く所。ただし、僻案抄や底本の定家書入れに言うように、奥義抄や二荒山本・片仮名本・伝坊門局筆本など清輔系の本では「そよみともなく」となっている。「そよみともなく」は躬恒集に「そよみなく見る君なれどたなばたの逢ふ夜のこともおもほゆるかな」、「そよみなく見る君なれど彦星の今日待ち出たる心地のみして」とあるように七夕とかかわりのある語のようだが、はっきりわからない。

242 天の河が流れている所で牽牛を恋い慕って自然に泣かれる織女の涙であるらしい。この秋の白露は。○天河流て恋ふる　「天の河流れて」と「泣かれて恋ふる」を掛ける。

243 天の河の、どの瀬にも、白浪が高く立っていましたが、ただひたすらに渡って来ましたよ。浪がおさまるのを待っているのが苦しくて。○待つに苦しみ　待つのが苦しいので。▽牽牛の立場に立って詠んだ歌。万葉集・巻十「天の河瀬々に白浪高けれどただ渡りきぬ待てば苦しみ」の異伝。

244 秋が来たので、河霧が一面に立ちこめています。その天の河の川上を見つつ、あなたを恋い慕う日が多いこの頃です。○河霧渡る　河に霧が立ちこめること。「わたる」は空間的に二地点を覆うこと。霧は渡るのに、あの人は渡って来ないという気持である。▽これは織女の立場で詠んだ歌。万葉集・巻十「秋されば河霧立ちて天の河河に向かひゐて恋ふる夜ぞ多き」の異伝であろう。

245 天河《(あまのがは)》恋《こひ》しき瀬《せ》にぞ渡《(わたり)》ぬるたきつ涙に袖は濡《ぬ》れつゝ

246 織女《(たなばた)》の年とは言《い》はじ天河雲たちわたりいざ乱《みだ》れなん

247 秋の夜のあかぬ別《(わかれ)》をたなばたは経緯《たてぬき》にこそ思ふべらなれ

凡河内躬恒

七月八日の朝《あした》

248 たなばたの帰朝《(かへるあした)》の天河舟もかよはぬ浪も立《た》たゝ南《(なん)》

兼輔朝臣

245 天の河は、まさに恋しいと思うその時に瀬を渡ってしまった。川の水に濡れることを気にするどころか、激しく流れ出る涙に袖を何度も濡らしながら。○恋しき瀬 「恋しい折」の意の「せ」と「天の河の瀬」を掛ける。○たきつ涙 激しく流れる涙。▽牽牛の立場に立って詠んだ歌。

246 牽牛・織女のように年に一度だけの逢瀬だなどと言わないでおきましょう。天の河に雲が乱れ広がってきましたが、私たちも、さあ乱れましょうよ。○織女の年 このままではわからないので、二三六の「年のわたりによりぬるものを」や二三九の「君が船出は年にこそ待て」のように「年に一度の逢瀬」と解した。○いざ乱れなん 「雲たちわたり」という天候の乱れからの連想で、私たちも、さあ乱れてみましょう…と言ったのである。

247 充たされないままに別れるこの秋の夜の別れを、織女は、今後一年、縦糸横糸に機(はた)を織りつつ苦しく思うことであろうよ。○経緯 経と緯。すなわち縦糸と横糸。「たなばた(織女)」の縁で機織に関係する語を用いたのである。▽来秋まで続く充たされない別れのつらさを縦糸にも横糸にも使って一年かかって織りあげてゆくことであろうと言っているのである。

248 たなばたが帰る八日の朝の天の河は、舟も通わぬほどの浪でも立ってほしいものです。○たなばたの帰朝の 「たなばた」は、織女をいう場合が多いが、ここは舟で帰る牽牛のこと。▽中国では、織女が天の河を渡って逢いに来るのだが、日本では実生活通り、男が通って行く形になっているので、この「たなばた」は牽牛のこととなり、歌は織女の立場に立って詠んだということになる。

249 朝戸をあけて眺めているのだろうか。織女は牽牛と充たされない思いで別れたあの空を何度も恋い慕いながら。○朝門 朝起きて開ける戸

おなじ心を

つらゆき

249
朝門《あさと》あけてながめやすらんたなばたはあかぬ別《(わかれ)》の空《そら》を恋《と》ひつゝ

思事《(おもふ)》侍《(はべり)》て

よみ人しらず

250
秋風の吹《ふ》けばさすがにわびしきは世のことわりと思物《(おもふもの)》から

題しらず

251
松虫の初声《はつこゑ》さそふ秋風は音羽《をとは》山より吹《ふ》きそめにけり

業平朝臣

252
ゆく蛍雲の上《うへ》までいぬべくは秋風吹《ふ》くと雁《(かり)》に告《つ》げこせ

のこと。万葉集・巻十に「夜を寒み朝戸を開き出で見れば庭もはだらにみ雪降りたり」とある。

250　秋風が吹くと…しかし、何と言ってもつらい思いがして来ることだよ。世の中の定めだと思っているのだけれども。○秋風の吹けば　「わびしき」に続く。三一に「秋風のうち吹きそむる夕暮はそらに心ぞわびしかりける」とあるように、「秋風」はわびしきものとされていた。○思物から　思っているのだけれども。▽「世のことわりと思ふものから」という理性的判断が歌全体を支えているところに、「さすがに」（そうは言うものの）が用いられる必然性があった。「わびしきは」の「は」は、その述語部分が省略されて終助詞的になっている。

251　松虫の初声を誘う秋風は、なんと、あのほととぎすの初声で有名な音羽山から吹きはじめて来たことだよ。○松虫の初声　「初声」は古今集・夏の素性の歌「ほととぎす初声聞けばあぢきなく主定まらぬ恋せらるはた」のようにほととぎすについて詠まれるのが普通。しかも注意すべきは古今集でこの歌の一首前にある紀友則の歌に「音羽山今朝越え来ればほととぎすこずゑ遥かに今ぞ鳴くなる」に「ほととぎす」とともに「音羽山」が詠まれている。「初声を誘う秋風は、なんと、あのほととぎすの初声で有名な音羽山から…」と訳したゆえんである。

252　飛んで行く蛍よ。お前が雲の上まで行くのであれば、「こちらではもう秋風が吹いているので早くいらっしゃい」と雁に告げてください。○雁に告げこせ　「こせ」は上代にあった「こ(乞)す」（…してほしいとお願いする）の命令形が終助詞化したもの。「…してほしい」の意。▽伊勢物語四十五段に見えるが、物語がない場合は、秋を待つ思いを雁を待つ形で表わしたことになる。

253 秋風の草葉そよぎて吹《ふ》くなへにほのかにしつるひぐらしの声《こゑ》

よみ人しらず

254 ひぐらしの声聞《き》く山の近《ちか》けれや鳴《な》きつるなへに入《い》り日さすらん

つらゆき

255 ひぐらしの声聞《こゑき》くからに松虫の名にのみ人を思《(おもふ)》ころ哉《(かな)》

256 心有《(あり)》て鳴《な》きもしつるかひぐらしのいづれも物《ゝのゝ》のあきてうければ

253 秋風が草の葉の音をさせながら吹くのと同時に、ほのかに聞こえて来たひぐらしの声であるよ。〇そよぎて　さらさらと音を立てるように。〇なへに　…と同時に。▽暑いときに秋風を感じるのは夕刻である。その頃、まさしく日が暮れる頃に鳴くという名を持つひぐらしの声がほのかに聞こえて来たと言っているのである。

254 ひぐらしの声を聞く山が近いから、鳴くと同時に、山に入る日ならぬ入り日がさして来ているのだろうか。〇近けれや　已然形に接続助詞「ば」が接したものに疑問の係助詞「や」がついた「近ければや」と同じ。文末の「らん」と呼応して理由を推量する。▽古今集・秋上の「ひぐらしの鳴きつるなへに日は暮れぬと思ふは山のかげにぞありける」の逆を言った。

255 ひぐらしの声を聞いたばっかりに、松虫の名を連想させる「待つ」という気持で、あの人のことを思うこの頃ですよ。〇聞くからに　「聞くと同時に」とも訳せるが、万葉集(六三八・一〇三八)以来の「聞いたばっかりに」「聞いただけのために」の意に訳してみた。〇松虫の名　「名」は「名にめでて折れるばかりぞ女郎花…」(古今集・秋上)と同じ。「待つ」という意を名に含んでいる「松虫」の意。▽「ひぐらし」に「一日、日を暮らして」の意を感じてもよい。古今集・恋五「こめやとは思ふものからひぐらしの鳴く夕暮は立ち待たれつつ」などが思い出される。

256 感じる心があって鳴いているのだなあ。どのひぐらしも、私と同様に、秋は何となくいやになり、つらく感じる季節なのですから。〇心有て　「心なし」の反対。感応する心があって。〇いづれも　「どのひぐらしも、併せて人も」の意。〇物のあきてうければ　「物の」の用法から見て、「物のうければ」と続くはずだが、間に「飽きて」を

257
秋風の吹《（ふき）》くる宵《よひ》は蛬《（きりぎりす）》草の根《ね》ごとに声乱《こゑみだ》れけり

258
わがごとく物やかなしききり《ゝ》ゞす草のやどりに声絶《こゑた》えず鳴《な》く

259
来《こ》むといひし程《ほど》や過《す》ぎぬる秋の野《ゝ》に誰松虫ぞ声《こゑ》のかなしき

260
秋の野《ゝ》に来《き》宿《やど》る人も思《おも》ほえず誰《たれ》を松虫こゝら鳴《な》くらん

挿入したのである。「物うし」は「何となくつらい」の意。「飽きて」に「秋」の意を響かせている。

257 秋風が吹いて来る宵はこおろぎの声が草の根ごとに乱れるように聞こえることだよ。○蛬　今のこおろぎのこと。和名抄に「蟋蟀　一名蛬、和名木里木里須」とある。「蟋」「蟀」「蛬」、いずれも「こおろぎ」のこと。▽詩経・国風・豳・七月に「七月野ニ在リ、八月宇《（のき）》ニ在リ、九月戸ニ在リ、十月蟋蟀我ガ牀《（ゆか）》ノ下ニ入ル」とあるが、この歌の場合はまさに初秋七月の景にふさわしい。

258 私のように何となく悲しいのか。こおろぎは、草を宿りとして私の草屋に声絶えず鳴いているよ。○物やかなしき　「物悲し」という一語の中に疑問の係助詞「や」を挿入した。○草のやどり　「草を宿りとして」の意に自分の家を謙遜した「草屋」を掛けた。▽古今集・秋上・藤原敏行「秋の夜の明くるも知らず鳴く虫は我がごと物や悲しかるらむ」の影響が考えられる。

259 「来よう」と言った頃合も過ぎてしまったのか。この秋の野に、誰を待つ松虫の声がこんなに悲しく聞こえるのだろうか。○誰松虫　「誰を待つ松虫」の意。掛詞である。▽松虫に焦点をあてているが、荒れた秋の野に自分を飽きてしまった男を空しく待って泣く女の姿を感じとってよい。

260 「飽きる」という意を連想させる秋の野に、それなのに、来て宿る人があるとも思われない。誰を待つ松虫がこんなにたくさん鳴いているのだろうか。○秋の野に　「秋」が「飽きる」の意を含んでいるものと見て解釈した。○誰を松虫　誰を待つ松虫。掛詞である。○こゝら　たくさん。▽古今集・秋上「もみぢ葉の散りて積もれる我が宿に誰を松虫ここらなくらん」の下句を応用したのであろう。

261
秋《あき》風のやゝ吹《ふ》きしけば野《の》を寒《さむ》みわびしき声《こゑ》に松虫ぞ鳴《（なく）》

262
秋来《く》れば野もせに虫の織《を》り乱《みだ》る声《こゑ》の綾《あや》をば誰《たれ》か着《き》るらん

藤原元善朝臣

263
風寒《さむ》み鳴《な》く秋虫の涙こそ草葉《くさは》色どる露《つゆ》と置《を》くらめ

よみ人しらず

264
秋風の吹《（ふき）》しく松は山ながら浪立帰《（たちかへる）》音《をと》ぞ聞《きこ》ゆる

261 秋風が少し吹きしきると、野が寒くなるので、つらそうな声で松虫が鳴いているよ。○吹きしけば　しきりに吹くと。▽秋風が吹きしきる野に鳴く松虫の声を詠んでいるのだが、「秋風」に「飽き」の意を含ませ、「松虫」に「待つ」の意を感じさせつつ、飽きがたの男を待つ女の荒涼たる心象風景を詠んでいるとも解し得る。

262 秋が来ると、虫が野いっぱいに声の綾を乱れ織っているようであるよ。虫の声で出来たこの綾を、いったい誰が着るのだろうか。○野もせに　「野も狭に」か。野も狭いぐらいいっぱいに。○織り乱る声の綾をば　虫が乱りがわしく声を広げているのを、縦糸横糸を乱れるばかりにあやつりながら綾を織っている様《（さま）》に見立てたのである。

263 風が寒いので鳴く秋の虫の涙が、あの草葉を色づかせる露となって置いているのであろうよ。▽寒さをつらく思っての涙だから「血涙」であり、だから草葉を色づかせるのだと見ることも出来るが、露が木の葉や草葉を色づかせるというのは当時の一般的把握であるから、虫の涙が露となって草葉を色づかせると解した。

264 秋風がしきりに吹きつける松は、山にありながら、はげしく立つ浪の音がすることであるよ。○山ながら　叙述が前後しているが、その松は山に生えているのである。山に生えていながら。○浪立帰　「…かへる」は、完全に…するの意を添える。三三二・五三七・七三〇などの「消えかへる」の「かへる」と同じ。はげしく波立つのである。▽「山ながら浪立帰」に、有名な「君をおきてあだし心をわが持たばすゑの松山浪も越えなん」(古今集・東歌)を意識すれば、「秋風」に「飽き風」の意が浮かんでくる。

是貞の親王《みこ》の家歌合に

265 松の音《ね》に風のしらべをまかせては竜田姫こそ秋はひくらし

壬生忠岑

秋、大輔が太秦《うづまさ》のかたはらなる家に侍《(はべり)》けるに、荻《おぎ》の葉に文《ふみ》を挿《さ》してつかはしける

左大臣

266 山里の物さびしさは荻の葉《は》のなびくごとにぞ思《(おもひ)》やらるゝ

題しらず

小野道風朝臣

267 穂《ほ》にはいでぬいかにかせまし花薄《すゝき》身を秋風に棄《す》てや果《は》てゝん

265 松籟の音に、琴の調べを任せるやり方で、今、秋の季節には、竜田姫が琴を弾いているらしいよ。○風のしらべ　松に吹く風と、たとえばうつほ物語・俊蔭の巻に見える「波斯風(はし)」のように琴の曲名に「…風」とつけるのとを掛けている。○竜田姫　奈良の西にあたる竜田山を、五行説によって秋にあて、神格化して秋の女神として表わした。古今集・二九八、後撰集・三七八参照。▽是貞親王家歌合には初句「琴の音を」とあるが、それに依拠した新撰万葉集や後撰集から採歌したと思われる忠岑集(書陵部三十六人集)では「松の音を」になっている。その場合は「松籟の音を風の調べに任せる形で…」の意となる。

266 あなたのいる山里の物さびしさは、荻の葉が風になびく度ごとに気になって思いやられることであるよ。○太秦　京都市右京区太秦。広隆寺の辺。○左大臣　藤原実頼。○荻の葉のなびくごとにぞ　三〇のように、荻の葉は特に秋風を感じるものとして詠まれていた。秋が来たということで、山里のさびしさがさらに思いやられるよと言っているのである。○思やらるゝ　「みずからの思いが向うへ遣られる」というのが本義。

267 薄が穂を出すように包んでいた本心を示してしまった。この上はどうしようか。薄が秋風にあたって枯れ果ててしまうように、我が身をあなたの飽き風にさらして棄て果ててしまおうか。○穂にはいでぬ　「花薄」の縁でこう言った。古今集・恋二「花薄穂にいでて恋ひば名を惜しみ下ゆふ紐の結ぼほれつつ」のように隠していた恋の心を外に示す意。○身を秋風に　「秋風」の「秋」に「飽き」を掛ける。▽「題しらず」とあるが、明らかに恋歌である。薄につけて贈ったのであろう。

二人《ふたり》の男《おとこ》に物いひける女の一人《ひとり》につきにければ、今一人《ひとり》がつかはしける

よみ人しらず

268 明《あ》け暮《くら》しまもる田《た》のみをからせつゝ袂《たもと》そほつの身とぞなりぬる

返し

269 心もて生《お》ふる山田のひつち穂《ほ》は君まもらねどかる人もなし

題しらず

藤原守文

270 草の糸《いと》にぬく白玉と見えつるは秋の結《むす》べる露《つゆ》にぞ有《(あり)》ける

268 朝から夜まで、夜から朝まで、番をして見守って来た稲を何度も他人に刈り取らせて、後は自分だけ雨露に袂を濡らしている案山子のような我が身となってしまいましたよ。私も、お許しが出るのを期待して、朝に夕にあなたの許にかよっておりましたのに、人に取られて、その悲しみの涙で袂がしとどに濡れる身となってしまったことです。〇明け暮し　「明け暮れ」と同じだが、終日終夜、自分から積極的に…しているという姿勢が出ている。〇まもる　見守る。番をする。〇田のみ　「田の実(稲)」と「頼み」を掛ける。〇そほつ　濡れる。後には「そぼつ」と第二音節を濁るが、当時は清音。これに「案山子」の意の「そほづ」を掛ける。古今集・一〇三七参照。

269 自分勝手に生えていて実もならない山の田のひつち穂のように役立たずの私は、あなたが特に見守ってお世話をしてくださるというわけではありませんが、だからと言って他に刈り取ってくれる人とてないのです。〇心もて　「我が心もて」の意。自分から。〇ひつち穂　稲を刈り取った後の株から再び出た穂。古今集・秋下に「刈れる田におふるひつちの穂に出でぬは世を今さらにあきはてぬとか」と詠まれているように誰も刈り取りもしないのである。

270 草を糸にして貫いている白玉のように見えたのは、秋が結んだ露であったことだよ。〇草の糸に　草を糸にして。〇ぬく　貫く。玉に糸を通すこと。〇秋の結べる　「秋」を擬人化して、「秋が結んだ露であったことだ」と言っているのである。▽「露」を白玉に見立てる表現は多いが、秋を擬人化し、「貫く」「白玉」「結べる」と縁語を連ねているのは達者である。

後撰和歌集巻第六

秋中

延喜御時に秋歌《(あきのうた)》召《め》しければ、たてまつりける　紀　貫　之

271
秋霧の立《(たち)》ぬる時はくらぶ山おぼつかなくぞ見え渡《(わたり)》ける

272
花見にと出《い》でにし物を秋の野の霧に迷《(まどひ)》て今日《けふ》は暮《く》らしつ

271 秋霧が立っている時は、暗いという名を持つ暗部山が、まるでその名のように、全体にぼんやりと見えることであるよ。○くらぶ山　暗部山。京都の鞍馬山の古名といわれる。○おぼつかなくぞ　はっきり確認できない状態で。○見え渡ける　「あたり全体を見て…だと思われるよ」のように空間を視覚的に把握する場合と、「…だと見え続けるよ」というように時間的に把握する場合がある。古今集の八五二・一一〇三、後撰集の三九一・四三四のように貫之が好んで用いた表現。▽暗部山は古今集・春上の「梅の花匂ふ春べはくらぶ山闇に越ゆれどしるくぞありける」(貫之)や同・秋上の「秋の夜の月の光しあかければくらぶの山も越えぬべらなり」のように「暗い」というイメージとともに詠まれていたが、この歌ではそれを前提にしながら夕霧の中に陰影としてくっきりと浮かび出た景を描き出している。

272 花見に行こうと思って出て来たのだが、秋の野に立っている霧に迷って、花を見ぬままに今日は一日を暮らしたことであるよ。○花見にと　秋の花を見に行こうと。秋の花は女郎花・藤袴・薄・なでしこなど野に咲く色々な花。▽古今集・春下の「春の野に若菜つまむと来しものを散りかふ花に道はまどひぬ」を秋に応用したのであろう。

寛平御時、后《きさい》の宮の歌合に　　よみ人しらず

273 浦近《ちか》く立《た》つ秋霧《ぎり》は藻《も》塩《しほ》焼《や》く煙とのみぞ見えわたりける

おなじ御時の女郎花合《をみなへしあはせ》に　　藤原おきかぜ

274 折《お》るからに我《わ》が名《な》は立《た》ちぬ女郎花いざおなじくははなゞに見む

よみ人しらず

275 秋の野の露に置《を》かるゝ女郎花はらふ人無《な》み濡《ぬ》れつゝやふる

276 をみなへし花の心のあだなれば秋にのみこそあひわたりけれ

273 浦の近くに立つ秋霧は、まるで浦人が藻塩を焼く煙かと思うほど、あたり全体に見えることであるよ。○見えわたりける　二七二で注した「あたり全体を見て…だと思われるよ」の意。

274 折るや否や私の浮き名は立ってしまった。女郎花よ。同じように浮き名が立つなら、さあ、もっとうわついた気分でお前を見たいものだよ。○折るからに　「からに」については二・一八一・一九五・二五五など参照。○我が名　自分の評判。「おみな(女)」を思わせる「女郎花」に「名が立つ」という言い方は、古今集・秋上「女郎花多かる野辺に宿りせばあやなくあだの名をや立ちなん」参照。○はなゞに見む　「はなばなに」の例は見出せぬが、古今集・恋三「君により我が名は花に春霞野にも山にも立ち充ちにけり」が参考になる。万葉集・一四五・二九六にも例があるが、「はなに」は「いいかげんに」「真実味なく」の意。

275 秋の野にあって、露が置いている女郎花は、その露を払う人がないので、濡れたままで日を過ごしているのだろうか。▽女郎花と人間の女の二重映し的な詠法だと考えれば、「露におかる」(露に置かれている)と受身の表現をしているのも、「ふる(経る)」という人間に用いる語を使用している理由もわかる。「秋の野」は「飽き」を掛け、「濡れつつ」は「涙に濡れつつ」を響かせているのであって、「飽きられて涙に濡れる女は訪ねて来て慰めてくれる人とてないので、涙ながらに日を過ごしているのであろうか」という抒情を重ねて享受出来るのである。

276 女郎花はその花の心が浮気だから、いつも「飽き」に通じる秋にだけ逢い続けるのだなあ。○秋にのみこそあひわたりけれ　後撰集新抄は「女郎花が秋に逢う」、すなわち「飽きに逢う」「人に飽かれる」意と解しているが、「女郎花は飽きに

母《はゝ》の服《ぶく》にて、里《さと》に侍《(はべり)》けるに、先帝《せんだい》の御文《ふみ》たまへりける御返《(かへり)》ごとに

近江更衣

277
五月雨《さみだれ》に濡《ぬ》れにし袖にいとゞしく露《つゆ》を《(お)》きそふる秋のわびしさ

御返し

延喜御製

278
おほかたも秋はわびしき時なれど露《つゆ》けかる覧《(らん)》袖をしぞ思《(おもふ)》

亭子《(ていじの)》院の御前の花のいとおもしろく朝露《あさつゆ》の置《を》けるを召《め》して見せさせ給《(たまひ)》て

法皇御製

279
白露の変《かは》るもなにかお《(を)》しからんありての後《ゝち》もやゝうきものを

通じる秋にだけ私に出逢う…」意に解すべきであろう。秋にしか逢わない、秋にしか咲かないのはおまえが浮気だからだと言っているのである。

277 御心のこもった御文をいただきまして、五月雨の頃からずっと濡れている袖に、さらに感涙の露を置き加える秋のつらさでございますよ。〇母の服　母がなくなって喪に服しているのである。母を失った場合の暇は五十日。五月末に亡くなったとすれば、七月中旬。陰暦では秋である。〇先帝　前の御門。延喜の帝(醍醐天皇)。〇五月雨に濡れにし袖　母が五月に亡くなったのである。それ以来ずっと涙で袖が濡れているのである。

278 一般的に言っても、秋はつらい時節であるが、私は、お前の露に濡れているであろう袖のことを特にしみじみと思っているのだよ。〇おほかたも　世間一般においても。〇…しぞ思　「はるばる来ぬる旅をしぞ思ふ」(古今集・羇旅・四一〇)と同様に、しみじみとつらく思うこと。

279 白露が消えるように、形を変えてしまうのも、どうして惜しいことがあろうか。そのまま形を永らえた後でも、少しはつらい人生なのだから。〇亭子院　「七条坊門北、西洞院西」(拾芥抄)、今の西本願寺のあたりにあった宇多上皇の御所。〇御前　帝の居所に面する前栽。〇召して見せさせ給て　返歌の作者である伊勢の立場から書かれた詞書である。「伊勢を召して…」の意。〇ありての後も　ずっと続いて永らえた後も。万葉集・三七四一の異伝にも見える古くからの和歌的表現。〇やゝうきものを　今消えてしまうほどつらくはないが、やはり少しはつらいのだから。なお、伊勢集では「世はうきものを」になっている。▽宇多上皇が出家して亭子院を離れた頃の作であろうか。

御返し　　　　伊勢

280 植《う》へ《(ゑ)》たてて《ゝ》君がしめゆふ花なれば玉と見えてや露《つゆ》も置《を》くらん

大輔が後涼殿に侍《(はべり)》けるに、藤壺《ふぢつぼ》より女郎花《をみなへし》を折《ゝ》りてつかはしける

右大臣

281 折《(をり)》て見る袖さへ濡《ぬ》るゝ女郎花《をみなへし》露《つゆ》けき物と今や知《し》るらん

返し　　　　大輔

282 万《よろづ》世にかゝらむ露《つゆ》を女郎花《ゝみなへし》なに思《(おもふ)》とかまだき濡《ぬ》る覧《(らん)》

280 この亭子院の花はあなたが植えて自分の物としていらっしゃる花なのですから、美しく変わらない玉かと見られるように、露が置いたのでしょうか。○植へたてて　ちゃんと植えて。「たて」は顕示的に強調する接尾語。○しめゆふ　しめなわをはって他から守る。自分の物であることを神に宣言する行為。○玉と見えてや　美しく変らない玉に見立てられるように。「見えて」は見られるように。▽亭子院を出て仏門に入ることを前提にして露によって無常を説いた宇多上皇に対し、まさしくあなたの領分である亭子院にあやかって、永遠に変らない玉に見られようとして露は置いたのでしょう、御威徳は永遠です、と帝をことほいでいるのである。

281 折って見ている私の袖さえ濡れるほどに女郎花が露を多く含んだ花だと今初めてわかっただろうか。袖まで涙で濡らしている私の切ない思い、今わかってもらえただろうか。○後涼殿　清涼殿の西にあり、伊勢物語一〇〇段や源氏物語・桐壺の巻に見られるように更衣など高級女房の局(つぼね)があった。○藤壺　右大臣藤原師輔の娘で村上天皇の中宮であった安子がいた。

282 露がこのようにかかるのは今後も永遠に続きますのに、女郎花は何を思うゆえにこんなに早くから濡れているのでしょうか。私の袖は今後いつまでも涙で濡れ続けることでしょうに。○かゝらむ露　「露がかかる」と「かくあらむ露」を掛ける。▽私は今後もあなたに泣かされ続けるでしょうに、女郎花は何をあわてて泣いているのだと切り返しているのである。

又　　　　　　　　　　　　右大臣

283 起《を》き明《あ》かす露《つゆ》の夜《よ》な〳〵へにければまだきぬるとも思《おも》はざりけり

返し　　　　　　　　　　　　大輔

284 今は早《ゝや》打《(うち)》とけぬべき白露の心置《を》くまで夜《よ》をやへにける

あひ知《し》りて侍ける女の、あだ名《な》たちて侍ければ、ひさしくとぶらはざりけり。八月許《(ばかり)》に、女のもとより「などかいとつれなき」と言《い》ひを《(お)》こせて侍ければ　　　よみ人しらず

285 白露の上《うへ》はつれなくを《(お)》きゐつゝ萩の下葉《したば》の色をこそ見れ

283 私の方こそ、あなたを思って、露が置くように、起きたまま寝ないで明かす夜々を経験したので、あなたがこんなに早く寝ているとは、思いもしませんでしたよ。○起き明かす　「露が置く」と自分が「起く」とを掛けている。○まだきぬる　「濡る」を、「寝(ぬ)る」にすりかえて、あなたへの思いに苦しんで私は起きているのに、あなたは「まだきぬる」(こんなに早く寝る)とは思わなかったと言っているのである。

284 溶けてしまう白露がそんなに早く置くほどに、もはや今は夜を重ねたのでしょうか。もはやうちとけているようにおっしゃるあなたが、私に御執心なさるほどに夜を重ねたのでしょうか。○打とけぬべき　「露」の縁語。露が溶けるのと人がうちとけるのとを掛ける。○心置く　執心する。古今集・恋二の「露ならぬ心を花におきそめて風吹くごとに物思ひぞつく」(紀貫之)が参考になる。

285 白露は知らぬ顔で、表面は何でもない様子で置いていますが、その実は、萩の下葉が色変わりするのを見ているのです。同様に私もうわべは平然としたポーズをとりながら、他の男に心を移しているあなたをこっそり観察しているのですが。○あひ知りて侍ける女　返歌の作者伊勢のこと。○あだ名　浮気をしているという評判。○白露の上は　「萩の上の露」(古今集・秋上・三二)と言われるように萩に置く露は上に置くとされていた。○萩の下葉の色　「萩の下葉もうつろひにけり」(古今集・秋上・三二)のように萩は下方の葉から色づくとされていた。

返し　伊勢

286 心なき身は草葉にもあらなくに秋来《く》る風に疑《うたが》はるらん

男《おとこ》のもとにつかはしける　よみ人しらず

287 人はいさ事ぞともなきながめにぞ我はつゆけき秋も知《し》らるゝ

人《ひと》のもとに尾花《おばな》のいと高《たか》きをつかはしたりければ、返事《（かへりごと）》に、しのぶ草《ぐさ》を加《くは》へて　中宮宣旨

288 花薄《すゝき》穂《ほ》に出《い》づる事もなき宿《やど》は昔忍《（しのぶ）》の草をこそ見れ

286 いかに心なき身だからと言って、草の葉であるわけでもないのに、秋に吹いて来る風に疑われるのはどうしてでしょうか。私を飽いて来たあなたに疑われるのは心外です。○心なき身は　情趣を解さぬ私でも。謙遜して言っているのである。○秋来る風に　「飽き来る」を掛ける。○疑はるらん　「らん」は原因推究の意。どうして疑われるのでしょうか。▽なお、この歌、雑四・一二七四に贈太政大臣(藤原時平)の歌に対する返歌として重出している。

287 あなたはどうなのかわかりませんが、私は何の意味もない物思いをしつつ外を眺めているにつけても、涙を催す露多き秋を実感していることでありますよ。○よみ人しらず　女の歌である。○人はいさ　人はさあどうだろうか。「人」は自分以外の人の意だが、この場合は相手の男のこととする方がよい。○ながめ　物思いにふけりながら庭前を見るともなく見ること。○つゆけき秋　古今集・三六九、後撰集・二一四・二七八・二八一・三二六など、「つゆけき」は涙で濡れた袖をいうことが多い。

288 花薄が穂を出すように表面に現れることもない私の宿では、忍草を見て昔を偲ぶよすがとしているのですよ。○人のもとに　作者の中宮宣旨の所に。○つかはしたりければ　返歌の作者の伊勢が贈ったのである。○花薄穂に出づる　古今集・五四九・六五三・七四八、後撰集・七二七・八四〇のように恋の本意を表す比喩に用いるのが普通だが、ここは華やかに表面に出る意。

289 庭も狭くなるほどに薄をいっぱいに植え並べて私は見ております。袖で招いているように見える尾花に対してあなたがお立ち止まりになる

返し　　　　　　　　　　　　　　伊勢

289 やどもせに植《う》へ《(ゑ)》なめつゝぞ我は見る招《まね》く尾花《おばな》に人やとまると

題しらず　　　　　　　　　よみ人も

290 秋の夜をいたづらにのみを《(お)》きあかす露はわが身の上《うへ》にぞ有《(あり)》ける

291 おほかたに置《を》く白露も今よりは心してこそ見るべかりけれ

右大臣

292 露ならぬわが身と思へど秋の夜をかくこそ明《あ》かせおきゐながらに

かと思いまして。〇やどもせに　家屋の意ではなく、この「やど」は万葉集以来の「屋外」の意。「せに」は「狭に」、狭くなるほどに。〇招く尾花　薄の風になびくのを「袖で人を手招きする」のに喩える例は古今集・二四三、伊勢集・二九三などにも見られる。▽せっかくいただいた薄だが、昔を偲ぶ忍草のみがふさわしく、今は花薄のように表面に出ることのない私には関係がありませんと言って来たのに対して、あなたをお招きするためにお贈りしたのですと言っているのである。

290　かならず消える空しさを知りつつ秋の夜に置いて明かす露は、飽きられて一人空しく起きて夜を明かす我が身の上と同じであるよ。〇秋の夜を　「秋」に「飽き」を掛ける。〇いたづらに　成果もなく。空しく。〇をきあかす　「露が置く」の「置く」と「寝ないで起きたままで夜を明かす」の「起く」を掛ける。▽相手に逢えず空しく夜を明かす嘆きを詠んでいて、秋の歌というより「逢はぬ恋」の歌として恋部にあるのがふさわしい。

291　おっしゃるとおり、平凡に置いている白露も、これから後は、よく注意をして見るべきであるようですよ。いいかげんな気持で起きている人にも、これからは注意すべきであるようですね。〇おほかたに　一般的に。平凡に。〇置く　「露が置く」と「起く」を掛ける。〇心して　よく気をくばって。▽二荒山本・片仮名本・承保本・正徹本は「かへし」と詞書がある。

292　露ではない我が身だと思っているのに、秋の夜をこのようにして明かしております。露が置くように起きたままで。〇かくこそ明かせ　このように夜を明かしております。「かくこそ」の内容が「おきゐながらに」である。「おきゐながら」の「おき」は「露が置き」と「寝ないで起きている」意を掛けている。

秋のころをひ《(ほ)》、ある所に、女どもの、あまた簾《す》の内に侍《(はべり)》けるに、男《おとこ》の、歌の元《もと》を言《い》ひ入《い》れて侍ければ、末《すゑ》は内《うち》より

よみ人しらず

293 白露のを《(お)》くにあまたの声すれば花の色〳〵有《(あり)》と知《し》らなん

八月中《なか》の十日許《(ばかり)》に、雨のそほふりける日、女郎花《をみなへし》掘《ほ》りに藤原のもろたゞを野辺に出《い》だして、遅《をそ》く帰《かへ》りければ、つかはしける

左大臣

294 暮《く》れはてば月も待《(まつ)》べし女郎花雨やめてとは思はざらなん

題しらず

よみ人も

295 秋の田のかりほのやどのにほふまで咲《さ》ける秋萩《はぎ》見れどあかぬかも

293 奥の方に多くの声がするのだから…白露が置くような様々な色の花、すなわち色々な美しい女がいると知ってほしいものです。○男の歌の元を言ひ入れて　男が和歌の上句(五・七・五の部分)を簾の中に言い入れましたので。○末は内より　下句(七・七の部分)は簾の中から声に出して応じたのである。○白露のをくに　「白露が置く」と「簾の奥」を掛ける。○花の色〳〵　さまざまな色の花。美しい女達のこと。

294 暮れ果ててしまったら、今度は月の出まででも待つべきでしょう。女郎花よ。気を使って「雨がやんで、早く掘れれば」とは思わないでほしいものだよ。○八月中の十日許に　中秋の名月が終わった二十日頃。○雨のそほふりける日　雨がしょぼしょぼ降る日。○暮れはてば月も待べし　二十日頃で月の出が遅い。○女郎花　この一句、落ち着きが悪い。「女郎花を掘るために」と意訳することも考えたが少し無理がある。「女郎花…思はざらなん」の形と見た。▽女郎花掘りは風流な行事。雨が降ってもあわてる必要もない。おそく出る月をも楽しんで来なさい…という気持を女郎花を擬人化することによっていっそうやさしく述べたのである。

295 秋の田を守るための仮庵に作った宿りが一面に色づくほどに咲いている秋萩は、いくら見ても飽きないことであるよ。○かりほ　「かりいほ」の約。秋の収穫期が近づいた時、それを警護するために臨時に作った庵。○やど　万葉集時代の表現として「屋外」とし、庭先の意にとれるが、原歌が「やどり」であるので「宿」と解した。○にほふまで　「にほふ」は薄赤く色づくこと。これも万葉集以来の表現。▽この歌、万葉集・巻十に「秋田刈る仮庵のやどりにほふまで咲ける秋萩見れど飽かぬかも」という形で見える。

296 秋の夜《よ》をまどろまずのみ明《あ》かす身は夢地《(ゆめぢ)》とだにぞたのまざりける

萩《はぎ》の花を折り《ゝ》て、人につかはすとて

297 時雨ふりふり《く》なば人に見せもあへず散《ち》りなば惜《お》しみ折《お》れる秋萩《はぎ》

秋の歌とてよめる　つらゆき

298 往還《(ゆきかへ)》り折《(をり)》てかざゝむ朝《あさ》な〱鹿立《(たち)》ならす野辺《のべ》の秋萩《はぎ》

むねゆきの朝臣

299 わがやどの庭の秋萩《はぎ》散《ち》りぬめり後《のち》見《み》む人やくやしと思はむ

296 長い秋の夜を一睡もしないで明かす我が身にとっては、あの夢の通い路を通って逢いに来てくださるということさえも、まったく期待出来ないことでありますよ。○秋の夜　秋の夜は長いものとされていた。○夢地　夢路。「夢の通ひ路」とも言う。恋人を夢に見るということは、その恋人が「夢の通ひ路」を通って夢枕に立つゆえだと思われていた。▽恋の苦しみによってまどろむこともかなわぬゆえに、夢で逢うという期待も許されないと嘆いているのである。

297 時雨が何度も降って古くなってしまうと、あなたにあえて見せることも出来ません。とは言え、散ってしまうと惜しいので手折りました秋萩でありますよ、これは。○人につかはすとて　歌の内容から見て、女が男に贈ったのであろう。○時雨ふりふりなば　「降り降り」と続けて何度も時雨が降ると…と言うとともに、「古りなば」「経りなば」の意を持たせて「私が齢を重ねたら」の意をも併せて暗示した。○見せもあへず　あえて見せることも出来ない。○惜しみ　惜しいので。▽「時雨降る」と「我が身経る」を掛けた例は、古今集・離別「惜しむらむ人の心を知らぬ間に秋の時雨と身ぞふりにける」など多い。

298 道の行き帰りに、私も折って頭に挿そう。毎朝、鹿が立って平らに踏みならしている野辺に生えている秋萩を。○鹿立ならす　鹿が立ってならし(均し)ている。後撰集新抄のように秋萩を踏みつけて台無しにするのが惜しいからとする説もあるが、古今集・四三九や後撰集・三〇六のように、鹿が立ちならすのは、峰や野であって萩ではない。

299 我が家の庭の秋萩は散ってしまいそうに見える。後からやって来て見る人は残念に思うことだろう。▽宗于集は第三句「ちりにけり」。「めり」の方が「…のように見える」と言って、対象に

300 白露の置《を》かまく惜《をし》き秋萩を折《をり》てはさらに我やかくさん

よみ人しらず

年のつもりにけることを、かれこれ申《まうし》けるついでに

つらゆき

301 秋萩《はぎ》の色づく秋を徒《いたづら》にあまたかぞへて老《おい》ぞしにける

題しらず

天智天皇御製

302 秋の田のかりほのいほの苫《とま》を荒《あら》みわが衣手は露《つゆ》に濡《ぬ》れつゝ

よみ人しらず

303 わが袖に露ぞ置《を》くなる天河《あまのがは》雲のしがらみ浪や越《こ》すらん

距離を置いたポーズをとりつつ、「後見む人」が早く来てほしいという気持が表れていておもしろい。

300 白露が置いてすぐに枯れさせてしまうのが惜しく思われるこの秋萩を折って、さらに私が隠しておきましょうか。○置かまく惜き　露が置くのが惜しい。露は草葉を紅葉させ枯れさせるものとしてとらえられていた。○我やかくさん　露が置いたために枯れることを防ぐべく隠しておこうかと戯れて言っているのである。なお、八代集抄以下「かざさむ」という本文を採る本が多いが、底本の方が万葉集・巻十の「白露の置かまく惜しみ秋萩を折りのみ折りて置きや枯らさむ」に近い。

301 秋萩が色づく秋を、ただむなしく数多く数えるだけ数えて、齢を重ねて来たことですよ。○かれこれ申けるついでに　あの人この人と数人が集まって言上したついでに。「申す」は身分の高い人に上申すること。▽貫之集には「萩の葉の色づく秋をいたづらにあまたかぞへて過ぐしつるかな」とある。

302 秋の田を守るための仮小屋の、苫で葺いた屋根の目が荒いので、私の袖は露にしとどに濡れていることであるよ。○かりほのいほ　「かりほ」は「かりいほ(仮庵)」の約。稲が稔る頃、その衛護のために仮に作った小屋。○苫　菅や萱などを編んだ薦(こも)。○衣手　衣の手のあたり。袖。▽万葉集・巻十「秋田刈る仮庵を作り我が居れば衣手寒く露ぞ置きにける」の異伝ないしは改作であろう。天智天皇の歌となったのは、平安時代の天皇が天武天皇方ではなく天智天皇の子孫であり、民とともに農耕にたずさわり、粗末な小屋で袖を濡らす聖帝のイメージが作られていたからであろう。百人一首の巻頭歌として有名。

303 私の袖に露が置いているよ。天の河にかけた柵(しがらみ)のように見える雲を浪が越してそのし

304
秋萩《はぎ》の枝もとをゝになり行《（ゆく）》は白露重《をも》く置《を》けばなりけり

305
わがやどの尾《お》花が上《うへ》の白露を消《け》たずて玉に貫《ぬ》く物にもが

延喜御時、歌召《め》しければ　　　　つらゆき

306
さを鹿の立《（たち）》ならす小野《をの》の《ゝ》秋萩《はぎ》に置《を》ける白露我も消《け》ぬべし

307
秋の野の《ゝ》草は糸《いと》と《ゝ》も見えなくに置《を》く白露《しらつゆ》を玉と貫《ぬ》く覧《（らん）》

ぶきがかかったのであろうか。○雲のしがらみ　雲で作られたしがらみ。雲を天の河に架けたしがらみに見立てているのである。「しがらみ」は流れる水を塞くために、杭を打ち竹や木の枝をからませたもの。▽古今集・雑上「我が上に露ぞ置くなる天の河とわたる舟のかいの雫か」と同趣の発想である。

304　秋萩が枝もたわわにしなってゆくのは、白露が重く置くからであるよ。▽秋になると、萩の枝がたるんでしなるようになる習性を、白露が重く置くようになったからだろうと理由づけして見せたのである。万葉集・巻十「秋萩の枝もとををに露霜置き寒くも時はなりにけるかも」の詠み換えと見ることも出来る。

305　我が家の庭の薄の穂の上に置いている白露を、そのまま消えさせずに玉として糸に通したいものであるよ。○貫く物にもが　「ぬく」は玉に糸を通すこと。「にもが」は「そうありたい」と願う気持を表す終助詞。▽この歌、万葉集・巻八・一五七二に見える大伴家持の作と全く同じ。

306　雄鹿が踏んで平らにするほどに往来する小野の秋萩に置いている白露のように、今にも消え果ててしまいそうな私の命でありますよ。○さを鹿　美称の接頭語「さ」をともなって「雄鹿」の歌語になっている。○立ならす　→二九八注。▽第四句まで比喩。恋の切ない思いを風景化して詠んだ点に新しさがある。貫之集の恋部に「さをしかのつまにしがらむ秋萩に置ける白露我も消ぬべし」、「妻恋ふる鹿のしがらむ秋萩に置ける白露我も消ぬべし」とある。

307　秋の野の草は、糸であるとも見えないのに、どうして、かかっている白露を玉だと見せるように貫いているのだろうか。○覧　いわゆる原因推究の「らん」。「どうして…だろうか」の意。

308 白露に風の吹敷《(ふきしく)》秋の野《ゝ》はつらぬきとめぬ玉ぞ散《ち》りける

文室朝康

309 秋の野《ゝ》に置《を》く白露を今朝《けさ》見れば玉やしけるとおどろかれつゝ

たゞみね

題しらず

310 置《を》くからに千種《ちくさ》の色になる物を白露とのみ人のいふらん

よみ人も

311 白玉の秋の木《こ》の葉《は》にやどれると見ゆるは露《つゆ》のはかるなりけり

308 白露に風が頻りに吹きあたる秋の野は、置いただけで貫き止めてない玉が散るように露が散り乱れていることであるよ。〇吹敷　吹き頻る。頻りに吹く。▽瞬間的な景をみごとにとらえている。

309 秋の野に置いている白露を今朝見ると、玉が一面に敷いているのかと何度も驚き、目が醒める思いがすることであるよ。〇おどろかれつゝ　「れ」は自発の助動詞。自然に驚かれたという意。なお、「おどろく」は「目醒める」という意をも含んでいるので、「今朝」に対応させて「目が醒める思いがするよ」と訳してみた。▽秋の野に置いている白露など普段は見られなかったが、今朝、たまたま見ると朝日に輝いて…という気持。早朝秋の野に置く白露を見る機会があったということなのであるが、朝、女のもとから帰る男を想定してもよい。

310 置くとすぐに千種の色になるのに、どうしてこれを白露とばかり人は名づけるのだろうか。〇置くからに　「からに」は「…するや否や」の意。〇千種の色　「吹く風の色のちくさに見えつるは…」(古今集・秋下)など、千差万別の色を表す。露が光を反射してさまざまな色に見えることを言っているのである。〇人のいふらん　「らん」は原因推究の助動詞。どうして…だろうか。▽古今集・秋下「秋の露色々ごとにおけばこそ山の木の葉のちくさなるらめ」を裏返しにして表現したのであろう。

311 白玉が秋の木の葉に宿っていると見えるのは、実は露が私をだましてそのように見せているのであったよ。〇はかる　だまして…だと思わせる。▽三〇五―三〇九などのように「露」を玉に見立てる歌は多いが、これは「白玉」と見えたのは露だったと逆の表現になっているのが眼目。

312
秋の野《ゝ》に置《を》く白露の消《き》えざらば玉にぬきてもかけて見てまし

313
唐衣袖くつるまで置《を》く露《つゆ》はわが身を秋の野《ゝ》とや見るらん

314
大空《おほぞら》にわが袖ひとつあらなくにかなしく露《つゆ》や分《わ》きて置《を》くらん

315
朝毎《あさごと》に置《を》く露袖《つゆそで》に受《う》けためて世のうき時の涙にぞ借《か》る

312　秋の野に置くこの美しい白露が、もしいつまでも消えないのであれば、玉として糸を通してかけて見たいものだが。〇見てまし　「見てむ」と言いたいところだが、実際にそのようなことは出来ないから「む」の代わりに「まし」を用いた。「て」は完了の助動詞「つ」の未然形。「…してしまいたいのだが…」という気持。▽白露があまりにも美しいゆえに、これを永遠に残したいという意だから「この美しい白露が」と補って訳した。

313　衣の袖が朽ちるほどに置く「露」ならぬ涙は、私の身を露が置く「秋の野」ならぬ「飽きの野」だと見て置いているのだろうか。〇唐衣　衣の歌語。〇袖くつるまで　袖が涙で朽ちるほどに。拾遺集・恋一・六七五・六七六参照。〇わが身を秋の野とや見るらん　露が秋の野に置くのは三〇七–三〇九、三一二などで明らかだから、私の身を秋の野と錯覚して露が置いたのだろう、と言っているのである。「秋の野」の「秋」に「飽き」を掛け、男に飽きられた自分の意を響かせている。女の歌であろう。

314　あの大空から見て、袖は私の袖一つだけだというわけでもないのに、どうして、私の袖だけに、こんなに悲しげに涙の露が置いているのでありましょうか。〇大空に　「大空において」の意だが、「大空から見て」と意訳した。露は空から降ると思われていたからである。〇分きて　特別に選んで。▽三〇二・三〇三・三一三などに見られる「袖に置く露すなわち涙」という前提で作られた歌である。

315　毎朝置く露を袖に受けてためておいて、二人の間がつらい時の涙として借りておくのです。〇世のうき時　「世間のつらい時」と訳して誤りではないが、「世」は男女の間をいう場合が多いので、ここでは「二人の間がつらい時」と訳した。▽古今集・雑下「こき散らす滝の白玉拾ひおきて世のうき時の涙にぞ借る」と下句が同じである。

秋歌《(あきのうた)》とてよめる　　　つらゆき

316 秋の野の草もわけぬをわが袖の物思《(ものおもふ)》なへに露《つゆ》けかるらん

ふかやぶ

317 幾世《いく》へて後《のち》か忘《わす》れん散《ち》りぬべき野《の》辺《べ》の秋萩《はぎ》みがく月夜《よ》を

よみ人しらず

318 秋の夜の月の影こそ木《こ》の間《ま》より落《お》ちば衣と身にうつりけれ

319 袖にうつる月の光《ひかり》は秋毎《ごと》に今夜《(こよひ)》変《かは》らぬ影と見えつゝ

316 秋の野の露の置いた草を分けて帰って来たわけでもないのに、物思いにふけるとすぐ、私の袖は、どうして露にしとどに濡れたようになるのだろうか。○秋の野の草もわけぬを　三三の「露わけし袂ほすまもなきものを…」と同じく、朝、別れを悲しみつつ露の置いた草木を分けて帰る様をいう。○物思なへに露けかるらん　「なへに」は「…と同時に」の意。「らん」は原因推究で「どうして…なのだろうか」の意。

317 幾世代も経た後にも忘れはしない。散ってしまいそうな野辺の秋萩を磨いて美しくするように照らすこの月の光を。○後か忘れん　忘れようか、忘れはしない。○散りぬべき　今にも散ってしまいそうな。○みがく月夜を　拾遺集・冬の清原元輔の歌「冬の夜の池の氷のさやけきは月の光のみがくなりけり」参照。▽この歌に従って「みがく月夜」と詠む歌は新古今集時代に多い。

318 秋の夜の月の光が木の間から落ち、落葉の衣のように、私の身に映っていることであるよ。○木の間より落ちば衣と　未然形に「ば」のついた形と見ることもできるが、「もし落ちたならば」というのは歌の趣旨にそぐわないので、「落ち」で切り、「落葉衣…」と掛詞になって下に続いていると解した。なお、「木の間より落ち…」は、古今集・秋上「木の間よりもりくる(清輔本系統では「落ちくる」)月の影見れば心つくしの秋は来にけり」による。○落ちば衣　仙人が着る衣だと言うが未詳。▽「落葉衣」は、みずからの落ちぶれた様を暗示しているのであろう。なお、「落ちば衣」の部分、出典かと思われる寛平御時后宮歌合(十巻本)では下句が脱落していて不明だが、それを用いた新撰万葉集では「自木間　堕者衣砥　見江亘気礼」(このよりおつればきぬとみえわたりけれ)とある。

320 秋の夜《よ》の月に重《かさ》なる雲晴《くもは》れて光《ひかり》さやかに見るよしも哉《(がな)》

小野美材《(よしき)》

321 秋の池の月の上《うへ》に漕《こ》ぐ船なれば桂の枝に竿《さほ》やさはらん

ふかやぶ

322 秋《あき》の海にうつれる月を立《(たち)》かへり浪は洗《あら》へど色も変《かは》らず

是貞の親王《みこ》の家の歌合に

よみ人しらず

323 秋の夜の月の光はきよけれど人の心の隈《くま》は照《て》らさず

319 涙に濡れている袖に映る月の光は、秋になる度に今夜も変らぬ光だと見えることであるよ。○袖にうつる月の光　涙に濡れる袖に映じる月の光。▽古今集・秋上「木の間よりもりくる月の影見れば心づくしの秋は来にけり」と同じく、今年も涙に濡れる袖に映る月をながめることだよと詠嘆しているのである。

320 秋の夜の美しい月に重なっている雲が早く晴れて、さわやかに月の光を見たいものであるよ。▽実際に月を見て詠んだのではなく、誰かに邪魔されて美しい女性に逢えない男が詠んだ歌という感じである。

321 秋の池に月が映っている上を漕ぐ船であるから、月の中にあるという桂の枝に棹がさわって、こんなに漕ぎにくいのであろうか。○月の上に漕ぐ船　池の水に映っている月の上を漕ぐ船。○桂の枝に　月の中に桂が生えているというのは、中国古来の故事。→一八注。▽土佐日記の「水底《(みなそこ)》の月の上より漕ぐ舟の棹にさはるは桂なるらし」との類似は著しい。貫之の歌は「棹ハ穿ツ波ノ底ノ月ヲ、船ハ圧《(おそ)》フ水ノ中ノ天ヲ」という賈島の詩句によるといわれている。

322 秋の海に映っている月を浪は寄せたり返したりして何度も洗うのだけれども、色も変らないことであるよ。○立かへり　「何度も続けさまに」の意だが、「立つ」も「かへる」も「浪」の縁語。

323 秋の夜の月の光は冴えわたっているが、あの人の心の隅までは照らさないことだよ。○きよければ　「大空の月の光しきよければ…」(古今集・冬ミ)の場合もそうだが、「きよし」は冷たく透徹する感じを言う。名義抄でも「冷」「凜」「冽」というような字を「きよし」と訓んでいる。○人の　自分が思いを寄せているあの人の。○心の隈　他人に知られない心の隅。古今集・誹諧歌に「思ふてふ人

324 秋《あき》の月常にかく照《て》る物ならば闇《やみ》にふる身はまじらざらまし

八月十五日夜　　藤原雅正

325 いつとても月見ぬ秋はなき物をわきて今夜《（こよひ）》のめづらしき哉《（かな）》

よみ人しらず

326 月影はおなじ光《ひかり》の秋の夜をわきて見ゆるは心なりけり

月を見て　　紀淑光朝臣

327 空遠《そらとを》み秋やよくらん久方の月の桂の色も変《かは》らぬ

の心の隈ごとに…」とある。

324 もし秋の月がいつもこのように明るく照るものであるならば、光にあたることのない所で時を過ごしている我が身はそこに加わることが出来ないだろうよ。▽「闇にふる身」はやや異常な言い方。不遇な立場にある人が、このように光のあたる場とは住む世界が違うと嘆いているのである。

325 いつの時でも、月を見ない秋なんてありえないけれども、特別に今夜、八月十五夜の月は素晴らしく、もっと見たいことであるよ。○わきて　特別に。○めづらしき哉　「もっと見たい」というのが原義だが、「素晴らしい」と訳した。▽上句は古今集・恋二「いつとても恋しからずはあらねども秋の夕べはあやしかりけり」を意識。

326 月の光はいつもと同じ光である秋の夜であるのに、今日、八月十五夜の月だけが特別なものに見えるのは、我が心からのことであるよ。○心なりけり　我が心のせいであるよ。▽前歌の詞書「八月十五夜」が及んでいる。

327 遠い空にあるので、秋の方が避けているのであろうか。月の中にある桂は秋になっても紅葉しないことであるよ。○空遠み　やって来る秋の立場から見た表現。月のある空が遠いからであろうか、が直訳。○月の桂　月の中に桂が生えているという中国古来の故事。→一八注。

328 袖口が寒いということはないけれども、月の光の白さを積もることのない秋の雪だと思って見ておりますよ。○衣手　単に「衣」の歌語としても用いるが、ここは衣の手に近いあたり。袖口の意。古今集・冬ミ「夕されば衣手寒しみよし野の吉野の山にみ雪降るらし」参照。○たまらぬ　「たまる」は、古今集・恋一「淡雪のたまればかてにくだけつつ我が物思ひのしげき頃かな」のように、積もること。○秋の雪　実際には存在しないが、あ

328 衣手は寒《さむ》くもあらねど月影をたまらぬ秋の雪とこそ見れ

つらゆき

329 天《あま》の河しがらみかけてとゞめ南《(なん)》あかず流《なが》るゝ月やよどむと

よみ人しらず

330 秋風に浪や立《た》つらん天河《(あまのがは)》わたる瀬《せ》もなく月の流《なが》るゝ

331 秋来《あきく》れば思《(おもふ)》心ぞ乱《みだ》れつゝまづもみぢばと散《ち》りまさりける

え て見立てた。▽三二四のように月光の白さを霜に喩えることはあったが、雪に喩えるのは珍しい。雪を月に喩えた古今集・冬三三二「朝ぼらけ有明の月と見るまでに吉野の里に降れる白雪」の逆の表現と言える。地名は詠み込まれていないが、吉野の雰囲気。

329 天の河に柵(しがらみ)をかけて止めてほしいものです。もっと見ていたいのに西へ流れて行く月がとどまってくれないものかと思いますので。○しがらみ　→三〇三注。○とゞめ南　天の河を流れる月を止めてほしいと言っているのである。○あかず流るゝ　見飽きないのに西へ流れる。▽月が天の河を流れて行くという把握は、古今集・雑上「天の河雲のみをにて速ければ光とどめず月ぞ流るる」に見られる。

330 秋風によって浪が立っているのだろうか。天の河を渡る浅瀬もないほどに月が早く流れているのは。○天河わたる瀬もなく月の流るゝ　三二九によって知られる「天河…月の流るゝ」という把え方を基本にして、「牽牛が渡る瀬もないほどに」という説明が挿入されている形である。なお、堀河本・二荒山本・片仮名本は「わたるまもなく」となっている。

331 秋が来ると、あの人を思う私の心は乱れに乱れ、もう耐え切れなくなって、紅葉した葉のように、はかなく散りまさってゆくことであるよ。○思心　人を思う心。古今集・恋五「人を思ふ心の木の葉にあらばこそ風のまにまに散りも乱れめ」。○まづもみぢばと　他のものではなく、もみぢ葉となって。▽古今集の歌は「あなたを思う心は木の葉ではないから散り乱れることはない」と言っているのであるが、ここでは、「秋とともに我が心はちぢに乱れて、木の葉のように、はかなく散ってゆくよ」と嘆いているのである。

ふかやぶ

332 消《き》えかへり物思《（ものおもふ）》秋の衣こそ涙の河の紅葉なりけれ

よみ人しらず

333 吹風《（ふくかぜ）》に深きたのみのむなしくは秋の心を浅《あさ》しと思《おも》はむ

334 秋の夜は人を静《しづ》めてつれ〴〵とかきなす琴《こと》の音《ね》にぞ泣《な》きぬる

露《つゆ》をよめる　　藤原清正

335 ぬきとむる秋しなければ白露の千種《ちくさ》に置《を》ける玉もかひなし

332 我が身がはかなく消えてしまうほどに物思うこの秋の衣の袖は、まさしく涙の河を流れる紅葉そのもの、血の涙で深く染まっていますよ。○消えかへり　「かへり」は「完全に…する」の意。完全に消えてしまうほどに。○物思秋の衣　秋は物思う季節。「涙」とともに詠まれる場合の「衣」は衣の袖。○涙の河の紅葉　血涙の河に流れる紅葉。普通の紅葉より紅が濃いのである。

333 吹く風によって、深く稔った田の実、すなわち稲が空しくなったならば、その風を吹かせる秋の心を浅い心だと思うでしょうよ。吹きつのる飽き風によって私の頼みが空しくなるのであれば、その飽き風の主であるあなたを浅い心をお持ちだと思うでしょうよ。○吹風に　吹いて来る秋風に。○深きたのみのむなしくは　「たのみ」は「頼み」に「田の実」すなわち稲を掛ける。「むなし」は頼みが空しくなる意と、稲が稔らない意。○秋の心を浅しと思はむ　秋を擬人化して秋が風を吹かせるというとらえ方をしているのである。「浅し」は「深きたのみ」に対応している。▽古今集・恋五の小野小町の歌「秋風にあふたのみこそ悲しけれわがみ空しくなりぬと思へば」と同様に、吹く秋風に田の実(稲)ならぬ頼みが空しくなる嘆きを詠嘆している。

334 秋の夜は、人を寝させて、なすこともないままに掻き鳴らす琴の音に、声を出して思わず泣いてしまうことです。○音にぞ泣きぬる　「琴の音」と「声を出して泣く」の意の「音に泣く」を掛ける。▽「人を静めてつれづれと」に、伊勢物語六十九段の「人しづめて、いとどく逢はむ」のように、周囲の女房を寝させて、空しく男を待つ女の雰囲気を感じとることも出来る。また古今集・恋二の壬生忠岑の歌「秋風にかきなす琴の声にさへはかなく人の恋しかるらん」を思い出す。

八月十五夜

336 秋風にいとゞふけゆく月影を立《た》ちな隠《かく》しそ天《あま》の河霧《ぎり》

貫之

延喜御時、秋歌《(あきのうた)》召《め》しければ、奉《たてまつ》りける

337 女郎花《をみなへし》にほへる秋の武蔵野《むさしの》は常よりも猶《(なほ)》むつましき哉《(かな)》

人につかはしける

兼覧王《(かねみのおほきみ)》

338 秋霧の晴《は》るゝは嬉《うれ》し女郎花《をみなへし》立《(たち)》よる人やあらんと思へば

題しらず

よみ人も

339 女郎花《をみなへし》草むらごとに群《む》れ立《た》つは誰松虫の声に迷《(まどふ)》ぞ

335 緒のように貫いて留めてくれる秋がないので、たくさんの草にさまざまに置いている白露の玉も、かいなく散ってしまうことだよ。〇ぬきとむる　玉を貫いて留める秋がないので。〇千種に　「たくさんの種類(千種)」の意と「たくさんの草(千草)」を掛ける。

336 秋風によって、いっそうたけゆく月のあかりを隠さないでほしい。天の河に立っている河霧よ。〇いとゞふけゆく　「ふけゆく」は、その状態が深まって行くこと。夜が「ふけゆく」という例は多いが、月が「ふけゆく」は珍しい。

337 女郎花の香が充ちている秋の武蔵野は、いつものように紫のゆかりだけでなく、さらに一層親しみ深く思われることであるよ。〇延喜御時　醍醐天皇の御代。〇召しければ　帝の歌召しがあったので。〇にほへる　色美しく咲き輝いている意の「にほふ」とも考えられるが、古今集・秋上「女郎花吹き過ぎて来る秋風は目には見えねど香こそしるけれ」のように香がもてはやされたので、「香が充ちている」と解した。〇武蔵野は常よりも　武蔵野は古今集・雑上「紫のひともとゆゑに武蔵野の草はみながらあはれとぞ見る」によって、そこに生えている草まで睦ましいと思うものだが、その常よりもなお。〇むつましき哉　古今集・秋上「秋の野に宿りはすべし女郎花名をむつましみ旅ならなくに」参照。

338 秋霧が晴れるのは嬉しいことです。この女郎花を見ようと立ち寄ってくれる人があろうと思いますので。▽古今集・秋上「人の見ることや苦しき女郎花秋霧にのみ立ち隠るらむ」による。

339 女郎花が草むらごとに群れになって立っているのは、誰を待って鳴く松虫の声に迷ってのことなのだろうか。〇草むらごとに　古今集・秋上「秋の夜は露こそことに寒からし草むらごとに

340 女郎花昼《ひる》見てましを秋の夜の月の光は雲隠《がく》れつゝ

341 女郎花《をみなへし》花の盛《さか》りに秋《あき》風のふく夕暮《ゆふぐれ》を誰に語《かた》らん

342 白妙の衣かたしき女郎花咲《さ》ける野辺《のべ》にぞ今《こ》宵《よひ》寝《ね》にける

つらゆき

343 名にしおへばしひてたのまむ女郎花花《はな》の心の秋はうくとも

虫のわぶれば」参照。○誰松虫の声に迷ぞ　「誰松虫の声」は誰を待つ松虫の声に迷ってのことか。お前を待っているわけではないのに。

340　女郎花は昼見ておけばよかったよ…。秋の夜の月の光は何度も雲に隠れるので夜は充分に見えないから。▽女郎花歌合や前栽歌合は夜に行われる。その時の感懐であろうか。あるいは夜かすかに見た女性について言っているのであろうか。

341　女郎花が花盛りである今、秋風が吹く夕暮のわびしさを誰に語れましょうか。誰にも語れませんので、私一人しみじみと感じております。○秋風のふく夕暮　「秋風」は「飽き風」を掛ける。○夕暮　男女が逢う時間。▽女郎花がこんなに華やかに咲いている今、飽きられた男を空しく待ちつつ秋風の音を聞くわびしさを誰にも語れないと嘆いているのである。

342　独り寝の衣を敷いて、女郎花が咲いている野辺に今宵は寝たことであるよ。○白妙の　「衣」にかかる枕詞。○衣かたしき　衣を片方だけ敷いて。独り寝すること。○女郎花咲ける野辺にぞ…　古今集・秋上「花にあかでなに帰るらん女郎花多かる野辺に寝なましものを」のように、女郎花を女に見立てて「女郎花多かる野辺に寝る」という表現が多かった。▽古今集・秋上「女郎花多かる野辺に宿りせばあやなくあだの名をや立ちなん」というような歌に対して、独り寝の形で寝るのだから、「あだの名」は立たないと言っているのであろう。

343　女という名前を背負っているのだから、やさしく私を受け入れてくれるものと、あえて期待いたしましょう。女郎花よ。秋咲く花だから花の心が飽きっぽいのは、いやなことではあるが。○名にしおへば　名を背負っているのだから。女郎花が「をみな(女)」という名を持っているという

344 織女《(たなばた)》に似たる物哉《(かな)》女郎花秋よりほかに逢《あ》ふ時もなし

みつね

345 秋の野に夜《よる》もや寝《ね》なん女郎花《をみなへし》花の名をのみ思《(おもひ)》かけつゝ

よみ人しらず

346 女郎花《をみなへし》色にもある哉《(かな)》松虫をもとに宿《やど》して誰を待《ま》つ覧《(らん)》

前栽に女郎花《をみなへし》侍《(はべり)》ける所にて

347 女郎花にほふ盛《さかり》を見る時ぞわが老《お》いらくはくやしかりける

言い方は古今集・二三六・二三八で有名。○たのまむ　何を頼むのかはっきりしないが、前歌とのつながりで考えれば野辺で共寝することであろう。○花の心の秋はうくとも　秋の花にふさわしく、本質は飽きっぽくても。

344　織女とそっくりなんだなあ、女郎花は。まったく、秋のほかに逢う時もありませんよ。▽七月七日にだけ逢う牽牛・織女に似て秋の短い期間にしか女郎花を見ることが出来ないと言っているのである。古今集・秋上「秋ならで逢ふことかたき女郎花天の河原に生ひぬものゆゑ」に近い発想。

345　ひょっとしたら、秋の野に夜も寝てしまうかも知れない。女郎花という花の名だけを何度も心にかけていて。○夜もや寝なん　夜も寝てしまうかも知れない。「もや」は「ひょっとして…かも知れない」という懸念を表す。▽古今集・秋上「秋の野に宿りはすべし女郎花名をむつましみ旅ならなくに」に似た表現。

346　女郎花は色めいているのだなあ。「待つ」という名を持つ松虫を根もとに宿させ一体になって、誰を待っているのであろうか。○色にもある哉　「色」は女郎花の色彩と「色めいていること」を表す。○もとに宿して　根もとに宿させて。○誰を待つ覧　誰を待っているのだろうか。▽女郎花を女に見立て、「待つ虫という名を持つ松虫を根もとに置いてどんな男を待っているのか」と戯れて言っているのである。

347　女郎花が咲き輝く盛りを見る時は、私が年老いていることがくやしく思われることだよ。○わが老いらく　自分が齢をとったこと。▽女郎花を女に見立て、それに対する自分が齢をとったことを悔しく思うと言っているのである。

相撲《すまひ》の還饗《かへりあるじ》の暮《くれ》つ方《かた》、女郎花《をみなへし》を折《お》りて、敦慶《あつよしの》親王《みこ》のかざしにさすとて　　三条右大臣

348 女郎花《をみなへし》花の名《な》な《ゝ》らぬ物ならば何かは君がか《ゝ》ざしにもせん

年ごろ、家のむすめに消息《せうそこ》かよはし侍《(はべり)》けるを、女《(むすめ)》のためにかる〴〵しなど言《い》ひて、許《ゆる》さぬ間《あひだ》になん侍ける

法皇、伊勢が家の女郎花《をみなへし》を召《め》しければ、たてまつるを聞《き》き《ゝ》て　　枇杷左大臣

349 女郎花折《(をり)》剣《(けん)》枝のふしごとに過《す》ぎにし君を思《(おもひ)》いでやせし

返し　　伊勢

350 女郎花《をみなへし》折《お》りも折《お》らずもいにしへをさらにかくべき物ならなくに

348 もし女郎花というのが花の名でなく娘のことであったなら、あなたの髪挿しとして挿してあげたりしませんよ。〇相撲の還饗　相撲の節会は毎年七月に行われた宮中の行事。左右の近衛府が諸国の力士を召し、帝の前で勝負を争う。二十六日から始まり、下稽古や予選が行われ、二十九日が本番。「還饗」は、勝った方の近衛大将が私邸に相撲人を召し、親王・上達部・殿上人を招いて酒宴をすること。〇年ごろ…　数年来、大臣家の娘に求婚の手紙を出していたが、敦慶親王の色好みぶりを考えて、「簡単にお受けしてしまうのは、娘のために軽率なことだ」などと言って、許さない間柄であった。

349 法皇のために女郎花を折りなさったという枝の節ごとに、昔深くかかわりなさったあの法皇様のあの時この時を思い出しなさいましたか。〇折剣枝のふしごとに　底本には「折剣袖のふしごとに」とあるが、「袖のふし」という言い方は不審。中院本・承保三年本・正徹本・堀河本・二荒山本・片仮名本や伊勢集諸本に従って「袖」を「枝」と校訂した。〇ふしごとに　「ふし」は木の幹から枝の出た所。「折」「時」の意の「節」をかける。〇過ぎにし君　昔愛し合っていたあなた。▽伊勢は宇多法皇の寵愛を受けていたことがあり、枇杷左大臣仲平も伊勢と深い関係を持っていたことがある。この関係を知らなければ理解しがたい歌である。

350 女郎花を折ったにせよ折らぬにせよ、昔のことを今さら心にかけるというようなものではないのですからね。〇いにしへをさらにかくべき…　古いことを思い出す花としては橘の花などが考えられるが、この女郎花は古いことを思い出すような花ではないのだからと言っているのである。

後撰和歌集巻第七

秋下

題しらず　　よみ人も

351 藤《ふぢ》袴きる人なみや立《(たち)》ながらしぐれの雨にぬらしそめつる

352 秋風にあひとしあへば花薄《すゝき》いづれともなく穂《ほ》にぞ出《い》でける

351 藤袴は着るために切ってくれる人がないからか、裁ったままならぬ立ったままで、時雨の雨に我と我が身を濡らすようになったことだよ。○藤袴きる　「着る」と「切る」を掛ける。○立ながら　「立ったままで」という意だが、「裁ったままで」の意をも響かせている。○ぬらしそめつる　「そめつる」は「初めつる」と「染めつる」の意を掛ける。▽「着る」「裁ち」「染め」など、衣料（袴）の縁語を連ねつつ、晩秋の時雨の頃まで残った藤袴の様子をくっきりと詠みあげている。

352 秋風にまさしく逢ってしまったので、花薄はどれもこれもすっかり穂を出すわびしい状態になってしまったことだよ。○秋風に　「秋」に「飽き」を掛ける。○あひとしあへば　「生きとしいけるもの」（古今集・仮名序）、「植ゑし植ゑば」（同・秋下）などのように強調するために動詞「逢ふ」を二つ重ねた。○いづれともなく　どの薄からということなくすべてが。▽古今集・秋上の「今よりは植ゑてだに見じ花薄ほに出づる秋はわびしかりけり」により、そのわびしい状態がやって来たよと述べているのである。

寛平御時后《きさい》の宮の歌合に　　在原棟梁《(むねやな)》

353 花薄《すゝき》そよともすれば秋風の吹《ふ》くかとぞ聞《き》くひとり寝《ぬ》る夜《よ》は

題しらず　　よみ人も

354 花薄《はなすゝき》穂《ほ》に出《い》でやすき草なれば身にならむとはたのまれなくに

355 秋風にさそはれわたる雁《(かり)》が音《ね》は雲ゐはるかに今日《けふ》ぞきこゆる

越《こし》の方《(かた)》に思ふ人侍《(はべり)》ける時に　　つらゆき

356 秋の夜《よ》に雁かも鳴《な》きて渡《わた》るなりわが思ふ人の事づてやせし

353 穂を出した薄がかすかに音を出すにつけても、飽き風を連想させる秋風が吹いているのではないかと、つい思ってしまうことですよ。あなたとお逢い出来ずに一人さびしく寝ています夜は。○そよともすれば　そよそよと音をたてたりすると。○秋風の　秋風に「飽き風」を響かせる。

354 花薄は、思いを簡単に表わすあの人のように、いとも簡単に穂を出す草でありますから、あの人に誠実さが期待出来ないように、実がなろうなどとは期待していませんよ。○花薄穂に出でやすき　古今集・恋三「花薄我しみ下ゆふ紐の結ぼほれつつ」や同・恋五「花薄こそ下に思ひしか穂にいでて人に結ばれにけり」のように恋の思いをあらわに表現すること。○身にならむとは　底本「身」とするが「実」。花が咲くだけで実がならないということと華やかさだけで実がないということを掛けて言っているのである。

355 秋風に誘われて渡って来た雁の声は、雲のあたりの遥かな所から今日まさに聞こえて来たことであるよ。○秋風にさそはれわたる　「ゆく蛍雲の上までいぬべくは秋風吹くと雁に告げこせ」(三五三)のように、雁は風によって秋を知り渡来するものと思われていた。○雁が音　三五九・三六〇・三六一の場合と違ってここでは文字通り「雁が音(雁の鳴き声)」の意。

356 秋の夜に、雁かなあれは、鳴いて飛び渡っているよ。私の思っている人が、はたしてあの雁に言伝てをしたであろうか。○雁かも　「か」は軽い疑問、「も」は軽い詠嘆を表わす係助詞。万葉集に多い用法。○わが思ふ人の　私の思っているあの人が。○事づてやせし　雁に言伝てをしたのか。匈奴(きようど)に二十年抑留されていた蘇武の、雁の足に結び付けた手紙が漢の帝に届いたという漢書などに見える故事によるが、古今集・秋上に

題しらず

357 秋《あき》風に霧飛《と》び分《わ》けて来《く》る雁《かり》の千世に変《かは》らぬ声聞《き》こゆなり

よみ人しらず

358 物思《(おもふ)》と月日のゆくも知《し》らざりつ雁《かり》こそ鳴《な》きて秋と告《つ》げつれ

大和《やまと》にまかりけるついでに

359 かりがねの鳴《な》きつるなへに唐衣竜田《たつた》の山はもみぢしにけり

題しらず

360 秋風にさそはれ渡《(わたる)》かりがねは物思《(ものおもふ)》人のやどをよか南《(なん)》

も「秋風に初雁がねぞ聞ゆなる誰(た)がたまづさをかけて来つらん」と詠まれているように当時一般的な知識になっていた。

357 秋風が吹くとともに霧を分けるようにして飛来する雁の千代まで変ることのない声が聞こえて来ることであるよ。○秋風に　初句はやや落ち着かない感もするが、三五のように「秋風にさそはれ」の意に解すればよい。なお、承保本・正徹本・堀河本には「秋山の」とあり、古今六帖には「秋の山」とある。○千世に変らぬ声　「雁」は「仮」に通じるようであるが、毎秋必ず来るので「千世に変らぬ」と言っているのである。

358 物思いにふけっているということで、月日の過ぎゆくのも知らなかった。雁が鳴いて秋だと告げたので、やっとそれと知ったことだよ。○物思と　「思ふと」は「思っているということにて」の意。「物思ふと過ぐる月日も知らぬ間に今年は今日に果てぬとか聞く」(五〇六)の上句に近い。

359 雁が鳴くとともに、竜田山はすっかり紅葉したことであるよ。○鳴きつるなへに　「なへに」は「…にともなって」「…と同時に」。○唐衣―裁(た)つの縁で竜田山の枕詞。古今集(雑下・九九五)、後撰集(三八三・三八六)など、例は多い。▽万葉集・巻十「かりがねの来鳴きしなへに唐衣竜田の山はもみちそめたり」の異伝または改作であろう。

360 秋風に誘われて飛び渡って来る雁は、私のように恋の思いに苦しんでいる人の家の上は避(よ)けて飛んでほしいものです。○秋風にさそはれ渡　三五の上句と同じ。▽古今集・秋上「鳴き渡る雁の涙や落ちつらん物思ふ宿の萩の上の露」により、「涙を落としてこれ以上私に悲しい思いをさせないでほしい」と言っているのである。

361 誰聞《き》けと鳴雁金《（なくかりがね）》ぞわがやどの尾《お》花が末を過《（すぎ）》がてにして

362 往還《（ゆきかへ）》りこゝもかしこも旅なれや来《く》る秋毎《ごと》にかり〳〵と鳴《な》く

363 秋毎《ごと》に来《く》れど帰《かへ》ればたのまぬを声にたてつゝかりとのみ鳴《な》く

364 ひたすらにわが思《おも》はなくに己《をの》れさへかり〳〵とのみ鳴《な》き渡《わた》るらん

361 誰に「聞け」と言って鳴く雁の声であろうか。私の家の庭の尾花の端々を行き過ぎにくそうに鳴いているのは。〇誰聞けと　誰に聞けと言って。→三七三。〇雁金　「金」はあて字。「雁」そのものとも、「雁が音」とも解し得るが、ここは後者に訳した。〇尾花が末　「こずゑ」が「木末」であるように尾花の端の部分。「過ぎがて」との対応から言ったのである。▽「…まねく尾花に人やとまると」(三八九)のように、尾花が風に揺れるさまを人が手招きする動作に喩えていたから、雁が尾花に手招きされて行き過ぎにくそうにしているというのである。

362 春に往き秋に還るが、雁にとってはここもかしこも旅の空に過ぎないからであろうか、毎年秋に来る毎に「かりかり(仮だ仮だ)」と鳴いているよ。〇かり〳〵と鳴く　「仮の住みかだ、仮の住みかだ」と鳴くのである。万葉集・巻十に「ぬばたまの夜渡る雁はおほほしく幾夜を経てかおのが名をのる」とあるように、既に万葉集時代から「かり」と鳴くゆえに「かり(雁)」という名がついたと認識されていた。ただし、この歌や三六三・三六四のように鳴き声として直接引用するのは勅撰集では後撰集のみ。この集のくだけた性格を反映している。

363 秋ごとにやって来るのだが、春には必ず帰ってしまうので、いつまでもいるという期待はどうせしていないのに、みずから何度も声に出して「仮に来ているのだ」と言って鳴いていることであるよ。▽「かり」が「かりそめに」の意で詠まれているのは前歌と同じ。

364 私の方もひたすらに雁に執着しているわけではないのに、雁までが自分でどうして「ここに来ているのは仮のことだ、仮のことだ」と言って鳴きながら飛び渡っているのだろうか。〇ひたすらに　一途に。「思はなくに」に掛かる。〇己れ

人の「雁《かり》は来《き》にけり」と申すを聞《き》きて　　みつね

365 年毎《ごと》に雲地《(くもぢ)》まどはぬかりがねは心づからや秋を知《し》るらむ

大和《やまと》にまかりける時、かれこれともにて　　よみ人しらず

366 天河《(あまのがは)》雁《かり》ぞとわたる佐保《さほ》山の梢《こずゑ》はむべも色づきにけり

兼輔朝臣左近少将に侍《(はべり)》ける時、武蔵《むさし》の御馬迎《むまむか》へにまかりたつ日、にはかに障《さは》ることありて、代《かは》りに同《おな》じ司《つかさ》の少将にて迎《むか》へにまかりて、逢《あふ》坂《さか》より随身《(ずいじん)》をかへして言《い》ひ送《をく》り侍ける　　藤原忠房朝臣

367 秋霧《ぎり》のたちのの駒をひく時は心に乗《の》りて君ぞ恋《こひ》しき

さへ　雁自身までが。○鳴き渡るらん　「らん」はいわゆる原因推究。どうして鳴いて飛び渡るのだろうか。▽古今六帖・六・雁の貫之の歌「ひたすらに我が聞かなくに雲分けてかりぞかりぞと告げわたるらん」の異伝または改作であろう。

365 毎年、雲の群れ立つ通い路を迷わずにやって来る雁は、秋が来るのをおのずからに知っているのだろうか。○雲地　「雲路」の意。雲の中の通路。→六〇・二〇一・三五六。

366 天の河を雁が横切って渡るよ。なるほど秋、佐保山の梢はこのように色づいたことだよ。○かれこれともにて　「ともにて」は「共にいて」「一緒で」の意。あの人やこの人と一緒にいて詠んだ歌。○天河　奈良県吉野郡の地名、天川(てんのかわ)を響かせたか。なお、非定家本では「天の原」とする。○とわたる　古今集・雑上「我が上に露ぞ置くなる天の河と渡る舟のかいの雫か」に見られるように「と(門)」は「川」の縁語。○むべも　なるほど。

367 秋霧が立つのを連想する立野の駒を牽く時は、あなたが心に乗っているかのようにむやみに恋しく思われることだよ。○兼輔朝臣左近少将に……　公卿補任によれば、兼輔朝臣は延喜十三年(九一三)正月から十九年正月まで左少将を兼任していたらしい。○御馬迎へ　駒迎え。毎年八月十五日頃に、信濃・甲斐・武蔵・上野から牧場の馬を奉献するのを逢坂まで迎えに行く行事。○同じ司の少将にて　作者の藤原忠房が左近少将であったのは延喜十一年から十八年の間。○随身　朝廷より与えられている正式の衛護の士。○秋霧の　「立つ」にかかる枕詞。○たちの　武蔵の国の御牧の名。はっきりしないが、今は横浜市緑区に含まれるか。○心に乗りて　心をとらえて離さないこと。万葉集・巻四「ももしきの大宮人はさはにあれど心に乗りて思ほゆる妹」などの先例もある。

題しらず　　　　　　　　　在原元方

368 いその神《（かみ）》ふるのの草も秋は猶《（なほ）》色ことにこそあらたまりけれ

よみ人しらず

369 秋の野の錦のごとも見ゆる哉《（かな）》色なき露《つゆ》は染《そ》めじと思《（おもふ）》に

370 秋《あき》の野にいかなる露《つゆ》の置《を》き積《つ》めば千《ち》ゞの草葉の色変《かは》るらん

371 いづれをかわきて偲《しの》ばむ秋の野にうつろはむとて色変《かは》る草

368　大和石上(いそのかみ)の布留野の草も、古いという名に似合わず、秋になると、新しくなったかと思うほどに色が変ることであるよ。〇いその神ふるのの草　大和の国石上郡布留野の草。今の天理市布留。古いというために用いた歌枕。〇あらたまり　「色が変る」ということだが、「改まる」の本来の意である「新たになる」の意を含めて「ふる」と対応させている。

369　秋の野が錦のようにも見えることだよ。無色の露が置くことによって、こんなに色あざやかに染めあげることはあるまいと思うのだが。〇色なき露　無色の露。▽露が草木を紅葉させるという把握は当時一般的だが、「白露の色はひとつをいかにして秋の木の葉をちぢに染むらん」(古今集・秋下)と同じく、無色の露が色づけることにこだわったのである。

370　秋の野にどのような色の露が置き積もったので、このようにたくさんの草の葉が色変わりしているのだろうか。〇置き積めば　置いて積もる。露が「置く」というのは普通だが、「積む」は珍しい。多量に置くのである。▽前歌と同じ内容を逆に言って露の色を想像しているのである。

371　どれを特別に取りたてて偲ぼうか。この秋の野に枯れゆこうとして色変りする草はどれも皆惜しまれることであるよ。〇わきて　特別に取り出して。〇うつろはむとて　衰えてゆこうとして。枯れてゆこうとして。▽錦のように見える千々の草葉はどれも皆惜しまれることであるよ、と言っているのである。

372　声を立てて泣いてしまいそうです。秋霧に迷って別れ別れになった友を呼んでなく鹿ではありませんが。〇友まどはせる　友を今迷わして離れ離れになっている。拾遺集・冬の紀友則の歌にも「夕されば佐保の河原の川霧に友まどはせる

372 声たてて《ゝ》泣《な》きぞしぬべき秋霧《ぎり》に友まどはせる鹿《しか》にはあらねど

紀　友　則

373 誰聞《き》けと声高砂にさをしかの長《なが》〳〵し夜をひとり鳴《な》くらん

よみ人しらず

374 打《(うち)》はへて影《(かげ)》とぞたのむ峰の松色どる秋の風にうつるな

375 初時雨《はつしぐれ》降《ふ》れば山辺《べ》ぞ思《おも》ほゆるいづれの方《(かた)》かまづもみづらん

千鳥なくなり」とある。友則が好む表現だったようである。▽新撰万葉集・上には「声立てて泣きぞしぬべき秋の野に友まどはせる虫にはあらねど」の形で見え、非常に流動的な本文であったことが知られる。

373 誰に「聞け」ということで、声を高くして小高い山で牡鹿がこの長々しい夜を独り鳴いているのであろうか。〇誰聞けと　三六一に「誰聞けと鳴くかりがねぞ…」とある。〇声高砂に　「声高」と「高砂」を掛ける。高砂は小高い山のことで、地名ではない。〇さをしか　牡鹿の歌語。〇長〳〵し夜を…　拾遺集・恋三にも採られている万葉集異伝歌「あしひきの山鳥の尾のしだり尾の長々し夜をひとりかも寝む」の影響と見てよい。

374 ずっと長い間、変ることなくお蔭を蒙って頼りにしている峰の松よ。他の木々を色づかせる秋の風によって心の色を変えてはいけないよ。〇打はへて　「うち」は動作を軽くする役割を持つ接頭語。〇影とぞたのむ　底本「影」の字をあてるが、「蔭」がよい。変ることのない常緑の松の大樹の蔭に隠れることを期待する意。〇色どる秋の風にうつるな　常緑樹の松だから大丈夫だろうが、秋の風に影響されて色を変えないでほしいと言っているのである。▽詞書がないので説明不足だが、人事を比喩的に詠んだ歌であろう。

375 初時雨が降ると山の辺のことが念頭に浮かぶことよ。山のどのあたりが最初に紅葉しているだろうかと。▽時雨が木々を紅葉させるという把握は「竜田川もみぢ葉流る神なびのみむろの山に時雨ふるらし」(古今集・秋下・よみ人しらず)を始め多くの例によって明らかであるが、一方では、時雨は冬の最初の月である十月のものとされていた。同じ歌が冬部の冒頭四四三に重出しているゆえんである。

376 妹《いも》が紐解《ひもと》くと結《むす》ぶと竜田《たつた》山今ぞ紅葉の錦織《を》りける

377 雁《(かり)》鳴《な》きて寒き朝《(あした)》の露ならし竜田の山をもみだす物は

378 見る毎《ごと》に秋にもなる哉《(かな)》竜田《たつた》姫《ひめ》紅葉《もみぢ》染《そ》むとや山もきるらん

源　宗于《(むねゆき)》朝　臣

379 梓弓入佐《いるさ》の山は秋霧《ぎり》のあたるごとにや色まさる覧《(らん)》

376 愛する女の下紐を帰ってから解くためにしっかり結んで出で立つ…という序詞を持っている竜田山は、今まさに紅葉の錦を織ったようであるよ。〇妹が紐…　万葉集・巻十「妹が紐解くと結びて竜田山今こそもみちそめてありけれ」の異伝であることによってもわかるように、古い形の序詞。〇紅葉の錦織りける　万葉歌の場合と比べて当時流行の表現であったことがわかる。古今集・羈旅・四二〇や後撰集・三八七にも見える。

377 雁が鳴いて寒い朝の露であるらしい。あのように竜田山を色づかせるものは。〇露ならし　「露なるらし」の約。文が倒置された形になっていて、「露ならし」の主語は下句の「…をもみだす物は」である。〇もみだす　紅葉させる。「もみづ」の他動詞形。上代には「もみたす」と清音であった。▽万葉集・巻十「雁がねの寒きあさけの露ならし春日の山をもみたすものは」の異伝。

378 見る度ごとに秋らしくなることだなあ。竜田姫が紅葉を染めるので山も霧が立ち紅葉を着ているのだろうよ。〇竜田姫紅葉染むとや　竜田山は奈良の西にあり、五行説では西は秋の方位なので、竜田山の女神を秋をつかさどる女神とした。↓古今集・秋下・二九八、後撰集・二六五。〇山もきるらん　「きる」は「霧る」に「染む」の縁語「着る」を響かせている。

379 梓弓を射るという名のある入佐の山は、その名のとおり秋霧があたるごとに色がまさるのであろうか、あのように見事に紅葉しているよ。〇梓弓　「梓弓を射る」と「入佐の山」の「いる」を掛けて枕詞としている。「入佐の山」は但馬にあるという。〇あたるごとにや　「あたる」は「射る」とともに「弓」の縁語。

380 あなたと私を思わせるこの妹背の山も、秋が来ると、色変りしてしまうものだったのです

はらからどち、いかなることか侍《(はべり)》けん　　よみ人しらず

380 君と我いもせの山も秋来《く》れば色変《かは》りぬる物にぞありける

題しらず　　もとかた

381 遅《をそ》く疾《と》く色づく山のもみぢ葉《ば》は《ゝ》遅《をく》れ先立《さきだ》つ露《ゝゆ》や置《を》くらん

竜田《たつた》山を越《こ》ゆとて　　とものり

382 かく許《(ばかり)》もみづる色の濃《こ》ければや錦たつたの山といふらむ

題しらず　　よみ人も

383 唐衣たつたの山のもみぢ葉《ば》は《ゝ》物思《(ものおもふ)》人の袂《たもと》なりけり

ねえ。あなたも飽きが来ると様子が変ってしまうのですねえ。○はらからどち…　兄妹同士にどのようなことがあったのだろうか。○君と我　「あなたと私を思わせるあの妹背の山…」と続くと解した。○秋来れば　「秋が来る」と「飽きが来る」を掛けた。○色変りぬる　木々が色変りする意と様子が変る意を掛けている。▽「はらから」は同母の兄弟姉妹。うつほ物語の仲澄とあて宮のように、愛しあってしまった実の兄(または妹)が他の人に心を移したのを怨んでの詠という設定であろう。三一四にも「はらからの中に、いかなる事かありけん、常ならぬ様に見え侍りければ」という詞書で「いもせの山」を詠んだ歌が見える。

381　遅く色づいたり早く色づいたりする山の紅葉は、あの遍昭が詠んだ「遅れ先立つ露」が置いて紅葉させたのであろうか。○遅れ先立つ露　遍昭集「世のはかなさの思ひ知られ侍りしかば　末の露もとの雫や世の中の遅れ先立つためしなるらん」による。▽露が木々を紅葉させるという把え方を前提に、同じ山でも遅く色づいたり早く色づいたりする紅葉がある理由を遍昭の歌に求めたのである。

382　これほどまで紅葉する色が濃いゆえに、これを錦に見立てて、「錦裁つ竜田山」と言うのであろうか。○濃ければや　已然形に「ば」が付いて原因理由を表わす形に疑問の助詞「や」がついた。濃いからだろうか。○錦たつたの山　「錦裁つ」と「竜田山」を掛けている。

383　竜田山の紅葉の葉は、恋に苦しんでいる人の袂が血の涙に染まっているようなものであるよ。○唐衣たつたの山　「唐衣」は「韓衣」すなわち韓国の衣と見た方がよい。その韓衣を「裁つ」意と「竜田山」を掛ける。○物思人の　この時代の文学における「物思ふ」は恋に苦しむ意と解してよい。

守山《もる》を越《こ》ゆとて　　つらゆき

384 葦引《(あしひき)》の山の山守《もり》もる山も紅葉せさする秋は来《き》にけり

題しらず

385 唐錦たつたの山も今よりは紅葉《もみぢ》ながらに常磐《ときは》ならなん

386 唐《から》衣たつたの山のもみぢ葉《ば》は《ゝ》はた物もなき錦なりけり

人〳〵もろともに浜《はま》づらをまかる道《みち》に、山の紅葉《もみぢ》をこれかれよみ侍《(はべり)》けるに　　たゞみね

387 幾《いく》木ともえこそ見わかね秋山の紅葉《もみぢ》の錦よそに立《た》てれば

384 あの太山を守る山守が守っている守山でも、紅葉させてしまう秋がやって来たことであるよ。〇もる山　守山。貫之集には「竹生島に詣づるにもる山といふ所にて」という詞書で「白露も時雨もいたくもる山は下葉のこらず紅葉しにけり」とあり、紅葉の名所であったことと、今の滋賀県守山市近くの山をいうことがわかる。

385 韓錦を裁つなどという名のある竜田山であるが、今からは紅葉したままで、断つことなくいつまでも続いてほしいことであるよ。〇唐錦　これも三八三の「唐衣」と同じく「韓の錦」と見るべきだろう。〇常磐ならなん　「常磐」は「とこ(常)いは(岩)」の約。永遠に続くもののシンボル。「ならなん」は、あってほしいの意。▽「韓衣裁つ(断つ)」と「竜田山」の「竜」が掛詞になっているように、断絶を連想させるのだから、これからは散りやすい紅葉が美しいままで永遠に続いてほしいと言っているのである。

386 「韓衣たつ」を思い起こさせる竜田山の紅葉の葉は、織機もなくて織った錦であることよ。〇唐衣たつたの山のもみぢ葉は　唐衣→三八三。「唐衣たつ」は「韓衣裁つ」「竜田の山」と同音を掛けて続ける枕詞。

387 何寸ぐらいの錦が残っているのか見分けることが出来ません。ここは海辺で、秋の山の紅葉の錦は遠く離れた所に立っていますので。〇浜づら　浜面。浜で海に面している所。浜辺。〇これかれ　この人あの人。多数の中の数人を特定する言い方。〇幾木　「木」は木だが、「錦」と言ったので、「寸(き)」として「幾寸」と解した。忠見集に「いろいろの紅葉の錦切りたちて残れる端は幾きとか見む」の例がある。〇えこそ見わかね　「え(こそ)…ず(ね)」の形。…出来ない。▽古今六帖・一・霧の「秋の山の紅葉の錦いくきとも知らで霧立

題しらず

388 秋風のうち吹《(ふく)》からに山も野《の》もなべて錦に織《を》りかへす哉《(かな)》

よみ人も

389 などさらに秋かと問はむ韓錦《からにしき》竜田《たつた》の山の紅葉するよを

390 あだなりと我は見なくにもみぢ葉《ば》を色のかはれる秋しなければ

391 玉かづら葛木山のもみぢ葉《ば》は面影《おもかげ》にのみ見えわたる哉《(かな)》

つらゆき

つ空のはかなさ」は、この歌と同じ時に詠まれたのかも知れない。

388 秋風が吹くや否や、それによって山も野も一面に錦に織って翻すように見えることであるよ。○うち吹からに　「うち」は軽い意を添える接頭語。ちょっと吹くや否や。○織りかへす　織って翻らすの意。秋風が翻すのである。

389 どうして、さらに加えて「今は秋ですか―もう私をお飽きになったのですか」とお聞きする必要がありましょうか。韓錦という枕詞がつく竜田の山がすっかり紅葉する今の状態を見れば明らかですのに。○さらに　その上。それに加えて。○秋かと　「秋」に「飽き」を掛ける。○韓錦　「竜田の山」にかかる枕詞。→三八三・三八五。▽八代集抄は「紅葉するよを」の「よを」を「世を」と見て「頃を」と同じ意だとしているが、それではことさらに「秋か」と問うた理由が不鮮明である。「秋」は季節の秋だけではなく「飽き」を掛けていると見ることによってすべてが納得されて来る。「世を」は「二人の世」「男女の関係」を言っているのである。

390 紅葉している葉を、浮気だなどと私は見ていないのですよ…。いつもの色と変っている秋(飽き)などはないのですから。○もみぢ葉を　「もみぢ葉を…と見なくに」の倒置の形になっている。○色のかはれる秋しなければ　いつも変らずに飽きているのだから、変っているわけではないと皮肉っているのである。

391 葛城山の紅葉の美しさは、面影としてだけでも、私の心に見え続けることであるよ。○玉かづら葛木山の　玉鬘(たまかづら)は鬘の美称だが、その「かづら」と「かづらき山」を同音反復させて枕詞とした。また万葉集時代から「玉かづら」は「影に見えつつ…」(巻二・一四九)に続いて枕詞となっていたが、ここでは句を隔てて「面影にのみ…」と呼応

392 秋霧の立《た》ちし隠《かく》せばもみぢ葉《ばゝ》はおぼつかなくて散《ち》りぬべら也

鏡山を越《こ》ゆとて　そせいほうし

393 鏡《かゞみやま》山山かきくもりしぐるれど紅葉《もみぢ》あかくぞ秋は見えける

隣《となり》に住《す》み侍《(はべり)》ける時、九月八日、伊勢が家の菊に綿《わた》を着《き》せにつかはしたりければ、又の朝《あした》、折《お》りて返《かへ》すとて　伊勢

394 数知《かずし》らず君が齢《よはひ》を延《の》ばへつゝ名《な》だゝる宿《やど》の露《つゆ》とならなん南《(なん)》

返し　藤原雅正

395 露だにも名だゝる宿《やど》の菊ならば花のあるじや幾世《いくよ》なるらん

させているのである。

392 秋霧が立って隠すので、紅葉は、はっきりと見えないままに、散ってしまうようであるよ。○おぼつかなくて　はっきりと知覚出来ない状態で。▽古今六帖・一・霧には「秋霧の立ちのみ隠すもみぢ葉のおぼつかなくて止みぬべらなり」とあって、「もみぢ葉」を女に見立てた男の恋歌の雰囲気が強い。

393 ここ鏡山においては山がかき曇ってしぐれているのだけれども、それでも、秋は紅葉があかく美しく見えることであるよ。○山かきくもり　「かき曇る」は目の前が曇って暗くなること。▽「かき曇り」「見えける」というように鏡山の「鏡」の縁語でまとめている。

394 あなた様のお齢を限りなく延ばすつとめを果たす一方、有名なお宅の露となってほしいものですよ。○隣に住み侍ける時　返歌の作者である雅正の側から書かれている。○九月八日　九月九日重陽の節の前日。○菊に綿を…　菊の花に被せた綿にしみこんだ露で顔を拭いて不老長寿をことほぐ重陽の日の風習に用いるために。○又の朝　翌朝。九月九日の朝。○折りて返すとて　綿を着せた菊を折って雅正に返した時に付した歌。○名だゝる宿　堤中納言兼輔以来、和歌の名家として知られる雅正の家。▽菊の露に詠みかけている形である。

395 菊に置いた露でさえも有名なお宅の菊の露なのですから、その花を植えた主のあなたはいったいどのぐらい長生きなさっているのでしょうか。○露だにも…　菊に置いた露でさえも人の寿命を延ばすというぐらいだから、その菊の持ち主は昔から今迄続いた名家にふさわしく、さらに長生きなさることでしょう。雅正は生年未詳、応和元年(九六一)没だが、兼輔二十歳頃の子とすれば昌

396 九月九日、鶴《つる》のなくなりにければ　伊勢

菊の上《うへ》に置《を》きゐるべくもあらなくに千歳《ちとせ》の身をも露《つゆ》になすかな

題しらず　よみ人も

397 菊《きく》の花長月ごとに咲《さ》き来《く》れば久《ひさ》しき心秋や知《し》るらん

398 名にしおへば長《なが》月ごとに君がため垣根《かきね》の菊はにほへとぞ思《(おもふ)》

ほかの菊《きく》を移《うつ》し植《う》へ《(ゑ)》て

399 旧里《(ふるさと)》を別《(わかれ)》て咲《さ》ける菊の花旅《たび》ながらこそにほふべらなれ

泰(八九八‐九〇二)前後の生れ。一方、貞観十四年(八七二)の生れと推定される伊勢はそれより二十数歳年長になり、父兼輔と同様に古今集時代を飾った大歌人の伊勢に「花のあるじや幾世なるらん」と尊敬の念をこめて戯れた情況がよくわかるのである。

396 菊の上に置いているわけでもないのに、せっかく「鶴は千年」といわれる身を露のようにはかなく消してしまったことであるよ。○菊の上に置きゐるべくも　九月九日の重陽の節だから菊の露を持ち出したのである(→三九五)。菊の上の露であれば九月九日を限りに消えてしまうのも仕方がないが…という気持である。○千歳の身　鶴は不老長寿の瑞祥とされていた。「鶴は千年」というとらえ方である。▽同じく鶴の死を悼む伊勢の歌が一四三にある。

397 菊の花は毎年長月ごとに咲いて見せるので、その昔から変らずに続いている心は秋がよく知っていることでしょう。○長月ごとに　長月(九月)は九日の重陽の節を中心に菊がさかんに賞でられた。「長月」が「長い心」と響き合っている。○久しき心　ずっと昔から続いている変らない心。▽「題しらず」であるが、目上の人か恋人に菊を贈って変らぬ心を訴えた歌とすればよくわかる。

398 菊は長寿の瑞祥という一般認識があるのだから、毎年長月ごとにあなたのために、「命長かれ」とばかり垣根の菊は咲き匂ってほしいと思います。○名にしおへば　世評を背負っているのだから。▽身分の高い人の家の垣根に菊を植えた人の歌であろう。

399 元いた所から離れて咲いているこの菊の花は、いわば旅の途中の状態のままで咲き匂っているようであるよ。○ほかの菊　よそにある菊。○旧里　昔から住んでいた所。▽ふるさとから離れた状態を旅という例は一七六・三六二などの例がある。

男《をとこ》のひさしうまで来《こ》ざりければ

400 何に菊色染《そ》めかへしにほふ覧《(らん)》花もてはやす君も来《こ》なくに

月夜《よ》に紅葉の散《ち》るを見て

401 もみぢ葉《ば》の散《ち》り来《く》る見れば長月のありあけの月の桂なるらし

題しらず

402 幾千《いくち》機織《はたを》ればか秋の山ごとに風に乱《みだ》るゝ錦なるらん

403 なを《(ほ)》ざりに秋の山辺《べ》を越《こ》え来《く》れば織《を》らぬ錦を着《き》ぬ人ぞなき

400 菊は、何ゆえに色を染め換えてまで咲き輝いているのであろうか。花を賞賛するあの方もいらっしゃらないのに。〇何に　疑問副詞。どうして。〇色染めかへしにほふ覧　古今集・秋下「色変る秋の菊をばひととせに再びにほふ花とこそ見れ」、「秋をおきて時こそありけれ菊の花うつろふからに色のまされば」などとあるように、当時は白菊の花が寒さによって紅色に色づくのを賞美した。白菊が薄紅色に色を染め換えて咲き輝く状態を言っているのである。〇もてはやす　一体になって引き立て合うこと。

401 もみじ葉が散って来るのを見ると、それは長月の有明の月の中の桂の葉であるらしいよ。〇長月のありあけの月　あたかも慣用句のようにまとまった形でよく詠まれた。万葉集・三〇〇、古今集・六九一、後撰集・四四一などに例がある。〇月の桂　月の中に桂が生えているという中国の伝承による。→一八・三七。▽古今集・秋上の壬生忠岑の歌「久方の月の桂も秋はなほもみぢすればや照りまさるらん」に依拠しつつ「長月の有明の月」という歌語を用いて一首をまとめたのである。

402 幾千の機《(はた)》を用いて織ったせいであろうか、どの秋の山にもすべてに風によって乱れている錦が見えていることであるよ。〇幾千機　用例が見出せない語だが、幾千の織機の意か。〇織ればか…らん　「ばか…らん」は「ばか」の前に理由を述べ、「らん」でそれを推定する形。

403 降りかかる落葉に注意を払うこともなく秋の山辺を越えて来たので、織らない錦、すなわち紅葉の錦を着ていない人とてありません。〇錦　様々な色の紅葉を錦に見立てる表現は多い。→三六・三八七。▽「題しらず」だが、屏風の絵に付した歌であろう。道行く旅人が紅葉の下を行く絵を詠んだ歌は拾遺集・秋・二〇四にもある。

404
もみぢ葉《ば》を分《わ》けつゝゆけば錦着《き》て家に帰《(かへる)》と人や見るらん

つらゆき

405
うち群《む》れていざ吾妹子《わぎもこ》が鏡《かゞみ》山越《こ》えて紅葉《もみぢ》の散《ち》らむ影《かげ》見む

よみ人しらず

406
山風《かぜ》の吹《ふ》きのまに〳〵もみぢ葉《ば》は《ゝ》このもかのもに散《ち》りぬべら也

407
秋の夜に雨と聞《き》こえて降《ふ》りつるは風に乱《みだ》るゝ紅葉なりけり

404 もみじ葉を分けつつ行くので、あの中国の故事のように錦を着て家に帰るのかと人が見ることだろうよ。〇錦着て家に帰と　史記・項羽本紀などに見られる「富貴ニシテ故郷ニ還ラザルハ、繡(にしき)ヲ衣(き)テ夜行クガ如シ」とあるのに依拠して、成功して家に帰って来たと人が見るだろうかと面白がっているのである。

405 一緒になって、さあ鏡山を越えてもみじ葉が散る影を見ましょうよ。〇いざ　さあ。発語的に誘う言葉。「散らむ影見む」に続く。〇吾妹子が　枕詞のように「鏡」にかかる。家持集に「わぎもこが鏡の山のもみぢ葉のうつる時にぞものはかなしき」とある。〇影見む　「影」は「鏡」の縁語。▽貫之集にもなく、作歌事情は不明だが、屏風の画中の人物の立場に立っての詠であろう。

406 山風が吹くにつれて、もみじ葉はあちらこちらに散ってしまう様子であるよ。〇このもかのもに　古今集・東歌「つくばねのこのもかのもに蔭はあれど君がみ蔭にます蔭はなし」のことばを採ったのであろう。▽人々が散り散りになって別れて行く様子を詠んだのではないかという後撰集新抄の説は鋭く興味深い。ちなみに古今六帖・六・紅葉には「…もみぢ葉もおのが散り散り散りぬべらなり」という形になっており、七条の后がなくなって人々が亭子院を去る時に伊勢が詠んだ古今六帖・四「…秋の紅葉と人々は　おのが散り散り別れなば…」という歌の表現に似ている。

407 秋の夜に雨の音のように聞こえて降っているのは、なんと風に乱れる紅葉であったよ。▽この歌、拾遺抄・拾遺集にも重出し、作者を貫之としている。

408 立《(たち)》寄《よ》りて見るべき人のあればこそ秋の林に錦 敷《ゝしきし》くらめ

409 木《こ》のもとに織《を》らぬ錦の積《つ》もれるは雲の林の紅葉《もみぢ》なりけり

410 秋風に散《ち》るもみぢ葉《ば》は《ゝ》女郎花《をみなへし》やどに織《を》り敷《し》く錦なりけり

411 葦引《(あしひき)》の山のもみぢ葉《ば》散《ち》りにけり嵐の先《さき》に見てまし物を

408　立ち寄って見てくれるに違いない人があるからこそ秋の林に錦のように紅葉が敷いているのでありましょうよ。○立寄りて　「立つ」に錦の縁語「裁つ」を響かせる。▽紅葉そのものを詠んだというよりも、紅葉に託して立ち寄ってくれない男に贈った女の歌という感じが強い。

409　木の下に織らぬ錦が積もっているのは、この雲林院にふさわしく雲の林の紅葉が散って積もったのでありましょうよ。○木のもと　木の下。木蔭。○織らぬ錦　→四〇三。○雲の林　雲林院と「雲の上にある林」を掛ける。▽「雲林院の木の蔭にたたずみてよみける」という詞書を持つ古今集・秋下の僧正遍昭の歌「わび人のわきて立ち寄るこのもとはたのむ蔭なく紅葉ちりけり」に依拠し、「織っていないここの錦は普通の紅葉ではなく、雲の林の紅葉なのだなあ」と言っているのである。

410　秋風に散るもみじ葉は、女郎花が自分の宿である秋の野に織って敷く錦なのですね。○女郎花やどに織り敷く　女郎花を秋の野の主としてとらえ、その主がみずからの宿に織り敷いた錦だと見立てているのである。「織り」も「敷く」も「錦」の縁語。○錦なりけり　「なりけり」は「今それに気づいた」という感じ。▽「織る」のは女性なので、女郎花を秋の野の女主人に見立てて、それに織らせたのである。貫之集「秋の野の萩の錦は女郎花立ちまじりつつ織れるなりけり」と同じ発想である。

411　山の紅葉は散ってしまったよ。あの嵐の前に見ておけばよかったのに。○山のもみぢ葉　「山の紅葉は」とも「山のもみぢ葉」とも解せる。○見てまし物を　「て」は完了の助動詞「つ」の未然形。「まし」は事実に反する仮想をする場合に用いる。「見ておいたらよかったのに」と言っているように、実際は見なかったのである。

412
もみぢ葉《ば》の降《ふ》り敷《し》く秋の山辺《べ》こそたちてくやしき錦《にしき》なりけれ

413
竜田《たつた》河色紅《(いろくれなゐ)》になりにけり山の紅葉《もみぢ》ぞ今は散《ち》るらし

つらゆき

414
竜田河秋にしなれば山近《ちか》み流《なが》るゝ水も紅葉しにけり

よみ人しらず

415
もみぢ葉の流《なが》るゝ秋は河ごとに錦洗《あら》ふと人や見るらん

412　もみじ葉が降って下に敷きつめている秋の山辺は、まさしく断つことがくやしくなる素晴らしい錦であり、見捨てて立って行くのが残念なことであるよ。○降り敷く　「降り頻く」つまり頻りに降るの意とも解せるが、四〇八・四一〇などを参照して「降り敷く」を採った。○たちてくやしき　「裁断するのが悔しい」の意と「立って帰るのが悔しい」の意を掛ける。古今集・雑上「思ふどちまどゐせる夜はからにしきたたまくをしきものにぞありける」が参考になる。

413　竜田河は色が紅になったよ。山の紅葉は、今まさに散っているらしい。▽竜田河は万葉集になく、古今集から紅葉の名所として詠まれるようになり、二八三・二八四・二九四・三〇〇・三〇三・三一一・三一四など数多く詠まれている。

414　竜田河は山が近いので、秋になると、流れる水までが紅葉していることであるよ。▽実際は山の紅葉が流れているのであろうが、「もみぢ葉流る」とは言わずに、水が紅葉したと言っているのに注意。水に映るものも含めて、山の紅葉の色が川の水全体に及んでいるという把握である。

415　紅葉した葉が流れる秋は、どこの川でも錦を洗っていると人が思うことであろうよ。○河ごとに　どこの川でも、すべての川でそれぞれ。○錦洗ふ　契沖は百人一首改観抄に「華陽国志ニ、蜀ノヒト錦ヲ流江ノ中ニ濯(あら)フトキハ、則チ鮮明也。亦、譙周ガ益州志ニ、成都ノ織錦成リテ江水ニ濯ヘバ其文分明ニシテ初メテ成ルニ勝レリ。他水ニ之ヲ濯ヘド江水ニ如カザル也」と記している。「錦を洗ふ」というのは中国渡来の表現だったのである。▽秋は、どの川でも錦を広げて洗っているようだ、と大きなスケールで紅葉の流れる秋を表現しているのである。

416
竜田《たつた》河秋は水なくあせななんあかぬ紅葉の流《なが》るれば惜《お》し

文室朝康

417
浪分《わ》けて見るよしも哉《(がな)》わたつみのそこの見るめも紅葉《みち》散るやと

藤原興風

418
木《こ》の葉散《ち》る浦に浪立《た》つ秋なれば紅葉《もみぢ》に花も咲《さ》きまがひけり

よみ人しらず

419
わたつみの神にたむくる山姫の幣《ぬさ》をぞ人は紅葉《もみぢ》といひける

416　竜田河は秋は水がなくなって浅くなってしまっていたい紅葉が流れてしまうので惜しいのです。水があると、もっと見ていたい紅葉が流れてしまうので惜しいのです。○秋は　紅葉の季節である秋だけは。○あせななん　浅くなる意の「あす」の未然形に完了「ぬ」の未然形「な」がつき、それにあつらえの終助詞「なん」が付いた。

417　浪を分けて確かめてみたいものだよ。海の底の海松布(みるめ)も紅葉して散っているかどうかと。○見るよしも哉　→三三〇・一三九一。○わたつみ　海。六五五・七九八も同じだが、「底」に続いて「海底」の意になる場合が多い。○見るめ　海藻の名。「海松布」と書くので松のように変色しないものとしてとらえるのが普通であった。▽あたり全体に秋の雰囲気が深まり目の及ぶ所すべてが紅葉したが、海底の海松布はどうだろうか、紅葉しにくいはずの海松布でも紅葉しただろうか、と言っているのである。

418　木の葉が散る浦に浪が立っているこの秋であるので、浪の花も紅葉に見違えるように咲いていることであるよ。○花も咲きまがひけり　「花」は「浪の花」。「まがふ」は見分けがつかないようになること。▽古今集・秋下の文屋康秀(朝康とする本も多い)の「草も木も色変れどもわたつうみの浪の花にぞ秋なかりける」の逆を言っているのである。

419　海の神にたむける山姫の幣を人は「紅葉」と名づけているのだなあ。○わたつみの神　海神。○山姫　山の女神。○幣　神に祈る時に汚れを祓うために出すもの。木綿(ゆう)・麻、あるいは布・帛などを用いるのが普通。ここは紅葉を帛に見立てたのである。▽古今集・羇旅の菅原道真の歌「このたびはぬさもとりあへずたむけ山紅葉の錦神のまにまに」の影響があろう。

420 ひぐらしの声もいとなく聞《き》こゆるは秋夕暮《ゆふぐれ》になればなりけり

つらゆき

421 風の音《をと》の限《かぎり》と秋やせめつらん吹《ふ》き来《く》るごとに声のわびしき

よみ人しらず

422 もみぢ葉《ば》に溜《た》まれる雁《かり》の涙《なみだ》には月の影こそ移るべらなれ

あひ知《し》りて侍《はべり》ける男《おとこ》のひさしうとはず侍ければ、なが月ばかりにつかはしける

右近

423 おほかたの秋の空《そら》だにわびしきに物思ひそふる君にもある哉《かな》

420 ひぐらしの声も忙しく聞こえるのは、秋の夕暮、すなわち秋の暮れになったからであるよ。○いとなく　暇(いとま)なく。○秋夕暮　「秋の夕暮」の意にも解せるが、「秋が夕暮になる」「秋の暮れの夕暮になる」の意と解する方がよい。ただの夕暮ではない、秋の暮の夕暮だから、あわただしく落ちつかぬ様子で鳴いているのだと言っているのである。

421 「風の音の極限を」と秋が責めているのだろうか、笛ならぬ風が吹いて来るごとに音がやりきれなく聞こえることであるよ。○せめつらん　「責める」という意と楽器などの音を高くする意の「迫(せ)む」と掛けている。拾遺集・物名・紀貫之「松のねは秋のしらべに聞こゆなり高くせめあげて風ぞひくらし」の「せめあげて」は琴の音を迫めあげての意だが、この歌の場合は「ふきくるごとに」が「風が吹く」と「笛を吹く」を掛けていると見てよかろう。

422 もみじ葉に溜っている雁の涙には、心づくしの秋の月の光が映っているようであるよ。○雁の涙　古今集・秋上「鳴き渡る雁の涙や落ちつらん物思ふ宿の萩の上の露」のように露を見立てた。この紅葉は萩の紅葉であろう。○月の影　月の光。古今集・秋上・よみ人しらず「木の間より漏り来る月の影見れば心尽くしの秋は来にけり」によって「雁の涙」に加えて「心尽くしの秋の到来を知らせる月の影」と読みとれる。○移るべらなれ　底本「移る」とあるが、「映る」がよい。

423 普通の秋の空であってもつらいものであるのに、その上さらに恋の苦しみを添えさせるあなたであることよ。○物思ひ　恋の苦しみをいう場合が多かった。ここもその例。○君にもある哉　二荒山本・片仮名本・承保本・正徹本には「きのふ今日かな」とある。

題しらず　　　　　　　　　　　　　よみ人も

424 わがごとく物思ひけらし白露《ゝらつゆ》の夜《よ》をいたづらに起《を》き明《あ》かしつゝ

あひ知《し》りて侍《(はべり)》ける人、後《のち》〳〵まで来《こ》ずなりにければ、男《おとこ》の親《おや》聞き《きゝ》て、「猶《(なほ)》まかり問《と》へ」と申《(まうし)》 教《をし》ふと聞き《きゝ》て、後《のち》にまで来《き》たりければ　　　平伊望《(これもち)》朝臣女

425 秋深《ふか》みよそにのみ聞《き》く白露《しらつゆ》の誰《た》が言《こと》の葉《は》にかゝるなるらん

かれにける男《おとこ》の秋問《と》へりけるに　　　むかしの承香殿のあこき

426 問《と》ふことの秋しも稀《まれ》に聞《き》こゆるはかりにや我を人のたのめし

424 私のように恋に苦しんでいるようであるよ。空しく夜を起きて明かしている私のように、白露は夜の間に置いてそのまま空しく朝を待つことを続けているよ。○物思ひけらし　物思ひ→四三。「けらし」は「けるらし」の約。○起き明かしつゝ　「起き明かす」と「置き明かす」を掛ける。「つつ」は何度も繰り返すこと。▽秋中・二九〇の「秋の夜をいたづらにのみおきあかす露はわが身の上にぞありける」と近い表現。

425 私に対する飽きが深くおなりになって、よその方の所へのみ行っていらっしゃると聞いておりますが、いったいどなたのお言葉によってこのようにおでましになったのでしょうか。○まで来ず　「まうで来ず」の約。後の「まで来たりければ」も同じ。○猶まかり問へと申教ふ　「やはりこの女のもとへ通いなさい」と言い教える。○聞きて後に　女が伝え聞いた後に。○まで来たりければ　男が訪問して来たので。○秋深み　「秋が深いので」の意と「飽きが深いので」の意を掛ける。「白露の…かゝる」に続く。○よそにのみ聞く　私の知らぬ世界のこととしてのみ聞いている。「よそ」は自分の世界と絶縁している所。「聞く」に「菊」を隠した物名の歌を菊に添えて贈ったとも解せる。○白露　「秋」の縁語。「かかる」を導き出している。○言の葉に　言葉によって。「葉」は「露」の縁語。○かゝるなるらん　「かかる」は「露」の縁語だが、ここでは「かくある」の意。このように訪ねていらっしゃったのか、の意。▽男を「白露」に喩え、自分の心からでなく、父の言葉によってかかる御来訪になったのかと皮肉っているのである。

426 お便りをくださることが、この秋は特に稀に思われますのは、あなたは私をかりそめに頼りにさせていらっしゃったからなのでしょうか。○かれにける　離れてしまった。「かる」は「離る」。

紅葉と色濃《こ》きさいでを女のもとにつかはして

みなもとのとゝのふ

427 君恋《こ》ふと涙に濡《ぬ》るゝわが袖と秋の紅葉《もみぢ》といづれまされり

題しらず

よみ人も

428 照《て》る月の秋しもことにさやけきは散《ち》るもみぢ葉《ば》を夜《よる》も見よとか

故宮の内侍に兼輔朝臣忍《しの》びてかよはし侍ける文《ふみ》を取《と》りて、書《か》きつけて、内侍につかはしける

429 など我《わ》が身下葉《したば》紅葉《もみぢ》と成《（なり）》にけん同《おな》じなげ木の枝にこそあれ

男女の間が離れることを言う。〇問ふこと　「とふ」は訪問するの意にも用いられるが、ここは便りをするの意。〇かりにや　秋の景物としての「雁」を隠し、「かりそめ」の意の「仮」を表面に出す。〇人のたのめし　「人」は相手の男のこと。「たのめ」は下二段活用の連用形。たよりにさせるの意。▽男からめずらしく便りがあったので、「雁のたより」(→三五六)の連想で「雁」を詠みこんだ物名の歌である。

427 あなたを恋い慕うということで涙に濡れている私の袖と秋の紅葉はどちらが紅色がまさっているでしょうか。〇色濃きさいで　「さいで」は「裂きで」の音便形。「裁ち切れ」のこと。一四四の詞書にも見える。「色濃き」は紅色が濃いのである。▽恋に苦しむゆえに血の涙で濡れた袖と「秋の紅葉」とでは、どちらの紅色が勝っているだろうかと言っているのである。→八四・一四三。

428 照る月が秋には特に澄み切って明るいのは、昼だけではなく夜も散るもみじ葉を見よということであろうか。〇さやけきは　冷え冷えとした明るさを言う。▽古今集・秋下・よみ人しらず「秋の月山辺さやかに照らせるは落つるもみぢの数を見よとか」に近いものがある。

429 どうして我が身は、下葉が紅葉するように、人に知られない心の下で燃えていたのでしょうか。兼輔朝臣と同じくあなたを求めて嘆き続ける投げ木の枝でありましたのに。〇文を取りて書きつけて　兼輔から宮の内侍への手紙を手に入れて、その紙の端に書きつけたのであろう。〇など我が身　どうして我が身は。〇下葉紅葉と…　目立たない所で心が赤くなること。〇なげ木の枝　投げ込んで燃やす木の枝「投げ木」に「嘆き」を掛けた。▽兼輔の手紙にも当然歌が書かれており、「なげき」という語が用いられていたのであろう。

秋闇《やみ》なる夜、かれこれ物語《ものがたり》し侍《(はべる)》間《あひだ》、雁《かり》の鳴《な》き渡《わた》り侍りければ

源　わ　た　す

430 明《あか》からば見るべき物をかりがねのいづこ許《(はかり)》に鳴《な》きてゆくらん

「菊花《(きくのはな)》折《お》れり」とて人の言《い》ひ侍《(はべり)》ければ

よみびとしらず

431 徒《(いたづら)》に露に置《を》かるゝ花かとて心も知《し》らぬ人や折《お》りけん

身の成《な》り出《い》でぬことなど嘆《なげ》き侍《(はべり)》ける頃《ころ》、紀友則がもとより、「いかにぞ」と問ひを《(お)》こせて侍ければ、返事《(かへりごと)》に菊花を折りてつかはしける

藤　原　忠　行

432 枝も葉もうつろふ秋の花見れば果ては蔭《かげ》なくなりぬべら也

430 明るければ見ることが出来るのだけれども、あの雁はどこを目指して鳴いて渡って行くのであろうか。我々にも見えないよ。〇秋闇なる夜　月が出ない秋の夜。〇かれこれ　あの人この人が集まって。〇物語し侍間　雑談している間に。〇鳴き渡り侍ければ　鳴きながら空を渡るのである。〇明からば　月が出て明るい時ならば。〇いづこ許　「許」という字をあてるが、「ばかり」ではなく「はかり」。「目あて」の意。「かり(雁)」を隠す。

431 どうせ、空しく露に置かれて濡れている花であるよと思って、心を理解しない人が折ってしまったのでありましょうか。〇徒に　空しく。露ははかなく消えるものであるゆえに、そう言った。〇露に置かるゝ花　花の側から受身に言った。「秋の野の露に置かるる女郎花はらふ人なみ濡れつつやふる」(二七五)によるか。〇心も知らぬ人　花の心を解さない人。▽空しく涙に濡れている女だと思って、何もおわかりにならない人が折られたのでしょう、私と同じように…という気持をこめて訳してみたが、無駄に置いている露だとばかり思って、菊の花に置いているゆえに不老長寿の薬になるとも知らぬ人が手折ったのでしょうか、と解することも出来る。菊の露が不老長寿の薬になるということは四三三参照。

432 枝も葉も枯れてゆく秋の花を見ますと、最後はその蔭までがなくなってしまうに違いないと思われることでありますよ。庇護してくださる人がどなたもいなくなると思われることでありますよ。〇身の成り出でぬこと…　出世しないこと。「嘆き侍りける」の主語は忠行。〇秋の花　すなわち菊のことである。〇果ては蔭なく　「蔭」は菊花の下の蔭と「お蔭」すなわち庇護してくださる人のことを掛けて言う。「蔭」はその傘下にいること。〇べら也　「べらにあり」の約。→九六・一六八・二四七・三九二・

返し　　　　　　　　　　　　　　　とものり

433 雫《しづく》もて齢延《よはひの》ぶてふ花なれば千代《ちよ》の秋にぞ影は繁《しげ》らん

延喜御時、秋歌《(あきのうた)》召《め》しありければ、奉《たてまつ》りける　　　つらゆき

434 秋の月光《ひかり》さやけみもみぢ葉《ば》の落《お》つる影さへ見えわたる哉《(かな)》

題しらず　　　　　　　　　　　　よみ人も

435 秋ごとに列《つら》を離《はな》れぬかりがねは春帰《(かへる)》とも帰《かへ》らざら南《(なん)》

男《おとこ》の「花鬘《かづら》ゆはん」とて、菊ありと聞《き》く所に、乞《こ》ひにつかはしたりければ、花に加《くは》へてつか

三九九・四〇六・四二二など。

433 いやいや、この菊の花は雫をもってしても齢が延びるという花でありますから、千代を経た年の秋にこそその蔭は大きくなっていることでしょう。庇護を受けて栄えていることでしょうよ。○雫もて齢延ぶてふ花なれば　菊の雫が延寿の役割を果たすことについては風俗通などに見える中国河南省南陽酈県の甘谷の故事による。上流の山中に菊の園があり、その雫が滴り流れて来る菊水を飲めば寿命が延びるという。○千代の秋にぞ　千年後の稔りの時に。○影は繁らん　花だけでなくその蔭が大きくなっているでしょうよ。庇護を受ける忠行一族が広がるだろうと言ったのである。

434 秋の月の光が明るくはっきり見えるので、紅葉した葉の落ちる影までが完全に見えることであるよ。○さやけみ　さやかであるので。「さやけし」は明るくくっきりと見える状態を言う。▽「見えわたる」の「わたる」は時間的、空間的にある点からある点までに至る状態を言う。「見えわたる」は落ち始めから完全に落ち切ってしまうまで見えるということである。古今集・秋下「秋の月山辺さやかに照らせるは落つる紅葉の数を見よとか」の影響が強い。

435 秋が来るたびに列を離れないで共に仲よくやって来る雁は春が再びやって来ても帰らないでほしいものだよ。○秋ごとに　二荒山本・片仮名本・承保本・雲州本などでは「秋風に」とある。この場合は「飽き風」を掛けて、飽き風を連想させる秋風にも列を離れない雁、と解し得る。○春帰るも　「春帰る」は「年たちかへる」と同じく再び新春になること。○帰らざら南　八代集抄本「かはらざらなん」は「変ることなくそのまま揃って帰ってほしい」の意で通じやすいが、改訂本文の疑いが濃いので、今は底本のままに解しておく。

はしける

436 みな人に折《お》られにけりと菊の花君がためにぞ露《つゆ》は置《を》きける

題しらず

437 吹風《(ふくかぜ)》にまかする舟や秋の夜《よ》の月の上《うへ》より今日《けふ》は漕《こ》ぐらん

紅葉《もみぢ》の散《ち》り積《つ》もれる木のもとにて

438 もみぢ葉《ば》は散《ち》る木《こ》のもとにとまりけり過行《(すぎゆく)》秋やいづちなるらむ

忘《わす》れにける男《おとこ》の紅葉《もみぢ》を折りて送《をく》りて侍《(はべり)》ければ

439 思《(おもひ)》出《い》でて問《(とふ)》にはあらじ秋果《は》つる色の限《(かぎり)》を見するなるらん

436 お宅では皆誰かに折られてしまってなくなったと聞く菊の花、私の所のそれは、あなたの長寿をことほぐ露がこのように置いておりますよ。〇男の 「乞ひにつかはしたりければ」まで及ぶ。男が花鬘を結うために乞いに人をつかわしたのである。〇花鬘ゆはんとて 花鬘は花を編んで作った髪飾り。万葉集・巻十九に「…今日ぞ我が背子花鬘せな」とあって、男が挿したことがわかる。おそらく宮廷の行事のために必要だったのであろう。〇菊ありと聞く所 前に「男の」とあるので、これは女の所であろう。〇花に加へてつかはしける 菊の花とともに歌を贈ったのである。〇と菊の花 「…と聞く菊の花」と掛詞になっている。〇君がためにぞ露は置きける 菊の露は不老長寿の薬だと思われていた。↓四三。

437 東から西へ吹く風にまかせて行く舟であるのだろうか。この舟は秋の夜の月の上を通って今日は漕いでいるようであるよ。〇吹風に 非定家本はすべて「こち風に」とある。つまり東から西へ吹く風である。月が東から西へ移行するのとともに舟も西へ漕いでいるというのである。〇月の上より 「より」は「…を通って」の意。〇今日は 非定家本では「今は」となっているが、その方がよい。▽「題しらず」になっているので難解だが、三二の「秋の池の月の上に漕ぐ舟なれば…」と同じく、舟遊びしている池に月が映り、月が西へ移行するのに併せて舟が動いているのであろうか。

438 紅葉した葉は散って木の根もとに留まっているよ。過ぎ行く秋は一体どこにいるのだろうか。

439 私のことを思い出してお便りをくださったのではありますまい。この秋の終りの紅葉の色と同様に、私を飽き果ててしまいになったその究極の様子を見せるためのことでありましょう。

440
長《なが》月のつごもりの日、紅葉《もみぢ》に氷魚《ひお》をつけてを《(お)》こせて侍りければ　千兼《ちかね》がむすめ

宇治山の紅葉を見ずは長月の過《す》ぎゆくひをも知《し》らずぞあらまし

441
九月つごもりに　つらゆき

長月の在明《(ありあけ)》の月はありながらはかなく秋は過《す》ぎぬべら也

442
同《おな》じつごもりに　みつね

いづ方に夜はなりぬらんおぼつかな明《あ》けぬ限《かぎ》りは秋ぞと思《おも》はん

〇忘れにける男　女のことを忘れてしまった男。〇問　便りする。〇秋果つる　「秋果つる」と「飽き果つる」を掛ける。〇色の限　「秋が終わる頃の紅葉の最後の色」と「飽き果てた頃の最後の顔色」を掛ける。

440　もしこの宇治山の紅葉をいただかなかったら、長月、すなわち九月の過ぎゆく日をも、また冬の名物である氷魚をも知らなかったことでしょうよ。〇紅葉に氷魚をつけて　紅葉した葉に氷魚を置いたか。源氏物語・総角の巻の注として花鳥余情は「氷魚には紅葉を敷く」という水原抄の説を紹介している。〇宇治山の紅葉　氷魚は宇治川の名物であるので「宇治山の紅葉」と詠まれた。〇長月の過ぎゆくひをも　秋の終りの九月が過ぎて行く、その日々をも。「ひを」は「日を」と「氷魚」を掛ける。氷魚は琵琶湖特産の小さな鮎。冬近くに瀬田川・宇治川の網代《(あじろ)》でとった。

441　長月の有明の月は明朝もまだあり続けるけれども、秋ははかなく最後の今日を過ぎてしまうようであるよ。〇長月の在明の月はありながら　「有明の月」は翌朝も残っているから、明日十月一日になっても残っているわけだが…の意。拾遺集・恋三・柿本人麿「長月の有明の月のありつつも君しきまさば我恋ひめやも」(万葉集・巻十の歌の異伝)によるか。〇はかなく秋は過ぎぬべら也　今日九月のつごもりのうちに、秋は残りなく過ぎ去ってしまうと言っているのである。

442　夜は九月と十月のどちらになったのだろうか、はっきりしない。やはり明けない限りは九月だから秋だと思っていようよ。〇同じつごもりに　四四一と同じく九月晦日の歌である。▽当時の民俗的通念としては、一日の始まりは夜であった。しかし秋を惜しむ気持が切実であるゆえに、夜は明日ではなく今日だと言っているのである。

後撰和歌集巻第八

冬

題しらず　　よみ人も

443 初《はつ》時雨降《ふ》れば山辺《べ》ぞ思《おも》ほゆるいづれの方《（かた）》かまづもみづらん

444 初時雨《はつしぐれ》降《ふ》るほどもなく佐保《さほ》山の梢あまねくうつろひにけり

443 初時雨が降ると山の辺のことが気になるよ。山のどのあたりから最初に紅葉しているだろうかと。▽秋下の三五五とここに重出している。秋下の場合は紅葉に焦点を定めて採歌し、ここでは時雨に焦点を合せて採歌したのであろう。きわめて近い位置での重複であるから、完稿本系ではいずれか一方だけになっていたのであろうが、現存本は校合などをして両者をともに含んだ形になってしまったのであろう。

444 初時雨が降る間もないほどすぐに、佐保山の木々の梢はあまねく紅葉してしまったことであるよ。○佐保山　佐保山が紅葉の名所であることは、古今集・二六五―二六七・二八一、後撰集・三八六などによってわかる。▽四四三で「初時雨が山を紅葉させるのだが、どこの山が第一に紅葉するのだろうか」と問いかけたのに対して、ここでは「それは佐保山だ。佐保山では初時雨が降ると同時にすっかり色づいてしまっているよ」と答える形になっているのである。

445 十月になって降ったり降らなかったり定めのない、そのような時雨こそが実は冬の始まりなのであるよ。○神な月　当時は十月から冬だとされていた。○降りみ降らずみ　降ったり降らなかったり。▽四四四では「初時雨が降るほどもなく紅葉し散ってゆくよ」と言ったのに対して、「しかしやはり時雨が冬の始めを告げるのだ。時雨が少しでも降ることによって冬になるのだ」と言っているのである。

446 冬が来ると、佐保河の浅瀬にいる鶴も独り寝が苦しく声をあげて鳴いているようだが、私

445 神《(かみ)》な月《(づき)》降《ふ》りみ降《ふ》らずみ定《(さだめ)》なき時雨ぞ冬の始《(はじめ)》なりける

446 冬来《く》れば佐《さ》保《ほ》の河瀬《せ》にゐる鶴《たづ》もひとり寝《ね》がたき音《ね》をぞ鳴《な》くなる

447 一《ひ》人寝《とりぬ》る人の聞《き》かくに神な月にはかにも降《ふ》る初《はつ》時雨哉《(かな)》

448 秋果《は》てて時雨ふりぬる我なれば散《ち》る言《こと》の葉《は》をなにか怨《うら》みむ

もまた独り寝の苦しさに泣かんばかりであるよ。○佐保の河瀬にゐる鶴も　古今集・賀・壬生忠岑「千鳥鳴く佐保の河霧立ちぬらし山の木の葉も色まさりゆく」、拾遺集・冬・紀友則「ゆふされば佐保の河原の河霧に友まどはせる千鳥なくなり」などのように冬の佐保河の景物は千鳥であり、鶴はめずらしい。なお、「ゐるたづも」と「も」が用いられているのは、「私同様あの鶴も」の意。▽伊勢集の末尾近くに付加されている秀歌選の部分に「夕されば佐保の河辺にゐるたづのひとり寝がたき音をも鳴くかな」という形で収められているが、伊勢の作であるか否かはわからない。

447 独り寝する人が聞くことだが、十月になったというだけで俄かに降り始めた初時雨であるよ。○人の聞かくに　「人」は一般化して言っているが、自分自身のこととして読むべきであろう。「聞かくに」は、聞くことよ。発生は「未然形＋く」とも「連体形＋あく」とも言われるが、要するに体言相当の余情表現。▽四四六に「ひとり寝がたき…」とあるので、「ひとり寝る」と続けた。独り寝する人だけが聞く初時雨である。

448 秋が終わって時雨が降るように古くなってしまった私ですから、散る落葉ならぬあなたの言いっぱなしのお言葉をも怨みはいたしませんよ。○秋果てて　「飽き果てて」を響かせている。○時雨ふりぬる　「時雨降る」と齢をとる意の「古る」を掛ける。○散る言の葉　「言の葉」は言葉、特に歌をいう場合が多い。それが残ることなく散ってしまうのである。歌で約束したことが空しくなってしまったと言っているのである。▽古今集・恋五・小野小町「今はとて我が身時雨にふりぬれば言の葉さへにうつろひにけり」、もしくはその異伝である後撰集・四五〇に依拠した歌であろう。

449 吹風《(ふくかぜ)》は色も見えねど冬くれば一人《ひとり》寝《ぬ》る夜《よ》の身にぞしみける

450 秋果《は》てて《ゝ》わが身時雨《しぐれ》にふりぬれば事《(こと)》の葉さへにうつろひにけり

451 神《(かみ)》な月《(づき)》時雨とと《ゝ》もにかみなびの森《もり》の木《こ》の葉《は》は《ゝ》降《ふ》りにこそ降《ふ》れ

女につかはしける

452 たのむ木もかれはてぬれば神な月時雨にのみも濡《ぬ》るゝ頃《ころ》哉《(かな)》

449 吹く風は色も何も見えないけれども、冬がやってくると、独りで寝ている夜の我が身にしみることであるよ。○身にぞしみける 「しむ」は本来「染む」、染料が布にしみこむこと。すなわち染まることである。「色も見えねど」と対応しているのである。

450 秋が終わって時雨が降るとともに、我が身も古くなってしまいましたせいで、木の葉が色変りするのに併せて、あなたのお言葉もすっかり様変りしてしまったことでありますよ。○秋果てて あなたが私を「飽き果てて」の意を含む。○わが身時雨にふりぬれば 「時雨が降る」と「我が身がふる(古る)」を掛ける。○事の葉さへに 木の葉だけでなく、相手の言の葉までが散って枯れて行くという意。○うつろひにけり 「うつろふ」は最高の状態の物が衰え行くこと。紅葉して枯れる状態。▽古今集・恋五・七八二の小町の歌の異伝。

451 神無月になって時雨が降るとともに、神南備の森の木の葉は、はらはらと降るようになったことだよ。○かみなびの森… 神がいます森でも時雨に逢うと木の葉が散ると言っているのである。

452 蔭に入ろうと頼りにしていた木も枯れはててしまったので、十月の時雨に濡れてばかりいるこの頃です。頼りにしていたあなたはすっかりお見限りですので、十月の時雨ならぬ涙に濡れそぼってばかりいる今日この頃ですよ。○たのむ木もかれはてぬれば 「わび人のわきて立ち寄る木のもとはたのむ蔭なく紅葉散りけり」(古今集・秋下・遍昭)に見られるように「たのむ木」とあれば「蔭に隠」れることが前提になっている。木の蔭がないから時雨に濡れると言っているのであるが、「時雨に濡」れるとは、涙に濡れることの比喩である。とすれば、「かれはてぬれば」は「枯れ果てぬ

山へ入《い》るとて　　増基法師

453
神な月時雨許《(ばかり)》を身にそへて知《し》らぬ山地《(ぢ)》に入《(いる)》ぞかなしき

神《かみ》な月許《(ばかり)》に、大江千古がもとに、「あはむ」とてまかりたりけれども、侍らぬほどなれば、かへりまできて、たづねてつかはしける　　藤原忠房朝臣

454
もみぢ葉《ば》は惜《お》しき錦と見しかども時雨とともにふりでてぞ来《こ》し

返し　　大江千古

455
もみぢ葉《ば》も時雨もつらしまれに来《き》て帰《かへ》らむ人を降《ふ》りやとゞめぬ

れば」と「離れ果てぬれば」とを掛けていると見るべきであろう。「すっかりお見限りですので」と訳したゆえんである。

453 十月の時雨だけを身につけて、今迄入ったこともない山路へ入るのはまことに悲しいことでありますよ。〇神な月時雨許を身にそへて　時雨だけを持物にして。俗世のものは何も持たずに。〇知らぬ山地　未だ入ったことのない山路。古今集・恋二・紀貫之「我が恋は知らぬ山路にあらなくにまどふ心ぞわびしかりける」を意識していると見れば「まどふ心」を持って「知らぬ山路」に入ったことになる。

454 お宅の紅葉は素晴らしい錦だと思って拝見しましたが、その紅の色が振り出して染めたものであるということから洒落ていうわけではありませんが、御主人もいらっしゃらないので、時雨が降るのとともに、出て帰って来たことでありますよ。〇侍らぬほどなれば　留守中であったので。〇かへりまできて　「帰りまうで来て」の約。〇たづねて　居所を探りあてて。〇惜しき錦と　惜しまれるほど素晴らしい錦。〇ふりでてぞ来し　「ふり出づ」は、紅色の染料の中で布切れを振って染める動作。紅葉の紅色の鮮やかさの連想を基盤に「時雨ふり」の「降り」をも掛けるとともに、振り切って出て行く意の「ふり出て」に続けているのである。

455 もみじ葉も時雨もわたしにひどい仕打ちをするのですね。稀に来てそのまま帰るあなたを、どうして降って止めてくれないのでしょうか。〇つらし　現代語の「つらい」とは異なり、「自分に対して薄情な」という意。〇降りやとゞめぬ　「ふりとどむ」は、「紅」の縁語の「振り」と「降り」を掛け、雨などを降らして、帰れないようにすること。

題しらず

よみ人も

456 神な月限《(かぎり)》とや思《(おもふ)》もみぢ葉《ば》のやむ時もなく夜《よる》さへに降《ふ》る

457 ちはやぶる神垣《がき》山のさか木葉《ば》は《ゝ》時雨に色も変《かは》らざりけり

住《す》まぬ家にまで来《き》て紅葉に書《か》きて言《い》ひつかはしける

枇杷左大臣

458 人住《す》まず荒《あ》れたるやどを来《き》て見れば今ぞ木《こ》の葉《は》は《ゝ》錦織《を》りける

返し

伊勢

456 十月はもう終りだと思ったのだろうか。紅葉した葉が、時雨とともに、止まることなく、夜まで降っていることであるよ。

457 神垣山の榊の葉は時雨が降っても色が変らないことであるよ。〇ちはやぶる 「神」にかかる枕詞だが、ここでは「神垣山」にかかっている。神垣山は「神が鎮まっている山」の意。▽榊は神を宿して祭る時に立てる常緑樹であり、しかも神域にあるのだから、一般の木々を色づかせる時雨が降っても色が変らないと言っているのである。古今集・神遊歌「神垣のみむろの山の榊葉は神の御前に茂りあひにけり」を前提にし、同・秋下の「ちはやぶる神の斎垣(いかき)に這ふ葛も秋にはあへずうつろひにけり」の場合と違って榊葉だから時雨にも色変りしないと言っているのである。

458 あなたが住んでいないゆえに荒れてしまっている家の庭を訪ねて来て見ると、今まさに木の葉は錦を織るように美しくさまざまに色づいていたことでありますよ。〇住まぬ家にまで来て 「男(自分)が通い住まぬ女の家にたまたまやって来て」と解するのが普通だが、次の歌の「ふるさと」という語の用法から見て「女がよそに住んでいて今在宅していない家に(男が)たまたまやって来て」の意と解すべきであろう。〇紅葉に書きて 紅葉の枝に歌を書いた紙を結んだのであろう。〇言ひつかはしける よそにいる女に贈ったのである。〇人住まず荒れたるやどを 女が住んでいないゆえに荒れてしまっている住居。「やど」は「宿」の意と「庭」の意を含む。「住まいの庭」。

459 私の涙までが木々を紅葉させる時雨とともに降る私の思い出の地は、その血の涙で紅葉の色も、時雨だけが降るよそに比べてひときわ濃さが勝っていることでありますよ。〇ふるさとは 「ふるさと」は昔自分がなじんでいた所の意。現代

459 涙さへ時雨にそひてふるさとは紅葉の色も濃《こ》さまさりけり

題しらず　　　　よみ人も

460 冬の池の鴨の上毛《うはげ》に置《を》く霜《しも》の消《き》えて物思《(ものおもふ)》ころにもある哉《(かな)》

親《おや》のほかにまかりて遅《をそ》く帰《かへ》りければ、つかはしける

人のむすめのやつなりける

461 神《(かみ)》な月《(づき)》時雨降《ふ》るにも暮《く》るゝ日を君待《ま》つほどはながしとぞ思《(おもふ)》

題しらず

462 身を分《わ》けて霜や置《を》く覧《(らん)》あだ人の事《(こと)》の葉《は》さへにかれもゆく哉《(かな)》

語の「ふるさと」とは違う。

460 冬の池に泳ぐ鴨の上毛に置いている霜が跡かたもなく消えてしまうように、誰にもわかってもらえぬままに消え入るばかりの有様で物思いにふけることが多い今日この頃でありますよ。○冬の池の鴨　四九〇に「冬の池の水に流るるあし鴨の浮き寝ながらに幾夜へぬらん」とあるように、冬の池に一夜浮き寝する鴨を詠むことが多かった。○鴨の上毛に置く霜の　「上毛」は表面に見える羽毛。ここまでが比喩の序詞。○消えて物思　鴨の上毛の霜のように朝には誰にもわからぬままに消えている意と、消え入るような物思いをしている意を掛けている。

461 十月、時雨がひと降りするにつけても、暗くなってそのまま暮れてしまう短い日であるのに、あなたを待っている時間は長いなあと思いますよ。○親のほかにまかりて　母親が他出して。○時雨降るにも暮るゝ日を　時雨が降って暗くなって、そのまま暮れてしまう短い日であるのに。陰暦の十月は冬至が近い頃。○君待つほどは　外出したあなた(母親)を待っている間は。

462 我が身を分けるようにして霜が置いているのだろうか。霜に枯れる草葉のように、浮気な人のお言葉まで、私から離(か)れてゆくことですよ。○身を分けて　我が身をばらばらに分けるようにして。古今集・恋五「秋風は身を分けてしも吹かなくに人の心の空になるらん」による。○霜や置く覧　霜は草葉を枯れさせるもの。末句の「かれもゆく哉」と呼応する。○あだ人の事の葉さへに　誠意のない人が言葉までが。古今集・恋五「今はとて我が身時雨にふりぬれば言の葉さへにうつろひにけり」と同じ用法。○かれもゆく哉　「かれ」は霜で「枯る」意と男女の仲が離れてゆく意の「離る」を掛ける。

冬の日、武蔵《むさし》につかはしける

463 人知《し》れず君につけてし我《わ》が袖の今朝《けさ》しもとけずこほるなるべし

題しらず

464 かきくらし霰《あられ》降《ふ》りしけ白玉を敷《し》ける庭とも人の見るべく

465 神《かみ》な月《づき》しぐるゝ時ぞみ吉野《よしの》の《ゝ》山のみ雪《ゆき》も降《ふ》り始《はじめ》ける

466 今朝《けさ》の嵐寒くもある哉《かな》葦引《あしひき》の山かきくもり雪ぞ降《ふ》るらし

463 こっそりとあなたに思いをつけてしまった私の袖は、涙にしとどに濡れ、今朝はまた解けずにそのまま凍っているようでありますよ。〇君につけてし　「つく」は「思いを付く」の意。〇今朝しもとけずこほるなるべし　「涙で濡れた我が袖」が、今朝も執心したままで解けないで、まるで凍っているようだと言っているのである。「し」と「も」はともに強意の助詞。

464 目の前が真っ暗になるほどに、霰よ、降りしきれ。白玉を敷いてある庭だと人が見るほどに。〇降りしけ　頻りに降れ。▽寛平御時后宮歌合に「かきくもりあられふりしけ白玉を敷ける庭とも人も見るがに」、新撰万葉集・上・冬に「かきくらしあられふりつめ白玉の敷けるにはとも人は見るがに」とある歌である。

465 こちらで十月の時雨が降る時には、まさしくあの吉野の山の御雪も、ちょうど降り始めることであるよ。〇み吉野の山のみ雪　古今集・冬「夕されば衣手寒しみ吉野の吉野の山にみ雪降るらし」、「み吉野の山の白雪つもるらしふるさと寒くなりまさるなり」、「古里は吉野の山し近ければ一日(ひと)もみ雪降らぬ日はなし」のように、吉野山は他より寒さの到来が早かったのである。

466 今朝の嵐はなんとも寒いことであるよ。山では一面にかき曇って雪が降っていることであろうよ。▽初二句の実感を前提にして三句目以下に山の状態を推量しているのであるが、二荒山本・片仮名本と古今六帖では、「あしひきの山」が、前歌と同様に「み吉野の山」に特定されていてよくわかる。

467 黒髪《くろかみ》の白《しろ》くなりゆく身にしあればまづ初《はつ》雪をあはれとぞ見る

468 霰《(あられ)》降《ふ》るみ山の里《さと》のわびしきは来《き》てたわ《(は)》やすく問《と》ふ人ぞなき

469 ちはやぶる神な月こそかなしけれ我《わ》が身時雨にふりぬと思へば

式部卿敦実《あつみ》の親王《みこ》しのびて通《かよ》ふ所侍《(はべり)》けるを、のち〳〵絶《た》え〴〵になり侍ければ、妹《いもうと》の前《(さきの》斎宮《さいくう)》の親王《みこ》のもとより「この頃《ころ》はいかにぞ」

467 黒髪が白くなってゆく我が身であるので、何よりもまず同じ色の初雪をしみじみと共感する思いで見ることであるよ。▽躬恒集・二六八に「初雪」という題で見えるが、後撰集・四七二の「雪の朝、老いを嘆きて」というテーマと通ずるものがある。

468 霰降る深山の里の生活がつらいことは、やって来て気軽に言葉をかけてくれる人がないことであるよ。〇み山 「み」を山を畏敬しての接頭語として「御山」とすべき例は多いが、ここは「深山」の意。〇わびしきは 現代語では「つらいことは」と訳す方がぴったりする。▽俗世にいる時は、いいかげんな気持で訪ねてくる人に反発していたが、深山では、いいかげんな、軽い気持で訪ねてくれる人さえないのがつらいと言っているのである。

469 十月こそがもっとも悲しい時節でありますよ。時雨が「降る」ように、我が身が「古」くなってしまうと思いますので。〇ちはやぶる 「神無月」の「神」にかかる枕詞。〇我が身時雨に… よく用いられる表現。→四五〇。「時雨が降る」の「ふる」と「我が身が古くなる」という意の「ふる」を掛けて、初冬の心細く厳しい雰囲気を表現しているのである。

とありければ、その返事《(かへりごと)》に、女《をんな》

470 白《しら》山に雪降《ふ》りぬれば跡絶《あとた》えて今はこし地《(ち)》に人もかよはず

雪の朝《あした》、老《おい》を嘆《なげ》きて

つらゆき

471 降《ふ》りそめて友待《ま》つ雪はむばたまの我《わ》が黒髪《くろかみ》の変《かは》るなりけり

返し

兼輔朝臣

472 黒髪《くろかみ》の色ふりかふる白雪の待《ま》ちいづる友はうとくぞ有《(あり)》ける

又

つらゆき

473 黒髪《くろかみ》と雪との中《なか》のうき見れば友鏡《ともかゞみ》をもつらしとぞ思《(おもふ)》

470 何も知らぬ間に歳をとってしまいましたので、もうお見限りで、昔かよっていらしたようにはあの方もお出ましくださいません。○しのびて通ふ所　歌の作者の許である。○妹の前斎宮の親王…　敦実親王の妹である柔子内親王が兄の通っていた女(歌の作者)に「この頃はいかにぞ」と便りを送って見舞ったのである。○その返事に女　歌の作者が前斎宮の見舞いの手紙に対して返事をしたのである。詞書に続く「女」は「女が詠んだ歌」の意。○白山　福井県・石川県・岐阜県にまたがる白山。後の「越路」(越前・越中・越後へ通う路)と呼応する。ここでは「知らぬに」の意を掛けて訳してみた。○跡絶えて　足跡がなくなってしまって。○こし地　「越路」と「来し路」を掛ける。▽大和物語九十五段によれば、作者は「右のおほい殿の御息所」すなわち三条右大臣定方の娘で醍醐天皇の女御であった藤原能子。この歌は醍醐天皇没後のものである。

471 降り始めて、後から降って来る友の雪を待って消えずにいる雪は、私の黒髪が白髪に変るのを待っているのと同じ、身につまされてしまいますよ。○友待つ雪　続いて降ってくる雪を待って消えずに残っている雪。○むばたまの　「黒髪」にかかる枕詞。▽詞書によれば歎老の歌だが、「友待つ」ということを併せて言いたかった作者の気持を感じとらなければ以下の贈答はわからない。

472 黒髪の色を白く変える白雪が待っている友の雪は疎々(うとうと)しく、すぐにはやって来ませんよ。私はまだ白髪にはなりませんよ。○黒髪の色ふりかふる白雪　ふることによって黒髪の色を変える白雪。「降る」と「経る」を掛ける。○待ちいづる友　あなたが門まで出て待つほどの友。兼輔自身のことである。○うとくぞ有ける　疎々しくてなかなかやってきませんよ。▽そんなことをおっ

返し

兼輔朝臣

474 年ごとに白髪《しらが》の数《かず》をます鏡《かゞみ》見るにぞ雪の友は知《し》りける

題しらず

よみ人も

475 年ふれど色も変《かは》らぬ松が枝《え》にかゝれる雪を花とこそ見れ

476 霜枯《が》れの枝となわびそ白雪の消《き》えぬ限《(かぎり)》は花とこそ見《み》れ

477 氷こそ今はすらしもみよしのの山のたきつせ声《こゑ》も聞《き》こえず

しゃいますが、私はまだ若いので白髪にはなかなかなりませんよ、と戯れているのである。

473 黒髪と待っている友の雪との苦しい葛藤を見ていますと、同じく「友」という語を含む「友鏡」をも、私につれないものだと思ってしまいますよ。〇黒髪と雪との中のうき　前の二首によって示された黒髪と雪のような白髪との間の苦しい葛藤のこと。「憂(う)き」は現代語では「苦しさ」という感じである。〇友鏡　二つの鏡を利用して自分の体の見難い所を見ること。今に言う合せ鏡のこと。〇つらしとぞ思　現代語と違って、自分に対して厳しく感じられる状態を言う。

474 年毎に白髪の数が増すのを鏡で見るにつけても、「雪の友」すなわち「共に白髪になる友」がいると知るわけでありますよ。〇ます鏡　万葉集では「真十鏡」などと書き、「マソカガミ」と読んだ。「真澄み鏡」の転というが、いかがであろうか。「まそ」は「完全な」という意。すばらしい鏡のことと見た方がよい。▽戯れて黒髪と白髪の葛藤を雪に託して詠んでいるのだが、四首ともに「友」という語が含まれているのに注意。嘱目した「雪」と「老」をテーマにしつつ、二人の友情をあらためて確認しているのである。官位にはかなりの差があるが、貫之と兼輔がいかに強い友情に包まれていたか、よくわかる歌群である。

475 年は経たけれど、色も変らない常緑の松の枝に降りかかっている雪を花だと思って見ていることです。▽古今集・冬「白雪の所もわかず降りしけば巌(いは)にも咲く花とこそ見れ」に類した表現。色も変らない松にかかる白い雪を花と見立てるのは慶事にふさわしい。

476 霜に枯れた枝だなどと泣き言を言いなさるな。白雪が消えない限りは、それを花だと思って見ましょうよ。

478
夜を寒《さむ》み寝覚《ねざ》めて聞《き》けば鴛《をし》ぞ鳴《な》く払《(はらひ)》もあへず霜や置《を》くらん

雪の少《すこ》し降《ふ》る日、女につかはしける
藤原かげもと

479
かつ消《き》えて空《そら》に乱《みだ》るゝ泡《あは》雪は物思ふ人の心なりけり

師氏朝臣の狩《かり》して家の前《まへ》よりまかりけるを聞《き》きて
よみ人しらず

480
白雪のふりはへてこそ問《と》はざらめとくる便《たよ》りを過《す》ぐさざらなん

題しらず

481
思《(おもひ)》つゝ寝《ね》なくに明《あ》くる冬の夜の袖の氷はとけずもある哉《(かな)》

477 今は水が凍っているのだろうよ。み吉野の山の滾(たぎ)つ瀬は音もしないのだから。○たきつせ　たぎるように激しく流れる浅瀬。▽古今集・冬「降る雪はかつぞ消ぬらしあしひきの山のたきつ瀬音まさるなり」の反対を詠んだものである。吉野山が他より数段寒いことは四六五などで述べた。

478 夜が寒いので、目を覚まして聞くと、鴛が鳴いている。払うことも出来ないほどに霜が上毛に置くので冷たくて鳴いているのだろうよ。○夜を寒み　夜が寒いので。○寝覚めて　寝ているのに目を覚まして。○払もあへず　あえて払うことも出来ないほどに。○霜や置くらん　四六〇の「鴨の上毛に置く霜の」と同様に浮き寝をする水鳥の背に霜が置くとされていた。

479 一方ではそのまま消えて、一方では消えずに空中で乱れ飛んでいる泡雪は、消え入る思いと乱れる思いという点において、恋に苦しむ私の心と同じであるよ。○かつ消えて空に乱るゝ「かつ」は「一方では…、一方では…」の意。○泡雪　底本などの定家本をはじめ多くの本は「あはゆき」と表記するが、定家仮名遣いでは「泡」も「あは」と表記するので、「淡雪」でなく、万葉集にも多く見られる「泡雪」である可能性もある。「あわゆき」は「泡のように消えやすい雪」のこと。○物思ふ人の心　「物思ふ」は「恋に苦しむ」意。「人」は一般化して言っているが、自分の心。

480 白雪が降るように「ふりはへて」わざわざ訪ねてはくださらないでしょうが、せっかくこのようにおでましになったついでを無駄にしないでほしいものです。○狩して　鷹狩をして。○家の前より　「より」は「…を通って」の意。○まかりける　「まかる」は「行く」の謙譲体。詞書の読者に対する敬意の表現。○ふりはへて　丁度雪が降っていたので「白雪のふり」と続けたのだが、「ふりは

482 荒玉《（あらたま）》の年を渡《（わたり）》てあるが上《うへ》に降《ふ》り積《つ》む雪の絶《た》えぬ白《しら》山

483 真《ま》薦《こも》刈《か》る堀《ほり》江に浮《う》きて寝《ぬ》る鴨《かも》の今夜《（こよひ）》の霜にいかにわぶらん

484 白雲の下《お》りゐる山と見えつるは降《ふ》り積《つ》む雪の消《き》えぬなりけり

485 ふるさとの雪は花とぞ降《ふ》り積《つ》もるながむる我も思《（おもひ）》消《き》えつゝ

へて」は「わざわざ」「ことさらに」の意。○とくる便り 「白雪の…」と言ったので「溶くる」と言ったのだが、「と来る」、すなわち「このようにして来る」が言いたいこと。○便り 手掛り。

481 あなたのことを思いつつ寝ることもないままに明けてゆく冬の夜の涙で濡れた袖の氷は、結局そのまま溶けない状態なのですよ。○袖の氷は 涙で濡れた袖が寒さのために凍ったのである。

482 一年を通じて消えずにある雪の上に、さらに降り積もる雪が絶えず降る越の白山であるよ。○荒玉の 「年」にかかる枕詞。○年を渡て 年を通して。▽古今集・羇旅・躬恒「消え果つる時しなければ越路なる白山の名は雪にぞありける」のように、白山は常に雪を頂いているとされていた。

483 あの堀江に浮かんだままで寝る鴨が今夜の霜の冷たさにどのように苦しがっていることであろうか。○真薦刈る 「いつも薦を刈る」という程度の軽い形容が枕詞のようになった。「まこも」は「薦」の歌語。○堀江 難波堀江。大阪市の天満のあたりと言う。○霜にいかにわぶらん 鴨に限らず、浮き寝する水鳥の上毛に霜が置くのがつらいという歌は四六〇・四七八にもあった。「わぶ」は、つらがる、苦しがるの意。

484 白雲が下りて宿っている山だと見えたのは、山に降り積もっている雪が消えずに残っていたのであったよ。○白雲の下りゐる山 白雲が上空から下りて来てそこにいる山。「ゐる」は「すわっている」という意。▽冬のほかは京都の山々には雲がかかっていることが多いので、白雪を白雲と錯覚しかけたと言っているのである。

485 今では思い出の場所となってしまったこの里の雪は、まるで花のように降り積もっているよ。物思いに耽りながらぼんやりとそれをながめている私も、雪が消えるように、思いが消沈して

486 流《なが》れゆく水こほりぬる冬さへや猶《(なほ)》うき草の跡《あと》はとゞめぬ

487 心あてに見ばこそ分《わ》かめ白雪のいづれか花の散《ち》るに違《たが》へる

488 天河《(あまのがは)》冬は氷に閉《と》ぢたれや石間《いしま》にたきつ音《をと》だにもせぬ

489 を《(お)》しなべて雪の降《ふ》れゝば我《わ》がやどの杉《すぎ》を尋《(たづね)》て問《(とふ)》人もなし

いくことであるよ。○ふるさと　思い出があるが今では古くなった里。古今集・春下の「古里となりにし奈良の都にも色は変らず花は咲きけり」のように、旧都奈良を言う場合が多かった。この歌の場合も奈良を思い浮かべてよい。○雪は花とぞ降り積もる　右の古今集の歌のように「ふるさと奈良」は花の名所だったから、雪も花に見えたのである。○思消えつゝ　花だと消えないが、雪だから眺める自分も消え入るような思いだと言っているのである。「思ひ」が消えるという例は、四六〇・四七九などにもあった。

486　流れてゆく水が凍ってしまう冬においてさえ、やはり浮草は一箇所に留まらず、どこかへ流れてゆくのだろうか。○跡はとゞめぬ　足跡をとどめない。根がないのでどこへ流れるかわからない。▽浮草は「誘ふ水あらば」(古今集・九三八)どこへでも流れてゆく「根ざしとどめぬ」(同・五九二)ものであるが、水が凍って流れなくなっても、やはりどこへ行くのかわからない、はかないものなのだろうかと言っているのである。

487　当て推量で見るならば見分けられるかも知れない。降る白雪のどれが花の散るのと違っているかを。▽古今集には柿本人麿の歌と伝える「梅の花それとも見えずひさかたの天霧る雪のなべて降れれば」(冬)をはじめ雪を花に見立てる歌は多いが、「心あてに…」(古今集・二七七)という表現を利用して「当て推量なら見分けられよう、しかし確信をもっては見分けられない」と逆説的に言った点に新しみがある。

488　天の河は、冬は氷が張って閉じているからだろうか、岩の間を激しく流れる水の音もまったく聞こえないよ。○閉ぢたれや　閉じているからだろうか。○石間　「石間ゆく水の白浪たちかへり…」(古今集・恋四)とあるように、岩にぶつか

490 冬の池の水に流《なが》るゝ葦鴨《あしかも》のうき寝《ね》ながらに幾夜《いくよ》へぬらん

491 山近《ちか》みめづらしげなく降《ふ》る雪の白《しろ》くやならん年積《つ》もりなば

492 松の葉にかゝれる雪のそれをこそ冬の花とはいふべかりけれ

493 降《ふ》る雪は消《き》えでもしばしとまら南《（なん）》花も紅葉《ゝみぢ》も枝になき頃《ころ》

りながら激しく水が流れる所。

489 あたり全体に雪が降っているので、我が家の目印である杉を求めて訪ねて来る人もないことです。〇をしなべて　全体的に。〇降れれば「降れ」に完了の助動詞「り」の已然形の「れ」が接続して、原因・理由を表わしている。〇我がやどの杉を尋て　古今集・雑下「我が庵(いほ)は三輪の山もと恋しくはとぶらひ来ませ杉立てる門」による。

490 冷たい冬の池の水に流れるように浮いている葦鴨ではないが、浮き寝ならぬ憂き寝を重ねる状態のままに、空しく幾夜を経たことでありましょうか。〇葦鴨　葦が生えているような所にいることが多かったので鴨を葦鴨と言うようになったらしい。なお「葦鴨の」は「葦鴨のように」の意。〇うき寝　鴨が水に浮いたままに寝るので「浮き寝」というのだが、ここでは「憂き寝」を掛ける。

491 山が近いので特に珍しいということもなく降っているあの雪のように、私の髪も白くなるだろうか。年が積もったら。〇山近み…「降る雪の」までが序詞。「…のように」の意。〇白くやならん　主語がないのでわかりにくいが、自らの頭髪のことを言っているのである。〇年積もりなば「つもる」は「雪」の縁語。▽山近い所に住む人の立場に立って詠んだ歌であるが、屛風歌の感じが強い。

492 松の葉にかかっている雪の、それは何かと思われるものを、まさしく冬の花と称すべきなのですよ。〇それをこそ　「それ」の本義は「どれそれ」の意。「何かと思われるものを」と訳したゆえんである。古今集・冬「雪降りて年の暮れぬる時にこそつひにもみぢぬ松も見えけれ」などのように、松を冬の木とする前提に立って、その松の木にかかる雪を「冬の花」と称すべきだと言っている

494 涙河身投《な》ぐ許《(ばかり)》の淵《ふち》はあれど氷とけねばゆく方《(かた)》もなし

495 降《ふ》る雪に物思《(おもふ)》 我《わ》が身劣《おと》らめや積《つ》もり〳〵て消《き》えぬ許《(ばかり)》ぞ

496 夜《よる》ならば月とぞ見まし我《わ》がやどの庭白妙に降《ふ》り積《つ》もる雪《ゆき》

497 梅《むめ》が枝《え》に降《ふ》り置《を》ける雪を春近《ちか》み目《め》のうちつけに花かとぞ見る

のである。

493 降る雪は消えないままでしばらくは枝に留まっていてほしい。今は花も紅葉も枝にない季節なのだから。

494 涙河には私が身を投げるほどの深い淵はあるのが、今は寒くて氷が溶けないので、どこへ行けばよいのか、方策さえありません。○涙河 恋の苦しみ悲しみによって流れる涙がいつしか河になったというわけである。○氷とけねば 「とけねば」に「相手の心が解けねば」の意を掛けている。○ゆく方もなし 流れて行く方法がない。どこへも流れて行けない。

495 降る雪に比べても恋に苦しむ我が身は劣っていない。積もり積もっても、最後に消えてしまうことがないという点が違うだけですよ。○劣らめや 劣っているだろうか、劣ってはいない。○消えぬ許ぞ 「ぬ」を完了の助動詞「ぬ」の終止形と見るか打消の助動詞「ず」の連体形と見るかが問題だが、古今集・哀傷の「露をなどあだなるものと思ひけむ我が身も草におかぬばかりを」の「ぬばかり」と同じ構造と見て、「その点だけが違っているが、他は降る雪に劣っていない」と言っていると見た。雪は積もっても最後は消えるが我が恋の思いは消えることがないと言っているのである。

496 夜であれば月の光だと思って見るだろう。我が家の庭を真っ白にして降り積もっている雪は。▽拾遺集・冬や貫之集によれば屛風歌。絵に描けないものを和歌で表わしたのであろう。

497 梅の枝に降って積もっている雪を、春が近いので、目の錯覚で、花かと思って見てしまいます。○目のうちつけに… だしぬけに花かと見誤ってしまう。「うちつけに」は、だしぬけに…して失敗すること。▽二の躬恒の歌「春立つと聞きつるからに春日山消えあへぬ雪の花と見ゆらん」に

498　いつしかと山の桜も我《わ》がごとく年のこなたに春《はる》を待《ま》つらん

499　年深く降《ふ》り積《つ》む雪を見る時ぞ越《こし》の白嶺《しらね》に住《す》む心ちする

500　年暮《としく》れて春あけがたになりぬれば花のためしにまがふ白雪

501　春近《ちか》く降《ふ》る白雪は小倉《をぐら》山峰にぞ花の盛《さか》りなりける

近いものがある。

498　早く咲きたいなと思っている山の桜も私と同じように年が越す前に春を待っているようであるよ。〇いつしかと　早く来ないかなと。古今集・秋上「今日よりは今来む年の昨日をぞいつしかとのみ待ちわたるべき」の「いつしか」などが参考になる。〇年のこなた　翌年になる前。↓三八五。▽自分自身も春を待っている。山の桜も春を待っていると言いたいのである。既に古今集から、「春を待つ心」が冬部の重要テーマであった。

499　年が深まって、深く降り積もる雪を見る時は、あの越の国の白山に住んでいるような気持がすることであるよ。〇年深く　万葉集の三七八・六一九などの例では「年を経て」の意だが、ここは年が終りに近づいての意。「秋が深まる」などと同じ言い方。〇越の白嶺　白山。↓四七〇。雪の深い所として知られていた。古今集・雑下の「君をのみ思ひこしぢの白山はいつかは雪の消ゆる時ある」を連想してもよい。

500　年の暮れになって、明ければすぐ春という時になったので、つい花の見本かと誤ってしまう白雪であるよ。〇春あけがた　春がすぐ来る頃。春がすぐ明ける頃。「年暮れて」の「暮る」に対応して「明け方」と言ったのである。〇花のためし「ためし」は手本、見本の意。まだ咲かない花の見本として白雪を見てしまうというのである。「まがふ」は区別がつかなくなって間違うこと。

501　春が近くなって降っている白雪は、今まさに小倉山の峰において花の盛りに見えることであるよ。〇小倉山　京都市の嵯峨の地にある小倉山のこと。一九六のように「小暗い」というイメージで詠まれるのが普通であったので、春が近くなった上に白雪が降って明るい感じになっていることを象徴しようとしているとも解し得る。

502 冬の池に住《す》む鳰鳥《にほどり》のつれもなく下《した》に通《かよ》はむ人に知《し》らすな

503 むばたまの夜《よる》のみ降《ふ》れる白雪は照《て》る月影の積《つ》もるなりけり

504 この月の年の余《あま》りに足《た》らざらば鶯《うぐひす》は早《ゝや》鳴《な》きぞしなまし

505 関越《こ》ゆる道とはなしに近《ちか》ながら年に障《さは》りて春を待《ま》つ哉《(かな)》

502 冬の池に住むあの鳰鳥が思いをそぶりに出さずに水底に潜って移動するように、私もこっそり通いましょう。他人に知らせないでください。○鳰鳥 かいつぶり。水の中にもぐって移動するので「下に通はむ」に続く。○つれもなく 表面にそぶりを見せないで。▽下句「そこにかよふと人に知らすな」とするほかは、ほぼ同じ歌が古今集・恋三に躬恒の作として見られる。

503 夜だけ降っている白雪は、まるで照る月の光が積もったようなものであるよ。○むばたまの 「夜」にかかる枕詞。○照る月影 照っている月の光。○積もるなりけり 「月影」を「積もる」と形容出来ないが、「夜のみ降れる白雪は」と言ったからこのように詠んだのである。四六六の反対を言っているのがおもしろい。

504 この十二月が年の余りと言ってよい閏十二月の月をもし充足していなかったならば、もう新春だからと言って、鶯はもっと早く鳴いていたことでしょうよ。○この月の年の余りに足らざらば 底本に従って「十二月と閏十二月を満たしていなかったならば」と訳してみたが、「たたざらば」の誤写とする本居宣長の説(玉勝間)も捨てがたい。「たつ」は「出発する」意。「この月が閏十二月として始まらなければ」と解するのである。なお、堀河本と古今六帖は「あらざらば」とする。「年の余り」は閏月のこと。○鳴きぞしなまし 「まし」は「…ば」と呼応して実際にないことの仮想に用いられる。閏十二月がある時に、「もしそれがないのであれば…」と仮想して春の到来の遅れることを怨んでいるのである。

505 関所を越えてやって来る道というわけでもありませんのに、近くにいながら、年に邪魔されて、春に逢えずに待っている私でありますよ。▽「春」を、自分を訪ねてやって来る人に見立て、

御匣殿の《みくしげどのゝ》別当に年《とし》を経《へ》て言《い》ひわたり侍《(はべり)》けるを、え逢《あ》はずして、その年《とし》のしはすのつごもりの日、つかはしける

藤原敦忠朝臣

506 物思《(ものおもふ)》と過《す》ぐる月日も知《し》らぬ間《ま》に今年《ことし》は今日《けふ》に果《は》てぬとか聞《き》く

前歌に続いて暦の上で新春にならないもどかしさを詠んでいるのである。

506 あなたに対する恋に苦しんでいるということで過ぎてゆく月日も自覚出来ないその間に、今年も今日で終わってしまうとか聞くことでありますよ。〇年を経て　何年もかけて。〇言ひわたり侍けるを　求婚し続けて来たのであるが。「わたり」は動作の継続を表わす。〇物思と　恋に苦しんでいるということのために。「物思ふ」は恋に苦しむこと。▽年の暮れの歌まで恋がテーマになっているのは、いかにも後撰集的である。

後撰和歌集巻第九

恋　一

からうじて逢《あ》ひ知《し》りて侍《(はべり)》ける人に、つゝむことありて、逢《あ》ひがたく侍ければ

源宗于《(むねゆき)》朝臣

507 あづま地《(ぢ)》の小夜《さや》の中山中〳〵に逢《あ》ひ見て後《のち》ぞわびしかりける

しのびたりける人に物語《ものがたり》し侍けるを、人の騒《さは》がしく侍ければ、まかり帰《かへ》りてつかはしける

つらゆき

507　「東路の小夜の中山なかなかに」などと言うが、―なかなかに―なまじっかお逢いしたばかりに、かえって後が切ないことでありますよ。〇からうじて　「からくして」の音便。苦労して。やっとのことで。〇逢ひ知りて侍ける人　お互いに愛し合う時を持った人。深い関係になった人。この場合は女である。〇つゝむことありて　隠さねばならない事情があって。この女のもとに堂々と通えない事情があったのである。〇あづま地の小夜の中山　今は「さよの中山」と言うが、平安時代には「さやに」「さやか」などと対応して用いられているので「さやの中山」である。遠江国の歌枕。今の静岡県掛川市。東海道の難所として有名。この場合は「中山―なかなかに」と続く序詞の役割を果たしている。〇中〳〵に　中途半端ゆえかえって。▽古今集・恋二・友則「あづまぢのさやの中山なかなかに何しか人を思ひそめけむ」によって詠んだ。

508　別れがつらいのは暁だなどとどうして言ったのだろうか。こうして別れて帰って来ると、宵の別れもそれ以上につらいことであるよ。〇物語し侍けるを　逢って話をし合うこと。簾越しの場合もあるので、必ずしも実事があったことにならない。〇人の騒がしく侍ければ　同じ邸にいた他の人が騒いだのである。〇まかり帰りて　自宅に帰ってから歌を贈ったのである。〇暁と何か言

508
暁と何か言《い》ひけむ別《わか》るれば夜ゐ《(よひ)》もいとこそわびしかりけれ

源のおほきが通《よ》ひ侍けるを、のち〳〵はまからずなり侍にければ、隣《となり》の壁《かべ》の穴《あな》より、おほきをはつかに見て、つかはしける　駿《する》河《が》

509
まどろまぬ壁《かべ》にも人を見つる哉《(かな)》まさしから南《(なん)》春の夜の夢

あひ知《し》りて侍ける人のもとに、「返事《(かへりごと)》見む」とてつかはしける　元良の親《み》王《こ》

510
来《く》や〳〵と待《ま》つ夕暮《ゆふぐれ》と今はとて帰《かへ》る朝《(あした)》といづれまされり

ひけむ　末句の「わびしかりけれ」を受け、「わびしきは暁と何か言ひけむ」の意。▽暁とともに女と別れて帰宅する時に別れを惜しんでつらいと嘆くのが当時のパターンだが、実は思いを達することなく宵の内に別れる方がずっとつらいことだよと言っているのである。古今集・恋三・忠岑「有明のつれなく見えし別れより暁ばかりうきものはなし」を意識するか。

509　眠りもしませんのに、白日夢で壁にあなたのお姿を見てしまいましたよ。この短くはかない春の夜の夢でも、正夢になってほしいことですよ。○通ひ侍けるを　駿河のもとに通っていたのである。○隣の壁の穴より　内裏であろうか。源巨城が控えている曹司の隣の部屋にやって来て壁の穴からのぞいたのである。○はつかに　かすかに。○まどろまぬ壁　一三九九「寝ぬ夢に昔の壁を見つるよりうつつに物ぞかなしかりける」の「寝ぬ夢」と同じように、白日夢のこと。壁に白日夢が見えるのである。「壁」は「塗る」ものであるゆえに「寝(ぬ)る」時に見える夢のことを言うようになったとする説もあるが、いかがであろうか。○まさしから南…　短い春の夜の夢であっても現実のものにしたいという歌に、一六六「ねられぬをしひて我が寝る春の夜の夢をうつつになすよしもがな」がある。

510　来るか来るかと思いつつ男を待っている夕暮と、「今はお別れ」と言って帰って行く男を見送る朝とでは、どちらがつらさが勝っているのでしょうか。○返事見むとて　どのような答えをするか興味を持って質問の歌を贈ったのである。○今はとて　「今は」は「これでお別れ」の意。○いづれまされり　何が勝るのか示されていないが、「辛さという点ではどちらが勝っているだろうか」の意であることは明らか。

返し

511 夕暮《ゆふぐれ》は松にもかゝる白露のを《(お)》くる朝《(あした)》や消《き》えは果《ゝ》つらむ

藤原かつみ

大和《やまと》にあひ知《し》りて侍《(はべり)》ける人のもとにつかはしける

よみ人しらず

512 うち返し君ぞ恋《こひ》しき大和《やまと》なる布留《ふる》の早稲《わさ》田の思《(おもひ)》出《い》でつゝ

返し

513 秋の田のいねてふ事をかけしかば思《(おもひ)》出《い》づるがうれしげもなし

女につかはしける

514 人恋《こ》ふる心許《(ばかり)》はそれながら我は我《われ》にもあらぬなりけり

511 夕暮時は待つことばかりが心にかかっておりますが、そのか細い松の葉にでもかかっているはかない白露が朝には消えてしまうように、私の命もお見送りする朝にはすっかり消えてしまっているでしょうよ。○松にもかゝる白露 「松」に「待つ」を掛けて、「待つことばかりを気にしている」と言い、併せて細い松葉にでも置いているような、頼りにする物のない白露にはかない自分を掛ける。○をくる朝 「白露の置く」と「女が起きて男を送る朝」の意を掛ける。▽元良親王集の冒頭に五一〇の「来や来やと…」の歌とそれに答えた監命婦の歌があり、他の女にも同じ歌の返歌を詠ませたとあるが、この歌はない。また、栄花物語・ひかげのかづらの巻にも同じような記述があって、本院侍従の歌を掲げ、続いて「また人」としてこの歌を掲げる。

512 再びまたあなたが恋しく思われることです。大和の布留の早稲田のような古い恋人のあなたを何度も思い出して。○大和にあひ知りて侍ける人 大和に住む、昔関係のあった女。○うち返し 「繰りかえし」と直訳されるが、ここは、恋四・七六に「忘れにける女を思ひ出でてつかはしける」という詞書で「うちかへし見まくぞほしき…」とあるのと同じく「再びまた」と訳した方がよい。○大和なる布留の早稲田 「布留」は奈良県天理市の地名。「早稲田」は早く穂が出ることから、「思い」が抑えられずに「出づ」と続けられることが多かった。万葉集・巻九に「いそのかみ布留の早稲田の穂には出でぬ心の内に恋ふるこの頃」と詠まれたのが古い例。

513 秋の田の稲ではないが、「飽きたから往(い)ね」というお言葉をずっと心にかけていましたから、今さら思い出したとおっしゃることが嬉しい気持にもなりません。○秋の田の… 古今

まかる所知《し》らせず侍ける頃《ころ》、又あひ知《し》りて侍ける男《おとこ》のもとより、「日頃《ごろ》たづねわびて、失《う》せにたるとなむ思《（おもひ）》つる」と言《い》へりければ

伊　勢

515 思《おも》ひ河絶《た》えず流《なが》るゝ水の泡《あは》のうたがた人にあはで消《き》えめや

題しらず

三　統　公　忠

516 思《（おもひ）》やる心はつねに通《かよ》へども相坂《（あふさか）》の関越《こ》えずもある哉《（かな）》

女につかはしける

よみ人しらず

517 消《き》え果《は》てて《ゝ》止《や》みぬ許《（ばかり）》か年をへて君を思ひのしるしなければ

集・恋五の素性の歌「秋の田のいねてふこともかけなくに何をうしとか人のかるらん」に拠る。「あき」は「秋」と「飽き」を、「いね」は「稲」と「往ね」を掛ける。

514 あなたを恋い慕う心だけはそのままちゃんとありますけれども、あなたを思う切なさで私は自分自身がわからなくなっているのですよ。○人恋ふる　このような場合の「人」は相手を一般化して言う。○我にもあらぬ　自分を失ってしまい、気がしっかりしない状態。

515 あなたへの思いゆえに絶えずに泣かれるのですが、その涙の河に浮かぶ水の泡のようにはかない私とて、あなたにお逢いしないままに消えてしまうことは決してありません。○まかる所　出かけます所。○失せにたる　居なくなってしまったという意で言ったが、伊勢は死んだ意にして返歌した。○思ひ河　思い悩む状況を河に喩えた。○流るゝ　「泣かるる」を隠す。○水の泡の　「水の泡」のはかなさをみずからの身に喩えた。○うたがた　「うたがた」の「が」は濁音。万葉集に例のある「決して…しない」という意だが、「水泡」の意の「うたがた」が響いている。

516 あの人に馳せる思いはいつも通じているのだが、直接逢って愛しあう逢坂の関はいまだ越えずにいる私であるよ。○思やる　思いを馳せる。○相坂の関　男女が越えるべき一線の意を地名に託した歌枕。

517 我が命は消え果ててそのまま終ってしまうばかりであるよ。何年もの間、あなたを思っている火のような私の思いも何ら効果がないものですから。○消え果てて　「思ひ」の「火」の縁語で「消え」と言っているのだが、ここは命が消え果てることである。

返し

518 思《おも》ひだにしるしなしてふわが身にぞあはぬなげ木《(き)》の数《かず》は燃《も》えける

題しらず

519 ほしがてに濡《ぬ》れぬべき哉《(かな)》唐衣かは《(わ)》く袂《たもと》の世ゝになければ

520 世とと《ゝ》もにあぶくま河の遠《とを》ければそこなる影を見ぬぞわびしき

521 わがごとくあひ思ふ人のなき時は深き心もかひなかりけり

518 あなたの「思ひ」でも効果がないとおっしゃるこの我が身の方では、お逢いできずに度々嘆くその「嘆き」の数だけ心が燃えていることでありますよ。○思ひだに　「思ひ」の「ひ」に「火」を掛ける。○しるしなしてふ　効果がないとおっしゃる。「てふ」は「といふ」の約。○あはぬなげ木　「なげき」は男が来ないために嘆く自分の「嘆き」と投げ込んで燃やす「投げ木(薪)」を掛ける。

519 乾かすことも出来ぬほど濡れてしまいそうですよ…。私の衣においては涙で袂が乾いているなんてことは未来永劫ありませんので。○ほしがてに　「がてに」は万葉集以来の古い表現。「…が困難なほどに」の意。○唐衣　「衣」の歌語。○世ゝ　幾代経ても。未来永劫に。▽「世ゝ」に泣くの擬態語「よよ」を掛けるという説があっておもしろいが、和歌の表現としてはいかがであろうか。

520 あの阿武隈河が遠いように、あなたと「逢ふ」ことがいつまでも遠のいていますので、そこにいらっしゃるお姿を見ることも出来ないのがつろうございます。○世とともに　この世ある限り。○あぶくま河　陸奥の歌枕。福島県から宮城県を経て太平洋にそそぐ川だが、ここでは「あふ」の意を表わすために用いられている。○そこなる影　「川底に映る影」から転じて「其処にいる人影」の意。▽「そこ」という言い方から見ると、内裏などで知り合った男女が逢えない状況になって詠んだ歌であろうか。

521 私のように思い合ってくれる人がいない時には、せっかく深く思う心があっても、かいのないことでありますよ。○あひ思ふ　お互いに思う。↓五九。○深き心　深く思っている心。↓五八四。

522 早く来てほしいと思って待っている私は、「今はもう終りだ」とばかりあだし心をお持ち

522 いつしかとわが松山に今はとて越《こ》ゆなる浪に濡《ぬ》るゝ袖哉《(かな)》

女のもとにつかはしける

523 人言《ひとごと》はまこと也けり下紐《したひも》の解《と》けぬにしるき心と思へば

524 結《(むすび)》を《(お)》きしわが下紐《したひも》の今までに解《と》けぬは人《と》の恋ひぬ也けり

女の、人のもとにつかはしける

525 ほかの瀬《せ》は深《ふか》くなるらし明日香河《あすか》昨日の淵《ふち》ぞわが身なりける

になるあなたのせいで、袖が涙で濡れていることでありますよ。〇いつしかと　早く…してほしいと。〇わが松山に　私が待っている末の松山に。「まつ」は掛詞。「松山」は、古今集・東歌「君をおきてあだし心をわが持たばすゑの松山浪も越えなむ」により、次の「越ゆなる浪」を導き出している。〇越ゆなる浪　右の古今集歌により男があだし心を持ったことを暗示。「なる」は伝聞推定の意を持つ助動詞。▽女の歌のような感じだが、元良親王集によれば親王の歌である。

523 世間の噂は真実でありましたよ。私の下紐が解けないことによって、はっきりとしたあなたの冷たいお心だと思いますにつけても。〇人言　古今集・七二六や後撰集・九二一・一二六などのように、人々の噂の意。〇しるき心　はっきりとわかるあなたの心。▽次歌や七〇一の在原元方の歌「恋しとはさらにも言はじ下紐の解けむを人はそれと知らなん」に見られるように、人に恋せられると下袴や下裳の紐が自然に解けるという俗信があったので、下紐が解けないことによってあなたの冷たい心がはっきりしたと言っているのである。

524 結んでおいた私の下紐が今まで解けることがないのは、あなたが私を恋い慕ってくださらないからでありますよ。〇人の　前歌の詞書を受けているので、これも女に贈った歌である。「人」はその相手を指している。→七〇二。

525 今までと違って他の女に対する愛が深くなったらしい。「昨日の淵ぞ今日は瀬になる」ということばのように、以前の深いお心が変ってしまったのがこの我が身でありますよ。▽古今集・雑下「世の中はなにか常なる飛鳥河昨日の淵ぞ今日は瀬になる」を我が身のこととし、男の心が他の女に移ったことを嘆いているのである。

返し

526 淵瀬《ふちせ》ともいさやしら浪立《(たち)》騒《さは》ぐわが身ひとつは寄《よ》る方《(かた)》もなし

題しらず

527 光待《ひかりま》つ露《ゝゆ》に心を置《ゝ》ける身は消《き》えかへりつゝ世をぞうらむる

ある所に近江といひける人のもとにつかはしける

528 潮満《しほみ》たぬ海《うみ》と聞《き》けばや世とと《ゝ》もにみるめなくして年のへぬらん

敦慶《あつよし》の親王《みこ》まうできたりけれど、逢《あ》はずして帰《かへ》して、又の朝《あした》につかはしける

桂のみこ

526 どちらが「淵」で、どちらが「瀬」か、さあどうだか知らないけれども、私は寄り着く所もありませんるように騒がれては、白浪が立ち騒いでいるようにと

---

526 どちらが「淵」で、どちらが「瀬」か、さあどうだか知らないけれども、白浪が立ち騒いでいるように騒がれては、私は寄り着く所もありません。○淵瀬　前歌の注に掲げた古今集歌の心を凝縮した歌語。「淵」は深く思う相手、「瀬」は浅くしか思わない相手。○いさやしら浪　「しら浪」は「白浪」と「知らなみ」を掛ける。「いさや…」は「さあどうだか」の意。○立騒ぐ　「浪が立ち騒ぐ」と「相手の女が立ち騒ぐ」を掛ける。○わが身ひとつ　「我が身」を強調。○寄る方もなし　「浪」の縁語の「寄る」を用いて、二人の女のどちらにも寄りつけないと言っているのである。

527 光を待って消えるはかない露に対して無関心でいられなかった我が身は、露と同じく消えてしまいそうな有様で、この世のはかなさ、二人の愛のはかなさを怨んでおります。○光待つ露　露は光にあたるとすぐ消えるので、「風の前の灯火」のような意の比喩として用いられた。拾遺集・五七三、新古今集・一八二八などに例がある。○心を置ける身　「心おく」は「気を使う」「気にする」の意。「おく」が「露」の縁語であることは二八四・八九三を見てもわかる。○消えかへりつゝ　「かへり」は完全に…してしまうことを表わす接尾語。○世　「この世」のことだが、二人の世界のことと見てよい。

528 近江の海は潮が満ちることのない海だと聞いているから、ずっと海松布(みる)がないままに、つまりあなたを永遠に見る機会もないままに年を経てしまったのでしょうか。○ある所に…　さる貴族のもとにいる近江という女房。○潮満たぬ海　湖のこと。○世とともに　この世ある限り。○みるめ　海藻の海松布(みる)と男女が顔を合せる機会の意の「見る目」を掛ける。↓八五八・八九一・八九二・一二四九。▽非定家本系の諸本はいずれも貫之の作とし、西本願寺本貫之集にもある。

529 唐衣きて帰《(かへり)》にし小夜《さよ》すがらあはれと思ふを怨《うら》むらんはた

あひ待《ま》ちける人の、ひさしう消息《せうそこ》なかりければ、つかはしける

紀《きの》乳《めの》母《と》

530 影だにも見えずなりゆく山の井は浅《あさ》きより又水や絶《た》えにし

返し

平定文

531 浅してふ事《(こと)》をゆゝしみ山の井はほりし濁《(にごり)》に影は見えぬぞ

題しらず

よみ人も

532 幾度《いくたび》か生田《いくた》の浦に立帰《(たちかへる)》浪にわが身を打《(うち)》濡《ぬ》らすらん

529 来ただけでお帰りになった一夜中、しみじみとした気分でおりましたが、きっと怨んでいらっしゃいましたでしょう、あなたの方もまた。○又の朝　翌朝。○唐衣　「着て」に続けるための枕詞。「着て」を「来て」に転換した。○はた　一つのことを肯定しつつ別の一面を言い出す場合に用いる語。あなたの方では。▽共に色好みとして有名な敦慶親王と桂内親王の話は大和物語の二十段・四十段などにも見える。

530 影だけも見えなくなったあなたは、愛情が浅くなったというより、もうすっかりなくなってしまったのですか。○あひ待ちける人　「あひ」は「お互いに」と訳せる場合が多いが、この場合は「知り合って待っている男」の意。▽万葉集・巻十六にあって、古今集の仮名序にも引かれて有名な「安積山《あさかやま》影さへ見ゆる山の井の浅き心を我が思はなくに」により、「浅き心」になってしまったというより、影が映る水そのものがなくなってしまったのかと言っているのである。

531 「浅い」と言われるあなたのお言葉が嫌ですので、山の井を深く掘った、その濁りによって影が映らなくなったのですよ。○ゆゝしみ　不吉に思うゆえに。嫌がるので。▽「浅い浅いと言われるのが嫌だから無理に掘ったために水が濁って見えなくなったのだ、あまり口うるさく言うな」と言い返しているのである。

532 生田の浦ではなく、あなたの許に出かけて行って、結局立ち帰る浪ならぬ、空しさに流す涙に幾度我が身を濡らすことであろうか。○幾度か　「打ち濡らすらん」に掛かる。○生田の浦　摂津の国の歌枕「生田の浦」に「行く」を掛け、「幾たびか行く」と続ける。○立帰浪に　浪が「立ち返る」と、男が女の許から「立ち帰る」を掛ける。また「浪」は「涙」を比喩する。

返し

533
立帰り濡《ぬ》れては干《ひ》ぬる潮《しほ》なれば生田《いくた》の浦のさがとこそ見れ

女のもとに

534
逢事《(あふ)》はいとゞ雲井の大空《おほぞら》に立《た》つ名のみして止《や》みぬ許《(ばかり)》か

返し

535
よそながら止《や》まんともせず逢事《(あふ)》は今こそ雲の絶《た》え間《ま》なるらめ

又、男《おとこ》

536
今のみとたのむなれども白雲の絶《た》え間《ま》は何時《いつ》かあらんとすらん

533 浪に濡れるとおっしゃっても、あなたのそれは、立ち帰る時に濡れても、すぐにまた乾く潮でありますから、これこそまさに生田の浦が本来持っている女につれない性格の現われだと思って見ているのですよ。○立帰り 「立つ」も「かへる」も「浪」の縁語。○生田の浦のさが 生田の浦が持っている本性。伊勢集「吹く風は生田の浦の幾たびかつらき心を我に見すらん」や、古今六帖・三・浦「風吹けば生田の浦の幾たびかあるる心を我に見すらん」のように「つらき心(女につれない心)」や「(女から)離(あ)れる心」を言う。

534 逢うことは、雲のいる所のように、以前よりいっそう遠のき、大空のように高くに評判が立っただけで終わってしまうことになるのか。○いとゞ雲井の大空 「雲ゐ」は遠い所の意。「いとど」という程度副詞は、省略されている「遠く」を修飾していると見るほかない。

535 遠く離れたままで終ろうなどと思ってもおりません。逢うことは、今まさに雲の絶え間、一時的な途絶えなのでしょうよ。○よそながら 遠く離れたままで。「よそ」は「雲」の縁語。○雲の絶え間 前歌からのつながりで「雲」と言っただけで、「絶え間」と同じ意。途絶えている間。

536 今だけが絶え間で、すぐ逢えると期待していらっしゃるようですが、ずっと途絶えていて、白雲の絶え間に喩えられるような一時的な絶え間は、はたして何時になったらあるのでしょうか。ありそうにもありません。○たのむなれども「たのむ」は「期待する」。「なれ」は伝聞推定の意を持つ助動詞「なり」の已然形。

537 あなたへの思いは止むこともなく、そのうえ絶えることなく雨まで降るので、我が恋がまさるとともに、あの歌で詠まれた沢の水がいっそう増すように思われることですよ。○をやみせ

題しらず

537 をやみせず雨さへ降《ふ》れば沢水のまさる覧《(らん)》とも思《おも》ほゆる哉《(かな)》

538 夢に谷《(だに)》見る事ぞなき年をへて心のどかに寝《ぬ》る夜なければ

539 見そめずてあらまし物を唐衣たつ名のみして着《き》る夜《よ》なき哉《(かな)》

女のもとにつかはしける

540 枯《(かれ)》はつる花の心はつらからで時過《す》ぎにける身をぞうらむる

ず　雨が「をやみせず」降るのであるが、「さへ」があるので、「我が恋が止むことなく」の意が前提になっていることがわかる。○雨さへ降れば沢水の…　古今集・恋二の貫之の歌「まこもかる淀の沢水雨降れば常よりことにまさる我が恋」の下句の意を示す。▽二荒山本・片仮名本・中院本・堀河本・白河切は詞書や作者名に「をむな」と記し、承保本・正徹本・亀山天皇筆本は「かへし」とする。これらによれば、「をやみせず」は五三四の「やみぬ」、五三五の「やまんともせず」をうけることになる。

538　夢にもあなたを見ることがない。あなたに思いを寄せたままで年を経て心のどかに寝る夜とてありませんでしたので。○夢に谷…　実際に逢えないだけでなく、夢においても逢うことがない。「谷」はあて字。○年をへて　逢えないままに一年以上経過したのである。○寝る夜なければ　あなたを思うことが切であるために寝ることが出来ず、夢も見られないと言っているのである。

539　こんなことなら、深く知り合わなければよかったのに…。噂ばかりが立って身に馴れ親しむ夜がないことであるよ。○見そめずて　「そむ」は「…になってゆく」の意。「見」は男女が顔を見合うこと。深い仲になること。○あらまし物を　反実仮想。あったらよかったのに、そうではなかった。○唐衣　「衣」の雅語。ここでは「たつ(裁つ・立つ)」を導き出している。○着る　「唐衣」の縁語。ここでは身に馴れ親しむことを言う。

540　私から離れてしまったあなたの心が私につれないと怨んでいるのではなく、過去のものになってしまった我が身のことをみずから恨んでいる次第です。○枯はつる　「花が枯る」と女が自分から「離(か)る」を掛ける。○つらからで　「つらし」は自分につらい思いをさせる相手の態度。○時過ぎにける　女の歌なら寵愛を失ったという意

返し

541 あだにこそ散《ち》ると見るらめ君にみなうつろひにたる花の心を

そのほどに帰《かへり》来《こ》んとてものにまかりける人の、程《ほど》を過《す》ぐして来《こ》ざりければ、つかはしける

542 来《こ》むと言《い》ひし月日を過《す》ぐすをばすての山の端《は》つらき物にぞ有《あり》ける

返し

543 月日をも数《かぞ》へける哉《かな》君恋《こ》ふる数《かず》をもしらぬ我《わ》が身なに也

女に年をへて心ざしあるよしをのたうびわたりけり。女、「猶《なほ》今《こ》年《とし》をだに待《ま》ち暮《く》らせ」とたのめけるを、その年も暮《く》れて、あくる春までいとつれなく侍《はべり》ければ

になるが、これは男の歌だから、花を見に行く時期を逸したということである。○身　我が身。

541　浮気であるゆえに散ると思っていらっしゃるようですね。すべてあなたに心を移して散って行った花の心を御存じなくて。○うつろひにたる花の心を　「心を他に移す」という意の「うつろふ」と「花が散る」という意の「うつろふ」を掛けた。▽古今集・春上や伊勢物語十七段の「あだなりと名にこそ立てれ桜花…」を意識した歌であろう。

542　帰って来るとおっしゃった月日を待ちつつ過ごしてしまいました。月や日が入るのを待っている姨捨山の山の端には、それがとてもつれなく感じられるものでしたよ。○そのほどに　某々の頃に。○ものにまかりける人　所用で出かけた人。男である。○をばすての　年とって捨てられた女という気持が響いている。○山の端つらき　月や日は山の端に入るものであるゆえに、「山の端」が「月や日」をつれなしと怨んでいるのである。「つらし」は相手がつれないのがつらいという意。▽「数ならぬ身は山の端にあらねども多くの月を過ぐしつるかな」(九六六)によるか。

543　あなたは月と日を数えていたのですね。それに対して、あなたを恋い慕うこと数知らずという我が身はいったい何でありましょうか。○数をもしらぬ　無数のことを「数知らず」という表現に依拠して、数知らぬほどにあなたを恋しておきながら、「山の端つらき」と怨まれる我が身はいったい何なのかと言っているのである。

544　私のことを思うのがもうすっかり終ってしまったあの人のことが、あらためてまた恋しく思われることですよ。○のたうびわたりけり　「のたうび」は「言ひ」と同じだが、聞き手に対する謙譲を表わす。「わたる」は時間の継続を表わす。○猶　やはり。○たのめけるを　期待させていた

544 このめはる春《く》の山田を打返し思《(おもひ)》止《や》みにし人ぞ恋《こひ》しき

心ざし有《(あり)》ながら、え逢《あ》はず侍ける女のもとにつかはしける

贈太政大臣

545 頃《ころ》をへて逢《あ》ひ見ぬ時は白玉の涙も春は色まさりけり

返し

伊勢

546 人恋《こ》ふる涙は春ぞぬるみけるたえぬ思《おも》ひのわかすなるべし

男《おとこ》の、こゝかしこに通《かよ》ひ住《す》む所多《おほ》くて、常《つね》にしもとはざりければ、女も又色このみなる名立《た》ちけるを、うらみ侍ける返事《(かへりごと)》に

源たのむがむすめ

547 つらし鞆《(とも)》いかゞ怨《(うらみ)》む郭公《(ほととぎす)》わがやど近《ちか》く鳴《な》く声はせで

が。○このめはる　木の芽が張ること。同音反復して「春」に掛かる。第二句までが「打返し」にかかる序詞。「打返し」は「田を打ち返す」の意と「思ひかへして」「あらためて」の意を掛ける。▽拾遺集・恋三「梓弓春の荒田をうちかへし思ひ止みにし人ぞ恋しき」はこの歌の異伝か。

545 長い間お逢いできない時は、白玉のような涙も春は紅の色が深くなっていくことであるよ。○心ざし有ながら　愛情はあるけれども。○白玉の涙…　古今集・恋二の貫之の歌「白玉と見えし涙も年ふればからくれなゐにうつろひにけり」のように、血の色である紅色に変るのである。○春は色まさりけり　古今集・春上の宗于の歌「ときはなる松の緑も春来れば今ひとしほの色まさりけり」によるか。ただし、行成筆本・二荒山本など非定家本のおおむねは「色かはりけり」とある。

546 あなたを恋い慕う涙は春には暖かくなりました。お逢いできなかった間も絶えなかった私の熱い「思ひ」が沸かしたのに違いありません。○人恋ふる　「人」とあるが相手の男のこと。○たえぬ思ひ　贈歌の「頃をへて逢ひ見ぬ時」を受けて「ずっとお逢いできなかった間」の意。「思ひ」の「ひ」に「火」を掛ける。

547 私の態度がつらいなんて、どうして怨むのですか。我が家の近くで鳴く声を聞かせず、遠い所でばかり鳴くほととぎすのように寄りつかないあなたが。○常にしもとはざりければ　この女を訪ねることが常ではなかったのである。「し」「も」は強意。○源たのむがむすめ　片仮名本は「源倶(タス)女」とある。○つらし鞆　「鞆」はあて字。つらく感じられるなどと。「も」は強意。○郭公　男を喩えている。▽古今集・夏「ほととぎすなが鳴く里のあまたあればなほうとまれぬ思ふものから」に依拠する。

返し　　敦《あつ》慶《よし》の親《み》王《こ》

548 里ごとに鳴《(なき)》こそ渡れ郭公《(ほととぎす)》すみか定《(さだめ)》ぬ君たづぬとて

得《え》がたかるべき女を思《(おもひ)》かけてつかはしける　　春道の列《つら》樹《き》

549 数《かず》ならぬみ山隠《がく》れの郭公人知《し》れぬ音《ね》をなきつゝぞふる

いと忍《しの》びたる女にあひ語《かた》らひてのち、人目《め》につゝみて、又あひがたく侍《(はべり)》ければ　　是《これ》忠《たゞ》の親《み》王《こ》

550 逢事《(あふ)》の片《かた》糸ぞとは知《し》りながら玉の緒《を》許《(ばかり)》何によりけん

女のもとより忘草に文《ふみ》をつけてをこ《(お)》せて侍ければ　　よみ人しらず

548 あちらの里こちらの里で確かに鳴き渡ってはおります。しかしそれは色好みゆえ住む所が一定しないあなたを探し求めてのことなのです。○里ごとに　あちらの里こちらの里と。「里」は宮仕えしている所以外の場所。○鳴こそ渡れ　「渡る」は空間的に広くカバーする気持を表わす。○すみか定ぬ君　詞書に「女も又色このみなる名立ちけるを」とあった。

549 物の数でもない我が身は山に隠れているほととぎすのようなもの。誰にも知られないような声でこっそり泣きながら過ごしております。○得がたかるべき女　歌の内容から見て身分がつりあわない高貴な女だったのであろう。○数ならぬみ山　「み山」は「山」の美称。「み」に「身」を掛けて「数ならぬ身」を意味する。○人知れぬ　「誰にも知られない」ということであるが、具体的には「相手の女にも知られず一人で」の意。

550 逢うことが難しいのは知っているけれども、ほんの僅かな時間、いったいどういうわけで逢ったのだろうか。今となってはかえって苦しみの種になるよ。○人目につゝみて　人目を気にして。○逢事の片糸ぞとは　「片糸」に「難(かた)」を掛ける。「片糸」は古今集・恋一の「片糸をこなたかなたに撚りかけてあはずは何を玉の緒にせむ」のように撚り合わせて「緒」にする片一方の糸。○玉の緒許　古今集・恋二「死ぬる命生きもやすると試みに玉の緒ばかり逢はむと言はなむ」のように「ほんの僅かな間」という意。○何によりけん　どうして一緒になったのだろうか。「糸」「緒」の縁語である「撚り」に「寄り」を掛ける。

551 常々思っているとはおっしゃるのだけれども、ともすればお忘れになるあなたのような草の花ではありませんか、これは。○思とは言ふ物か

551 思《(おもふ)》とは言《い》ふ物からにともすれば忘《わす》るゝ草の花にやはあらぬ

大輔《たいふ》の御《ご》といふ人

返し

552 植《う》へ《(ゑ)》て見る我は忘《わす》れであだ人《びと》にまづ忘《わす》らるゝ花にぞ有《(あり)》ける

平定文がもとより、「難波《なには》の方《(かた)》へなむまかる」と言《い》ひ送《をく》りて侍ければ

土左

553 浦わかずみるめ刈《か》るてふ海人《あま》の身は何か難波《なには》の方《(かた)》へしも行《ゆ》く

返し

定文

554 君を思《(おもふ)》深《ふか》さくらべに津《つ》の国《くに》の堀《ほり》江見にゆく我にやはあらぬ

らに　忘草につけてよこした手紙に「あなたを思う」と書かれていたのであろう。○忘るゝ草　「ともすれば忘るる」までは相手の女のことだから、「ともすれば忘れるあなたのような」と訳した。○やはあらぬ　疑問の形をとりながら相手を難詰する。

552 恋の苦しみを忘れようと思って植えて毎日見ている私は忘れることはありませんが、浮気して滅多にいらっしゃらないあなたに第一に忘れられてしまう花でありますよ。○植へて見る　自分の庭に植えて毎日見ている。○あだ人に　浮気者だから滅多に来ない、だからこの花を見ることも少ないので、誰よりも忘れる…と言っているのである。

553 どこの浦であるかを問わず海松布(みるめ)を刈るという海人の身でありながら、どうして、あえて難波の方へ行くのですか。○浦わかず　どこの浦であるかを問わず。あちらでもこちらでも。○みるめ刈るてふ　「みるめかる」は海藻の「海松布」に「男が女を見る機会」つまり深い関係になる機会を持つことを掛ける。→六五〇・七三二・九〇八・一二四九。○海人の身　男のこと。「浦」で「海松布」を刈るから「海人」と言った。「海人」は海で働く労働者。多くは男を言う。○何か　どうして。▽二つの意を持つ歌語「みるめ」を用いて、あなたのような色好みであればことさら難波に行かなくても「みるめ刈る」機会は多いじゃありませんかと皮肉ったのである。

554 あなたに対する私の愛情の深さと比べるために摂津の国の堀江を見に行く私でありますよ。どうしても行かなくてはならないのです。▽摂津の堀江は淀川の支流として作られた堀。今の天満川かと言う。仁徳天皇が開いた堀として有名。

つらくなりにける人につかはしける　伊勢

555 いかでかく心ひとつをふたしへにうくもつらくもなして見すらん

題しらず　よみ人も

556 ともすれば玉にくらべしますかゞみ人《ひと》の宝《たから》と見るぞ悲《(かなし)》き

しのびたる人につかはしける

557 磐瀬《いはせ》山谷の下《した》水うちしのび人の見ぬ間《ま》は流《(ながれ)》てぞふる

人をあひ知《し》りてのち、ひさしう消息《せうそこ》もつかはさざりければ

558 うれしげに君がたのめし事《(こと)》の葉《は》はかたみにくめる水にぞ有《(あり)》ける

555 あなたを思う私の心は一つであるのに、どうしてこのようないやな思いにさせたり、つらい思いにさせたりして、二重に苦しめるのでしょうか。○つらくなりにける人　自分をつらく思わせる男。○いかでかく 「なして見すらん」にかかる。○心ひとつを 通説は、男の心とするが、憂く思いつらく思う女(作者)の心と見た。○ふたしへに　二重に。○うくもつらくも　「う(憂)し」は我が身の拙さを嫌だと思う気持。「つらし」は相手が自分につれないと怨む気持。

556 折にふれて、宝玉と比べて来た美しい鏡のようなあなたであったのに、今では人の宝となっているのを見るのが悲しいことであるよ。○ともすれば　何かあると。○玉にくらべし　宝玉と比べるほどに美しいものとして大切にして来た。○ますかゞみ　鏡の歌語。そばに置いて大切にしていた女を喩えたのであろう。○人の宝　他人が大切にしているもの。▽白河切の「人のむすめをあひかたらひはべりけるを、おやのことをとこにあはせはべりければつかはしける」や奥義抄の説に従って、女を鏡に喩えたと解した。

557 磐瀬山の谷の下を流れる水が音を立てずに流れているように、人が見ていない間はこっそりと泣かれるままに時を過ごしております。○しのびたる人　こっそり関係を持った人。○磐瀬山　大和の国平群郡の歌枕。「言はず」を暗示。○谷の下水　樹木などの下を目立たずに流れる谷水。○うちしのび　こっそりと。「うち」は接頭語。○流てぞふる　「流れ」に「泣かれ」を掛ける。

558 嬉しく思える雰囲気であなたが信頼させなさったお言葉は、今となっては、筐《(かたみ)》に汲んだ水のように何も残らぬものでありましたよ。○人をあひ知りてのち…　男が契りを結んだ女にその後は便りをしなかったので女が怨んで詠んだの

題しらず

559 ゆきやらぬ夢地《(ゆめぢ)》にまどふ袂《たもと》には天《あま》つ空《そら》なき露《つゆ》ぞ置《を》きける

560 身ははは《ゝ》やく奈良《なら》の宮《(みや)》こと成《(なり)》にしを恋《こひ》しきことのまだもふりぬか

561 住吉の岸の白浪よる〳〵は海人《あま》のよそめに見るぞ悲《(かなし)》き

562 君恋《こ》ふと濡《ぬ》れにし袖の乾《かは》かぬは思ひの外《(ほか)》にあればなりけり

である。○たのめし　期待させた。○かたみ　筐。目の細かい竹籠のこと。水が漏るように、後に何も残らないと言っているのである。

559 あなたの所まで行き尽くせない夢の通い路の途中で迷っている私の袂には、天空ではなく寝床であるのに露が置いていることであるよ。目覚めてみると涙で袖が濡れておりました。○ゆきやらぬ…　現実に通って行けないだけでなく、夢の中でも愛する人の許に行けず、途中の道で迷っているのである。「夢路」→二九六・六三〇など。○天つ空なき露…　古今集・恋二「夢ぢにも露やおくらんよもすがらかよへる袖のひちてかわかぬ」によるか。なお、二荒山本・片仮名本・堀河本・白河切には「天つ空なる」とある。▽伊勢物語の五十四段に男の歌として見える。

560 我が身はとっくに奈良の都のように古くなってしまったのですが、あなたを恋しく思うことは古くはならず、今でもまだ恋しいことでありますよ。○身　我が身。○奈良の宮こ　「古里となりにし奈良の都」(古今集・九〇)、「古里の奈良の都の初めより」(後撰集・一一三)のように、奈良の里は古くなって棄てられた都というイメージでとらえられていた。○まだもふりぬか　まだ過去のものにならないのか。「ふり」は上二段活用動詞の未然形。「ぬ」は打消の助動詞。

561 夜々、逢うこともなく、距離をおいて、関係ないというような顔であなたが御覧になるのが悲しいことでありますよ。○住吉の岸の白浪　住吉の岸へ白浪が寄るので「寄る寄る」と言い、「夜々」へ続ける序詞とした。古今集・恋二「すみのえの岸に寄る浪夜さへや夢の通ひぢ人目よくらん」。○海人のよそめ　「海人」は男のこと。海で働く海人に喩えた。「よそ目」は距離を置いて見ること。▽同じ所に仕えている男のつれなさを怨ん

563 あはざりし時いかなりし物とてかたゞ今《いま》の間《ま》も見ねば恋《こひ》しき

564 世中《よのなか》にしのぶる恋《こひ》のわびしきはあひてののちのあはぬなりけり

565 恋をのみ常にするがの山なれば富士《ふじ》の峰《ね》にのみ泣《な》かぬ日はなし

566 君によりわが身ぞつらき玉だれの見ずは恋しと思《おも》はましやは

だ女の歌と見るべきであろう。

562 あなたを恋い慕って涙で濡れた袖が一向に乾かないのは、あなたの「思ひ」の「火」が他の女の所へ行ってしまっているからなのです。○思ひの外にあればなりけり　あなたの「思ひ」の「火」がよそへ行って、ここにないと言っているのである。

563 まだ関係がなかった時にはどのようにしていたことかと思って試みてみたが、まさしく今の瞬間でも、あなたを見ないでいると、恋しいことでありますよ。○あはざりし時いかなりし…「し」が二つあるので、過去のこと。「逢ふ」は「関係する」意。知り合う前はどうしていたかと試みてみたが駄目だったというのである。

564 二人の仲を表面に出さずにじっと堪える「忍ぶ恋」が苦しいのは、やっとの思いで逢えた後に、容易に逢わないことになるためですよ。○世中に　この世の中で。二人の仲で。

565 恋だけを常にする駿河の山のような私ですから、富士の峰(ね)ならぬ音(ね)に立てて泣かぬ日とてありません。○恋をのみ　「こひ」に「火」を掛ける。○常にするが　「常にする」と「駿河」を掛ける。▽古今集・恋一「人知れぬ思ひを常にするがなる富士の山こそ我が身なりけれ」に依拠。

566 あなたによって、我が身はつれなくされて切ない思いをいたしております。もし過去にあなたを見ていなければ、恋しいなどと思ったでしょうか。○君によりわが身ぞつらき　あなたを知ったせいで、かえって我が身がつれなくされている感じ。「つらし」は相手につれなくされてつらいこと。○玉だれの　「御簾」の枕詞。「御簾」から「見ず」へ転換。○思はましやは　思っただろうか、思いはしなかった。反語。▽古今集・恋四の貫之の歌「いそのかみ布留の中道なかなかに見ずは恋しと思はましやは」の下二句と一致。

男《おとこ》の初《はじ》めて女のもとにまかりて、朝《あした》に雨の降《ふ》るに、帰《かへ》りて、つかはしける

567 今ぞ知《し》るあかぬ別《(わかれ)》の暁は君をこひぢに濡《ぬ》るゝ物とは

返し

568 よそに降《ふ》る雨とこそ聞《き》けおぼつかな何をか人のこひ地《(ち)》と言《い》ふらん

つらかりける男《おとこ》に

569 絶《た》え果《は》つる物とは見つゝさゝがにの糸《いと》をたのめる心細《ぼそ》さよ

返し

570 うちわたし長き心は八橋《やつはし》の蜘蛛手《くもで》に思《(おもふ)》事は絶《た》えせじ

567 今はじめて知りました。満ち足りぬ思いで別れた暁の道は、君を恋い慕う涙の雨によってできた泥土のために濡れるものでありますことを。○君をこひぢに　雨によって生じた泥土と言っている。「泥」恋い慕っての涙でできた泥だが、君を「ぬかるみ」の意の「こひぢ」に「恋路」を響かせる。

568 遠く離れた別の女の所で降る雨のことだと思ってあなたのお便りを聞いています。あなたは何をもって「人の恋路」などとおっしゃるのですか、はっきりしないことでありますよ。○よそに降る　遠く離れた別の女の所で降る。○人の　作者自身のことを相手の立場に立って間接的に言う。

569 あのつれないお方のこと、結局は絶え果ててしまうものだと思いつつ、蜘蛛の糸のようなはかないあなたのお心を期待している心細い状態でありますよ。○つらかりける男に　つれなくする男に贈った歌。○絶え果つる物とは見つゝ　はかない蜘蛛の糸だからすぐに絶える(切れる)と思って見つつ。「絶え」は「糸」の縁語。○さゝがにの糸をたのめる心細さよ　蜘蛛の糸のように切れやすいものを頼りにしている心細さを嘆いているのである。「細さ」も「糸」の縁語。

570 ずっとあなたをあきらめずに思っている私の気長な心は、ただ気長なだけではなく、八橋の蜘蛛手のように、あれこれと思うことが絶えないでしょうよ。○うちわたし　「うち」は軽い接頭語。こちらから向う へ長く渡すこと。「橋」の縁語。ここでは空間を時間に転換している。○長き心　悠長な心。○八橋の蜘蛛手に思　伊勢物語九段の「水ゆく川の蜘蛛手なれば、橋を八つ渡せるによりてなん、八橋とは言ひける」による。蜘蛛の手足は八本あるので「あちらこちらに」の意。○絶えせじ　完全に切れてしまうことがないだろう。○絶え「絶え」は「糸」の縁語。

思ふ人侍《(はべり)》ける女に物のたうびけれど、つれなかりければつかはしける

571 思ふ人思《おも》はぬ人の思ふ人思《おも》はざら南《(なん)》思ひ知《し》るべく

返し

572 木《こ》枯《が》らしの森《もり》の下《した》草風早《はや》み人のなげ木《(き)》は生《お》ひそひにけり

男《おとこ》の異《こと》女迎《むか》ふるを見て、親《おや》の家にまかり帰《かへ》るとて

573 別《(わかれ)》をば悲《(かなし)》き物と聞《(きき)》しかどうしろやすくも思《おも》ほゆる哉《(かな)》

題しらず

571　あなたを思う私を思ってくださらないあなたが思っていらっしゃる男を、あなたは思わないでほしいものです。私の思いを知ってもらえるように。〇思ふ人侍ける女に　思う男がある女に対して。〇物のたうびけれど　言い寄ったのだが。「のたうび」は詞書の筆者の立場からの謙譲。▽古今集・誹諧歌「我を思ふ人を思はぬむくいにや我が思ふ人の我を思はぬ」を意識した歌。

572　木枯らしの森の下草のような私、木を枯れさせ、あの人を離(か)れさせる風がきびしい上に、あなたの嘆きまで加わってしまったことでありますよ。〇木枯らしの森の下草　木を枯れさせるような厳しい風が吹きつける森の下に生えている下草のようなしがない私。「木枯らし」の「風」はもう一人の男。「枯れ」に「離(か)れ」を掛ける。「森の下草」は女自身のこと。なお、木枯らしの森は現在の静岡市にあった歌枕だとも言う。〇風早み　風が早いので。もう一人の男の離(か)れるのが早いので。〇人のなげ木は…　「なげ木」は「投げ込んで焚く木」と「嘆き」を掛ける。「人」は歌を贈った男。その男が訴えて来た嘆きを認め自分の苦しみとして加えているのである。▽前歌に対応せず、答歌としては異常。従って難解だが、あえて訳してみた。

573　別れを悲しいものだと聞いていたが、この場合に限っては後は安心だと思われることでありますよ。〇異女迎ふるを見て　別の女を妻として家に迎えるのを目の前に見て。〇うしろやすく　後顧の憂えなく。▽自分を無視したひどい男の処置に対しても怒ることなく、ひたすらに男の身を思う女の歌である。

574　一夜泣いて溜まった涙で袂が氷ったのを今朝になって見ると、うちとけてあなたを思う気持にはなりません。〇泣きたむるた本　「泣きた

574 泣《な》きたむるた本《(もと)》氷《こほ》れる今朝《けさ》見れば心とけても君を思《おも》はず

575 身を分《わ》けてあらまほしくぞ思《おも》ほゆる人は苦《くる》しと言《い》ひけるものを

576 雲ゐにて人を恋《こひ》しと思哉《(おもふかな)》我は葦辺《べ》の鶴《たづ》ならなくに

人《ひと》につかはしける

源ひとしの朝臣

577 あさぢふの小野の《をのゝ》篠《しの》原忍《(しのぶ)》れどあまりてなどか人の恋《こひ》しき

むる」は例が少ないが、泣いた涙が溜まることであろう。○今朝見れば　一夜泣いた後、朝になって見ると。○心とけても　「氷る」の縁で「溶く」と言ったのである。「心解く」は「うちとける」「心なごむ」こと。▽拾遺集・恋二「君恋ふる涙の氷る冬の夜は心とけたるいやは寝らるる」のように相手を恋い慕って一夜泣き明かしたのであろう。

575 どうしてもいらっしゃれないとおっしゃるのであれば、身を二つに分けてほしいと思います。あなたは別れるのが苦しい、必ず来るとおっしゃったのですけれども、いらっしゃらないのだから。○身を分けてあらまほしくぞ　「身を分く」は体を二つに分けること。「思へども身をし分けねば…」(古今集・離別)。○人は苦しと　「人」は相手の男。「苦し」は「来るし」を掛ける。○言ひけるものを　言ったのになあ…。終助詞。

576 雲のいるような遠い所まで、あなたを恋しく求めたく思うことですよ。私は空高く飛んで行ける葦辺の鶴ではありませんのに…。○雲ゐにて　「にて」では「葦辺のたづ」と対応しない。二荒山本・片仮名本の「くもゐまで」に従って訳した。「雲ゐ」は、雲のいる所、遠い所と言う意。男は遠い任地にいるのだろう。○葦辺の鶴　二荒山本・片仮名本・堀河本・白河切・雲州本は「葦辺のかり」。「鶴」の方が高い所へ行く感じがし、「雁」の方が遠い所へ行く感じがする。

577 浅茅の生えている小野の篠原、その篠ではないが、忍びに忍んで来た私も、今はもう忍び切れずに、どうしてこんなにあなたが恋しいのでしょうか。○あさぢふの…　浅茅が生えている小野の篠原。「篠原」は「忍ぶれど」を言い出すための序。○あまりて　「忍びあまりて」の意。▽古今集・恋一「浅茅生の小野の篠原忍ぶとも人知るらめや言ふ人なしに」による。

578 雨やまぬ軒《のき》の玉水数知《かずし》らず恋しき事のまさる頃《ころ》哉《(かな)》

兼《かね》　盛《もり》

「心短《みじか》きやうに聞《きこ》ゆる人なり」と言《い》ひければ　　よみ人しらず

579 伊勢の海に延《は》へてもあまる栲縄《たくなは》の長き心は我ぞまされる

人につかはしける

580 色に出《い》でゝ恋すてふ名ぞ立《た》ちぬべき涙に染《そ》むる袖の濃《こ》ければ

581 かく恋《こ》ふる物と知《し》りせば夜《よる》は起《を》きて明《あ》くれば消《き》ゆる露《つゆ》ならましを

578 雨が止まない軒の雫(しずく)が数えることもできないように、数知らず恋しさがまさる今日この頃でありますよ。○軒の玉水　軒の雫を玉に喩えて「玉水」と言った。ここまでが序詞。

579 あの深い伊勢の海に延ばしても余る栲縄のように気長な心という点では私が勝っておりますよ。○心短きやうに聞ゆる人なり…　性急に答えを求める人だと相手方が言ったので。「きこゆる」の用法がやや疑問だが、相手の女の侍女の言葉とすれば納得できる。○伊勢の海　深いので有名。古今六帖・三・海「伊勢の海の千尋の底も限りあれば深き心を何にたとへん」、同・栲縄「伊勢の海の千尋栲縄繰りかへし見てこそやまめ人の心を」。○長き心　栲縄の長さから転じて気長な心。相手が受け入れるのをいつまでも待つ心。「秋の夜の長き思ひは我ぞまされる」(古今集・一九六)が思い出される。▽性急に答えを求める人だと相手方が言ったのに対して、とんでもない、ずいぶん待っているのですよと応じたのである。

580 顔色に出るほどに恋をしているという評判が立ってしまっているに違いない。血の涙によって染まった袖の色が濃いものだから。▽白河切には「しのびてかよひはべりける人のもとに」という詞書と「ただみね」という作者名が見える。

581 これほどに恋い焦がれるものと知っていたならば、夜には置いても明けると消えてしまうはかない露であった方がよかったのに。○夜は起きて　「置きて」「起きて」を掛ける。つまり「明くれば消ゆる」露になった方が恋に苦しむ人間より楽だと言っているのである。▽万葉集・巻十二の寄物陳思の歌「かく恋ひむものと知りせば夕べ置きてあしたは消ぬる露ならましを」の異伝または改作であろう。

582 あひも見ず歎《（なげき）》もそめず有《（あり）》し時思《（おもふ）》事こそ身になかりしか

583 恋《こひ》のごとわりなき物はなかりけりかつ睦《むつ》れつゝかつぞ恋《こひ》しき

女のもとにつかはしける

584 わたつ海に深き心のなかりせば何かは君を怨《（うらみ）》しもせん

585 みな神に祈《いの》るかひなく涙河うきても人をよそに見る哉《（かな）》

582 まだあなたに逢い見ることもなく、従って嘆くようにもなっていなかった時には、思うということさえ我が身にはなかったのに。〇あひも見ず　深い関係にもならない時。〇歎もそめず　相手によって嘆くようになる。「そむ」は「次第に…になる」「…し始める」の意。〇思事こそ　あれこれ思うことまで。▽恋したばかりに悩み嘆くことが多い、あの人を知らなかった頃がなつかしいと言っているのである。

583 恋のように理屈に合わないものはありはしないよ。一方では親しく接しながら、それだけでは満足できず、また一方で恋い慕ってしまうのだから。〇わりなき　理にかなわない。説明しにくい。〇かつ…かつ　一方では…しながら、その一方で。古今集・離別「別れては程を隔つと思へばやかつ見ながらにかねて恋しき」。▽古今集・恋四「心をぞわりなきものと思ひぬる見るものからや恋しかるべき」と酷似している。直接馴れ親しんでいるのだから恋しく思うはずがないのに恋しくなることよと言っているのである。

584 わたつ海ならぬ私に、深く思う心がなければ、どうしてあなたの心が深くないなどと言って怨んだりいたしましょうか。▽伊勢の歌であろうか。歌仙本伊勢集に「つらくなりたる人に」という詞書で見える。

585 あの神この神に祈ったかいもなく、涙を流すような憂き思いで、あなたを離れたままの状態で見ることでありますよ。〇みな神に　「水上」に「皆神」を掛ける。〇うきても　「浮き」に「憂き」を掛ける。〇人を　歌を贈る相手のこと。〇よそに　離れたままで。▽「水上」「涙河」「浮き」と「水」にかかわる縁語を連ねて一首をまとめている。

返し

586 祈《いの》りけるみな神さへぞうらめしき今日《けふ》より外《(ほか)》に影の見えねば

大輔につかはしける　　右大臣

587 色深く染《(そめ)》した本《(もと)》のいとゞしく涙《なみだ》にさへも濃《こ》さまさる哉《(かな)》

題しらず　　よみ人も

588 見る時は事ぞともなく見ぬ時は事有顔《こと(あり)がほ》に恋しきやなぞ

男《おとこ》の「来《こ》む」とて来《こ》ざりければ

589 山里《ざと》の真《ま》木《き》の板門《いたど》も鎖《さゝ》さざりきたのめし人を待《ま》ちし宵《よひ》より

586 あなただけでなく、あなたが祈ったとおっしゃるすべての神までが怨めしく思われます。今日以外にあなたのお姿を見ることが出来ませんので。▽「神」を持ちだし、離れて見るとか、今日以外には見られないと言っているのだから、賀茂祭の見物の時のことであろうか。

587 深い私の思いをこめて色深く染めた袂が、さらにその上、血の涙によって濃さがまさることであるよ。○色深く染した本　何を寓意しているのかわからないが、色深く思いそめた(「染め」と「初め」を掛ける)と解しておく。「深き思ひそめつと言ひし言の葉は…」(一二三)、「まだきから思ひ濃き色に染めむとや…」(一二七)参照。なお、後撰集新抄は「色深く染しとは深く逢馴れたる事なるべし」というが、根拠不明。むしろ、四位になって深い緋色の衣を着るようになった時に贈った歌と見た方がおもしろい。

588 逢い見る時は特にこれぞということもなく別れるのに、逢わずにいる時は何か事があるかのように恋しく思われるのはどうしてだろうか。○事ぞともなく　特に問題もなくあっさりと。○事有顔に…　何か事件があったかのように異常に。

589 山里住まいの真木の板戸も閉ざしはしませんでしたよ。来るとおっしゃって期待させなさっていたあなたをお待ちしたあの宵からずっと。○山里　実際に山里である必要はない。女の家がやや離れた所にあったことは事実であろうが、謙遜して言ったのである。○真木の板門も…　古今集・恋四「君や来む我やゆかむのいさよひに真木の板戸もささず寝にけり」による。「真木」は山に生えるすぐれた木。○たのめし人　来ると言って期待させた男。詞書に「来むとて来ざりければ」と書かれた男のこと。

はじめて女のもとにつかはしける

590 行《ゆ》く方《(かた)》もなく塞《せ》かれたる山水のいはまほしくも思《おも》ほゆる哉《(かな)》

女につかはしける

591 人の上《うへ》の事《こと》とし言《い》へば知《し》らぬ哉《(かな)》君も恋する折もこそあれ

返し

592 つらからば同《おな》じ心につらからんつれなき人を恋《こ》ひむともせず

女につかはしける

593 人知《し》れず思《(おもふ)》心は大島《おほしま》のなるとはなしに嘆《なげ》く頃《ころ》哉《(かな)》

590 行く方途もなく塞かれている山川の水が、通って行く岩間をほしがるように、我が思いを言わまほしく思われることでありますよ。〇山水のいはまほしくも…　「岩間欲し」と「言はまほし」を掛け、山を流れる水が岩間を求めるように、心の中を「言はまほしく」思うと言っているのである。

591 あなたにとっては他人の身の上のことのようにして言っていますので、この私の苦しみを御存じないのですね。あなたも恋をする時が、いずれはありましょうが…。〇人の上の事とし　他人の身の上のことだとして。つまり女にかかわりなく、この男だけの問題だとして。〇折もこそあれ　「もこそ」は「ひょっとすると…かも知れない」という気持を表わす場合に用いる。

592 もし私につれなく対するのであれば、私もそれと同じ気持であなたにつれなく対するでしょう。だから、まったく冷淡な人ならば私も恋い慕おうなどということもしないでしょうよ。〇つらからば　現代語の「つらい」とは違う。相手が自分につらい思いをさせること。〇つらからん　私もつらい思いをさせるでしょう。▽贈歌があなたも恋することもあろうが、今はそうでないから、恋なんて他人のことのように思って無関心だと怨んでいるのに対して、全く冷淡でいらっしゃるあなたに対してどんな反応を示せましょうかと答えているのである。

593 人知れずあなたを思う私の心は、大島の鳴門のように、鳴る―成るということもなく、ただ嘆くばかりの今日この頃でありますよ。〇大島のなると　万葉集・三六三八に見える周防の国(山口県)の大島の鳴門。「鳴門」に「成ると」を掛ける。

男《おとこ》のもとにつかはしける　　中　務

594 はかなくて同《おな》じ心になりにしを思ふがごとは思《おもふ》らんやぞ

返し　　源　信《さねあきら》明

595 わびしさを同《おな》じ心と聞《き》くからに我《わ》が身を棄《す》てゝ君ぞかなしき

まからずなりにける女の、人に名たちければ、
つかはしける

596 定《さだめ》なくあだに散《ち》りぬる花よりはときはの松の色をやは見ぬ

返し　　よみ人しらず

597 住吉の我《わ》が身なりせば年ふとも松より外《ほか》の色を見ましや

594 心細い状態のまま、あなたと一つの心になってしまいましたが、私が思い申しあげるようには、あなたは私を思っていてくださるのでしょうかしら。〇はかなくて　しっかりしていない状態で。はじめて関係を持ち一心同体になったということであろう。〇思ふがごとは　私が思っているようには。〇思らんやぞ　思っているのだろうか。「やぞ」は強い疑問。▽信明集には「はじめてのつとめて、かへりたる女」という詞書があって、状況がよくわかる。

595 この苦しい気持を、あなたも同じ心だと聞くや否や、我が身のことを棄てておいても、あなたのことがいとおしく思われることですよ。〇わびしさ　現代語の「わびしさ」と異なって苦しい思いをすること。〇聞くからに　聞くとすぐに。〇かなしき　いとおしい。▽一心同体どころか、あなたの方がいとおしいと応じているのである。

596 はかなく落ち着きなく散ってしまう花よりも、もう少し待って常に変らない松の色をどうして御覧にならないのですか。〇まからずなりにける女の…　男がかよって行かなくなった女が他の男と通じ合ったという噂を聞いて歌を贈ったのである。「つかはしける」に続く。〇定なくあだに散りぬる花よりは　一時的で、すぐにはかなく散ってしまう花よりも。「花」は女を喩えている。古今集・春上の「あだなりと名にこそ立てれ桜花年に稀なる人も待ちけり」(伊勢物語十七段)を意識。〇ときはの松の色　常に変らない私を変らずに待っていてほしかったと言っているのである。「松」に「待つ」を掛ける。

597 住吉がもし我が身であるならば、何年経っても松以外のものに目をやらなかったでしょうに。あなたがよく通い住んでくださる私であったら、何年経っても待っているあなた以外の人に逢

男《おとこ》につかはしける

598 現《うつゝ》にもはかなき事《こと》のあやしきは寝《ね》なくに夢《ゆめ》の見ゆるなりけり

女の逢《あ》はず侍けるに

599 白浪のよる〳〵岸に立寄《よ》りてねも見し物をすみよしの松

男《おとこ》につかはしける

600 ながらへてあらぬまでにも事《（こと）》の葉の深《ふか》きはいかにあはれなりけり

わなかったでしょうに。○住吉　拾遺集・雑上「世の中を住吉としも思はぬに何を待つとて我が身へぬらん」のように、男が女のもとに気持よく住むことを摂津の歌枕「住吉」に掛ける。○松より外の　住吉は松の名所だから「松」と言い、「待つ男」を掛ける。

598 現実に逢ったのに、あまりにはかなかった逢瀬の不思議さは、まるで、寝ていないのに夢が見えたようなものでありますよ。▽現実の逢瀬であるのに、あまりにはかなく、まさに白昼夢としか言いようがなかったと嘆いているのである。

599 毎夜毎夜立ち寄って共に寝ることまでしましたのに、夫婦になるべきあなたは逢ってくださらないことよ。○白浪の　浪は寄るものだから掛詞の「夜」の序詞とした。○ねも見し物を　住吉の名物である松の「根」に「寝」を掛けた。○すみよしの松　地名の「住吉」に、「男が住みよい」、つまり「結婚相手にふさわしい」という意を掛けた。

600 長生きをして、さらにこの世にいなくなるまでも残るような愛情深いお言葉があれば、どんなにかしみじみとした気持になることでしょう。▽甘い恋歌は皆その場限りのもの。永らえてこの世を去った後も深い心が変らずにあるそんな恋歌があれば、本当にすばらしいのだが、と言って口先だけの相手をたしなめたこの歌は、恋一の総括としての役割をも果たしている。

後撰和歌集巻第十

恋　二

女のもとに、はじめてつかはしける　　藤原忠房朝臣

601 人を見て思ふ思《おも》ひもある物を空《そら》に恋《こ》ふるぞはかなかりける

壬生忠岑

602 ひとりのみ思《おも》へば苦《くる》し如何《(いかに)》しておなじ心に人を教へむ

601 人を見て初めてその人を思うという思いもあるのに、まったくお逢いすることなく白紙の状態でお慕いするのは、はかないことであります よ。○人を見て思ふ思ひもある物を　「見て」は直接顔を見ること。祭見物に来ている車の中の女を簾越しにちらりと見て詠んだ在原業平の歌「見ずもあらず見もせぬ人の恋しくは…」(古今集・恋一、伊勢物語九十九段)が参考になる。「思ふ思ひ」はその業平の歌に対する女の返歌「…思ひのみこそしるべなりけれ」の相手に対する熱情。つまりこの業平らの贈答のように、人をちらっと見たことによって「思ひ」が生じ、その「思ひ」が道しるべになって、道が開けることもあるのに私の場合は違うと言っているのである。○空に恋ふる…　対象がはっきりしないままに、あてどもなく恋い慕うこと。「秋風のうち吹きそむる夕暮はそらに心ぞわびしかりける」(三二)が、理由もはっきりせぬままに何となくわびしいという意であるのと同じ。

602 私一人だけで思っているので苦しいことです。私と同じ心になってもらえるように、あなたをどのようにお教えすればよいのでしょうか。○おなじ心に　私のように恋い慕う苦しい心になるように。▽忠岑集は「ある女のいみじうほいなく侍りしかば」とか「女の心強く侍りしかば」というような詞書を持つ。

603 私の心は何時こんなことに馴れてしまったのか。まだ見たこともない人に思いを馳せつつ恋しく思っているなんて。○ならひてか　馴れたのか。「か」と「らん」が呼応する「…(A)か…(B)らん」の形は、「(B)の状態である理由は、(A)であるからなのだろうか」という原因理由を推定する意となる。

603
我《わ》が心何時《いつ》ならひてか見ぬ人を思《（おもひ）》やりつゝ恋《こひ》しかる覧《（らん）》

紀　友　則

まだ年若《わかゝ》かりける女につかはしける

源　中　正

604
葉を若《わか》み穂《ほ》にこそ出《い》でね花薄《すゝき》下《した》の心に結《むす》ばざらめや

人を言《い》ひはじめむとて

兼覧王《（かねみのおほきみ）》

605
あしひきの山下繁《したしげ》く這《は》ふ葛《くず》の尋《（たづね）》て恋《こ》ふる我と知《し》らずや

忠　房　朝　臣

606
隠沼《かくれぬ》に忍《（しのび）》わびぬる我《わ》が身哉《（かな）》井手《（ゐで）》のかはづと成《（なり）》やしなまし

604　あなたがまだ若いので、表立っては逢えないのだろうが、こっそりと見えない所で心を結び合いましょうよ。○葉を若み…　「ふた葉」(→一〇三・一四二)のように若い女を「葉」に喩えることが多いので、「葉を若み」と言った。○穂にこそ出でね　「穂にいづ」は思いを表面に出すこと。○下の心　表面に出ないで隠れている心。「下にのみ恋ふれば苦し」(古今集・恋三)などに類した表現。○結ばざらめや　「花薄」の縁語。古今集・恋五「花すすき我こそ下に思ひしか穂に出でて人に結ばれにけり」と共通した構成になっている。

605　山の下の方に繁く這っている葛のように、絶えることとなく、どこへでも探し求めて恋い慕っている私であるということを御存じないのですか。○あしひきの山下繁く這ふ葛の　ここまでが序詞。「這ふ葛の絶えずしのばむ」「這ふ葛のゆくかたなくや」(万葉集・巻十二)のように絶えることなく延々と続く意を表わす。○我と知らずや　御存じないのですか。知っていただきたいものです。

606　目立たない所に、苦しい思いでこっそりと身を隠している我が身でありますよ。まるで井手の蛙のようにずっと泣いてばかりということになってしまうのでしょうか。○隠沼　草などが生え茂って見えにくい沼。万葉集の「こもりぬ(隠沼)」と同じ。○井手のかはづ　「沼」の縁で「かはづ(蛙)」と言った。「井手」は山城の歌枕。京都府綴喜郡。古今集・春下「かはづ鳴く井手の山吹散りにけり花の盛りにあはましものを」によって山吹と蛙の名所になった。ここも、この歌の「かはづ鳴く」によって「泣く」意を表わしている。▽二荒山本をはじめとする非定家本や初期の定家本の多くは「としつきをへてしのびていひはべりけるひとに」とか、「いとしのびたる人を月日へていひ侍りて」というような詞書を持つ。

女の曹司《ざうし》に夜《よる》〳〵立《た》ち寄《よ》りつゝ、物など言《い》ひてのち　藤原輔文

607 阿武隈《あぶくま》の霧《きり》とはなしに終夜《(よもすがら)》立渡《(たちわたり)》つゝ世をもふる哉《(かな)》

文《ふみ》つかはせども返事《(かへりごと)》もせざりける女のもとにつかはしける　よみ人しらず

608 あやしくも厭《いと》ふにはゆる心哉《(かな)》いかにしてかは思ひやむべき

くにもちが音《をと》せざりければつかはしける　本院右京

609 ともかくも言《い》ふ事《(こと)》の葉《は》の見えぬ哉《(かな)》いづらは露《つゆ》のかゝり所は

題しらず　橘敏仲

607 阿武隈川の霧だというわけではないが、夜もすがら立ち続けてこの世を過ごしていることですよ。〇女の曹司　女房の部屋。〇物など言ひてのち　歌の内容から見て、毎夜のように立ち寄って言葉は交すが、それ以上は進まない状況と見るべきであろう。「物言ふ」は実事のない場合に言うことが多い。〇藤原輔文　二荒山本・片仮名本は「ふぢはらの輔仁」、白河切は「ふぢはらのすけふさ」、堀河本・雲州本は「藤原すけもと」、中院本・亀山天皇筆本は「藤原すけむど」とある。〇阿武隈の霧とはなしに　古今集・東歌「阿武隈に霧立ちくもり明けぬとも君をばやらじ待てばすべなみ」によって「君をばやらじ」という女の気持が表われることを期待している。なお、定家本以外の古今集伝本の大半は第二句「きり立ちわたり」とあってこの歌と一致する。〇立渡つゝ　「霧立ち渡り」に曹司の前に立ち続ける意を掛ける。

608 不思議なことだが、嫌がられるとかえって盛んになる私の心でありますよ。この思いはどのようにして止めればよいのでしょうか。止められそうもありませんよ。〇はゆる　いっそう生きとする。▽拾遺集・恋五に重出。

609 思っているとおっしゃるお言葉も思っていないとおっしゃるお言葉も見当りませんこと。どこにすればよいでしょうか。露のようにはかない私の命を託する所は。〇ともかくも　ああだともこうだとも。思っているとも思っていないとも。〇事の葉　男の手紙の言葉。露が置く「葉」を掛けている。〇いづらは露のかゝり所は　「露」を涙の比喩と見ることもできるが、ここでは露のようにはかない我が命と解した。なお、この歌、仲文集に「男、音せざりければ、左京」という詞書で見えるが、その返しは「あだならぬ心にかかる露なれば言はでぞ思ふおきてこしより」とある。

610 わび人のそほづてふなる涙河おりたちてこそ濡《ぬ》れ渡《(わたり)》けれ

大輔

返し

611 淵瀬《ふちせ》とも心も知《し》らず涙河おりやたつべき袖《そで》の濡《ぬ》るゝに

敏《とし》中

又

612 心みに猶《(なほ)》おり立《たゝ》たむ涙河《なみだがは》うれしき瀬《せ》にも流《(ながれ)》合《あ》ふやと

わざとにはあらで時〳〵物言《い》ひふれ侍《(はべり)》ける女の、心にもあらで人に誘《さそ》はれて、まかりにけ

610 つらい思いをしている人ならば誰もが濡れてしまうというあの涙河に、みずから下り立って濡れ続けていることでありますよ。あなたを積極的に思ったばかりに、その後、すっかり涙に濡れ続けていることですよ。〇わび人　古今集・二九二・九五五のように俗世を離れて暮している人の意で用いられることが多いが、ここはつらい思いで暮している人の意。自分を涙多きわび人に擬したのである。〇そほづてふなる　「そほづ」の「づ」は濁音。ぐっしょり濡れること。「てふなる」は「…といわれている」の意。〇おりたちてこそ　「川に下り立つ」の意と「自分で積極的に…する」の意の「おりたつ」を掛ける。〇濡れ渡　ずっと濡れ続けること。「わたる」は継続の意を持つ。

611 深いのか浅いのか、私の心も御存じないくせに、涙河に下り立ちなさるのでしょうか。袖が涙に濡れてしまいますのに。〇淵瀬　深い所と浅い所。ここは愛情の深さ浅さを言っている。↓五三六。▽「涙河に下り立つ」という意に、積極的に思うという意の「おりたち」を掛け、私の心の程も御存じないくせに、そんなことをなさるはずがないと応じているのである。

612 あなたの心を見るためにも、やはり下り立ちましょう、涙河に。そのうち嬉しい逢瀬に流れ合うかとも思いまして。〇心みに　「あなたの心を見るために」の意と「袖が濡れるかどうか試みに」の意を掛ける。〇おり立たむ　「涙河に下り立つ」意の裏に「積極的に行動する」という意を隠す。〇うれしき瀬　「遂に寄る瀬はありてふものを」(古今集・恋四)のように、「瀬」は流れ着く所。↓九九三。

れば、宿直《とのひ》物に書《か》きつけてつかはしける

藤原敦忠朝臣

613 かゝりける人の心を白露《しらつゆ》のを《(お)》ける物ともたのみける哉《(かな)》

あひ知《し》りて侍《(はべり)》ける女をひさしうとはず侍ければ、「いといたうなむわび侍《(はべる)》」と人の告《つ》げ侍ければ

藤原顕忠朝臣

614 鶯の雲井にわびてなく声《こゑ》を春のさがとぞ我は聞《き》きつる

文《ふみ》かよはしける女の異《こと》人に逢《あ》ひぬと聞《き》きてつかはしける

平時望朝臣

615 かく許《(ばかり)》常《(つね)》なき世とは知《し》りながら人をはるかに何たのみけん

613 このようなことになったあなたのお心を知らないで、白露がおいているように私に心を置いてくださったものとしてすっかり安心していましたよ。寝間着まで置いて安心していましたのに。○わざとにはあらで すっかり身を入れてというわけではなくて。○心にもあらで… みずからの意志ではないが、別の男と共によそへ行ってしまったのである。○宿直物 寝衣。女がいた所に男が置いていた寝衣に歌をつけて贈ったのである。○かゝりける 「かくありける」。このようであった。自分から離れて行くようになった。「露がかかる」ということから縁語として用いた。○白露のをける物 「知ら」を掛ける。「おける」は「寝衣を置く」を前提に「露が置く」と掛けて「心を置くものとして見ていたのに」と言っているのである。

614 鶯が遠い空の彼方でつらがって鳴く声を春には常にあることだと思って私は聞いておりましたよ。○いといたうなむわび侍と たいへんひどく気落ちしていると。○人の 第三者が。○雲井 雲がかかっている遠い空。○春のさが 春が本来備えている性格。

615 これほどまでにうつろいやすい世だということは知っていましたのに、離れている人に手紙を贈るだけで、どうして遠い将来を期待していたのでしょうか。ずいぶん甘い私でした。○異人に逢ひぬ 他の男と結婚した。○常なき世 無常の世。はかなくうつろいやすい世。「世」を限定すれば、「男女の間」。○はるかに 「文かよはして」いただけであるから、空間的に離れているという意。○何…けん どうして…だったのだろうか。▽「かくばかり別れのやすき世の中に常とたのめる我ぞはかなき」(三六五)と通じるものがある。

616 わが家の門前に生え茂っている薄を刈って飼い葉にしよう。そう思っているのに、あなた

男《おとこ》の来《こ》ざりければ、つかはしける　　小《こ》町《まち》が姉《あね》

616 我《わ》がかどのひとむら薄《すゝき》刈《か》り飼《か》はん君が手馴《てな》れの駒《こま》も来《こ》ぬ哉《（かな）》

題しらず　　枇杷左大臣

617 世を海の泡《あは》と消《き》えぬる身にしあれば怨《（うらむ）》る事ぞ数《かず》なかりける

返し　　伊勢

618 わたつみとたのめし事《（こと）》もあせぬれば我ぞ我《わ》が身のうらは怨《うら》むる

人のもとにつかはしける　　源ひとしの朝臣

619 東路《あづまぢ》の佐野《さの》の舟橋《ふな》かけてのみ思渡《（おもひわた）》るを知《し》る人のなさ

が手なずけられたあの馬はさっぱり来ないことでありますよ。○ひとむら薄　一箇所に群がって生えている薄。○手馴れの駒　よく馴らした馬。その馬に乗って男が来るのを待っているのである。▽行成筆本書入れをはじめ非定家本系諸本の大半は「小町がいとこ」の作とする。

617 二人の間を憂きものと思いなして、海の泡のように消えてしまう我が身でありますから、怨んで言う言葉も、あの泡のように、無数にあるのですよ。○世を海の　「海」に「憂み」を掛ける。○泡と消えぬる　泡のようにはかなく消えてしまう。○怨る事　「怨むる言」とも「怨むる事」とも解し得る。「怨む」に「浦」を響かせ、「海」にかかわる縁語でまとめた。○数なかりける　無数。数えられない。

618 大海のように深いお情けだと安心させてくださっていたお言葉も浅くなり果ててしまいましたので、今はただ我と我が身の憂さを怨み嘆いていることです。○わたつみと…　「わたつ海に深き心のなかりせば…」(五八四)のように深い心の比喩。○たのめし事　「事」はあて字。「言」である。○あせぬれば　「浅(あ)す」は、浅くなること。「色あせる」の「褪(あ)す」の意を響かせている。○うらは怨むる　「わたつみ」「浅す」の縁語の「浦」の「う」に「憂」を掛けている。我が身の憂さを怨むと言っているのである。

619 東路の佐野の舟橋をかけるように、ずっと思いをかけ続けているのを知ってくださる人がないのが残念でありますよ。○東路の佐野の舟橋　群馬県高崎市東南にあった橋だと言う。万葉集・巻十四・三四二〇参照。「舟橋」は舟を並べ板を渡して橋としたもの。橋を架けると掛けて「かけてのみ」を導く序詞となっている。○思渡るを　「わたる」は橋を渡る意を「思い続ける」意に転換。○知

人《ひと》につかはしける　　紀長谷雄朝臣

620
臥《ふ》して寝《ぬ》る夢路《(ゆめぢ)》にだにも逢《あ》はぬ身は猶《(なほ)》あさましき現《うつゝ》とぞ思《(おもふ)》

女につかはしける　　よみ人しらず

621
天《あま》の戸《と》を明《あ》けぬ明けぬと言《い》ひなして空鳴《そらな》きしつる鳥の声《こゑ》哉《(かな)》

622
終夜《(よもすがら)》濡《ぬ》れてわびつる唐衣相坂《(あふさか)》山に道《みち》まどひして

男《おとこ》につかはしける

623
思《おも》へどもあやなしとのみ言《い》はるれば夜《よる》の錦の心ちこそすれ

る人のなさ　知っている人がないよ。「なさ」は名詞止め。余情表現。

620 臥して寝る夢路においてもお逢いすることの出来ぬ我が身であることは、現実においても、やはりがっかりするような情けなさだと思います。○あさましき　あきれるばかりの。興醒めな。▽夢と現実を対比するように見せつつ、夢にも逢えないという現実の厳しさを嘆いているのである。

621 天の戸を開けた開けた、すなわち空が明けた明けたとことさらに言ってみせるように空鳴きをして私を帰らせた鶏の声でありましたよ。○天の戸を　天から地上に下りてくる時に通る門。○空鳴きしつる…　従者に鶏の鳴き真似をさせて夜中に函谷関を開かせたという史記所載の孟嘗君の故事を意識した表現。▽夕闇に紛れて女のもとを訪ね朝霧に紛れて女の家を辞すのが常であったが、鶏が「明けた明けた」とことさらに早く鳴いて早く帰らせたと怨んでいるのである。

622 夜どおし、木の下露に濡れたように、つらい思いで衣の袖を泣き濡らしております。「逢う」という名を持つ逢坂山で道に迷ってしまったかのように困惑しながら。○濡れて　濡れるようにして。七三の藤原兼輔の歌と同じく、木の下露に濡れる意と涙に濡れる意を掛ける。○唐衣　「衣」の歌語。▽歌枕「逢坂」が「男女が逢う」の意を象徴している例はきわめて多い。→七三・一〇三八。

623 あなたのことを思っているのですが、「無駄なこと」といつも言われますので、立派な錦を夜着るような空しさを感じることでありますよ。○思へども　自分は思っているのに。○あやなし　古今集・春上「春の夜の闇はあやなし梅の花色こそ見えね香やは隠るる」のように、筋道が立たず説明がつかないこと。○夜の錦　史記・項羽本紀などに見える有名な故事。漢の朱買臣が富貴に

女のもとにつかはしける

624 音《をと》にのみ聞き来《きゝこ》し三輪《みわ》の山よりも杉《すぎ》の数《かず》をば我ぞ見えにし

「を《(お)》のれを思《(おもひ)》へだてたる心あり」といへる女の返事《(かへりごと)》につかはしける

兼輔朝臣

625 難波《なには》潟《がた》刈《か》り積《つ》む葦《あし》のあしづゝのひとへも君を我や隔《へだ》つる

遠《とを》き所にまかりける道《みち》よりやむごとなきことによりて京へ人つかはしけるついでに、文《ふみ》の端《はし》に書《か》きつけ侍《(はべり)》ける

よみ人しらず

626 我《わ》がごとや君も恋《こ》ふらん白露のを《(お)》きても寝《ね》ても袖《そで》ぞかは《(わ)》かぬ

なって故郷に帰らないのは、錦を着て夜歩くようなものだと言ったという話による。古今集・秋下の貫之の歌「見る人もなくて散りぬる奥山の紅葉は夜の錦なりけり」が和歌における先例である。

624 今まで話にだけ聞いていましたあの三輪の山の杉よりも多くの杉の数を私は見てしまいました。何度もあなたのお宅の門を訪ねたことでした。○音にのみ聞き来し　情報としてのみ聞いて来た。○三輪の山…杉　古今集・雑下「我がいほは三輪の山もと恋しくはとぶらひ来ませ杉立てる門」による。○我ぞ見えにし　私には自然に見えてしまった。▽女の家の門に生えている杉を見ることの数が多かった、つまり何度も女の家の門前まで行ったと言っているのである。

625 難波潟で刈って積む葦の葦筒のように薄いもの一枚分でも私はあなたを隔てているでしょうか。隔ててはおりません。○をのれを思へだてたる心ありと　「自分を疎んじて距離を置いている」と言った女。○難波潟刈り積む葦のあしづゝの　「ひとへ」に掛かる序詞。難波潟は葦の名所であるので、「刈り積む」と言ったのである。「葦筒」は葦の茎の中にある薄い紙のようなもの。薄いものや「一重」の比喩に用いられる。○ひとへも君を…　「一重に薄き夏衣」(古今集・誹諧歌)のように「ひとへ」は薄い意を表わす比喩に用いられた。どんなに薄い隔てもなかったと言っているのである。「隔つる」は詞書の「思へだてたる心あり」をうける。

626 私と同じようにあなたも私を恋い慕っているのだろうか。私の方は、あなたを思う涙によって、起きていても寝ていても袖が濡れて乾かない有様なのですが…。○やむごとなきことにより て　止むを得ない事情によって。○文の端　手紙の端。○白露のをきても…　白露が「置く」と、「起く」を掛ける。

あひ知《し》りて侍《(はべり)》ける人のもとより、ひさしくとはずして、「いかにぞ、まだ生《い》きたりや」と戯《たはぶ》れて侍ければ

627
つらくともあらんとぞ思《(おもふ)》よそにても人や消《け》ぬると聞《き》かまほしさに

人のもとに、しば〱まかりけれど、逢《あ》ひがたく侍ければ、物に書《か》きつけ侍ける

在原業平朝臣

628
暮《く》れぬとて寝《ね》てゆくべくもあらなくにたどる〱も帰《かへ》るまされり

男《おとこ》侍《(はべる)》女をいと切《せち》に言《い》はせ侍けるを、女「いとわりなし」と言《い》はせければ

元良のみこ

629
わりなしと言《い》ふこそかつはうれしけれを《(お)》ろかならずと見えぬと思《おも》へば

627 あなたが薄情であっても私はこの世にあり続けようと思っています。離れていても、あなたが亡くなってしまったかと、生きていて聞きたいものですから。○つらくとも　現代語と違って「つれなくても」「薄情であっても」の意。○あらんとぞ思　生きようと思う。○人や消ぬる　「人」は「あなた」の意。「消ぬる」という語を突然用いるのは、やや唐突だが、歌仙家集本伊勢集では、初句が「露ながら」(露のような我が身ですが)とあり、「露」の縁語となって落ち着きがよい。

628 暮れてしまったと言って、そこで寝てゆくことができるわけでもないのですから…つらい思いで夜道をたどりながらでも、帰る方がまだましでありますよ。そのままそこにいても、どうにもならないのですから。○物に書きつけ侍ける　「物」は漠然と言っているのだが、紙ではない。壁、障子、あるいは調度品の何かであろう。○たどる〱も　精神状態の混乱した様とも、夜道に難渋した様とも解し得る。書陵部本業平集は「泣く泣くもなほ」とある。▽伊勢物語にはない。白河切は作者を「もとかた」とする。

629 「分別がない」とおっしゃるほうが、一面うれしいことです。私の心があだおろそかでないように御覧になったということだと思いますので。○言はせ侍けるを　お付きの女房などを使って言わせたのであろう。次の「…と言はせければ」は女が女房に言わせたのである。○わりなし　理にかなわない。分別がない。○かつは　一方では。ある面から言えば。○をろかならず　いいかげんでないと。

630 私がどれほどあなたを恋しているか知りたいとお思いならば、田子の浦に立っているであろう浪の数を数えなさい。○心ざしのほどを　愛

女のもとより、「心ざしのほどをなんえ知《し》らぬ」と言《い》へりければ

藤原興風

630 我《わ》が恋《こひ》を知《し》らんと思はば田子《たこ》の浦に立覧《(たつらん)》浪の数《かず》を数《かぞ》へよ

言《い》ひかはしける女のもとより、「なを《(ほ)》ざりに言《い》ふにこそあんめれ」と言《い》へりければ

つらゆき

631 色ならば移　許《(うつるばかり)》も染《(そめ)》てまし思ふ心をえやは見せける

物のたうびける女のもとに文《ふみ》つかはしたりけるに、心地あしとて返事《(かへりごと)》もせざりければ、又つかはしける

大江朝綱朝臣

632 葦引《(あしひき)》の山ゐはすともふみかよふ跡《あと》をも見ぬは苦《くる》しき物を

情の程度を。○え知らぬ　知ることができない。▽古今集・恋一「駿河なる田子の浦浪立たぬ日はあれども君を恋ひぬ日はなし」によって、「田子の浦浪を数えれば、私の恋しく思う度合いがわかってもらえよう」と言っているのである。なお、恋の数を数えるという言い方は六四三や七五五にも見える。

631 我が思いがもし色であるならば、あなたに移るほどに染めてしまえるのに。だが、色ではないので、私の思う心をお見せすることが出来なかったことですよ。○なをざりに言ふにこそあんめれ　いいかげんな気持で言うようですね。○色ならば　下句の「思ふ心」と対応。私のあなたを思う心が色であったならば。「まし」と呼応して、「もし…ならば…だろう」の意の反実仮想。○えやは見せける　見せることが出来ただろうか。出来はしない。「やは」は反語。▽拾遺集・恋一には、第五句「知る人のなさ」の形で、貫之の題しらず歌として採歌されている。

632 病いはしていらっしゃいましても、文を通わせました私の筆跡をも御覧にならないというのではつらいものでありますが…。○物のたうびける　何かを申しました。「物のたうぶ」は詞書筆者の謙譲語。物を申しました。○葦引の山ゐはすとも　「葦引の」は「山ゐ」の枕詞。「山ゐ」は山に住むことだが、「病い」を掛ける。○ふみかよふ「山に踏み通ふ」と「文通ふ」を掛ける。○跡　山に踏み通った足跡の意の「跡」と手紙の筆跡の意の「跡」を掛ける。○苦しき物を　つらいので、何とか御返事をいただきたいものです。▽「山にいても、岩道を踏んで通って来てくれる人が誰もいないのは苦しい」という形で一首をまとめながら、病気であることを理由に文の返事をくれない女を怨んでいるのである。

おほつぶねに物のたうびつかはしけるを、さらに聞《きゝ》き入《い》れざりければ、つかはしける　　貞元のみこ

633 おほかたはなぞや我《わ》が名《な》の惜《を》しからん昔のつまと人に語《かた》らむ

返し　　おほつぶね

634 人はいさ我はなき名《な》の惜《を》しければ昔も今も知《し》らずとを言《い》はん

返《(かへり)》ごとせざりける女の文《ふみ》をからうじて得《え》て　　よみ人しらず

635 跡見れば心なぐさの浜千鳥《はまちどり》今は声こそ聞《き》かまほしけれ

同《おな》じ所にて見交《かは》しながら、え逢《あ》はざりける女に

636 河と見て渡《わた》らぬ中に流《なが》るゝは言《い》はで物思《(おもふ)》涙なりけり

633 おおまかに言えば、お聞き入れくださらなくても、私の名誉なんか、惜しくもありません。たとえ別れることになっても、昔の伴侶だと人に語って面目を保ちましょうから。○おほつぶね　女房名。○おほかたは　大雑把に言えば。

634 あなたの場合はどうでありましょうとも、私は実なきゴシップの立つのが惜しゅうございますので、昔も今も、あなたなんか知らないと言おうと思いますの。○人はいさ　「他人はどうあっても(知らない)」の意だが、ここは相手のこと。○なき名　ありもしない噂。○知らずとを言はん　「を」は間投助詞。▽古今集・恋三におおつぶねの兄である在原元方の題しらず歌として見える。後撰集の贈答はこれを利用したのであろう。

635 筆跡を見れば、心が慰みます。名草の浜の浜千鳥ではないが、今後は声が聞きたいものです。○跡見れば　「千鳥の足跡」と「筆の跡」を掛ける。○心なぐさの　「心慰む」と「名草の浜」を掛ける。兼輔集に「とふごとに名草の浜の慰まば浪のよるひるあらじとぞ思ふ」、「物思ふ名草の浜の岩千鳥慰むだにぞ鳴きまさりける」の例がある。「名草の浜」は、和歌山市の南海岸。○浜千鳥　古今集・雑下「忘られむ時しのべとぞ浜千鳥行方も知らぬ跡をとどむる」のように砂浜に残る鳥の足跡から、「筆の跡」を導き出すことが多かった。

636 「あの人は…」と思って見るだけで渡りはしないで泣かれる、そのような二人の間を流れているのは、口には出さないで恋に苦しむ私の涙でありますよ。○同じ所にて　同じ所に勤めていて。○河と見て　「河」に見立てているが、「かは(彼は)」を掛ける。「あの人は」と思って。古今集・恋三「思へども人目つつみの高ければかはと見ながらえこそ渡らね」による。○渡らぬ中　間に流れる河を渡る意と男女の一線を越える意を掛ける。

こゝろざしありける女につかはしける　　橘公頼朝臣

637
天《あま》雲に鳴《な》きゆく雁の音《をと》にのみ聞《き》き《ゝ》渡《(わたり)》つゝあふよしもなし

つらゆき

638
住の江の浪にはあらねど世とと《ゝ》もに心を君に寄《よ》せわたる哉《(かな)》

兵衛につかはしける　　よみ人しらず

639
見ぬほどに年のかはれば逢《あ》ふことのいやはる〴〵に思《おも》ほゆる哉《(かな)》

まかり出《い》でて《ゝ》、御文《ふみ》つかはしたりければ　　中将更衣

640
今《け》日《ふ》過《す》ぎば死《し》なまし物を夢にてもいづこをはかと君がとはまし

○流るゝは　「泣かるるは」を響かせている。

637　遠い空の雲のあたりを鳴き渡って行く雁の声のように、お噂だけでは何度も聞き続けているのだけれども、直接お逢いする方法もありませんよ。○こゝろざしありける女　男が愛情を抱いていた女。○天雲　遠いというイメージを持たせる。第二句までが「音」を導き出す序詞。

638　絶えず寄せて来るあの住の江の浪ではありませんが、私もまた、この世ある限りあなたに心を寄せ続けることでありますよ。○住の江の浪にはあらねど　恋四・八六「住吉の岸に来寄する沖つ浪間なくかけても思ほゆるかな」(承保本・中院本・亀山天皇筆本は「住の江の」)のように、「住の江の浪」は絶えることなく寄せるものとしてとらえられていた。○世とともに　この世ある限り。○寄せわたる　「わたる」は動作の継続を表わす。

639　お顔を合わせないうちに年が変って春になりましたので、お逢いすることがいっそう遥かに隔たってしまったように思われることです。○いやはる〴〵に　「いや」は「いよいよ」。「はるばるに」は「春」を掛ける。

640　お便りのないままに今日が過ぎてしまいましたら、わたくしは悲しみのあまり死んでしまっていたでしょう。もし死んでいれば、たとえ夢でありましても、どこが墓かと見当をつけてあなたがお便りをくださることもなかったでしょう。○まかり出でて　更衣が退出して。○御文つかはしたりければ　帝が退出している更衣に手紙を送ったのである。○死なまし物を　死んでしまっていたでしょうに。「まし」は反実仮想。○いづこをはかと　伊勢物語二十一段の「いづこをはかりともおぼえざりければ」と同じ。目あて。「墓」を掛ける。○君がとはまし　この「まし」も反実仮想で「死んだならば」という仮想を前提にしている。

御返し

延喜御製

641 現《うつゝ》にぞとふべかりける夢とのみ迷《まどひ》しほどや遥《はる》けかりけん

題しらず

藤原千兼《かぬ》

642 流《ながれ》てはゆく方《かた》もなし涙河わが身のうらや限《かぎり》なる覧《らん》

在原棟梁《むねやな》

643 我《わ》が恋の数《かず》にしとらば白妙の浜《はま》の真《ま》砂《さご》も尽《つ》きぬべら也《なり》

つらゆき

644 涙にも思《おもひ》の消《き》ゆる物ならばいとかく胸《むね》はこがさざらまし

641 おっしゃるとおり、目覚めている時にあなたにお便りすべきでしたよ。あなたがいらっしゃらぬゆえに、せめて夢の中ででも逢いたいと思って私が迷っておりました所が、どれほど遠かったことでしょうか。〇夢とのみ迷しほど… 「夢にても」と女が言ったのに対して、夢の中ででも逢いたいと夢路を迷っていた、その迷っていた場所が遠かったため、にわかに現実に戻れず、夢心地でお便りすることになったと言っているのである。

642 涙河は流れ出すと、その水量が多くてどこへ流れてよいかわからないほどです。結局はつらい思いの我が身が、行き着く果てになるほかないでしょうよ。〇流ては 「泣かれては」を掛ける。〇ゆく方もなし 行く方向もない。どちらへも流れられない。〇涙河 涙の量が多いゆえに河に喩えた。全体の主語になっている。〇わが身のうらや 「我が身の憂」を「浦」に掛ける。〇限なる覧 「限り」は水の流れの終着点の意だが、自分のつらい思いが極限に至っての涙であろうと言おうとしているのである。

643 我が恋の数を数え取るならば、あの真っ白な浜の砂も尽きてしまうことになるでしょうよ。〇数にしとらば 「し」は強意。「数にとる」は数えた証拠として別置すること。〇白妙の 枕詞だが、白い砂浜の意と解してよい。〇真砂 「砂」の歌語。〇べら也 →九六・一六八・二四七・三九二・三九九。▽古今集・仮名序の証歌「我が恋はよむとも尽きじありそ海の浜の真砂はよみつくすとも」の言い換え。

644 逢えない悲しみで流れる涙によって思いの火が消えるものであるならば、このようにひどく我が胸を焦がすこともなかったでしょうよ。〇思の消ゆる 「思ひ」の「ひ」に「火」を掛ける。▽古今集・恋二の貫之の歌「君恋ふる涙しなくは唐衣胸のあたりは色燃えなまし」の発想を逆にしている。

坂上是則

645 験《しるし》なき思ひやなぞとあしたづの音《ね》になくまでに逢《あ》はずわびしき

年ひさしく通《かよ》はし侍《(はべり)》ける人につかはしける　つらゆき

646 玉《たま》の緒《を》の絶《た》えてみじかき命《いのち》もて年月《(としつき)》ながき恋《こひ》もするかな

題しらず　平定文

647 我のみや燃《も》えて消《き》え南《(なん)》世とゝもに思ひもならぬ富士《ふじ》の嶺《ね》のごと

返し　紀《き》の乳母《めのと》

648 富士《ふじ》の嶺《ね》の燃《も》えわたるともいかゞせん消《け》ちこそ知《し》らね水ならぬ身は

645 かいのないこの思いは一体なになのかと、まるで鶴のように鋭い声をあげて泣かずにはいられないほどに、逢わずにいることが切なく思われることでありますよ。○…やなぞ　「なぞ」は「何ぞ」の意。「やなぞ」となって疑問と同時に、苛立って非難しているような気持を表わす。→九七三・一三三。○あしたづの　本来は「葦辺にいる鶴」の意だが、「鶴」の歌語として用いられている。

646 すぐ絶えてしまうような短い命をもって、長い年月にわたる恋を、よくもまあ、していることであるよ。○年ひさしく通はし侍ける人　数年来自分を通わせた女。○玉の緒の　玉に通した緒。切れやすいので「絶え」にかかることが多かった。ここでは「魂(たま)」に掛けて「命」の縁語にもなっている。○年月ながき　「短き」と対応。

647 私だけが燃え切って消えてしまうのだろうか。この世のある限り、火にはなり切らずに煙だけを出しているあの富士の嶺のように。○世とともに　過去をも含めてこの世のある限り。○思ひもならぬ　「思ひ」に「火」を掛ける。当時活火山であった富士山だが、噴煙を吐くだけで火にならないことを、成就しない恋に寄せて言う。

648 富士の嶺のように燃え続けているとおっしゃっても、どうしようもありません。消す方法も知りません。火を消す水ではない我が身なのですから、「見つ」といえるような関係でない私にはどうしようもないのです。○消ちこそ知らね　「こそ…ね」は、はっきりしない否定の気持を表わす。▽平中物語十一段には、前歌(第二句「燃えてかへらん」)に対する女の返歌として「富士の嶺のならぬ思ひも燃えば燃え神だに消たぬむなし煙を」とある。

心ざせる女の家のあたりにまかりて言《い》ひ入《い》れ侍《(はべり)》ける

つらゆき

649 わびわたる我《わ》が身は露《つゆ》を同《おな》じくは君が垣根《ゝきね》の草に消《き》えなん

題しらず

在原元方

650 見るめ刈《か》る渚《なぎさ》やいづこあふごなみ立寄《よ》る方《(かた)》も知《し》らぬ我《わ》が身は

春宮《(とうぐう)》に鳴《な》る戸《とゝ》といふ戸《と》のもとに、女と物言《い》ひけるに、親《おや》の戸を鎖《さ》して立《た》てて率《ゝゐ》て入《い》りにければ、又の朝《あした》につかはしける

藤原滋幹《(しげもと)》

651 鳴門《なると》よりさしわたされし舟よりも我ぞよるべもなき心地《こゝち》せし

649 切ない思いで生き続ける我が身は、まさに露のようなはかなさですが、同じことなら、あなたの家の垣根の草の上の露になって消えてしまいたいものでありますよ。○心ざせる女　愛情を向けている女。○君が垣根の草に消えなん　「露」の縁語で「消え」と言ったのである。▽忠岑集の「もろくともいざ白露に身をなして君があたりの草に消えなん」と酷似するが、前後関係は未詳。

650 海松布(みるめ)を刈る渚―すなわちあなたを見る機会を持ち得る場所はどこでしょうか。逢う機会が無いので、立ち寄る所も知らぬ我が身はどうしようもありません。○見るめ刈る　海藻の「海松布」と「見る機会」の意の「見るめ」を掛ける。「刈る」は「我が物にする」の意。○あふごなみ「逢ふ期(ご)無み」と「朸(あふご)無み」を掛ける。「朸」は潮水を汲む時に桶を両方に下げる天秤棒の意。「なみ」は「無いので」の意。

651 鳴門から押し出されて激しい潮流に翻弄されている舟以上に、この私の方が寄るべもないような絶望的な気持がいたしました。○春宮に鳴る戸といふ戸　開閉すると音がするゆえに「鳴る戸」と呼ばれている戸口が春宮御所にあったのであろう。○親の戸を鎖して立てて　親が戸を閉ざして隔てるように中に連れて入ったので。親も春宮御所に勤めていたのである。○又の朝に　翌朝に。○鳴門　潮流の激しさで音を立てる海門。阿波の鳴門のほか、山口県の大島の鳴門(→五九三)も有名。○さしわたされし　「さし」は「棹さす」の縁語。▽女は春宮出仕の女房であろうか。親を女親とすれば、春宮の乳母子である可能性が高い。

652 あなたを待っている私に対して知らない顔をする…このような方のお心を、よくもまあ今までたよりにして来たことでありますよ。○高砂

題しらず

よみ人も

652 高砂の峰の白雲かゝりける人の心をたのみける哉《(かな)》

長明の親王《みこ》の母の更衣里《さと》に侍《(はべり)》けるにつかはしける

延喜御製

653 よそにのみ松はは《ゝ》かなき住の江のゆきてさへこそ見まくほしけれ

題しらず

ひとしの朝臣

654 かげろふに見し許《(ばかり)》にや浜千《はまち》鳥《どり》ゆくゑ《(へ)》も知《し》らぬ恋《こひ》にまどはむ

あり所は知《し》りながらえ逢《あ》ふまじかりける人につかはしける

藤原兼茂朝臣

655 わたつみのそこのありかは知《し》りながらかづきて入《い》らむ浪の間《ま》ぞなき

の峰の白雲　やや唐突だが、一六七・八三四・八六四・一〇五六のように松の名所であることを前提にすれば、よくわかる。「松」に「待つ」を掛け、また「白雲」は、山に「かかる」ものであるゆえに、「かかりける(かくありける)」を導き出す序詞となっている。高砂の松を描いた扇につけて贈った歌であるとすれば、その絵を指して「かかりける」といったことになる。

653 遠く離れて待っているのは落ち着かない。自分の方から出向いてでも早くお逢いしたいものです。○長明の親王の母の更衣　長明親王を産んだ更衣。参議藤原菅根の娘。○里　実家。○よそにのみ松　「よそに」は「遠く離れて」の意。「まつ」は「住の江の松」と「待つ」を掛ける。○ゆきてさへこそ　古今集・墨滅歌「道知らば摘みにもゆかん住の江の…」を意識したか。▽前歌の高砂の松に対して、住の江の松を掛けた。

654 かげろうのようにほのかに見たばっかりに、浜千鳥のようにどこへ飛んで行くかわからないような恋に惑うことでしょうよ。○かげろふに見し許にや　「夢よりもはかなきものはかげろふのほのかに見えしかげにぞありける」(拾遺集・恋二・よみ人しらず)のように、「ほのかに見る」という意を表わす。○浜千鳥　古今集・雑下の「忘られむ時しのべとぞ浜千鳥ゆくへも知らぬ跡をとどむる」による。

655 海の底のありかはわかっているのだけれども、潜って入って行く浪の静かな時がないのです。どこそこにいらっしゃるという場所はわかっているのですが、忍んで逢いに行く機会がないのです。○わたつみのそこ　海底。女を玉藻に喩えたのである。二四九も同趣の表現。○そこのありか　海の「底」と「どこそこ(何処其処)」の意の「そこ」を掛けた。○かづきて入らむ　潜水しようとする。○浪の間　浪が立っていない間。

女の許《(もと)》につかはしける

656 つらしとも思《(おもひ)》ぞはてぬ涙河流《(ながれ)》て人をたのむ心は

橘実利朝臣

返し

よみびとしらず

657 流《(ながれ)》てと何《(なに)》たのむらん涙《なみだ》河影見ゆべくも思《おも》ほえなくに

人を言《い》ひわづらひてつかはしける

平定文

658 何事を今はたのまむちはやぶる神も助《たす》けぬ我《わ》が身なりけり

返し

おほつぶね

659 ちはやぶる神も耳《みゝ》こそ慣《な》れぬらしさま〴〵祈《いの》る年もへぬれば

656 あなたがどれほどつれなかろうとも、つらいと思って思い切りはいたしませんよ。涙が河のように流れても永らえていつまでもあなたとのことを頼りにしています私の心は。○つらしとも　現代語と違って相手がつれないのをつらいと思う意。○思ぞはてぬ　思うのを止めてはしまわない。○涙河流て　「ながれて」は「流れて」と「永らえて」の意を掛ける。→一一五。

657 「永らえて…」などと何を期待していらっしゃるのでしょうか。ここを流れている涙の河にあなたの影が見えるとも思われないことですのに。○流てと　贈歌の「流れて人をたのむ」をうけた表現。○涙河　自分の涙の河。▽自分の前を流れる涙河に男の影が映らないのに、つまり熱心にかよって来るわけでもないのに、何を言っているのかと切り返したのである。

658 どんなお言葉を今は期待しましょうか。神も助けてくださらない我が身なのですから。○人を言ひわづらひて　女に願い出たことが成就できなくて。「わづらふ」は「…に苦しむ」という意。○何事を　「事」という漢字をあてているが、「言」も同じ。「どんなお言葉を…」と訳してみた。

659 神様も耳慣れてしまわれたようです。あれやこれやとお祈りになる年を何年も経ましたので。○さま〴〵祈る…　浮気なあなたが、あの人のこと、この人のことと、様々に祈って何年もたっているのですから。古今集・仮名序に「花をめで、鳥をうらやみ、霞をあはれび、露をかなしぶ心・言葉多く、さまざまになりにける」とあるように、様々な対象について様々に祈ったのである。

660 どんなに怨んでも、やはり我が身が切ないことであるよ。せっかく来ても空しく帰されると思うと。○たゞにて返し侍ければ　何もなしに帰したので。○言ひ入れ侍ける　邸内の女に歌を

女のもとにまかりたりけるを、たゞにて返し侍《(はべり)》ければ、言《い》ひ入《い》れ侍ける　つらゆき

660 怨《(うらみ)》ても身こそつらけれ唐衣きていたづらにかへすと思《おも》へば

あひしりて侍ける人を久《ひさ》しうとはずして、まかりたりければ、門《かど》より返しつかはしけるに　壬生忠岑

661 住吉の松にたちよる白浪のかへる折《おり》にや音《ね》は泣《な》かるらん

男《おとこ》のもとより「今は異《こと》人あんなれば」と言《い》へりければ、女に代《かは》りて　よみ人しらず

662 思《おも》はむとたのめし事もある物をなき名《な》を立《た》てゝたゞに忘《わす》れね

贈ったのである。→一五一・六四九。○怨ても身こそつらけれ　どんなに怨んでもこちらの身の方が切ない。「つらけれ」は「相手がつれないので切ない」という意。「怨みても」の「うら」は「裏」を媒介として「衣」の縁語、「身」も「衣」の縁語である。○唐衣「着て」にかかる枕詞。「着て」は「来て」に転換。○かへすと思へば　「かへ(返)す」は「唐衣」「着る」の縁語。「帰す」に転換している。

661 住吉の松に立ち寄る白浪も、返る折りに、やはり松の根ならぬ、音(ね)をあげて泣かれてしまうのでしょうか。住みよい状態でお待ちいただいているはずのあなたにお逢い出来ずに声をあげて泣きつつ帰る私のように。○住吉の　地名の住吉に「住みよい(共に住むによい)」の意を掛ける。○松にたちよる　「待っている人のもとに立ち寄る」という意を含んでいると見てよい。○白浪のかへる折にや　「白浪が返る」意と自分が追い帰される意を掛ける。○音は泣かるらん　「ね」は「松の根」から転換して「音をあげて泣く」の意となる。

662 「末長く思いましょう」と言って信頼させなさったこともありますのに、嫌になったからと言って、私についてのありもしない噂を立てたりしないで、素直に忘れるだけになさいませ。○今は異人あんなれば　今となってはお別れです。他の男があるようだから。「あんなれば」は「あるなれば」の音便形。「なれ」は伝聞推定の助動詞。○女に代りて　女に代って「異人(新しい男)」が詠んだのである。○たのめし事　将来を期待させていたこと。○なき名を立てで　ありもしない噂を立てたりしないで。▽二荒山本には「小野宮大臣」、片仮名本には「小野左大臣」と作者名がある。なお、清慎公集には「元輔、人知れぬことありて女をうらみて」という歌に対して「返し、女にかはりて」とある。

返し

663 春日野《かすがの》の飛火《とぶひ》の野守《もり》見し物をなき名《な》と言《い》はば罪《つみ》もこそ得《う》れ

題しらず

664 忘《わす》られて思ふなげきの繁《しげ》るをや身をはづかしの森《もり》といふらん

人の心変《かは》りにければ　　右近

665 思《おも》はむとたのめし人は有《(あり)》と聞《き》く言《い》ひし事《(こと)》の葉《は》いづちいにけん

定国《さだくに》の朝臣の御《み》息《やす》所、清蔭《きよかげ》の朝臣と、陸奥国《みちのくに》

663 春日野の飛ぶ火の野守がちゃんと見ておりますのに、「無き名」だなんて嘘をおつきになると、春日の神の罪を得ることになりますよ。○春日野の…　古今集・春上「春日野の飛ぶ火の野守いでて見よ今いくかありて若菜摘みてむ」により、春日の野守が「菜」ならぬ「名」を「積む(摘む)」のをちゃんと見ているのにと言っているのである。本歌の「若菜」の「菜」に「名」を掛ける。○罪もこそ得れ　本歌の「摘み」に「罪」を掛ける。春日大社の罪を蒙りますよと言っているのである。

664 忘れられてあれこれ思う嘆きという木が繁っているのを、我が身を恥ずかしく思うという名の羽束師の森というのだろうか。○なげき　投げ込んで焚く木の「投げ木」と「嘆き」を掛ける。○身をはづかしの森　「我が身を恥ずかしく思う」の意と山城の歌枕「羽束師の森」を掛ける。

665 「末永く思うよ」と頼りにさせるようなことをおっしゃったあなたは今も健在だと噂に聞いております。それなのに、あのようにおっしゃったお言葉はどこに行ってしまったのでしょうか。○有と聞く　健在だと聞いている。拾遺集・恋四の右近の歌「忘らるる身をば思はず誓ひてし人の命の惜しくもあるかな」を参考にすれば、誓言を破った人が健在であることを皮肉った歌として理解できる。○事の葉　期待させたお言葉。底本は「事」という漢字をあてているが、「言」の方がよい。▽大和物語八十一段では藤原敦忠に贈った歌。

666 このように詠んで来ましても、籬(まがき)の島がまだ残っておりますので、あの古歌のように立ち寄って歌を詠むことができそうに思うことです。同様に、籬を越えてあなたのそばに立ち寄ってみたいと思うことですよ。○定国の朝臣の御息所　藤原定国の娘で醍醐天皇女御。○陸奥国にあ

にある所〳〵をつくして歌によみかはして、
「今《いま》はよむべき所なし」と言《い》ひければ

666 さても猶《なほ》まがきの島の有《あり》ければ立《た》ち寄《よ》りぬべく思《おも》ほゆる哉《かな》

源清蔭朝臣

異《こと》女の文《ふみ》を、妻《め》の「見む」と言《い》ひけるに、見
せざりければ、怨《うら》みけるに、その文《ふみ》の裏《うら》に書《か》
きつけてつかはしける

よみ人しらず

667 これはかく怨所《うらみどころ》もなき物をうしろめたくは思《おも》はざらなん

ひさしうあはざりける女につかはしける

源さねあきら

668 思《おもひ》きや逢《あ》ひ見ぬことを何時《いつ》よりと数《かぞ》ふ許《ばかり》になさむ物とは

る所〳〵をつくして…　当時既に陸奥の歌枕が一括して尊重されていたことは、注意に価する。○さても猶　このようにしてもまだ。○まがきの島　宮城県松島湾の島。古今集・東歌「我がせこを都にやりて塩釜のまがきの島の松ぞ恋しき」による。▽恋の部に入っていることを考えれば、「籬の島」を定国の娘の女御の「籬」と解釈し、清蔭がそこに立ち寄りたいという意を籠めたとするほかない。

667 この手紙はこのように裏を見るほどのものでもないのだから、怨みに思う種類のものではないのだから、不安に思わないでほしいものですよ。○異女の文を　ほかの女の手紙を。○これはかく　この手紙はこのように。○怨所　「怨みに思う所」に「裏に見る所」を掛ける。○うしろめたく　不安の意の「うしろめたし」に「うしろを見る」の意を掛ける。▽「よみ人しらず」とあるが、同じような詞書で信明集に見えるので信明の歌であろう。次の歌の作者名表記の位置を誤って、後に「よみ人しらず」と注したのであろうか。

668 あなたにお逢いして共に過ごさないことを、「いったい何時からだったかしら」と数えるほどまで御無沙汰してしまおうとは、全く思いもしませんでしたよ。○思きや　思っただろうか、全く思いもしなかった。倒置法による強い反語表現。▽後撰集では弁解の歌という感じだが、信明集は「二三日ばかりあはぬ女に」という詞書になっており、僅か二、三日なのに何時から逢わないかと数えるほどに恋しく思うとは予想もしなかったという恋の激しさを訴えた歌になる。なお、拾遺集・恋四に伊勢の歌として「思ひきやあひみぬほどの年月をかぞふばかりにならんものとは」とある。信明が伊勢の歌を利用して伊勢の娘である中務の歓心をかったと見ればおもしろい。

題しらず　　　　　藤原治方

669 世の常《つね》のねをし泣《な》かねば逢事《(あふ)》の涙の色もことにぞありける

大伴黒主

670 白浪の寄《よ》する磯間《いそま》を漕《こ》ぐ舟のかぢとりあへぬ恋《こひ》もする哉《(かな)》

源うかぶ

671 恋《こひ》しさは寝《ね》ぬに慰《なぐさ》むともなきにあやしくあはぬ目《め》をも見《み》る哉《(かな)》

年へて言《い》ひ渡侍《(わたりはべり)》ける女に　　　　源すぐる

672 久《ひさ》しくも恋《こひ》わたる哉《(かな)》住《すみ》の江の岸に年ふる松ならなくに

669 世の常のように声を立てて泣かずに忍び泣いているので、逢うことがなくて泣く涙の色も普通とは違うことでありますよ。○逢事の涙の色も　「逢ふことの無み」と「涙」を掛ける。○ことにぞありける　「こと」は「異」。「血の涙」とか「紅涙」とかいうが、もっと濃いと言っているのである。

670 白浪が激しく寄せる磯を漕ぐ舟がかじをうまくとりかねるように、自己統御ができない恋を私はしていることであるよ。○磯間　「磯廻(いそみ)」に同じ。湾曲した磯。○かぢとりあへぬ　かじをとることができないほどに。この時代の「かぢ」は方向を定める「舵」ではなく、舟を漕ぐ「楫」「櫂」。▽万葉集・巻十七「白浪の寄する磯間を漕ぐ船の楫とる間なく思ほえし君」の異伝。

671 恋しさは、寝ないでいるからと言って慰められるわけでもないのだが、恋しい時は、逢わぬめにあってつらいせいか、不思議に瞼が合わない状態になることであるよ。○あはぬ目　寝ないでいると「瞼が合わない」という意味の「め」と、「つらいめにあう」「悲しいめにあう」という意味の「め」を掛けた駄洒落的表現。

672 ずいぶん永い間、恋い慕い続けたことだよ。住の江の岸に年久しく生えている松ではないのになあ…。▽古今集・恋五「ひさしくもなりにけるかな住の江のまつは苦しきものにぞありける」を前提にして言い換えた。

673 逢うことが節の間を隔てている呉竹の「よ」のように幾夜も隔てられ、またその呉竹の節ではないが「臥し」の数が少ない恋をすることでありますよ。○夜ゝを隔つる　底本「世ゝ」とするが改めた。毎夜毎夜隔てられて逢えないと言っているのである。「竹」の節と節との間の空間の意の「よ」と掛けて「呉竹」に続ける。○呉竹の節の数なき

題しらず　　　　　　　　　　　　藤原清正

673 逢事《(あふ)》の夜《(よ》ゝ《よ)》を隔《(へだ)》つる呉竹《くれ》の節《ふし》の数《かず》なき恋《こひ》もする哉《(かな)》

かれがたになりける人に、末《すゑ》もみぢたる枝《えだ》につけてつかはしける　　　　　　　　　　　　よみびとしらず

674 今はてふ心つくばの山見ればこずゑよりこそ色変《かは》りけれ

女のもとより帰《かへ》りて、朝《あした》につかはしける　　　　　　　　　　　　源重光朝臣

675 帰《かへ》りけむ空《そら》も知《し》られずをばすての山より出《い》でし月を見し間《ま》に

兼輔朝臣に逢《あ》ひはじめて、常《つね》にしも逢《あ》はざりけるほどに　　　　　　　　　　　　清《きよ》正《たゞ》が母

676 ふりとけぬ君が雪《ゆき》げの雫《しづく》ゆへ《(ゑ)》袂《たもと》にとけぬ氷しにけり

呉竹の節に「臥し」を掛ける。「数なき」は「無数」の意の場合もあるが、ここは「数少ない」の意。

674 「今はお別れ」というお心がつく筑波山ならぬあなたを見ますと、梢の方から紅葉するように、「来ず」ということからお心の色が変ったことでありますよ。○かれがたになりける人　疎遠になりつつある人。「かれ」は「離(か)れ」。○末もみぢたる　葉末の方が紅葉した。○つけて　歌をつけて。○今はてふ　「今はお別れ」という。五一〇・五二三の「今はとて」と同じ。○心つくばの山　「心つく」と「筑波山」を掛ける。○こずゑよりこそ　「梢」に「来ず」を掛けているのが眼目。→恋四・八〇三。○色変りけれ　木の葉の色がうつろい変ったのと男の心がうつろい変ったのを掛ける。

675 帰った道も茫漠としていてわかりません。おばすて山から出た月のように、我が心を慰めかねる月を見ている間に。○朝に　翌朝に。○空も知られず　「そら」は茫漠たる空間。茫漠として何もわからないこと。○をばすての山より出でし月を見し間に　古今集・雑上「我が心慰めかねつ更級やをばすて山に照る月を見て」を本歌として、帰るのがつらい我が心を慰めかねている状態を表わす。

676 降っても溶けない雪のように、古くなるまで添いとげてくださらないあなたのたまたま溶けた雫によって濡れた私の袂ですから、心が解ける間もなく、涙もすぐに固く凍ってしまいましたよ。○ふりとけぬ　男女が共に古くなるという意の「古り遂げぬ」と、降っても溶けない雪の意の「降り溶けぬ」を掛ける。○袂にとけぬ氷　「袖」とか「袂」と言えば「涙」。ここもあなたが添い遂げてくださらないゆえに流す私の涙が凍った、と言っているのである。▽兼輔集では兼輔の返歌になっている。

方ふたがりける頃《ころ》、違《たが》へにまかるとて　　　藤原有文朝臣

677 片《かた》時も見ねば恋《こひ》しき君をおきてあやしや幾《いく》夜ほかに寝《ね》ぬらん

題しらず　　　大江千古

678 思《(おもひ)》やる心にたぐふ身なりせば一《ひと》日《ひ》に千《ち》度《たび》君は見てまし

しのびて通《かよ》ひ侍《(はべり)》ける女のもとより狩装束《かりさうぞく》送《をく》りて侍けるに、摺《す》れる狩衣《かりぎぬ》侍けるに　　　もとよしの親王《みこ》

679 逢《(あふ)》事は遠《とを》山ずりの狩《かり》衣着《き》てはかひなき音《ね》をのみぞ泣《な》く

題しらず　　　あつよしの親王《みこ》

680 深くのみ思ふ心は葦《あし》の根《ね》のわけても人に逢《あ》はんとぞ思《(おもふ)》

677 ほんのしばらくでも、顔を合せないと恋しく思われるあなたにお逢いしないまま、おかしなことに、どうして今まで幾夜もよそで寝ていたのでしょうか。〇方ふたがりける頃違へにまかるとて　「方塞(かたふた)がり」と「方違(かたたが)へ」である。陰陽道の定めで、行こうとする方向に天一神(なかがみ)が天から下りて来ると、その方向を忌むことを「方塞がり」と言い、出仕などに備えて、あらかじめ別の方向の家に仮宿りを設けて一定期間居住することを「方違へ」と言う。

678 あなたに思いを馳せるその心と一体になる我が身であったならば、一日に千度でも、あなたを見ることができるのだが。〇思やる　遠く離れた人に思いを馳せること。〇たぐふ　…と同類になる。▽古今集・離別「思へども身をし分けねば目に見えぬ心を君にたぐへてぞやる」を意識。

679 いただいた遠山摺りの狩衣から連想するわけではありませんが、あなたとの間には遠い距離がありますので、ここへやって来ても逢えずに、甲斐もないことよと声を出して泣いております。〇摺れる狩衣　模様をプリントした狩衣。〇逢事は遠山ずりの狩衣　底本は「とを山とり」とあるが、意が通じないので、坊門局筆本・二荒山本・片仮名本・承保本・正徹本・中院本などによって改めた。「遠山ずり」は延喜式などに見える。遠山の景をプリントした衣であろう。「逢ふことは遠山摺り」は「逢ふことは遠い」の意を掛ける。〇着てはかひなき　「狩衣」の縁語「着て」を掛詞として「来ては」の意をとった。▽「遠山鳥」と「遠山摺り」については、僻案抄などに言及がある。

680 深く思う私の心は、葦の根のように地の下を分けて行ってでも、あなたにお逢いしたいと思うことです。〇葦の根のわけても　「葦の根の」は「下にのみ這ひわたりつる葦の根の」(一三四)のよ

681
しのびて逢《あ》ひわたり侍ける人《ひと》に

藤原忠国

漁《いざり》火の夜《よる》はほのかにかくしつゝ有《(あり)》へば恋《こひ》の下《した》に消《け》ぬべし

682
寛平のみかど御ぐしおろさせたまうての頃《ころ》、御帳のめぐりにのみ人はさぶらはせたまうて、近《ちか》う寄《よ》せられざりければ、書《か》きて御帳に結《むす》びつけけ《ゝ》る

小八条御息所

立《た》ち寄《よ》らば影踏《ふ》む許《(ばかり)》近《ちか》けれど誰かなこその関をすへ《(ゑ)》けん

683
男《おとこ》のもとにつかはしける

土左

我《わ》が袖は名《な》に立《た》つすゑの松山か空《そら》より浪の越《こ》えぬ日はなし

うに「地下を分けても」の意。

681 漁火がほのかなように、夜は隠し隠し、このように逢い続けていると、私の恋の火は表にあらわれないままに消えてしまうに違いありません。○逢ひわたり侍ける人に　逢い続けている人に。○漁火の　漁火は遠くに見えるので、万葉集以来「いざり火のほのかに妹(いも)を見むよしもがな」(巻十二)のように、「ほのかに」に続く序詞として用いられた。○かくしつゝ　「隠しつつ」と「斯くしつつ」を掛ける。○有へば　月日を過ごしていると。○恋の下に消ぬべし　「こひ」の「ひ」に「火」を掛ける。「消ぬべし」も「火」の縁語。▽堀河本・承保本・正徹本・雲州本は作者を「藤原くにたゞ」とする。

682 立って寄ると、御影を踏むほどに近くに控えておりますのに、おそばに参れないのは、いったい誰が勿来(なこそ)の関―来てはいけないという関―を間に据えたのでありましょうか。○寛平のみかど　宇多天皇。○御ぐしおろさせたまうての頃　寛平九年(八九七)七月譲位、昌泰二年(八九九)十月に落飾入道した。○御帳　御帳台。○人はさぶらはせたまうて　女性たちを伺候させなさって。○近う寄せられざりければ　法皇は出家の身なので女色を遠ざけていたのである。○なこその関　今の福島県いわき市にあった関所。「な来そ(来るな)」の意で用いられる。

683 私の袖はすぐ評判になる「すゑの松山」でありましょうか。そらごとによって、あだし心を持ったら越えるという浪が空を越えて、袖が濡れない日とてないのです。○名に立つ　→七八・五三四・五三九・六八五。○すゑの松山か　古今集・東歌「君をおきてあだし心を我が持たばすゑの松山浪も越えなん」により、あだし心を持てば浪が越えるものとして「松山」と詠む。

「月をあはれと言《い》ふは忌《い》むなり」と言《い》ふ人の
ありければ
よみ人しらず

684 独《ひと》り寝《ね》のわびしきまゝに起《お》きゐつゝ月をあはれと忌《い》みぞかねつる

男《おとこ》のもとにつかはしける

685 唐錦惜《お》しき我《わ》が名《な》は立《た》ち果《は》てて《ゝ》如何《(いかに)》せよとか今はつれなき

はじめて人につかはしける

686 人づてに言《い》ふ事《(こと)》の葉《は》の中よりぞ思ひつくばの山は見えける

はつかに人を見てつかはしける
つらゆき

687 たよりにもあらぬ思《おも》ひのあやしきは心を人につくるなりけり

684 独り寝の苦しさゆえに起きてすわって月を見ていますと、月を「あはれ」ということを忌まわしく思うことは出来はしません。○月をあはれと言ふは…　「月を「すばらしい」と言って誉めるのは忌むことであるようだ」と言う人があったので。○起きゐつゝ　「ゐ」は座るの意の「ゐる」の連用形。○忌みぞかねつる　忌むことが出来ずにいる。男が訪ねて来てくれない独り寝の立場では、月をしみじみと見ざるを得ないと言っているのである。▽感情を込めて月を見るのを忌むことは、竹取物語の「ある人の「月の顔見るは、忌むこと」と制しけれども…」にも見られるが、白氏文集の「内ニ贈ル」にも「月ノ明キニ対シテ往事ヲ思フナカレ。君ガ顔色ヲ損ジ、君ガ年ヲ減ゼム」とあって、中国にも通ずる把握であることが知られる。

685 惜しむべき我が憂き名は完全に立ってしまっているのに、どうせよということで、今になってこのようにつれなくなさるのですか。○唐錦　三六五・三六九に見られるように「錦を裁(た)つ」という言い方を前提に「立つ」と呼応するが、ここは「名立つ」を導き出す役割を果たしている。

686 人づてにお贈りするこの言葉の中から、あなたに心を付ける筑波山ならぬ私の思いは自然に見えることでありますよ。○人づてに　人に手紙を託したのであるが、それをわざわざ言うのは、早く直接逢ってほしいという気持を表わしているのである。○思ひつくばの山　「思ひつく」(思いがあなたにつく)と「筑波の山」を掛ける。「我を君思ひつくばの山のはに入りと入りなば帰らざらなん」(友則集)。○見えける　「見え」はこの場合「自然に見える」の意。

687 使者ならともかく、使者でもない我が情熱の不可解なことは、心をあなたに届ける役割をすることであるよ。○たよりにもあらぬ思ひ

人の家より物見に出《い》づる車《くるま》を見て、心づきにおぼえ侍《(はべり)》ければ、「誰《た》そ」とたづね問《と》ひければ、出《い》でける家の主《あるじ》と聞《き》きてつかはしける

よみ人しらず

688 人づまに心あやなく掛橋《かけはし》のあやう《(ふ)》き道は恋《こひ》にぞ有《(あり)》ける

人《ひと》を思《(おもひ)》かけて心地もあらずや有《(あり)》けん、物も言《い》はずして、日暮《く》るれば、起《お》きもあがらずと聞《き》きて、この思《(おもひ)》かけたる女のもとより「などかくすき〴〵しくは」と言《い》ひて侍ければ

689 言《い》はで思《(おもふ)》心ありその浜《はま》風に立《た》つ白《しら》浪のよるぞわびしき

心かけて侍けれど、言《い》ひつかむ方《(かた)》もなく、つれなきさまの見えければ、つかはしける

690 ひとりのみ恋《こ》ふれば苦《くる》し呼子《よぶこ》鳥《どり》声《こゑ》に鳴《な》き出《い》でて君に聞《き》かせん

「たより」は「手づる」「使者」。「思ひ」は情熱。情熱が火となって身から離れ、相手に我が心を運ぶと言っているのである。▽前歌と同じく「人に心をつく」ことをポイントにしている。なお、この歌は古今集・恋一に「題しらず　元方」として見える。

688 不条理にも人妻に心をかけてしまったよ。断崖に架けた桟(かけはし)のように危険な道は、なんと恋でありましたよ。○心づきにおぼえ侍ければ　何となく気になったので。○出でける家の主　今出て行った家の女主人。○心あやなく掛橋の　理不尽にも心をかけた桟のように。「桟」は断崖など急な山道にかけた桟道。

689 口に出して言わないで、ひそかにあなたを思う心がありますので、夜がことに苦しいのです。○心地もあらずや有けん　気持が普通でなかったのであろうか。○などかくすき〴〵しくは「すきずきしくはある」の省略形。どうしてこのように色好みなのでしょうか。「起きもあがらず」、ずっと臥しているので、からかったのである。○言はで思心ありその…　「言はで思ふ心あり」(口に出して言わないでもあなたを思う心があるからなのだ)とまず言っているのである。詞書の「物も言はずして」と対応。「心あり」と「ありその浜風に…」を掛ける。○立つ白浪の　「よる(夜)」にかかる序詞。「寄る」と「夜」を掛けるが、詞書の「日暮るれば」と対応して「夜」を言いたかっただけなので「浜風」「立つ白浪」は訳さなかった。

690 独りだけでひそかにあなたを恋い慕っているので苦しい。だから、あなたを呼び出すために呼子鳥のように泣いてあなたを呼び出したいものです。○心かけて侍けれど　思いをかけたのですが。○言ひつかむ方もなく　関係を作る方法もなく。○呼子鳥　「呼ぶ」「鳴き出で」を言い出すための語。

男《おとこ》の、女に文《ふみ》つかはしけるを、返事《(かへりごと)》もせで絶《た》えにければ、又つかはしける

691 ふしなくて君が絶《た》えにし白糸《しらいと》はよりつきがたき物にぞ有《(あり)》ける

男《をとこ》の旅《たび》よりまで来《き》て、「今なんまで来《き》つきたる」と言《い》ひて侍《(はべり)》ける返事《(かへりごと)》に

692 草枕このたびへつる年月のうきは帰《(かへり)》てうれしから南《(なん)》

男《おとこ》の、ほど久《ひさ》しうありてまで来《き》て、「み心のいとつらさに十二年の山籠《ごも》りしてなん、ひさしう聞《きこ》えざりつる」と言《い》ひ入《い》れたりければ、呼《よ》び入《い》れて、物など言《い》ひて、返しつかはしけるが、又音《をと》もせざりければ

691 節がなくて絶えてしまった白糸は撚り継ぎがたいものでありますよ。逢う機会がなくて絶えてしまったあなたは、お傍に寄りつきがたいものでありますよ。〇ふし　糸が撚れてこぶのようになっている部分。「機会」の意の「節」と掛けている。〇よりつきがたき　白糸を「撚り継ぐ」と「寄り付く」を掛ける。

692 今度の旅にお出かけになっていらっしゃった長い年月の間のつらさは、お帰りになった今となっては、逆に嬉しいものとして感じるようになってほしいことです。〇まで来て　「まうで来て」と同じ。「まうで」は聞き手を尊敬する役割を果たす。「まで来つきたる」も同じだが、聞き手は作者の女。〇草枕　「たび」にかかる枕詞。〇このたび　「この旅」と「この度」を掛ける。〇うきつらい。〇帰てうれしから南　「帰って」と「却って」を掛ける。

693 山の端から出てから、そのまま見えなくなってしまった月は、また再び山の端に入ってしまったのでありましょうか。山に籠っていたとおっしゃいましたが、また再び山に入ってしまわれたのでしょうか。〇み心のいとつらさに　あなたのお心が大変つれないので。〇十二年の山籠り　伝教大師最澄の定めによって、天台の大乗戒を受けた者は十二年の間、比叡山に籠って三昧を修すること(類聚国史・仏道六)。この場合は冗談に言ったのであるが、その頃、「十二年の山籠り」が世間の話題になっていたのであろう。〇返しつかはしけるが…　帰らせてやったその男が、また便りもしなかったので。「が」は格助詞。〇月影は　男を月の光に喩え、月が山に入るのを山籠りすることに喩えたのである。

694 山に生えているという諸葛《(もろかずら)》ではありませんが、今度山へ入る時はあなたと諸共に入

693 出《い》でしより見えずなりにし月影は又山の端《は》に入《(いり)》やしにけん

返し

694 あしひきの山に生《お》ふてふもろ葛《かづら》もろともにこそ入《い》らまほしけれ

人を思《(おもひ)》かけてつかはしける　　平　定　文

695 浜《はま》千鳥たのむを知《し》れとふみそむる跡《あと》うち消《け》つな我を越《こ》す浪

返し　　おほつ舟《(ぶね)》

696 ゆく水の瀬《せ》ごとに踏《ふ》まむ跡《あと》ゆへ《(ゑ)》に頼《たの》むしるしをいづれとか見《み》む

りたいと思いますので一人で山籠りはしていません。〇あしひきの　「山」にかかる枕詞。〇もろ葛　双葉葵の異名という。「もろとも」にかかる枕詞。

695 「頼りにしていることを知ってください」と浜千鳥が初めて残した足跡を消さないでください。私を越すほどの大きな浪よ。—「あなたとの未来を期待しています」と初めてお手紙をさしあげた私の筆跡を消さないでほしいものです。私以上の大きな力よ。〇浜千鳥　砂浜に残った鳥の足跡をもって筆跡に喩えたので、冒頭に「浜千鳥」とおいた。古今集・雑下「忘られむ時しのべとぞ浜千鳥ゆくへも知らぬ跡をとどむる」の先例がある。〇たのむを知れと　頼りにしているのを知ってくださいと。〇ふみそむる　文を出し始めたことを、「文」と「踏み」を掛けて、千鳥が砂浜を「踏みそむる」と言った。〇跡うち消つな　千鳥の足跡と筆跡を掛ける。〇我を越す浪　古今集・恋五「わたつみの我が身越す浪立ちかへりあまの住むてふうらみつるかな」の例がある。自分を越えるような大きな浪。何を比喩しているのかわかりにくいので、「私以上の大きな力」と仮に訳してみた。

696 お言葉ですが、流れる水の浅瀬のあらゆる所を千鳥が踏んでつける足跡でありますから、どれが「頼むしるし」なのかと思って見ることでしょうよ。—あなたはあちらこちらの女のもとに筆跡を残していらっしゃいますので、どれが私との未来を期待している証拠かしらと思って見ることでしょうよ。〇ゆく水の　流れてゆく水の。〇瀬ごとに踏まむ跡ゆへに　渡る浅瀬のすべてに踏んだ足跡を残すゆえに。関係した女の所のすべてに筆跡を残しているゆえに。〇頼むしるしを…　あなたが「たのむを知れ」とおっしゃった筆跡をどれなのかと迷いながら見ることでしょうよ。

人のもとに初《はじ》めて文《ふみ》つかはしたりけるに、返事《(かへりごと)》はなくて、たゞ紙《かみ》をひきむすびて返《かへ》したりければ

源もろあきらの朝臣

697 つまに生《お》ふることなし草《ぐさ》を見るからにたのむ心ぞ数《かず》まさりける

かくてを《(お)》こせて侍《(はべり)》けれど、宮づかへする人なりければ、暇《いとま》なくて、又の朝《あした》に、常夏《とこなつ》の花につけてを《(お)》こせて侍ける

698 置《を》く露《つゆ》のかゝる物とは思《おも》へどもかれせぬ物はなでしこの花《はな》

返し

699 かれずともいかゞたのまむなでしこの花はときはの色《いろ》にしあらねば

697 軒端に生えている事成草ならぬ言葉が成就するお手紙を見るや否や、事が成るかと期待する気持が増してきたことでありますよ。〇たゞ紙をひきむすびて　白紙の紙を結び文にして返したのである。〇つま　軒のつま。軒端。〇ことなし草　返事の言葉がなかったので「言無し草」と言い、「言成草」に転換したのである。「ことなし草」は軒端に生えることから忍草の異名とするのが通説だが、枕草子には「ことなし草は思ふことをなすにやと思ふもをかし。しのぶ草いとあはれなり」とあるから異なった草であろう。枕草子の記述から考えると、「事成草」であろう。

698 男女の関係はこのようなものだとは思ってはいますが、置いた露がかかっても枯れないものの、離(か)れないものは、常夏とも呼ばれるこの撫子(なでしこ)の花でありますので、私の心を表わす花としてお贈りいたします。〇かくてをこせて…このように庶明が歌を贈ったのでありますが。〇をこせて侍ける　庶明が女のもとに歌を贈ったのである。〇置く露のかゝる物とは…　どうせこんなことだと…。「置いた露がかかる」と「かかる物」を掛ける。朝だから「露」を詠んだのである。涙で濡れることを暗示。〇かれせぬ　花が枯れない意と男女が離(か)れないという意を掛ける。

699 離(か)れないとおっしゃっても、どうしてあなたを頼りにできましょうか。この撫子(なでしこ)とて、せいぜい常夏(とこなつ)で、常磐に色が変らないわけではありませんから。〇返し　やっと女が返歌したのである。〇かれずとも　「枯れ」と「離れ」を掛ける。〇ときはの色にしあらねば　撫子は常夏とも言うように夏の間は長く咲くが、常磐に色が変らないわけではないと言っている。→七〇〇・七〇一。
▽承保本・中院本に従って六九八を女の歌、六九九を男の歌とするのが通説だが、それでは通じない。

後撰和歌集巻第十一

恋　三

女につかはしける　　　　三条右大臣

700 名にしおはば相坂《(あふさか)》山のさねかづら人に知《し》られでくるよしも哉《(がな)》

在原元方

701 恋《こひ》しとは更にも言《い》はじ下紐《したひも》の解《と》けむを人はそれと知《し》ら南《(なん)》

700　名を持っているのであれば、その逢坂山のさねかずらを繰るという言い方にふさわしく、逢って寝るために、誰にも知られないで、やって来る手筈がほしいものでありますよ。○名にしおはば　伊勢物語九段(古今集・羇旅にもあり)の業平の歌「名にしおはばいざ言問はむ都鳥…」と同じく「そのような名を持っているのであれば」の意。○相坂山　逢坂は都と近江との境の関として詠まれ、「逢ふ」という意を籠められるのが一般的であったが、ここはそれを前提にしつつ、その山に生える葛(かずら＝蔓草の総称)を導き出している。○さねかづら　冬に赤い実をつけるモクレン科の常緑蔓草。蔓草であるので「繰る」と言って「来る」と掛けるとともに「さ寝」の意を響かせている。▽さねかずらは蔓が長く延びるため、万葉集においても「のちに逢ふ」(三〇七〇・二四七九)の序詞になっているので、「逢ふ」の意を籠めて「相坂山のさねかづら」と詠んだ。さねかずらに付けて歌を贈ったと見なければ唐突に過ぎる。

701　恋しいとはこれ以上申しますまい。下紐が解けることによって、あなたは私が恋い慕っていると知っていただきたいものです。○更にも言はじ　これ以上あらためて言わないでおこう。○下紐の解けむを…　誰かが自分を慕っていると下袴や下裳の紐が自然に解けるという俗信があったことは万葉集・三一四五などによってわかる。○人は　この場合は「あなたは」の意。▽「平定文家歌合」の異本には在原元方の歌として見えるが、伊勢物語はこれと次の返歌を利用して第一一一段を作っている。

返し　　　　　　　　　　　　よみ人しらず

702 下紐《したひも》のしるしとするも解《と》けなくに語《かた》るがごとはあらずもある哉《(かな)》

女のいと思《(おもひ)》離《はな》れて言《い》ふに、つかはしける

703 うつゝにもはかなき事のわびしきは寝《ね》なくに夢と思《(おもふ)》なりけり

宮仕《づか》へする女の逢《あ》ひがたく侍《(はべり)》けるに　　　　つらゆき

704 たむけせぬ別《(わかれ)》する身のわびしきは人目《め》を旅と思《(おもふ)》なりけり

かりそめなる所に侍ける女に、心変《かは》りにける

男《おとこ》の「こゝにては、かくびんなき所なれば、

702 下紐が解けるのを恋してくださるしるしだとおっしゃるのに、少しも解けないのですが…。あなたのお気持はお話になるほどでもないのですね。○語るがごと　「語る」は既に出来上っている内容をややオーバーに述べ立てるというニュアンスを持つことにおいて「言ふ」とは異なっている。「ごと」は「如」。「ごとし」の語幹を体言化した。

703 目醒めている時も実のないお言葉をおっしゃることが切ないのは、寝ていないのに「夢か」と思うほどのはかなさであるからですよ。○女のいと思離れて言ふ　思いが離れているように言う女。そっけない言葉を言う女。○はかなき　すぐに消えてしまうような頼みどころのないこと。▽「夢ははかない」ということを前提に、それ以上にはかないあなたのお言葉は、寝てもいないのに見る夢のようだと言っているのである。なお、恋一・五九六にほぼ同じ歌が女の歌として見える。同じ歌が異なった形で伝承されていたのであろう。

704 ほんとうの旅でないゆえに手向けをしないで、別れる我が身が切なく思う理由は、私達の逢瀬を邪魔する人目のつらさを旅のつらさと同じだと思うからでありますよ。○たむけせぬ別する身　「たむけ」は旅立つ時、道中の安全を祈って神に幣を捧げること。→一三七・一三三八。旅に出るための別れなら神に手向けをするのだが、男女の別れはそれをしないことから、このように言ったのである。▽旅の別れのつらさは逢えなくなる点にあるのだが、二人の別れは、人目を気にするつらさが原因になっていると嘆いているのである。理屈っぽく共通点と相違点を抽出しながら抒情・詠嘆へ流してゆく貫之の詠法が示されている。

心ざしはありながらなむ、え立《た》ち寄《よ》らぬ」と言《い》へりければ、所を変《か》へて待《ま》ちけるに、見えざりければ

女

705 宿《やど》かへて待《ま》つにも見えずなりぬればつらき所の多《おほ》くもある哉《かな》

題しらず

よみ人も

706 思《おも》はむとたのめし人は変《かは》らじをとはれぬ我やあらぬなるらん

源さねあきら「たのむことなくは死《し》ぬべし」と言《い》へりければ

中務

707 いたづらにたび〳〵死《し》ぬと言《い》ふめれば逢《あ》ふには何をかへむとすらん

705 住まいを変えてお待ちしていますのに、お見えにならなくなってしまいましたので、あなたにつれなくされる場所はずいぶん多くあるのだなあと思うことですよ。○かりそめなる所　一時的にいる場所。誰かの邸宅の局(つぼね)にでもいたのであろう。○こゝにては　女がここに居ては。○びんなき所　不便な所。都合が悪い所。○心ざしはありながら　愛情はあるけれども。○所を変へて待ちけるに　女は居場所を変えて男を待っていたのだが。○待つにも見えず　「まつ」は「待つ」が表面の意だが、男が夜来る時に灯す「松」(松明=たいまつ)を響かせる。○つらき所　つれなくなさる所。

706 「いつまでもお前のことを思っているよ」と将来を安心させなさったお方はその誓いを破ってもお元気なのに、訪ねていただけない私の方は命がなくなりそうでありますよ。○たのめし　下二段活用の「たのむ」は「頼りにさせる」の意。○変らじを　昔と変らないのに。○とはれぬ我　あなたにお訪ねいただけない私。「とふ」には「問う」の意と「訪う」の意があるが、ここは後者に解しておく。▽恋二・六五五の「思はんとたのめし人はありと聞く言ひし言の葉いづち往にけん」の言い換えであろう。

707 口先だけでたびたび「一緒になれなければ死ぬ」と言っていらっしゃるようですので、ほんとうにお逢いした時にはどんな言葉をそれに替えようとなさるのでしょうか。○たのむことなくは　期待していることが成就しなければ。具体的には「逢ってもらいたいと願っていることが成らなければ」の意。○いたづらに　空しく。口先だけで。○言ふめれば　「めり」は「…のように見える」の意。○逢ふには何を…　逢った後はどのような言葉に替えて言うのだろうかと皮肉っているのである。

返し　　　　　　　　　　　　　　源　信明《（さねあきら）》

708 死《し》ぬ〳〵と聞《き》く〳〵だにも逢《あ》ひ見ねば命《いのち》を何時《いつ》の世《よ》にか残《のこ》さむ

時〴〵見えける男《をとこ》のゐる所の障子《さうじ》に、鳥《とり》のかたをかきつけて侍《（はべり）》ければ、あたりに押《を》しつけ侍ける　　　　　　　　　　本院侍従

709 絵《ゑ》にかける鳥とも人を見てし哉《（がな）》おなじ所を常《つね》にとふべく

大納言国経朝臣の家に侍ける女に、平定文いとしのびて語《かた》らひ侍て、行《ゆ》く末《すゑ》まで契《ちぎ》り侍ける頃《ころ》、この女にはかに贈太政大臣に迎《むか》へられて渡《わた》り侍にければ、文《ふみ》だにもかよはす方《かた》なく

708 私が死ぬ死ぬと何度も言っているのを繰り返し聞いていらっしゃる時でも逢って結ばれることがないのだから、ほんとうに結ばれるためには、この私の命を、いったい何時の世まで残したらよいのでしょうか。とても残せそうもありませんよ。〇聞く〳〵　男が「死ぬ死ぬ」と言ったのに対応させて「聞く聞く」と応じるだけで、何度繰り返しても、女が逢ってくれないことを怨んでいるのである。〇逢ひ見ねば　「逢ふ」は簾越しでもよいが、「見る」は直接顔を合せること。つまり男女が特別の関係を持つこと。なお、中務と信明は夫婦になった。〇命を何時の世にか残さむ　「か」は反語。「ほんとうに死にそうですよ、だからその後のことは考えられません」と応じているのである。

709 絵に描いてある鳥のようにあなたを思いたいものです。画中の鳥が常に同じ所を飛んでいるように、あなたも同じ所を常に訪(と)うてくだされればよいと思いますので。〇時〴〵見えける男　「見え」は男に見られること。つまり顔を合せて関係が出来ている男。〇ゐる所　男がふだん居住している室。男が部屋住みだった頃のことであろう。〇障子　今のふすま障子。〇鳥のかたを　鳥の形を。〇押しつけ侍ける　歌を書いた色紙をつけたのである。〇人を　あなたを。〇常にとふべく　鳥が「飛ぶ」と男が「訪ふ」を掛ける。▽画中の景であるゆえの特徴をとらえてみずからの思いを訴えた先蹤歌としては古今集・雑上・九三〇がある。

710 昔した私の約束事の結果がこのように悲しいことになってしまったのは、どのように契ったなごりなのでありましょうか。あの約束は全く無駄だったのでしょうか。〇語らひ侍て　睦言を語り合った仲になって。〇行く末まで契り侍ける

なりにければ、かの女の子の五つ《いつゝ》許《(ばかり)》なるが本院の西《にし》の対《たい》に遊《あそ》び歩《あり》きけるを、呼《よ》び寄《よ》せて、「母《はゝ》に見せたてまつれ」とて、腕《かひな》に書《か》きつけ侍ける

平定文

710 昔せし我がかね事の悲きは如何《(いかに)》ちぎりし名残《なごり》なるらん

返し

よみ人しらず

711 うつゝにて誰契剣《(たれちぎりけん)》定《(さだめ)》なき夢地《(ゆめぢ)》に迷《(まどふ)》我《われ》は我かは

おほやけ使《つかひ》にて、東《あづま》の方《(かた)》へまかりける程《ほど》に、はじめてあひ知《し》りて侍《(はべる)》女に、「かくやむごとなき道《みち》なれば、心にもあらずまかりぬる」など申《(まうし)》て下《くだ》り侍けるを、後《のち》にあらため定《さだ》めら

頃　夫婦となっていつまでも愛し合おうと約束をしていた頃。○贈太政大臣　没後太政大臣を贈られた左大臣藤原時平。○渡り侍にければ　引っ越しましたので。○本院の西の対　「本院」は時平邸。女はその西の対に住むことになったのであろう。○かね事　かねて約束していたこと。

711 目醒めている時に、どなたが私と契ったのでしょうか。ずっと定めない夢路に迷っているような私は自分で自分のことがわかりません。○夢地　夢の中で相手に逢うために往還する路。↓五五九。○我は我かは　私は私であろうか。私ではない。自分で自分のことがわからない。▽時平の強引なやり方に、みずからを失っている女の心の状態がよくわかる。大和物語一二四段や今昔物語集二十二ノ八によれば、作者は在原棟梁の娘か。大納言藤原国経の妻であったのを甥の時平が奪ったので有名。定文が通っていたのは、国経の妻になる前か後か定かでない。谷崎潤一郎の『少将滋幹の母』はこの女を主人公にした小説である。なお、この贈答は十訓抄・六などにも見える。

712 一途にあなたが恋しゅうございましたので、ふたむら山も越えないで帰って来ることになってしまったのですよ。○おほやけ使　朝廷の命で出張する役人。○かくやむごとなき道　このようにのがれることが出来ない旅行。○心にもあらずまかりぬる　あなたと別れるのは本心でないが出かけてしまいます。○あらため定めらるゝ事ありて　訂正した形で決定されることがあって。○喜びながらとひにつかはしたりければ　喜びのあまり様子を尋ねさせたので。○道にて人の心ざし送りて侍ける　道中で人が心をこめた贈物として

るゝ事ありて召《め》しかへされければ、この女聞《き》きて、喜《よろこ》びながら、とひにつかはしたりければ、道《みち》にて、人の心ざし送《をく》りて侍ける呉服《くれはとり》といふ綾《あや》を二《ふた》むら包《つゝ》みてつかはしける

清原諸実《(もろざね)》

712 くれはとりあやに恋しく有《(あり)》しかばふたむら山も越《こ》えずなりにき

返し

よみ人しらず

713 唐衣たつを惜しみし心こそふたむら山の関《せき》となりけめ

人のもとにつかはしける

きよなりが女

714 夢かとも思《(おもふ)》べけれどおぼつかな寝《ね》ぬに見しかばわきぞかねつる

くれた。○呉服 中国春秋時代の呉の国の織法でおった綾。延喜式・主計上によれば、この両村山(ふたむらやま)の東にあたる遠江国(今の静岡県西部)から「呉服綾」を献上していたことがわかる。ここは「あやに」に掛かる枕詞。○あやに わけがわからないほど。「綾」と掛ける。○ふたむら山 両村山。尾張、今の愛知県豊明市の近く。絹織物の単位である「二疋(ふたむら)」を掛ける。一疋は六丈(一八・一八メートル)。

713 御出立をなごりおしく思いました私の心が、あなたを両村山でせき止める力となったのでしょうよ。○唐衣 「裁つ」の縁で「出立する」意の「たつ」の枕詞となった。○関となりけめ 両村山に関所はなかったが、駅があったことは延喜式によってわかる。

714 お逢いしたことが、まるで夢かとも思われますが、わからないのです。寝ていないのに見たものですから、夢であるのかどうかはっきりさせられません。○おぼつかな はっきりしなくて確かめようがない。○寝ぬに見しかば… 寝ている時であれば夢だと思われるが、寝ていない時に見たので夢だとも思えないと言っているのである。▽古今集・恋三や伊勢物語六十九段に見える業平に対する歌「君や来し我や行きけんおぼつかな夢かうつつか寝てかさめてか」(通行の本は第三句「おもほえず」)や、拾遺集・恋二・よみ人しらずの「夢かとも思ふべけれど寝やはせし何ぞ心に忘れがたきは」と関係がありそうである。

715 空が知らない雨、すなわち全く知らずに涙に濡れる我が身でありますよ。「笠」という名を持つ三笠の山、つまり少将様のことは関係ない人として聞いていまして。○かよひ侍ける所をさりて 関係を持っていた女と離れて。○それより

少将さねたゞかよひ侍《(はべり)》ける所をさりて、こと女につきて、それより、春日《かすが》の使に出《い》で立《た》ちてまかりければ

もとの女

715 空知《そらし》らぬ雨にも濡《ぬ》るゝわが身哉《(かな)》三《み》笠《かさ》の山をよそに聞き《きゝ》つゝ

朝顔《あさがほ》の花前《まへ》にありける曹司《ざうし》より、男《をとこ》のあけて出《い》で侍けるに

よみ人しらず

716 もろともにお《(を)》るともなしに打《(うち)》とけて見えにける哉《(かな)》朝顔《あさがほ》の花

内に参《まい》りて、久《ひさ》しう音《をと》せざりける男《をとこ》に

をんな

717 もゝしきは斧の《おのゝ》柄《え》くたす山なれや入《(いり)》にし人のを《(お)》とづれもせぬ

その新しい女のもとから。○春日の使　春日神社の祭の日に遣わされる勅使。藤原氏の中将・少将の中から選ばれた。○空知らぬ　空が知らない雨、すなわち涙の意と「全く知らない」の意を掛ける。貫之集に「空知らぬ雪」という例があるのに影響されたか。○三笠の山　春日神社の背後にある山の名。それに雨をふせぐ笠と近衛府の異称としての「御蓋(みかさ)」を掛ける。→二〇六。○よそに聞きつゝ　関係のないこととして聞く。

716　一緒にこのままここに居るということもなく帰って行かれるのに、すっかり打ち解けた顔を見られてしまったこの朝顔の花ならぬ私でありますよ。○朝顔の花前にありける曹司　朝顔の花が庭前にある室。歌の作者である女はそこに住んでいたのである。○おるともなしに　花の縁語の「折る」に「居る」を掛ける。○打とけて　花の縁語である「紐解く」を響かせる。○見えにける哉「見え」は「見られる」の意。▽朝忠集では大輔(八六五などの作者)に対する朝忠の歌となっている。

717　内裏という所は、あの中国の故事にいう斧の柄を朽ちさせてしまう山なのでしょうか、入ってしまった人はそのまま私を訪ねていらっしゃることもありませんよ。○もゝしき　本来「大宮」にかかる枕詞だったが、「大宮」そのものの意で用いられるようになった。○斧の柄くたす　述異記などに見える有名な故事。晋の王質という人が木を伐採するために山に入ったところ、童子(あるいは仙人)が碁を打っているのでそれを見ていると、時を忘れ、持っていた斧の柄が朽ちてしまったという。古今集・雑下・九九一参照。○入にし人のをとづれもせぬ　同じ下句を持つ歌が古今集・冬・三一七に見える。▽一条摂政御集では伊尹に対する北の方恵子女王の歌として見える。次の歌が伊尹の作であることと関係があろう。

女のもとに衣《きぬ》を脱《ぬ》ぎ置《を》きて、取《と》りにつかはすとて

伊尹《これまさ》の朝臣

718 鈴鹿《すゞか》山伊勢《いせ》をの海人《あま》の捨《す》て衣しほなれたりと人や見るらん

題しらず

つらゆき

719 いかで我人にも問《と》はむ暁のあかぬ別《（わかれ）》やなにに《ゝ》似《に》たりと

在原行平朝臣

720 恋しきに消《き》えかへりつゝ朝露《あさつゆ》の今朝《けさ》はおきゐむ心地こそせね

よみ人しらず

721 しのゝめにあかで別《（わかれ）》した本《（もと）》をぞ露《つゆ》や分《わ》けしと人はとがむる

718 鈴鹿山を越えて行く伊勢に住む海人の捨てた衣を、潮になえているとあなたは御覧になっていることでしょうよ。本当は涙がしみこんでおりますのに。〇鈴鹿山伊勢をの　「鈴鹿山を越えて行く伊勢の」の意に解したが、「鈴鹿山」は枕詞的に使われていると見てもよい。「伊勢を」の「を」は間投助詞。〇捨て衣　海人(漁夫)が水に入る時に脱ぎ捨てておく衣。謙遜してこのような粗末な衣に喩えたのである。〇しほなれたりと　潮でぐっしょりしていると。「潮」は「涙」を意味している。〇人や見るらん　あなたは見ているだろう。

719 何とかして私はあなたにお尋ねしたいものです。暁の充たされないままの別れのつらさは何に似ていますかと。喩えるものは他にないでしょう。〇人にも問はむ　「人」はあなたの意。〇暁のあかぬ別　まだ月が出ている時刻に充たされぬ思いで辞去すること。〇なにに似たりと　何に似ているのか、何にも似ていないでしょう。

720 恋しさに、すっかり意気消沈、朝露が置くように起きて坐ろうという気持も今朝はいたしません。〇消えかへりつゝ　「消えかへる」は完全に消えてしまうこと。「つつ」は動作の繰り返しを表わす。「朝露」の縁語になっている。〇おきゐむ心地こそせね　起きて坐る気持もしない。「朝露が置く」と「起く」を掛ける。「ゐる」は「坐る」の意。

721 東の空が白む頃、充たされぬ思いのままに別れた私の袂の濡れざまを見て、露を分けるようにして朝帰りして来たのかと人はとがめることでありましょうよ。〇しのゝめに　東の空が白む頃。〇露や分けし　露が置いた笹や草葉を分けて女の家から朝帰りすること。↓三二。「秋の野に笹分けし朝の袖よりもあはで寝る夜ぞひちまさりける」(古今集・恋三、伊勢物語二十五段)参照。

722 恋《こひ》しきも思《(おもひ)》こめつゝある物を人に知《し》らるゝ涙なに也

平中興

からうじて逢《あ》へりける女に、つゝむこと侍《(はべり)》て、又え逢《あ》はず侍ければ、つかはしける

兼輔朝臣

723 相坂《(あふさか)》の木《こ》の下露《したつゆ》に濡《ぬ》れしより我《わ》が衣手は今もかは《(わ)》かず

題しらず

みつね

724 君を思《(おもふ)》心を人にこゆるぎの磯《いそ》の玉藻《たまも》や今《いま》も刈《か》らまし

親《おや》ある女に忍《しの》びて通《かよ》ひけるを、男《おとこ》も「しばしは人に知《し》られじ」と言《い》ひ侍ければ

よみ人しらず

725 なき名ぞと人には言《い》ひて有《(あり)》ぬべし心の問《と》はばいかゞ答《こた》へん

722 恋しいことも思いの底に隠し続けているのに、人に知られてしまう涙がつい流れ出てしまうなんて、いったい何ですか。○思こめつゝ　ずっと思いを外に表わさないこと。○なに也　いったい何だね。後撰集に多い言い方。→五四三・七七一・八七六・一三六六。▽古今集・雑下「世の中のうきもつらきも告げなくにまづ知るものは涙なりけり」を意識。

723 逢坂の木の下露に濡れてから—やっとの思いでお逢いしましてからというものは、あなたを恋しく思う涙で、私の袖は今も乾きません。○からうじて逢へりける女　やっとのことで逢うことができた女。○つゝむこと侍て　秘さなければならぬ理由があって。○相坂の　男女が逢う意を掛ける例は五二六・六二三・九〇五・一〇三八など多い。○木の下露　古今集・東歌・一〇九二「宮城野の木の下露」が有名。

724 あなたを思う心が人に超えている私ですから、小余綾（こゆるぎ）の磯のすばらしい藻を今からでも刈りたいと思っておりますよ。○こゆるぎの磯　今の神奈川県大磯付近の海岸。「超ゆ」を掛ける。○刈らまし　「海松布（みるめ）刈る」が「男女が逢う機会を作る」意で詠まれている例は多いが、磯の玉藻を「刈る」というのはめずらしい。恋四・七九八の紀友則の歌「玉藻刈る海人にはあらねどわたつみの底ひも知らず入る心かな」を意識して「深く」思う心を表わしたか。

725 ありもしないゴシップだと他人に言ってすませることもできましょう。しかし私の心が聞いたら、どのように答えればよいのでしょうか。○しばしは人に知られじ　暫くの間は他人に知られたくない。○なき名ぞと…　二人の間は何もなかった、ありもしない噂に過ぎないと他人に言って切り抜けることもできよう。

なき名立《た》ちける頃《ころ》　　　　伊　勢

726 清《きよ》けれど玉ならぬ身のわびしきは磨《みが》ける物に言《い》はぬ也《なり》けり

忍《しの》びてすみ侍《(はべり)》ける女につかはしける　　　　あつたゞの朝臣

727 逢《(あふ)》事をいざ穂《ほ》に出《い》で南《(なん)》しのすゝき忍《(しのび)》果《は》つべき物ならなくに

相語《あひかた》らひける人、これもかれもつゝむこと有《(あり)》て、離《はな》れぬべく侍ければ、つかはしける　　　　よみ人しらず

728 あひ見ても別《わか》るゝ事のなかりせばかつ〴〵物は思《おも》はざらまし

人のもとより暁帰《かへ》りて　　　　閑院左大臣

729 いつの間《ま》に恋《こひ》しかる覧《(らん)》唐衣濡《ぬ》れにし袖のひる間《ま》許《(ばかり)》に

726 潔白でありますのに、玉ではない我が身がつらいのは、磨きあげたように曇りのないものだとは世間の人が言わないことでありますよ。▽伊勢集には「疑ふことありて、人の玉を給ひければ」と詞書があって、「玉」がテーマになった理由がよくわかる。玉ならば磨いて清さを示すこともできるが、私は弁解もできないと嘆いているのである。「清けれど」「磨ける」は玉の縁語。

727 逢うことを、さあ、はっきりさせてしまいましょう。篠薄のように最後まで忍んで隠しておけるものではないのですから。○忍びてすみ侍ける女　こっそりと同棲するようになった女。「住む」は「通ふ」と違って、男女の恒常的関係を言う。○穂に出で　穂が出ることから転じて隠れていたことがはっきりと表れることを言う。ここは「しのすすき」の縁語として用いられている。○しのすゝき　まだ穂が出ていない薄。「忍び果つ」の枕詞のように用いられている。

728 逢って契っても、別れることがなかったならば、それはそれとして悩むことはないでしょうに。○これもかれも　男も女も。○つゝむこと有て離れぬべく侍ければ　隠さなければならない事情があって離れてしまいそうになったので。○かつ〴〵　一方では。それはそれとして。▽大和物語一二二段には志賀寺でとし子にあった増喜法師が後で贈った歌として掲出されている。

729 いつの間にこのように恋しく思うようになったのでしょうか。別れる時に涙で濡れた衣の袖が乾く間の僅かな時間しかたっていない昼間でありますのに。○人のもとより　女のもとから。○恋しかる覧　自分を客体化して「恋しくなっているのだろうか」と言っているのである。○唐衣　「濡れにし袖」にかかる枕詞。○ひる間許に　「濡れにし袖の干る間」と「昼間」を掛ける。▽

つらゆき

730 別《(わかれ)》つる程《ほど》もへなくに白浪の立帰《(たちかへり)》ても見まくほしきか

女のもとにつかはしける　　伊《これ》尹《まさ》の朝臣

731 人知《し》れぬ身はいそげども年をへてなど越《こ》えがたき相坂《(あふさか)》の関

返し　　小野好古朝臣女

732 東《あづま》地《(ぢ)》にゆきかふ人にあらぬ身は何時《いつ》かは越《こ》えん相坂の関

女のもとにつかはしける　　藤原きよたゞ

733 つれもなき人に負《ま》けじとせし程に我もあだ名《な》は立《(たち)》ぞしにける

古今六帖・五では「いつのまに恋しかるらん朝露の今朝こそおきて帰り来にしか」となっている。

730 お別れしてからまだそんなに時間もたっていないのに、またあなたの許に立ち帰ってお逢いしたいことでありますよ。○白浪の　「立ち帰りても」を言い出すための序の役を果たしている。○見まくほしきか　「か」は詠嘆感動の終助詞。

731 あなたに認めていただけない我が身はあせっているのですけれども、一年以上もたって、どうして逢坂の関を越えて逢うことが出来ないのでしょうか。○人知れぬ身　相手に認識されない我が身。○年をへて　「幾年もたって」と訳す人もあるが、「一年以上経って」と訳し得るケースが多い。○など　疑問副詞。どうして…。○相坂の関　男女が「逢う」関所の意を含む。▽古今集・恋一「音羽山音に聞きつつ相坂の関のこなたに年をふるかな」を意識した歌と見てよい。一条摂政御集では、女の親を意識して、深い関係にはまだなっていないと言う歌になっている。

732 東路を往来する旅人でない我が身は、いつ逢坂の関を越えてお逢いすることになるのでしょうか。お逢い出来ないままに終るのではないでしょうか。○あらぬ身は　あらぬ我が身は。

733 つれないあなたに負けまいとして求め続けている間に、私にも浮気だという評判が立ってしまったことでありますよ。○つれもなき人　相手の女。○負けじとせし程に　そのつれなさに負けないでがんばりたいと思って。○我もあだ名は…　本来色好みでない私にまで色好みという評判が立ってしまった。▽清正集では、あだ名が立っていることで有名な清正と娘との関係を親が制止しようとしていると聞いて詠み贈った歌として採られている。

離《か》れがたになりにける男《おとこ》のもとに装束《さうぞくてう》調じて送《をく》れりけるに、「かゝるからに、うとき心地なんする」と言《い》へりければ

小野遠興がむすめ

734 つらからぬ中にあるこそ疎《うと》しといへ隔て果《は》てゝし衣《きぬ》にやはあらぬ

五節の所にて、閑院の大君《おほい》につかはしける

もろまさの朝臣

735 ときはなる日かげのかづら今日《けふ》しこそ心の色に深《ふか》く見えけれ

返し

736 誰となくかゝるおほみに深《ふかゝ》からん色をときはにいかゞたのまん

734 あの古歌のように、つれなくはない二人の中にある衣をこそ「疎し」と言うのですが、これはそうではなくて、まったく隔てられた仲なのにお贈りした衣ではありませんか。今さら疎いなんて言えるものではありませんよ。〇かゝるからにうとき心地なんする　男の言葉。衣を贈ってくれたりするから、あの歌のように疎く感じられるのだ。拾遺集・恋二・よみ人しらずの「衣だに中にありしはうとかりき逢はぬ夜をさへ隔てつるかな」を意識して言ったのである。〇つらからぬ中にあるこそ…　あの歌のように、衣が中にあるだけで疎く感じられるというのならわかるが、二人の関係はそんなものではなく、もともと疎いではありませんかと皮肉ったのである。

735 常に変らぬ日陰の蔓(かずら)は、ずっと変らずあなたを思っている私の心の色と同じように深い色だと今日こそ御覧になったことでしょうよ。〇五節の所にて　五節所のこと。五節は陰暦十一月の新嘗会(新帝即位の年は大嘗会)に宮中で行われる行事であるが、その時に行われる五節舞の舞姫の控所。常寧殿に置かれるのが常であった。〇閑院の大君がその五節の舞姫だったのであろう。〇日かげのかづら　新嘗会や大嘗会に奉仕する男性が冠の左右に垂らす装飾をいうことが多い。本来は常緑の日陰の蔓を用いたが、後には糸の作り物になった。

736 誰ということでもなく、このように多くいらっしゃる大忌(おほみ)衣姿の人に、ずっと変らぬ深い色をどうして期待できましょうか。〇かゝるおほみに　「おほみ」は「大忌」のこと。新嘗会や大嘗会に奉仕する番に当った官人は斎戒して「小忌(をみ)の衣」を着るのに対して、「常磐なる日陰の蔓」をつけていない大忌衣のあなたに変ることのない「深からん色」をどうして期待できましょうかと言

藤壺《ふぢつぼ》の人〴〵月夜にありきけるを見て、一人《ひとり》がもとにつかはしける

きよたゞ

737 誰となくを《(お)》ぼろに見えし月影にわける心を思《(おもひ)し》知ら南《(なん)》

左兵衛督師尹《(もろまさ)》朝臣につかはしける

本院兵衛

738 春をだに待《ま》たで鳴《な》きぬる鶯はふるす許《(ばかり)》の心なりけり

題しらず

かねもちの朝臣女

739 夕《ゆふ》されば我《わ》が身のみこそかなしけれいづれの方《(かた)》に枕定《さだ》めむ

在原元方

740 夢にだにまだ見えなくに恋《こひ》しきは何時《いつ》にならへる心なるらん

っているのである。

737 誰とはっきりすることなく全体がぼんやりと見える月の光の中、特にあなたに寄せた私の心をおわかりいただきたいものです。○藤壺の人〴〵 藤壺にいた女御に仕えている女房たち。○一人がもとにつかはしける その中の一人に歌を贈ったのである。○誰となく 誰と特定することなく。○わける心 他と区別する私の心。▽清正集によれば、女房たちがみな白い衣を着ていたので月光に区別できにくかったことがわかる。九〇七と同じ時の作か。

738 春が来るのを待たないで鳴いた鶯は、古巣にいた時と同じように、私を古くするだけの心で鳴いているのですね。○ふるす許の 古今集・誹諧歌「鶯の去年のやどりの古巣とや我には人のつれなかるらん」によって「古巣」と「古す」を掛け、「私を古くする、つまり私をお捨てになるお心であるよ」と、春早々に消息して来た男を揶揄しているのである。

739 夕暮になると、あの人の訪れがない我が身だけがただもう悲しく思われるよ。あの人の夢を見るためにはどちらの方向に枕を定めて寝ればよいのでしょうか。○いづれの方に枕定めむ 古今集・恋一「宵々に枕定めむ方もなしいかに寝し夜か夢に見えけむ」に見られるように、自分の枕の方向によって恋しい人の夢が見られるという俗信によっているのである。

740 現実のみならず、夢においてもまだ逢えないのに、こんなに恋しく思われるのは、何時このような習慣になってしまった私の心でありましょうか。○まだ見えなくに 「見えなくに」は「見ることができないのに」という意。▽「夢に恋ふ」歌が二首並ぶが、「まだ見たこともない相手を恋う」この歌がここにあることは、古今集のように

741
思ふ蝶《(てふ)》事をぞねたく古《ふる》しける君にのみこそ言《い》ふべかりけれ

壬生忠岑

742
あな恋しゆきてや見まし津《つ》の国《くに》の今も有《(あり)》てふ浦の初《はつ》島

戒仙法師

やむごとなき事によりて遠《とを》き所にまかりて、「立《たゝ》たむ月許《(ばかり)》になんまかり帰《かへ》るべき」と言《い》ひてまかり下《くだ》りて、道《みち》よりつかはしける

つらゆき

743
月かへて君をば見むと言《い》ひしかど日だに隔《へだ》てず恋《こひ》しきものを

恋の時間的進行に従った配列になっていないことを示している。

741 残念なことに、「思う」という言葉を使い古してしまいましたよ。あなたにだけ、それを言うべきでありましたのに。○ねたく 悔やまれることに。○古しける 今までに使い古してしまったよ。▽忠岑集では「女にはじめてあひて侍しに、いみじうあはれに侍しかば」という詞書を持っている。もっと早くあなたに逢うべきであったという気持である。

742 ああ恋しいこと。行けるものなら出かけて行って見たいものです。津の国の、今もあるという浦の初島を。○ゆきてや見まし 「まし」は反実仮想。行けるものなら行ってみたいが、行けない。○津の国の今も有てふ浦の初島 堀河本や古今六帖・三・島では「きのくにの…」とあり、事実、和歌山県有田市には「初島」というJRの駅が今もある。▽「浦の初島」を比喩と見なければ恋部に入っている理由が説明できない。今は知られていない本歌によって「初めての女」を比喩しているのであろうか。

743 月がかわって来月になってからあなたにお逢いしましょうと申しましたが、月どころか、僅か一日も隔てていないのに、こんなに恋しいのですが…どうしましょう。○やむごとなき事によりて よんどころない事情によって。○立たむ月 来月。○道より 道中から。○月かへて 今月を来月に換えて。▽万葉集・巻十二「月かへて君をば見むと思へかも日もかへずして恋の繁けむ」をほぼそのままに用いている。

おなじ所に宮仕《づか》へし侍《（はべり）》て常《つね》に見ならしける女につかはしける

みつね

744 伊勢の海に塩焼《しをや》く海人《あま》の藤衣なるとはすれど逢《あ》はぬ君哉《（かな）》

題しらず

これのり

745 わたの底《そこ》かづきて知《し》らん君がため思ふ心の深《ふか》さくらべに

人の男《おとこ》にて侍《（はべる）》人をあひ知《し》りてつかはしける

右近

746 唐衣かけて頼《たの》まぬ時ぞなき人のつまとは思《（おもふ）》ものから

人《ひと》のもとにまかれりけるに、簾《す》の外《と》に据《す》へ《（ゑ）》て物言《い》ひけるを、簾《す》を引《ひ》きあげければ、いたく

744 伊勢の海で塩を焼く海人の藤衣が潮に慣れているように、見ることは慣れてはいるのですが、逢うまでには至らないあなたでありますね。○伊勢の海に…藤衣なる　序詞。海人の着る粗末な衣が潮風に当って張りがなくなり身に密着していることを序詞にして、見慣れているけれども、逢うことがない関係を嘆いているのである。▽伊勢物語七十五段に「…見るをあふにてやまむとやする」とあるように、「見る」が男女が顔を合せることを言うのに対して、「逢ふ」は一歩踏み込んだ深い男女関係を結ぶことを言う。万葉集・巻三「須磨のあまの塩焼きぎぬの藤衣間遠にしあればいまだ着なれず」の影響があろう。

745 海の底に潜って確認しましょう、あなたのためにと思う私の心の深さを海の深さと比べるべく。○かづきて　「かづく」は水に潜ること。○深さくらべに　愛情の深さを比べるために。→五五四。▽貫之集に「伊勢の海の海人とならばや君恋ふる心の深さかづき比べむ」とあるように、海の深さが詠まれるのは「伊勢の海」が詠まれることが多かったことを思えば、前歌との続きがよくわかる。

746 あなたのことを心にかけて頼りにしない時はありません。他人の夫だと思いはしますけれども。○人の男にて侍人　他の女の男であります人。○唐衣　衣の美称と見てよいが、御衣掛（みぞかけ）に衣を掛けることから、「かけて」の序として用いられていると見ることも出来る。「宵々にぬぎて我が寝（ぬ）る狩衣かけて思はぬ時の間もなし」（古今集・恋二・友則）を意識するか。なお「狩衣」を「唐衣」とする古今集の本もある。○人のつま　他人の夫。「つま」は、女から男を言う場合にも用いられた。伊勢物語十二段の女の歌「武蔵野は今日はな焼きそ若草のつまもこもれり我もこもれり」もその例である。

騒《さは》ぎければ、まかり帰《かへ》りて、又の朝《あした》につかはしける

藤原守正

747 荒《あら》かりし浪の心はつらけれどすし越《ご》しに寄《よ》せし声《こゑ》ぞ恋《こひ》しき

あひ知《し》りて侍《(はべり)》ける女の、心ならぬやうに見え侍ければ、つかはしける

藤原のちかげの朝臣

748 いづ方《(かた)》に立隠《かく》れつゝ見よとてか思《おも》ひくまなく人のなりゆく

男《おとこ》の心やう〱かれがたに見えゆきければ

土左

749 つらきをもうきをもよそに見しかども我《わ》が身に近《ちか》き世にこそ有《(あり)》けれ

747 荒かった浪のように激しいあなたのお心は今もつれのうございますが、州越しならぬ、簾越しにお寄せくださったお声は何よりも恋しゅうございます。○人のもとに　女の所に。○簾の外に据へて　簾の外に坐らせて。○簾を引きあげければ　男が簾を引き上げたので。○いたく騒ぎければ　女がひどく騒いだので。○まかり帰りて　その夜はそのまま帰ったのである。○又の朝　翌朝。○荒かりし浪の心は　後に「すごしに寄す」と言っているので、「浪」を持ち出しているが、男に対する相手の女の心のことである。○つらけれど　つれないけれども。○す越しに寄せし　「す」は「簾」と「州」を掛ける。▽清正集に「女房の知りたるに物言ひける程に、親めいたりける人の聞きつけて率(ゐ)て入りにけるあしたに」とある。藤原清正は守正の兄。

748 どこに立ち隠れて見なさいということでしょうか。お心が隅々まで行き届かないようにあなたがなって行くのは。これでは隠れてあなたにお逢いする場所とてありません。○あひ知りて侍ける女　すでに関係を持っている女。○心ならぬやうに見え侍ければ　男に対して気が進まないように見えたので。○思ひくまなく　心が隅々まで行き届かなくなること。思いやりがなくなること。併せて「隈なくなりゆく」と隠れ場所がなくなることを言ったのである。○人の　あなたが。▽古今集・誹諧歌「思ふてふ人の心のくまごとに立ち隠れつつ見るよしもがな」に全面的に依拠しているのである。

749 あなたのつれなさも、我が身の憂さも、今までは関係のないことと思って見ていましたが、何とそれは、自分にかかわる男女の世界のことでありましたよ。○かれがたに見えゆきければ　男が離れてゆく傾向に見えて来たので。○つらき

女に、心ざしあるよしを言《い》ひつかはしたりければ、世中《(よのなか)》の人の心さだめなければ頼《たの》みがたきよしを言《い》ひて侍ければ

在原元方

750 淵《ふち》は瀬《せ》になり変《かは》るてふ飛鳥河《あすか》渡《(わたり)》見てこそ知《し》るべかりけれ

題しらず

伊勢

751 厭《いと》はるゝ身をうれはしみ何時《いつ》しかと飛鳥河《あすか》をもたのむべら也

返し

贈太政大臣

752 飛鳥河《あすか》塞《せ》きて留《とゞ》むる物ならば淵瀬《ふちせ》になると何か言《い》はせん

相手のつれなさがつらく身にしむこと。古今集・雑下「世の中のうきもつらきも告げなくにまづ知るものは涙なりけり」。○うき　我が身の情けなさ。○よそに　自分から遠く離れたこととして。○世にこそ有けれ　男女関係であったよ。

750 深い淵は浅い瀬に相を変えるという飛鳥河の実体は、みずから渡って確かめてこそ知ることが出来るのですが…。男の心は定めないとおっしゃいますが、おつき合いして確かめてこそわかるのではないでしょうか。○心ざしあるよしを　愛情がある旨を。○淵は瀬に…　古今集・雑下「世の中はなにか常なる飛鳥河昨日の淵ぞ今日は瀬になる」に全面依拠。▽伊勢集の歌仙家集本系と飛鳥井雅子筆本系では、後撰集の一三五八と七五一の伊勢の歌の間にあり、伊勢と関係のある男の歌になっている。

751 嫌がられる我が身が嘆かわしいので、飛鳥河の淵瀬のように早く心変りなさることを期待するようになったようでありますよ。○身をうれはしみ　我が身を嘆かわしく思うゆえに。○何時しかと　少しでも早く…と。○飛鳥河をも　前歌の注に掲げた「世の中は…」の歌に依拠して「飛鳥河の淵瀬のように変りやすい心をも」の意。▽前歌の注に引いた古今集の「飛鳥河」の歌の比喩は人の心が浅くなる場合に用いられるのが普通だが、ここでは現在のお心が浅いので深くなることを期待すると言っているのである。

752 飛鳥河の流れが堰き止めることができるものであるならば、深い淵が浅い瀬になるなんて、どうして言わせましょうか。私が心変りするなんて言わせません。しかし飛鳥河は堰き止めることができないので、どうしようもありません。▽不可能なことをあえて言ってみて、自分の行状を弁解しているのである。なお、この歌、恋六・一〇六七

女四の親王《みこ》にを《(お)》くりける　右大臣

753 葦たづの沢辺に年は経《へ》ぬれども心は雲の上《うへ》にのみこそ

返し

754 葦田鶴《あしたづ》の雲《くも》ゐにかゝる心あらば世を経《へ》て沢《さは》に住《す》まずぞあらまし

消息《せうそこ》つかはしける女の、又異《こと》人に文《ふみ》つかはすと聞き《きゝ》て、「今《いま》は思《(おもひ)》絶《た》えね」と言《い》ひ送《をく》りて侍ける返事《(かへりごと)》に　贈太政大臣

755 松山につらきながらも浪越《こ》さむ事はさすがに悲《(かなし)》き物を

と重出している。資料が異なっていたのであろう。

753 葦辺にいる鶴のように沢辺で幾年も過ごしているけれども、心は雲の上を目指して飛び立とうとしているのです。私も下の世界に永らく過ごしておりましたが、心は雲の上人であるあなたにずっと向いていたのですよ。〇女四の親王　後に右大臣藤原師輔と結婚した醍醐皇女勤子内親王。〇葦たづ　本来は葦辺にいる鶴のことだが、鶴の歌語として用いられることもある。〇雲の上にのみこそ　「雲の上にのみこそあれ」の意。雲の上人であるあなたを求めていたのですよ。▽師輔といえども、皇女にはこれほどの身分差を意識していたのである。

754 鶴が雲居に寄せるようなお心がもしおありであるならば、そんなに永い間、沢にお住みにならないでしょうよ。もっと早く私のもとにいらっしゃるはずですよ。〇雲ゐにかゝる心あらば　「雲の上の世界にかける心」と「かかる心」を掛ける。おっしゃるようなお心があなたにおありになるならば。〇世を経て　永い間。

755 あなたは私につれないけれども、松山に浪が越して私が浮気しているとあなたに思われるのは、やはり悲しいことでありますよ。〇消息つかはしける女の　男が手紙を送っていた女が。〇又異人に文つかはすと聞きて　男がまたほかの女に手紙を出していると女が聞いて。〇今は思絶えねと…　「今は、私のことを思うのをやめてください」と言い贈って来た女への返事に。〇松山に…　古今集・東歌「君をおきてあだし心を我が持たばすゑの松山浪も越えなん」によって「すゑの松山に浪が越すことによって、あなたがあだし心を持つと判断することは」の意。▽伊勢集では伊勢の歌になっている。

宮仕《づか》へし侍《(はべり)》ける女、程《ほど》ひさしくありて「物言《ものい》はむ」と言《い》ひ侍けるに、遅《をそ》くまかりければ　　枇杷左大臣

756 夜ゐ《(よひ)》の間《ま》にはや慰《なぐさ》めよいその神ふりにし床《とこ》もうちはらふべく

返し　　伊勢

757 わたつみとあれにし床《とこ》を今更にはらはば袖や泡《あは》とうきなん

心ざしありて言《い》ひ交《かは》しける女のもとより、人かずならぬやうに言《い》ひて侍ければ　　長谷雄《はせお》の朝臣

758 潮《しほ》の間《ま》にあざりする海人《あま》もをの《(お)》が世ゝかひ有《(あり)》とこそ思《(おもふ)》べらなれ

756 宵の内に早く退出して私を慰めてください。古くなって塵がつもっている私たちの寝床を払って二人の関係を再開するために。〇宮仕へし侍ける女　伊勢のこと。「遅くまかりければ」に続く。〇程ひさしくありて　長い間つきあっていて。〇物言はむと　二人だけで語ろうと。〇遅くまかりければ　遅くなってから女が退出したので。〇いその神　石上(いそのかみ)布留(ふる)という大和の歌枕を「ふりにし」の枕詞として用いている。〇床もうちはらふべく　寝床の塵を払うように。男女関係を再開すること。→一六九。

757 大海が荒れるように離(あ)れてしまっている寝床を今さら塵を払うとなると、泡が浮き上がるほどに、涙で袖が浮き上がることでしょうよ。〇わたつみと　大海と同様に。〇あれにし床「ある」は「海が荒る」と「男が離(あ)る」意を掛ける。〇袖や泡とうきなん「泡は浮くもの」「袖は涙で濡れるもの」という概念を組合せたのである。「浮き」には「憂き」が響いていると見てよい。

758 干潮の間に貝をとる海人も自分たちの人生を生きがいがあると思っているに違いない。身分賤しい私も思いがいがあることを切に望んでいるのですよ。〇心ざしありて　男に愛情があって。〇人かずならぬやうに　恋人の数に入っていないかのように。〇潮の間に　潮が引いている間に。〇あざりする海人「あざり」は漁撈をすること一般について言うが、ここは干潮の間だから貝を拾うことである。「海人」は身分の低い者とされていたので、これに託してみずからを卑下したのである。〇かひ有「貝あり」と「甲斐あり」を掛ける。

題しらず　　　　　　　　　　贈太政大臣

759 あぢきなくなどか松山浪越《こ》さむ事をばさらに思《（おもひ）》離《はな》るゝ

返し　　　　　　　　　　　　伊勢

760 岸もなく潮《しほ》し満《み》ちなば松山を下《した》にて浪は越《こ》さむとぞ思《（おもふ）》

守《まも》り置《を》きて侍《（はべり）》ける男《おとこ》の心変《かは》りにければ、その守《まも》りを返しやるとて　　　　これひらの朝臣の女《むすめ》いまき

761 世とと《ゝ》もになげき樵《こ》り積《つ》む身にしあればなぞ山守《やまもり》のあるかひもなき

人の心つらくなりにければ、袖といふ人を使《つか》

759 あじけないことに、すえの松山に浪が越すこと—私があだし心を持つことについてまったく関心を失ってしまわれたのはどうしてでありましょうか。〇あぢきなく　どうしようもないことに。〇などか　どうして。「思ひ離るる」にかかる。〇松山浪越さむ事をば　古今集・東歌「君をおきてあだし心を我が持たばすゑの松山浪も越えなん」によって「君をおきてあだし心を持つ」意。→七五五。〇さらに　完全に。〇思離るゝ　心が離れる。

760 岸もなくなるほどに潮が満ちたならば、松山を下にするほどに浪は軽々と越すと思いますよ。いらっしゃることもないままに潮時がくれば、知らぬ間に浮気なさることと思っておりますから今さら気にしませんよ。〇岸もなく　「岸」に「来し」を掛ける。〇松山を下にて…　すえの松山が下になるほどに、浪が上を通って越すことでしょう。「巧妙にあだし心を持つでしょう」の意。前歌の注の古今集歌参照。

761 この世ある限り投げ木を樵り積む—ずっと嘆きが凝り積もる我が身でありますので、どうして山守がいるかいもないのかと思います。お守りがここにあっても役に立たないのでお返しいたします。〇守り　お守り。護符。それを女の家に置いて帰ったのである。〇世とともに　この世ある限りいつまでも。〇なげき樵り積む　「投げ木(投げ込んで燃やす木)を樵り積む(切って積む)」と「嘆きが凝り積む」を掛ける。→一〇四三。〇なぞ山守のあるかひもなき　「守り」を「山守」と掛ける。「山守」は山の主《（ぬし）》と「お守り」を掛ける。投げ木を樵り積む私に山守は必要だったはずだが、なぜかお守りのかいもなかったのでお返ししますと言っているのである。

ひにて

よみ人しらず

762 人知《ひとし》れぬ我《わ》が物思ひの涙をば袖につけてぞ見すべかりける

文《ふみ》などを《(お)》こする男《おとこ》ほかざまになりぬべしと聞《き》きて

藤原真忠が妹《いもうと》

763 山の葉《(は)》にかゝる思ひの絶《た》えざらば雲井ながらもあはれと思《おも》はん

町尻《まちじり》の君に文《ふみ》つかはしたりける返事《(かへりごと)》に、「見つ」とのみありければ、つかはしける

師《もろ》氏《うぢ》の朝臣

764 泣《な》き流《なが》す涙のいとゞ添《そ》ひぬればはかなきみづも袖濡《ぬ》らしけり

762 あなたにはわかっていただけない私の物思いの涙を、袖に託して、お見せすべきだと思いますよ。○人の心つらくなりにければ　相手の心がつれなくなったので。「つらく」は、つれなくされるのがつらいこと。○袖といふ人　童女の名であろう。○袖につけてぞ　袖は涙で濡れるものであるから、「袖という使いに託して」と洒落て言ったのである。「つけて」は「託して」の意。▽信明集によれば、袖という名の女を使っていた人に対して信明が贈った歌ということになる。

763 お手紙をいただいた頃の、かかる思いが絶えなければ、遠く隔たっていてもあなたのことをしみじみと思い続けますよ。○ほかざまになりぬべしと聞きて　思いがけない方へ行ってしまったようだと他の人から聞いて。○山の葉に…　作者は山に雲がかかっているのを見て詠んでいるのであろう。「雲が山の端にかかる」を転じて「かかる思い(今迄のようなお気持)が遠くへ行っても絶えなければ」と言っているのである。○雲井ながらも　雲のように遠くにいても。▽女が少しも怨んでいないのは、左遷など同情すべき特別の事情があったからか。伊勢集と中院本後撰集によれば、真忠妹は菅原道真の娘婿と関係があったらしい。

764 思いが達せられぬゆえに泣いて流す涙がさらに多く加わっていますので、「水」ならぬ、あなたのあっけない「見つ」という御返事にも袖を嬉し涙で濡らしたことですよ。○町尻の君　拾芥抄によれば、「町尻」の「町」は室町と西洞院の間を通る南北路のことで、土御門以北を町口、中御門以南を町尻と言った。町尻の君は師氏の甥の伊尹とも関係があったことが一条摂政御集によってわかる。○見つとのみありければ　「見ました」とだけ応答があったので。○はかなきみづも　袖を濡らす「水」に「見つ」というはかない返事の意を掛ける。

題しらず

源　た　の　む

765 夢のごとはかなき物はなかりけり何《なに》とて人に逢《あ》ふと見《み》つらん

心ざし侍(はべり)ける女のつれなきに

よみ人しらず

766 思ひ寝《ね》の夜《よ》な〳〵夢に逢(あふ)事をたゞ片《かた》時の現《うつゝ》とも哉(がな)

返し

767 時の間《ま》の現《うつゝ》をしのぶ心こそはかなき夢にまさらざりけれ

題しらず

く　ろ　ぬ　し

768 玉津島深《ふか》き入江を漕《こ》ぐ舟のうきたる恋《こひ》も我はする哉(かな)

765 夢のようにはかないものはありませんよ。どうしてまた、あの人に逢っているという夢を見たのでありましょうか。逢えるはずもないのに。

766 恋しく思って寝る夜な夜な、夢で逢っていることを、ただ瞬時であっても現実のことにしたいものでありますよ。○心ざし侍ける女　男が思いを寄せている女。○思ひ寝　相手を思いながら寝ること。○片時　瞬時。▽古今集・恋二・小野小町「思ひつつ寝(ぬ)ればや人の見えつらん夢と知りせばさめざらましを」のように「思ひつつ寝る」、すなわち「思ひ寝」をすると相手を夢に見られるとされていたがやはり現実に逢わなければ、と言っているのである。

767 瞬時に過ぎない現実の逢瀬を思い慕っているとおっしゃるあなたのお心こそ、はかない夢以上にはかないものでありますよ。○しのぶ　四段活用。「…のようになってほしい」とひそかに思うこと。▽瞬時の逢瀬はたとえ現実であってもはかないもの、そんなものを求めるあなたの愛こそ、夢以上にはかないと皮肉っているのである。

768 玉津島の深い入江を漕ぐ舟のような「浮き」ならぬ「憂きたる」つらい恋を私はすることであるよ。○玉津島　紀伊の国の歌枕として有名。○うきたる恋　「浮き」と「憂き」を掛けるが、言いたいのは「憂き」の方で、つらく苦しい恋の意。古今集・恋二「たきつ瀬に根ざしとどめぬ浮草のうきたる恋も我はするかな」と同じ。

769 津の国の難波(なには)の語呂合せで言うわけではありませんが、名に立つこと、つまり評判になるのが惜しいからこそ、すくもを焼く火のように、下の方で目立たないように思い焦がれているのです。○津の国のなには立たまく…　「摂津の国の難波」と「名には立たまく」を掛ける。「名には立たまく惜しみこそ」は「名に立つことが惜しいか

紀内親王

769 津《つ》の国《くに》のなには立《た》た《ゝ》まく惜《お》しみこそすくも焼《た》く火の下《した》に焦《こ》がるれ

人のもとにまかりて、入《い》れざりければ、簀子《すのこ》に臥《ふ》し明《あ》かして帰《かへ》るとて言《い》ひ入《い》れ侍ける

よみ人しらず

770 夢地《(ゆめぢ)》にも宿貸《やどか》す人のあらませば寝覚《ねざめ》に露《つゆ》は払《ゝら》はざらまし

返し

771 涙河流《なが》す寝覚《ねざめ》もある物を払《はら》ふ許《(ばかり)》の露《つゆ》や何《なに》なり

心ざしはありながら、え逢《あ》はざりける人につかはしける

772 見るめ刈《か》る方《(かた)》ぞあふみになしと聞《き》く玉藻《も》をさへや海人《あま》は潜《かづ》かぬ

らこそ」の意。「立たまく」は「立たむ」に接尾語がついて体言化したもの。○すくも焼く火の　籾がらを燃やす火のように。籾がらは簡単に燃えあがらずに、じわじわと焼けて行くから、「下に焦がるれ」と言ったのである。「すくも」は新撰字鏡に「稽」という字を訓むように「もみがら」のことだが、後世には難波にふさわしい「藻屑」のことと誤解されて歌に詠まれるようになった。

770 夢の通い路を通ってあなたに逢いに行く場合にも、宿を貸す人があったならば、寝覚めた時に露は払わないですむでしょうに。涙の露も同様に。○人のもとにまかりて　女の所へ行きまして。「まかり」は聞き手を尊敬する敬語動詞。○簀子　濡れ縁。屋根のない縁側。○言ひ入れ侍ける　簀子から簾の中に言葉にして入れたのである。○夢地　夢の中で逢いに行く道筋。↓二九六・五五九・六二〇・七二一。

771 私の場合のように涙を河のように流す寝覚めもありますのに、払い落とすほどの露なんて、いったい何でしょうか。問題になりませんよ。○払ふ許の露　贈歌の「寝覚に露は払はざらまし」を受ける。○…や何なり　…はいったい何だろうね。否定的に疑問を呈する形。↓五四三・七一三・八七六。

772 海松布(みるめ)刈る潟は近江にないと聞きます。しかし水に隠れている玉藻までを海人は潜って採らないのでしょうか。隠れてでも逢っていただけないのでしょうか。○心ざしはありながら　愛情を持って目指して行く気持はありながら。○見るめ刈る　「みるめ」は、海藻の「海松布」と、男が女を見る機会の意の「見るめ」を掛ける。○方ぞ　「方」は漢字の当て違いか。「潟」と解したい。○あふみになしと聞く　近江の海は湖なので海松布は採れない。○玉藻をさへや…　「玉藻」は「藻」の美称。古今集・恋二「河の瀬になびく玉藻のみが

返し

773 名のみして逢《(あふ)》事浪のしげき間《ま》に何時《いつ》か玉藻《たまも》を海人《あま》は潜《かづ》かむ

心ざしありて人に言《い》ひ交《かは》し侍《(はべり)》けるを、つれなかりければ、言《い》ひわづらひて止《や》みにけるを、思《(おもひ)》出《い》でて言《い》ひ送《をく》りける返《(かへり)》事《ごと》に、「心ならぬさま也」と言《い》へりければ

774 葛《(かづらき)》木や久米《くめ》地《(ぢ)》の橋《はし》にあらばこそ思ふ心を中空《なかぞら》にせめ

人のもとにつかはしける　　右大臣

775 隠沼《かくれぬ》に住《す》む鴛鴦《をしどり》の声絶《こゑた》えず鳴《な》けどかひなき物にぞ有《(あり)》ける

くれて人に知られぬ恋もするかな」のように、「水隠れ」を導き出し、転じて「見隠れ」の意を示す。○海人は潜かぬ　「かづく」は水に潜ること。▽恋一・五三八、恋四・八四三の詞書に言う「近江」という女房へ贈った歌と見れば、次の答歌を含めてよくわかる。

773 近江、すなわち「逢う身」なんて名前だけで、実は逢うことがないので、浪が頻りに押し寄せる中に、いったいいつ海人は潜って藻を採ることができましょうか。いつ隠れてお逢いできましょうか。○名のみして　名前だけで。女の名前が近江であるとすれば、いっそうよくわかる。○逢事浪のしげき間に　「浪」は「無み」を掛ける。

774 葛城山の久米路の岩橋であったならば、思う心をどっちつかずの状態にしておくでしょうが、私はそうでありませんから、どっちつかずではなく、まさにあなたを求めているのです。○心ざしありて　執心して。○言ひわづらひて…　言いあぐんでそのままになってしまったのだが。○心ならぬさま也　御本心でない様子です。○葛木や久米地の橋…　役(えん)の行者が一言主(ひとことぬし)の神に命じて葛城山と吉野の金峰山の間に岩橋を造らせようとしたが、一言主の神は容貌の醜さを恥じて夜しか働かず、工事は中途で終ったという伝説によって、物事が中途で終ることの比喩となった。→恋五・九八五・九八六。○…あらばこそ…中空にせめ　もし…であれば、…を中途半端にするでしょうが、しかしそうではないから、中途半端にはいたしません。

775 隠れ沼に住む鴛鴦のように、絶えることなく泣いているのだけれども、あなたにはわかってもらえず、かいのないことであるよ。○隠沼　草むらの中にあってその存在が気づかれない沼。そこに住む鴛鴦は声をあげて鳴いても、人に聞こえないのである。→六〇六。

釣殿の《つりどのゝ》皇女《みこ》につかはしける

陽成院御製

776 筑波嶺《つくばね》の峰より落《お》つるみなの河恋ぞ積《つ》もりて淵となりける

あひ知《し》りて侍ける人のまうで来《こ》ずなりて後《のち》、心にもあらず声《こゑ》をのみ聞《き》く許《ばかり》にて、又音《をと》もせず侍ければ、つかはしける

よみ人しらず

777 雁《かり》が音《ね》の雲《くも》ゐはるかに聞《きこ》えしは今は限《かぎり》の声《こゑ》にぞありける

返し

兼《かね》覧《み》の王

778 今はとて行帰《かへ》りぬる声《こゑ》ならば追風《おひ》にても聞《きこ》えましやは

776 筑波山の峰から流れ落ちるみなの河の水が積もり積もって深い淵となるように、あなたを思う私の恋も、ほのかな恋から、今は積もり積もって淵のような深い思いになってしまいました。○筑波嶺　茨城県の筑波山。○みなの河　筑波山から発する河。筑波山の山頂が男体山と女体山に分かれているので、男女の河とも書く。○淵　深い所。▽万葉集・巻十四「筑波嶺の岩もとどろに落つる水よにもたゆらに我が思はなくに」(古今六帖は第四句「絶えむものとは」)の影響があろう。

777 雁の声が空の遠くで聞こえましたのは、「これでおしまい」という声だったのですね。離れた所でお声だけが聞こえましたのは、「これでお別れ」と告げる声だったのですね。○心にもあらず…　心外なことに声を聞くだけで。同じ所に仕えていたのであろう。○又音もせず侍ければ　続いて便りがなかったので。

778 おっしゃるように「今はお別れ」ということで行って帰った雁の声であるならば、追い風に乗っても聞こえはしなかったでしょうよ。○今はとて　今はお別れと言って。○追風にても聞えましやは　後から吹く風では方向が逆で聞こえはしない。「やは」は反語。聞こえただろうか、聞こえはしない。だから、帰るにあたっての声ではない。

男《おとこ》の気色《けしき》やう〳〵つらげに見えければ　小町

779 心からうきたる舟に乗《の》りそめて一《ひと》日も浪に濡《ぬ》れぬ日ぞなき

男《おとこ》の心つらく思《(おもひ)》かれにけるを、女「なをざりに、などか音《をと》もせぬ」と言《い》ひつかはしたりければ　よみ人しらず

780 忘《(わすれ)》なんと思《(おもふ)》心のやすからばつれなき人《ひと》をうらみましやは

夜ゐ《(よひ)》に女にあひて、「かならず後《のち》に逢《あ》はん」と誓言《ちかごと》を立《た》てさせて、朝《あした》につかはしける　藤原滋幹《(しげもと)》

781 ちはやぶる神ひきかけて誓《ちか》ひてし言《こと》もゆゝしくあらがふなゆめ

779 自分の心のままに「浮き」ではなく「憂き」たる舟に乗りそめて、一日も浪ならぬ涙に濡れない日とてありません。○気色　様子。○やう〳〵　次第に。○つらげに見えければ　つれなくなったように見えたので。○心から　我が心から。誰に強制されたのでもなく、自分からその男との関係を作り、今、つれない態度をとられたのであって、誰を怨むこともできないと嘆いているのである。○うきたる舟　「浮き」に「憂き」を掛ける。○浪に濡れぬ日ぞなき　「舟」の縁で「浪」と言っているが、「涙」のこと。

780 忘れてしまおうと思う心を持っても平気でいられるならば、つれなくお便りもくださらないあなたを怨んだりはいたしません。いいかげんでいられないからこそ、あなたを怨んでいるのです。○つらく思かれにけるを　つれなくて愛情が離れるようであったのを。○なをざりになどか音もせぬと…　「いいかげんなこと、どうしてお便りをくださらないのですか」と言い送ったところ。○よみ人しらず　男である。○忘なんと思心の　忘れてしまおうと思う私の心が。○やすからば　穏やかであるならば。▽古今集・恋四「忘れなむと思ふ心のつくからにありしよりけにまづぞ恋しき」の下句を言い換えたか。

781 神かけて誓ったあの言葉の内容も恐ろしいので、異を立てないでください、絶対に。○朝　翌朝。○神ひきかけて誓ひてし　神を引き出して願を立て違背するとどんな罰を受けてもよいと誓言した。○言もゆゝしく　その内容が恐ろしくもあるので。○あらがふな　言い争うな。あえて異を唱えるな。○ゆめ　絶対に。「ゆめあらがふな」の意。▽誓いを破って神罰を受けるあなたのことが心配だから、神に異を立てず、誓ったままに行動してくださいと言っているのである。後

院の大和《やまと》に扇《あふぎ》つかはすとて　　右大臣

782 思《おも》ひには我こそいりて惑《まど》はるれあやなく君や涼《(すずし)》かるべき

兼通《かねみち》の朝臣、かれがたになりて、年越《としこ》えてとぶらひて侍ければ　　元平の親王《みこ》のむすめ

783 あらたまの年も越《こ》えぬる松山の浪の心はいかゞなるらん

元《もと》の妻《め》にかへりすむと聞《きゝ》きて、男《おとこ》のもとにつかはしける　　よみ人しらず

784 我《わ》がためはいとゞ浅《あさ》くやなりぬらん野中の清《し》水深《ふか》さまされば

撰集歌人でもある右近の歌「忘らるる身をば思はず誓ひてし人の命の惜しくもあるかな」(拾遺集・恋四)が思い出される。

782 あなたへの思いの「火」の中には、私が入っておのずからに心惑いをいたしております。それなのに、変なことに、あなたの方はこの扇で涼しいめをなさるに違いありませんよ。○院の大和　朱雀院に仕えている大和という女房。七六八の大和と区別したか。○思ひには　「ひ」に「火」を掛ける。○惑はるれ　「るれ」は自発の助動詞「る」の已然形。「こそ」の結び。○涼かるべき　扇を贈るので涼しくなるはずだと言っているのである。

783 年までが越えた「するの松山」に対する浪の心はどうなのでしょうか。あなたが浮気心を持っているということで越えようと思っているのでしょうか。○かれがた　離れる傾向になって。○年越えてとぶらひて侍ければ　年が変ってから訪ねて来ましたので。○あらたまの　「年」にかかる枕詞。○年も越えぬる　浪だけでなく、年までも越えた。○松山の浪の心は…　他の女に心を移すと松山を越えるという浪の本心は。古今集・東歌「君をおきてあだし心をわが持たばするの松山浪も越えなん」による。

784 私にとっては前よりさらに御心が浅くなっているのでしょうか。昔のお方へのいにしえの野中の清水の深さがまさって来たようですので。○我がためは　自分のためには。自分にとっては。○浅くやなりぬらん　清水に託しているが、自分に対する愛情が浅くなったことを言う。○野中の清水深さまされば　古今集・雑上「いにしへの野中の清水ぬるけれど元の心を知る人ぞ汲む」により、深さがまさると、本歌に「ぬるけれど」と言われた旧妻との愛も復活するだろう、その時、自分に対する愛は浅くなるだろうと言っているのである。

女のもとにつかはしける　　　源中正

785 あふみぢをしるべなくても見てし哉《(がな)》関のこなたはわびしかりけり

返し　　　下《しも》野《つけ》

786 道知《し》らで止《や》みやはしなぬ相坂《(あふさか)》の関のあなたは海といふなり

女のもとにまかりたるに、「はや帰《かへ》りね」とのみ言《い》ひければ　　　よみ人しらず

787 つれなきを思ひしのぶのさねかづら果《は》てはくるをも厭《(いとふ)》なりけり

敦慶《あつよし》の親王《みこ》の家に大和《やまと》といふ人につかはしける　　　左大臣

785 近江路ならぬ「逢ふ身」になるという路を道しるべなしで見たいものです。逢坂の関の手前、つまり逢う直前まで来て逢わないのはつらいことでありますよ。○あふみぢ　「近江(路)」と「逢ふ身」を掛ける。○しるべ　道しるべ。手引きをする女房のこと。○関のこなた　「近江路」へ出る逢坂の関の京都側。「逢坂」は「逢ふ」を掛けるので、男女が逢う前の意を表わす。

786 「あふみぢ」へ行く道は、知らないままに終ってしまうでしょうよ。逢坂の関のあなたは「憂み(海)」だと言うじゃありませんか。○止みやはしなぬ　「な」は完了の助動詞「ぬ」の未然形。「ぬ」は打消の助動詞「ず」の連体形。「やは」と対応して反語となる。「…してしまわないのだろうか。してしまう」の意。やめてしまわないのか、やめてしまうはずだ。○相坂の関のあなた…　「逢ふ」を掛ける。関の彼方には近江の海があるじゃないかと、「海」と「憂み」を掛けて言っているのである。▽後撰集の女歌に通ずる拒否の姿勢は、このように逢った後の男の変心を疑い、「憂み」を怖れるケースが多い。

787 今まではあなたのつれないのをこらえて何とか寝てもいましたが、その果てには私がやって来ることをも嫌がるのですね。○はや帰りね　早く帰ってしまいなさい。「ね」は完了の助動詞「ぬ」の命令形。○思ひしのぶのさねかづら　「思い忍ぶ」と「忍(草)」を掛け、「さねかづら」の蔓が長いので「繰る」から転じて「来る」を導き出している。→七〇〇。また「さ寝」を掛ける。「さ寝」は万葉集以来の歌語。かりそめの共寝を言う場合が多い。

788 今となってはあなたのことを思い出さないでおこうとこらえるのだが、恋しさのあまり、忘れることがつらく感じられることであるよ。○

788 今更に思《(おもひ)》出《い》でじと忍《しの》ぶるを恋《こひ》しきにこそ忘《わす》れわびぬれ

言《い》ひ交《かは》しける女の「今《いま》は思《(おもひ)》忘《わす》れね」と言《い》ひ侍《(はべり)》ければ　長谷雄《はせを》の朝臣

789 我《わ》がためは見るかひもなし忘草忘《わす》る許《(ばかり)》の恋《こひ》にしあらねば

忍《しの》びて通《かよ》ひける人に　藤原有《あり》好《よし》

790 逢《あ》ひ見てもつゝむ思ひのわびしきは人間《ま》にのみぞ音《ね》は泣《な》かれける

物言《い》ひ侍ける男言《おとこい》ひわづらひて、「いかゞはせん、否《いな》とも言《い》ひ放《はな》ちてよ」と言《い》ひ侍ければ　よみ人しらず

791 を山田の苗代《なはしろ》水は絶《た》えぬとも心の池のいひは放《ゝな》たじ

敦慶の親王の家に大和といふ人　七八二の院の大和と区別しているのである。○忘れわびぬれ　忘れることがつらく感じられる。▽敦慶親王と大和との関係は大和物語一七一段にも見える。

789 忘草なんて、私にとっては見るかいもありません。忘れられるほどのいい加減な恋ではありませんので。○今は思忘れね　思っていることを今は忘れてしまいなさい。▽忘草は見れば忘れるものというイメージがあるが、私の恋は忘れられるような恋ではないのだと言っているのである。

790 やっとお逢いしても、押さえて隠していなければならぬ思いの切なさは、人の見ぬ間に、つい声をあげて泣いてしまうことでありますよ。○忍びて通ひける人に　こっそり通っていた女に。○逢ひ見ても　お互いに逢っても。○つゝむ思ひ　押さえている思い。○人間　人の見ていない間。▽伊勢集の諸本にあり、伊勢が開催に尽力した亭子院歌合に予備の歌として見えるので、作者名「藤原ありよし」は不審。

791 山の田の苗代の水は絶えてしまっても、我が心の池の井樋(ひい)を放ちはいたしますまい。私に対するあなたの浅いお心が絶えてしまっても、否とか諾とかいう私の心を言い放つことはいたしますまい。○言ひわづらひて　言うことが苦しくなって。○否とも言ひ放ちてよ　たとえ否でもいい、はっきり言ってほしい。→九三七。○を山田の苗代水　「を山田」は「山田」の歌語。山の田の苗代は水がたまり難く浅いので、男の愛情の浅いことの比喩とした。○心の池のいひ　「いひ」は「樋　以飛」(和名抄)。池の堤に穴をあけて水を出せるようにした樋。それを心の状態に喩えたのである。○いひは放たじ　「いひ」の水を放水するのと「言い放つ」を掛ける。

方違《たが》へに、人の家に人を具《ぐ》してまかりて帰《かへ》りてつかはしける

792 千世《(ちよ)》経《へ》むと契《(ちぎり)を》 置きてし姫松のねざしそめてし宿《やど》は忘《わす》れじ

物言《い》ひける女に蟬《せみ》の殻《から》を包《つゝ》みてつかはすとて　源重光朝臣

793 これを見よ人もすさめぬ恋すとて音《ね》を鳴《な》く虫《むし》のなれる姿《すがた》を

人のもとより帰《かへ》りまで来《き》てつかはしける　坂上是《これ》則《のり》

794 あひ見ては慰《なぐさ》むやとぞ思《(おもひ)》しに名《な》残《ごり》しもこそ恋《こひ》しかりけれ

792 千歳を共に過ごそうと契りおいた姫松が初めて根づいた、寝(ね)についた宿での感激は忘れないつもりです。○方違へに　ある人の家に。六七七の「方ふたがり…」参照。○人の家に　親しい従者などの家と見るのが自然であろう。○人を具して　女を連れて行ったのである。○つかはしける　共に出かけた女に後朝(きぬぎぬ)の歌を贈ったのである。○姫松の　背の低い松の種類だが、長寿のシンボル。古今集・雑上・九〇五・九〇六参照。○ねざしそめてし　「根ざし初め」に「寝ざし初め」を掛ける。▽連れ出さなければ行動に移せぬゆえ、強引に方違えした所へ連れ出して初めて契ったのである。

793 これを見てください。人も問題にしてくれないような短い恋をしていると言って声をあげて鳴く虫の成り果てた姿を。私の状態をよく示しています。○物言ひける女に　底本「…女の」。諸本によって訂した。○すさめぬ　好んでくれない。問題にしてくれない。→三四。▽「うつせみのむなしき…」というように、蟬の生は短く、その恋は短いゆえに問題にされないと言って、蟬の殻に寄せて我が恋の空しさを嘆いているのである。→八〇三。

794 この恋しい気持は、お逢いして契ったら慰むかと思っていましたが、その後もなごりとなって恋しさが続くことでありますよ。○帰りまで来て　「まで」は「まうで」の約。○あひ見ては　お互いに顔を見合わせるという意の「相見る」とも解釈できるが、詞書から見て「一夜共に過ごす」意の「逢ひ見る」とすべきであろう。→七二八。○名残しもこそ　「名残」は「波残り」「余波」の意。「し」「も」は強意。

後撰和歌集巻第十二

恋　四

女につかはしける　　　　　　　　　　敏　行　朝　臣

795 わが恋の数《かず》をかぞへば天《あま》の原曇《くも》りふたがり降《ふ》る雨のごと

忘《わす》れにける女を思《(おもひ)い》出でてつかはしける　　　　よみ人しらず

796 打返《(うちかへ)》し見まくぞほしき故郷《(ふるさと)》の大和撫子《やまとなでしこ》色や変《かは》れる

795 あなたを恋い慕う私の思いを数として数えたならば、天界全体が曇って何も見えなくなるほどに降る雨のように、数えられるものではありません。〇天の原　天の広さを原に喩えた。「天の原ふりさけ見れば…」(古今集・羇旅・安倍仲麿)、「天の原踏みとどろかし鳴る神も…」(同・恋四)参照。〇曇りふたがり　一面に曇って何も見えなくなるほどに。▽「恋の数を数える」という発想は古今集・仮名序の証歌「我が恋はよむとも尽きじありそ海の浜の真砂はよみつくすとも」が代表的。

796 あらためてもう一度見たいものだよ。昔なじんだ所の大和撫子は色が変らずに同じように美しく咲いているかどうか…あなたが変っているかどうか。〇打返し　「繰り返し」と訳すのが通説だが、拾遺集・恋三の「梓弓春のあら田を打返し思ひ止みにし人ぞ恋しき」のように、一度忘れた女を改めて思い出す場合に用いられているので、「今一度。あらためて」の意に近い。〇故郷の　現代語の「故郷」とは少し違って、昔なじんだ所の意。二三・二六一・一四三の場合と同じように「大和」を意識している。〇大和撫子　目立たぬ所に咲く可憐な花として詠まれることが多かった。「あな恋し今も見てしか山がつの垣ほに咲ける大和撫子」(古今集・恋四)。〇色や変れる　今も変らずに美しく咲いているか。様子が変っていないか。

女につかはしける　　　　　　枇杷左大臣

797 山彦《びこ》の声《こゑ》に立《た》た《ゝ》でも年は経《へ》ぬわが物思《(ものおもひ)》を知《し》らぬ人聞《き》け

身より余《あま》れる人を思《(おもひ)》かけてつかはしける　　　　紀　友　則

798 玉藻《も》刈《か》る海《あ》人《ま》にはあらねどわたつみの底《そこ(ひ)》ゐも知《し》らず入《(いる)》心哉《(かな)》

返《(かへり)》事《ごと》も侍らざりければ、又かさねてつかはしける

799 みるもなくめもなき海の磯《いそ》に出《い》でて《ゝ》かへる〴〵も怨《(うらみ)》つる哉

あだに見え侍《(はべり)》ける男《おとこ》に　　　　よみ人しらず

800 こりずまの浦の白浪立出《い》でて《ゝ》寄《よ》るほどもなくかへる許《(ばかり)》か

797 山彦が答えて大きな声を立ててくれなくても、そのままあなたを思い続けて年を経てしまいました。しかし今は大声で申します。私のあなたを思う恋の苦しさを知らない人は皆聞いてほしいのです。〇山彦の声に立たでも　山彦が声に出して返事をしない状態でも。「も」は強意。「つれもなき人を恋ふとて山彦の答へするまで嘆きつるかな」(古今集・恋一)によるか。

798 深く潜って藻を刈る海人ではないけれども、海の底のような深さもわからぬほどの思いをあなたに入れ込んでしまうことでありますよ。〇身より余れる人　我が身とは不相応な高い身分の人。友則集には「我よりも高き人を思ひかけて」とある。〇玉藻　「玉」は美称。〇底ゐも知らず　底の深さも知らないで。〇入心　「思ひ入る心」と同じ。深く思い入れをしてしまう我が心であるよ。

799 海松(みる)もなく海布(め)もない海の磯―見ることもなく、見られることもない憂みの磯に出て、繰り返し繰り返し浦を見るように、何度も空しく帰りつつ、あなたをお怨みしていることでありますよ。〇みる　海藻の「海松」と「(あなたを)見る」意を掛ける。〇めもなき　「海布」と「(私を見るあなたの)目」を掛ける。〇海　「憂み」を掛ける。〇かへる〴〵も　「繰り返し」の意と「帰る帰る」を掛ける。〇怨つる哉　「浦見つるかな」を掛ける。

800 あの須磨の浦の白浪が立って寄せて返ってゆくように、懲りずに立ち出ていらっしゃっても、私の許にお寄りになることもなく、すぐお帰りになるばかりなのですね。〇こりずまの　「懲りないままに」という意の「懲りずま」に地名の「須磨」を掛ける。なお、「こりずま」という歌語は、古今集・恋三の「こりずまにまたも無き名は立ちぬべし…」に例があるが、「須磨」と掛けるのは、この歌と八六五の貫之歌が初出のようである。▽男の動作

あひ知《し》りて侍りける人の近江《あふみ》の方《(かた)》へまかりければ

801 関越《こ》えて粟津《あはづ》の森《もり》のあはずとも清《し》水に見えし影《かげ》を忘《わす》るな

返し

802 近《ちか》ければ何かはしるし相坂《(あふさか)》の関の外ぞと思《(おもひ)》絶《た》えなん

つらくなりにける男《おとこ》のもとに「今は」とて装《さう》束《ぞく》など返しつかはすとて

平なかきがむすめ

803 今はとてこずゑにかゝる空蟬《(うつせみ)》のからを見むとは思はざりしを

を「白浪」の縁語である「立ち出づ」「寄る」「返る」でまとめている。前の二首の返歌としても読める。

801 逢坂の関を越えて粟津の森へ行くので逢わなくなっても、この逢坂の関の清水に映るのを御覧になった私の影を忘れないでくださいね。〇関越えて　京と近江の境をなす逢坂の関を越えて。〇粟津の森　現在の滋賀県大津市膳所(ぜぜ)町の膳所明神のあたりという。「逢はず」を導き出す序の役割を果たしている。〇清水　逢坂の関の清水。拾遺集・秋・紀貫之の歌「逢坂の関の清水に影見えて今や引くらん望月の駒」で有名になってから「影」を詠むことが多い。

802 そんなことをおっしゃいますが、近いからと言ってどんな効用がありましたでしょうか。もう別れてしまったら、「もう逢坂の関の外だ、もう逢うまい」と、あなたの思いが絶えてしまうことでしょうよ。〇何かはしるし　どんなよい結果があろうか、ありはしない。〇相坂の関の外ぞと「逢う」という意を持つ逢坂の関の外にいる、逢う範囲外だとお思いになって。〇思絶えなん　「絶え」は連用形。私に対する思いは絶えてしまうことでしょう。

803 「今はお別れだ」と言って来ずという状態になった男の、梢にかかっている蟬の脱殻(ぬけがら)を思わせる衣を見ようとは思いもしませんでしたのに。〇つらくなりにける男　つれなくなった男。〇今はとて　「今はお別れだ」と言って。〇装束など返しつかはす　共に住んでいた男の衣裳を返すのである。〇こずゑ　「梢」に「来ず」の意を掛ける。「かかる」は「梢に懸かる」と「かくある」の約の「斯かる」を掛ける。〇空蟬のから　「蟬の脱殻」と「不用になった男の衣」を掛ける。▽通っていた男が来なくなって夫婦の関係を解消する場合は、男の衣裳や持ち物を返すのである。→七六一。

返し　　　　　　　　　　　　　　　　源　巨城《おほき》

804 忘《わす》らるゝ身をうつせみの唐衣返すはつらき心なりけり

物言《い》ひける女の鏡《かゞみ》を借《か》りて返《かへ》すとて　　　　よみ人しらず

805 影にだに見えもやするとたのみつるかひなく恋《こひ》をます鏡哉《かな》

男《をとこ》の、物など言《い》ひつかはしける女の田舎《ゐなか》の家にまかりて、叩《たゝ》きけれども、聞《きゝ》きつけずやありけん、門《かど》もあけずなりにければ、田のほとりに蛙《かへる》の鳴《な》きけるを聞《きゝ》きて

806 葦引《あしひき》の山田のそほづうちわびてひとりかへるの音《ね》をぞ泣《な》きぬる

804 あなたに忘れられる我が身を憂く思っておりますのに、このはかない私の衣を御返しになるのは、それこそつれないお心ですよ。○うつせみの　「う」に「忘らるる身を憂(う)」と「うつせみの唐衣」を掛ける。「うつせみ」は「蟬」に「はかない世」の意を響かせる。「唐衣」は「衣」の意の歌語であるが、「返す」を導き出す役割をも果たしている。→三六・三七。

805 ひょっとすると恋しいあなたの面影だけでも見えることもあろうかと期待していたかいもなく、持っていると、ますます恋しさを増すこの鏡でありますよ。だからお返しいたします。○物言ひける女の鏡　男が交渉をもっていた女の鏡。○返すとて　返した男が詠んだ歌である。○影にだに　実体ではなく鏡に映る影だけでも。○見えもやする　「もや」は「ひょっとすると…」の意。○恋をます鏡　恋しさを増す鏡。「増鏡」の語源は「真澄みの鏡」の意だと言う。「恋しさを増す」意を掛けている。

806 山の田に立っている案山子(かゝし)のような私は、目的とする人に逢えずに、すっかりつらくなり、空しく一人で帰るということで、蛙のように、声を出して泣いているのですよ。○男の…　「物など言ひつかはしける」と「まかりて」に続く。○叩きけれども　戸を叩いたけれども。○山田のそほづ　山の田に立てられている案山子。案山子のようにじっと立っているだけの自分を喩えた。古今集・誹諧歌「あしひきの山田のそほづおのれさへ我を欲しといふうれはしきこと」によると見てよい。○うちわびて　つらく思って。○ひとりかへるの　「一人帰る」の意と「蛙」の意を掛ける。

文《ふみ》つかはしける女の母《はゝ》の「恋《こひ》をし恋《と》ひば」と言《い》へりけるが、年頃《ごろ》へにければ、つかはしける

807 種《たね》はあれど逢事《(あふ)》かたき岩《いは》の上《うへ》の松にて年をふるはかひなし

女につかはしける　贈太政大臣

808 ひたすらに厭《いと》ひ果《は》てぬる物ならば吉野の《よしのゝ》山に行方《ゆくゑ》知《し》られじ

返し　伊勢

809 我が宿と《やどゝ》たのむ吉野に君し入《い》らば同《おな》じかざしを挿《さ》しこそはせめ

807 母上はそうおっしゃいますが、私は種があって恋い続けているのに、いつまでも逢いがたく、固い岩の上の「松」ならぬ「待つ」ばかりで年を経るのは、かいのないことでありますよ。○恋をし恋ひば　古今集・恋一「種しあれば岩にも松は生ひにけり恋をし恋ひば逢はざらめやは」の一句をもって「一心に恋してくれるなら逢わせないことはない」と言ったのである。○年頃へにければ　一年以上逢わせてくれないのである。○逢事かたき　「逢ふことが難き」と「固き岩」を掛ける。○松にて　「岩の上の松」と「待つ」を掛ける。

808 ひたすら私を嫌ってしまわれたのであれば、都にいても仕方がない。世の憂き時の隠れ家とされる吉野山に入って行方をくらましてしまいましょう。○吉野の山に行方知られじ　古今集・雑下「みよし野の山のあなたに宿もがな世の憂き時の隠れ家にせむ」で知られるように吉野山は隠棲の地とされていた。「行方知られじ」は「行方を知られないつもりだ」の意。「じ」は打消の意志を示す助動詞。▽伊勢集によれば、伊勢の態度がつれないので吉野に籠ると言ってこの歌を贈って来たが、実際は奈良の興福寺での維摩会(ゆいまえ)に藤原氏を代表して参加したのだという。

809 この世を棄てて籠りたいと私が願っておりました吉野に、あなたもお入りになるのでしたら、同じかざしを挿すことになりましょう。○我が宿とたのむ吉野　贈歌の注に掲げた古今集歌により、「世の憂き時の隠れ家にせむ」と私こそが願っていた「みよし野の山のあなた」の「宿」。○同じかざしを挿しこそはせめ　「かざし」は不老長寿を願って花や常緑樹の葉を頭髪や襟に挿す花や常緑樹の枝のこと。人間世界の愛恋を棄てて、共に同じかざしを挿して自然の造化に従う山人(やまびと)になりましょうと言っているのである。

題しらず　　　よみ人も

810 紅《（くれなゐ）》に袖をのみこそ染《（そめ）》てけれ君をうらむる涙かゝりて

つれなく見えける人につかはしける

811 紅に涙うつると聞《き》きしをばなどいつはりとわが思《（おもひ）》けん

返し

812 くれなゐに涙し濃《こ》くは緑なる袖も紅葉と見えまし物を

あひ住《す》みける人、心にもあらで別《わか》れにけるが、「年月をへても逢《あ》ひ見む」と書《か》きて侍《（はべり）》ける文《ふみ》を見出《い》でてつかはしける

810　袖だけを紅色に染めてしまいましたよ。つれないあなたを恨む私の血の涙がかかりまして。○袖をのみこそ　涙を受ける袖だけを。▽「紅のふりいでつつ泣く涙には袂のみこそ色まさりけれ」(古今集・恋二・紀貫之)を踏まえている。

811　涙が紅に変色することがあると聞いたことを、あの時は偽りだとどうして私は思ったのでしょうか。今ならよくわかりますのに。○紅に涙うつると聞きしをば　「白玉と見えし涙も年ふれば韓紅にうつろひにける」(古今集・恋二・紀貫之)による。「うつる」は「色変りする」という意。

812　おっしゃるとおり涙が濃く紅色になったならば、あなたの緑色の袖も紅葉のように見えることでしょうに。しかし、そうなってはいませんね。○緑なる袖　当時、六位の衣は深緑、七位の衣は浅緑であったので、「緑なる袖」はおそらく六位の人について言ったのであろう。五位の当色である浅緋色の袖を意識して、おっしゃるとおり紅涙で濃くなっているのなら、六位の緑色の袖も、五位の浅緋色に見えるはずだとからかったのである。▽本当に紅色の涙で袖の色が変ったのであれば、緋色の衣を着る五位になったということですから結構じゃありませんかとからかった女の返歌ということになるが、伊勢集では「こくは」を詠み込んだ物名の歌として採られている。「こくは」は「猿梨」の古名。

813　「元の心を知っている」と詠まれた昔の野中の清水を思わせるあなたのお手紙を見るや否や、早速湧いて来るのは、泉の水ではなく涙でありますよ。○あひ住みける人　一緒に住んでいた人。夫婦であった人。○心にもあらで　不本意ながら。○年月をへても逢ひ見む　年月が経っても、もう一度夫婦になりたい。「逢ひ見る」は夫婦になること。○いにしへの野中の清水　古今集・雑上「いに

813 いにしへの野中の清水《し》見るからにさしぐむ物は涙なりけり

思《(おもふ)》事侍て男《おとこ》のもとにつかはしける

814 天雲《あまぐも》の晴《は》るゝよもなく降《ふ》る物は袖のみ濡《ぬ》るゝ涙なりけり

方塞《ふた》がりとて、男《おとこ》の来《こ》ざりければ

815 逢事《(あふ)》の方《かた》ふたがりて君来《こ》ずは思《(おもふ)》心の違《たが》ふ許《(ばかり)》ぞ

あひ語《かた》らひける人の久《ひさ》しう来《こ》ざりければ、つかはしける

816 常磐《ときは》にとたのめし事は松ほどの久《ひさ》しかるべき名にこそありけれ

しへの野中の清水ぬるけれど元の心を知る人ぞ汲む」による。○見るからに　見るや否や。○さしぐむ物　「早速」「いきなり」の意が原義であるが、本歌の「汲む」の意を響かせ、「涙ぐむ」という意を掛けている。

814 晴れる時もなく、ずっと降り続けるのは、袖だけが濡れる私の涙でありますよ。○天雲の　「晴るる世もなく」の序詞。「逢ふことの稀なる色に思ひそめ我が身は常に天雲の晴るる時なく…」(古今集・雑体)。「雨雲の」と読むのは不可。○降る物は　「雨が降る」に「世を経(ふ)る」を響かせる。

815 逢うための方策が行き詰まってしまって、あなたがいらっしゃらないのであれば、あなたを思う私の心も違うものになってゆくばかりですよ。○方塞がり　陰陽道の禁によって、行こうとする方角に行けなくなること。→六七七。○方ふたがりて　「その方向が塞がれる」ことと「その方策が手詰まりになる」ことを掛ける。○思心の違ふ許ぞ　「たがふ」は「方たがへ(違へ)」は「方塞がり」によって行けなくなった所へ行くために方向を変えて一旦ほかの方向へ行き、中休みをして別の角度から目的地へ行くこと。→六七七・七九二。

816 「私の心は常磐に変らない」とおっしゃってたよりにさせて下さったあなたのお言葉は、「常磐の松」の縁で、「待つ」間が久しいということと同意であったのですね。○あひ語らひける人　お互いに親しい関係になった人。男である。○常磐にとたのめし事　この関係を永遠に続けようと期待させた男の言葉。「事」をあてるが、「言」の意。○松ほどの　「松」は「常磐」の縁語。→四二・五九六・一二三。「松」に「待つ」を掛ける。○久しかるべき名　久しくあるべきだという烙印。

題しらず

817 濃《こ》さまさる涙の色もかひぞなき見すべき人のこの世ならねば

女のもとにつかはしける

818 住吉の岸に来寄《きよ》する沖《おき》つ浪間《ま》なくかけても思《おも》ほゆる哉《(かな)》

返し　　　　　　　　伊勢

819 住《すみ》の江の目《め》に近《ちかゝ》からば岸にゐて浪の数《かず》をもよむべき物を

つらかりける人のもとにつかはしける

820 恋《こ》ひてへむと思《(おもふ)》心のわりなさは死《し》にても知《し》れよ忘《わす》れがたみに

817 紅の濃さがまさっている私の血涙の色もかいがありません。それを見せるべき人がもうこの世にはいないのですから。○濃さまさる涙の色　紅色の濃さがまさる涙の色。血の涙のことである。→八一二。

818 住吉の岸に寄せて来る沖の浪のように、絶えず心をあなたの方へ向けて思うことでありますよ。○住吉の…間なく　→五六一・一〇九六・一三一〇。○かけても　心をあなたに向けてでも。

819 住吉の江が目に見えるほど近い所にあるのなら、岸に坐って、浪の数ならぬ「逢うことが無い数」を数えているはずなのですが。…あなたは遠い存在なので、いらっしゃらない回数を数えられるはずもありません。○住の江　万葉集時代には「住吉」と書いて、「すみのえ」と読んでいたが、この時代になると、「住吉の江」の意。○目に近からば　よく見ることが出来るほど近いのであれば。○ゐて　現代語と違って「坐って」の意。○浪の数　「浪」と「無み」は掛詞。「逢ふことなみのしげき間に」(七七三)、「あふことなみに帰ると思へば」(九六五)参照。

820 つれないあなたであるのに、恋しつつ過ごそうと思う私の心のわりきれなさは、私が死んだ後にでも、形見として知っていただきたいものです。○つらかりける人　つれないと思わせる人。○わりなさは　不合理さ。○忘れがたみ　自分が忘れられないように残した物。

821 ひょっとして…と、お逢いできることを期待しているのでなければ、このようにつらい思いをしながら過ごしているうちに、私の方が先に消えてしまっていることでしょうよ。○かくふるほどに　「経(ふ)る」に「(雪が)降る」を掛ける。○この歌を返した時に雪が降っていたのであろう。○

返し　　　　　　　　　　　　　　　　　　贈太政大臣

821 もしもやと逢《あ》ひ見む事をたのまずはかくふるほどにまづぞ消《け》なまし

題しらず　　　　　　　　　　　　　　　　　よみ人も

822 逢《あ》ふとだにかたみに見ゆる物ならば忘《わす》るゝ程《ほど》もあらましものを

823 音《をと》にのみ声を聞《き》く哉《(かな)》あしひきの山下《した》水にあらぬ物から

秋霧《ぎり》の立《た》ちたるつとめて、「いとつらければ、この度《たび》ばかりなむ言《い》ふべき」と言《い》ひたりければ　　伊勢

824 秋とてや今は限《(かぎり)》の立《(たち)》ぬらむ思《おも》ひにあへぬ物ならなくに

まづぞ消なまし　先に消えてしまっているでしょう。「まし」は反実仮想。実際は消えていないのである。「消なまし」は命が消える意と雪が消える意を掛ける。

822 逢うということだけでも互いに夢に見られるものであるならば、忘れられる時もありましょうが、夢でも逢えないので、あなたのことを忘れる瞬間もないのです。○かたみに見ゆる　「かたみ」はお互いに。「見ゆる」は「夢に見ゆる」の意。○忘るゝ程　忘れる時。▽夢の中でお逢いできたら、その間だけでも忘れていられるのに…と矛盾に充ちた論法を用いて述べてみたのである。拾遺集・恋三「夢をだにいかでかたみに見てしがなあはで寝(ぬ)る夜のなぐさめにせむ」と関係あろう。なお、伊勢集では「七夕の絵に」という詞書で天の川を隔てて詠んだ織女の歌になっている。

823 音ばかりであなたの声を聞くことでありますよ。木に覆われている所を流れる山下水ではありませんのに。○あしひきの山下水　古今集・恋一「あしひきの山下水の木隠れて」のように山の下の木の蔭で目に見えずに激しく音を立てて流れる川水。

824 秋であるから霧が立つように、「飽き」られたので「今はかぎり」と言ってお立ちになったのでしょうか。霧は陽に対抗できぬにしても、「限り」の方は「思ひ」に対抗できぬものではありませんのに。○つとめて　一夜、女に逢って朝に帰る時のことである。○いとつらければ…なむ言ふべきと　男の言葉。「あなたがひどくつれないので帰ります。しかし今度限りだけは言葉をかわすつもりだ。二度と来ないよ」と言ったのである。○秋とてや　「秋」に「飽き」を掛ける。○限の　「霧」を掛ける。○思ひに　「ひ」に「日(陽)」を掛ける。○あへぬ　堪えられない。

心の内に思《(おもふ)》ことやありけん

825 見し夢の思《(おもひ)》出《い》でらるゝ宵《よゐ》ごとに言《い》はぬを知《し》るは涙《なみだ》なりけり

題しらず　よみ人も

826 白露のおきてあひ見ぬ事よりは衣《きぬ》返しつゝ寝《ね》なんとぞ思《(おもふ)》

人のもとにつかはしける

827 事《(こと)》の葉はなげなる物と言《い》ひながら思《おも》はぬためは君も知《し》るらん

女のもとにつかはしける　朝忠朝臣

828 白浪の打出《い》づる浜《はま》の浜千《はまち》鳥《どり》跡や尋《たづ》ぬるしるべなるらん

825 「恋しい人に逢った」と見た夢が思い出される宵ごとに、その切なさを言わないのに知って流れ出るのは、涙でありますよ。〇見し夢の思出でらるゝ…　逢った夢を見たのも過去のこと。今はもうそんな夢も見ないと嘆いているのである。▽古今集・雑下「世の中のうきもつらきも告げなくにまづ知るものは涙なりけり」によっている。

826 起きてあなたを待っていて結局お逢いできないことよりは、何度も衣を裏返して寝て夢でお逢いしたいと願うことでありますよ。〇白露のおきて　露は置くものであるので「置きて」の枕詞。「起きて」を掛ける。〇あひ見ぬ事　男女が共に夜を過ごさないこと。〇衣返しつゝ…　古今集・恋二の小野小町の歌「いとせめて恋しき時はむばたまの夜の衣を返してぞ着る」のように、夜の衣を裏返して寝ると夢で逢えるという俗信があった。

827 「言葉なんて、ないようなもの」と言うけれども、いとおしいと思わない人のためには、言葉をかけるはずもないことを、あなたも御存じでありましょう。〇事の葉　言葉。〇思はぬためは　後に省略がある。古今六帖・四「思はぬ人のためには、言の葉もなし」の意。「あはれをばなげの言葉と言ひながら思はぬ人にかくるものかは」。

828 私の思いを打ち明けました筆跡は、浜千鳥の足跡のように、今後あなたをお訪ねするしるべとなることでありましょうよ。〇白浪の　「打出づる」の「打ち」にかかる枕詞。「浪」は「打ち寄す」「打ち返す」などによっているのだが、浪が「打ち出づ」とは言わない。「打ち出づ」は中から外へ出すこと。口に出して言うこと。〇浜千鳥跡　「浜千鳥」の「跡」は筆跡のこと。↓六三五・六九五。

829 大島に水を運んだ早舟のように、少しでも早くあなたにお逢いしたいものですね。〇大島↓五九三。〇早舟　船脚の速い舟。「早くも」の序。

女につかはしける　　大江朝綱朝臣

829 大島《おほしま》に水を運《はこ》びし早《はや》舟の早《はや》くも人にあひ見てし哉《(がな)》

「伊勢なむ人に忘《わす》られて嘆《なげ》き侍《(はべる)》」と聞《き》き《ゝ》てつかはしける　　贈太政大臣

830 ひたぶるに思《(おもひ)》なわびそ古《ふる》さるゝ人の心はそれぞ世《よ》の常《つね》

返し　　伊勢

831 世の常《つね》の人の心をまだ見ねばなにかこの度《たび》消《け》ぬべき物を

浄蔵「鞍馬《くらま》の山へなん入《い》る」と言《い》へりければ　　平なかきがむすめ

832 墨染《すみぞめ》の鞍馬《くらま》の山に入《い》る人はたどる〳〵も帰《(かへり)》来《き》なな《ゝ》ん

830 そんなに一途に自分を苦しめなさるな。過去の恋人にされてしまう人の心なんていうものは、まさに男女の間では常のことでありますよ。○人に忘られて　男に忘れられて。伊勢集によれば藤原仲平(この歌の作者の弟)のことになる。○ひたぶるに　ひたむきに。一途に。○思なわびそ　苦しく思うな。○古さるゝ　飽いて古い物として捨てられる。過去の人にされる。

831 おっしゃるような世間一般の男女の心をまだ経験していませんので、どうしてつらく思わずにいられましょうか。今はただ消え入ってしまいたい気持ですが。○世の常の人の心　世間一般の男女の心。○なにか　「どうして…か」の意の疑問の副詞句だが、述語を省略している。贈歌をうけて、「なにか思ひわぶる」の意になる。○消ぬべき物を　心身ともに喪失してしまうこと。「消(け)」は「消(き)ゆ」の歌語。三〇六・一〇三二のように「露」を比喩する場合が本来の形であったが、六三七やこの歌の場合のように単独にも用いられた。

832 私の所に住むようになったのに、「暗い」という名を持つ鞍馬の山へお入りになるあなたは、暗ければ、辿り辿りでもよいから、帰って来ていただきたいものです。○鞍馬の山へなん入る　修行のために鞍馬山へ入る。○墨染の　墨染の衣を着る僧だから用いたのだが、「黒」「暗い」「鞍馬」という縁で「鞍馬」の枕詞の役割をも果たしている。あわせて「女の許に住むようになる」という意の「住みそめ」をも掛けていると見て訳した。○鞍馬の山　当時は「暗い」というイメージとともに詠まれていた。→二四〇。○たどる〳〵　おぼつかない様子で暗い道を辿りながら。「くら(暗―鞍馬)」の縁語。▽大和物語一〇五段や今昔物語集三十ノ三には後日譚を含めた形で物語られている。

逢《あ》ひ知《し》りて侍《(はべり)》ける人の、まれにのみ見えければ

伊勢

833 日をへても影に見ゆるは玉葛《たまかづら》つらきながらも絶《た》えぬなりけり

わざとにはあらず時〳〵物言《ものい》ひ侍ける女、ほどひさしうとはず侍ければ

よみ人しらず

834 高砂の松を緑と見し事は下《した》の紅葉《もみぢ》を知《し》らぬなりけり

返し

835 時分《わ》かぬ松の緑も限《(かぎり)》なき思《おも》ひには猶《(なほ)》色やもゆらん

833 日数が経っても、面影のように時々お見えになるのは、冷淡であられても絶えはなさらないからなのですね。○影に見ゆるは　実体のない面影のように目に映ること。→一〇三七・一三八。○玉葛　「葛」は蔓草の総称。三四のように「絶え」の縁語であるとともに、一六一・三九一のように「懸け」から転じて「影」の縁語にもなっている。

834 高砂の松を永遠の緑だと思ったのは、下に隠れている紅葉を知らなかったからでありますよ。○わざとにはあらず　特別にというわけではなく。○物言ひ侍ける女　男が物を言い交わしていた女。○ほどひさしうとはず侍ければ　男が長い間訪ねなかったので。女の歌である。○高砂の松　常磐に変らないものとされていた。「ひとりして世をしつくさば高砂の松の常磐もかひなかりけり」(拾遺集・雑恋・紀貫之)参照。○下の紅葉　下の方の見えにくい所が紅葉すること。見えないところでこっそり心変りすることの喩え。▽「下紅葉するをば知らで松の木の上の緑をたのみけるかな」(拾遺集・恋三・よみ人しらず)に似た表現。

835 季節にかかわりのない松の緑も、私の限りなく熱烈な「思ひ」ならぬ「火」によって、やはり色が萌え(燃え)ていることでしょうよ。○思ひ　「みずからの思ひ」の「ひ」に「火」を掛け、「燃ゆ」に続ける。○色やもゆらん　「思ひ」の「ひ」の縁で「燃ゆ」を続け、「萌ゆ」を表面に出す。

836 水鳥のはかない足跡—すぐ消えるようなはかない御筆跡で「(手紙を)見た」と御返事をいただくばかりで、空しく何年も続くだけの、わけのわからない縁なのですね。○水鳥のはかなき跡　詞書から見て手紙のことだが、浜辺に残した浜千鳥の足跡を筆跡もしくは手紙に喩える例は、古今集・雑下・九九六や本集・六三五・六九五・八二八など数多い。「浜

たゞ文《ふみ》かはす許《(ばかり)》にて年へ侍ける人につかはしける

836 水鳥のはかなき跡《あと》に年をへて通《かよ》ふ許《(ばかり)》のえにこそ有《(あり)》けれ

返し

837 浪の上《うへ》に跡やは見ゆる水鳥のうきてへぬらん年は数《かず》かは

消息《せうそこ》つかはしける女のもとより「稲舟《いなぶね》の」といふことを返事《(かへりごと)》に言《い》ひ侍ければ、頼《たの》みて言《い》ひわたりけるに、猶《(なほ)》逢《あ》ひがたき気色《けしき》に侍ければ、「しばしとありしを、いかなればかくは」と言《い》へりける返《(かへり)》事《ごと》につかはしける

838 流《(ながれ)》寄《よ》る瀬《せ》ゞの白浪浅《あさ》ければとまる稲《いな》舟帰《かへ》るなるべし

千鳥」と言わないで「水鳥」と言ったのは、「見つ—(手紙を)見た」という返事をもらっただけという気持を隠して、「水(みづ)」と「見つ」を掛けたと考えるべきであろう。○えにこそ有けれ　「え」は「縁」。当時、このような字音語を仮名表記する場合は「ん」を書かないのが普通であった。「ほい(本意)」などがその例。「木の葉降り敷くえにこそありけれ」(伊勢物語九十六段)と同じ。

837　おっしゃいますが、浪の上に水鳥の足跡は見えないはずです。水鳥のように浮いて過ごしている年の長さなど問題ではありませんよ。○浪の上に…　浜辺ならば足跡はつくが浪の上では足跡はつかないことを前提にして「水鳥のはかなき跡に年をへて」などという言い方は意味がないと言っているのである。○うきてへぬらん　水鳥が「浮きて」と「男が浮わついて」という気持を掛けている。○年は数かは　「かは」は反語。数ではありません。

838　白浪が流れ寄る瀬々は浅いので、そこに泊っていた稲舟も帰ってしまったようです。おいでになるあなたのお心が浅いので、「否にはあらじ」と言っていた私の気持も引っ込んでしまうのです。○稲舟のといふことを　古今集・東歌「最上川のぼればくだる稲舟のいなにはあらずこの月ばかり」によって、否ではないが、もう少し待ってほしいという気持を伝えたのである。○頼みて言ひわたりけるに　期待して求婚し続けていたが。○しばしとありしをいかなればかくは…　「もう暫く待ってということであったのに、どうしてこんなに…」と言って来た男に対する女の返歌である。○流寄る瀬ゞの白浪…　あの瀬この瀬に流れ寄る白浪。男を喩える。○浅ければ　「愛情が浅いので」の意を掛ける。○とまる　そこに定着して「否にはあらじ」という気持を具体化する稲舟。

返し　　　　　　　　　三条右大臣

839 最《も》上《がみ》河深《ふか》きにもあへず稲《いな》舟の心かるくも帰《(かへる)》なる哉《(かな)》

いと忍《しの》びて語《かた》らふ人のを《(お)》ろかなる様《さま》に見えければ　　　よみ人しらず

840 花薄《すゝき》穂《ほ》に出《い》づる事もなき物をまだき吹《ふ》きぬる秋の風哉《(かな)》

心ざしを《(お)》ろかに見えける人につかはしける　　　なかきがむすめ

841 待《ま》たざりし秋は来《き》ぬれど見し人の心はよそになりもゆくかな

返し　　　　　　　　　源是茂朝臣

839 最上河の深さに堪えきれずに、稲舟は軽薄にも帰ったようですね。私の深い気持に応じきれずに、「否にはあらじ」とおっしゃったお言葉は軽薄にも撤回されたようですね。○最上河… 前歌の注に引用した古今集の歌参照。○深きにもあへず 最上河の深さと自分の深い愛情を掛け、「自分の深い愛情に応え切れずに」と言った。「あへず」は「…に抗し切れずに」の意。○心かるくも 軽率にも。思慮浅くも。○帰なる哉 「なる」は、相手の言葉を聞いて「…のようだった」と納得した気持を表わす。

840 花薄が穂に出るように、はっきりと態度に示すこともないのに、早くも吹いてしまった秋の風ならぬ、あなたの「飽き」の風でありますよ。○いと忍びて語らふ人 たいそう人目を忍んでつきあっていた男が。○をろかなる様に いいかげんな態度。○花薄穂に出づる 花薄が穂となって出るように世間に示すことなく。詞書の「いと忍びて語らふ」と呼応。「人目もる我かはあやな花薄などか穂に出でて恋ひずしもあらむ」(古今集・恋一)のように「花薄穂に出づ」は本心を外に表すこと。○まだき こんなに早く。○秋の風 「飽き」の風。▽貫之集「花薄ほには出でじと思ひしをとくも吹きぬる秋の風かな」の異伝か応用であろう。

841 秋と違って、待ってもいなかった「飽き」の季節はやって来たけれども、その結果、せっかく深く知り合ったあなたのお心は、離れてゆくことですよ。○心ざしをろかに見えける人に 愛情がいいかげんであるように見えた男。○待たざりし秋 待っていた「秋」と違って、待ってもいなかった「飽き」。○見し人 男女関係を持った人。○よそに 遠く離れたものに。

842 君を思《（おもふ）》心長《なが》さは秋の夜にいづれまさるとそらに知《し》らなん

ある所に近江といふ人をいと忍《しの》びて語《かた》らひ侍《（はべり）》けるを、夜明《あ》けて帰《かへ》りけるを、人見てさゝやきければ、その女のもとにつかはしける

坂上つねかげ

843 鏡山明《あ》けて来《き》つれば秋霧《ぎり》の今朝《けさ》や立《た》つらん近江《あふみ》てふ名《な》は

あひ知《し》りて侍《（はべる）》女の、人にあだ名《な》立《た》ち侍けるにつかはしける

平まれよの朝臣

844 枝もなく人に折《お》らるゝ女郎花《（をみなへし）》根《ね》をだに残《のこ》せ植《う》へ《（ゑ）》し我《わ》がため

842 あなたを思う私の根気の長さは、長いとされている秋の夜とどちらが勝っているのか、何もなくても分かっていただきたいものです。○心長さ　辛抱して心に持ち続ける根気の長さ。○そらに　何も読まないで。そらんじていて。▽「きりぎりすいたくな鳴きそ秋の夜の長き思ひは我ぞまされる」（古今集・秋上）を参考にしたか。

843 夜が明けて帰って来たので、今朝こそは、私があなたに逢う身だという評判は立っていることでしょうよ。○ある所に　ある屋敷で。○近江といふ人　五三八の女と同じか。○語らひ侍ける　を　親しい関係になったのだが。○鏡山　滋賀県野洲町と竜王町の間に三上山と並んでいる山。近江という名の女だから用いたのである。○秋霧の　実際に秋霧が立っていたのであろうが、「名」が「立つ」の縁語としての役割を果たしている。○近江てふ名は　女の名の近江（あふみ）と「逢ふ身」を掛ける。

844 枝も残っていないほどに人に折られている女郎花よ。せめて根だけでも残しておいてほしい。植えた私のために。○人にあだ名立ち侍けるに　他の男との間に浮気の評判が立ちました時に。○女郎花　女を喩えている。○根をだに残せ　「根」に「寝」を響かせていると見ることも出来る。○植へし我がため　お前を女にしたこの私のために。

845 人のもとにまかりて侍《(はべる)》に、呼《よ》び入《い》れねば、すのこに臥《ふ》し明《あ》かしてつかはしける

藤原成国

秋の田のかりそめぶしもしてけるがいたづらいねを何《なに》につままし

846 平かねきがやう〳〵かれがたになりにければ、つかはしける

中務

秋《あき》風の吹《(ふく)》につけてもとはぬ哉《(かな)》荻の葉ならば音《をと》はしてまし

847 年月をへて消息《せうそこ》し侍《(はべり)》ける人につかはしける

よみ人しらず

君見ずて幾《いく》世へぬらん年月のふるとともにも落《お》つる涙《なみだ》か

845 あなたに飽きられて、秋の夜、簀子(すのこ)にかりそめに寝た私が、しかしどうしてこのように空しい独り寝を積み重ねるのでしょうか。○すのこに臥し明かして　濡れ縁で横になって一夜を過ごして。○秋の田の　「田を刈る」を前提に「かりそめ」を導き出す役割を果たすとともに「秋」と「飽き」の意を響かせる。○かりそめぶし　仮に横になること。「秋の田の稲を刈る」意を媒介として上から続く。○いたづらいね　空しく寝につくこと。「田」の縁で「稲」を響かせる。○何につままし　「何に」は「どうして」の意。「つむ」は「積む」の意。「稲」の縁語。「積み重ねたくない」という気持が反実仮想の「まし」を使わせた。

846 秋風が吹くのに託してでもおたよりはいただけないのですね。もし私が荻の葉であれば、秋風を受けて葉擦れの音ぐらいは立てましたでしょうに。すぐお返事しましたでしょうに。○かれがたになりにければ　離れてゆくようになったので。○秋風の　「飽き」を響かせる。飽きたという気持でもおっしゃってくださればよいのにと言っているのである。○つけても　「ことづける」の意。▽荻の葉と秋風の取合せは三〇参照。

847 あなたを見なくなってどのぐらい経ったでしょうか。それにしても、年月がふるとともに、雨が降るように落ちる涙でありますよ。○年月のふるとともにも　「ふる」は「古くなる」の意。涙が「降る」を響かせる。

848 なまじっか、あなたに思いをかけたばかりに、我が身に馴れ親しんでくださらないのを怨まねばならなくなったようですよ。○中〳〵に　現状に満足できぬゆえに、後悔の気持を表わす場合に用いる副詞。○思かけては　離れているあなたに思いをかけて。「は」は強意。○唐衣　「衣」の歌

女につかはしける

848 中〳〵に思《おもひ》かけては唐衣身になれぬをぞ怨《うら》むべらなる

返し

849 怨《うらむ》ともかけてこそ見め唐衣身になれぬればふりぬとか聞《き》く

人につかはしける

850 嘆《なげ》けどもかひなかりけり世中《よのなか》に何《なに》にくやしく思《おもひ》そめけん

忘《わす》れがたになり侍ける男《おとこ》につかはしける　承香殿中納言

851 来《こ》ぬ人を松の枝《え》に降《ふ》る白雪の消《き》えこそかへれくゆる思ひに

語だが、「(衣桁に)掛けて」「(身に)馴れ」と「うら(裏)む」を導き出すために用いている。〇べらなる　九世紀末から十世紀初頭によく用いられた歌語。▽古今集・恋五「唐衣馴れば身にこそまつはれめかけてのみやは恋ひむと思ひし」によるか。

849 あなたがお怨みになるとしても、私はやはり衣桁に衣をかけて見るように、離れていてあなたに思いをかけたいのです。衣は身に馴れると古くなるとか聞いておりますので。親しみ過ぎて過去の女にされるといけませんので。〇かけてこそ見め　「離れている人に心を掛けよう」という気持を「衣桁に衣をかけて見よう」という意と重ねて言った。〇唐衣　「衣」の歌語。「かけて」「馴れ」などを導き出している。

850 溜息をつくのだけれども、どうしようもありません。こんな関係ですのに、どうして後悔されるほど、あなたに思いを染めてしまったのでしょうか。〇嘆けども　本来は「溜息をつく」の意。〇世中に　この男女関係において。〇何に　どうして。「けん」と呼応。〇思そめ　「そめ」は本来「染め」。「思ひ」が色のように染まってゆく意。「初め」という字をあてるのは意訳。

851 来ない人を待っていると、松の枝に降る白雪がすぐ消えるように、完全に消え入ってしまいそうです。あの人に思いをかけなければよかったのにと悔いる思いが燻ゆる火のようにくすぼりまして。〇松の枝に降る　「松」に「待つ」を掛ける。実際に白雪の降る季節であったのだろうが、ここでは「消え」を言い出す役割を果たしている。〇消えこそかへれ　「消えかへる」は完全に消えること。命が消えてしまうことをも言う。→三二・五二七など。〇くゆる思ひに　「悔ゆる」と「燻ゆる」を掛ける。「思ひ」の「ひ」は「火」を掛ける。▽大和物語一三九段や元良親王集によれば、相手の男は元良親王。

忘《わす》れ侍《(はべり)》にける女につかはしける

よみ人しらず

852 菊の花うつる心を置《ゝ》く霜《しも》にかへりぬべくも思《おも》ほゆる哉《(かな)》

返し

853 今はとてうつりはてにし菊の花かへる色をば誰《たれ》か見《み》るべき

人のむすめにいと忍《しの》びてかよひ侍けるに、気《け》色《しき》を見て、親《おや》の守《まも》りければ、五月長雨《ながあめ》の頃《ころ》、つかはしける

854 ながめしてもりもわびぬる人目《め》哉《(かな)》いつか雲間《くもま》のあらんとすらん

まだ逢《あ》はず侍ける女のもとに「死《し》ぬべし」と言《い》へりければ、返事《(かへりごと)》に「はや死《し》ねかし」と言《い》

852 白菊の花は秋が深まるままに色あせるように、一度は飽きて他に移った私の心ですが、霜が置くと色が深まる白菊の花のように、再び元のあなたに戻るように思われることでありますよ。○忘れ侍にける女に　男が忘れた女に。○うつる心を　「移る」は盛りの状態が過ぎゆくこと。それに「私の心が他の女に移る」の意を掛ける。○置く霜にかへりぬべくも　霜が置いて再び美しく見頃に返ることと、女の許に帰ることを掛ける。当時は霜がおいて白菊の花が薄紅色に変色するのを賞美した(古今集・秋下・二七八・二七九など参照)。

853 「今はもうお別れ」と言って完全に他に心を移してしまわれた後の菊の花ならぬ私の「かへる色」なんて、今さら誰が見てくださるでしょうか。○今はとて　「今は、もうこれまで」と言って。○うつりはてにし　前歌に続いて「菊の花が完全に移ろい色あせてしまうこと」と「男が他の女に移ってしまうこと」を言う。○かへる色　→前歌。

854 長雨が降って漏るのがつらいように、見守られているのがつらい人目でありますよ。物思いしながらぼんやり外を眺めて雲が切れて雨が止む時がいつあるのか、逢える余地がいつあるのかと思われることです。○気色を見て　男が通(かよ)っている様子を見て。○親の守りければ　親の衛護が厳しくなったので。○ながめして　「長雨して」と「物思いしながらぼんやり外を眺める」意を掛ける。○もりもわびぬる　「もり」は「雨が漏る」意に、縁語として「守(も)る」意を響かせる。「もりわぶ」は、見守られていることをつらく思うこと。○雲間　雲が切れて雨が降っていない間。ここは「人目が切れている間」を掛ける。

855 同じ死ぬなら、あなたと並んで並びの池に身を投げたとでも人に聞かせたいものです。○

へりければ、又つかはしける

855 同《おな》じくは君と並《なら》びの池にこそ身を投《な》げつとも人に聞《き》かせめ

女につかはしける

856 かげろふのほのめきつれば夕暮《ゆふぐれ》の夢かとのみぞ身をたどりつる

返し

857 ほの見ても目《め》なれにけりと聞《き》くからに臥《ふ》し返《かへ》りこそ死《し》なまほしけれ

消息《せうそこ》しば〳〵つかはしけるを、父母《ちゝはゝ》侍て、制《せい》し侍ければ、え逢《あ》ひ侍らで

源善《よし》の朝臣

858 あふみてふ方《(かた)》のしるべも得《え》てし哉《(がな)》見るめなきこと行《ゆ》きてうらみん

死ぬべし　死にそうです。〇はや死ねかし　早く死になさいよ。「かし」は念を押す意の終助詞。〇並びの池　京都市右京区双岡(ならびがおか)の近くにあったとするのが通説だが、未詳。

856 まるで陽炎(かげろう)がほのめいたかのように、はかない逢瀬でありましたから、夕暮れのうたた寝の一瞬に見た夢であったかとばかり思って我が身の記憶を辿っている次第です。〇かげろふ　陽炎。「ほのめきつれば」に続くので「蜉蝣」「蜻蛉」ではない。〇身をたどりつる　我と我が身を再確認する。古今集・雑下「あまびこのおとづれしとぞ今は思ふ我か人かと身をたどる世に」。

857 ほんの一瞬に見ただけなのに、「見慣れてしまった」というお言葉を聞きますと、完全に臥してじっくり夢でお逢いし、そのまま死んでしまいたい気持です。〇目なれにけりと聞くから に　男の歌に「目なれた」という言葉はないが、夢に喩えたので、このように応えたのであろう。〇臥し返りこそ死なまほしけれ　「臥し返り」は完全に臥すこと。「しなまほしけれ」は「してしまいたいものだ」と説くのが通説だが、堀河本には「け(消)ぬべかりけれ」とあるので「死なまほしけれ」と解した。

858 逢う身を連想させる近江という方向へ行く道標をも得たいものです。あなたを見る機会ということを連想させる海松布(みるめ)がないことを行って怨みを述べたいと思いますので。〇あふみてふ方のしるべ　地名の近江(あふみ)に「逢ふ身」を掛ける。〇見るめなきこと　海藻の「海松布」に「見る機会」の意の「見るめ」を掛ける。近江の海(琵琶湖)は淡水だから「海松布」がないのである。→五三八・七三。〇うらみん　「怨みん」と「浦見ん」を掛ける。→七九九・一〇三三など。

返し

春澄善縄《よしなは》朝臣女

859 相坂《あふさか》の関と守《も》らるゝ我なれば近江てふらん方《かた》も知《し》られず

女のもとにつかはしける

善《よし》の朝臣

860 葦引《あしひき》の山下《した》水の木隠《こがく》れてたぎつ心を堰《せ》きぞかねつる

返し

よみ人しらず

861 木隠《こがく》れてたぎつ山水いづれかは目《め》にしも見ゆる音《をと》にこそ聞《き》け

人のもとより帰《かへ》りてつかはしける

つらゆき

862 暁のなからましかば白露のを《お》きてわびしき別《わかれ》せましや

859 逢坂の関という名のように、逢うことをせき止めようと見守られている私ですから、「逢ふ身」すなわち近江という方角は知ることができませんよ。〇守らるゝ 「もる」は「見守る」意。〇近江てふらん方 前歌の注参照。

860 山の茂みの下を流れる水が木に隠れながら激しく流れているように、表に表わせない私の激情を、堰き止めかねております。〇葦引の「山下水」の「山」にかかる枕詞。〇たぎつ心 「水が逆巻いて激しく流れる」意と「心が激する」意を掛ける。ここまでが序詞。▽古今集・恋一に「題しらず よみ人しらず」として同じ歌が見える。これを用いて源善が自分の気持を訴えたのに対して次の返歌がなされたのであろうか。↓六六詞書。

861 「木隠れて激しく流れる山の水」とおっしゃいますが、そのどの部分も目で確かめられないじゃありませんか。お言葉では確かにお聞きしましたが。〇木隠れてたぎつ山水 贈歌を承ける。激情を訴える男の言い分を一応そのまま認めて返す。〇いづれかは 「かは」は反語。連体形「見ゆる」に呼応。〇音にこそ聞け 今のお歌のように、口でおっしゃるのはお聞きいたしますけれども。

862 もし暁というものがなかったならば、白露が置くなか、起きてつらい別れをしなかったでしょうに。〇人のもとより 女の所から。〇暁 夜明け前の月の出ている時刻。〇白露の 「露」は「置く」と表現されるので、同音の「起く」を導き出しているが、ここは月に光っている白露を視覚的に表現したものとしてそのまま訳した。▽拾遺集や貫之集にも貫之の歌として重出しているが、返歌はない。

863 起きて帰って行くあなたの御本心を知らない私は、あの白露が消えるよりも先に別れの悲しみで、思いが消えてしまう、気が滅入ってしま

返し　　　　　　　　　　　　よみ人しらず

863 を《(お)》きて行《(ゆく)》人の心を白露《しらつゆ》の我こそまづは思《(おもひ)》消《き》えぬれ

女のもとに、男《おとこ》「かくしつゝ世をやつくさむ高砂《たかさご》の」といふ事を言《い》ひつかはしたりければ

864 高砂の松と言《い》ひつゝ年をへて変《かは》らぬ色と聞《き》かばたのまむ

人のむすめのもとに、忍《しの》びつゝかよひ侍《(はべり)》けるを、親聞《おやき》きつけて、いといたく言《い》ひければ、帰《かへ》りてつかはしける　　　　つらゆき

865 風をいたみくゆる煙の立《た》ち出《い》でても猶《(なほ)》こりずまの浦《うら》ぞ恋《こひ》しき

うことです。〇をきて行　起きて帰って行く。「起き」は「露」の縁語「置き」と掛ける。〇人の心を白露の　「人の心を知らず」と「白露」を掛ける。〇まづは　白露より先に。〇思消えぬれ　「思ひ」が消えてしまうこと。つまり、気が滅入ってしまうこと。古今集・冬・三二八参照。「露」の縁語でもあり、「思ひ」の「火」の縁語でもあるので、「消え」と言ったのである。

864 私の方は「待っています」と言いつつ年を過して来ましたので、いつまでもお心が変らないと聞かせていただけるならば、将来を期待いたしたいものです。〇かくしつゝ…　古今集・雑上「かくしつつ世をやつくさむ高砂の尾の上に立てる松ならなくに」(よみ人しらず)という歌を贈り、「このようにして共に過ごそう」と言ったのである。〇高砂の松と言ひつゝ　相手の言葉に従って「高砂の松」と言っているのであるが、「松」の掛詞「待つ」を言いたいのである。今のようにお待ちしているままでもう少し様子を見て。〇変らぬ色と聞かば…　松の変らぬ色のようにお心が変らないとわかれば、一生を託そうと言っているのである。

865 風がひどいので、もやもやした煙が立つように、親にとがめられて、もやもやとした思いを持って帰って来たのですが、やはり懲りずに恋しく思われることでありますよ。〇いといたく言ひければ　大変ひどく言いとがめたので。〇風をいたみ　風がひどいので。とがめだてがひどいので。〇くゆる煙　もやもやとした思い。〇立ち出でても　「煙が立つ」と「立って出て行っても」の意を掛ける。〇こりずまの浦　→八〇〇。「こりずま」は「しょう懲りもなく」の意。古今集・恋四の「須磨のあまの塩焼く煙風をいたみ思はぬ方にたなびきにけり」の影響もある。

はじめて女のもとにつかはしける　　よみ人しらず

866
言《い》はねども我《わ》が限《(かぎり)》なき心をば雲ゐに遠《とを》き人も知《し》ら南《(なん)》

題しらず

867
君が音《ね》にくらぶの山の郭公《(ほととぎす)》いづれあだなる声《こゑ》まさるらん

消息《せうそこ》かよはしける女、をろか《(お)》なる様《さま》に見え侍《(はべり)》ければ

868
恋《こ》ひて寝《ぬ》る夢地《(ゆめぢ)》にかよふたましひの馴《な》るゝかひなくうとき君《きみ》哉《(かな)》

女につかはしける

869
篝《かゞり》火にあらぬ思《おも》ひのいかなれば涙の河にうきて燃《も》ゆらん

866　今まで言わなかったけれども、限りなく恋しく思う私の心を、雲のように遠い所にいるあなたにも知っていただきたいものです。〇雲ゐに遠き人　「忘るなよ程は雲ゐになりぬとも空ゆく月のめぐりあふまで」(拾遺集・雑上)でわかるように雲のいるような遠い所の意。

867　あなたの声に比べられる暗部山の郭公の声。真実味のない浮気な声という点では、どちらが勝っているでしょうか。〇君が音に　あなたの声に。〇くらぶの山　暗部山。鞍馬山の古名という。→二七一。ここは「…に比ぶ」の意を掛ける。〇あだなる声　浮気な声。▽「ほととぎす汝(な)が鳴く里のあまたあればなほうとまれぬ思ふものから」(古今集・夏)のようにあちらこちらで鳴くことを「あだなる声」と言って相手をとがめているとすれば、歌の作者は女と見られる。

868　恋しく思いながら寝る夢路を通ってここにやって来る私の魂は、毎夜のこととて、よく馴れていますのに、そのかいもなく疎々(うとうと)しいあなたでありますね。〇消息かよはしける女　恋文のやりとりをしていた女が。〇をろかなる様　いい加減な様子。女の様子である。〇恋ひて寝る　あなたを恋い慕って寝る。〇夢地　夢の中の通路。恋しく思いつつ寝ると魂が夢の中の通路を通って相手の夢に現れるという俗信による。〇馴るゝかひなく　いつも馴れ親しんでいるかいもなく。

869　篝火ではない「我が思ひ」の火でありますのに、どうして涙河に浮いて燃えているのでありましょうか。〇篝火にあらぬ思ひ　篝火でない我が思い。「思ひ」に「火」を掛ける。〇うきて燃ゆらん　「浮きて」に「憂き」を掛ける。▽みずからの涙が流れて河になったという涙河に、我が「思ひ」の「火」が、あたかも鵜飼舟の篝火のように映っているというみごとな形象化。古今集・恋一に重出す

人のもとにまかりて朝《あした》につかはしける

870 待《ま》ち暮《く》らす日は菅《すが》の根《ね》に思《おも》ほえて逢《あ》ふよしもなど玉《たま》の緒《を》ならん

大江千里、まかりかよひける女を思《おも》ひかれがたになりて、「遠《とを》き所にまかりにたり」と言《い》はせて、ひさしうまからずなりにけり。この女、思《(おもひ)》わびて寝《ね》たる夜の夢に、まうで来《き》たりと見えければ、うたがひに、つかはしける

871 はかなかる夢のしるしにはかられて現《うつゝ》に負《ま》くる身とやなりなん

かくてつかはしたりければ、千里見侍て、なを《(ほ)》ざりに「まことに一昨日《をとゝひ》なん帰《かへ》りまうで来《こ》しかど、心地の悩《なや》ましくてなんありつる」と許《(ばかり)》、言《い》ひ送《をく》りて侍ければ、重《かさ》ねてつかはしける

872 思《(おもひ)》寝《ね》の夢といひてもやみなまし中〳〵何に《なにゝ》有《(あり)》と知《し》りけん

るが、「題しらず　よみ人しらず」で、第二句は「あらぬ我が身の」もしくは「あらぬものから」。

870　あなたを待って暮らす日は、菅の根のように長く思われて、逢う次第の方もまた、どうして玉の緒のように短く思われるのでありましょうか。○菅の根に思ほえて　万葉集・巻十「おほほしく君を相見て菅の根の長き春日を恋ひわたるかも」による。待ち暮らす日は「長き春日を恋ひわたる」ように思われて。○逢ふよしも　「よし」は「次第」「手段」。○玉の緒　短い期間。古今集・恋三「逢ふことは玉の緒ばかり名の立つは吉野の河のたぎつ瀬のごと」。

871　はかない夢の中の表象にだまされて空しい期待をかけ、結局は見捨てられているという現実にはどうしようもなく負ける身になってしまうのでしょうね。○思ひかれがたになりて　愛情が離れかけた頃になって。○言はせて　使者や従者に言わせたのである。○思わびて　つらく思って。○うたがひに　遠い所へ旅立ったということに疑問を呈して。○夢のしるし　夢の中での証拠。○現に負くる身　見捨てられているという現実に負ける我が身。▽次の歌に連続する物語的構成はきわめて後撰集的だと言える。

872　「あなたのことを思いつつ寝たから夢に見えたのでしょう」と言っても、それですんだことでしょうに、どうして、なまじっか、実は京都においでだと知ったのでしょうか。○なをざりに　いいかげんに。適当に。「言ひ送りて侍ければ」を修飾。○心地の悩ましくてなんありつる　気分が悪い状態だったのだ。○中〳〵　なまじっか。「知りけん」にかかる。○何に　どうして。これも「知りけん」にかかる。○有と　都にいると。

大和《やまと》の守《かみ》に侍《(はべり)》ける時、かの国《くに》の介藤原清秀が娘《むすめ》を迎《むか》へむと契《ちぎ》りて、公事《おほやけごと》によりてあからさまに京にのぼりたりける程《ほど》に、この娘《むすめ》真延法師に迎《むか》へられてまかりにければ、国《くに》に帰《かへ》りて、尋《たづ》ねてつかはしける

忠房朝臣

873 いつしかの音《ね》に泣《な》きかへり来《こ》しかども野辺《のべ》の浅地《あさ(ぢ)》は色づきにけり

消息《せうそこ》つかはしける女の返事《(かへりごと)》に「まめやかにしもあらじ」など言《い》ひて侍ければ

874 ひきまゆのかくふた籠《こも》りせまほしみ桑《くは》こきたれて泣《な》くを見せばや

ある人の娘《むすめ》あまたありけるを、姉《あね》よりはじめて言《い》ひ侍けれど、聞《き》かざりければ、三にあたる女につかはしける

よみ人しらず

873 「早くお逢いしたい」と、鹿が妻を呼ぶように声の限りを尽くして泣きながら帰って来たのですが、野辺の浅茅はもう色変りしていましたね。—愛情の浅いあなたはもう心変りしていましたね。○あからさまに　ちょっと。かりそめに。○迎へられてまかりにければ　迎えられて男と共に行ってしまったので。事情がわかったことを先に書いたのである。○尋ねてつかはしける　事情を尋ねて贈った歌。○いつしかの　「早く」という意の「何時しか」に、大和の国の奈良の名物である「鹿」を隠した。○音に泣きかへり　「…かへる」は「完全に…になる」の意だから、「泣きかへり」はひどく泣くこと。鹿が妻を呼ぶように声を出し尽くして泣くのである。「かへり」は「帰り来し」と続く。○野辺の浅地は…　浅茅が色を変えて枯れてゆくのを心変りに喩える例は、古今集・恋四「思ふよりいかにせよとか秋風になびく浅茅の色ことになる」など多い。

874 繭に一匹で入っている蛹(さなぎ)がこのように二匹で籠りたがって桑を扱き落すように、涙をこき落して泣く私の姿を見せたいものですよ。○まめやかにしもあらじ　真面目ではないのでしょう。○ひきまゆ　和名抄に「独蠒」という漢字を「比岐万遊」と訓ませているように、一匹の蛹が入っている繭のこと。○かく　このように。「桑扱きたれて」に続ける。桑の葉と共にこの歌を贈ったのであろう。○ふた籠り　日本書紀・仁賢天皇紀が「双納」という字をあてているように、二つの物が一つに包まれること。ここは繭に二匹の蛹が入ること。○桑　蚕が葉を食料にする。○こきたれて　「扱き垂る」。本来は稲・花・葉などをしごき落すことだが、「刈りて干す山田の稲のこきたれて泣きこそわたれ秋の憂ければ」(古今集・雑上)のように涙を落して泣く意に転換している。▽桑の

875
関山の峰の杉《すぎ》むら過《す》ぎゆけど近江は猶《(なほ)》ぞはるけかりける

朝忠《あさたゞ》の朝臣久《ひさ》しう音《をと》もせで文《ふみ》を《(お)》こせて侍けれ
ば

876
思《(おもひ)》出《い》でて《ゝ》を《(お)》とづれしける山びこの答《こた》へにこりぬ心なに也

いと忍《しの》びてまかりありきて

877
まどろまぬ物からうたてしかすがに現《うつゝ》にもあらぬ心地のみする

返し

878
現《うつゝ》にもあらぬ心は夢なれや見てもはかなき物を思へば

葉とともに贈ったとか、眉と繭を掛けて黛《(まゆずみ)》とともに贈ったとか見なければ、理解できない。

875　逢坂山の関所の杉群《(むら)》を通り過ぎたものの、近江はやはり遠いように、お顔を見ることもないままに姉上たちへの求婚も空しく終わってしまいましたが、あなたと結ばれるのも、まだまだ時がかかるようですね。〇関山　関所がある逢坂山のこと。〇峰の　「峰」に「女に逢えない」意の「見ね」を掛ける。「杉むら」は「過ぎ」を導き出す役割を果たしている。〇近江　男女が結ばれる意の「逢ふ身」を掛ける。

876　ふと思い出して音信をくださった山彦ならぬあなたのお答にも懲りるところのない私の心はいったいなんなのでしょうか。〇をとづれしける　「訪ねる」の意にあたる場合もあるが、本来は「音信する」という意。〇山びこの　古今集・五二一・五三九のように「答へ」に続く場合が多いので、枕詞のように用いられることになった。〇こりぬ心　男のつれなさに懲りてあきらめることをしない私の心。

877　まどろみはしていないのですが、情けないことに、それでもやはり、現実に逢っているのに、現実ではないような気持がすることでありますよ。〇忍びてまかりありきて　こっそりと出かけて行きまして。〇…物から　…はしないのだが。〇うたて　情けないことに。挿入句的に用いられる。〇しかすがに　そうは言うものの。歌にだけ用いられる語。

878　現実ではないような心地だとおっしゃるのは、やはり夢だということなのですね。せっかくお逢いしても、私はいつも夢のようにはかない気持で物思いをすることになりますので。〇現にもあらぬ心　男の歌の末句をそのまま受ける。〇夢なれや　「なれや」の「や」は詠嘆の終助詞。

太秦《うづまさ》わたりに大輔が侍《（はべり）》けるに、つかはしける　小野道風朝臣

879 限《（かぎり）》なく思ひ入《い》り日のともにのみ西の山べをながめやる哉《（かな）》

女五のみこに　忠房朝臣

880 君が名《な》の立《（たつ）》にとがなき身なりせばおほよそ人になして見ましや

返し　女五のみこ

881 絶《た》えぬると見れば逢《あ》ひぬる白雲のいとおほよそに思《おも》はずも哉《（がな）》

御匣殿《みくしげどの》に初《はじ》めてつかはしける　あつたゞの朝臣

882 今日《けふ》そへ《（ゑ）》に暮《く》れざらめやはと思《おも》へども耐《た》へぬは人の心なりけり

879 あなたのことを限りなく気にかけて、入り日の動きとともに、西山のあたりにずっと思いを寄せて眺めているのでありました。〇太秦わたり　今の京都市右京区太秦付近。〇思ひ入り日　底本「いりえ」として「え」の右に「日」と校訂。「思ひ入り」と「入り日」を掛ける。「思ひ入る」は「深く思い込む」「気にかける」こと。〇西の山べ　太秦は京都の西にある。〇ながめやる　物思いにふけりながら遠くを眺めること。

880 あなたのお噂が立っても非難されることのない身分の我が身でありましたら、あなたを世間並みの人にして結婚することができるのでしょうか。あなた御自身がやはりお許しくださらないだろうと思うから苦しんでいるのです。〇女五のみこ　宇多天皇第五皇女依子内親王か。→一〇三五。忠房との恋愛関係を示す資料は他にない。〇身なりせば　「我が身分がもう少し尊ければ」の意。「身」は我が身のこと。〇おほよそ人　一般の人。▽拾遺集・恋二に「女のもとにつかはしける」という詞書をつけて同じく忠房の歌として再録されているのは、女五の親王との恋を事実にあらずと認識しているせいであろう。継嗣令の規定により内親王と臣下の結婚は原則として許されなかった。

881 峰から離れてしまったと見ると、すぐにやって来る白雲のようなあなたが、「雲のよそ」ではないが、私に対して全くおよそにお思いにならなければよいのに、と願っています。〇白雲の　「白雲」と「絶え」の関係は「風吹けば峰に別るる白雲の絶えてつれなき君が心か」（古今集・恋二・壬生忠岑）によりつつ、「雲のよそ」ということばを前提にして「おほよそ」に続ける。「おほよそ」は、通り一遍の意。〇おほよそに　普通の愛情を持っている人のように。

道風しのびてまうで来《き》けるに、親聞《おやき》き《ゝ》つけて制《せい》しければ、つかはしける

大輔

883 いとかくて止《や》みぬるよりはいなづまの光《ひかり》の間《ま》にも君を見てしが

大輔がもとにまうで来《き》たりけるに侍らざりければ、帰《かへ》りて、又の朝《あした》につかはしける

朝忠朝臣

884 いたづらに立帰《(たちかへり)》にし白浪のなごりに袖の干《ひ》る時もなし

返し

大輔

885 何にかは袖の濡《ぬ》るらん白浪のなごり有《(あり)》げも見えぬ心を

882 今日、それのことゆえに、暮れないということはない、暮れたらすぐに逢えると思うのだが、それまで耐えることができないのは私の心でありますよ。○御匣殿　御匣殿の別当と呼ばれていた藤原仲平娘明子。後に敦忠の妻になった。○初めてつかはしける　「はじめてあひてつかはしける」とある中院本・亀山天皇筆本・正徹本・承保本、「はじめてあひてつとめてつかはしける」とある雲州本、「はじめてあひて又のあしたにつかはしける」とある坊門局筆本などによるべきであろう。大和物語九十二段によっても、後朝(きぬぎぬ)の歌であることがわかる。○そへに　「そゆゑに」の約。それ故に。あなたと初めて結ばれたその故に。

883 まったくこのようにお逢いできないままに二人の関係を終えてしまうよりは、稲妻が光る一瞬のように短い間であっても、お逢いしたいと思うことです。○いとかくて　「かくて」の内容は「逢えるか逢えないかわからぬ状況のままに」ということであろう。○止みぬるよりは　二人の関係を終えてしまうよりは。○いなづまの光の間　瞬時。古今集・恋一・五四八参照。○見てしが　お逢いしたいものです。

884 昨夜、目的を達することなく空しく立ち帰ったなごりで、涙で袖がかわく時とてもありません。○侍らざりければ　留守だったので。○又の朝　翌朝。朝忠が行ったのは前夜。▽女の許から立ち帰ったということを「白浪が立ち返る」と掛けて言っているのである。「海」の縁語である「なごり(浪残り)」「干る」を連ねている。

885 どうしてお袖が濡れているのでしょうか。濡れてなんかいないじゃありませんか。おっしゃるように空しくお帰りになったなごりなんかあるようにも見えないあなたのお心ですのに。○何にかは…　「かは」は疑問を表わす助詞だが、反語

好古《よしふる》の朝臣、さらに逢《あ》はじと誓言《ちかごと》をして、又の朝《あした》につかはしける

蔵内侍

886 誓《ちか》ひても猶《(なほ)》思ふには負《ま》けにけり誰《た》がため惜《お》しき命《いのち》ならねば

忍《しの》びてまかりけれど、逢《あ》はざりければ

道風

887 難波女《なにはめ》に見《み》つとはなしに葦《あし》の根《ね》のよの短《みじか》くて明《あ》くるわびしさ

物言《い》はむとてまかりたりけれど、先立《さきだ》ちてむねもちが侍《(はべり)》ければ、「はや帰《かへ》りね」と言《い》ひいだして侍ければ

888 帰《かへ》るべき方《(かた)》もおぼえず涙河いづれか渡《わた》る浅瀬《あさせ》なるらん

に近い。○白浪のなどり 「なごり」の語源は「浪残り」だから、「白浪の」に続く。「余波」と訳してよい。

886 「もう逢わないでおこう」と神に誓っても、あなたを思う気持の切実さには、やはり負けてしまいます。「誰のために惜しい」という私の命でもございませんので…。誓言を破って神罰を受けてもかまわないのです。○又の朝 逢った翌朝。○思ふには負けにけり 「思ふには忍ぶることぞまけにける…」(古今集・恋一)を意識している。▽誓言は神に我が命を懸けて何かを誓うものであった。→七八一。

887 あなたを直接見たということもないままに、夜が短くてそのまま明けてしまうのがつらいことでありますよ。○難波女に 「御津」を言い出すための序。相手は難波(今の大阪市)に関係のある女だったのであろうか。○見つ 見た。当時男が女を直接見ることは特別の関係でなければ困難であった。「難波の御津(みつ)」と掛けている。○葦の根の 六三五・九四三などに見られるように葦は難波の名物であるので、「よ」を導き出すために用いた。○よの短くて 「よ」は葦の節と節との間の部分のことだが、掛詞として「夜」を導き出す。

888 「早く帰れ」とおっしゃっても、涙がおびただしく流れて帰るべき方向もわかりません。どこがこの涙河を渡る浅瀬なのでしょうか。○むねもち 別の男の名。丹波守になった藤原棟用か。一一〇五の詞書に見える摂津守藤原治方(六六九の作者)の甥にあたるので時代は合う。○言ひいだして侍ければ 女(大輔)が中から道風に言ったのである。

返し　　　　　　　　　　　　　　　　　大輔

889 涙河いかなる瀬《せ》より帰《かへ》りけん見なるゝみお《(を)》もあやしかりしを

大輔がもとにつかはしける　　　　　　敦忠朝臣

890 池水のいひ出《い》づる事のかたければみごもりながら年ぞへにける

889 「帰るべき方もおぼえず」とおっしゃりながら、涙河のどんな浅瀬を通ってお帰りになったのでしょうか。涙河につかっている我が身も水脈(みお)がどこだかわかりませんのに。お心が浅いせいか、浅瀬についてはずいぶんよく御存じなのですね。〇返し　翌朝贈ったのであろう。〇見なるゝみおも　「水慣るる水脈(みを)も」と「見慣るる身をも」を掛ける。「自分が流した涙の河につかっていながら、私自身は水脈もわかっていませんのに」という意に「顔を合せて親しくおつき合いした我が身のこともはっきりなさっていないのに」の意を含ませる。〇あやしかりしを　わけがわからないのに。はっきりしないのに。

890 言い出すことが難しいので、思いを籠めたままで年を過ごしてしまったことです。〇池水の　「いひ(樋)」を導き出す枕詞の役を果たしている。〇いひ出づる　「いひ(樋)」と「言ひ」を掛ける。樋は、池の水を出し入れをする水門。→七九一。〇みごもりながら　「みごもり」は、本来は水に籠って表われない意だが、思いを内に籠めて外へ表わさない意で用いられる。▽古今六帖には敦忠の作とするが、朝忠集に見える。堀河本・坊門局筆本は作者名「朝忠朝臣」とする。

後撰和歌集巻第十三

恋　五

題しらず　　　　　　　　　　　　　在原業平朝臣

891 伊勢の海に遊《(あそぶ)》海人《あま》ともなりにしか浪かきわけて見るめかづかむ

返し　　　　　　　　　　　　　　　伊　勢

892 おぼろけの海人《あま》やはかづく伊勢《いせ》の海の浪高き浦に生《お》ふる見るめは

891 伊勢の海に気楽に過ごす海人にでもなりたいことです。そうなれば、浪をかき分けて海松布(みるめ)を取りに潜れましょうから。見る目—あなたを見る機会を得られましょうから。○伊勢の海　深い海として知られていたので「深い心」の比喩としてよく詠まれた。→五七九・一〇六五。ここは女性の名である伊勢を響かせている。○遊　俗世から逃れて心を自由にすること。○なりにしか　なってしまいたいものだ。○見るめかづかむ　「みるめ」は海藻の名の「海松布(みるめ)」と女を直接見る機会の意の「見る目」を掛ける。「かづく」は「潜水する」こと。「む」は連体形。「かづかむために」。▽諸本、作者名を「在原業平朝臣」とするが、藤原仲平の歌であろう。現在の後撰集の作者名表記であれば仲平は「枇杷左大臣」と表記されるはずだが、初期の本では「なかひら」とのみ注されていたので「か」を「り」と誤写して「なりひら」となったのであろう。

892 いいかげんな海人が潜って採ることはできません。深い伊勢の海の、しかも浪が高い浦に生えている海松布(みるめ)は。○おぼろけの　通り一遍の。平凡な。○…やはかづく　潜れるだろうか、潜れない。「やは」は反語。○伊勢の海の　深いことを示す。前歌の注参照。▽本気でないあなたでは、お目にかかる気持にもなりません、もっと本気になってくださいと言っているのである。

つれなく見え侍《(はべり)》ける人に

よみ人しらず

893 つらしとや言《い》ひ果《は》てて《ゝ》まし白露の人に心は置《を》かじと思《(おもふ)》を

題しらず

894 ながらへば人の心も見るべきに露の命ぞ悲《(かなし)》かりける

小野小町があね

895 ひとり寝《ぬ》る時は待《ま》たるゝ鳥の音《ね》も稀《まれ》に逢《あ》ふ夜はわびしかりけり

女の怨《うら》みをこ《(お)》せて侍ければつかはしける

深《ふか》養《や》父《ぶ》

896 空蟬《(うつせみ)》のむなしきからになるまでも忘《わす》れんと思《(おもふ)》我ならなくに

893 「冷淡ですね」とすっきり言い切ってしまいましょうかしら。あなたに隔てを置かずに何でも言ってしまいたいと思っているのですが。〇つらし　冷淡だ。〇言ひ果ててまし　言い切ってしまおうか。いや言い切れないという気持。「まし」は実現不可能な気持を表わす。〇白露の　「露置く」ということから「おかじ」を導き出す役割を果たしている。〇心は置かじ　心隔てをおかないようにしよう。

894 生きながらえていると、あなたのお心がいつまでも変らないかどうかをも見ることができますのに、露のようにはかない我が命が悲しいことでありますよ。〇人の心も見るべきに　あなたのお心が今のままであるかどうか見ることが出来るのに。▽「露に寄せる」共通点から前歌に続けた。

895 一人で寝る時にはおのずからに待たれる夜明けの鶏の声も、稀に逢って共寝する夜には、別れの時を教えるので、つらく感じられることでありますよ。〇ひとり寝る…　独り寝のつらさに早く夜が明けてほしいと待たれるのである。〇鳥の音　鶏の声。男女が朝になって別れなければならない時を示す。▽「一人寝し時は待たれし…」という形で拾遺集・恋二に重出。

896 空しい亡骸(なきがら)になる時まで、ずっと、あなたを忘れようと思う私ではありませんのに。何をお怨みなのでしょうか。〇空蟬の　この時代には蟬のこととする用例も多いが、ここは「むなしき骸」に続く枕詞。→一九二・八〇三・九七一。〇我ならなくに　私でありませんのに。

あだなる男《おとこ》をあひ知《し》りて、心ざしはありと見えながら、猶《(なほ)》疑《うたが》はしくおぼえければ、つかはしける

よみ人しらず

897 何時《いつ》までのはかなき人の事《(こと)》の葉《は》か心の秋の風を待《ま》つらん

題しらず

898 うたゝねの夢許《(ばかり)》なる逢事《(あふ)》を秋の夜《よ》すがら思《(おもひ)》つるかな

女のもとにまかりたりけるに、門《かど》を鎖《さ》してあけざりければ、まかり帰《かへ》りて、朝《あした》につかはしける

兼輔朝臣

899 秋の夜の草のとざしのわびしきは明《あ》くれど明《あ》けぬ物にぞ有《(あり)》ける

897 愛しているとおっしゃっていますが、変りやすいあなたのお言葉は何時まで続くのでしょうか。今は、秋の風ならぬ私を飽きる風が吹くのを待っていらっしゃるのでしょうよ。〇心ざしは‥‥愛情はあると思えるのだが。歌もその意を添えて訳した。〇猶疑はしくおぼえければ　やはり疑わしく思われたので。〇はかなき　変りやすい。「事の葉」に続く。〇心の秋の風　「心の飽き」と「秋の風」をかける。▽相手が「あだなる男」であるゆえの魅力と不安を巧みに表現。

898 うたたねの夢のほどの瞬時の逢瀬を、長い秋の夜すがら、しみじみと思いおこしていることでありますよ。▽「うたたねの夢」の短さと長い「秋の夜すがら」を対比しつつ孤閨のわびしさを巧みに詠みなしている。

899 秋の夜の草庵の閉ざされた戸が私にとってつらいのは、夜は明けるのに、戸が開けないことでありますよ。〇草のとざし　閉ざされた草庵の戸。「草の戸」は俗世を離れた人が住む草庵のこと。自分を相手にしない女をかたくなに俗世を捨てた人に見立てたのである。〇明くれど明けぬ　夜は明けるが、戸は開けない。

返し　よみ人しらず

900 言《い》ふからにつらさぞまさる秋の夜の草の鎖《とざ》しにさはるべしやは

桂のみこに住《す》みはじめける間《あひだ》に、かのみこあひ思《おも》はぬ気《け》色《しき》なりければ　貞《さだ》数《かず》の親王《みこ》

901 人知《し》れず物思《(ものおもふ)》頃《ころ》の我《わ》が袖は秋の草葉《ば》に劣《おと》らざりけり

忍《しの》びたる人につかはしける　贈太政大臣

902 しづはたに思《(おもひ)》乱《みだ》れて秋の夜の明《あ》くるも知《し》らず嘆《なげ》きつる哉《(かな)》

消息《せうそこ》はかよはしけれど、まだ逢《あ》はざりける男《おとこ》を、これかれ「逢《あ》ひにけり」と言《い》ひ騒《さは》ぐを、

900 戸を開けないから帰ったなどとおっしゃったとたんに、あなたのつれなさがいっそうまさって感じられるのです。ほんとうに思っていらっしゃるのなら、この長い秋の夜、草の戸が閉ざされていることに妨げられるはずもありません。〇言ふからに　おっしゃるや否や。〇つらさ　あなたのつれなさ。〇さはるべしやは　「やは」は反語。妨げられるでしょうか。妨げられるはずがありません。草のとざしぐらい押し破って入って来られるはずだと言っているのである。

901 あなたにおわかりいただけぬままに物思いにふけっている頃の私の袖は、露がかかっている秋の草の葉に劣らないほどに濡れていることでありますよ。〇住みはじめける間に　夫婦としての生活をするようになった間に。〇あひ思はぬ気色なりければ　相思相愛という様子ではなかったので。〇物思頃　恋の苦しみに悩む頃。〇我が袖は秋の草葉に劣らざりけり　私の袖は秋の草の葉が露に濡れているに劣らないほど濡れている。→三八一・一三五四。

902 倭文(しづ)織りの乱れ文様のように思い乱れて、長い秋の夜が明けるのも知らないで、ずっと嘆いていることです。〇忍びたる人に　こっそり思いを寄せている女に。〇しづはたに　「倭文機」という漢字をあてる。我が国上代固有の織物。乱れ文様を特色としたので「思ひ乱れて」を導く序詞の役割を果たしている。→九九九・一〇〇〇。

「あらがはざなり」とうらみつかはしたりければ

よみ人しらず

903 はちすばの上《うへ》はつれなき裏《うら》にこそ物あらがひはつくと言《い》ふなれ

男《おとこ》のつらうなりゆく頃《ころ》、雨の降《ふ》りければ、つかはしける

904 降《ふ》り止《や》めば跡《あと》だに見えぬうたかたの消《き》えてはかなき世《よ》を頼《たの》む哉《（かな）》

女のもとにまかりて、え逢《あ》はで帰《かへ》りてつかはしける

905 逢《あ》はでのみあまたの世をも帰《かへ》る哉《（かな）》人目《め》の繁《しげ》き相坂《（あふさか）》に来《き》て

903 蓮の葉の表面は何でもない顔をしているその裏に、物あらがいという貝はつくというようです。表面はつれない顔をしていらっしゃるあなただから、抗弁なさるのでしょうが、私は抗弁いたしませんよ。〇まだ逢はざりける男を　まだ女に逢って一夜を過ごしていない男のことを。〇これかれ逢ひにけりと…　この人あの人が「二人は逢ったのですよ」と言い騒いでいるのを。〇あらがはざなり　男が抗弁しなかったようだ。〇うらみつかはしたりければ　女が怨みを籠めて歌で非難したのである。〇つれなき　「つれなし」は「心に思っていることを表面に出さない」こと。源氏物語には「そしらぬふり(をする)」の意の「つれなし顔」「つれなしづくる」などの語もある。〇物あらがひ　逆らい争うこと。「貝」の意を籠める。▽自分に対してつれない女に、つれない人は抗弁するが自分は抗弁する気持がないと真情を訴えたのである。

904 雨が降り止むと、その跡かたも見えなくなる水の泡のように、今では消えてはかなくなってしまった関係を、依然頼りにしていることでありますよ。〇男のつらうなりゆく頃　男がつれなくなってゆく頃。〇消えてはかなき世　消えてしまって何も残らない二人の関係。「世」は男女の間がらを言う。

905 逢えないままに、数多くの夜を、空しく帰ることでありますよ。監視の人の目が多い関所のような所でして。〇あまたの世　底本は「世」とするが「夜」とすべきであろう。〇人目の繁き相坂　「逢(相)坂」は逢う場所の意。やっと逢う段階になったのに、監視の多い関所のような所なので、空しく帰らなければならないと言っているのである。

女に物言《い》ふ男二人《おとこふたり》ありけり。一人《ひとり》が返事《(かへりごと)》すと聞《き》き《ゝ》て、今一人《いまひとり》がつかはしける

906 なびく方《(かた)》有《(あり)》ける物をなよ竹の世にへぬ物と思《(おもひ)》ける哉《(かな)》

女の心変《かは》りぬべきを聞《き》き《ゝ》てつかはしける

907 音《ね》に泣《な》けば人笑《わら》へ也呉《くれ》竹の世にへぬをだに勝《か》ちぬと思はん

文《ふみ》つかはしける女の、親《おや》の伊勢へまかりければ、共《とも》にまかりけるに、つかはしける

908 伊勢の海人《あま》と君しなりなば同《おな》じくは恋《こひ》しき程《ほど》に見るめ刈《か》らせよ

906 なびくお方がありましたのに、世、すなわち男女の間のことを経験していないしなやかな若い人だとばかり思っていたことでありますよ。○一人が返事すと聞きて　女が一人への返事をしていると聞いて。○今一人　もう一人の男が。○なびく方有ける物を　竹が風に従ってなびく方向があったのに。当時の竹は、今の孟宗竹でなく細い真竹であったので、すぐ風になびいた。だから「なびく」も「なよ竹」の縁語と見てよい。○なよ竹　なよなよした竹。しなやかな若く美しい女を喩える。○世にへぬ物　「世」は男女関係のこと。男女関係に未経験だと思っていたことだと言っているのである。竹の節と節の間の空間を「よ」というので「なよ竹の世」と続けた。

907 あなたが心変りしたと聞いて、声を出して泣いたりすると、それこそ「物笑い」ですよ。泣いたりしないで、二人の間が何もなかったという点だけが勝ったと思って喜びましょうよ。深い関係になってからではどうしようもなかったでしょうから。○女の心変りぬべきを　女が心変りしてしまったようだということを。○呉竹の世　前歌の「なよ竹の世」および五四・九二〇参照。○世にへぬ　→前歌。

908 伊勢の海人にあなたがなってしまうのであれば、同じことなら、私が恋しい時に、海松布(みるめ)を刈らせてください。見る機会を与えてください。○親の伊勢へまかりければ　父親が伊勢守になったのであろう。○伊勢の海人と　伊勢へ行った女を海人に喩えた。○同じくは…　海人なら、どうせ海松布を刈るだろう。それなら私の恋しい時に「見るめ(見る機会)」を取らせよという気持。▽「伊勢の海」の「海松布」に「見る機会」の意を持たせた例は多い。→八九一・八九二・一三七九。

一条がもとに「いとなん恋《こひ》しき」と言《い》ひにやりたりければ、鬼《おに》の形《かた》を書《か》きてやるとて　　一　条

909 恋《こひ》しくは影をだに見て慰《なぐさ》めよ我《わ》がうちとけてしのぶ顔《かほ》也

返し　　伊　勢

910 影見ればいとゞ心ぞ惑《まど》はるゝ近《ちかゝ》らぬ気《け》のうときなりけり

人の娘《むすめ》に忍《しの》びてかよひ侍《(はべり)》けるに、つらげに見え侍ければ、消息《せうそこ》ありける返事《(かへりごと)》に　　よみ人しらず

911 人言《ごと》のうきをも知《し》らずありかせし昔ながらの我《わ》が身とも哉《(がな)》

909 私が恋しかったら、ここに描いた影を見るだけで心を慰めてください。この鬼のように見える顔こそは、私がうちとけてあなたを偲んでいる顔なのです。こんな顔、思い出すのも嫌なはずです。忘れてください。○影　実体ではなく、その実体を写したものをすべて「影」と言う。○うちとけてしのぶ顔也　鬼のように怖い顔、無理にしているのではなく、心のままにあなたを偲んでいる顔なのです。▽普段からこんな鬼のような顔をしている私なんか恋しく思うべきではないと言っているのである。

910 この怖い顔の絵を見ると、あなた恋しさにいっそう心が惑ってくることです。近くない所にいる鬼の雰囲気にやはりよそよそしく感じられます。やはりお逢いしたいものです。○いとゞ心ぞ惑はるゝ　恋しさにいっそう心が惑われる。○近からぬ気　遠い所にいる鬼の気。「気」は見えないが感じられるもの。○うときなりけり　直接怖く感じられない。▽女性同士の恋情が感じられる歌である。

911 あなたのお言葉が私にとってつらいということも知らずに、通わせてくださっていた昔のままの我が身でありたいと思うことです。○つらげに見え侍ければ　女の態度が薄情そうに見えましたので。○消息ありける返事に　女から便りがあった返事として男が詠んだ歌である。○人言の　人の言葉の。この場合は他人の言葉でなく、相手の女の言葉のこと。○ありかせし　「歩かせし」。私を通わせた。「ありく」は「忍びありき」という語に見られるように男が女のもとに通うこと。

912 夏になって、せっかくほととぎすに慣れ親しむようになったかいもなく、今ではその声を遠く離れたものとして聞き続けていることである

見慣《な》れたる女に、又物言《い》はむとてまかりたりけれど、声《こゑ》はしながら隠《かく》れければ、つかはしける

912 郭公《(ほとゝぎす)》なつきそめてしかひもなく声《こゑ》をよそにも聞《き》き《ゝ》わたる哉《(かな)》

人のもとにはじめてまかりて、つとめて、つかはしける

913 常《つね》よりも起《お》きうかりつる暁は露《つゆ》さへかゝる物にぞ有《(あり)》ける

しのびてまで来《き》ける人の、霜《しも》のいたく降《ふ》りける夜まからで、つとめて、つかはしける

914 置《を》く霜の暁起《を》きを思《おも》はずは君がよどのに夜《よ》がれせましや

よ。—せっかく親しい関係になったかいもなく、声は聞こえても逢っていただけないのは悲しいことであるよ。〇見慣れたる女　慣れ親しんで深い関係になった女。〇郭公なつきそめてし　女をほととぎすに喩えた。「夏来そめてし」を掛ける。ほととぎすは五月の鳥として定着していたので、歌が詠まれたのは五月であろう。〇よそにも　離れていて関係のないものとして。〇聞きわたる　聞き続ける。

913 常よりも起きるのがつらかったこの新枕の暁は、涙のみならず、露までが袖にかかる、こんなに悲しい別れでありましたよ。〇つとめてつかはしける　翌朝帰ってすぐ後朝(きぬぎぬ)の文として贈ったのである。〇露さへかゝる　「さへ」は、涙のみならず露までの意。「かかる」は「かくある」の意と「露がかかる」の意をかける。

914 置いた霜が真っ白に輝いて明るい明け方、月に照らし出されて帰るつらさを思わなければ、あなたの夜殿に夜離(が)れすることなどあるでしょうか。明るく照らし出されて世に知れわたるつらさを思って、失礼したのです。〇まからで　出かけませんで。〇つとめてつかはしける　翌朝、歌を贈ったのである。普通は女の所へ行って翌朝帰って後朝(きぬぎぬ)の文を贈るのだが、これは、行かないのに贈っている。〇置く霜の暁起き　置いている霜を踏んで暁に起きて帰ること。〇よどの　寝るための御殿。〇夜がれせましや　「夜がれ」は夜通わなくなること。「せましや」は反語。…するだろうか、しない。▽霜は野の草を枯れさせるので、「夜がれ」と掛けた。「夜殿」に「野」を響かせていると見てよい。霜が置いている暁起きのつらさの理由を寒さだけに求める通説は不可。霜と月のせいで「忍びてまで来ける人」が帰るには明かる過ぎて人に見られるのがつらいと解すべきであろう。

返し

915 霜置《を》かぬ春よりのちのながめにも何時《いつ》かは君が夜《よ》がれせざりし

心にもあらで久《ひさ》しくとはざりける人のもとにつかはしける

源英明朝臣

916 伊勢の海の海人《あま》のまでかた暇《いとま》なみ永《なが》らへにける身をぞ怨《うら》むる

えがたう侍《はべり》ける女の、家の前《まへ》よりまかりけるを見て、「いづこへ行《い》くぞ」と言《い》ひ出《い》だして侍ければ

藤原ためよ

917 逢事《あふ》のかた野《の》へとてぞ我はゆく身を同《おな》じ名《な》に思《おもひ》なしつゝ

915 霜の暁だけでなく、霜が置かない春より後に降る長雨にも―私が物思いにふけりつつぼんやりと外を眺めていた頃にも―あなたが夜離(よが)れしなかったことが何時あったでしょうか。いつも夜離れをなさっていたじゃありませんか。〇霜置かぬ春よりのちのながめにも　「長雨」に「物思いにふけりつつぼんやりと外をながめる」意の「ながめ」を掛ける。伊勢物語二段の「時はやよひのついたち、雨そほ降る」時に贈った歌に「…春の物とてながめ暮しつ」とあるように、春の終りの頃からが長雨の季節であった。▽霜の季節でなくても、何時もあなたは夜離れしているくせにと怨んでいるのである。「長雨」を持ち出したのは、贈歌の「夜殿」に雨とともに詠まれることの多い「淀野」を響かせたからであろう。

916 伊勢の海で働く海人の左右の手と肩が休む暇とてないように、暇がないままにお訪ねもせず、このように生き永らえて来た我が身を、みずから怨んでおります。〇海人のまでかた　奥義抄、袖中抄、三代集之間事、和歌色葉、色葉和難集などに種々論じられている古来の難義。六条家の流では「あまのまくかた」とするが、いずれにしてもわからない。底本に従って「までかた」とし、万葉集が助詞の「まで」に「左右」「左右手」という字をあてていることを考えて、「左右手肩」の意に解してみた。潮を汲んだり、海藻を採ったり、左右の肩に重い物を背負って忙しく働く海人のように暇なく過ごしていたので、便りもできなかったと弁解していると解したのである。

917 逢うことが難(かた)いことを思わせる交野(かたの)へと言って私は行くのです。我が身を、逢うことが難いという名を持つ交野と同じだなあと何度も自分を納得させながら。〇家の前より　「より」は「通って」の意。〇逢事のかた野へ　「逢うこ

題しらず　　　　　　　　よみ人も

918 君があたり雲井に見つゝ宮路《ぢ》山うち越《こ》えゆかん道も知《し》らなく

男《おとこ》の返事《(かへりごと)》につかはしける　　　　　　　　俊　子

919 思ふてふ事《(こと)》の葉《は》いかになつかしな後《のち》うき物と思《おも》はずも哉《(がな)》

題しらず　　　　　　　　兼茂朝臣のむすめ

920 思《(おもふ)》てふ事こそうけれ呉《くれ》竹のよにふる人の言《い》はぬなければ

よみ人しらず

921 思《おも》はむと我をたのめし事の葉《は》は《ゝ》忘草とぞ今はなるらし

と」が「難(かた)い」と河内の歌枕「交野」を掛ける。○同じ名　同じく逢うことが難いという評判。▽逢ってもらえない女の家の前を通って交野へ狩に出かけた男の歌。交野は狩の場として有名。

918 あなたのいらっしゃるあたりを遥か彼方に見やりつつ、宮路山を越えてゆきましょう。道もわからないのですけれども。○雲井　雲がいる所。山の裾や地平線のあたり。一般に遠い所の形容として用いる。○宮路山　三河国宝飯郡にある山。▽五七調である上に、「君があたり」「うち越えゆかん」「道も知らなく」ときわめて万葉集的な表現を用いているのが特色。

919 「いとしく思う」とおっしゃってくださるお言葉はどんなにか心引きつけられることでしょうよ。後になって、お言葉だけに終ってつらいことになるとは思いたくもございません。○後うき物　後になって、つらいことになるもの。↓三〇七。

920 「いとしく思う」という言葉は、ほんとうにつらいものです。今まで共に過ごした人が言わないことのない言葉でしたので。○呉竹の　「世」を導き出す枕詞。竹の節と節の間の空間を「よ」と言ったので、「呉竹」という語が枕詞のように「世」にかかるようになったのである。○よにふる人　この世に生きる人の意だが、「世」を男女間の世界にとると、「共に過ごした男」の意となる。▽前歌は「のちうきもの」なると懸念していたが、これは、過去のことを根拠に、信じられないと言い切っているのである。

921 「ずっとあなたをいとしく思いましょう」と言って私を安心させなさったお言葉は、今は忘草の葉となっているらしいですよ。○たのめし　期待させた。○忘草とぞ　「言の葉は」とあるので、忘草の葉になったということである。忘草↓七九九・一〇五〇・一〇五一など。

男《おとこ》の病《やまひ》にわづらひて、まからで、久《ひさ》しくありてつかはしける

922 今までも消《き》えで有《(あり)》つる露《つゆ》の身は置《を》くべき宿《やど》のあればなりけり

返し

923 事《(こと)》の葉もみな霜がれに成《(なり)》ゆくは露《つゆ》の宿《やど》りもあらじとぞ思《(おもふ)》

怨《(うらみ)》《(お)》をこせて侍《(はべり)》ける人の返事《(かへりごと)》に

924 忘《(わすれ)》むと言《い》ひし事にもあらなくに今は限《(かぎり)》と思《(おもふ)》物かは

925 現《うつゝ》には臥《ふ》せど寝《ね》られず起《を》きかへり昨日の夢を何時《いつ》か忘《わす》れん

922 病に倒れて、露のようにはかない身でありながら、今までも消えないでいたのは、露が置くように朝まで共に過ごして起きることのできる宿があるからなのですよ。○置くべき宿　「露が置くことのできる宿」と「共寝して起くべき宿」を掛ける。

923 今までおっしゃったお言葉もみな霜に枯れたように形を変え、私から離(か)れてゆくのを見ると、露が宿る所―あなたが宿る所なんか、もうないと思いますよ。○事の葉も　あなた御自身だけでなく、お言葉までも。○霜がれに　葉が枯れる意と、人が「離(か)れ」る意を掛ける。○露の宿り　霜枯れの季節だから、露の出番があるまいと言っているのである。

924 「忘れてしまおう」とおっしゃったお手紙でもありませんでしたのに、「今は、もう終り」などと私の方から思うはずもありません。○怨をこせて侍ける人の返事に　「つれない」と言って怨む手紙を送って来た人への返事に。○忘むと言ひし事　「事」の字を使っているが、「言」と同じ。言葉。ここでは相手の手紙。○思物かは　思うのでしょうか。思いはいたしません。「かは」は反語。

925 現実に戻ると、横になっても寝られはしない。しかし、完全に起きても、昨日の夢のような逢瀬を何時になって忘れられましょうか。忘れられません。○臥せど寝られず　寝ようと横になるが寝られないというのである。○起きかへり　接尾語の「かへる」は「完全に…する」の意。○昨日の夢　昨夜の夢のような密会。▽後朝(きぬぎぬ)の歌であって、前歌の詞書は及ばない。雲州本は「題不知」とする。

926 小さな浪が絶え間なく立っているように見える浦を、非常に浅い所だと見て、忘れることにいたしましょう。小さな噂が間断なく立ってい

女につかはしける

926 さゝら浪間《なみま》なく立《た》つめる浦をこそ世に浅《あさ》しとも見つゝ忘《わす》れめ

西四条の斎宮、まだみこにものし給《(たまひ)》し時、心ざしありて、思《おも》ふ事侍《(はべり)》ける間《あひだ》に、斎宮に定《さだ》まりたまひにければ、その明《あ》くる朝《あした》に賢《さか》木の枝にさして、さし置《を》かせ侍ける　敦《あつ》忠《たゞ》の朝臣

927 伊勢の海の千《ち》尋《ひろ》の浜《はま》に拾《ひろ》ふとも今は何てふかひかあるべき

朝頼《あさより》の朝臣、年頃《ごろ》消息《せうそこ》通《かよ》はし侍ける女のもとより、「用《よう》なし、今は思《(おもひ)》忘《わす》れね」とばかり申《(まうし)》て、久《ひさ》しうなりにければ、異《こと》女に言《い》ひつきて、消息《せうそこ》もせずなりにければ　本院のくら

928 忘《わす》れねと言《い》ひしにかなふ君なれどとはぬはつらき物にぞ有《(あり)》ける

るように見えるあなたを怨みつつ、愛情が浅い人なのだと思って忘れることにいたしましょう。○さゝら浪　小さな浪。○立つめる　「立つ」は「名立つ」(評判になる)と掛ける。○浦をこそ　「浦」に「怨み」を響かせる。○世に　この世において特に。男女関係において特に。▽古今集・恋四「そこひなき淵やは騒ぐ山川の浅き瀬にこそあだ波は立て」に発想の根拠を持つ。

927 伊勢の海まで行って広い浜で貝を拾ったとしても、今となっては、どのような貝があるでしょうか。伊勢の斎宮になられた今は、どのように求めても、何のかいもなく、空しいことです。○心ざしありて　執心して。○思ふ事侍ける間に　悩んでおりますことがあった間に。○斎宮に定まりたまひにければ　雅子内親王の斎宮卜定は承平元年(九三一)十二月二十五日。○賢木　榊。相手が伊勢の斎宮になったので神木である榊の枝を用い、併せて常緑樹である榊のように変らない心を示そうとしたのである。○さし置かせ侍ける　置かせました歌。「さし」は接頭語。「直に」の意。○千尋の浜　尋は両手を広げた長さ。▽大和物語九十三段には、下句「今はかひなく思ほゆるかな」とある。

928 「忘れてください」と言ったことは聞きとどけてくださるあなたではありますが、やはり何ともお尋ねくださらぬのは、つれないことでありますよ。○用なし　底本「ようなし」とあるので「用なし」とし、「用いられない」「お呼びでない」の意としたが、「要(えう)なし」の仮名違いとして、「私なんか必要ないでしょう」と解することも出来る。○本院のくら　坊門局筆本・承保本・正徹本は「本院左近」とし、行成筆本は「ちこ」とするが、これは「左近」を「さこ」と表記したものの誤写であろう。○とはぬは　「消息もせずなりにければ」をうける。

題しらず　　　　　　　　　　　　　よみ人も

929 春霞はかなく立《た》ちて別《わか》るとも風より外《(ほか)》に誰かとふべき

返し　　　　　　　　　　　　　　　　伊勢

930 目《め》に見えぬ風に心をたぐへつゝやらば霞のわかれこそせめ

土左がもとより消息《せうそこ》侍《(はべり)》ける返事《(かへりごと)》につかはしける　　貞《さだ》元《もと》の親《み》王《こ》

931 深《ふか》緑染剣《(そめけん)》松のえにしあらば薄《うす》き袖にも浪は寄《よ》せてん

返し　　　　　　　　　　　　　　　　土左

932 松山のすゑ越《こ》す浪のえにしあらば君が袖には跡《あと》もとまらじ

929 すぐ消える春霞のように、はかなく立ってそのまま別れても、風の便りのほかに、誰が便りをくださるでしょうか。あなたも問題にしてくださいますまい。〇春霞はかなく立ちて別るとも　古今集・離別の「…春霞立ち別れなば恋しかるべし」、同「秋霧のともに立ち出でて別れなば…」と似た表現。〇風より外に誰かとふべき　古今集・秋上「ひぐらしの鳴く山里の夕暮は風よりほかにとふ人もなし」に似ているが、ここは男の歌。「訪ね」ではなく、「尋ね」の意に解したゆえんである。▽この贈答は、離別の部の一三四二・一三四三に重出。

930 目にも見えない風に私の心を託してお送りしたならば、その風は霞を吹き分けはするでしょうが、あなたはどうでしょう、受け入れてくださるでしょうか。〇目に見えぬ風　風は目に見えないものの代表とされていた。古今集・恋一の紀貫之の歌に「…吹く風の目に見ぬ人も恋しかりけり」とある。〇たぐへつゝ　一つにして。一体化して。〇わかれこそせめ　「わかれ」は、ここでは「分かる」、「霞は分かれて風を受け入れるでしょうが、あなたはいかが」の意。

931 深い緑に染めたという松が生えている江のように、深く思いそめてくださるのを待つというような縁があるのなら、今は薄いお心ざししか賜わることのない私の袖にも浪ならぬ喜びの涙が寄せてくることでありましょうよ。〇松のえにしあらば　「松の江、すなわち松の生えている江であるならば」の意と「待つというような縁があるのであれば」の意を掛ける。「え」は「江」と「縁」を掛ける。→八三六。〇薄き袖　愛情が薄いあなたの袖。「深緑」の「深」と対応。

932 「待つ、待つ」とおっしゃいますが、松は松でも、あだし心を持つと浪が越すというあの末の松山の縁でおっしゃっているのであれば、浪な

女のもとより、「定《さだ》めなき心あり」など申《（まうし）》たりければ

贈太政大臣

933 深く思ひそめつと言《い》ひし事《（こと）》の葉《は》は《ゝ》何時《いつ》か秋風吹《ふ》きて散《ち》りぬる

男《をとこ》の心変《かは》る気色《けしき》なりければ、たゞなりける時、この男《おとこ》の心ざせりける扇に書《か》きつけて侍ける

よみ人しらず

934 人をのみうらむるよりは心からこれ忌《い》まざりし罪《つみ》と思《おも》はん

忍《しの》びたる女のもとに消息《せうそこ》つかはしたりければ

935 葦引《（あしひき）》の山下繁《したしげ》くゆく水の流《（ながれ）》てかくしとはば《ゝ》たのまん

らぬ、あなたの袖の涙もすぐに乾いて跡も残らないでしょうよ。○松山のする越す浪のえにしあらば　古今集・東歌「君をおきてあだし心を我が持たばする〵の松山浪も越えなん」により、浪は浪でも、あだし心を持つとすえの松山を越すという浪の縁があるのなら。○跡もとまらじ　浪ならぬ涙の跡も残らないことでしょう。

933 かつて「深く思い染めた」と言った私の言葉は、何時の間に秋風ならぬあなたの飽き風が吹いて散ってしまったでしょうか。私は依然深く思い染めているのですから、「定めなき心あり」などというのは言いがかりです。○定めなき心あり　あなたには浮気な心がおありです。○何時か秋風吹きて散りぬる　「秋風」に「飽き風」を掛ける。「散りぬる」は「言の葉」の「葉」の縁語。「か…(連体形)」で反語の意を表わしている。▽雑四・一二七七には秋中・二六六と贈答の形で重出。

934 心変りなさったとあなただけを怨むよりは、私の心が、この扇を忌まなかったことによる罪だと思いましょうよ。○たゞなりける時　心変りする前の平静な時。○心ざせりける扇　ほしがっていた扇。男が扇に絵を描いてほしいと執心していたのであろう。○人をのみ　この場合は相手の男のこと。○心から　我が心から。○これ忌まざりし　この扇を不吉な予徴として嫌って避けなかった…。夏の扇は秋が来ると顧みられなくなるので、「飽き」が来ると捨てられるということを予感して忌むべきであったと言っているのである。○罪　現代語の「罪」とは異なって、結果として罰を受けるような行為。▽男女の間で扇をやりとりするのは不吉だということは大和物語九十一段にも見られる。

935 山の麓の木々が深く繁っている所を流れゆく水のように、こっそりと、また末永くこのよ

936
男《おとこ》の忘《わす》れ侍《（はべり）》にければ　　　伊勢

わびはつる時さへ物のかなしきはいづこを忍《（しのぶ）》心なるらむ

937
親《をや》のまもりける女を、「否《いな》とも、諾《せ》とも言《い》ひ放《はな》て」と申《（まうし）》ければ

否諾《いなせ》とも言《い》ひ放《はな》たれず憂《う》き物は身を心ともせぬ世なりけり

938
男《おとこ》の「いかにぞ。えまうで来《こ》ぬこと」と言《い》ひて侍ければ　　　よみ人しらず

来《こ》ずやあらん来《き》やせんとのみ河岸の松の心を思《（おもひ）》やらなん

うにお便りくださるのであれば、信頼いたしましょう。〇忍びたる女のもとに　男がこっそりかよっていた女のもとに。〇葦引の山下繁くゆく水の　山の下の繁っている木々に隠れて水が激しく流れるように。詞書に言う「忍びたる」状態を表わす。〇流て　「永らへて」と掛ける。末永く。↓六五六・六五七・一二一五など。〇かくしとはば　このようにお手紙をいただけるのであれば。

936　すっかり気落ちしてしまった時にさえ、やはり何となくいとおしい気持になるのは、いったいどこのどなたを思い慕う私の心なのでしょうか。〇わびはつる時　苦しみ切った時。〇物のかなしきは　「かなし」は、感情がゆさぶられること。〇いづこを忍　詞書に言うように「忘れ」られ、「わびはつる」状態であるのに、我が心は、いったい誰を偲んでいるのだろうかと言っているのである。▽古今集・恋五・八一三に「題しらず　よみ人しらず」としてとられている。ただし元永本・筋切以外は末句「涙なるらん」。

937　否とも諾とも言い切ってしまうことができないほどにつらいのは、親に見守られていて我が身が我が心のままにできない状況でありますよ。〇親のまもりける女を　親が常に見守って大切にしている女を。〇否とも諾とも言ひ放て　否だとでも諾だとでも、どちらでもよいから、はっきり言え。〇身を心ともせぬ世　我が身を我が心と同じようにもできぬ人生。

938　「いらっしゃらないでしょうか。いらっしゃるのでしょうか」とばかり思いつつ待っている河岸の松の不安な気持に思いを及ぼしていただきたいものですよ。〇いかにぞえまうで来ぬこと　どうですか。行くことができないのですよ。〇河岸の松の心を　波が寄せるのか寄せないのかわからないで待っている松の心。

泊《と》まれと思《（おもふ）》男《おとこ》の出《い》でてまかりければ

939 しひてゆく駒《こま》の脚折《あしお》る橋《はし》をだになど我《わ》がやどに渡《わた》さざりけん

物言《い》ひける人の久《ひさ》しうを《（お）》とづれざりける、かららうじてまうで来《き》たりけるに、「などか久《ひさ》しう」と言《い》へりければ

940 年をへて生《い》けるかひなき我《わ》が身をば何かは人に有《（あり）》と知《し》られん

いと忍《しの》びてまうで来《き》たりける男《おとこ》を制《せい》しける人ありけり。のゝしりければ、帰《かへ》りまかりてつかはしける

941 あざりする時ぞわびしき人知《し》れず難波《なには》の浦に住《す》まふ我《わ》が身は

939　無理をして出て行く馬の脚を折るという橋だけでも、どうして我が家に渡しておかなかったのでしょうか。渡しておけば、あの人が出て行かなくてもすんだかも知れませんのに。〇泊まれと思男の…　宿泊してほしいと思う男が出て行ってしまいましたので。女の歌である。▽古今集・恋四「待てと言はば寝てもゆかなんしひてゆく駒の足折れ前の棚橋」を本歌とする。

940　長い間あなたに問題にされずに、このように生きているかいのない我が身を、どうして人に「ここに有り」とあえて知られようとするでしょうか。遠慮して足が遠のくのも当然です。〇物言ひける人の　言葉を交わしたことのある男が。関係のあった男と解してよい。〇かららうじてまうで来たりけるに　その男が、やっとのことで訪ねて来たので。〇などか久しう　「などか久しうまうで来ぬ」の約。

941　漁をする時には、とがめられ言い騒がれてつらいことでありますよ。人に知られないようにこっそりと難波の浦に住んでいる我が身でございますので。〇制しける人　忍び込んで来る男を押し止めた人。女の保護者であろう。〇のゝしりければ　その保護者が言い騒いだので。〇あざりする　漁夫が魚などの海産物を採ること。自分を難波の浦に住む海人（あま）に見立てての表現だが、他の漁夫たちに公認されていないので、こっそり漁をすると騒がれると言っているのである。〇人知れず難波の浦に住まふ我が身は　誰にも認められぬまま難波の浦に過ごしている我が身。▽古今集・雑下「我を君難波の浦にありしかばうきめをみつの海人となりにき」によって、「いつもうきめを見ている漁夫でありますから」の意を含む。

公頼朝臣、今《いま》まかりける女のもとにのみまかりければ

寛湛法師母

942
ながめつゝ人待《ま》つ宵《よゐ》の呼子《よぶこ》鳥《どり》いづ方《(かた)》へとか行帰《(ゆき)かへ》るらん

忍《しの》びたる人に

よみ人しらず

943
人言《ひとごと》の頼《たの》みがたさは難波《なには》なる葦《あし》の末葉《うらば》の怨《うら》みつべしな

忍《しの》びてかよひ侍《(はべり)》ける人、「今帰《いまかへ》りて」など頼《たの》めを《(お)》きて、公《おほやけ》の使《つかひ》に伊勢《いせ》の国《くに》にまかりて、帰《(かへり)》まうで来《き》て、久《ひさ》しうとはず侍ければ

少将内侍

944
人はかる心の隈《くま》はきたなくて清《きよ》き渚《なぎさ》をいかで過《す》ぎけん

942 物思いにふけってぼんやり外を眺めつつあの人を待っている宵に飛んでいるあの呼子鳥は、どこへ人を呼びに行って帰って来るのでしょうか。私もあの人を呼びに行きたい気持です。○今まかりける女のもと　現在かよっています女の所。○まかりければ　行っていましたので。○ながめつゝ　物思いにふけってぼんやりと外を眺めることを繰り返す。○呼子鳥　古今集・春上「をちこちのたづきも知らぬ山中におぼつかなくも呼子鳥かな」で有名だが、実体は不明。ここは七九・六九〇・一〇四四と同様に「人を呼ぶ鳥」の意で用いられている。

943 あなたのお言葉の信用し難さには、難波に生えている「葦の末(うら)」葉ではありませんが、怨み申しあげてしまうことですよ。○忍びたる人に　こっそりと関係を持つようになった人に贈った歌。相手は男であろう。○難波なる葦の末葉の　「末葉」は、葉の先端の方。同音の「怨み」に続ける序詞。「葦」は難波の名物。

944 人をだます心の一角は汚いので、あの催馬楽に言う伊勢の清い渚を、どのようにしてお通りになったのかと疑われることです。○忍びてかよひ侍ける人　返歌の作者である藤原兼輔のことである。○今帰りて　「今は帰って、またすぐ来るよ」と言ったのであろう。○頼めをきて　下二段活用の「たのむ」の連用形に「おく」がついた。頼りにさせておいて。○公の使に伊勢の国にまかりて　大和物語三十六段には兼輔が勅使として伊勢神宮に参ったとある。その時のことであろう。○久しうとはず侍ければ　久しく便りがありませんでしたので。○清き渚　催馬楽「伊勢の海」の「伊勢の海の　清き渚に　しほがひに　なのりそや摘む　貝や拾はむや　玉や拾はむや」による。

945 私の命が長くなるように「限りもあらじ」と詠まれた長浜の浦に宿りを重ねて、誰のために

返し　　　　　　　　　　　　兼輔朝臣

945 誰《た》がために我《われ》が命《いのち》を長浜の浦に宿《やど》りをしつゝかは来《こ》し

女のもとにつかはしける　　　　　　よみ人しらず

946 堰《せ》きもあへず淵にぞ迷《(まどふ)》涙河渡《わた》るてふ瀬《せ》を知《し》るよしも哉《(がな)》

返し

947 淵ながら人通《かよ》はさじ涙河渡《わた》らば浅《あさ》き瀬《せ》をもこそ見れ

常《つね》にまうで来《き》て物など言《い》ふ人の、「今《いま》はなまうで来《こ》そ、人もうたて言《い》ふなり」と言《い》ひ出《い》だして侍ければ

948 きて帰《(かへる)》名をのみぞ立《(たつ)》唐衣下《した》ゆふ紐《ひも》の心とけねば

帰って来たのでしょうか。すべては、あなたのためなのですよ。○長浜の　光孝天皇即位大嘗会に、伊勢の国員弁郡を悠紀国として詠まれた「君が代は限りもあらじ長浜の真砂の数はよみつくすとも」(古今集・神遊歌)に見られるように伊勢の国員弁郡の歌枕であることは確かだが、場所を特定することはできない。

946　河のように流れる涙を堰き止めることが出来ずに、その深い淵に迷っております。涙の河を渡ることのできる浅瀬の場所を知りたいものです。○堰きもあへず　「あへず」は「あえて…することができない」の意。○知るよしも哉　知る手段がほしいものだ。

947　淵のような深いお心のままでいていただきたいので、あなたを通わせたくはありません。おっしゃるように涙河の浅瀬をお渡りになったら、浅瀬ならぬ愛情の浅さを私が見るといけませんので。○淵ながら　淵にいるままで。「ながら」はそのままの状態を続ける意。○人　相手の男のことを婉曲に言った。○…もこそ見れ　ひょっとして…を見ることになるといけませんから。

948　噂になっているというが、来てすぐに帰るという噂だけを立てているのです。固く結んだ下紐を解かないように、お心を解いて逢ってくださらないので。○常にまうで来て物など言ふ人　常にやって来て物など言う男が(詠んだ歌)。歌に直接続き主語となる。○人もうたて言ふなり　他人もいやらしく言うようです。「なり」は伝聞推定の意を持つ。○言ひ出だして侍ければ　簾の中から、外にいる男に向かって女が言ったのである。○きて帰　「唐衣」の縁語の「着て反る」と「来て帰る」を掛ける。○唐衣　「衣」の歌語。「紐」を導き出している。○下ゆふ紐　下裳などをしめている紐。「とけねば」を導き出している。

左大臣河原に出《い》であひて侍《はべり》ければ　内侍たひらけい子

949 絶《た》えぬとも何思《おもひ》けん涙河流《ながれ》あふ瀬《せ》も有《あり》ける物を

大輔につかはしける　左大臣

950 今は早《や》み山を出《い》でて郭公《ほととぎす》けぢかき声《こゑ》を我に聞《き》かせよ

返し

951 人はいさみ山がくれの郭公ならはぬ里《さと》は住《す》み憂《う》かるべし

左大臣につかはしける　中務

952 有《あり》しだに憂《う》かりし物をあかずとて何処《いづこ》にそふるつらさなるらん

949 仲が絶えてしまったなんて、どうして思ったのでしょうか。涙が河となって流れても、再び流れ合って逢瀬となることもあるものですのに。〇絶えぬとも　「も」は強意。〇流あふ瀬　「河が流れ合う瀬」と「二人が逢ふ瀬」を掛ける。「逢ふ瀬」は「逢う機会」。→二六一。

950 ほととぎすよ。今は早く山を出て近い所にやって来て、親しい声を私に聞かせてくださいよ。早く宮中を出て、私の側に来て親しくしてくださいよ。〇み山　「み」は接頭語。崇敬すべきものという気持を添える。〇けぢかき声　隔てのない声。▽大輔を季節の鳥であるほととぎすに喩えて、大内山とも言われる宮中を出て、私の側に来て、親しい声を聞かせてくださいよと言っているのである。前歌に続いて清慎公集に見えるが、「中北の方内裏にのみ物し給へば」とあり、大輔が左大臣実頼と夫婦の関係にあったことを示している。

951 他人はどうだか知れませんが、山に隠れて住んでいるほととぎすのような私にとっては、慣れていない里住まいは住みづらいことでありましょうよ。〇いさ　さあどうだかわからないが。〇ならはぬ里　慣れていない里。「里」は「宮」に対する語。宮仕えから退いた時に住む所。

952 今までもつらかったのですが、それでもまだ足りないということで、どこに加えるつれなさなのでありましょうか、このお仕打ちは。〇有し　「ありし時」。以前。〇あかずとて　十分でないと考えて。〇何処にそふる　どこに加える。「どこにも加えるところがないほどなのに」という気持である。

953 つらい思いをしながら、つれないあなたのもとに立ち寄りましたら、木の下に寄れば雨も

右近につかはしける　　　　　　　　左大臣

953 思ひわび君がつらきに立《た》ち寄《よ》らば雨も人目《め》も漏らさざらなん

高明《たかあきら》の朝臣に笛《ふえ》を贈《ゝく》るとて　　　　よみ人しらず

954 笛竹《ふえ》の本《(もと)》の古《ふる》ねは変《かは》るともを《(お)》のが世《よ》ゝにはならずもあらなん

異《こと》女に物言《ものい》ふと聞《きゝ》て、元《もと》の妻《め》の内侍のふすべ侍ければ　　　　好《よし》古《ふる》の朝臣

955 目《め》も見えず涙の雨のしぐるれば身の濡衣《ぬれぎぬ》は干《ひ》るよしもなし

返し　　　　　　　　中将内侍

956 憎《にく》からぬ人の着《き》せけん濡衣《ぬれぎぬ》は思ひにあへず今乾《かは》きなん

洩らず人目も気にしないでよいように、憚らせないで、ゆったりとおかまいいただきたいものです。○思ひわび　「わぶ」は「つらい思いをする」の意。○君がつらき　薄情だという意の「つらし」の連体形に「木」を掛け、その木の蔭に「立ち寄らば」と続ける。○漏らさざらなん　雨が「漏る」と人目を憚るという意の「守(も)る」を掛ける。「なん」は「…してほしい」の意。

954 お贈りしましたこの笛の本来の古い音は変ることがありましょうとも、あなたと私はそれぞれ別の世界に別れることがないようにしてほしいものです。○笛竹　竹で作った笛。○本の古ね　本来の古い音。「ね」は「音」と「竹の根」の「根」を掛ける。○おのが世ゝ　「世々」は竹の節と節の間の空間の意の「よ」を掛ける。それぞれの人の自分の世界。「おのが世々になりにければ、疎くなりにけり」(伊勢物語二十一段)。▽女の歌である。

955 あなたに疑いをかけられた悲しみのために、目も見えないほどに涙がしぐれの雨のように降りますので、我が身の濡衣は乾かすすべもございません。○異女に　別の女に。○元の妻の内侍　元の妻であった中将の内侍。○ふすべ侍ければ　蚊遣り火などがくすぶる場合に言うのが本来の意だが、嫉妬してぶつぶつ言う意で蜻蛉日記や枕草子にも用いられている。○目も見えず…　無実の疑いをかけられたつらさで、涙が時雨のように降るので。○身の濡衣　我が身の濡衣。「濡衣」は無実の罪の比喩。→九六・一一二〇・一三六七など。

956 憎からぬお方が着せたと思われるその濡衣なのですから、あなたの熱烈な「思ひ」の「火」に抗し切れず、すぐに乾いてしまうでしょうよ。○憎からぬ人の着せけん濡衣は　「異女」が着せた濡衣。○思ひにあへず　「思ひ」に「火」を響かせる。

題しらず　　　　小野道風

957 おほかたは瀬《せ》とだにかけじ天《あま》の河深《ふか》き心を淵《ふち》とたのまむ

返し　　　　よみ人しらず

958 淵とても頼《たの》みやはする天河《（あまのがは）》年に一度《ひとたび》渡《わた》るてふ瀬《せ》を

御匣殿の《みくしげどのゝ》別《べ》当《たう》につかはしける　　　　清蔭《きよかげ》の朝臣

959 身のならん事をも知《し》らず漕《こ》ぐ舟は浪の心もつゝまざりけり

事出《い》で来《き》てのちに京極御息所につかはしける　　　　元良《もとよし》の親王《みこ》

960 わびぬれば今はた同《おな》じ難波《なには》なる身をつくしても逢《あ》はんとぞ思《（おもふ）》

957 常識的に「渡る瀬だけでも」と願うことはいたしますまい。あの天の河には、あなたの深い心を表わすものとして「淵を」と期待いたしましょう。○瀬とだにかけじ　「瀬」は牽牛が渡る浅瀬。→二四五・三三〇。「かけじ」の「かく」は、思いを遠くへ及ぼすこと。▽天の河といえば、牽牛が渡る「瀬」を求めるものだが、それは平凡。あなたの深い心を期待して「淵」を求めてみたいものですと言っているのである。「瀬」と「淵」の対応→九四六・九四七。

958 淵とおっしゃっても、そんなに深いお心を期待できません。天の河には、やはり牽牛が年に一度渡るという瀬を期待いたしますわ。たとえ浅くても。○頼みやはする　期待できるでしょうか、出来ません。反語。○年に一度…　「契りけむ心ぞつらきたなばたの年にひとたびあふはあふかは」(古今集・秋上)のように牽牛は「年に一度」天の河を渡るとされていた。▽世間並でもよい、浅いと言われてもよい、年に一度でも来ていただくことの方が大切だと応じているのである。

959 我が身がどうなるかも考えずに、ひたすら漕ぐ舟は、浪がどのように思うか、その心をも気にしないことでありますよ。○漕ぐ舟　男自身を喩えている。○浪の心もつゝまざりけり　「つつむ」は「包み隠す」が本義だが、ここは転じて「気おくれしない」「遠慮しない」の意。浪がどんなに激しいか、荒いか、気にしないというのである。

960 既に恋に苦しんでいるのであるから、あなたとの事が世間に広く知られても、今は苦しみも同じこと、あの難波の澪標(みおつくし)ではないけれども、どんなに身を尽くしてでも、お逢いしたいと思いますよ。○事出で来てのちに　二人の関係が世間に知られてから後に。○わびぬれば　既に恋に苦しんでいるので。○今はた同じ　現段階では、やはり同じことよ。○難波なる身をつくして

忍《しの》びて御匣殿の《みくしげどのゝ》別当《べたう》にあひ語《かた》らふと聞き《きゝ》て、父《ちゝ》の左大臣の制《せい》し侍《(はべり)》ければ

敦《あつ》忠《たゞ》の朝臣

961 如何《(いかに)》してかく思《(おもふ)》てふ事をだに人づてならで君に語《かた》らん

公頼朝臣の娘《むすめ》に忍《しの》びて住《す》み侍けるに、わづらふ事ありて、「死《し》ぬべし」と言《い》へりければ、つかはしける

朝忠朝臣

962 もろともにいざと言《い》はずは死出《しで》の山越《こ》ゆとも越《こ》さむ物ならなくに

年を経《へ》て語《かた》らふ人のつれなくのみ侍ければ、うつろひたる菊につけてつかはしける

清《きよ》蔭《かげ》の朝臣

963 かく許《(ばかり)》深《ふか》き色にもうつろふを猶《(なほ)》君《きみ》きくの花と言《い》はなん

も　難波は今の大阪市。「みをつくし」は澪標。海底が浅い難波の入海に船の航路を示すために立てた杭。我が身の限りを尽す意の「身を尽くし」を掛ける。

961　何とかして、このように思っているということだけでも、人づてでなく直接あなたにお話ししたいものです。〇御匣殿の別当　左大臣藤原仲平の娘明子。後に敦忠の妻になった。〇あひ語らふ　お互いに親しく語り合う。親しい関係になる。〇如何して　何とかして。「語らん」にかかる。〇君に語らん　「語る」はゆっくりと経緯を述べること。

962　「一緒に、さあ行こう」と言わなければ、あなた一人では、死出の山は、越そうにも越せようはずもないものでありますのに。あなた一人で「死ぬ」なんてことはありません。〇忍びて住み侍けるに　こっそりと夫婦の生活をしていた時に。〇わづらふ事ありて　女が病気になることがあって。〇死ぬべし　死にそうです。〇いざと言はずは　「さあ行こう」と言わなければ。▽朝忠集では、「つゆばかり思ひおくべき心あらば消えぬ先にぞ人はとはまし」という女の歌に対する返歌。なお、敦忠集にも見えるが、後撰集から誤って採歌したのであろう。

963　菊の花がこれほどまでに深い色に移ろい変ってゆくのを見ると、お心が他に移ったかに見えるあなたもやはり菊の花ならずとも私の願いを聞く花だとおっしゃっていただきたいものです。〇うつろひたる菊　当時は白菊が寒さにあって変色するのを好んで賞美した。古今集・二七八・二七九・二八〇など参照。〇うつろふを　色変りした花を。〇猶君きくの花と言はなん　自分の願いを「聞く」と「菊の花」を掛ける。「なん」は「…してほしい」の意。

人のもとにまかりたりけるに、門《かど》よりのみ返しけるに、からうじて簾《すだれ》のもとに呼《よ》び寄《よ》せて、「からうてさへや心ゆかぬ」と言《い》ひ出《い》だしたりければ

よみ人しらず

964 いさやまだ人の心も白露のを《(お)》くにも外《と》にも袖のみぞひつ

人のもとにまかりけるを、逢《あ》はでのみ返し侍《(はべり)》ければ、道《みち》より言《い》ひつかはしける

965 寄《よ》る潮《しほ》のみち来《く》るそらも思《おも》ほえず逢《あ》ふこと浪に帰《(かへる)》と思へば

人を思《(おもひ)》かけて言《い》ひわたり侍けるを、待《ま》ち遠《どを》にのみ侍ければ

964 さあ、どうでしょうか。まだあなたの御本心も知らないのですが、私は奥にいても外にいても涙で袖ばかりが濡れることです。○門よりのみ返しけるに　今までは門前を通るだけで帰らせていたのに。○からうじて　やっとのことで。○からうてさへや心ゆかぬ　こうしていても、やはり満足できませんか。「や」は疑問の係助詞。○言ひ出だしたりければ　簾の中から外に向かって言ったので。○いさや　さあ、どうでしょうか。返答にためらう時に発する語。○白露の　「知ら」と掛け、「露が置く」ということから「奥」を導き出す。

965 帰って来る道も、心が虚ろでわかりません。逢うことがないゆえに、空しくそのままに帰ると思いますと。○人のもとにまかりけるを　女のもとに行きましたが。○道より言ひつかはしける　道中から言い送った歌。○寄る潮の　「満ち来る」、転じて「道来る」を言い出すための序。○みち来る　「道を通って帰って来る」こと。「女のもとへ来る」のではない。○そらも思ほえず　「そら」は漠然たる空間。心が漠として道も認知できない。○逢ふこと浪に　「浪」は「寄る潮」「満ち来る」の縁語だが、ここでは「無み」を言い出すための修辞。▽「潮」「満ち来る」「浪(無み)」など海の縁でまとめているが、それは修辞だけで、訳す場合に「海」は必要ない。詞書に即して訳せばよい。

966 数の内にも入らない我が身は、何度も月を通過させた山の端ではありませんが、あなたを待つことに、多くの月を過ごしたことでありますよ。○人を思かけて言ひわたり侍けるを　女に懸想して求愛し続けましたが。○数ならぬ身　数にも入らない我が身。○山の端にあらねども　月は山の端に入るから「多くの月を過ぐし」たと言っているのである。○多くの月を過ぐしつる哉　空を渡る月と一か月という場合の月を掛ける。

966 数《かず》ならぬ身は山の端《は》にあらねども多《おほ》くの月を過《す》ぐしつる哉《(かな)》

久《ひさ》しく言《い》ひわたり侍けるに、つれなくのみ侍ければ

業平朝臣

967 たのめつゝ逢《あ》はで年経《ふ》る偽《いつは》りに懲《こ》りぬ心を人は知《し》らなん

返し

伊勢

968 夏虫の知《し》る〳〵迷《(まどふ)》思《おも》ひをば懲《こ》りぬ悲《かな》しと誰《たれ》か見ざらん

返《(かへり)》事《ごと》せぬ人につかはしける

よみ人しらず

969 打《(うち)》わびて呼《よ》ばは《ゝ》む声に山彦《びこ》の答《こた》へぬそらはあらじとぞ思《(おもふ)》

967 そのうちに逢いましょうと何度も期待をさせて逢いもしないで歳月を過ごすという偽りにも、懲りずにお慕いする私の心をあなたは知っていただきたいものです。〇たのめつゝ 「たのめ」は下二段活用の動詞「たのむ」の連用形。「頼りにさせる」「期待させる」の意。▽「業平朝臣」では返歌の作者「伊勢」と時代が合わないので、「なりひら」は「なかひら」の誤写で、実は「仲平(枇杷左大臣)」であろうが(→六九一注)、古今集・恋二・六一四には、同じ歌が凡河内躬恒の作となっている。躬恒の歌を仲平が贈歌に用いたか、躬恒の歌を利用して仲平と伊勢の贈答に仕立てあげたかのいずれかであろう。

968 夏虫が十分承知の上で火のまわりを飛びまわっているようなあなたの「思ひ」を、おっしゃるように私の態度に懲りることもない熱心な、いとおしいお心だとは誰も思いはしませんよ。〇夏虫 この場合は飛蛾のこと。〇知る〳〵 十分に知りながら。〇思ひ 「ひ」に飛蛾が飛び込む「火」を掛ける。〇悲し 現代語の「悲し」と少し違って、「いとおしい」というような同情・共感の気持を含む。〇誰か見ざらん 反語表現。誰が思うでしょうか。誰も思いませんよ。

969 つらい思いで呼び続ける声に対して山彦が全く答えてくれないような所はあるまいと思います。だから、あなたも、お答えいただきたいものです。〇打わびて 思い悩んで。「うち」は軽い意を添える接頭語。〇答へぬそら 「空」は漠たる空間の意。▽同じ歌が古今集・恋一に「題しらず よみ人しらず」として採歌されている。ただし、定家本は第四句「こたへぬ山は」とあるが、他の古今集諸本の多くは後撰集と一致する。前に続いて古今集歌を利用して贈答に仕立てあげたのであろう。

返し

970 山彦《びこ》の声《こゑ》のまに〳〵とひゆかばむなしき空《そら》に行《ゆ》きや帰《かへ》らん

かく言《い》ひかよはす程《ほど》に、三年《みとせ》許《(ばかり)》になり侍《(はべり)》にければ

971 荒玉の年の三年《みとせ》はうつせみのむなしき音《ね》をや泣《な》きて暮《く》らさむ

題しらず

972 流《(ながれ)》いづる涙の河のゆくすゑはつゐ《(ひ)》に近江の海《うみ》とたのまん

雨の降《ふ》る日、人につかはしける

973 雨降《ふ》れど降《ふ》らねど濡《ぬ》るゝわが袖のかゝる思《おも》ひに乾《かは》かぬやなぞ

970　山彦が答える声に従って尋ねていらっしゃいましたら、何もない空間に往き来することになりましょうよ。○まに〳〵　そのまま従って。○むなしき空に…　虚空に迷うだろう。▽山彦というものは実体のないものだから、それに従ってやって来ると、虚空に迷うことになりますよ、とからかっているのである。貫之集「山彦の声のまにまに尋ねゆかば言ふこともなく我やまどはむ」の改作であろう。

971　この三年間というものは、山彦の答える声もなく、私一人が空しい声をあげて泣き暮らすのでしょうか。○かく言ひかよはす程に　このように手紙のやりとりをしているうちに。前の贈答の後日譚。○荒玉の　「年」の枕詞。○うつせみの　「蟬」の意で用いられることも多いが、ここは「空しき」にかかる枕詞。▽伊勢物語二十四段の「あらたまの年の三とせを待ちわびてただ今宵こそ新枕すれ」の第二句までを借りる。

972　逢っていただけないゆえに流れ出る私の涙の河の行く末は、最後には近江の海ならぬ「逢う身」の海になるだろうと期待いたしましょう。○近江の海　「あなたと逢える我が身」の意の「逢ふ身」を掛ける。→八五六・八五九・八七五など。

973　雨が降っても降らなくても、ずっと涙に濡れている私の袖が、あなたを熱烈に思うこのような「思ひ」の「火」に乾かないのはなぜでしょうか。○思ひに　「火」を掛ける。○乾かぬやなぞ　五六八の「恋しきやなぞ」、一三二の「遥けきやなぞ」と同じ。…なのはなぜ?

974　露に濡れる程度にしか濡れていないお袖が乾かないのは、「火」に喩えていらっしゃるあなたの「思ひ」の程が少ないからでしょうよ。○露許

返し

974 露許《(ばかり)》濡《ぬ》るらん袖の乾《かは》かぬは君が思ひのほどや少《すく》なき

女のもとにまかりたるに、立《た》ちながら帰《かへ》したれば、道《みち》よりつかはしける

975 常よりもまどふ〳〵ぞ帰《(かへり)》つるあふ道もなき宿《やど》にゆきつゝ

雨にもさはらずまで来《き》て、そら物語《がたり》などしける男《おとこ》の、門《かど》より渡《わた》るとて、「雨のいたく降《ふ》ればなん、まかり過《す》ぎぬる」と言《い》ひたれば

976 濡《ぬ》れつゝもくると見えしは夏引の手《て》びきにたえぬ糸《いと》にや有《(あり)》けん

濡るらん袖　贈歌が「雨」に喩えたのに対して、ここでは「露に濡れる程度しか濡れていらっしゃらないお袖」ときめつけたのである。「つゆばかり」には「少しだけ」の意もある。〇思ひのほど　ここでも「思ひ」に「火」を掛け、「思ひ」の火の程が少ないので露に濡れたぐらいの涙も乾かないのでしょうと皮肉ったのである。

975 普段よりも、一層心を惑わしながら帰って来ました。逢う方途とてないお住まいに何度も歩を運びまして。〇立ちながら帰したれば　建物に上げず下に立たせたままで帰らせたので。〇道より　帰りの道中ですぐに歌を作って届けたのである。方途の意の「道」と帰る道中という意の「みち」を掛ける。

976 かつては濡れに濡れても来ると見えたあなたは、実は夏引きの手引きにも耐えられずに切れてしまうようなはかない糸だったのでしょうか。真実味のない弱いつながりだったのでしょうか。〇雨にもさはらずまで来て　雨にも妨げられずに訪ねて来まして。〇そら物語　ありもしない話。いかに愛しているか具体的に語るのだが真実でない話。後になって考えれば、空物語に過ぎなかったと結果論的に述べているのである。〇門より渡るとて　今回は門の前を素通りすると言って。「より」は通過することを表わす。〇雨のいたく降ればなんまかり過ぎぬる　雨がひどく降るので素通りさせていただきます。〇くると見えしは「糸」の縁語の「繰る」に「来る」を掛ける。〇夏引の手びき…　夏、麻から糸をつむぐこと。古今集・恋四「夏引きの手引きの糸を繰り返し言しげくとも絶えむと思ふな」。「手引き」は手で繊維を引き出すこと。

人に忘《わす》られて侍《(はべり)》ける時

977 数《かず》ならぬ身は浮草《うき》となりなな《ゝ》んつれなき人によるべ知《し》られじ

思《(おもひ)》忘《わす》れにける人のもとにまかりて

978 夕闇《ゆふやみ》は道も見えねど旧里《(ふるさと)》は本《(もと)》来《こ》し駒にまかせてぞ来《く》る

返し

979 駒にこそまかせたりけれあやなくも心の来《く》ると思《(おもひ)》ける哉《(かな)》

朝綱朝臣の、女に文《ふみ》などつかはしけるを、異《こと》女に言《い》ひつきて久《ひさ》しうなりて、秋とぶらひて侍ければ

977 物の数にも入れてもらえない我が身は、浮草になってしまいたい気持です。つれないあなたに身を寄せる所を知られたくないと思いまして。○浮草　根がないので、水の流れにまかせて流れてゆく。古今集・雑下・小野小町「わびぬれば身をうき草の根を絶えて…」で有名。○なりななん「ななん」は完了の助動詞「ぬ」の未然形「な」に希求の終助詞「なん」がついたもの。…してしまいたい。

978 夕方暗くなると、道も見えませんが、昔なじみの里ですので、以前に通いなれた馬にまかせてやって来ました。○旧里　現代語の故郷とは少し違って、「昔なじみの里」というような意。○本来し駒　以前に来た馬。「駒」は馬の歌語。○まかせて　馬の歩みに従って。

979 馬の歩みにまかせておいでになったのですね。それなのに、私は、うかつなことに、私を思うお心によっておいでになったものと思っていたことです。○あやなくも　不条理にも。つまらないことに。○心の来る　自分の心からやって来るものだと。▽大和物語五十六段では、平兼盛と藤原兼茂(兼輔の兄)の娘である兵衛の君との贈答になっている。

980 どちらのお方にお手紙をお出しになるゆえに、あの手紙を運ぶ雁が私の方へ飛んで来ることが稀になったのでしょうか。○言ひつきて　別の女と言葉を交わすようになって。○秋とぶらひて侍ければ　秋に、たまたま元の女に手紙を出したところ、その女が。○あふことまれに　「かりがね」なので、「飛ぶこと」と掛けて「とふことまれに」とある坊門局筆本・堀河本・承保本・正徹本などの方がよい。▽雁が手紙を運ぶという漢の蘇武の雁信の故事(古今集・二〇七、後撰集・三五六・一三一八など参照)により、男の便りが遠のいていたのを怨んだ

980 いづ方に事づてやりてかりがねのあふことまれに今はなるらん

男《をとこ》のかれはてぬに、異男《ことおとこ》を逢《あ》ひ知《し》りて侍ける に、元《もと》の男《おとこ》の東《あづま》へまかりけるを聞《き》きてつかは しける

981 有《(あり)》とだに聞《き》くべき物を相坂《(あふさか)》の関のあなたぞ遥《はる》けかりける

返し

982 関守《もり》があらたまるてふ相坂のゆふつけ鳥は鳴《な》きつゝぞゆく

又、女のつかはしける

983 ゆき帰り来《き》ても聞《き》か南《(なん)》相坂の関にかはれる人も有《(あり)》やと

のである。

981 京にいらっしゃれば、「お元気でおいでだ」ということだけでもお聞き出来ますが、逢坂の関の向うに行っておしまいになると、消息もお聞き出来ませんし、「逢う」ことも遠い彼方のことになってしまいますね。○男のかれはてぬに　男が全く遠のいてしまったわけではないのに。○異男を逢ひ知りて侍けるに　女が別の男と親しくなってしまった時に。その女の歌である。○有とだに　「あり」は伊勢物語九段の「…我が思ふ人はありやなしやと」と同じく健在であること。○相坂の関のあなた　「あづまへまかりける」男であるから言ったのだが、「逢(相)坂」を響かせて、「逢ふ」ための関所から遠ざかる状態が長く続く、つまりなかなか逢えなくなると言っているのである。

982 このたび関守が新しい人になるという逢坂の関にいる木綿(ゆう)付け鶏が鳴くように、あなたを恋しく思って泣きながら東へ出かけてゆくことです。○関守があらたまるてふ　関所の番人が新しい人になるという。女に新しい男が出来たことを言う。○相坂のゆふつけ鳥　逢坂などの関所では、祓えをするために木綿をつけた鶏を飼っていた。ただし、この歌は、古今集・恋一「逢坂の木綿付け鶏も我がごとく人や恋しき音(ね)のみなくらん」によって、あなたを恋しく思いながら、泣きつつ東へ行くと言っているのである。

983 泣き泣き東国へ行くなどとおっしゃらずに、行ってお帰りになってからも、またおいでになって、聞いていただきたいものです。逢坂の関所に交替した新しい関守がいるかどうかと。○来ても聞か南　やって来て聞いてほしい。○かはれる人も有やと　あなたと交替している人がいるかどうかと。新しい恋人が私にあるかどうかと。

返し

984 もる人のあるとは聞《き》けど相坂のせきもとゞめぬ我《わ》が涙《なみだ》哉《（かな）》

かれにける男《おとこ》の思《（おもひ）》出《い》でてまで来《き》て、物など言《い》ひて帰《かへ》りて

985 葛木《（かづらき）》や久米路《くめぢ》に渡《わた》す岩橋《いははし》の中〳〵にても帰《（かへり）》ぬる哉《（かな）》

返し

986 中絶《た》えて来《く》る人もなき葛城《かづらき》の久米路《くめぢ》の橋《はし》は今も危《あやう》し

白《しろ》き衣《きぬ》ども着《き》たる女どものあまた月明《あか》きに侍けるを見て、朝《あした》に一人《ひとり》がもとにつかはしける　　藤原有好

984 関守のようにあなたを守る新しい男がちゃんといらっしゃることは聞いてはおりますが、それでも、逢坂の関を話題にしているのにふさわしく、せきとめることもできない私の涙でありますよ。あきらめ切れぬゆえに涙が止まらないのですよ。○もる人のあるとは聞けど　女を守る人、すなわち新しい男がいることは知っているが。つまり「今や自分があなたのことを気にする必要はないが、それでもあなたのことを思うと気になって涙がとまらない」と言っているのである。○相坂のせきもとゞめぬ　「相坂の関」と「堰きもとどめぬ」を掛ける。

985 役(えん)の行者が作らせた葛城の久米路に渡す岩橋が中途までしか作れなかったように、私も中途半端のままに帰ってしまったことでありますよ。○かれにける男の　離れてしまった男が。「男」は、「思ひ出でて」「まで来て」「物など言ひて」「帰りて」という動詞の主語になっている。「まで来て」は「まうで来て」と同じ。○葛木や…岩橋のここまでが「中々に」を導き出すための序詞。なお「葛城や」は「葛城の」にほぼ同じ。また「葛城や久米路に渡す岩橋」については七五四参照。○中〳〵にても帰ぬる哉　役の行者が作らせた久米の岩橋は途中までしか出来なかったので、「中途半端に」の意の「中々」に続いているのである。

986 途中で絶えてしまって、渡って来る人もない葛城の久米路の橋は、今もいつ壊れるかわからない危険なものでありますよ。再びおでましいただいても、いつまた途絶えるかわからないおぼつかないものでありますよ。○危し　「危険」の意のほかに「足もとがおぼつかない」という意があって、道や橋について言うのにふさわしい。→六八八・一一三。

987
白雲のみな一群《ひとむら》に見えしかど立《た》ち出《い》でて《ゝ》君を思《(おもひ)》そめてき

女のもとにつかはしける　　　　よみ人しらず

988
よそなれど心許《(ばかり)》はかけたるをなどか思《おも》ひに乾《かは》かざるらん

題しらず

989
我《わ》が恋《こひ》の消《き》ゆる間《ま》もなく苦《ゝる》しきは逢《あ》はぬ歎《(なげき)》や燃《も》えわたる覧《(らん)》

返し

990
消《き》えずのみ燃《も》ゆる思ひは遠《とを》けれど身もこがれぬる物にぞ有《(あり)》ける

987　白雲のように、皆が一つの群のように見えましたけれども、その中では突出しているように見えたあなたを思いそめてしまったことでありますよ。〇朝に　翌朝に。〇一人がもとに　その女達の中の一人の所に。〇立ち出でて　「雲」の縁語。〇思そめてき　「そむ」は「染む」を掛ける。「白」の縁語。「そむ」は「初む」という字をあてることが多いが、本来は「染む」。色がしみこむように、次第に…になってゆくという意である。▽この歌、七三七と作歌の状況が似ている。

988　遠くに離れてはいますけれども、心だけはあなたに寄せていますのに、どうしてこの私の「思ひ」の「火」によって、袖の涙は乾かないのでしょうか。〇心許はかけたるを　「かく」は離れている人に思いを懸けること。〇思ひに乾かざるらん　「思ひ」に「火」を掛け、涙で濡れた袖は、「その火でどうして乾かないのか」と言っているのである。

989　我が恋の火が消える間もなくて苦しいのは、あなたに逢わないゆえの嘆きの「木」が燃え続けているからでありましょうか。〇我が恋　「恋」は、現代語と少し違って、恋い慕うこと。「恋(ひ)」の「ひ」に「火」を掛ける。〇歎　「嘆き」に「木」を掛け、「消え」「燃え」と対応させている。明記されていないが、次の歌から見ると、男の歌であろう。

990　ずっと消えないで燃えるあなたの「思ひ」の火の強さは、遠くにありましても、私の身も焦がれてしまうほどのものでありますよ。〇燃ゆる思ひは遠けれど　前歌をうける。「思ひ」に「火」を掛ける。〇こがれぬる　火で焦げる意と「思いこがれる」意を掛ける。

又、男《おとこ》

991 上《うへ》にのみを《(お)》ろかに燃《も》ゆる蚊《か》やり火のよにもそこには思《(おもひ)》焦《こ》がれじ

又、返し

992 河とのみ渡《わた》るを見るになぐさまで苦《くる》しきことぞいやまさりなる

又、男《おとこ》

993 水まさる心地のみして我《わ》がために嬉《うれ》しき瀬《せ》をば見せじとやする

991 言葉だけは「我が身も焦がれている」とおっしゃいますが、うわべだけ、いいかげんに燃える蚊遣火のように、あなたの場合、心底から、思い焦がれていることは全くにないでしょうよ。○上にのみ 人に見える上の方だけ。○をろかに燃ゆる いいかげんに燃える。○よにも 「絶対に(…ない)」という陳述副詞。○そこには 下の意の「底」と、第二人称の「そこ(あなた)」の意を掛ける。「には」は「(あなた)においては」の意。○思焦がれじ 前歌の「身もこがれぬる」をうける。なお「蚊遣火」を堀河本によって「かゞり火」と改め、次歌と続ける説もあるが、前歌の「消えずのみ燃ゆる思ひ」「身もこがれぬる」と対応させるには不適当。

992 「あれは…」と思うだけで、前を渡っていらっしゃるあなたを見るのですから、我が心は慰むことなく、苦しいことがますます多くなってゆくことでありますよ。○河 古今集・恋三「思へども人目つつみの高ければ河と見ながらえこそ渡らね」と同じく、「河」に「彼(か)は」を掛ける。「かね(彼)は…」は、すなわち「あれは、(あの人だ)」の意。○渡る 「河を渡る」と「前渡り」(前を素通りすること)を掛ける。▽前渡りする男に対して詠んだ歌で、九八九—九九一の歌群と続かない。錯簡であろうか。あるいは位置すべき場所がはっきりせぬままに、とりあえず巻末に置いたのであろうか。

993 河の水がふえるように涙ばかりが多く流れる気持がいたしまして。私のために、喜んで渡って行ける浅瀬を見せないようにと、このように涙の水をおふやしになるのでしょうか。○水まさる心地のみして 「渡る」の縁で、「涙河の川水がふえるような気持ばかりしまして、とても渡れません」の意。→三七・三八。○嬉しき瀬 嬉しく思って渡れる浅瀬。嬉しいと思える逢う機会。→六三。みずからを天の河を渡る牽牛に擬す意識がある。

後撰和歌集巻第十四

恋　六

人のもとにつかはしける　　よみ人しらず

994
逢事《(あふ)》を淀《よど》に有《(あり)》てふみづの森《もり》つらしと君を見つる頃《ころ》哉《(かな)》

返し

995
美《み》豆《づ》の森《もり》もるこの頃《ごろ》のながめには怨《(うらみ)》もあへず淀《よど》の河浪

994　流れ合うことがよどんでとどこおる、淀にあるという美豆(みづ)の森のように、「見つ」とは言っても、お顔を見るだけで逢うことは滞っている、つれないお方だなあと、あなたを見ている今日この頃でありますよ。○逢事を淀に有てふ「逢うことをよどむ」と「淀に有りてふ」を掛ける。「よどむ」は「物事が滞って進まない」こと。○淀に有てふみづの森　今の京都市伏見区淀の美豆にあった森。長秋記・天永二年(一一一一)の条に見える「水津頓宮」の森か。このあたりは木津川・宇治川・桂川の合流点で水がよどんでいた。淀という地名もそれに基づく。その地名の「美豆」に「見つ」を掛ける。○つらしと　思うままにならないことよと。つれないことよと。▽「見つ」(顔を合わせる)だけということはあっても、真の男女の逢瀬はないと言って嘆いているのである。伊勢物語七十五段に「…見るを逢ふにてやまむとやする」とあるのに同じ。

995　木が繁茂している美豆(みづ)の森でも雨が漏る長雨の今日この頃には、よどんでいる淀の河浪のように、お逢いすることが滞っているあなたを怨みとおすことも出来ずに、ただぼんやりと物思いにふけって眺めていることでありますよ。○美豆の森もるこの頃　木々が生い茂っている美豆の森でも雨が漏る長雨の季節。「ながめ」は「長雨」と、ぼんやり外を眺めながら物思いにふける意の「詠(なが)め」を掛ける。○怨もあへず　十分に怨むことも出来ずに。○淀の河浪　「淀の河浪を眺めている」とも解せるが、「淀の河浪のように滞っている」と解しておく。

みづからまで来《き》て、よもすがら物言《い》ひ侍《(はべり)》ける
に、程《ほど》なく明《あ》け侍にければ、まかり帰《かへ》りて

996
うき世とは思《(おもふ)》物から天《あま》の門《と》の明《あ》くるはつらき物にぞ有《(あり)》ける

女のもとにつかはしける

997
怨《うら》むれど恋《こ》ふれど君が世《よ》とともに知《し》らず顔《がほ》にてつれなかるらん

返し

998
怨むとも恋《こ》ふともいかゞ雲井より遥《はる》けき人をそらに知《し》るべき

言《い》ひわづらひて止《や》みにける人に、久《ひさ》しうあり
て、又つかはしける

996　話をするだけで、それ以上にはならないつらい間柄だと思い定めてはいますが、それでも天の戸が開ける、つまり夜が明けて帰らねばならぬのはつれないことでありましたよ。○みづからまで来て　「みづから」という言い方に「自分の方から一方的にやって来て」という意が感じられる。○物言ひ侍けるに　簾越しに言葉だけを交わしたのであろう。○うき世　「世」は男女の関係。つらく切ない関係。○天の門　→六三一。

997　私の方は、お怨みもし、恋い慕いも致しましたが、あなたが、ずっと知らぬ顔をしてつれなくなさっているのはなぜでありましょうか。○君が世とともに　あなたの人生がある限り。「君が世」と「世とともに」を一体化した形。○つれなかるらん　どうしてつれないのだろうか。「らん」は原因推究の働き。

998　いくらお怨みになさっても、また恋い慕いなさっても、雲のいる所よりも遠い存在であるあなたのことを、どうしてあて推量で知ることが出来ましょうか。○いかゞ　疑問副詞。「知るべき」にかかる。○雲井　雲のいる所。遠い所の比喩。○そらに知るべき　「雲」の縁で「空」が出て来たのだが、「宙に」「確認せずにあて推量で」の意の「空」を掛ける。

999　倭文機(しずはた)の乱れ模様のように、思い乱れて過ごしているこの頃です。精製していない糸のように、もう切れてしまった私の身だとは思わないでいただきたいものです。○言ひわづらひて　手紙を出しても見込みがなくなって。○しづはたに　万葉集時代には「しつはた」と清音。日本古来の織機である倭文機で織った布。乱れ模様を特色にしていたので「乱れ」を導く。→九〇三。○へつるほど也　織機に縦糸を掛ける「綜(ふ)」の連用形「へ」に「時を過ごす」意の「経(ふ)」の連用形を掛

999 しづはたにへつるほど也白糸の絶《た》えぬる身とは思《おも》はざらなん

返し

1000 へつるより薄《うす》くなりにししづ《ゝ》はたの糸《いと》は絶《た》えでもかひやなからん

男《をとこ》のまで来《き》て、すき事をのみしければ、人やいかゞ見るらんとて

1001 くる事は常ならずとも玉葛《たまかづら》たのみは絶《た》えじと思《(おもふ)》心《こゝろ》あり

返し

1002 玉鬘《(たまかづら)》たのめくる日の数《かず》はあれどたえ〴〵にてはかひなかりけり

ける。○白糸の　精製していない糸。弱い糸。「糸」の縁語「絶え」を導き出している。○絶えぬる身　あなたと途絶えてしまった我が身。○思はざらなん　「なん」は「…してほしい」の意の終助詞。

1000 織機に引っ張った時から色が薄くなってしまったような倭文機《しずはた》の糸が切れなくても役に立たないように、お便りをいただいていた時よりも薄くなってしまったお心は、途絶えずにつながっていても、かいはないでしょうよ。○へつるより　→前歌。○薄くなりにし　白糸を縦糸に引くと色が薄くなることと愛情が薄くなることとを掛ける。○しづはたの糸は　「絶え」を導く。○かひやなからん　軽い疑問を提示して確認する形。→一三三〇・一三〇八。

1001 来ることはそんなに頻繁でなくても、あなたに対する信頼は絶えないでしょうと思う心はございますのよ。○すき事をのみしければ　懸想して言い寄るようなことばかりしたので。○人やいかゞ見る　ほかの女房がどのように見ているだろうかと思って。歌の作者は女房であろう。○くる事は　男が来ることと蔓草の美称「玉葛」の縁語の「繰る」を掛ける。○たのみは絶えじと　「絶え」は「玉葛」の縁語。▽「玉葛」の縁語の「繰る」と「絶え」で、一首を統括して前歌に連ねている。

1002 期待させなさるゆえ、やって来る日の数は多いのですが、このように絶え絶えにやって来ていたのでは、かいがないのですよ。○玉鬘　「繰る」を導き出し、同音の「来る」を掛ける。「たのめ」は、期待させる。○たえ〴〵にては　「絶え」も蔓草の美称である「玉鬘(葛)」の縁語。▽頻繁にやって来ては目立つ行為をする男を婉曲に牽制したのに全く通じず、回数は多くても、途切れることがあるので効果がない、今後はもっと続けて来ましょうと応じているのである。

男《をとこ》のひさしうを《（お）》とづれざりければ

1003 いにしへの心はなくや成《（なり）》にけんたのめしことの絶《た》えて年《とし》ふる

返し

1004 いにしへも今も心のなければぞ憂《う》きをも知《し》らで年をのみふる

男《おとこ》の、たゞなりける時には常《つね》にまうで来《き》けるが、物言《ものい》ひて後《のち》は、門《かど》より渡《わた》れど、まで来《こ》ざりければ

1005 絶《た》えたりし昔だに見し宇治橋《うぢはし》を今は渡《わた》ると音《をと》にのみ聞《き》く

1003 かつての厚いお心は、すっかりなくなってしまったのでしょうか。頼みにさせなさっていたあのお手紙さえも、絶えたままで年月がたってしまったことでありますよ。○をとづれざりければ　音信がなかったので。○いにしへ　過ぎ去った頃。過去。○たのめしこと　「こと」は「言」、「手紙」と解した。○年ふる　一年以上経った場合に言う。

1004 過去も現在も、私は鈍い男でございますから、切ない状況であることも気づかないで、ぼんやりと年だけを過ごしているのでございます。○心のなければぞ　贈歌が「いにしへの心」と言ったのに対し、「思慮がない」「情趣を解さない」「心が鈍い」などの意の「心なし」に転換して、自分がどんなに切ない状況にいるのか自覚していなかったが、ほんとうは私の方が苦しい状況なのですよと応じているのである。

1005 二人の間がまだ結ばれていなかった昔でさえも「憂し」と思う形でもお出ましがありましたのに、今は素通りしていらっしゃると人づてに聞くだけという状態です。○たゞなりける時には　親しく関係がなかった時には。○物言ひて後は　言葉を交わすようになってから後は。この場合は「関係を持ってから後」と解してよい。○門より渡れどまで来ざりければ　「より」は「通って」の意。門の前を通るけれども、訪れて来ないので。○宇治橋　「忘らるる身を宇治橋の中絶えて人もかよはぬ年ぞへにける」(古今集・恋五)により、「身を憂(う)」を導き出す。▽この女と深く知り合ってかえって他の女を愛しく思うようになったのか、この男を受け入れる気持になったゆえに他の女に対する男の心が気になりだしたのか。

言《い》ひわびて二年《ふたとせ》許《(ばかり)》音《をと》もせずなりにける男《おとこ》の、五月ばかりにまうで来《き》て、「年頃《ごろ》久《ひさ》しうありつる」など言《い》ひて、まかりにけるに

1006 忘《わす》られて年ふる里《さと》の郭公《(ほととぎす)》なにに《ゝ》一声《ひとこゑ》鳴《な》きてゆく覧《(らん)》

題しらず

1007 とふやとて杉《すぎ》なき宿《やど》に来《き》にけれど恋《こひ》しきことぞしるべなりける

物言《い》ひわびて、女のもとに言《い》ひやりける

1008 露の命《いのち》何《い》時《つ》とも知《し》らぬ世中《(よのなか)》になどかつらしと思《(おもひ)》を《(お)》かるゝ

1006 忘れられて空しく年を過ごしている昔の里にやって来たほととぎすは、何のために一声だけ鳴いて素通りしてゆくのでしょうか。〇言ひわびて　言葉をかけるのがつらくなって。〇五月ばかりにまうで来て　ほととぎすを出すために必要な詞書である。〇年頃久しうありつる　長い間、御無沙汰していました。〇まかりにけるに　帰りました時に。〇年ふる里の　「年経(ふ)る」と「ふるさと」を掛ける。「ふるさと」は現代と少し違って「昔なじみの里」の意。

1007 訪ねていらっしゃるかしらと思って、目印の杉のない住まいに来ていたのですが、あなたがこうして来てくださったのは、私が恋しく思うことが杉の代りとして道標になったのですね。〇杉なき宿　「我が庵は三輪の山もと恋しくはとぶらひ来ませ杉立てる門」(古今集・雑下)による。目印の杉のない住まい。〇来にけれど　既にやって来て待っていたのだが。〇しるべなりける　杉の代りに道標になったと言っているのである。▽「題しらず」で、詞書がないが、一〇〇九と似た状況であろうか。女の歌である。

1008 露のようにはかない命ゆえ何時まで続くかわからない仲であるのに、どうしてつれない仕打ちをなさるからと言って思いを後に残しておかれましょうか。とてもあきらめ切れませんよ。〇物言ひわびて　女に言い寄るのが苦しくなって。女の反応にらちがあかぬと思ったのである。〇露の命　→八九四・一三四七。〇何時とも知らぬ世中　「露」に対応させれば、「何時消えるとも知らぬ世中」の意。「世中」は男女の関係。〇つらし　冷淡だ。相手のつれないのがつらく感じられるというのである。〇思をかるゝ　「思ひおく」は、こうしたかったのにという思いを後に残すこと。

女のほかに侍《(はべり)》けるを、そこにと教《をし》ふる人も侍らざりければ、心づからとぶらひて侍ける返《(かへり)》事《ごと》につかはしける

1009 かり人のたづぬる鹿《しか》はいなび野《の》に逢《あ》はでのみこそあらまほしけれ

忍《しの》びたる女のもとより、「などか音《をと》もせぬ」と申《(まうし)》たりければ

右大臣

1010 小《を》山田の水ならなくにかく許《(ばかり)》流《(ながれ)》そめては絶《た》えん物かは

男《おとこ》のまで来《こ》で、あり〱て、雨の降《ふ》る夜、大《おほ》傘《がさ》を乞《こ》ひにつかはしたりければ

これひらの朝臣のむすめいまき

1011 月にだに待《ま》つほど多《おほ》く過《す》ぎぬれば雨もよに来《こ》じと思《おも》ほゆる哉《(かな)》

1009 かりそめの心しかお持ちでないあなたがお求めの、鹿ならぬ私は、否(ない)という名を持つ印南野にずっといて、関係を持たないままでいたいと思っているのです。○心づからとぶらひて侍ける返事に　男が自発的に便りを出した返事に。○かり人の　「狩人」と「仮の人」、かりそめの愛情しか持っていない人を掛ける。○いなび野　印南野。播磨国印南郡の野。今の加古川市・高砂市の東。「否び」を掛ける。「…印南野の否といふともここを過ぎめや」(拾遺集・別・大中臣能宣)。○逢はでのみこそ　夫婦の関係にならないままでいることが望ましいよ。▽「あふことをいなび野に住む鹿こそはかりの人には逢はじてふらめ」(古今六帖・二)との前後関係は不明。

1010 小山田の水ではないのですからね…。このように、いったん流れ始めた以上は絶えはいたしませんよ。○忍びたる女　男がこっそり関係を持った女。○などか音もせぬ　どうして音信もないのですか。○小山田の　「を」は接頭語。山の田は水が絶えやすい。○ならなくに　…ではないのだからなあ。逆接的に叙述して詠嘆する。○絶えん物かは　「かは」は反語。絶えるだろうか、絶えはしない。

1011 月夜であっても、待ちぼうけする時が多いままに過ぎてしまっているので、雨が降っている時にまさかいらっしゃらないだろうと思っていたことでありましたよ。○あり〱て　時間がそのまま経過してとどのつまりに。○大傘　供人が後ろからさしかける大きな唐傘。○乞ひに…　貸してほしいと家来を寄こしたのである。○雨もよに　雨の降っている時に。「絶対(…ない)」の意の陳述副詞「よに」を掛ける。

はじめて人につかはしける　　　　　　　よみ人しらず

1012 思《(おもひ)》つゝまだ言《い》ひそめぬ我《わ》が恋《こひ》を同《おな》じ心に知《し》らせてし哉《(がな)》

言《い》ひわづらひて止《や》みにけるを、又思《(おもひ)》出《い》でゝとぶらひ侍ければ、「いと定《(さだめ)》なき心哉《(かな)》」と言《い》ひて、飛鳥河《あすか》の心を言《い》ひつかはして侍ければ

1013 飛鳥河《あすか》心の内に流《なが》るれば底《そこ》のしがらみ何時《いつ》か淀《よど》まん

思《(おもひ)》かけたる女のもとに　　　　　　朝頼《あさより》の朝臣

1014 富士《ふじ》の嶺《ね》をよそにぞ聞《き》きゝし今は我《わ》が思ひに燃《も》ゆる煙なりけり

1012 恋しく思い続けながらまだ表わしていない私の恋の思いを、同じ心になっていただくように、お知らせしたいものです。〇はじめて人に　はじめて女に。〇同じ心に　古今集・恋一・五四一のほか、本集・五六四・五九五にも見られるが、特に六〇二に近く、「同じ心になるように」の意。

1013 私の飛鳥河は、外に表わせずに、私の心の内に流れていますので、浮いて流れる物がひっかかってよどむしがらみによって、何時よどむでしょうか。よどむことなく何時もスムーズに流れて、あなたに通じていますよ。〇言ひわづらひて…　うまく言い寄れないで、そのままになっていたが。〇いと定なき心哉　たいへん変りやすいお心ですね。〇飛鳥河の心を　「世の中は何か常なる飛鳥川昨日の淵ぞ今日は瀬になる」(古今集・雑下)という有名な歌のようだということを女が言ったのである。歌はそれに対する男の作。〇底のしがらみ　「底」に「あなた」の意の「そこ」を掛ける。「しがらみ」は、竹や木の枝を組んで川の流れの中に置き、流れを制御したり、流れ来る物を留めたりするもの。底にあるしがらみは流れを留めてよどませることはないだろうと言っているのである。

1014 富士の嶺に燃える火を、以前は関係のないこととして聞いていました。しかし今は、私の「思ひ」として燃える煙だと気づいたことでありますよ。〇富士の嶺を　「富士の嶺の　燃えつつとはに　思へども」(古今集・長歌)のように、自らの「思ひ」を富士山の煙に喩えた歌は多い。〇よそにぞ聞きし　遠い存在として、他人ごととして聞いていた。〇煙なりけり　「けり」は今初めて知ったという気持を表わす。

返し

1015 しるしなき思《(おもひ)》とぞ聞《き》く富士《ふじ》の嶺《ね》もかごと許《(ばかり)》の煙なるらん

よみ人しらず

言《い》ひ交《かは》しける男《おとこ》の親《おや》いといたう制《せい》すと聞《き》き《ゝ》て、

女の言《い》ひつかはしける

1016 いひさして留《とゞ》めらるなる池水の波いづかたに思《(おもひ)》寄《よ》るらん

同《おな》じ所に侍《(はべり)》ける人の、思《(おもふ)》心侍けれど、言《い》はで忍《しの》びけるを、いかなる折《おり》にかありけん、あたりに書《か》きて落《おと》しける

1017 知《し》られじな我《わ》が人知《ひとし》れぬ心もて君を思ひの中《なか》に燃《も》ゆとは

1015 「思ひの火」などとおっしゃっても、どうせ効果のない「火」だと思って聞いていますのよ。お喩えになる富士の嶺もどうせ申しわけ程度の煙をおっしゃっているのでしょうから。▽「富士の嶺のならぬ思ひに燃えば燃え神だに消たぬ空し煙を」(古今集・誹諧歌)や貫之集の「燃ゆれどもしるしだになき富士の嶺に思ふ仲をば喩へざらなん」などの影響が考えられる。

1016 言い交わしたままで止められていらっしゃると聞くあなたは、親御さんか私か、どちらに寄ろうと思っていらっしゃるのですか。○いひさして 「言うことを中途で止める」の意の「言ひさす」と「池の水を抜く樋(ひ)を閉ざす」意の「樋鎖(いひさ)す」を掛ける。○留めらるなる 「なる」は伝聞推定の助動詞「なり」の連体形。止められると聞いている。○いづかたに思寄るらん 男を「波」に喩え、私と親と、どちらに寄ろうとお思いですかと尋ねたのである。▽「池の樋」を喩えにして「言ひ出づ」(八九〇)とか「言ひ放つ」(七九一)とか言う表現が流行していたようである。

1017 知っていただけないでしょうね。人に知られないようにこっそり思う心をもって、ただひたすらにあなたを思う、そんな「思ひ」の「火」の中で私が燃えていますとは。○同じ所に侍ける人 同じ所に仕えていた人。男であろう。○あたりに 女の曹司の近辺に。○思ひの中に燃ゆとは 「思ひ」に「火」を掛ける。

1018 お逢いするめあてがないままに時を過ごしている私の恋を、「人目につく」ということにかこつけなさることが、何ともつらいことでございますよ。○心ざしをばあはれと思へど 言い寄っ

心ざしをばあはれと思《おも》へど、人目《め》になんつゝ
むと言《い》ひて侍ければ

1018 逢《あ》ふはかりなくてのみ経《ふ》る我《わ》が恋《こひ》を人目《め》にかくる事のわびしさ

題しらず

1019 夏衣身には馴《な》るとも我《わ》がために薄《うす》き心はかけずもあら南《(なん)》

1020 いかにして事語《かた》らはん郭公《(ほととぎす)》歎《(なげき)》の下《した》に鳴《な》けばかひなし

1021 思ひつゝ経《へ》にける年をしるべにてなれぬる物は心なりけり

て来る男の愛情を女はしみじみと感じはしたのだが。〇人目になんつゝむと言ひて侍ければ　人目に立つのを慎しむと言って来ましたので。〇はかりめど。目あて。なお、「はかり(量り)」と「かく」は縁語。寛平御時后宮歌合に「かけつればちぢの黄金も数知りぬなど我が恋の逢ふはかりなき」の例がある。

1019 薄い夏衣が身にぴったりするような近い関係になりましても、薄いお心を私におかけにならないように願いたいものですよ。〇夏衣　陰暦四月から着る薄い衣。〇身には馴るとも　我が身に親しむようになっても。相手が自分に馴れ親しむ意を掛ける。〇薄き心　「薄き」は「夏衣」の縁語。古今集・七一五・一〇三五に見える。〇かけずもあら南　「かく」は、相手に思いを送ること。「南(なん)」は、未然形に接して「…してほしい」の意を表わす終助詞。

1020 何とかして私の思いを説明したいのです。郭公が投げ木の下に鳴いていてもかいのないように、嘆いて泣いてばかりいてもかいのないことですから。〇事語らはん　思いを述べて親しくなりたい。〇歎の下に…　「歎」に「投げ木」(投げ込んで燃やす木)を掛ける。郭公も投げ木(薪)の下で鳴いていてはかいがない、私も嘆いて泣いてばかりいてもかいがないと言っているのである。「郭公」と「なげき」を詠んだ歌として一七五がある。

1021 何度も何度も思い続けて過ごして来た年を拠り所にして、結局あなたに近づいて馴れ親しんだのは、心だけで、身はお傍にも寄れませんでしたよ。〇思ひつゝ…　「しるべ」は「知る辺」。事情を知って導いてくれる者。ずっとあなたに思いを寄せているのを知っていてくれる「年」だけをたよりにして。

文《ふみ》などつかはしける女の異男《ことおとこ》につき侍《（はべり）》けるに、
つかはしける
源　整《とゝのふ》

1022 我ならぬ人住の江の岸に出《い》でて《ゝ》難波《なには》の方《（かた）》を怨《（うらみ）》つる哉《（かな）》

整《とゝのふ》かれがたになり侍にければ、留《とゞ》め置《を》きたる笛《ふえ》をつかはすとて
よみ人しらず

1023 濁《にご》りゆく水には影の見えばこそ葦《あし》まよふえを留《とゞ》めても見め

菅原のおほいまうちぎみの家に侍ける女に通《かよ》ひ侍ける男《おとこ》、仲絶《なかた》えて、又とひて侍ければ

1024 菅原や伏見の里のあれしより通《かよ》ひし人の跡《（あと）》も絶《た》えにき

1022 私以外の男があなたのもとに住んでいることを連想させる住の江の岸に出て、難波の潟を浦見するわけではないが、怨みを抱いたことでありますよ。〇我ならぬ人住の江…自分以外の男があなたに住み…。「住み」は「男が女と夫婦の関係を持つ」意と地名の「住の江」を掛ける。「岸」は「来し」を掛ける。〇難波の方を　「住の江」の北が「難波」である。「岸」や「磯」に出て「浦見」「怨みつるかな」という例は七九九・一〇四九に見られる。

1023 とどこおって次第に濁ってゆく水でも影が映って見える間は、葦の間を迷うように流れる江の水をとどめてでもあなたの影を見ようと思うのですが、あなたのお姿が映ることもなくなった今は、流れを止めても仕方のないことです。笛を留めておいても仕方のないことです。〇かれがたになり侍にければ　女の所から足が遠のくようになったので。〇留め置きたる笛　女のもとに残していた笛。〇つかはすとて　返却すると言って。〇濁りゆく水　とどこおる男女の関係を暗示。〇葦まよふえ　「葦間を迷ふ江」に「笛」を隠す。一条摂政御集に「笛取りに給はせたるに、女」という詞書で「たちかへり影見ゆべくはゆく水にあしまよふえをせきとめてまし」とあるのは、この歌の最も早い時期の影響であろう。

1024 菅原の大臣の家が荒れてしまってから、おかよいになっていたあなたの足跡もすっかり絶えてしまったことでございますよ。〇菅原のおほいまうちぎみの家に侍ける女　女房とも見られるが、一〇二四と一〇二五の詞書の書き方を参照すれば、道真の娘とも解し得る。〇又とひて侍ければ　再び便りをして来たので。女の返歌である。〇菅原や伏見の里のあれしより　菅原氏の本貫である大和の菅原伏見の里に「菅原氏の女の里」の意を掛け、「いざここに我が世は経なむ菅原や伏見の里の荒

女の男《おとこ》を厭《いと》ひて、さすがにいかゞおぼえけん、言《い》へりける

1025 ちはやぶる神にもあらぬ我《わ》が仲《なか》の雲井遥《（はるか）》に成《（なり）》もゆく哉《（かな）》

返し

1026 千早振《（ちはやぶる）》神にも何に例《たと》ふらんをのれ《（お）》雲井《くもゐ》に人をなしつゝ

女三のみこに　　敦《あつ》慶《よし》の親《み》王《こ》

1027 浮《う》き沈《しづ》み淵瀬《ふちせ》に騒《さは》ぐ鳰鳥《にほどり》はそこものどかにあらじとぞ思《（おもふ）》

甲斐《かひ》に人の物言《ものい》ふと聞《き》き《ゝ》て　　藤原守文

1028 松山に浪高《たか》き音《をと》ぞ聞《き》こゆなる我より越《こ》ゆる人はあらじを

れまくも惜し」(古今集・雑下)によって「荒れし」と言っているのであるが、女のいる所が荒れたと見るだけでなく、道真の左遷と結びつけることも出来る。

1025 鳴神でもない私とあなたとの仲が、雲のいる所のような遠いものになってゆくことでありますよ。〇さすがにいかゞおぼえけん　そうはいうものの、どのように思ったのだろうか。男を厭ってはいるものの、どのように思ったのだろうか。〇ちはやぶる神　「ちはやぶる」は「神」にかかる枕詞。「神」は「鳴神」「雷」。〇雲井遥に成もゆく哉　「雲ゐ」は雲が居るような遠い所。「成る」と「鳴る」を掛ける。

1026 どうして鳴神なんかにお喩えになるのでしょうか。あなた自身、私を雲のいる所のような遠い存在にしておきながら。〇をのれ　あなた自身が。〇人を　私を。

1027 沈んだり浮んだりしながら、淵や瀬であわただしく過ごしている鳰鳥は、水の底に沈んでいる時も、心穏やかではあるまいと思いますよ。一喜一憂しつつあなたを恋い慕っている私は、其処―そなたの許―へ忍んで行っても、やはり心穏やかではあるまいと思っているところですよ。〇浮き沈み淵瀬に騒ぐ　「…昨日の淵ぞ今日は瀬になる」(古今集・雑下)のように毎日変る女の反応に一喜一憂している状態をいう。〇鳰鳥は　鳰鳥は水底に潜って移動する。「冬の池に住む鳰鳥のつれもなくそこに通ふと人に知らすな」(古今集・恋三・躬恒)参照。〇そこも　右の古今集歌参照。水の「底」と「あなた」の意の「そこ」を掛ける。

1028 末の松山に浪が高く立っているという噂が聞こえてくるようです。あなたがあだし心を持つゆえに浪が越えるという相手は、私以外にはあるまいと思っていますのに。〇甲斐　女房名。〇

男《おとこ》のもとに、雨降《ふ》る夜、傘《かさ》をやりて呼《よ》びければ、来《こ》ざりければ

よみ人しらず

1029 さして来《こ》と思《(おもひ)》し物を三笠《みかさ》山かひなく雨のもりにける哉《(かな)》

返し

1030 もる目《め》のみあまた見ゆれば三笠《みかさ》山知《し》る〳〵いかゞさしてゆくべき

女のもとより「いといたくな思《(おもひ)》わびそ」とたのめを《(お)》こせて侍《(はべり)》ければ

1031 慰《なぐさ》むる言《こと》の葉《は》にだにかゝらずは今も消《け》ぬべき露の命を

人の物言ふと聞きて　他の男が親しくしていると聞いて。〇松山に…　「君をおきてあだし心をわが持たば末の松山浪もこえなん」と詠んだ古今集・東歌による。〇我より越ゆる人はあらじを　私以外に「君をおきてあだし心を持つ」などと言われる男はないのに。

1029　傘をさして私を目指して来てほしいと思っていましたのに、三笠山ならぬ御傘(みかさ)のかいもなく雨が漏って、来られなくなってしまったのですね。〇傘をやりて　傘持ちの供人を遣して。〇さして来と　「傘をさして来い」の意と「私を目指して来い」の意を掛ける。〇三笠山　「傘をさす」の縁語。〇雨のもりにける哉　「傘があるのに雨が漏る」の意を含む。

1030　「漏る」という点で申せば、あなたを「守(も)る」(監視する)目ばかりが多く見えますので、十分に存じあげているあなたですが、せっかくお持ちいただきました御傘を、どのようにさしてあなたを目指して行くとよいのでしょうか。〇もる目　贈歌の「漏り」を「見守る」意の「守る」に転換して、保護者に厳しく監視されているのが気になるので…と言っているのである。〇三笠山　前歌同様「(傘を)さして」を導き出している。「さして」は「傘をさして」と「目指して」の意を掛ける。

1031　慰めてくださるお言葉にでもこのように書いていなければ、今にも消えてしまいそうな露のような我が命をどうしようもありません。〇な思わびそ　つらく思うな。〇たのめをこせて侍ければ　期待させるようなことを言って来ましたので。〇言の葉　相手の言葉のことだが、「露」は「葉」にかかるものであるので、「かかる」の縁語になっている。〇かゝらずは　「かくあらずは」の約。「露(がかかる)」の縁語。〇露の命を　「露の命を如何せん」という気持。

元良の親王《みこ》のみそかに住《す》み侍ける、「今、来《こ》
む」とたのめて、来《こ》ずなりにければ　兵衛

1032 人知《ひとし》れず待《ま》つに寝《ね》られぬ晨明《(ありあけ)》の月にさへこそあざむかれけれ

忍《しの》びて住《す》み侍ける人のもとより、「かゝる気《け》
色《しき》、人に見すな」と言《い》へりければ　元《もと》方《かた》

1033 竜田河立《た》ちなば君が名を惜《ゝ》しみ岩瀬《いはせ》の森《もり》の言《い》はじとぞ思《(おもふ)》

宇多院《(うだのゐん)》に侍ける人に消息《せうそこ》つかはしける、返《(かへり)》
事《(ごと)》も侍らざりければ　よみ人しらず

1034 宇《う》多《だ》の野《ゝ》は耳《みゝ》なし山か呼子鳥《よぶこ》呼《よ》ぶ声《こゑ》にだに答《こた》へざるらん

1032 すぐに行くよとおっしゃったので、まわりの人に知られないようにこっそりお待ちしていて、寝られぬままに、まだ月が出ているからと、有明の月にまでだまされて、そのまま朝を迎えてしまったことですよ。○みそかに住み侍ける　密かに夫婦関係にあった時。○今来むとたのめて　すぐに行こうと言って期待させて。○人知れず　詞書の「みそかに」と呼応。他の人に知られないようにと。○晨明の月にさへこそ　来ると言って来なかった男だけでなく、月が出ているのに朝になっている有明の月までにだまされたと言っているのである。

1033 噂が立ってしまったらあなたの名声に傷がつくのが惜しいので、言わないでおこうと思っておりますよ。○忍びて住み侍ける人のもとより　男がこっそり夫婦関係を持った女の所から。○かゝる気色　このような様子。男が住むようになったという様子。○竜田河　同音の「立つ」の序。○立ちなば　名が立ってしまったら。○岩瀬の森の　今の竜田川の東にある森。「言はじ」を言い出すための序詞。

1034 宇多の野だと思っておりましたあなたは、実は耳なし山だったのですか。呼子鳥ならぬ私の呼ぶ声に対して、どうしてお答えくださらないのでしょうか。○宇多院に侍ける人　宇多院→一〇。○女五のみこは宇多院に住んでいたのであろう。○宇多の野　宇多院を前提にすれば、今の京都市右京区の宇多野のことになるが、「耳なし山」との対応を考えれば、大和国宇陀郡の野に転換していると見るべきであろう。○耳なし山　大和の歌枕。今の桜井市の近く。「耳成山」と書くが、ここは「耳無し」の意を持たせる。○呼子鳥　→七九・六九〇・九四二。ここは「呼ぶ声」を言い出すための序。○答へざるらん　「らん」は原因推究。どうして答えな

返し　女五のみこ

1035 耳なしの山ならずとも呼子鳥《よぶこどり》何かは聞《き》かん時ならぬ音《ね》を

つれなく侍《(はべり)》ける人に　忠岑《たゞみね》

1036 恋《こ》ひわびて死《し》ぬてふことはまだなきを世の例《ためし》にもなりぬべき哉《(かな)》

立《た》ち寄《よ》りけるに、女逃《に》げて入《い》りければ、つかはしける　よみ人しらず

1037 影見れば奥《おく》へ入《い》りける君によりなどか涙の外《と》へは出《い》づらん

逢《あ》ひにける女の、また逢《あ》はざりければ

1038 知《し》らざりし時だに越《こ》えし相坂《(あふさか)》をなど今更に我《われ》迷覧《(まどふらん)》

いのだろうか。▽前歌の「岩瀬の森」は「神奈備のいはせの森の呼子鳥…」(万葉集・巻八)以来「呼子鳥」の名所であるため「呼子鳥」の歌を連ねた。

1035 私が耳なし山でなくても、呼子鳥ならぬあなたの時期はずれのお声を、どうして聞くことがありましょうか。○耳なしの山ならずとも　耳がないというイメージを持つ耳なし山でなくても。○何かは聞かん　「かは」は反語。○時ならぬ音を　タイミングを逸した声を。「時期遅れの便りに対して返事など出来ない」と応えているのである。

1036 恋の切なさによって死ぬということはまだありませんが、私が死んで世間の先例になってしまいそうでありますよ。○恋ひわびて死ぬてふことは…　「恋のために死ぬようなことがあっても」とか「恋の苦しみのために死にそうだ」という表現は古今集・四九二・四九四・五二六・六〇三・六一三・六五四・六六二のように多いが、「恋に死んだ」という表現はないので、このような言い方がなされたのであろう。

1037 私の影を見ると奥に入ってしまったあなたのせいで、涙は逆に外へ出るのはどうしてでしょうか。▽女が奥へ入るのに、それを悲しむ我が涙はどうして外へ出るのか…と戯れた歌である。

1038 まだ十分に知らなかった時さえも越えた逢坂の関を、知りあった今になって、どうしてこのように私はうろうろ迷うのでしょうか。○逢ひにける女　一度関係を持った女。○知らざりし時だに　関係を持っていなかった時でも。○相坂　逢坂の関のこと。男女が一線を越えて逢う意。○など　疑問副詞。「らん」と呼応。どうして…だろうか。○迷　定家筆本の「迷」はすべて「まどふ」と読む。進むにあたって試行錯誤すること。

女のもとにまかりそめて、朝《あした》に　　藤原蔭《かげ》基《もと》

1039 あかずして枕の上《うへ》に別《(わかれ)》にし夢路《ゆめぢ》を又もたづねてし哉《(がな)》

男《をとこ》のとはずなりにければ　　よみ人しらず

1040 音《をと》もせずなりもゆく哉《(かな)》鈴鹿《すゞか》山越《こ》ゆてふ名《な》のみ高《たか》く立《た》ちつゝ

返し

1041 越《こ》えぬてふ名をな怨《うら》みそ鈴鹿《すゞか》山いとゞ間《ま》近《ちか》くならんと思《(おもふ)》を

女に物言《い》はんとて来《き》たりけれど、異《こと》人に物言《い》ひければ、帰《かへ》りて

1042 我《わ》がためにかつはつらしとみ山木のこりともこりぬかゝる恋《こひ》せじ

1039 別れがたいままに別れてしまったあの枕の上の夢のような逢瀬を再現したく、夢の通い路を通って再びお訪ねしたいものですよ。○まかりそめて朝に　初めて出かけて一夜を過ごして翌朝。○あかずして　充ち足りぬままに。○枕の上に　別れがたい夢のような逢瀬であったというために「枕の上方で別れた」と言ったのである。○夢路を　夢の通い路を通って。→二九六・五五九・六二〇。

1040 音沙汰もなくなってしまったことですよ。鈴鹿山を越えた―私との一線を越えなさったという評判だけは何度も高く立ちながら。○音もせずなりもゆく哉　「鈴鹿山」の「鈴」の縁で「音」「なり」(「成り」と「鳴り」を掛ける)を続ける。○鈴鹿山越ゆてふ名　「鈴鹿山を越える」という意に男女の一線を越える意を掛ける。▽このような場合は、一〇三八のように「逢坂」を用いるのが普通であったが、「音」「鳴る」の縁で「鈴鹿山」を用いたのであろう。あるいは伊勢の国と何らかの関係を持つ女だったのかも知れない。

1041 鈴鹿山を越えるように一線を越えてしまったという評判が立つことを怨まないでください。これを機に、二人の関係がいっそう近いものになるだろうと思うのですが。▽贈歌同様に「鈴鹿山」の縁で「越えぬ」「成る(鳴る)」という修辞を用いる。

1042 私にとっては、一方的につれないお方だとわかって、懲りに懲りてしまいました。もうこのような恋はいたしますまい。○異人に物言ひければ　女は別の男と逢っているので。○かつはつらしと　「かつは」は「一方では」「私に対しては」、「つらし」は「つれない」。○…とみ山木の　「つらしと見」と「み山木を樵る」を掛ける。○こりともこりぬ　「木を切る」意の「樵り」と「懲り」を掛ける。ここまで無視される苦しい恋に懲りたと言っているのである。

返し

1043 あふごなき身とは知《し》る〳〵恋すとて歎《(なげき)》こりつむ人はよきかは

人につかはしける　　戒仙法師

1044 朝毎《あさごと》に露は置《を》けども人恋《こ》ふる我《わ》が事の葉《は》は《ゝ》色も変《かは》らず

来《き》て物言《ものい》ひける人《ひと》の、おほかたはむつましかりけれど、近《ちか》うはえあらずして　　よみ人しらず

1045 間近《まぢか》くてつらきを見るは憂《う》けれども憂《う》きは物かは恋《こひ》しきよりは

女のもとにつかはしける　　藤原さねたゞ

1046 筑紫《つくし》なる思ひ染《そ》め河渡《わた》りなば水やまさらん淀《よど》む時なく

1043　お逢いする機会のない我が身だという事情は御存じでありながら、その私に恋をするということで、懲りるほどに嘆きを積むとおっしゃるあなたはよき人だとは言えません。○あふごなき　天秤棒の意の「枌(あふご)」に「逢ふ期(ご)」を掛ける。古今集・誹諧歌・一〇五八に見える。○歎こりつむ　投げ込んで燃やす薪の意の「投げ木」に「嘆き」を掛け、「木を切って積む」意の「樵り積む」に「懲り積む」を掛ける。○人はよきかは　「人」は「その人」つまり「あなた」のこと。「よき」は「良き」に「斧(よき)」を掛ける。「かは」は反語。良いはずはない。とんでもないお人です。▽贈歌同様に「木を樵る」縁語でまとめているが、「よき(斧)」を持ち出したのが巧み。

1044　毎朝毎朝、別れのつらさに涙で露が置くように濡れますが、露が置いて木の葉の色が変りましても、あなたを恋い慕って申しあげた私の言葉は変ることはございません。○朝毎に　「朝」と限定したのは別れのつらさを言うためであろう。○露は置けども　「涙」を掛ける。○事の葉　「言の葉」。「葉」が「露」の縁語。

1045　近い関係となって冷淡な目にあうのはつらいことですが、そのつらさは問題ではありません。恋しいことの苦しさに比べますと。○おほかたはむつましかりけれど　とおりいっぺんの付き合いとしては親しかったのだが。○近うはえあらずして　近い関係としてはそのようにはならないで。○つらきを見るは　冷淡な目にあうのは。○憂きは物かは　つらいことは問題だろうか、問題ではありません。「かは」は反語。▽離れていて苦しい思いであなたを恋い慕うよりも、とおりいっぺんの付き合いでも、訪ねて来られる今の方がよいと言っているのである。

返し　　よみ人しらず

1047 渡《(わたり)》てはあだになるてふ染河の心づくしになりもこそすれ

男《おとこ》のもとより、「花盛《ざか》りに来《こ》む」と言《い》ひて、来《こ》ざりければ

1048 花盛《ざか》り過《す》ぐしゝ人はつらけれど事の葉《は》をさへかくしやはせん

男《をとこ》の久《ひさ》しうとはざりければ　　右近

1049 とふことを待《ま》つに月日はこゆる木《(ぎ)》の磯《いそ》にや出《い》でゝ今はうらみん

相知《あひし》りて侍《(はべり)》ける人のもとに久《ひさ》しうまからざりければ、「忘草何《なに》をか種《たね》と思《(おもひ)》しは」といふこ

1046 筑紫にある染河を渡るように、あなたを思い初(そ)めて渡って行ったならば、水ならぬ、「見つ」ということが多くなるでしょうか。とどこおる時はなくなって。○筑紫なる思ひ染め河 「染河」は福岡県の太宰府にある川。ここは「思ひ初め」の意を表わす。○水やまさらん 「水」に「男女が逢った」という意の「見つ」を掛ける。○淀む時なく 水量が多くて川の流れがとどこおらないこと。男女関係がスムーズに展開する意を掛ける。

1047 渡ると浮気になるという染河のように、あなたと関係ができてしまいますと、あれこれ心を尽くして苦しむことになりそうで気がかりです。○渡てはあだになるてふ染河 伊勢物語六十一段に用いられている古歌「染河を渡らん人のいかでかは色になるてふことのなからむ」によるか。○心づくしに 「心尽くし」と地名の「筑紫」を掛ける。○なりもこそすれ なるといけないから。「もこそ」は懸念を表わす。

1048 花盛りを来ないままに過ごしてしまったあなたはつれないお方ですが、花だけではなく、葉、すなわちおっしゃったお言葉まで、このように空しくはなさらないでしょうね。○つらけれど つれないけれども。○事の葉をさへ 「花だけではなく、葉まで」という気持。○かくしやはせん 「斯くしやはせん」。このようにするのだろうか、しないはずだ。「やは」は反語。

1049 訪ね来ることを待っていると、月日は越えてしまいますので、ゆるぐ(動揺する)という名を持つこゆるぎの磯に出て、今は浦を見ましょうか。怨みましょうか。○月日はこゆる木の 「月日は越ゆ」と「こゆるぎ(小余綾)の磯」を掛ける。→七三四。○磯にや出でて 「浦見」の縁語で表現した。○うらみん 「浦見ん」と「怨みん」を掛ける。

とを言《い》ひつかはしたりければ　　よみ人しらず

1050 忘草名をもゆゝしみかりにても生《お》ふてふ宿《やど》はゆきてだに見じ

返し

1051 うきことのしげき宿《やど》には忘草植へ《（ゑ）》てだに見じ秋ぞわびしき

女ともろともに侍《（はべり）》て

1052 数知《かずし》らぬ思ひは君にある物を置き所なき心地こそすれ

返し

1053 置《を》き所なき思ひとし聞《き》きつれば我にいくらもあらじとぞ思《（おもふ）》

1050 忘草は、名がまた不吉でありますので、一時的にせよ、それが生えているという家には、行ってみようとも思いませんよ。○久しうまからざりければ　男が長い間、女を訪ねて行かなかったので。○忘草何をか種と思ひしは…　古今集・恋五の素性法師の歌「忘草何をか種と思ひしはつれなき人の心なりけり」という歌を女が手紙に書きつけ、男のつれなさを怨んだのである。○ゆゝしみ　不吉なので。▽つれないあなたのお心を種にして忘草が生えると言って来た女に対して、忘草が生えているとおっしゃるあなたの所へ行くと忘れられてしまうといけないので行かないと応じているのである。

1051 つらいことの多い我が家には、忘草なんて植えてみようとも思いません。秋、あなたに飽きられた時がつらいものですから。○しげき宿　多い我が家。「やど」は上代には「屋外」すなわち庭のことだったが、この時代には「宿」「家」と解してよい。○秋ぞわびしき　「飽き」を掛け、あなたに飽きられた時につらい思いをすることになろうと言っているのである。▽忘草を持ち出しましたが、忘草を植えているわけではありませんし、これから植えようとも思いません、あなたに飽きられる時のことを思いますと…と古今集・秋上の平定文の歌「今よりは植ゑてだに見じ花薄穂に出づる秋はわびしかりけり」を利用して応じているのである。

1052 数えられないほど恋い慕う私の思いはすべてあなたのもとに行ってしまっていますが、そのあなたが傍にいらっしゃるので、どちらにあるのかわからない気持がすることでありますよ。○数知らぬ思ひ　五四三・五七八に見られるように、人を恋い慕うことの甚だしい場合に言う。○置き所なき心地…　二人が共にいるので、どちらに思いが

元長の親王《みこ》に夏の装束《さうぞく》して贈《をく》るとて、そへたりける

南院式部卿の親王《みこ》の女《むすめ》

1054 我《わ》がたちて着《き》るこそうけれ夏衣おほかたとのみ見べき薄《うす》さを

久《ひさ》しうとはざりける人の、思《(おもひ)》出《い》でて《ゝ》、「今宵《こよひ》まうで来《こ》む。門鎖《かどさ》さ《ゝ》で、あひ待《ま》て」と申《(まうし)》て、まで来《こ》ざりければ

よみ人しらず

1055 八《や》重葎《へむぐら》鎖《さ》してし門《(かど)》を今更に何にくやしくあけて待《ま》ちけん

人を言《い》ひわづらひて、異《こと》人に逢《あ》ひ待てのち、いかゞありけん、初《はじ》めの人に思《(おもひ)》かへりて、程《ほど》経《へ》にければ、文《ふみ》はやらずして、扇に高砂《たかさご》の形《かた》

置かれているのかわからないと言っているのである。

1053 「置く所がない思い」というお言葉を聞いてしまいましたので、あなたの思いが私に幾らも寄せられているわけがあるまいと思ってしまうことですよ。▽自分の思いの全部を寄せてしまったあなたが共にいるのでまったく隔てがない思いですと言ったのに対して、私に対しては、それほど「思ひ(情熱)」が寄せられているように思えませんと言っているのである。

1054 私が裁ってあなたが御着用になるのはつらいことでありますよ。とおりいっぺんとだけ見られそうな薄さのこの衣をあなたにお贈りしますのは。○夏の装束して　夏用の装束を調えて。○そへたりける　添えた歌。○おほかた　一般的。通りいっぺんの。▽夏衣の薄さが相手の愛情の薄さにつながらないか心配だと言っているのである。

1055 長い間お訪ねいただけないゆえに、八重葎に閉ざされているように、ぴったりと閉ざされてしまっていた我が家の門を、悔しいことですが、今更、どうして開けて待っていたのでありましょうか。○今宵まうで来む。門鎖さであひ待て　今宵参りましょう。門を閉ざさないで私を待ちなさい。「あひ待て」は「相手を待て」の意。○八重葎鎖してし　人が訪ねて来ないので雑草が幾重にも生い茂って門を鎖していた状況。▽「今さらにとふべき人も思ほえず八重葎して門させりてへ」(古今集・雑下)を下に敷いて、「門を閉ざしていればよかったのに、どうして開けて待っていて、その結果、空しい思いをしたのだろうか」と言っているのである。

描《か》きたるにつけてつかはしける　　源庶明《(もろあきら)》朝臣

1056 さをしかの妻《つま》なき恋《こひ》を高砂の尾上《おのへ》の小《こ》松聞《きゝ》きも入《い》れなん

返し　　よみ人しらず

1057 さをしかの声高砂に聞《きこ》えしは妻《つま》なき時の音《ね》にこそ有《(あり)》けれ

思ふ人にえ逢《あ》ひ侍らで、忘《わす》られにければ

1058 せきもあへず涙の河の瀬《せ》を早《はや》みかゝらむ物と思《(おもひ)》やはせし

題しらず

1059 瀬《せ》を早《はや》み絶《た》えずながるゝ水よりも絶《た》えせぬ物は恋《こひ》にぞ有《(あり)》ける

1056 牡鹿が妻を恋い慕って鳴く声を高砂の尾上に生えている小松も聞き入れてほしいものです。未だ妻がなくて恋しく思っている私の声を、あなたも聞き入れていただきたいものです。〇人を言ひわづらひて　女に言い寄ることがうまくゆかずに。〇異人に逢ひ侍てのち　他の女と関係を持った後に。〇初めの人に　最初の女に。〇程経にければ　あまりに御無沙汰していたので。〇高砂の形　播磨の国高砂の景。古今集・九〇八や九〇九のように松の名所であるが、同二一八の「高砂の尾上の鹿は今や鳴くらん」に見られるように鹿の名所でもあった。扇には丘陵に松と鹿が描かれていたのであろう。〇尾上の小松　女を喩える。

1057 牡鹿の声が高く、この高砂に聞こえたのは、妻がいない時の声であったのですね。他に妻をお持ちの時には何もおっしゃいませんでしたよ。〇声高砂に　「声高く」と「高砂に」を掛ける。〇妻なき時の音にこそ有けれ　詞書の「異人に逢ひ侍てのち、…初めの人に思ひかへりて」とあるように、「他に妻がいる時には、そんな声は聞こえませんでしたよ」と皮肉っているのである。

1058 堰き止めることの出来ぬほどに流れる涙の河の瀬が早く激しく流れるので、かかる物があるとは思いもしませんでしたよ。こんなに早く忘れられてしまうものとは思いもしなかったことでありますよ。〇せきもあへず　「涙をとめることができないほどに」の意と「河を堰き止めることができないほどに」の意を掛ける。〇かゝらむ物と　河の堰に「かかる」という意と「斯くあらん」の意の「かかる」を掛ける。〇思やはせし　思っただろうか、思いはしない。

1059 瀬の流れが早いので、絶えず流れる水―絶えず泣かれる涙の水よりも、絶えることのないものは、あなたに対する私の恋の火でありますよ。

1060
恋《こ》ふれども逢《あ》ふ夜《よ》なき身は忘草夢地《(ゆめぢ)》にさへや生《お》い《(ひ)》繁《しげ》るらん

1061
世中《(よのなか)》のうきはなべてもなかりけり頼《たの》む限《(かぎり)》ぞ怨《(うらみ)》られける

頼《たの》めたりける人に

1062
夕《ゆふ》されば思ひぞ繁《しげ》き待《ま》つ人の来《こ》むや来《こ》じやの定《(さだめ)》なければ

女につかはしける　　　　源善《よし》の朝臣

1063
厭《いと》はれて帰《かへ》りこしぢの白《しら》山は入《い》らぬに迷《(まどふ)》物にぞ有《(あり)》ける

○絶えずながるゝ　「流るる」と「泣かるる」を掛ける。○水よりも　「水」は「河の水」と「涙の水」を掛ける。○恋　「こひ」に「火」を隠す。▽「瀬を早み絶えず流るる水よりも尽きせぬ物は涙なりけり」(拾遺集・恋五)との前後関係は不明。

1060　これほどまで恋い慕っているのに逢う夜がない我が身は、せめて夢の中ででも逢いたいと思うのだが、その夢路にさえ、忘草が生い繁っているのでしょうか。逢うことができませんよ。▽恋い慕っていると、相手の人が夢の通路を通って来てくれるかと思っていたのだが、その通路にも忘草が生い繁っているのか、来てくれないと嘆いているのである。古今集・恋五・七六六と重出。ただし、諸本とも第二句は「あふ夜のなきは」。

1061　男女の間のつらさということは、一般的なことでもないのですよ。ただ私が頼りにした人すべてが、自然に怨めしく思われてくるだけのことなのですよ。○世中のうきは　男女の間のつらさは。○なべてもなかりけり　「なべて…なし」は「普通ではない」「特殊な場合である」の意。○怨られける　「られ」は自発の助動詞。

1062　夕方がやって来ると、切ない思いが頻りにいたします。待っている人が来るだろうか来ないのだろうか、決まっているものがありませんので。○頼めたりける人に　頼りにしている男に贈った歌。「待つ人」とあるので作者は女であろう。

1063　厭がられて帰って来ました路は、あの越路の白山のように、入らないのにうろうろして、そのまま帰るものでありますよ。○帰りこしぢ　「帰り来し路」に「越路の白山」を掛ける。○入らぬに迷　入らないのにうろうろする。四七〇のように越路の白山は雪が降ると足跡が残らないので迷うが、この女の家も同様に、入らないで迷って帰って来たと言っているのである。

題しらず

よみ人も

1064 人浪《(ひとなみ)》にあらぬ我《わ》が身は難波《なには》なる葦《あし》の根《ね》のみぞ下《した》になかるゝ

1065 白雲のゆくべき山は定《さだ》まらず思ふ方《(かた)》にも風は寄《よ》せなん

1066 世中《(よのなか)》に猶《(なほ)》有明《あけ》の月なくて闇《やみ》に迷《(まどふ)》をとはぬつらしな

「定《さだ》まらぬ心あり」と女の言《い》ひたりければ、

つかはしける

贈太政大臣

1067 飛鳥《あすか》河せきてとゞむる物ならば淵瀬《ふちせ》になるとなどか言《い》はれん

1064 人並みに扱ってもらえない我が身は、難波にある葦の根の下を流れる水のように、音(ね)にだけ出して、こっそり泣かれることでありますよ。○人浪 「浪」はあて字。「人並」。○難波なる葦の根のみぞ… 「根」と「音」を掛け、「泣き声を立てるだけで」の意とする。○下になかるゝ 「下に流るる」と「下に泣かるる」(相手にわからぬままに、こっそりと泣かれる)を掛ける。「るる」は自発の助動詞「る」の連体形。

1065 白雲が中空に浮かんでいて寄って行くべき山も定まらないようです。私が思っている人の方に風は吹き寄せてほしいものです。▽不特定の女性に思いを寄せているのではない。自分が思っている人がどこにいるのかわからないので、風の便りによってでもお導きくださいと言っているのである。

1066 空には有明の月が出ていますが、私達の間には、やはり有明の月なんてなく、ずっと闇に迷って苦しんでおりますが、そんな私を訪ねて来てくださらぬあなたは、全くつれのうございますよ。○世中に この男女の世界において。○つらしな つれないことであるよ。▽古今集・六九一や本集・一〇三二のように有明の月の刻限まで空しく待ったという歌とは違って、有明の月の刻限まで待ったものの、有明の月とは大違いの心の暗さ、ずっと夜の闇に迷っている私を訪ねようともなさらぬつれなさよ…と嘆いているのである。

1067 私の心に喩えなさる飛鳥河が堰き止められるものであれば、例の淵と瀬のように変りやすいなどと言われるはずもないのですが…。あなたをお慕いする私の心は堰き止めることができないのですよ。○定まらぬ心ありと… 私以外の女に心を寄せる浮気な心をお持ちだと女が言ったので。歌から判断すると、「世の中はなにか常なる飛鳥

久《ひさ》しうまかりかよはずなりにければ、十月許《(ばかり)》に、雪の少《すこ》し降《ふ》りたる朝《あした》に言《い》ひ侍《(はべり)》ける

右　近

1068 身をつめばあはれとぞ思《(おもふ)》初《はつ》雪のふりぬることも誰《たれ》に言《い》はまし

源正明《たゞあきら》の朝臣、十月許《(ばかり)》に、常夏《とこなつ》を折《お》りて、贈《をく》りて侍ければ

よみ人しらず

1069 冬なれど君が垣《ゝき》ほに咲《さ》きければむべ常《とこ》夏と恋《こひ》しかりけり

女の、怨《うら》むることありて親《おや》のもとにまかり渡《(わたり)》て侍けるに、雪の深《ふか》く降《ふ》りて侍ければ、朝《あした》に女の迎《むか》へに車《くるま》つかはしける消息《せうそこ》に加《くは》へて

河昨日の淵ぞ今日は瀬になる」(古今集・雑下)を引いて、飛鳥河の淵瀬のようにあなたの心は定まらないと言って来たのであろう。→七五一。○などか言はれん　どうして言われようか、言われるはずもない。▽恋三・七五三の返歌と重出しているが、歌に小異があるだけでなく、女の歌の趣旨も異なっていて、撰集のミスとばかりは言い切れないものがある。

1068 我が身をつねってみると、しみじみと生きているつらさが実感されます。初雪が降っていますが、古くなってしまった私の有様を誰に言えましょうか。誰にも言えませんので。○まかりかよはずなりにければ　男がやって来なくなったのである。○身をつめば　「つめ」は四段活用の動詞「抓(つ)む」の已然形。つねること。○ふりぬること　「降りぬる」と「古くなる」という意の「旧りぬる」を掛ける。▽「程もなく消えぬる雪はかひもなし身をつみてこそあはれと思はめ」(拾遺集・恋二)という中務の歌はこの影響を受けた最も早い例であろう。

1069 今は冬でありますが、あなたの所で咲いたものですから、なるほど、夏がずっと変らず続いているかのように、ずっといつまでも心引かれて恋しく思うことでありますよ。○常夏　「撫子(なでしこ)」の異名。夏の間ずっと咲いていることからその名がついた。○冬なれど　陰暦では十月から冬である。○垣ほ　垣のことだが、垣根に比べて高い方に焦点をあてる場合に用いる。○むべ　なるほど…。だから…。○常夏と　「常夏」に「常なつかし」を掛ける。

つかはしける

兼《かね》輔《すけ》の朝臣

1070 白雪の今朝《けさ》はつもれる思ひ哉《(かな)》逢《あ》はでふる夜の程《ほど》もへなくに

返し

よみ人しらず

1071 白雪《しらゆき》のつもる思ひもたのまれず春よりのちはあらじと思《おも》へば

心ざし侍《(はべる)》女、宮仕《みやづか》へし侍《(はべり)》ければ、逢《あ》ふこと難《かた》くて侍けるに、雪《ゆき》の降《ふ》るに、つかはしける

1072 我《わ》が恋《こひ》し君があたりを離《はな》れねば降《ふ》る白雪も空《そら》に消《き》ゆらん

返し

1073 山隠《がく》れ消《き》えせぬ雪のわびしきは君まつの葉《は》にかゝりてぞふる

1070 白雪が積もっているように、今朝は積もっているあなたへの思いでありますよ。逢わないで過ごした夜がそんなに続いてはいないのに。○女の「まかり渡て侍けるに」に続く。兼輔を怨むわけがあって親の許に帰っていたのである。○車つかはしける消息に… 車を派遣して迎えに行かせた手紙にこの歌を添えたのである。○つもれる 白雪が積もっているように、あなたに対する私の思いが積もっている。○逢はでふる夜 「ふる」に「逢はで経(ふ)る夜」と「雪が降る夜」を掛ける。

1071 「白雪のように積もる思い」とおっしゃいましても頼りになりません。どうせ春より後は消えてなくなってしまうだろうと思いますので。▽古今集・雑下の凡河内躬恒の歌「君が思ひ雪と積もらばたのまれず春よりのちはあらじと思へば」を改作して贈答に仕立てあげたのであろう。兼輔集は諸本とも返歌を持たない。

1072 私の「恋の火」は、あなたのあたりを離れませんので、降る白雪も地上までとどかずに、空で消えてしまっていることでしょう。○我が恋し 「恋(ひと)」の「ひ」に「火」を掛ける。→九六九。「し」は強意の助詞。坊門局筆本・承保本・正徹本は「は」とある。○君があたり あなたの周辺。あなたが生活している所。○空に消ゆらん 落ちるまでの間に空中で消えているのであろう。

1073 山の蔭にあって消えない雪が最も切なく感じられるのは、あなたを待って松の葉にかかったままで消えずに残っている私のような場合でありますよ。隠棲している私の周りの雪は、おっしゃるようには消えてはいませんよ。○山隠れ 山の蔭にあって太陽があたらないので雪が消えないと言っているのであるが、女自身も「山隠れ」すなわち隠棲しているポーズをとっているのである。○君まつの葉に 「君待つ」と「松の葉」を掛ける。

物言《い》ひ侍ける女に、年の果《は》ての頃《ころ》ほひ、つかはしける

藤原時《とき》雨《ふる》

1074 あらたまの年は今日《けふ》明日《あす》越《こ》えぬべし相坂《(あふさか)》山を《(お)》我やをくれん

「松の葉にかかれる雪」は四七五・四九二にもある。○ふる　「(雪)降る」と「人生を過ごす」意の「経(ふ)」の連体形「ふる」を掛ける。▽兼盛集に、心身衰弱して山寺で癒している時、見舞いに来ると言って来ない人を待って詠んだ歌として小異のある歌が見える。一〇七〇・一〇七一の場合と同様に既成の歌を利用して贈答に仕立てあげたのであろう。

1074 新しい年は、東から来て今日明日のうちに逢坂山を越えるに違いありません。あなたに逢うことにおいて、私も遅れてはいられません。○あらたまの　本来は「年」にかかる枕詞であったが、「あら」が「新た」に通じると解されて「あらたまの年」で「新年」の意としても用いられた。ここもその例。○我やをくれん　私が遅れてよいものか、遅れられません。▽「相(逢)坂山」は、男女が「逢う」という意をこめて詠まれるのが当時一般的であったが、これに加えて、五行説では春は東方にあたるので、新春は逢坂山を越えて東国から来る。それとともに私も逢坂山―逢う一線―を越えてあなたへの思いを成就したいと言っているのである。→一三〇三。

後撰和歌集巻第十五

雑　一

仁和のみかど嵯峨の御時の例にて芹河《せり》に行幸したまひける日

在原行平朝臣

1075
嵯峨の山みゆきたえにし芹《せり》河の千世《(ちよ)》の古道《ふるみち》あとは有《(あり)》けり

おなじ日、鷹飼《たかゞ》ひにて、狩衣《かりぎぬ》のたもとに鶴《つる》の形《かた》を縫《ぬ》ひて、書《か》きつけたりける

1075　嵯峨天皇の行幸が絶えてしまっていたこの芹河にも、ずっと以前の古い道の跡は残っております。嵯峨天皇の遺風は絶えることなく、この仁和の帝まで続いていたことでありますよ。〇仁和のみかど　仁和年間の帝である光孝天皇。〇嵯峨の御時の例にて　嵯峨天皇の芹河遊猟は、弘仁元年(八一〇)十二月に始まり、以後ほとんど毎年のように十二月に行われている。なお、類聚国史によれば、光孝天皇の芹河行幸は仁和二年(八八六)十二月十四日のこと。〇嵯峨の山　嵯峨天皇を山に喩えた。大漢和辞典などが言うように王を山に喩える例は古代中国から多い。〇千世の古道…ずっと昔からの古道が残っている。「道」に道路の意と帝王の道の意を掛け、名王であった嵯峨帝の理想が今に残っていると、尚古の心を表わした。▽光孝天皇の前の清和・陽成の二帝は殺生を嫌い鷹狩を行わなかった。光孝天皇がそれを復活したのは、尚古主義と言ってよかろう。

1076 翁《おきな》さび人なとがめそ狩衣《(かりごろも)》今日《けふ》許《(ばかり)》とぞたづも鳴《な》くなる

行幸の又の日なん致仕《(ちじ)》の表たてまつりける

紀友則まだ官《つかさ》たまはらざりける時、事《こと》のついで侍《(はべり)》て、「年はいくら許《(ばかり)》にかなりぬる」と問《と》ひ侍ければ、「四十余になんなりぬる」と申ければ

贈太政大臣

1077 今までになどかは花の咲《さ》かずして四十年《よそとせ》あまり年ぎりはする

返し

とものり

1078 はる〳〵の数《かず》は忘《わす》れず有《(あり)》ながら花咲《さ》かぬ木をなにに植《う》へ《(ゑ)》けん

1076 年寄くさいと、皆さんとがめないでください。狩衣を着るのも「今日だけだよ」と鶴も鳴いているのですから。○書きつけたりける　狩衣の袂の鶴の模様のそばにこの歌を書きつけたのである。○翁さび　年寄くさいと。「…さぶ」は、「…の属性を発揮する」の意。○狩衣今日許とぞ　狩衣を着るのも今日だけだと。「今日は狩とぞ」を掛ける。○たづも鳴くなる　「なる」は耳から聞いたことを確認した気持を表現する。○致仕の表　職を辞して引退する願書。辞表。行平の致仕は仁和三年(八八七)四月十三日で仁和二年十二月十四日の芹河行幸の「又の日」(翌日)ではない。歌語りとして伝承されていたものからの採録であろう。なお、伊勢物語一一四段ではこの歌を利用した物語化が見られる。

1077 今迄にどうして花のように咲き栄えることもなく、四十余年にもわたって、実も結ばないままにいたのか。○まだ官たまはらざりける時　友則は寛平九年(八九七)に土佐掾になっているから、それ以前のことか。○と問ひ侍ければ　底本「と」を脱す。同系の諸本によって補う。○年ぎり　雑三・一九七の歌にも例があるが、本来は樹木の実がその年に限ってならぬこと。転じて物事が切れて途絶してしまうこと。

1078 毎春毎春、春は忘れずに数多くやって来ていましたのに、あなたは、このように私のような花の咲かない木をどうしてお植えになったのでしょうか。○はる〳〵の　毎春毎春の。○数は　やって来る春の数は。○なにに植へけん　どうして植えたのだろうか。▽毎年毎年、春の除目の時に、このような花の咲かない状態で、どうして放置なさっていたのですか…と、逆に質問しているところに、権力者藤原時平に親しく物申せる専門歌人友則の立場が看取される。

外吏にしば〱まかりありきて、殿上下《お》りて侍《(はべり)》ける時、兼輔《かねすけ》の朝臣のもとに送《をく》り侍ける

平中興

1079 世とと《ゝ》もに峰へ麓《ふもと》へ下《お》り上《のぼ》り行《ゆ》く雲の身は我にぞ有《(あり)》ける

まだ后になりたまはざりける時、かたはらの女御たちそねみたまふ気色《けしき》なりける時、みかど御曹司《ざうし》にしのびて立《た》ち寄《よ》りたまへりけるに、御対面《たいめん》はなくて、奉《たてまつ》れたまひける

嵯峨后

1080 事しげししばしは立《た》てれ宵《よゐ》の間《ま》に置《を》けらん露《つゆ》は出《い》でて《ゝ》払《はら》はん

家に、行平朝臣まうで来《き》たりけるに、月のおもしろかりけるに、酒《さけ》らなどたうべて、まかりたゝむとしけるほどに

河原左大臣

1081 照《て》る月をまさ木の綱《つな》に撚《よ》りかけてあかず別《わか》るゝ人をつながん

1079 いつまでも、峰へ昇ったり麓へ降りたりしている雲のような身の上は、ほかでもない私でありますよ。〇外吏　地方官。〇まかりありきて　あちこち赴任して。「まかる」は聞き手に対して謙譲の意を表す。〇殿上下りて侍ける時　殿上での蔵人としての宮仕えから離れていた時。〇世とともに　この世ある限り。〇峰へ麓へ下り上り　雲が峰にかかったり麓へ降りたりする有様を殿上人になったり地方官になったりする我が身に喩え、もういいかげんに京官として定着させてくださいよと懇願しているのである。

1080 あまり早くおでまし遊ばすと、噂の種になり過ぎます。今しばらくは入らないで外に立ったままでいらっしゃってください。宵の間に置くでありましょう露は、私が外へ出てお払い申しあげますから。〇まだ后になりたまはざりける時　橘嘉智子が皇后になったのは、弘仁六年(八一五)、三十歳の時。〇御曹司　内裏に与えられた個室。〇事しげし　「言繁し」と漢字をあてる方が適当。口やかましい。噂の種になる。〇出でて払はん　皆が寝静まった後なら私からお出迎えしますから…という気持をこのように表現したのである。

1081 今照り輝いている月を柾(まさき)の蔓(かずら)で作った綱で撚ってかけて、まだ別れたくないのに別れて行こうとする人を繫ぎ留めたいものですよ。〇まさ木の綱に…　はっきりしないが、蔓柾(つるまさき)の古名という「まさきのかづら」で作った強い綱を撚ってあなたにかけて…の意であろう。

1082 限りなくあなたを思う長い思いの綱がもし無いのであれば、柾(まさき)の蔓(かずら)を撚るのは大変でしょうが、私には、限りなくあなたを思う思いの綱がありますので、別れても、絶えずあなたのことを念頭に置いていられます。〇限なき思ひの綱　「限りなき思ひ」と「限りなき綱」を掛ける。

返し　　　　　　　　　　　　　行平朝臣

1082 限《(かぎり)》なき思《おも》ひの綱《つな》のなくはこそまさきのかづら撚《よ》りも悩《なや》まめ

世中《(よのなか)》を思《(おもひ)う》憂じて侍ける頃《ころ》　　　　業平朝臣

1083 住《す》みわびぬ今は限《(かぎり)》と山里《ざと》につま木こるべき宿《やど》求《もと》めてん

「我を知《し》り顔《がほ》に、な言《い》ひそ」と女の言《い》ひて侍ける返事《(かへりごと)》に　　　　みつね

1084 葦引《(あしひき)》の山に生《お》ひたるしらかしの知《し》らじな人を朽木《くち》なりとも

姿《すがた》あやしと人の笑《わら》ひければ

1085 伊勢の海の釣《つり》の浮《う》けなるさまなれど深《ふか》き心は底《そこ》に沈《しづ》めり

八代集抄は漢語「思緒」の訳語かとしている。○撚りも悩まめ　撚ることに苦しむ。

1083 俗世に住むことがつらくなった。今はもう終りだと悟って、薪を刈って生活するような山里の住いを探そう。○つま木こる　焚き木にする小さな木を切る。▽伊勢物語五十九段はこの歌を用いて作られている。ただし第四句は「身を隠すべき」となっている。

1084 山に生えている白橿の木の語呂合せで言うわけではありませんが、あなたの方も私を知らないでしょうね。私が朽ち木のように、はかない者であるということも。○葦引の山に生ひたるしらかしの　拾遺集・冬・人麿「あしひきの山ぢも知らずしらかしの枝にも葉にも雪の降れれば」のように、「あしひきの山」「しらかし」「知らず」を続ける例は多い。○朽木　世に知られず腐ってゆく木。▽「私をよく知っているように人に言わないでほしい」と言って来た女に、「あなたも私を知らないでしょう。朽木のようなあわれな男であることも知らないでしょう」と答えているのである。

1085 伊勢の海での釣に用いる浮子(きう)のように、ふらふらした変な恰好ではありますが、伊勢の海のような深い心は、底に潜んでいるのですよ。○姿あやしと…　「恰好が変だ」と女が笑ったので。「人」は歌の内容と前歌の詞書との連想から女であろう。○伊勢の海の…　「うけ」は浮子(きう)のこと。古今集・恋一「伊勢の海に釣りする海人のうけなれや心ひとつを定めかねつる」のように、ふらふらしていること。この歌に依拠して「伊勢の海」「うけ」「心」などの語を並べるとともに、古今六帖・三の「伊勢の海のちひろの底も限りあれば深き心を何に喩へむ」などによって「深き心」と言っているのである。「沈む」は「うけ(浮子)」の反対語。

太政大臣《おほきおほいまうちぎみ》の白河の家にまかり渡《わたり》て侍《はべり》けるに、人の曹司《ざうし》に籠《こも》り侍て　中務

1086 白河の滝《たき》のいと見まほしけれどみだりに人は寄《よ》せじ物をや

返し　太政大臣《おほきおほいまうちぎみ》

1087 白河《しらかは》の滝《たき》のいとなみ乱《ゝだ》れつゝよるをぞ人は待《ま》つと言《い》ふなる

蓮《はちす》のはい《ひ》をとりて　よみ人しらず

1088 蓮葉《はちすば》のはひにぞ人は思《おもふ》らん世にはこひぢの中に生《お》ひつゝ

相坂《あふさか》の関に庵室を作《つく》りて住《す》み侍けるに、行《ゆ》き交《か》ふ人を見て　蟬丸

1086 白河の滝の糸はたいへん見とうございますが、糸が乱れるのならともかく、みだりに近くに人は寄せたくないものですので…。○太政大臣　藤原忠平。○白河の家　貞信公の白河殿。白河は京都の白河に沿った地で、鴨川と東山の間。今の粟田口の北、北白河の南。○人の曹司に籠り侍て　他の女房の個室に籠って貞信公と対面しなかったのである。○いと見まほしけれど　「いと」は「糸」と程度副詞の「いと」を掛ける。○みだりに　「糸」の縁語としての「乱る」を掛ける。○物をや　「を」も「や」も間投助詞。「…ですのでねえ」というような気持を表わす。

1087 白河の滝の糸ならぬ私の営みは乱れに乱れていますので、「撚(よ)る」の連想で、「夜になって逢うのを待っている」とあなたはおっしゃっているようですね。○いとなみ乱れつゝ　糸の縁語で「いとなみ」「乱れ」「撚る(夜)」と言っているのである。○待つと言ふなる　「夜」の縁語で「松(松明=たいまつ)」と「待つ」を掛ける。▽最高権力者である貞信公が宇多上皇や兄の時平・仲平の愛を得た伊勢の娘である中務に関心を示して自邸へ招いた時の歌である。中務の堂々とした態度が示されていて興味深い。

1088 まるで蓮根みたいだと人は思うでしょうよ。この世においては泥中(こひぢ)ならぬ恋路(こひち)にずっと生えている私なので。○蓮のはい　蓮の蕊。つまり蓮根のこと。○世にはこひぢの　「恋路」と「こひぢ(泥)」を掛ける。○世にはこひぢの　▽蓮根を手にして、「恋路に惑う私はまるでこの蓮根のよう」と詠んでいるのであるが、古今集ならば誹諧歌の部に入ってよい歌である。

1089 これが、まさしく、行く人も帰る人もここで何度も別れ、知っている人も知らない人もここで何度も逢うという逢坂の関なのだなあ。○こ

1089 これやこの行《ゆ》くも帰《(かへる)》も別《(わかれ)》つゝ知《し》るも知《し》らぬもあふさかの関

定《さだ》めたる男《おとこ》もなくて、物思侍《(ものおもひはべり)》ける頃《ころ》

小野小町

1090 あまの住《す》む浦漕《こ》ぐ舟のかぢをなみ世を海《(うみ)》わたる我ぞ悲《(かなし)》き

あひ知《し》りて侍ける女、心にも入《い》れぬさまに侍ければ、異《こと》人の心ざしあるにつき侍にけるを、なを《(ほ)》しもあらず、「物言《ものい》はむ」と申《(まうし)》つかはしたりけれど、返事《(かへりごと)》もせず侍ければ

よみ人しらず

1091 浜千鳥かひなかりけりつれもなき人《ひと》のあたりは鳴《な》きわたれども

れやこの　これがまあ…なのだなあ。〇行くも帰るも　旅立って東国へ行く人も見送って京へ帰る人も。〇あふさかの関　「逢ふ」の意を含む。▽中世には「会者定離(えしやじようり)」という仏教的無常観を表わす歌として有名になり百人一首にも採られたが、後撰集では「逢坂の関」という名にこだわって詠んでみた歌として理解するだけでよかろう。

1090 海人が住んでいる浦を漕いでゆく舟が漕ぐための櫂(かい)を無くしたかのように、決まった男もなく、つらい思いをしながら、この世を生きて行く私は悲しいことでありますよ。〇あまの住む　「海人」に男を暗示させている。男が住むあたりへ思いが向けられているのである。〇かぢをなみ　「かぢ」は舟を漕ぐ櫂のこと。方向を定める舵ではない。〇世を海わたる　「世」は男女の生活を表わすと見てよい。「海わたる」は「憂みわたる」を掛ける。▽小町の真作というより古今集・恋四の小町の歌「海人の住む里のしるべにあらなくにうらみむとのみ人の言ふらむ」などの影響によって小町の作として伝承されたものであろう。

1091 やはり甲斐のないことであったよ。浜千鳥がつれない人のあたりを鳴きながら渡って行くように、ずっと泣き続けながらお手紙を書いたのですけれども。〇心にも入れぬさま…　念頭にもおかない様子であるので。〇異人の…　自分に思いを寄せる他の女とつきあっていたが。〇なをしもあらず…　やはりこんなことではなく、元の女に「物を言いたい」と…。「し」「も」は共に強意の助詞。〇浜千鳥　古今集・雑下「忘られむ時しのべとぞ浜千鳥行方も知らぬ跡をとどむる」のように海岸の砂浜に足跡をとどめる「浜千鳥」を筆跡の比喩とし、転じて手紙のこととした。→六三五・六九五。〇鳴きわたれども　浜千鳥が鳴いて渡るのと自分が泣き続けることを掛ける。

法皇寺巡《てらめぐ》りしたまひける、道《みち》にて楓《かえで》の枝《えだ》を折りて

素性法師

1092 この御《み》幸《ゆき》千《ち》歳《とせ》かへでも見てし哉《(がな)》かゝる山伏《ぶし》時にあふべく

西院の后、御髪《(み)ぐし》おろさせ給《(たまひ)》て、行《をこ》なはせ給ける時、かの院の中島《なかじま》の松を削《けづ》りて書《か》きつけ侍《(はべり)》ける

1093 音《をと》に聞《き》く松が浦島《うらしま》今日《けふ》ぞ見るむべも心あるあまは住《す》みけり

斎院の禊《みそぎ》の垣下《(ゑんが)》に殿上の人〴〵まかりて、あかつきに帰《(かへり)》て、馬《むま》がもとにつかはしける

右衛門

1094 我のみは立《(たち)》もかへらぬ暁にわきても置《を》ける袖の露《つゆ》哉《(かな)》

1092 この行幸を千年も変えることなく続けて見たいものです。私のような山伏が今回のようにあたることがあるようにと。〇法皇寺巡りしたまひける　宇多天皇が譲位の翌年、昌泰元年(八九八)十月に吉野の宮滝や竜田山などを廻ったこと。〇千歳かへでも　千歳にわたって変えることなく。「も」は強意。「かへで」は「変えないで」の意の中に、詞書にある「楓」を掛ける。〇かゝる山伏　自分のことを指す。「山伏」は山野に宿って仏道修行する僧。

1093 人づてで聞いていた松が浦島を今日はじめて見ました。なるほど、この地にふさわしく心ある海人(あま)ならぬ尼が住んでいらっしゃるのですねえ。〇西院　淳和天皇の号。その后は嵯峨天皇の皇女正子内親王。〇御髪おろさせ給て　承和九年(八四二)十二月五日のこと(続日本後紀)。〇音に聞く松が浦島　中世以来、陸奥の歌枕とする「松島」の異称か。〇むべも　なるほど。道理で。〇心ある　分別のある、センスがある。〇あまは住みけり　仏門に入った尼と松島に住む海人を掛けた。この御殿の中島は立派で陸奥の松島にも見立てられるぐらいだから、海人ならぬ尼がお住まいになるのがふさわしいと言っているのである。▽素性の歌とするには、時代的に無理。坊門局筆本・堀河本・承保本・正徹本は遍昭の作とし、雲州本・中院本は真静法師の作とする。

1094 私だけは行事が終わってもすぐに立ち帰りもしないで明け方までいるので、他の人と比較にならぬほど、袖の露、あるいは涙が置くことでありますよ。〇斎院の禊　賀茂の祭に先立って四月中の午の日に斎院が務める禊ぎ。〇垣下　行事の際、正客以外の人や舞人・楽人などが控える場所。〇馬　斎院の女房の名。馬内侍か。〇暁　朝まだ月が出ている頃。〇わきても　他と違って特

1095
塩《しほ》なき年、たゞみあへてと侍ければ　　たゞみ

塩《しほ》といへばなくてもからき世中《（よのなか）》にいかであへたるたゞみなるらん

1096
ひたゝれ乞《こ》ひにつかはしたるに、「裏《うら》なんなき、それは着《き》じとや、いかゞ」と言《い》ひたれば　　藤原元輔

住吉の岸とも言《い》はじ沖《おき》つ浪猶《（なほ）》うちかけようらはなくとも

1097
法皇はじめて御髪《（みぐし）》おろしたまひて、山踏《ぶ》みし給《（たまふ）》あひだ、后《きさき》をはじめたてまつりて、女御・更衣、猶《（なほ）》一《ひと》つ院にさぶらひ給《（たまひ）》ける、三年といふになん、みかど帰《かへ》りおはしましたりける、昔《むかし》のごと、同《おな》じ所にて御下《おほむを》ろし給《たま》うけるついでに　　七条のきさき

事の葉に絶《た》えせぬ露《つゆ》は置《を》くらんや昔おぼゆる円居《まどゐ》したれば

別に。○袖の露　露だけでなく、涙で濡れることをも掛ける。▽歌の内容から見て、馬の内侍に歌を贈った右衛門は男性。右衛門尉のことであろう。

1095 「塩…」と言うと、それがなくても、辛い(からい―つらい)この世の中であるのに、どうして味つけのために「ただみ(蓼水)」まで混ぜあわせたのでしょうか。私、忠見など必要のない存在です。○塩なき年　塩が不足した年。○たゞみあへて　「ただみ」は色葉字類抄にいう「蓼水」、日葡辞書にいう「ただみ汁」のこと。蓼(でた)の葉のしぼり汁に味噌を加えた冷たい汁物。「あふ」は他の食物に混ぜ合せて味つけすること。▽塩が不足している年、忠見という名のゆえに、冗談半分で「塩の代りに蓼水を混ぜてほしい」と言われた時に、詠んだ歌である。

1096 住みよいという意を含む住吉の岸に掛けて「着じ」などとは申しません。やはり今後も、沖の浪が岸にうちかけるように、そのひたたれを私にうちかけてください。「浦」ならぬ「裏」はなくても。「うらなく」お願いしてしまいましたが…。○ひたゝれ　後世の武家の常服の「ひたたれ」ではなく、直垂衾(ひたたれふすま)のこと。襟や袖のついた真綿入りの掛け蒲団。○乞ひにつかはしたるに　関係があった女と手を切ろうと思って夜具を返せと言ったのである。○裏なんなきそれは着じとや　女は「裏なし」に、心の内を隠さない意の「うらなし」を掛け、「着じ」、つまり「もう共寝しないつもりでしょう、どうですか」と応じたのである。○住吉の岸とも言はじ　「着じ」とは言うつもりはないと答えるとともに、「あなたの所が住みよい所だとは言いません」の意を含めて「住吉の岸」と言ったのである。▽「住吉の岸」「沖つ浪」「うちかけよ」「浦はなくとも」は縁語。

御返し　伊勢

1098 海とのみ円居《まどゐ》の中はなりぬめりそながらあらぬ影《かげ》の見ゆれば

志賀《しが》の辛崎《からさき》にて、祓《はらへ》しける人の下仕《しもづか》へに、みるといふ侍《(はべり)》けり。大伴黒主そこにまで来《き》て、かのみるに心をつけて言《い》ひたはぶれけり。祓《はらへ》果《は》てて、車《くるま》より黒主《くろぬし》に物かづけける。その裳《も》の腰《こし》に書《か》きつけて、みるに贈《をく》り侍ける　くろぬし

1099 何せむにへたのみるめを思《(おもひ)》けん沖《おき》つ玉藻《たまも》をかづく身にして

月のおもしろかりけるを見て　みつね

1100 昼《ひる》なれや見ぞまがへつる月影を今日《けふ》とや言《い》はむ昨日《きのふ》とや言《い》はむ

1097 お話申し上げている言葉にも涙の露が絶えることなく置いていることでしょうよ。昔を思わせる団欒の時を過ごしましたので。〇法皇はじめて…　出家した宇多法皇が昌泰三年(九〇〇)に金峰山・高野山・竹生島に行幸した時のこと。「山踏み」は仏道修行のための山歩き。〇猶一つ院に　七条にあった亭子院に一緒になって。〇三年といふになん　出家の年(昌泰二年)の翌々年。延喜元年(九〇一)。〇御下ろし給うける　食事の御下がりをいただく意だが、一緒に食事をすることと見てよい。〇事の葉　言葉。「露・置く」は「葉」の縁語。〇円居　円をなして座り、団欒の時を過ごすこと。

1098 円をなして座った場が涙で海のようになってしまったようです。その人でありながらその人でないような、変ったお姿になってしまわれましたので。〇海とのみ　后が懐旧の涙を露に喩えたのに対して、変り果てた御出家のお姿を拝すると、涙は「露」どころでなく、「海」に喩えるべきですと応じたのである。〇そながらあらぬ　そのようでありながら、そのようでない。剃髪して僧衣を着ている様を言う。

1099 どうして、水際の海松布(みるめ)に思いを寄せたのでしょうか。沖の藻をとるべき立場でありながら。〇志賀の辛崎　滋賀県大津市下坂本辛崎。〇祓しける人　身分の高い女性であろうか。〇車より…　その身分の高い女性が黒主に禄を下賜したのである。〇裳の腰　表着(うわぎ)の腰にあてて後ろに引く裳の部分。〇へたのみるめ　波打ちぎわに生えている海松布。〇沖つ玉藻を…　沖の藻を潜って取る身でありながら。「玉藻」は藻の美称。「かづく」は潜水すること。「藻」に「裳」を掛ける。▽「みる」という呼び名の女性に思いを寄せた歌。

五節の舞姫《まひゝめ》にて、もし召《め》し留《とゞ》めらるゝ事やあると思侍《(おもひはべり)》けるを、さもあらざりければ
藤原滋包《(しげかね)》がむすめ

1101 くやしくぞ天《あま》つ乙女《をとめ》となりにける雲地《(くもぢ)》たづぬる人もなきよに

太政大臣の、左大将にて、相撲《すまひ》の還饗《かへりあるじ》し侍ける日、中将にてまかりて、事終《ことをは》りて、これかれまかりあかれけるに、やむごとなき人二三人許《(ばかり)》とゞめて、客人《まらうど》、主《あるじ》、酒《さけ》あまたゝびの後《のち》、酔《ゑひ》にのりて、子《こ》どもの上《うへ》など申《(まうし)》けるついでに
兼輔朝臣

1102 人の親《おや》の心は闇《やみ》にあらねども子を思《(おもふ)》道にまどひぬる哉《(かな)》

女ともだちのもとに、筑紫《つくし》より挿《さ》し櫛《くし》を心ざすとて
大江玉淵朝臣女

1103 難波《なには》潟《がた》何にもあらず身をつくし深《ふか》き心のしるし許《(ばかり)》ぞ

1100 昼であるからこんなに明るいのだろうかと錯覚してしまった月の光を見て、次に昼になった時に、今日だったと言おうか、昨日だったと言おうか、迷ってしまうよ。○昼なれや 昼であるから見誤ったのか…とも解し得るが、以下に続かない。「昼であるからこんなに明るいのだろうか」と解した。▽古今集の巻頭歌「年の内に春は来にけりひととせを去年(こぞ)とや言はむ今年とや言はむ」(在原元方)を真似た歌。

1101 残念な形で天つ乙女になってしまったものです。雲の通い路を通って訪ねて来てくださる人とてない時でしたのに。○五節の舞姫にて 大嘗会には公卿の子女二人、殿上人や受領の子女三人を舞姫として五節の舞を舞わしめた。○もし召し留め… ひょっとしてそのまま帝の側に侍ることがあるかもしれないと思って。五節の舞姫に召されてそのまま入内した二条后などがその前例。○雲地たづぬる… 「雲地」は「雲路」のこと。雲の上の人である天子のことを意識した表現。

1102 親の心は、闇というわけでもないのに、他のことは何も見えなくなって、子を思う道にただ迷ってしまっております。○太政大臣の左大将にて 太政大臣藤原忠平が左大将で兼輔が中将であったのは延喜十六年(九一六)から延長四年(九二六)の間。○相撲の還饗 →三四八詞書。○まかりあかれけるに 解散した時に。○客人主 客人と主人方と。相撲の節会に勝った方の大将が中少将を招いて還饗(かえりあるじ)をするのである。○人の親の心 「人の親」で一語。親心。○まどひぬる哉 「惑ふ」は「道」の縁語。▽大和物語の四十五段では、兼輔が醍醐天皇の御息所となった娘桑子のことを案じて帝に奉った歌となっている。

1103 この櫛は何ほどの物ではございません。身を尽くしてあなたのことを思う私の深い心を示

元長の親王《みこ》の住《す》み侍《(はべり)》ける時、手《て》まさぐりに、何《なに》入《い》れて侍ける箱《はこ》にかありけん、下帯《したをび》して結《ゆ》ひて、又来《こ》む時にあけむとて、物《ものゝ》のかみにさし置《を》きて、出《い》で侍にける後《のち》、常明《つねあきら》の親王《みこ》に取《と》り隠《かく》されて、月日久《ひさ》しく侍て、ありし家に帰《かへ》りて、この箱《はこ》を元長《もとなが》の親王《みこ》に送《をく》るとて

中務

1104 あけてだに何にかは見む水《みづ》の江《え》の浦島《うらしま》の子《こ》を思《(おもひ)》やりつゝ

忠房朝臣、摂津守《つのかみ》にて、新司治方《はるかた》が設《まう》けに、屛風調《てう》じて、かの国《くに》の名ある所〳〵絵《ゑ》に書《かゝ》せて、さび江といふ所にかけりける

たゞみね

1105 年をへて濁《にご》りだにせぬさび江《え》には玉も帰《(かへり)》て今ぞすむべき

すしるしばかりの物でございます。○挿し櫛　かんざしとして挿す櫛。○心ざすとて　心をこめて贈物をすると言って。○難波潟　大阪の海岸。「何にもあらず」を言い出すための序詞。大和物語の一四六段によれば、摂津の鳥飼近くに住む遊女に大江玉淵朝臣の女と称する者がいたことが知られる。○身をつくし　身を尽くして思う心と難波の名物である澪標（みおつくし）を掛けて「難波潟」と縁語仕立てにするとともに、「つくし（筑紫）」を響かせた。

1104 今さら箱をあけて何のために箱の中を見ましょうか。あの水の江の浦島の子のように、思いがけないほどの時間的断絶が出来てしまったことをつらく思うのです。○住み侍ける時　中務の許に夫として住んでいた時。○手まさぐりに　手でもてあそぶために。○下帯して結ひて　下帯を使って結んで。○物のかみにさし置きて…　特に何ということもない物の上にそれとなく置いて。○常明の親王に取り隠されて　中務が常明親王に誘拐され行方不明になっていたのである。○水の江の　本来は地名であっただろうが、ここでは「浦島の子」にかかる枕詞。万葉集・巻九に「みづのえの 浦の島子が 鰹釣り 鯛釣り誇り」とあるように「水の江の浦」の「島子」だったのが、「水の江の浦島の子」と続いてしまったのである。

1105 何年たっても濁りさえしないさび江には、いま新しい国司を迎えて、あの「孟嘗還珠」の故事のように、遠くへ行った玉が再び帰って来て今まさにここに住もうとしているに違いありません。○新司治方が設け　新しい国司の治方を迎えるための準備。○さび江　江とあるから大阪湾のどこかであろうが現在地は不明。○玉も帰て今ぞすむべき　蒙求に見える「孟嘗還珠」の故事。合浦の前の宰守はその浦に産する珠を売って私腹を肥やし

兼輔朝臣、宰相中将より中納言になりて、又の年、賭弓《のりゆみ》の還《かへ》りだちの饗《あるじ》にまかりて、これかれ思《おも》ひ述《の》ぶるついでに

兼輔朝臣

1106 旧里《（ふるさと）》の三笠《みかさ》の山は遠《とを》けれど声は昔のうとからぬ哉《（かな）》

淡路《あはぢ》のまつりごと人の任果《は》てて《ゝ》上《のぼ》りまうで来《き》ての頃《ころ》、兼輔朝臣の粟田《あはた》の家にて

みつね

1107 引《ひ》きて植《う》へ《（ゑ）》し人はむべこそ老《（おい）》にけれ松のこだかく成《（なり）》にける哉《（かな）》

人の女《むすめ》に、源かね木《（き）》が住《す》み侍けるを、女の母《はゝ》聞《き》き《ゝ》侍て、いみじう制《せい》し侍ければ、忍《しの》びたる方にて語《かた》らひける間《あひだ》に、母《はゝ》、知《し》らずして、俄《には》

ていたので、珠がそれを嫌って合浦にいなくなった。ところが、代わって孟嘗が宰守になり、その珠をもって百姓の生活を豊かにしようとしたので珠もまた合浦へ帰って来たという。これを踏まえて、私と違って名受領である治方が赴任して来たので離れていた珠も続々帰って来るだろうと言って、みずからを謙遜するとともに、歓迎の意を表わしたのである。

1106 私にとって懐かしい近衛府は遠い存在になったが、そこから聞こえてくる声は昔どおりで他人事とは思えないことだよ。〇賭弓の還りだちの饗　賭弓に勝った方の近衛大将が自邸で中将・少将などを接待すること。兼輔が近衛の中将から中納言になったのは延長五年(九二七)正月、その年か翌年の賭弓でのこと。主催者は藤原忠平。大将忠平のもとで九年間も中将をしていたので中納言になっても招待されたのであろう。〇これかれこの人あの人。〇三笠の山　奈良の歌枕だが、天皇の御蓋(みかさ)として勤める意から近衛府のことを言うようになった。〇声は　具体的に何を指すかわかりにくいが、近衛府の情報と解しておく。

1107 野から引き抜いてきて植えた私が老いるのは当然だよ。あの松がこんなに大きくなったのだからなあ。〇淡路のまつりごと人　淡路掾。「掾」は守・介に次ぐ三等官。〇粟田の家　兼輔の別荘。拾芥抄によれば、今の京都市左京区神楽岡の北という。〇引きて植へし人　正月の子の日に野から小松を引いて来て植えたか。引いて植えた人は、兼輔のことではなく躬恒自身のこととすべきであろう。

かに行《い》きければ、かね木《(き)》が逃《に》げてまかりにければ、つかはしける

女《(むすめ)》の母《はゝ》

1108 小《を》山田のおどろかしにも来《こ》ざりしをいとひたぶるに逃《に》げし君《きみ》哉《(かな)》

三条右大臣身まかりて翌年《あくる》の春、大臣召《め》しありと聞《きゝ》きて、斎宮のみこにつかはしける

むすめの女御

1109 いかでかの年ぎりもせぬ種《たね》も哉《(がな)》荒《あ》れたるやどに植《う》へ《(ゑ)》て見るべく

かの女御、左のおほいまうちぎみにあひにけりと聞《きゝ》きてつかはしける

斎宮のみこ

1110 春ごとに行《(ゆき)》てのみ見《ゝ》む年ぎりもせずといふ種《たね》は生《お》ひぬとか聞《き》く

1108 山の田の驚(おどろ)かしではないが、別に驚かしに来たわけでもないのに、まるで引板(ひた)を振ったように、たいそうひたぶるにお逃げになったあなたであることよ。○忍びたる方　人に目立たない場所。○俄かに行きければ　二人がこっそり逢っている所へ母が行ったのである。○つかはしける　女の親がかねきに歌を贈ったのである。○小山田　「小(を)」は接頭語。山間の田。○おどろかし　田に来る鹿などを驚かすための道具。鳴子の類。それに動詞「驚かす」の連用形「驚かし」を掛ける。○ひたぶるに　「ひたすらに」の意の「ひたぶるに」と田に来る雀などを驚かす鳴子の意の「引板(ひた)」を掛ける。

1109 何とかして、あの、年によって花が咲かないというようなことのない種を得たいものです。父を失ってこんなに荒れてしまった庭にまいてみようと思いますので。○三条右大臣身まかりて　藤原定方が薨じて。承平二年(九三二)八月四日没。○大臣召し　大臣任命の儀式。二月十三日。○斎宮のみこ　宇多天皇皇女柔子内親王。○むすめの女御　三条右大臣定方の娘能子。醍醐天皇の女御。○年ぎりもせぬ種　年によって花が咲かないことがない種。→一〇七。

1110 春毎にいつもお伺いして拝見したいものです。年によって花が咲かないということもない、あの種が成長したとか聞きましたので。○かの女御　前の歌の作者名をうけて「かの」と言った。○左のおほいまうちぎみに…　左大臣藤原仲平と結婚したと聞いて。前歌で「大臣召し」に女御が関心を持っていたことがこれでわかったのである。大和物語一二〇段は左大臣仲平の大臣昇進に焦点をあてている。

1111 あなたが今迄の四位が着る衣を脱ぎ換えて三位になって濃い紫の衣を着ようなどとは思い

1111 庶明《もろあきら》朝臣中納言になり侍《はべり》ける時、うへの衣《きぬ》つかはすとて　右大臣

思《おもひ》きや君が衣をぬぎかへて濃《こ》き紫の色を着《き》むとは

返し　庶明《もろあきら》朝臣

1112 いにしへも契《ちぎり》てけりなうちはぶき飛《と》び立《たち》ぬべし天《あま》の羽衣

まさたゞが宿直《とのひ》物を取《と》り違《たが》へて、大輔がもとへ持《も》て来《き》たりければ　大輔

1113 ふるさとのならの宮《みや》この始《はじめ》よりなれにけりとも見ゆる衣か

もしませんでしたよ。〇庶明朝臣中納言に…　天暦五年(九五一)正月三十日に権中納言となった。〇うへの衣　束帯の表衣。袍。〇思きや　思っただろうか、全く思いもしなかった…という意。〇濃き紫　令によれば「濃き紫」を着るのは一位に限られ、中納言相当の従三位は薄紫であったが、この時代には三位までが濃紫を着ていたといわれる。▽庶明の中納言昇進には右大臣師輔が大きな役割を果たしたのであろうが、その援助を表面に出さずに、「思ひきや」(予想もしなかった)と言ったところに、師輔の人柄がうかがわれる。

1112 御存じなかったようにおっしゃるが、あなたとは、古い昔から深い契りがあったのですね。まさに天人の羽衣ともいうべきあなたの御衣をいただき、はばたきをして天に飛び立つほど嬉しゅうございます。〇うちはぶき　「うち」は接頭語。「羽ぶく」は羽をふるわせること。〇天の羽衣　天人が着る羽衣。右大臣師輔を天上界の人に見立てた。

1113 今では古い里になってしまった奈良の都の始めからずっと、私たちが馴れ親しんでいたために古くなってしまったように見える衣ですね。〇まさたゞが宿直物を…　「持て来たりければ」に続く。「取り違へて」は挿入句的に持って来た理由を説明したのである。「宿直物」は外泊する時の夜着。大輔の所へ来るために準備したものとは違う使い古したものを持って来たので皮肉ったのである。〇ふるさとのならの宮この…　「ふるさと」は昔なじみの里。なお、「ふるさと」と「ならの都」のつながりは古今集・春下「ふるさととなりにしならの都にも色は変らず花は咲きけり」以来、一般的であった。▽ずっと古くから通っていて使い古した夜具のように見えますね、私たちの関係はそんなに古くないのに…と皮肉ったのである。

返し　　　　　　　　　　　　　雅　正

1114 ふりぬとて思《(おもひ)》も捨《す》てじ唐衣よそへてあやな怨《(うらみ)》もぞする

「世中《(よのなか)》の心にかなはぬ」など申《(まうし)》ければ、「ゆく
さきたのもしき身にて、かゝる事あるまじ」
と人の申侍《(まうしはべり)》ければ　　　　　　　　　大江千里

1115 流《(ながれ)》ての世をもたのまず水の上《うへ》の泡《あは》に消《き》えぬるうき身と思《おも》へば

藤原さね木《(き)》が、蔵人より、かうぶり賜《たま》はりて、
明日《あす》殿上《(てんじやう)》まかり下《お》りむとしける夜、酒《さけ》たう
べけるついでに　　　　　　　　　兼輔朝臣

1116 むばたまの今宵《こよひ》許《(ばかり)》ぞあけ衣あけなば人をよそにこそ見め

1114 古くなったからと言って、見捨ててしまうようなことはしないつもりです。あなたがこの衣に自分をなぞらえて、理不尽にも私を怨むようなことがあるといけないので、念のために申しあげておきます。○ふりぬとて　衣が古くなったからと言って。○思も捨てじ　「思ひ捨つ」は顧みなくなること。→三〇三。○唐衣　「衣」の美称。○あやな　挿入句。わけがわからずに。○怨もぞする　「もぞ」は、懸念の意を示す。

1115 長生きしてよいことがあるなんて期待しません。流れる水の上の泡のように、はかなく消えるつらい我が身だと思っていますので。○世中の心にかなはぬ…　この人生、心のままにならぬことが多いなどと申しあげましたところ。○かゝる事あるまじ　このようなことはありますまい。○流ての世　「水」「泡」など川の縁語。あわせて「永くあるべき世」を掛ける。古今集・恋五「うきながら消ぬる泡ともなりななむ流れてとだにたのまれぬ身は」の「流れて」が「永らえて」を掛け、「うきながら」が「浮き」と「憂き」を掛けながら、「泡」「消」を詠み込んでいるのと同じ。

1116 今夜だけは緋(あけ)の袍を着る五位のあなたと御一緒できますけれども、一夜明ければ、遠い存在としてあなたを見ることになってしまいます。今夜は大いに飲みましょう。○藤原さね木　藤原真興か。大和物語一一九段参照。○蔵人よりかうぶり賜はりて…　六位の蔵人として殿上に出入りしていたが、叙爵して五位になり殿上を去り地方の国守などになったのであろう。○むばたまの　「闇」「夜」などの枕詞だが、ここでは「今宵」にかかる。○あけ衣　五位の着る緋色の衣の意とともに、次の「あけなば」を導く。

1117 帝をお渡しすることもないのに、どうして古くなって見捨てられる長柄の橋にも喩えられ

1117 法皇御《(み)》ぐしおろし給《たま》ひての頃《ころ》　七条后

人わたす事だになきをなにしかも長柄《ながら》の橋《はし》と身のなりぬらん

御返し　伊勢

1118 ふるゝ身は涙の中に見ゆればや長柄《ながら》の橋《はし》に誤《あやま》たるらん

京極の御息所《みやす》、尼になりて戒受《う》けむとて、仁和寺にわたりて侍ければ　敦実《あつみ》の親王《みこ》

1119 ひとりのみながめて年《とし》をふる里《さと》の荒《あ》れたる様《さま》をいかに見るらん

女の「あだなり」と言《い》ひければ　朝綱《あさつな》の朝臣

1120 まめなれどあだ名《な》は立《た》ちぬたわれ《(は)》島寄《じまよ》る白浪を濡衣《ぬれぎぬ》に着《き》て

るように我が身がなってしまったのでしょうか。〇法皇御ぐしおろし給ひての頃　宇多上皇の出家は昌泰二年(八九九)十月二十四日。〇人わたす「渡す」にお渡りいただくの意を含ませ、「こちらへお渡りいただくこともないのに」の意を暗示する。〇長柄の橋　古今集・雑上「世の中にふりぬるものは津の国の長柄の橋と我となりけり」により、「ふりぬる物」(古くなった物)のシンボルとしてよく歌に詠まれた。

1118 年をとって古くなった私の身は、ほかでもない、あなたの涙の中に映って見えるから、あなたが長柄の橋に誤って喩えられることになるのでしょう。〇ふるゝ身は…「身」は我が身、すなわち伊勢のこと。后の涙の中に伊勢の「ふるる身」が映っているために、七条后が古くなったものの象徴である長柄の橋に喩えられると言っているのである。▽伊勢は七条后に仕えるとともに宇多法皇の寵を受けていた。自分の方が古く捨てられた女だと言い合っている状況はその関係がわからなければ理解しにくい。

1119 私一人だけで物思いにふけりつつ年を過ごしているこの法皇ゆかりの里の荒れ果てた様子を、あなたはどのようなお気持で御覧になったのでしょうか。〇京極の御息所…　京極御息所の出家受戒の時期は不明だが、敦実親王は天暦四年(九五〇)二月三日に出家し(日本紀略)、仁和寺宮と呼ばれているから(小右記、紹運録)、それ以後のことであろう。〇仁和寺　京都市右京区御室にある。宇多法皇が晩年を過ごした寺。〇年をふる里「年をふる」と「ふるさと」を掛ける。「ふるさと」は昔生活したゆかりの地。ここでは宇多法皇ゆかりの地をいう。敦実親王は宇多法皇の第八皇子。京極御息所は宇多法皇晩年の愛妻であったから、ともにゆかりの人物である。

あひ語《かた》らひける人の家の松の梢《こずゑ》のもみぢたりければ

よみ人しらず

1121 年をへてたのむかひなしときはなる松の梢《こずゑ》も色変《かは》りゆく

男《おとこ》の女の文《ふみ》を隠《かく》しけるを見て、もとの妻《め》の書《か》きつけ侍《(はべり)》ける

四条御息所女

1122 へだてける人の心のうき橋《はし》をあやう《(ふ)》きまでもふみみ《ゝ》つる哉《(かな)》

小野好古朝臣、西《にし》の国《くに》の討手《うて》の使《つかひ》にまかりて、二年といふ年《とし》、四位にはかならずまかりなるべかりけるを、さもあらずなりにければ、かゝる事にしも指《さ》さ《ゝ》れにける事のやすからぬよしを愁《うれ》へ送《をく》りて侍ける文《ふみ》の返事《(かへりごと)》の裏《うら》に、書《か》

1120 私は浮気だという評判はやはり立ってしまいました。寄って来る白浪によって濡衣を着ていると見られるように、私の場合も全く濡衣なのです。あのたわれ島がなれど　誠実なのだが。○あだ名　変りやすいという評判。○たわれ島　熊本県宇土郡の緑川の河口近くにある島だというが、未詳。○まめ

1121 何年もの間あなたを頼りにして来ましたが、今はその甲斐もありません。永遠に変らないはずの松の梢までも色が変ってゆくのですから。○あひ語らひける人　言葉のやりとりなどをしてかなりの関係になっていた人。○年をへてたのむかひなし　「たのむ」は、完全に夫婦となることを期待する意。現在の関係が持続するばかりか、もう一歩前進することを期待していたのである。

1122 私を隔てているあなたの心のつらい端々を、危うく感じる程に、手紙ですっかり見てしまいましたよ。○もとの妻の書きつけ侍ける　男が隠していた新しい女の手紙の端か裏に書きつけたのであろう。○へだてける人の心のうき橋を　私を隔てているあなたの心のいやな一端を。「うきはし」は水の上に板や舟を並べ浮かせて作る橋。それに「憂き端」(つらい一端、いやな一端)の意を掛ける。○あやうきまでも　「浮いている橋」だから「踏む」のが危ういのである。○ふみみつる哉　「文見つるかな」と「踏みみつるかな」を掛ける。

1123 二年間お逢いしないあなたの身を、五位の緋(あけ)の衣のままであられようなどとは思いもしませんでしたよ。○西の国の討手の使にまかりて　藤原純友の反乱を討伐するために派遣されたのである。小野好古は天慶三年(九四〇)正月に山陽道追捕使に任命されている。○二年といふ年　足かけ二年目。天慶四年にあたる。○かゝる事にし

きつけてつかはしける

源公忠朝臣

1123 玉匣《たまくしげ》ふたとせあはぬ君が身をあけながらやはあらむと思《おもひ》し

返し

小野好古朝臣

1124 あけながら年ふることは玉匣《たまくしげ》身のいたづらになればなりけり

も指されにける事　山陽道追捕使に指名されたこと。○やすからぬよし　心穏やかでないこと。○愁へ送りて侍ける文　小野好古が愁訴して来た手紙。○玉匣　櫛を入れる箱。「玉」をつけて美しく言った。箱には蓋があるので二年(ふたとせ)の枕詞とした。○君が身を　「み」は、箱の「み」(蓋ではなく物を入れる方)の意を掛ける。○あけながらやは　「箱をあける」意と五位の袍の色の緋(あけ)を掛ける。「やは」は反語。思っただろうか、思いもしなかった。

1124 緋の衣を着る五位のままで何年も過ごすことは、我が身が西国なんかに出て、どうしようもない状態に置かれたからです。○玉匣　ここでは箱の身の縁で「身」の枕詞。○いたづらに　空しく。無駄に。山陽道追捕使などに指名されて西国に行ったため我が身を無駄にしてしまった。そのまま都にいれば、きっと四位になっていたのにと言っているのである。▽四位になることは参議になる可能性が生れることで大変なことであった。山陽道追捕使などにならなければよかったのに…と思う小野好古と、好古の心を気遣う公忠のやさしさがよく現れている贈答である。

後撰和歌集巻第十六

雑　二

思《おも》ふ所ありて、前《(さきの)》太政大臣に寄《よ》せて侍《(はべり)》ける　　在原業平朝臣

1125 たのまれぬうき世中《(よのなか)》を歎《(なげき)》つゝ日陰《かげ》に生《お》ふる身を如何《(いかに)》せん

病《やま》ひし侍て、近江《あふみ》の関寺に籠《こも》りて侍けるに、前《まへ》の道《みち》より、閑院の御《ご》、石山にまうでけるを、

1125 何も期待出来ないつらい立場を嘆き嘆き、日陰に生えている草のように陽の目を見ずに生きて来た我が身をいかがいたしましょうか。○思ふ所ありて　寓意があることを示している。○前太政大臣　後撰集撰集開始の僅か前に没した太政大臣藤原忠平ではなく、その前の基経。基経が太政大臣になったのは在原業平の没後だが、最高官位で呼んだのである。○たのまれぬうき世中　「世の中」は自分の置かれている状況。○日陰に生ふる　「おふる」は植物の生長について言う。日があたらぬ状態で栄達しないみずからを、日陰に生えている草に喩えているのである。○身を如何せん　「我が身をいかがいたしましょうか。よろしくお願いいたします」の意。

1126 逢坂の木綿付け鶏にふさわしく夕べの到来を告げて鳴く鳥の音ならぬ私の泣き声を聞きとがめずに行き過ぎてしまわれましたね。○病ひし侍て　敏行が病気になって。○関寺　逢坂の関の近く、滋賀県大津市関寺町にある天台宗の寺。その寺に参籠して加療していたのである。○前の道より　寺の前の道を通って。「より」は「通って」の意。○石山　石山寺。観音信仰の霊場として女性に人気があった。○相坂のゆふつけに鳴く鳥　木綿(ゆう)を付けた鶏。関所に飼われ、旅に関する神事や呪術にかかわったかと思われるが詳細は未詳。古今集のよみ人しらず歌(五三六・六三四)に詠まれているように逢坂の関の景物として有名になっていた。ただ、ここでは「ゆふつけに鳴く」とあって、「夕べを告げる鳥」の意を掛けるとともに、「夕べを告

「たゞ今《いま》なん行過《す》ぎぬる」と人の告《つ》げ侍ければ、追《を》ひてつかはしける　　敏《とし》行《ゆき》の朝臣

1126 相坂《(あふさか)》のゆふつけに鳴《な》く鳥の音《ね》を聞《き》きとがめずぞ行《(ゆき)》すぎにける

前《(さきの)》中宮宣旨、贈太政大臣の家よりまかりいでてあるに、かの家に、「事にふれて日暗《ひくら》し」といふ事なん侍ける　　宣旨

1127 み山より響《ひゞ》き聞《き》こゆるひぐらしの声を恋《こ》ひしみ今も消《け》ぬべし

返し　　贈太政大臣

1128 ひぐらしの声を恋しみ消《け》ぬべくはみ山とほりにはやも来《き》ねかし

げる鳥」のような私…という意になっている。

1127 お山から響くように聞こえて来るひぐらしの声を恋しく思い、「日昏し」と言ってお邸を出て来たことを懐かしく思うあまり、もう今にも死んでしまいそうです。〇前中宮宣旨　以前に中宮のもとで宣旨を伝える役をしていた女房。〇贈太政大臣の家　死後に太政大臣を贈られた左大臣藤原時平の邸に仕えていたのである。〇かの家にあの大臣の家において。〇事にふれて日暗し「その家で流行し何かにつけて口にしていた〈日昏し〉という言葉」と解するのが通説であるが、言葉足らずである。「事に触れて日昏し」つまり「事件に巻き込まれて暗い毎日です」とでもいうような事情があったと解しておく。〇響き聞こゆる　響くように聞こえる。〇ひぐらし　蟬の種類としての「蜩」と「日昏し」と言った日々。〇今も消ぬべし　今にも消え入ってしまいそうです、死んでしまいそうでございます。

1128 ひぐらしの声を恋しく思うゆえに消えてしまうとおっしゃるのなら、ひぐらしの多くいるお山のあたりに早くいらっしゃいよ。〇み山とほり　「とほり」は不明。「ほとり(辺)」の誤りかと見て訳した。〇来ねかし　「ね」は完了の助動詞「ぬ」の命令形。「かし」は念を押す終助詞。▽贈歌・答歌ともに、前提にしている詞書の「事にふれてひぐらし」の意がはっきりしないのでわかりにくいが、贈太政大臣(藤原時平)のもとを離れた宣旨の思いとそれに答える時平の思いを中心にまとめられている。六八の伊勢との贈答から見て、前中宮は伊勢が仕えていた七条の后温子であろう。時平が妹温子のサロンによく出入りしていたことは伊勢集などによってわかるが、その女房であった宣旨をみずからの邸に引き取っていたこともあったのであろう。

河原に出《い》でて祓《はら》へし侍《(はべり)》けるに、大臣《おほいまうちぎみ》も出《い》であひて侍ければ

あつたゞの朝臣の母

1129 誓《ちか》はれし賀茂《かも》の河原に駒とめてしばし水かへ影をだに見む

人の牛を借《か》りて侍けるに、死《し》に侍ければ、言《い》ひつかはしける

閑院の御《ご》

1130 我《わ》がのりし事をうしとや消《き》えにけん草葉《ば》にかゝる露の命は

延喜御時、賀茂臨時祭の日、御前にて、盃《さかづき》とりて

三条右大臣

1131 かくてのみやむべき物かちはやぶる賀茂《かも》の社の万《よろづ》世を見む

1129 かつてあなたにお誓いいただいた、この鴨川の河原で、馬をとめて暫く水を飲ませてください。その間、私は、川面に映るあなたのお姿なりと見ていたいと思いますので。○大臣も　前歌を受けているので、「贈太政大臣」と言わずに簡略化した。藤原時平のこと。○あつたゞの朝臣の母　底本に朱で見せ消ちした行成筆本によれば「あきたゞの朝臣の母」。敦忠も顕忠も時平の子だが、敦忠母は在原棟梁の娘、顕忠母は大納言源湛の娘である。○駒とめて…　古今集・神遊歌の「さゝのくま檜隈(ひのくま)川に駒とめてしばし水かへ影をだに見む」の第三句以下をそのまま用いた。「かへ」は、動物に飲食物を与える意の四段活用の動詞「かふ」の命令形。

1130 私が乗ったことを「憂し(いやだ)」と思って消えてしまったのだろうか。草の葉にかかる露のようにはかないあの牛の命は。○我がのりし　自分が乗った車を引くのに借りたので「我が乗りし」と言った。○草葉にかゝる露の命は　「草の葉にかかる露のようにはかない命」の意だが、牛は草の葉を食べて生きているからこのような言い方がなされたとも言う。▽古今集の元永本や筋切本には巻十九の誹諧歌の巻末近くに「人のうしをつかひけるが、しにければ、そのうしのぬしのもとによみてつかはしける　源宗岳娘」とあり、大和物語の一〇九段では源宗于の娘が源巨城の牛を借りたことになっている。

1131 今回のことだけで終わりにしてよいものではありません。いつまでも勅使の派遣を続けて、賀茂の社の永遠なることを見届けたいものでございます。○延喜御時　醍醐天皇の御時。○賀茂臨時祭　十一月の中の酉の日に行われる。宇多天皇の寛平元年(八八九)十一月二十一日に始まったが、日本紀略などによれば、勅使の派遣はその後暫く

同《おな》じ御時、北野《きたの》の《ゝ》行幸に、みこし岡《をか》にて　　枇杷左大臣

1132 みこし岡《をか》幾十《いくそ》の世ゝに年をへて今日《けふ》の御行《み(ゆき)》を待《ま》ちて見つらん

戒仙が深《ふか》き山寺《でら》に籠《こも》り侍けるに、異《こと》法師まうで来《き》て、雨に降《ふ》りこめられて侍けるに　　よみ人しらず

1133 いづれをか雨とも分《わ》かむ山伏《ぶし》の落《お》つる涙も降《ふ》りにこそ降《ふ》れ

これかれ、逢《あ》ひて、よもすがら物語《がたり》して、つとめて、を《(お)》くり侍ける　　藤原おきかぜ

1134 思ひには消《き》ゆる物ぞと知《し》りながら今朝《けさ》しもを《(お)》きて何《なに》に《ゝ》きつらん

途絶えていて、醍醐天皇の昌泰二年(八九九)十一月十九日に復活した。その時の歌であろう。▽古今集の巻末にある臨時祭が始まった時の歌「ちはやぶる賀茂の社の姫小松よろづ世ふとも色は変らじ」を意識した表現になっている。

1132 御輿岡は、その名のとおり、幾十代にもわたって、永年の間、帝の御輿をお待ちしていて、今日の行幸を感激して見ていることだろうよ。○同じ御時　延喜の御時。○北野の行幸に　鷹狩のために北野へ行幸したのである。日本紀略・延喜十七年(九一七)閏十月十七日、同十八年十月十九日、同二十年十二月九日の条に「天皇幸北野…」とある。北野は今の北野天満宮一帯の野。○みこし岡　現在地不明。帝の「御輿」を掛けて行幸にふさわしい岡の名だと言っているのである。

1133 外に降っているのと、どちらが雨だか判別出来ません。山伏である私めが、深山で修行していらっしゃるあなた様の尊いお姿を拝して感激の余りに流す涙も降りに降っておりますので。○戒仙が深き山寺に…　大和物語二十七段、五十段などによって、戒仙が高く深い山で修行していたことは知られる。○異法師　戒仙以外の法師がやって来たのである。

1134 「陽(ひ)」が出ると霜が消えることは知っていましたが、霜が置いている今朝、私も起きて、何のために帰って来たのでしょうか。帰らずに、「思ひ」のたけの限りを語り合っていたかったことです。○つとめてをくり侍ける　翌朝、家に帰って来てから贈ったのである。▽古今集・恋三の「今朝はしもおきけん方も知らざりつ思ひいづるぞ消えて悲しき」のように、強意の助詞の「し」と「も」に「霜」を掛けて「置く(起く)」「消ゆ」と「霜」の縁語を連ね、「陽」によって霜が消えるゆえに「思ひ」の「ひ」を掛けた表現をとっている。

若《わか》う侍《(はべり)》ける時は、志賀《しが》に常《つね》にまうでけるを、
年老《お》いては参《まい》り侍らざりけるに、参《まい》り侍て　よみ人しらず

1135 めづらしや昔ながらの山の井はしづめる影ぞくちはてにける

宇治の網代《あじろ》に、知《し》れる人の侍ければ、まかり
て　大江興俊

1136 宇治《うぢ》河の浪にみなれし君ませば我も網代《あじろ》に寄《よ》りぬべき哉《(かな)》

院のみかど内におはしましし時、人〴〵に扇
調《てう》ぜさせたまひける、奉《たてまつ》るとて　小弐のめのと

1137 吹《(ふき)》いづるね所高《たか》く聞《き》こゆなり初《はつ》秋風はいざ手《て》ならさじ

1135 珍しいことだよ。長良山へ行く道にある山の井は、昔ながらで少しも変らないが、底に映っている私の沈淪した影だけが、朽ち果ててしまっているように見えることだよ。○志賀　志賀寺と呼ばれていた崇福寺。今はないが、当時は貴族の崇敬を集めていた。○昔ながらの山の井　昔ながらで少しも変らない山の井。「山の井」は古今集・離別歌の「志賀の山越えにて、石井のもとにて、物言ひける人の別れける折によめる」という詞書で見える「結ぶ手のしづくに濁る山の井のあかでも人に別れぬるかな」とある貫之の歌によっているので、長良山にある井とは解さなかった。志賀の歌枕である「長良山」に「昔ながら」を掛けたのである。○しづめる影　沈淪している自分の顔の映影。

1136 宇治河の浪に身を馴らす氷魚ではないが、見馴れたあなたがいらっしゃるのであれば、私も宇治の網代のそばならぬ、あなたのおそばに思い切って寄ってしまうべきなのですね。○宇治の網代に　「網代」は、冬に氷魚をとるために竹などを編んで作った仕掛け。宇治河の名物とされていた。○まかりて　都から出かけて行って歌を贈ったのである。○浪にみなれし君　網代は浪に水馴れているので、「かねて都で見馴れているあなた」を掛けた。○我も網代に寄りぬべき哉　私も氷魚のように網代に近づいて捕われたいと言っているのである。

1137 この扇で作られる風の発生源である寝所では、寝ならぬ音(噂)が高く聞こえるようです。「飽き」を連想させる初めての秋風は、さあこの扇で作らないようにしましょうよ。○院のみかど内におはしましし時　朱雀院が帝位にあって内裏にいらっしゃった時。○人〴〵に　女房達に。○扇調ぜさせ…　扇を作らせたのである。○吹いづる

返し　　大輔

1138 心してまれに吹《(ふき)》つる秋風を山おろしにはなさじとぞ思《(おもふ)》

男《おとこ》の、「文多《ふみおほ》く書《か》きて」と言《い》ひければ　　よみ人しらず

1139 はかなくて絶《た》え南《(なん)》蜘蛛《くも》の糸《いと》ゆへ《(ゑ)》に何にか多《おほ》くかゝんとぞ思《(おもふ)》

鞍馬《くらま》の坂《さか》を夜越《よるこ》ゆとてよみ侍ける

亭子院に今《いま》あこと召《め》しける人

1140 昔より鞍馬《くらま》の山といひけるは我《わ》がごと人も夜《よる》や越《こ》えけん

男《をとこ》につけて陸奥国《みちのくに》へ女《むすめ》をつかはしたりけるが、
その男《おとこ》心変《かは》りにたりと聞《き》き《ゝ》て、「心うし」と

ね所　風が吹き出す原点。根元。寝所の意を掛けたのであろう。○高く　声高に。○初秋風　涼しい初秋風に「最初に飽きる」という意を加える。○いざ手ならさじ　さあ、手馴れたものにしないでおこう。▽恋歌仕立てで戯れてみるのが、宮廷社会での会話の妙である。

1138 この扇によって珍しく吹いて来るようになった秋の涼しい風を、注意して、木々を散らせる烈しい山颪にはなすまいと思うことです。▽朱雀院の立場に立って大輔が代りに返歌したのであろう。涼しい秋風は必要だろうが、木々を枯れさせ散らせる山颪にならないように注意しましょうと答えたのである。「枯れ」と「離(か)れ」の掛詞を前提にしながら、表面に出さなかったのがポイント。

1139 あなたと私は今にも切れてしまう蜘蛛の糸のような、はかない関係でありますゆえに、蜘蛛の巣がきならぬたくさんの手紙を、どうして書こうと思いましょうか。▽男が「文多く書きて」と言って来たので、その「かきて」を「蜘蛛の巣がき」の「かき」に転換し、蜘蛛の糸が風などによってはかなく絶えてしまうという習性を持つゆえに、「はかなくてたえなん」物を、いかにして「かかん」と、まとめたのである。返事を書いた料紙に蜘蛛の巣の絵でも書き添えていたのであろうか。「蜘蛛の巣がきたる所」を絵にして歌を書き添えた例は斎宮女御集などに見える。

1140 昔から、暗いというイメージで鞍馬の山を言い慣わして来たのは、私同様に、人々も夜の間に越えたからなのでしょうか。▽女性が夜旅するということは考えられないことだが、何か緊急の事情で鞍馬山を夜越えることになったのであろう。

親《おや》の言《い》ひつかはしたりければ　　よみ人しらず

1141 雲井地《(ち)》のはるけきほどの空事《そら》はいかなる風の吹《(ふき)》て告《つ》げけん

返し　　女《(むすめ)》のはゝ

1142 天雲《あま》のうきたることと聞《き》きしかど猶《(なほ)》ぞ心は空《そら》になりにし

たまさかにかよへる文《ふみ》を乞《こ》ひ返《かへ》しければ、その文《ふみ》に具《ぐ》してつかはしける　　元《もと》良《よし》の親王《みこ》

1143 やれば惜《お》しやらねば人に見えぬべし泣《な》く〳〵も猶《(なほ)》返《かへ》すまされり

延喜御時、御馬《むま》をつかはして、早《はや》く参《まい》るべきよし仰《おほ》せつかはしたりければ、すなはち参《まい》りて、仰《おほ》せごと承《うけたまは》れる人につかはしける　　素性法師

1141 雲の彼方での実無き話を、いったいどのような風がそちらへ吹いてお伝えしたのでありましょうか。〇心うしと親の…　地方官の妻として陸奥へ娘を遣った母親が「おもしろくない」と娘の夫に言い贈ったのに対する婿の返事である。〇雲井地　雲井路。たとえば鳥だけが通れるような雲の中の通路。断絶している遥か彼方への路。〇空事　ありもしない話。虚言。〇いかなる風の　どのような、いいかげんな風が。「風の便り」という語があるように、風は便りを運ぶものとされていた。

1142 天に浮かぶ雲のように、根拠のないことだと思ってお聞きしたのですが、それでもやはり私の心はうつろになったことでありますよ。▽男の歌が「雲井路」「はるけき」「そらごと」というように「雲」の縁語で仕立てているのを受けて、「天雲の」「浮きたる」「心は空になりにし」とやはり雲の縁語でまとめたのである。

1143 破るのは惜しい。だが破らねば人に見られてしまうに違いない。ということで、結局泣く泣くのことですが、やはりお返しするのがまさっているようですよ。〇たまさかにかよへる文　思いがけずに通わしている手紙。〇具して　自分の歌を添えて送ったのである。〇やれば　「返す」ことを求められたので「遣(や)る」という語が出て来たのだが、「やらねば人に見えぬべし」とあるから、「破(や)る」が表に出ている。〇人に見えぬべし　「見え」は「見られる」という受身の意。「ぬ」は完了の助動詞「ぬ」の終止形。▽元良親王集によれば、文の返却を求めたのは京極御息所である。↓恋五・九六〇。

1144 十五夜の月の出が、馬による私の出立よりも遅かったので、暗さのために、山道をたどりながら時間をかけてやって参りました。〇仰せつ

1144 望《もち》月の駒《こま》より遅《をそ》く出《い》でつればたどる〳〵ぞ山は越《こ》えつる

病《やまひ》して、心ぼそしとて、大輔につかはしける　　藤原敦敏

1145 万《よろづ》世を契《(ちぎり)》し事のいたづらに人笑《わら》へにもなりぬべき哉《(かな)》

返し　　大輔

1146 かけて言《い》へばゆゝしき物を万代《(よろづよ)》と契《(ちぎり)》し事やかなはざるべき

霰《あられ》の降《ふ》るを袖《そで》に受《う》けて消《き》えけるを、海《うみ》のほとりにて　　よみ人しらず

1147 散《ち》ると見て袖《そで》に受《う》くれどたまらぬはあれたる浪の花にぞ有《(あり)》ける

かはしたりければ　御命令を遣わしたところ。○すなはち参りて　すぐに参上して。○仰せごと承れる人　御命令を承って迎えの馬をさし向けた人。○望月の駒　信濃国望月の牧場から朝廷へ貢進する名馬。当日が「十五夜」であったので「望月」と言い、また迎えの馬が差し向けられたので「望月の駒」と言ったのであり、「望月が御迎えの駒より遅く出たので道が暗く…」と洒落たのである。▽なお、拾遺集・雑上にも採られている。同じく素性法師の歌とするが、「花山にまかりて侍りけるに、駒牽きの御馬をつかはしたりければ」という詞書になっている。

1145　万世を共に…と契ったことが空しくなって、人に笑われるような存在になってしまいそうでありますよ。▽藤原敦敏は天暦元年(九四七)に三十六歳でなくなっている。しかし、この歌の作者名について定家の僻案抄は、家の本には「藤原敦敏」とあるが他本の「宮少将」が正しいのではないかと言っている。敦敏は清慎公実頼の長男で母は時平の娘であるから宮少将と呼ばれる理由はない。

1146　そんなことばかり心にかけて口になさるから、不吉な感じになるのですよ。万世を共に…と契りましたことが、叶わないはずはありません。○ゆゝしき物を　忌まわしいのですよねえ。「ものを」は終助詞。

1147　霰が散るのかと思って袖で受けるが、一向にたまらないのは、海岸ゆえに、荒れた海の「浪の花」であったからだよ。▽「霜の上に霰散り敷き…」(古今六帖・一)とあるように霰も「散る」というが、「散る」はやはり花にふさわしい。そこで袖で受けてみようとするのだが、たまらないのは、花は花でも、「浪の花」であったからだよと戯れているのである。「霰」を「花」に見立て、その花が海岸ゆえに「浪の花」だと洒落ているのである。

ある所の童女《わらは(め)》、五節見に南殿にさぶらひて沓《くつ》を失《うしな》ひてけり。すけむとの朝臣、蔵人にて、沓《くつ》を貸《か》して侍《(はべり)》けるを、返《かへ》すとて

1148 立《た》ち騒《さは》ぐ浪間《ま》を分《わ》けてかづきてし沖《おき》の藻《も》屑《くづ》を何時《いつ》か忘《わす》れん

返し　　　　　　　　　　　輔臣朝臣

1149 かづき出《いで》し沖《おき》の藻《も》屑《くづ》を忘《わす》れずはそこのみるめを我に刈《か》らせよ

人の裳《も》を縫《ぬ》はせ侍に、縫《ぬ》ひてつかはすとて　　　　よみ人しらず

1150 限《(かぎり)》なく思《(おもふ)》心は筑波《つくば》嶺《ね》のこのもやいかゞあらむとすらん

1148 立ち騒いでいる浪の間を分けるようにして水に潜って見つけ出して来た沖の藻屑ならぬ、この沓を忘れはいたしません。○ある所の童女五節見に 「五節(ごせち)」とは、大嘗会・新嘗会に際して宮中で行われる行事であり、五節の舞が中心になっていた。ある高貴な女性に仕えている女の童がその五節の舞を見に来たとも解せるが、五節の舞姫につきそって世話をする童女を「五節の童女(ごせちのわらわ)」と言い、十一月中の丑の日の翌々日の卯の日には「童御覧」という行事もある。だから、「五節見に」は「五節の舞姫の世話をするために」の意とも解し得る。○南殿にさぶらひて 寅の日の夜、南殿(紫宸殿)において帝の御前で舞姫の試がある。あるいはその時のことか。○すけむとの朝臣 「无」を仮名にした「む」は「も」とも読むので「すけもと」すなわち「藤原扶幹」と見るべきであろう。○たち騒ぐ 「立ち」も「騒ぐ」も「浪」の縁語。○かづきてし 「かづく」は「潜く」。水に潜って海藻や貝をとること。○沖の藻屑 「藻屑」に「くつ(沓)」を掛けた隠題の歌とした。

1149 海に潜って取って来た沖の藻屑ならぬあの沓のことを忘れないとおっしゃるならば、底にある海松布(みるめ)を私に刈らせてほしいものです。あなたを直接見る機会を私に得させてほしいものです。○輔臣朝臣 「すけもと」「輔元」とある本を参照して「扶幹朝臣」とすべきであろう。○そこのみるめ 「そこ」は「底」と「あなた」という意の「其処」を掛ける。「みるめ」は海藻の「海松布」と「男女を相見る機会」の意を掛ける。→五二八・五五三・六五〇・七七二・八九一。

1150 あなたのことを限りなく思う私の心をつけておきましたこの裳は、どのようになりましょうか、気になります。○人の裳を縫はせ侍に 男が裳を縫わせたのである。この場合の「裳」は男子

男《おとこ》の、病《やま》ひしけるを、とぶらはで、あり〳〵て、止《や》みがたに問《と》へりければ

1151 思ひいでて《ゝ》問ふ事の葉《は》を誰《たれ》見まし身の白雲と成《(なり)》なましかば

みそか男《をとこ》したる女を、あらくは言《い》はで問《と》へど、物《もの》も言《い》はざりければ

1152 忘《わす》れ南《(なん)》と思《(おもふ)》心のつくからに事の葉《は》さへや言《い》へばゆゝしき

男《おとこ》の隠《かく》れて女を見たりければ、つかはしける

1153 隠《かく》れゐて我《わ》がうきさまを水の上《うへ》の泡《あわ》ともはやく思ひ消《き》えなん

の礼服。表袴(うえのはかま)の上に着用するものである。○限なく思心は筑波嶺の　「限りなく思ふ心は託(っ)く」の意を隠す。▽古今集の東歌「筑波嶺のこのもかのもに蔭はあれど君が御蔭(みかげ)に増す蔭はなし」によって、自分が縫った裳を「この裳」と言ったのである。

1151 思い出したように来る見舞いの手紙を誰が見ることが出来るでしょうか。もし我が身が野辺の送りをされて空にのぼり白雲となってしまっていましたら。○とぶらはで…　見舞いをせずに、ずっとそのままにしておいて、病気がなおった頃に、見舞いの手紙をだしたところ。○身の白雲と成なましかば　火葬の煙が空にのぼって雲となると思われていた。「昨日まであひ見し人の今日なきは山の雲とぞたなびきにける」(貫之集・哀傷)。

1152 私のことを忘れてしまおうと思う心がついたとたんに、言葉の端に出して言うことも罰があたるとお思いなのか。○あらくは言はで問へど　荒く詰問するわけではなく聞いてみるが。○つくからに　つくや否や。○言へばゆゝしき「ゆゆし」は神の怒りに触れること。「言の葉さへや」の「や」と呼応して「恐ろしいのか」「神の怒りに触れるのか」と聞いているのである。▽古今集・恋四の「忘れなんと思ふ心のつくからにありしよりけにまづぞ恋しき」の改作。

1153 隠れていて私のいやな容姿を御覧になりましたが、そのような恥ずかしい目にあった私は、水の上に浮いている泡のように早く消えてしまいたいものです。○我がうきさまを水の上の　「我がうきさま」は「私のいやなさま」「私の醜い容姿」の意。「我がうきさまを見つ」と続け、「見つ」は「水」と掛詞になっている。○思ひ消えなん　「思ひ消ゆ」は気が滅入ってしまうことに「死ぬ」の意の「消ゆ」を響かせる。

世中《（よのなか）》をとかく思ひわづらひ侍《（はべり）》ける程《ほど》に、女ともだちなる人「猶《（なほ）》、我《わ》が言《い》はん事につきね」と語《かた》らひ侍ければ

1154 人心いさや白《しら》浪高《たか》ければ寄《よ》らむ渚《なぎさ》ぞかねてかなしき

いたく事好《この》むよしを、時の人言《い》ふと聞《きゝ》きて　　高津内親王

1155 直《なほ》き木に曲《まが》れる枝もある物を毛《け》を吹《ふ》き疵《ゝず》を言《い》ふがわりなさ

みかどに奉《たてまつ》り給《たま》ひける　　嵯峨后

1156 うつろはぬ心の深《ふか》く有《（あり）》ければこゝら散《ち》る花春に逢《あ》へるごと

1154 あの男の心は、さあどうだか知らないのですが、白浪が高く立っているように近づき難いので、寄って行く渚ならぬ、寄って行くめどがないのが、今から悲しく感じられるのです。〇世中をとかく…　男女の中をあれこれと思いわずらっている頃。〇猶我が言はん事につきね　やはり私が言っている男の方と一緒になってしまいなさい。〇語らひ侍ければ　談合したので。〇人心いさや白浪高ければ　人の心は、さあどうだか知らないが、白浪が高く立っているので。「白浪」と「知らな」を掛ける。〇寄らむ渚ぞ　「なぎさ」は「無きさ」と「渚」を掛ける。寄る所がないことを。〇かねてかなしき　今から悲しいと言っているのである。

1155 真っ直ぐな樹にも曲がっている枝がついているのにねえ。毛を吹き分けて傷を探し出すようなことを人が言うのはどうしようもないことであるよ。〇事好む　好色。〇時の人　桓武天皇の皇女である高津内親王の時代の人。後撰集の詞書が撰集の時点で書かれていることはこれで明らか。〇毛を吹き疵を言ふがわりなさ　毛を吹き分けて疵を探し出す。むりやりに欠点を探し出して問題にする。韓非子・大体篇に「毛を吹きて小疵を求めず、垢を洗ひて知り難きを察せず」とあるほか、漢書などにも例を見出せるが、我が国でも、既に日本霊異記の下巻に例がある。

1156 他の方に簡単には移らぬお心をしっかりとお持ちいただいておりますので、おびただしく花が散るような私でも、今まさしく春に逢っているような気持でいられます。〇うつろはぬ心　他に思いを移さない心。浮気しない心。後撰集新抄は后自身のこととするが、帝のことと解した。〇深く有ければ　帝のことと解しておく。〇こゝら散る花　たくさん散る花。齢をとって花が散り果てつつある私…の寓意と見てよい。〇春に逢へる

これかれ女のもとにまかりて物言《い》ひなどしけるに、女の「あな寒《さむ》の風や」と申《(まうし)》ければ

よみ人しらず

1157 玉垂《だ》れのあみ目《め》の間《ま》より吹《ふ》く風の寒《さむ》くはそへて入《い》れむ思ひを

男《おとこ》の物言《い》ひけるを、騒《さは》ぎければ、帰《かへ》りて、朝《あした》につかはしける

1158 白浪のうち騒《さは》がれて立《た》ちしかば身をうしほにぞ袖は濡《ぬ》れにし

返し

1159 とりもあへず立《た》ち騒《さは》がれしあだ浪にあやなく何に袖の濡《ぬ》れけん

ごと　「春に逢ふ」は春の始めだから「散る」季節ではない。「散る心配のない状態でおられる」ということである。

1157 御簾(すみ)の隙間から入る風が寒いのであれば、その風に添えて火のように熱い私の思いを入れましょう。〇これかれ女のもとにまかりて「これかれ」は「この人あの人」。男性数人が女の所へ出かけ、簾越しに会話したのである。〇女のあな寒の風やと…　女が「ああ、寒い風ねえ」と言ったのである。〇玉垂れの　簾の歌語。「玉垂れの網目の間」で、簾の隙間の意。〇思ひを　「思ひ」の「ひ」に「火」を掛け、熱い思いの意を表わした。

1158 白浪がざわざわと騒ぐように騒がれて立って出て来たので、潮(うしお)に濡れるように我が身を憂しと思う涙に袖は濡れてしまいました。〇男の物言ひけるを　男が女に愛を求めたのである。〇騒ぎければ　女の方が拒否して騒いだのである。▽「騒ぐ」は「浪」の状態として用いられることが多かったので(→五三六・二四八)女が騒いだことから、「うちさわがれて」「立ち」「うしほ」「濡れ」のように「浪」の縁語を連ねて一首を構成し、「うしほ」に、つらいという意の「憂し」を掛けたのである。

1159 何もせぬままに、ばたばたと騒がしく立ってしまったあだ浪のような騒ぎでお帰りでしたのに、どうしてわけもなく袖が涙に濡れたのでしょうか。信じられませんわ。〇とりもあへず　何もせぬままに。たちどころに。〇立ち騒がれしあだ浪に　立って騒がれた浮気なあなたですのに。「れ」は助動詞「る」の連用形。自発の意を持つ。〇あやなく　理由もなく。「濡れけん」にかかる。〇何に　どうして。これも「濡れけん」にかかる。

題しらず

1160 直地《たゞ(ち)》ともたのまざら南《(なん)》身に近《ちか》き衣の関もありといふなり

ともだちのひさしくあはざりけるに、まかりあひて、よみ侍《(はべり)》ける

1161 あはぬまに恋《こひ》しき道も知《し》りにしをなど嬉《うれ》しきに迷《(まどふ)》心ぞ

題しらず

1162 いかなりし節《ふし》にか糸《いと》の乱《みだ》れけん強《し》ひてくれども解《と》けず見ゆるは

人の妻《め》にかよひける、見つけられ侍て　賀朝法師

1163 身投《な》ぐとも人に知《し》られじ世中《(よのなか)》に知《し》られぬ山を知《し》るよしも哉《(がな)》

1160 真っ直ぐに進める路だからと言って、すぐに逢えるとは期待しないでほしいものです。身に近い所には衣の関もあるというぐらいですから。しばらくは物越しで逢うことになりましょうよ。○直地　直路。直進できる路。○たのまざら南　期待しないでほしい。○衣の関　現実の地名(能因歌枕以来、陸奥とするが、未詳)に掛けて、身と外を隔てる役目をする衣のことを言った。

1161 お逢いしない間は、ひたすら恋しいという一筋の道を認識していたのですけれども、お逢いしてみますと、その嬉しさに、どうしてこのように心惑いして何もわからなくなってしまうのでしょうか。▽「道」と「まどふ」が縁語であることを前提にして、恋しいという一筋の道に関しては認識していたが、逢って見ると嬉しさに心がまどって筋道もわからなくなると言っているのである。

1162 どのような節目に糸ならぬ私の心が乱れたのでしょうか。糸を繰るように強引にここへやって来るのですが、あなたのお心は一向に解けないように見えますよ。▽我が心の乱れを糸の乱れに喩え、結び目の意の「節」と機会の意の「節」を掛けるとともに、「繰る」と「来る」を掛け、相手の心が打ち解けないのを糸の解けないことに寄せたのである。

1163 身を投げるとしても人に知られたくない。そのために世間の人に知られていない山を知りたいものであるよ。○人の妻にかよひける　他人の妻と関係を持ち足繁くかよっていたのである。

1164 世間に知られていない山を探し出して身を投げるとしても、その山の谷はこのことを何も非難することもなく黙っているだろうか。○谷の心　谷を擬人化して言った。

1165 噂に聞くだけではすませるつもりはないよ。浅くても、さあ汲んでみようよ。山の井の水

返し

もとの男《おとこ》

1164 世中《(よのなか)》に知《し》られぬ山に身投《な》ぐとも谷の心や言《い》はで思《おも》はむ

山の井の君《きみ》につかはしける

よみ人しらず

1165 音《をと》にのみ聞《き》きてはやまじ浅《あさ》くともいざ汲《く》みみてん山の井《ゐ》の水

病《やま》ひしけるを、からうじてを《(お)》こたれりと聞《き》きて

1166 死出《しで》の山たどる〳〵も越《こ》えなでうき世中《(よのなか)》になに帰《かへ》りけん

題しらず

1167 数《かず》ならぬ身を持荷《もちに》にて吉野山高き歎《(なげき)》を思《(おもひ)》こりぬる

を。〇山の井の君　「山の井の君」と呼ばれている女性に送った歌。拾芥抄にいう「三条坊門北、京極西」あたりの邸宅にいた女性。〇音にのみ聞きてはやまじ　噂で聞くだけでは終わりにしたくないよ。〇浅くとも…　万葉集・巻十六や古今集・仮名序に見える「安積山影さへ見ゆる山の井の浅き心をわが思はなくに」により、「浅くとも」と言った。「たとえ愛情は浅くても」の意。▽山の井の君という名であるゆえに、有名な古歌によって、とにかく自分で汲んでみたい、自分で確かめてみたい、と言ったのである。

1166 死出の山をたどたどしく辿りながらも越えてしまうということはなく、このようにいやな世の中に、どうして帰って来たのだろうか。〇病ひしけるを…　「からうじておこたる」は、やっとのことでなおること。ややわかりにくい書き方だが、歌から見て、病気になった本人が、やっとのことで治癒したのだと聞いて詠んだと解すべきであろう。〇死出の山　死出の旅において越えなければならない山。古今集・恋五「死出の山麓を見てぞ帰りにしつらき人よりまづ越えじとて」と同じような表現。〇越えなで　完了の助動詞「ぬ」の未然形「な」に、打消の助動詞「ず」の未然形「な」が接し、さらに接続助詞の「で」がついた。〇なに帰りけん　「なに」は疑問の副詞。

1167 とるに足らない我が身を重荷にして、吉野山に登って高い木を樵(こ)るように、高い身分の人に思いを寄せたみずからの嘆きに懲りてしまっているのです。〇持荷にて　もっている荷として。重荷にして。〇吉野山高き歎　吉野山に生えているような高い投げ木(焚き木)の意と身分の高い人に思いを寄せるゆえの「嘆き」の意を掛ける。〇思こりぬる　木を切る意の「樵る」と「懲る」を掛ける。

返し

1168 吉野山越《こ》えん事こそ難《かた》からめこらむ歎《(なげき)》の数《かず》は知《し》りなん

陽成院のみかど、時〳〵殿《との》ゐにさぶらはせたまうけるを、久《ひさ》しう召《め》しなかりければ、奉《たてまつ》りける

武蔵

1169 数《かず》ならぬ身に置《を》く宵《よゐ》の白玉は光見えさす物にぞ有《(あり)》ける

まかりかよひける女の心とけずのみ見え侍《(はべり)》ければ、「年月もへぬるを、今さへかゝること」と言《い》ひつかはしたりければ

よみ人しらず

1170 難波《なには》潟《がた》汀《みぎは》の葦《あし》のおい《(ひ)》かぜに怨《(うらみ)》てぞふる人の心《こゝろ》を

1168 吉野山を越えることが難しいでしょうが、樵(こ)る投げ木ならぬ、懲る嘆きの数は、よくわかりましたよ。〇吉野山越えん事こそ… 古今集・恋二の貫之の歌「越えぬ間は吉野の山の桜花人づてにのみ聞きわたるかな」による。

1169 とるに足らない我が身に置く夜の白玉は、光が途中で消えてしまうものだったのですねえ。〇陽成院のみかど 陽成天皇(八六八―九四九、在位八七六―八八四)。〇殿ゐにさぶらはせたまうけるを 寝所に侍らせなさったが。〇召しなかりければ奉りける お呼びがかからなかったので歌を奉ったのである。〇宵の白玉 近侍した帝を白玉に喩えたのである。〇光見えさす 光が途中で見えなくなる。「…さす」は途中で止まること。▽大和物語十五段では、釣殿の宮に仕えていた若狭の御の作となっている。武蔵即ち若狭と考えられないこともないが、異なった二種の伝承があったとしておこう。

1170 難波潟のみぎわに生えている葦が追い風に葉の裏を見せるように、私はあなたのお心を怨みつつ過ごしております。〇まかりかよひける女 男が通っていた女。〇難波潟… 大阪湾。淀川から難波潟にかけて葦が生い茂っているので有名。〇おいかぜに 底本をはじめ多くの本は「おいかよに」としているが、「老いが世」では通じない。「追い風」が「葦の葉の裏を見せる」ゆえに「怨み」に続くのであるから、ここは「おひかぜ」と改めるべきである。「おひ(追)」が「おい」と表記されるようになってから、「せ」が「世(よ)」に誤られて、「おいがよ」になったのであろう。なお、書陵部本兼盛集では「なほいとつらかりける女に」という詞書で、第三句「おひ風に」として見える。〇人の心を 「人」は「あなた」の意。

1171 私が忘れているなどと言って怨まないでほしい。はし鷹が毛の色を変える山の椎の木でも

女のもとより怨《(うらみ)》を《(お)》こせて侍ける返事《(かへりごと)》に

1171 忘《わす》るとは怨《(うらみ)》ざら南《(なん)》はし鷹《たか》のとかへる山の椎《しゐ》はもみぢず

昔《むかし》おなじ所に宮仕《づか》へし侍ける女の、男《おとこ》につきて人の国に《くにゝ》落《お》ちゐたりけるを聞き《きゝ》つけて、心ありける人なれば、言《い》ひつかはしける

1172 遠近《をちこち》の人目《め》まれなる山里に家ゐせんとは思《(おもひ)》きや君

返し

1173 身をうしと人知《し》れぬ世を尋《(たづね)》来《こ》し雲の八《や》重《へ》立《(たつ)》山にやはあらぬ

紅葉することはないのだから。あなたが心変りしても私の心は変らないのだから。○はし鷹　鷹の一種。小さくて、鷹狩でも小鳥を取るのに用いた。和名抄に「鷂　波之太賀、似鷹而小者也」とある。○とかへる　「元いた所へ帰る」意とする説もあるが、「羽の色を替える」とする説に従う。▽拾遺集・雑恋・よみ人しらずの「はしたかのとかへる山の椎柴の葉替えはすとも君はかへせじ」との前後関係はわからない。

1172 あちらこちらの人が逢いに来ることも稀な山里に、居を構えて住もうなどと思ったことがありましたか、あなたは。思いもしなかったでしょう。○男につきて　地方官である夫に随って。○人の国　他国。京都以外の国を言った。○落ちゐたりけるを　落ちぶれて地方に行ったのを。○心ありける人　物のあわれを解する人だったので。○歌の作者のことである。○遠近の　あちらこちらの。○人目まれなる　人が訪ねて来ない状態の。▽大和物語五十七段では、近江介平中興(なかき)の娘に平兼盛が贈った歌になっている。↓九七八・二七。

1173 我が身を憂きものと観じて人に知られない世界を求めてやって来ましたことは、幾重もの雲に隔てられた所でありますのに…。それなのに、懐かしいお便りをいただき、感激です。○身をうしと　我が身を憂きものと認識して。○尋来し「き」の連体形「し」の後に体言が省略されている形。探し求めてやって来たことは。○雲の八重立山…　数多くの雲によって隔てられている山の意。「…やはあらぬ」は反語。交通が途絶した「雲の八重立つ山」でないのだろうか、いや、まさしくそうであるのに、の意。▽大和物語五十七段では、女は返歌もせずに泣いたとあるが、ここでは感激して返歌があったという伝えである。

男《おとこ》など侍らずして年《とし》ごろ山里にこもり侍《（はべり）》ける女を、昔《むかし》あひ知《し》りて侍ける人、道《みち》まかりけるついでに、「久《ひさ》しう聞《き》こえざりつるを、こゝになりけり」と言《い》ひ入《い》れて侍ければ　　　土左

1174 朝《あさ》なけに世のうきことをしのびつゝながめせし間《ま》に年はへにけり

山里に侍けるに、昔《むかし》あひ知《し》れる人の「何時《いつ》よりこゝには住《す》むぞ」と問《ゝ》ひければ　　　閑院

1175 春や来《こ》し秋やゆきけんおぼつかな影《（かげ）》の朽木と世を過《す》ぐす身は

題しらず　　　つらゆき

1176 世中《（よのなか）》はうき物なれや人言《ごと》のとにもかくにも聞《き》こえ苦《くる》しき

1174　朝に昼に俗世のつらさを何度も思い出して、ぼんやりと外を眺めている間に年を過ごしてしまいましたよ。○男など侍らずして…女　歌の作者である土佐のこと。○昔あひ知りて侍ける人　以前に知り合っていた男。○久しう聞こえざりつるを…　久しくお便りしませんでしたが、ここに住んでいらっしゃったのですね。○朝なけに　古今集・離別の「朝なけに見べき君とし…」と同じ。朝に昼に。○ながめせし間に　古今集・春下の小町の歌「…我が身世にふるながめせし間に」によっていることは明らか。

1175　春が来たのか、秋が去ったのか、はっきりいたしません。蔭の朽木のように表面に出ずにひっそりと時を過ごしている我が身といたしましては。○春や来し…　伊勢物語六十九段や古今集・恋三の「君や来し我やゆきけんおぼつかな…」による。なお、伊勢物語・古今集とも「おぼつかな」を「おもほえず」とする本が流布しているが、「おぼつかな」の形の方が古い。○影の朽木と「影」という字をあてるが、「蔭」または「陰」がよい。古今集・雑上の「かたちこそみ山がくれの朽ち木なれ心は花になさばなりなむ」の「み山がくれの朽ち木」と同じ。▽貫之集に「身をなげきてよめる」という詞書で「春やいにし秋やはくらんおぼつかな蔭の朽ち木の世を過ぐす身は」とあり、本来は貫之の歌であったものが、このように伝承されるようになったのであろう。

1176　男女の中はつらいものであるなあ。人の言葉が、ああ言ったり、こう言ったりというように評判になるのが苦しいことであるよ。○世中　世間と解してもよいが、ここは主として男女の間のことと見た。○聞こえ　評判。

1177　武蔵野は露で袖が濡れるほどまで草を分けて探し求めたのだけれども、武蔵野の名物とし

よみ人しらず

1177 武蔵野は袖ひつ許《(ばかり)》分《わ》けしかど若《わか》紫はたづねわびにき

暇《いとま》にて籠《こも》り居《ゐ》て侍ける頃《ころ》、人の問《と》はず侍ければ

壬生忠岑

1178 おほあらきの森《もり》の草とやなりにけんかりにだに来《き》てとふ人のなき

ある所に宮仕《づか》へし侍ける女のあだ名立《なた》ちけるがもとより、「を《(お)》のれが上《うへ》は、そこになん口《くち》の端《は》にかけて言《い》はるなる」と怨《うら》みて侍ければ

よみ人しらず

1179 あはれてふ事こそ常《つね》の口《くち》の端《は》にかゝるや人を思《(おもふ)》なるらん

て知られる若紫は尋ね求めることが出来ませんでした。〇袖ひつ許　袖が露で濡れるばかりに探し求めたというのである。〇若紫　若い女性の比喩。古今集・雑上「紫のひともとゆゑに武蔵野の草はみながらあはれとぞ見る」による。ただし「若紫」という語も、またそれに若い女性を喩えるのも、伊勢物語の初段が最初。

1178 歌で有名な大荒木の森の下草のようになってしまったのだろうか。かりそめの心でさえ訪ねて来てくれる人がないことであるよ。〇暇にて　職を失って。〇おほあらきの…　古今集・雑上「大荒木の森の下草老いぬれば駒もすさめず刈る人もなし」による。駒も賞味したがらず、刈る人もない老いた草になったのだろうかと言っているのである。〇かりにだに来て…　古今集・雑下の業平に対する返歌「野とならばうずらと鳴きて年はへむかりにだにやは君が来ざらん」の下句を意識したか。古今集歌の「かり」は「狩」と「仮」を掛けるが、ここでは草を刈る意の「刈り」と「仮」を掛ける。「仮」は「かりそめに」「本気でなく」の意。

1179 「ああ、あの人は…」という言葉は日常の会話にもつい口にしてしまうのですが、このように口に出してしまうのは、あなたのことをいつも思っているゆえなのでしょうか。〇あだ名立ちけるがもとより　浮気だという評判が立っているその宮仕え女房のもとから。〇をのれが上は　自分の一身上のことは。〇そこになん…　あなたに話題にされているようだ。「そこ」は「あなた」の意。「口の端にかく」は噂の種にすること。「言はるなる」の「なる」は伝聞推定の助動詞。〇あはれてふ　「あはれ」は感嘆・賞美とも同情・憐愍とも愛着・恋慕とも解し得る。「てふ」は「といふ」。〇口の端にかゝる　「かかる」は「かくある」の意の「かかる」を掛けている。

題しらず　　　　伊勢

1180 吹《（ふく）》風の下《した》の塵《ちり》にもあらなくにさも立《た》ちやすき我《わ》が無《な》き名《な》哉《（かな）》

春日《かすが》にまうでける道に、佐保《さほ》河のほとりに、初瀬《はつせ》より帰《かへ》る女車《ぐるま》のあひて侍《（はべり）》けるが、簾《すだれ》のあきたるより、はつかに見入《い》れければ、あひ知《し》りて侍ける女の、心ざし深《ふか》く思《（おもひ）》交《かは》しながら、憚《はゞか》る事侍て、あひ離《はな》れて六七年許《（ばかり）》になり侍にける女に侍ければ、かの車《くるま》に言《い》ひ入《い》れ侍ける　　　　閑院左大臣

1181 ふるさとの佐保《さほ》の河水今日《けふ》も猶《（なほ）》かくてあふ瀬《せ》はうれしかりけり

枇杷左大臣、用《よう》侍て、楢《なら》の葉《は》を求《もと》め侍ければ、千兼《ちかね》があひ知《し》りて侍ける家に取《と》りにつかはしたりければ　　　　俊子

1180 吹く風の下にある塵だというわけでもないのに、なんとも立ちやすい私の無実の噂でありますよ。○さも　原義は「そのように」だが、「ほんとうにまあ」「なんとまあ」という形で感嘆文に用いられることが多い。○無き名　ありもしない評判。▽作者の伊勢には「知ると言へば枕だにせで寝しものを塵ならぬ名のそらに立つらむ」（古今集・恋三）や後撰集・一三六のように「塵」と「なき名立つ」を詠んだ歌がほかにもある。

1181 ふるさと奈良の佐保の河水には今日まさに再会しましたが、やはりこのようにして逢う機会を持つのは嬉しいことでありますよ。○春日にまうでける道に　春日大社へ参詣する道で。○佐保河　春日山の山中に発し大和川に注ぐ川。○初瀬より帰る女車　長谷観音の参籠を終えて帰る女車。○はつかに　かすかに。○心ざし深く思交しながら　お互いに愛情深く思い交していたのに。○ふるさとの　古今集・春下の「ふるさととなりにし奈良の都にも色は変らず花は咲きけり」の影響もあって、奈良のことを言う場合が多かった。○河水　「水」に「見つ」を掛ける。○今日も猶かくてあふ瀬は…　「今日も」「猶」「かくて」は「逢ふ」を形容している。「瀬」は「川」の縁語。既に「逢う機会」の意となっている「逢瀬」と「川」の縁語の「瀬」を掛けている。

1182 我が宿を自分の家のようにいつ馴れさせなさったのか、いかにもなれなれしい様子で楢の葉を折るために人をお遣わしになりますのは。○枇杷左大臣　藤原仲平。○用侍て　用いることがあって。○千兼　藤原千兼。○俊子　作者名を「いへぬし」とする本が多いが、坊門局筆本は「あるじのおとこ」とする。この場合は、女に「なれなれしく」楢の葉を求める別の男をとがめた千兼の歌となって、返歌も理解しやすい。○何時馴らし

1182 わが宿《やど》を何時《いつ》馴《な》らしてか楢《なら》の葉《は》を馴《な》らし顔《がほ》には折《お》りにを《(お)》こする

返し

枇杷左大臣

1183 楢《なら》の葉の葉守《はもり》の神のましけるを知《し》らでぞ折《お》りし祟《たゝ》りなさるな

友達《ともだち》のもとにまかりて、盃《さかづき》あまた度《ゝび》になりにければ、逃《に》げてまかりけるを、とゞめわづらひて、持《も》て侍ける笛《ふえ》を取《と》り留《とゞ》めて、又の朝《あした》につかはしける

よみ人しらず

1184 帰《(かへり)》ては声やたがはむ笛《ふえ》竹のつらきひとよのかたみと思へば

てか　いつ馴れ馴れしくさせてか。▽大和物語六十八段では、楢の葉ではなく柏木の葉にしているので「我が宿をいつかは君がならし葉のならし顔には折りにおこする」とある。

1183　楢の葉の葉守の神がちゃんといらっしゃるのを知らないで折ってしまいました。祟りをしないでいただきたいものです。○葉守の神　葉を守り落葉を防ぐ神。ここでは楢の葉の葉守の神だが、大和物語六十八段では「柏木に葉守の神のましけるを…」となっている。皇宮衛護の司である兵衛府の官を柏木という別名で呼ぶことから考えても、柏木に葉守の神がいるという方がより一般的であったのだろう。柏木を折りに人を遣わしたとする大和物語の方が一般的な形に整えられているのであろう。▽前歌の作者名が底本のままでも、返歌の作者である枇杷左大臣は歌を贈って来た俊子を楢の葉に喩え、その夫である千兼をそれを守る「葉守の神」に見立てて返したものと理解出来る。

1184　返り声というものがありますように、あなたが持って帰ると、笛の音(ね)は変ってしまうでしょう。薄情にもお帰りになってしまったあの一夜の形見だと思いますので、ここに留めておりました。○とゞめわづらひて　帰る相手を留めることが出来なかったのである。○持て侍ける笛を取り留めて　持っていらっしゃる笛を取ってそこに留保して。○又の朝につかはしける　翌朝、笛とともに歌を贈ったのである。○帰ては声やたがはむ　雅楽で、呂から律へ、律から呂に調子を転ずることを「かへり声」というので、それを掛けて言ったのである。○笛竹の　「よ」は竹の節と節の間の空洞。笛は竹で作るので「ひとよ」に掛かる枕詞となった。○つらきひとよ　「ひとよ」は一夜。「つらき」は「薄情な」の意。つれなく帰ってしまった一夜。

返し

1185 ひとふしに怨《(うらみ)》な果《は》てそ笛竹の声《こゑ》の内にも思ふ心あり

もとより友達《だち》に侍《(はべり)》ければ、貫之《つらゆき》にあひ語《かた》らひて、兼輔朝臣の家に名簿《づき》を伝《つた》へさせ侍けるに、その名簿《なづき》に加《くは》へて貫之《つらゆき》に送《をく》りける

みつね

1186 人につくたよりだになしおほあらきの森《もり》の下《した》なる草の身なれば

兼忠朝臣母身まかりにければ、兼忠をば故枇杷左大臣の家に、女《むすめ》をば后《きさい》の宮にさぶらはせむと相定《あひさだ》めて、二人《ふたり》ながら、まづ枇杷の家に渡《わた》し送《をく》るとて、加《くは》へて侍ける

兼忠朝臣母の乳母《めのと》

1187 結《(むすび)を》置きし形見《かたみ》のこだになかりせば何に忍《(しのぶ)》の草を摘《つ》まゝし

1185 一つの事によってそんなに怨まないでください。笛は音の中にあなたを思う心を含んでいると申しますから、わざと置いて帰ったのです。○笛竹の声の内にも…　笛の音は人の心を反映すると言っているのである。八代集抄は文選の「長笛賦」に「霊ヲ通ジ、物ヲ感ゼシメ、神ヲ写シ、意ヲ喩シ、誠ヲ致シ、志ヲ効ス」とあるのを引く。▽「返り声」「ひとよ」と「笛竹」の縁語でまとめた贈歌に対して、同じく「ひとふし」「声」というように縁語でまとめて答えているのである。

1186 他に託すべき縁故とてございません。あの古歌のように、誰も見向きもしない大荒木の森の下草にも喩えられる我が身でございますので。○名簿　名簿(みょうぶ)。主従関係を結ぶために、姓名などを書いて主側に提出する名札。○おほあらきの…　古今集・雑上「大荒木の森の下草老いぬれば駒もすさめず刈る人もなし」参照。↓二兲。▽貫之を介して兼輔と主従関係を結ぼうとしたわけであるが、この歌は貫之に対するもの。それに対して、躬恒集にある「大荒木の森の下なる蔭草はいつしかとのみ光をぞ待つ」は、兼輔に呈した歌であろう。

1187 お残しになった形見ともいえるお子たちがなかったならば、私は何によってあの方を偲び申し上げていたでしょうか。○兼忠朝臣母　源兼忠は清和皇子貞元親王の息。その母は藤原基経の娘。だから母の兄にあたる故枇杷左大臣仲平に託そうとしたのである。「故」とあるが、預けた時に既に没していたと見る必要はない。詞書の人物表記は最終の状態を示す。○后の宮　やはり基経の娘である醍醐皇后穏子。▽摘んだ草を入れる筐(かたみ)の籠(こ)を提示し、「忍草を摘む」から「母を偲ぶ」へ転換させてまとめたのである。

物思《もの》ひ侍ける頃《ころ》、やむごとなき高《たか》き所より問《と》はせたまへりければ

よみ人しらず

1188 うれしきもうきも心はひとつにてわかれぬ物は涙なりけり

世中《(よのなか)》の心にかなはぬ事申《(まうし)》けるついでに

つらゆき

1189 惜《お》しからでかなしき物は身なりけりうき世そむかん方《(かた)》を知《し》らねば

思《おも》ふこと侍ける頃《ころ》、人につかはしける

よみびとしらず

1190 思《(おもひ)》出《いづ》る時ぞかなしき世中《(よのなか)》は空《そら》行《(ゆく)》雲の果《は》てを知《し》らねば

1188 嬉しく感じるのも、いやだと感じるのも一つの心であって、それを区別できなくしているのは、このようにどちらの場合にも流れる涙でありますよ。○物思ひ　悩むこと。恋の悩みの場合が多い。○問はせたまへりければ　近況をお尋ねなさったので。○うれしきもうきも　身分のあるお方から御見舞いを賜わった嬉しさも悩みの種から離れられぬ憂さも。○わかれぬ物は　区別出来なくするものは。

1189 捨てるのが惜しくはなくて、それでいていとおしく思われるものは、我が身でありますよ。このつらい憂き世に背を向けて出家する方法も知りませんので。○世中の…　期待に反することがあった時、親しい上司に言い贈ったのであろう。○かなしき物は　現代語の「悲しい」では意が通じない。「いとおしい」に近い意であろう。○うき世そむかん方　俗世に背を向ける方法、つまり出家する手筈。

1190 今後も、思い出す時は悲しい。この世の中は空を行く雲のように果てる所もなくいつまで続くかわからないものですから。○思ふこと侍ける頃　前歌と同じく精神的な悩みがあった頃。○空行雲の…　「空ゆく雲」を比喩としていつまでも続く人生ゆえ、この悲しみもいつまでも続くと言っているのである。

題しらず

1191 あはれともうしとも言《い》はじかげろふのあるかなきかに消《け》ぬる世《よ》なれば

1192 あはれてふ事になぐさむ世中《(よのなか)》をなどか昔と言《い》ひて過《す》ぐらん

播磨《はりま》の国《くにゝ》にたかゞたと言《い》ふ所に、おもしろき家持《も》ちて侍《(はべり)》けるを、京にて母《はゝ》が喪《おもひ》にて、久《ひさ》しうまからで、かのたかゞたに侍ける人に言《い》ひつかはしける

1193 物思《(ものおもふ)》と行《(ゆき)》ても見ねばたかゞたの海人《あま》の苫屋《とまや》は朽《く》ちやしぬらん

1191 あの人のことを思ってしみじみとした気分になったとも、またあの人に忘れられたゆえにつらい苦しい気分になったとも、言わないでおきたい。どうせ、陽炎のように、あるのか無いのかわからない僅かな間に消えてしまう、はかない人生なのだから。〇あはれともうしとも… 古今集・恋五の「あはれともうしとも物を思ふ時などか涙のいとなかるらむ」によったものと解し、恋の意を持たせて訳してみた。〇かげろふの… 「かげろふ」は陽炎。光がちらちらして、すぐ消える、はかない物の比喩として用いられた。この歌の場合は、三〇四の「世の中と言ひつるものかかげろふのあるかなきかのほどにぞありける」に依拠したと見てよかろう。

1192 「あわれ…」という言葉を吐くことによって慰められるこの人生を、どうして「昔は…だったのに」などと言って涙を流しつつ過ごしているのだろうか、このわたくしは。〇あはれてふ事になぐさむ… 「あはれてふ言の葉ごとに置く露は昔を恋ふる涙なりけり」(古今集・雑下・よみ人しらず)による。▽堀河本・承保本・正徹本・八代集抄本は第四句を「などかかなしと」とする。「あわれ」と溜息を発するだけでよいものを、どうして「昔は、昔は…」とばかり言って過ごすのかというのと、どうして「悲しい、悲しい…」とばかり言って過ごすのかというのとの違いである。

1193 あれこれと悩み苦しんでいるゆえに、行って見ることもないので、あのたか潟の海人の苫屋は朽ちてしまっているでしょうか。〇播磨の国にたかゞたと言ふ所 兵庫県の瀬戸内海側の地名であろうが、いずれの地か未詳。〇おもしろき家 趣きのある家。この男が別荘を持っていたのである。〇母が喪にて 母の喪のゆえに(古今集・哀傷・八四〇—八四四の詞書参照)。〇かのたかゞたに侍

延喜御時、時《とき》の蔵人のもとに、奏《そう》しもせよと
おぼしくてつかはしける　　　みつね

1194 夢にだにうれしとも見ば現《うつゝ》にてわびしきよりは猶《(なほ)》まさりなん

ける人　たか潟の別荘にいる現地妻に。○物思と　喪の「おもひ」と、恋患いの意の「物思ひ」を掛けたのである。○行ても見ねば　海人の苫屋を見る意と女に逢う意を掛けた。○海人の苫屋　苫で屋根を葺いた粗末な小屋。自分の別荘であるゆえに謙遜して言った。▽母の喪に服しているゆえに女のもとへ行けない理由を、あなたへの恋患いゆえに行けないと言い、みずからの館のことが気にかかるという形で、女のことを気にしている旨を言い送ったのである。

1194 たとえ夢の中だけでも嬉しいと思われる目を見るならば、現実世界でつらい思いをするよりは、たとえ夢であっても、やはりまさっていることになりましょうよ。○延喜御時の蔵人のもとに　「その時の蔵人」と解し得るが、坊門局筆本・承保本・正徹本などが「延喜御時、蔵人のもとに」としているのを見ると、「時(の)」が衍字である可能性もある。○奏しもせよ　「帝に申しあげるなら申しあげてほしい」の意。▽書陵部本(五〇一・三三五)躬恒集には「延喜御時、うれへぶみだちて奏せよとおぼしくて、女房のもとにつかはしける」とあって、官位昇進を願う愁訴の役割を担った歌であったことが知られる。夢にでもよい、恵まれた役職に就きたいと願っているのである。なお、この歌、大江千里集の句題和歌の末尾に見える「夢にてもうれしきことの見えつるはただにうれふる身にはまされり」とあるのが下敷になっている。

後撰和歌集巻第十七

雑三

いその神といふ寺《てら》にまうでて、日の暮《く》れにければ、夜明《あ》けてまかり帰《かへ》らむとて、とゞまりて、「この寺に遍昭侍り」と人の告《つ》げ侍《(はべり)》ければ、物言《ものい》ひ心見むとて、言《い》ひ侍ける

小野小町

1195 岩《いは》の上《うへ》に旅寝《ね》をすればいと寒《さむ》し苔の衣を我に貸《か》さなん

返し

遍昭

1196 世をそむく苔の衣はたゞ一重《ひとへ》貸《か》さねば疎《うと》しいざ二人寝《ふたりね》ん

1195 石上寺《(いそのかみでら)》の名にあやかって、岩の上で旅寝をするとなると、たいそう寒い。岩の上の苔という縁で申しあげるわけではありませんが、苔の衣とも呼ばれている僧衣を私にお貸しいただきたいものです。〇いその神といふ寺　今の奈良県天理市にあった石上寺。遍昭は母がこの地の出身で(古今集・秋上・二四八参照)縁が深かった。〇夜明けて…　朝になってから帰ろうと思って一泊して。「まかり」は聞き手に対する敬意を表わす。〇遍昭侍り　底本に書入れられている行成筆本では「真性法師」、承保本・正徹本や堀河本は「深照法師」、雲州本は「真静法師」とあるが、「真性」「深照」「真静」は「しんじやう」とよめる点において共通しており、「へんじやう」を含めて同根であった可能性が強い。なお、「真性法師」「真静法師」の名は古今集の四五三・五五六・九二一の詞書や作者名に見える。〇心見む　反応をみよう。〇岩の上に…　石上寺の名を掛けて言った。〇苔の衣　僧衣のこと。「岩」に「苔」がむすので、その縁で言った。〇貸さなん　貸してほしい。

1196 俗世を離れた僧の着る苔の衣は、ただ一重だけのもの。さりとて、お貸ししなければ薄情に過ぎます。この一枚の衣を掛けて、さあ、共寝をしましょう。〇世をそむく　「そむく」は「背向く」、俗世に背を向けること。▽小野小町が色好みであるというイメージとともに形をなした和歌説話であろう。仏道修行中の遍昭の心を試そうとして歌をよみかけたところ、「いざ二人寝ん」と軽く応じた遍昭の風流ぶりがこの贈答の眼目だが、大和物語一六八段では、小町の誘惑を受けた遍昭がこの歌を詠んで逃げ出したと、さらに説話化した形にまとめている。

法皇かへり見たまひけるを、のち〳〵は時おとろへて、有《(あり)》しやうにもあらずなりにければ、里《さと》にのみ侍て、奉《たてまつ》らせける　　せかゐの君《きみ》

1197 逢《(あふ)》事の年ぎりしぬるなげ木には身のかずならぬ物にぞ有《(あり)》ける

女のもとより「あだに聞《き》こゆること」など言《い》ひて侍ければ　　左大臣

1198 あだ人もなきにはあらず有《(あり)》ながらわが身にはまだ聞《き》き《ゝ》ぞならはぬ

題しらず　　よみ人も

1199 宮人とならまほしきを女郎花《(をみなへし)》野辺《のべ》より霧《きり》の立《た》ち出《い》でて《ゝ》ぞ来《く》る

1197 今年になって、お逢いすることが全くとだえてしまって嘆いている私、まるで年切りしてしまった投げ木に実が数多くならないのと同じように、我が身は数にも入らぬ存在になってしまったことでありますよ。〇法皇　宇多法皇。〇かへり見たまひけるを　寵愛なさっていたが。〇時おとろへて　寵愛が衰えて。〇有しやうにもあらず　以前とは違ったように。〇里　親の家。〇年ぎり　樹木が年によって実がならないこと。→一〇七七・一一〇九・一一一〇。〇なげ木　投げ込んで焚く薪の意の「投げ木」に「嘆き」を掛ける。〇身のかずならぬ「樹木の実が数成らぬ」に「数ならぬ身」を掛ける。

1198 浮気者がいないというわけではない。いることはいるのだけれども、我が身のこととしては、まだ聞き馴れないことであるよ。〇あだに聞こゆること　浮気であると評判ですよ。「あだに」は「あだなりと」の意。「聞こゆること」は「自然に聞こえて来るよ」の意。〇あだ人　変りやすい心の持ち主。〇有ながら　いるのはいるのだけれども。〇わが身には　我が身のこととしては。

1199 宮仕え人に私はなりたいのですが…、野辺から霧が立ち籠めて来て女郎花を隠そうとするかのように、殿の御前に姿を現わすことが阻まれているのです。〇宮人　本来は宮仕人の意だが、里(実家)にいる女の立場から、殿のお側に仕える人の意で言っていると見てよい。〇女郎花　女自身を喩えている。〇立ち出でてぞ来る　「霧が立つ」に掛けて女の宮仕えを邪魔する人が立ち出て来ることを言う。▽古今集・秋上・二三五や本集の三八に見られる「霧」が「女郎花」を隠すという表現を用いて、女の宮仕えを邪魔する人があることを訴えたのである。なお、九条右大臣の師輔集には一一九八と二首続いて存在する。師輔の女房の歌であろうか。

かしこまる事侍《(はべり)》て里《さと》に侍けるを、忍《しの》びて曹《ざう》司《し》に参《まい》れりけるを、おほいまうちぎみの「などか、音《をと》もせぬ」など怨《うら》み侍ければ　　大輔

1200 わが身にもあらぬわが身の悲《(かなし)》きに心も異《こと》に成《(なり)》やしにけん

人のむすめに名立《た》ち侍て　　よみ人しらず

1201 世中《(よのなか)》を知《し》らずながらも津《つ》の国《くに》のなには立《(たち)》ぬる物にぞ有《(あり)》ける

なき名《な》立《た》ち侍ける頃《ころ》

1202 世とゝもに我《わ》が濡衣《ぬれぎぬ》となる物はわぶる涙の着《き》するなりけり

1200 まるで我が身のようでない我が身の悲しさゆえに、身だけでなく、心も、我が心とは異なったものになったのでありましょうか。だからお便りができなかったのです。〇かしこまる事侍て　謹慎しなければならぬことがございまして。〇里に侍けるを　実家に控えていましたが。〇忍びて曹司に参りけるを　こっそりと個室に参りましたところ。「曹司」は女房の個室。〇おほいまうちぎみ　大臣。左大臣実頼か右大臣師輔であろう。〇などか音もせぬ　どうして便りもしないのか。▽「身」と「心」を対にする和歌の常套表現を前提にして、謹慎しなければならないのは当然として、「身」が自分の思うままにならぬゆえに自分の「心」までも思うままにならない不自由さゆえ、お便り出来なかったと嘆いているのである。

1201 男女の中のことを何も知らないのに、浮き名だけが立ってしまったことであるよ。〇名立ち侍て　関係しているという噂が立って。〇世中　男女の中。〇知らずながら　逆接の接続助詞「ながら」と摂津の歌枕「長柄」を掛ける。〇津の国のなには…　「摂津の国の難波」（今の大阪府大阪市）と「名には」を掛ける。

1202 いつまでも私の濡衣となるのは、世間の噂ではなく、恋に苦しむ私の涙が着せるものでありますよ。〇なき名　無実の浮き名。〇世とともに　この世ある限り。いつまでも。〇濡衣　知らぬ間に当事者にされてしまうこと。〇わぶる涙　つらく思う涙。切なく思うゆえの涙。▽「濡衣」という語に、「涙で濡れた衣」の意と「無実の浮き名」との意を持たせて、他人に濡衣を着せられた辛さよりも、自分の恋が充たされない辛さの方がまさると詠んだのである。

前坊おはしまさずなりての頃《ころ》、五節の師のもとにつかはしける　大輔

1203 うけれども悲《(かなし)》き物をひたぶるに我をや人の思《(おもひ)》捨《す》つらん

返し　よみ人しらず

1204 悲《(かなし)》きもうきも知《し》りにし一《ひと》つ名を誰《たれ》を分《わ》くとか思《(おもひ)》捨《す》つべき

大輔が曹司《ざうし》に、敦忠《あつたゞ》の朝臣の物へつかはしける文《ふみ》を持《も》て違《たが》へたりければ、つかはしける　大輔

1205 道知《し》らぬ物ならなくにあしひきの山ふみ迷《(まどふ)》人もありけり

1203 こんな時に口にするのは縁起でもありませんが、悲しいのは…あのお方が私をただもう捨ててしまおうとお思いになって逝ってしまわれたのだろうかということでありますよ。〇前坊　前の皇太子。この場合は醍醐天皇の皇子保明親王。延喜二十三年(九二三)三月に没した。〇五節の師　五節の舞の師。五節の舞姫に舞を教える人。大輔との関係はわからない。〇うけれども　憂けれど。めでたい五節の時に暗い発言ですが。〇悲き物を　悲しいのだが…。〇ひたぶるに　ひたすらに。「思ひ捨つらん」にかかる。〇人　あの人。亡くなった保明親王。▽めでたい新嘗祭の折に、口にするのも不吉だと思いながら、舞の師が前坊とも親しい人であったゆえに、つい真情を洩らしてしまったのであろう。大輔は保明親王の乳母子。大和物語五段にも似た話が見える。

1204 あなたと私は、悲しいことも、いやなことも、共に経験して知っているという評判ですのに、二人のうちの誰を差別して捨てようとお思いになるでしょうか。〇一つ名を　難解だが、一体の世評。いいも悪いも一緒だと世間に思われていることと解した。

1205 道を知らないわけでもあるまいに、山道を踏み迷う―文を迷わせる―お方もいらっしゃるのですねえ。〇大輔が曹司　大輔の個室。〇敦忠の朝臣の…　敦忠がどこかの女に遣わした手紙。「物へ」は目的地を漠然と言う表現。なお、底本は「敦忠朝臣のもとへつかはしける」となっているが、日大本など同系の他本によって校訂した。〇持て違へたりければ…　誤って持って来たので、敦忠のもとへこの歌をつけて送ったのである。〇道知らぬ　別の女のもとへ行く道を知らない。〇ふみ迷　「道を踏み迷ふ」と「文迷ふ」を掛ける。

返し　　　敦忠朝臣

1206
白橿《しらがし》の雪も消《き》えにし葦引《(あしひき)》の山地《(ち)》を誰か踏《ふ》み迷《(まどふ)》べき

言《い》ひ契《ちぎ》りてのち、異人《こと》につきぬと聞《き》きて　　　よみびとしらず

1207
言《い》ふ事の違《たが》はぬ物にあらませば後《(のち)》うき事と聞《き》こえざらまし

題しらず　　　伊勢

1208
面《おも》影を逢《あ》ひ見し数《かず》になす時は心のみこそ静《しづ》められけれ

頭白《かしらしろ》かりける女を見て

1209
抜《ぬ》き留《と》めぬ髪《かみ》の筋《すぢ》もてあやしくもへにける年の数《かず》を知《し》るかな

1206　白橿の雪も消えてしまった山路を誰が踏み迷うでしょうか。誤ってお便りしたわけではなく、あなたにさしあげたのです。○白橿の雪も消えにし　万葉集・巻十「あしひきの山ぢも知らずしらがしの枝もとををに雪の降れれば」(拾遺集・冬にも重出。ただし、第四句は「枝にも葉にも」)による。

1207　おっしゃることが、違わないものであるのなら、当初から「後が不安です」などと申しあげはしなかったでしょうよ。○言ひ契りてのち　永遠を誓い合った後。○異人につきぬと　他の女と結ばれたと。○後うき事と…　「後になって、いやな思いをしそうです」と最初から申しあげはしなかったでしょうよ、と言っているのである。女の歌として訳した。

1208　ふと浮かぶ面影を、逢い見た数に入れて数える時は、自分の心だけは何とか静められるのでございますが…。○面影　ふと念頭に浮かぶ人の姿。○逢ひ見し数になす　実際に逢って共に過ごした度数として数える。▽「面影」を男の面影とり、「逢ひ見し数」を「男に逢ひ見し数」として読むことが出来るが、伊勢集によれば、亡くなった「はらから」を恋い慕って詠んだ歌である。

1209　抜いて残しはしない白髪の一本一本をもって、おかしなことに、今まで経て来た年齢の数を知ることだよ。○抜き留めぬ　玉は糸で貫(ぬ)き留めて数えるものであるから、「貫(ぬ)き」と「抜(ぬ)き」を掛けるとするのが通説だが、説得力がない。当時、黒髪は貴重で抜け髪を髢(かもじ)の材料として残したが、白髪はそうしなかったので「抜き留めぬ髪」と言ったと解しておく。○あやしくも　残っている物の数を数えるのが普通だが、残っていない物の数を数えるという言い方になったので、「あやしくも(変なことだが)」と断わってい

題しらず　　　　よみ人も

1210 浪数《かず》にあらぬ身なれば住吉の岸にも寄《よ》らずなりや果《は》てなん

1211 つきもせずうき事の葉《は》の多《おほ》かるを早《はや》く嵐の風も吹《ふ》かなん

いとしのびて語《かた》らひける女のもとにつかはしける文《ふみ》を、心にもあらで落《おと》したりけるを見つけて、つかはしける

1212 島隠《がく》れ有磯《(あり)そ》にかよふあしたづのふみ置《を》く跡は浪も消《け》たなん

るのである。〇へにける年の数　生きて来たという意の「経(へ)にける」と、縦糸を伸ばして織機に掛ける意の「綜(へ)にける」を掛ける。▽「ぬきとむ」「すぢ」「へにける」と糸の縁語で一首を整えている機智の歌である。

1210 並み数でもない我が身であるゆえに、住吉の岸ならぬ住み心地のよいあなたのもとへも寄らないで終わってしまうだろうよ。〇浪数に「浪の数」と、人並みの意の「並み数」を掛ける。〇住吉の岸にも寄らず　「住吉の岸に寄る浪夜さへや夢の通ひ路人目よくらん」(古今集・恋二。流布の本は「すみのえの岸に…」)のように、「住吉」は「住みよい」の意を掛け、「…岸に寄る」は「住みよい女のもとへ通って来る」意を含む。

1211 つらい言の葉が尽きることがないほど多くたまるのだが、それを吹き飛ばす嵐が早く吹いてほしいものであるよ。〇つきもせず　「多かるを」にかかる。〇うき事の葉　「ことの葉」は「言葉」だが、詠草を言う場合が多い。「風に散る」という表現に呼応して「ことの葉」と言ったのである。

1212 島の陰になっている磯にこっそり通う鶴が踏み置いた足跡は、寄せる浪が消してほしいものです。こっそりとお贈りした手紙は、証拠が残らないようにしていただきたいものです。〇心にもあらで…　女が意図せずして落したのを男が発見して。〇つかはしける　男が女に言い送った歌である。〇島隠れ　島の陰になって見えない。〇有磯　本来は荒磯の約だが、「磯」の歌語として用いられていた。〇ふみ置く跡　砂浜と違って磯に足跡はあまり残らないが、たまたま残ったものを言っているのである。「踏み置く跡」と「文(ふみ)置く跡」を掛けている。「跡」は「筆跡」の意。

昔《むかし》おなじ所に宮仕《みやづか》へしける人、「年ごろ、いかにぞ」などとひをこせて侍ければ、つかはしける

伊勢

1213 身は早《ゝや》くなき物のごと成《(なり)》にしを消《き》えせぬ物は心なりけり

はらからの中《なか》に、いかなる事かありけん、常《つね》ならぬさまに見え侍《(はべり)》ければ

よみ人しらず

1214 むつましき妹背《いもせ》の山の中にさへ隔《ゝだ》つる雲の晴《は》れずもある哉《(かな)》

女のいと比《くら》べがたく侍けるを、相離《あひはな》れにけるが、異人《こと》に迎《むか》へられぬと聞《き》きて、男《をとこ》のつかはしける

1215 我《わ》がためにをき難《にく》かりしはし鷹《たか》の人の手《て》に有《(あり)》と聞《き》くはまことか

1213 我が身は早く無い物のようになってしまっていたのですが、それでも消えないものはあなたに対する私の心でありますよ。○おなじ所に宮仕へしける人　男か女かわからない。▽伊勢の歌に多い「身」と「心」の対比。→九三七・一三六九。

1214 仲むつまじい妹山と背山の中においてさえ、隔てとなっている雲が晴れないことであるのだからねえ。○はらから　歌に「妹背」とあるので兄と妹(または姉と弟)の仲であろう。○常ならぬさま　常態でない様子。伊勢物語四十九段やうつほ物語の仲澄とあて宮の話に見られるように兄と妹の恋愛は当時多かった。○妹背の山　吉野川を隔てて存在する「妹山」と「背山」。▽「はらから」のどちらか、おそらくは男の方が贈った歌であろう。「はらからどち、いかなることか侍りけむ」という詞書を持つ秋下・三八〇参照。

1215 私のためには招きにくかった鷂(はしたか)ならぬ愛しいあなたが、今は人の手にあると聞きましたのは、本当でしょうか。○比べがたく　親しくつきあいにくく。土佐日記の「年頃、よくくらべつる人々なん、別れがたく思ひて」と同じ用法。○異人に　別の男に。○男のつかはしける　前の男が女に歌を贈ったのである。○をき難かりし「をく」は「招く」の意。詞書の「迎へられぬ」に対応。自分の妻として家に迎えることができなかったのである。「はし鷹のをき餌にせむと…」(拾遺集・物名)の「をき餌」に見られるように「をく」は「はし鷹」の縁語でもあった。→一二七一。○はし鷹　鷂。鷹の一種。はい鷹とも言う。○人の手に有と　鷹は手に据えるものであったので「手」と言った。

梔子《くちなし》ある所に乞《こ》ひにつかはしたるに、色《いろ》のいとあしかりければ

1216 声にたてて言《い》はねどしるしくちなしの色は我《わ》がため薄《うす》きなりけり

題しらず

1217 たきつ瀬《せ》の早《はや》からぬをぞ怨《(うらみ)》つる見ずとも音《をと》に聞《き》かむと思《おも》へば

人のもとに文《ふみ》つかはしける男《おとこ》、人に見せけりと聞《き》きてつかはしける

1218 みな人にふみ見せけりな水《み》無《な》瀬《せ》河その渡《(わたり)》こそまづは浅《あさ》けれ

1216 声に出して申しはしませんが、あなたに対する思いははっきりしています。それに比べて、いただいたくちなしの色は、私の思いを表わすにはあまりに薄いことですよ。○声にたてて言はねど「くちなし」を前提としての表現。▽思いを色に出すという表現とくちなしが染料に用いられるということを前提にして、私の思いを表わすにはあまりに色が薄すぎると言っているのである。

1217 滝つ瀬の流れがその名に反して早くないのを怨んでおります。目に見なくても、せめて音だけでも聞こうと思っておりますので。実際にお逢いできなくても、消息だけでも早くお聞きしたいと思っていましたので。○たきつ瀬　山の傾斜に従って滝のように早く流れる瀬。「逢ふことは玉の緒ばかり名の立つは吉野の川のたきつ瀬のごと」(古今集・恋三)のように、その音の高さがよく詠まれた。○早からぬをぞ　「たきつ瀬の中にも淀はありてふを…」(古今集・恋一)というように、「たきつ瀬」でも流れが早くない所もあったのである。○見ずとも音に…　「音にのみきくの白露…」(古今集・恋一)のように、逢う前の男女が噂として相手を認識する段階。このあたり、恋の部にあってもよい男女の歌が並んでいる。

1218 ほかの人皆に踏んで見せたのですね。水無瀬河のその渡しはどこよりも浅いことですよ。ほかの皆に文を見せたのですね。あなたの愛情は誰よりも浅いことですよ。○ふみ見せけりな　河を渡って浅瀬を踏んで見せたという意と文を他人に見せたという意を掛ける。○水無瀬河　「みな人に…」と呼応させるとともに、文字どおり、水が少なく浅いというイメージがあったので思いの浅さを諷した。○その渡　「渡し場」の意と「辺(あたり)」の意の「わたり」を掛ける。

筑紫《つくし》の白河《しらかは》といふ所に住《す》み侍《(はべり)》けるに、大弐藤原興範《おきのり》の朝臣のまかりわたるついでに、水たべむとてうち寄《よ》りて、乞《こ》ひ侍ければ、水を持《も》て出《い》でて、よみ侍ける

ひがきの嫗

1219 年ふれば我《わ》が黒髪《くろかみ》も白《しら》河のみづはくむまで老《(おい)》にける哉《(かな)》

かしこに、名高《たか》く、事好《この》む女になん侍ける

親族《しぞく》に侍ける女の、男《おとこ》に名立《なた》ちて、「かゝる事なんある。人に言《い》ひ騒《さは》げ」と言《い》ひ侍ければ

つらゆき

1220 かざすとも立《た》ちと立《た》ちなん無《な》き名《な》をば事なし草のかひやなからん

題しらず

1221 帰《(かへり)》来《く》る道にぞ今朝《けさ》は迷《(まどふ)》らんこれになずらふ花なき物を

1219 年を重ねたので、私の黒髪も、白河で水を汲むまで落ちぶれた、というより、瑞歯(みずは)ぐむほどにも老いたことでありますよ。○筑紫の白河　筑紫は今の福岡県だけでなく九州の総称でもあった。白河は熊本県の阿蘇山に発し有明海に注ぐ。○水たべむ　水を飲もう。○白河のみづはくむまで　「黒髪」の「黒」と対照して「白河」と言ったのである。「落ちぶれて白河の水を汲むまで」という意と「瑞歯ぐむ」(老い果てて歯が抜け落ちた後に再びみずみずしい歯が生えて来る状態をいう)を掛ける。○かしこに　九州の地において。○名高く事好む女　有名で風流な女。▽水を汲むまでになり、また瑞歯ぐむまでに年老いたというのであるから、往時は、水汲みなどしない立場にあり、若々しく美しかったということを前提にしている。大和物語一二六段では、藤原純友の討伐に出かけた小野好古に対する歌になっていることを見ても、美女落魄説話として伝わっていたのであろう。

1220 頭に挿しておまじないをしても、立ちに立ってしまう実なき噂には、何事も無いようにと願う事無し草をもってしても、効き目がないことでしょうよ。○かゝる事なんある…　このような男関係があります。世間の人に言いふらしなさい。○かざすとも　神に願いをかけるために事無草を頭に挿しても。「かひやなからん」に続く。○事なし草　草の名だが、実体は未詳。枕草子には「事なし草は、思ふ事をなすにやと思ふもをかし」とあって、「事成草」を思わせるが、この歌の場合は「事無草」の意とするほかない。

1221 朝帰りする道で今朝は迷っていらっしゃるのでしょうか。ここの花になぞらえるようなすばらしい花はよそにありませんのに。○帰来る道　「今朝」とあるように、朝、女のもとから帰る道。「帰り来る」とあるが、現代語と違って、相手

女のもとに文《ふみ》つかはしけるを、返事《(かへりごと)》もせずして、後《のち》〳〵は、文《ふみ》を見もせで取《と》りなん置《を》くと、人の告《つ》げけ《ゝ》ればよみ人しらず

1222 大空《おほぞら》に行《(ゆき)か》交ふ鳥の雲地《(くもち)》をぞ人のふみみ《ゝ》ぬ物といふなる

紀伊介《きのすけ》に侍ける男《おとこ》のまかりかよはずなりにければ、かの男《おとこ》の姉《あね》のもとにうれへを《(お)》こせて侍ければ、「いと心うきことかな」と言《い》ひつかはしたりける返事《(かへりごと)》に

1223 紀伊国《きのくに》の名草《なぐさ》の浜《はま》は君なれや事のいふかひ有《(あり)》と聞《き》き《ゝ》つる

住《す》み侍ける女、宮仕《づか》へし侍けるを、友達《ともだち》なりける女、同《おな》じ車《くるま》にて貫之《つらゆき》が家にまうで来《き》たりけり。貫之《つらゆき》が妻《め》、客人《まらうど》に饗応《あるじ》せんとて、まかり下《お》りて侍ける程《ほど》に、かの女を思《(おもひ)》かけて侍け

方の場を起点として「そこへ帰って来る」、つまり「帰って行く」の意とすべきであろう。○これになずらふ　ここに咲く花になずらうほどの花。ここの女君をも擬す。▽「題しらず」とあるので、作歌事情はわからないが、男を送り出した家の女主人、もしくはそこに仕えている人の立場に立って詠んだと見ればよくわかる。

1222 大空を行き交う鳥が通る雲間の通路を、人が踏んでみることの出来ないものだと言っているようですが、あなたが取り置くだけで文を見ないことも、まさしくそれにあたりますよ。人の道に反しますよ。○後〳〵は…　始めは返事をしないだけだったが、後には手紙を見もしないで取っておくだけということを、おそらく女房が告げたのであろう。○雲地　鳥が通う雲の間の通路。↓六〇・三六五。○人のふみみぬ物　雲路は人が通れないので「人の踏みみぬ」と言い、「人の文(を)見ぬ」と掛けた。○いふなる　「なる」は伝聞推定の助動詞。言うようです。

1223 紀伊の国の名草の浜ならぬ、私を慰めてくださるお方はあなただったのでしょうか。名草の浜には貝があると聞いていますが、やはり申しあげただけの効(かい)があると聞いております。○紀伊介　紀伊国の次官。○うれへをこせて　女が苦しみを訴えて。○いと心うきことかなと…　「たいそうつらいことですねえ」と男の姉が言い送った返事に。紀伊介を通わせていた女が詠んだ歌である。○紀伊国の名草の浜　和歌山市の海岸。「慰む」を掛ける。○いふかひ有　「言った甲斐があった」と「浜に貝があった」の意を掛ける。

れば忍《しの》びて車《くるま》に入《い》れ侍《(はべり)》ける

つらゆき

1224 浪にのみ濡《ぬ》れつる物を吹風《(ふく)》のたよりうれしき海人《あま》の釣《つり》舟

男《をとこ》の物にまかりて、二年《ふたとせ》許《(ばかり)》有《(あり)》てまうで来《き》たりけるを、程経《ほどへ》てのちに、ことなしびに「異人《ことと》に名立《なた》つと聞《きゝ》しは、まことなりけり」と言《い》へりければ

よみ人しらず

1225 緑なる松ほど過《す》ぎばいかでかは下葉《したば》許《(ばかり)》も紅葉《ゝみぢ》せざらん

故女四のみこの後《ゝち》のわざせむとて、菩提子《ぼだいし》の数珠《ずゞ》をなん右大臣求《もと》め侍《(はべる)》と聞《きゝ》て、この数珠《ずゞ》を贈《ゝく》るとて、加《くは》へ侍《(はべり)》ける

真延法師

1226 思《(おもひ)》いでの煙や増《ま》さむ亡《な》き人の仏《ほとけ》になれるこのみ見《ゝ》ば君

1224 今迄は浪ならぬ涙に濡れるばかりでしたのに、思いがけず吹いて来た風によって嬉しくも岸に近づくことが出来た海人の釣舟のように、あなたに近づく機会を得たことを嬉しく思います。〇住み侍ける女… 貫之が共に住んでいた女、すなわち「貫之が妻(め)」のこと。宮仕えしていたのである。〇友達なりける女 貫之の妻の友達。共に宮仕えしていたのである。〇客人に饗応せんとて… 客である友達に饗応しようと車から下りていました時に。〇かの女を思かけて侍ければ 貫之がその妻の友達に以前から好意を抱いていたので。

1225 常緑の松も、待つ時間が長過ぎると、下の方の葉だけでも紅葉しないことがありましょうか。待つのが長すぎると少しは他に心を移すことがあって当然ですよ。〇物にまかりて どこかへ出かけて。「物」は目的地などを漠然と言う。〇まうで来たりけるを 女のもとへやって来たのであるが。〇ことなしびに 何事もなかったような素振りで。「言へりければ」にかかる。男が言ったのである。

1226 火葬の煙に加えてあなたの「思ひ出」の「ひ(火)」による煙がいっそう増すことでしょうよ。亡くなった人が仏になっておられるこの内親王の身と、木の実の数珠をあなたが御覧になられますと。〇故女四のみこ 醍醐天皇皇女で右大臣(当時は中納言)師輔の妻となった勤子内親王。天慶元年(九三八)十一月五日に三十五歳で没した。〇後のわざ 四十九日など、死者を弔い送る行事。〇菩提子 印度菩提樹の実(種子)。数珠の材料にする。今昔物語集十一ノ八参照。〇加へ侍ける 数珠に歌を添えて送ったのである。〇思いでの煙や増さむ 火葬の煙に加えて「思ひ出」の「ひ(火)」による煙が加わるだろう。〇亡き人の仏になれる 亡くなった人が成道する。「菩提」を翻訳した

返し　　　　　　　　　　　　　　　　右大臣

1227 道なれるこの身尋《(たづね)》て心ざし有《(あり)》と見るにぞ音《ね》をば増《ま》しける

「定《さだ》めたる妻《め》も侍らず、独臥《ひとりぶ》しをのみす」と、女友達《ともだち》のもとより、たはぶれて侍ければ　　　　よみ人しらず

1228 いづこにも身をば離《ゝな》れぬ影しあれば臥《ふ》す床《とこゝ》ごとに一人《ひとり》やは寝《ぬ》る

前栽の中《なか》に棕櫚《すろ》の木生《お(ひ)》いて侍と聞《きゝ》きて、行明《ゆきあきら》の親王《みこ》のもとより一《ひと》木乞《こ》ひにつかはしたれば、加《くは》へてつかはしける　　　　真延法師

1229 風霜に色も心も変《かは》らねば主《あるじ》に似《ゝ》たる植《うへ》木なりけり

のであろう。○このみ　現身の意の「この身」と菩提子が「木の実」であるので掛けた表現。

1227 成仏するための木の実、すなわち菩提子を探し求めてくださったお心持を見るにつけても、亡き人を偲んで泣く声に感激の声が加わることです。○道なれるこの身　「菩提子」の翻訳。○尋て　探し求めて。○心ざし有と見るにぞ　お気持を示してくださったと察するにつけても。○音をば増しける　亡き人を偲んで泣く声に感激の声が加わることであるよ。▽妻を失った師輔が菩提子の数珠を探していると聞いて、こんな物をさしあげると、かえって亡き人に対する思いが増すでしょうが…と言って届けて来たのに対して、亡き人を偲んで泣いている所に、こんなに御親切に菩提子の数珠をお届けくださったお心のやさしさ、ただただ涙が加わるばかりです…と言って感謝しているのである。勤子内親王の極楽往生を前提にして歌を送った真延法師に対して、師輔は判断を加えず、感謝の気持だけを表したのは立派である。

1228 どこにいても、我が身を離れない人の影がありますので、どこの寝床で寝ても、独り寝なんて、いたしておりましょうか。○定めたる妻も…　「あなたは定まった妻もありませんで…」と女友達が男をからかったのである。

1229 この棕櫚の木は常緑で、風や霜にあたっても、色も心も変わりませんので、まさにここの主の私に似た植木でありますよ。私のあなたに対する心は常に変りません。○前栽　真延法師の寺の前栽である。○棕櫚　「しゅろ」の直音表記。南国系の鑑賞用喬木。ヤシ科に属し常緑。和名抄に「椶櫚」という字で見える。○行明の親王　→一〇。▽和漢朗詠集・上「子日」の項に採られている菅原道真の「風霜ノ侵シ難キニ習フ」のように松について言われることを棕櫚について言ったのが目新しい。

返し　　　　　　　　　　行明の親王《みこ》

1230 山深み主《あるじ》に似た《ゝ》る植《うへ》木をば見えぬ色とぞ言《い》ふべかりける

大井なる所にて、人〳〵酒《さけ》たうべけるついでに　　　　業《なり》平《ひら》の朝臣

1231 大井河浮《う》かべる舟の篝《かゞり》火に小《を》倉《ぐら》の山も名のみなりけり

題しらず　　　　　　　　よみ人も

1232 明日香河我《わ》が身ひとつの淵瀬《ふちせ》ゆへ《（ゑ）》なべての世をも怨《（うらみ）》つる哉《（かな）》

思事侍《（おもふことはべり）》ける頃《ころ》、志賀に詣《まう》でて《ゝ》

1233 世中《（よのなか）》を厭《いと》ひがてらに来《こ》しかども憂《う》き身ながらの山にぞ有《（あり）》ける

1230 常緑で色が変らぬ植木ゆえ主に似た植木だとあなたはおっしゃいましたが、ここは山深い所ですので、主である私に似た植木といえば、緑などではなく、まさに無色界そのものと言うべきでありましょう。○山深み　行明親王は山に閑居していたことがわかる。○見えぬ色　仏教で言う無色界。肉親から離れ、物質の束縛から脱して心の働きだけがあるという世界における色。

1231 大堰川に浮かんでいる舟の篝火によって、あたり全体が明るくなり、暗いゆえの命名といわれる小倉山も、名前だけということでありましたよ。○大井なる所　「大堰」と書くのがよい。今の京都市右京区嵯峨の渡月橋あたりに大きな堰塞が設けられていたので、桂川上流のこのあたりを大堰川と言った。○浮かべる舟の篝火に　鵜をとるために篝火をたくのである。業平集の一本には「うかぶ鵜舟の篝火に」とある。○小倉の山　嵯峨にある山の名。小暗(をぐら)いというイメージを表わす歌枕として詠まれる。

1232 人の世の浮き沈みをよく「明日香河の淵瀬」に喩えますが、そのような浮き沈みは我が身だけにあることゆえ、浮き沈みなどがない世間一般を、つい怨んでしまうのです。○明日香河…淵瀬　古今集・雑下の「世の中はなにか常なる明日香河昨日の淵ぞ今日は瀬になる」により、人の世の有為転変を喩えた。○なべての世　世間一般のありよう。▽下句は、拾遺集・恋五にも採られている貫之の「おほかたの我が身ひとつのうきからになべての世をも怨みつるかな」と一致する。

1233 世の中を厭う気持を抱きつつ、ついやって来たのだけれども、ここもまた、憂き身ながらの長良の山であったよ。○志賀に詣でて　今の大津市にあった志賀寺(崇福寺)に参詣して。○世中　世間の意に解してよいが、男女間のことをい

父母《ちゝはゝ》侍《(はべり)》ける人の娘《むすめ》に忍《しの》びて通《かよ》ひ侍けるを、聞き《きゝ》つけて、勘事《かうじ》せられ侍けるを、月日経《へ》て隠《かく》れわたりけれど、雨降《ふ》りて、えまかり出《い》で侍らで、籠《こも》りゐて侍けるを、父母聞き《ちゝはゝきゝ》つけて、いかゞはせむとて、許《ゆる》すよし言《い》ひて侍ければ

1234 下《した》にのみ這《は》ひ渡《(わたり)》つる葦《あし》の根《ね》のうれしき雨にあらはるゝ哉《(かな)》

人の家にまかりたりけるに、遣《やり》水に滝《たき》いとおもしろかりければ、帰《かへ》りて、遣《つかは》しける

1235 滝《たき》つ瀬《せ》に誰白玉を乱《みだ》りけん拾《ひろ》ふとせしに袖はひちにき

法皇吉野の《よしのゝ》滝《たき》御覧じける、御供《とも》にて

源昇朝臣

1236 何時《いつ》の間《ま》に降《ふ》り積《つ》もるらんみ吉野の《よしのゝ》山の峡《かひ》より崩《くづ》れ落《お》つる雪

う場合も多い。○厭ひがてらに　俗世を逃れることをも一つの目的として。「がてら」は、一つの目的にもう一つを兼ねて、の意。○憂き身ながらの山　おもしろくない我が身そのままの長良山。「ながらの山」は「憂き身ながら」と滋賀の名所である「長良山」を掛ける。

1234 地下に隠れて延びてゆく葦の根が雨に洗われて地上に現れ出るように、今迄こっそりと隠れてかよっていました私も、この嬉しい雨に洗われるように、堂々とかよえるようになったことですよ。○聞きつけて勘事せられ侍けるを　女の父母が娘を叱りつけ厳しく監督したのである。○隠れわたりけれど　こっそり隠れて女のもとに通っていたのであるが。○雨降りてえまかり出で侍らで　雨が降ったので帰れなくなったのである。○いかゞはせむとて　どうしようか、どうしようもないとあきらめて。

1235 滝つ瀬に誰が白玉を乱れ散らしたのだろうか。拾おうとしたところ、受け留めるべき袖を濡らしてしまったことであるよ。○遣水に滝いとおもしろかりければ　庭に引き込んだ水路に段差を設けて滝のようにしてあったのに感心したのである。○滝つ瀬　本来は「激つ瀬」で、激しく流れる瀬を言ったが、滝そのものを言う歌語としても用いられるようになった。

1236 何時の間に降り積もっていたのだろうか。吉野山の峡谷から崩れ落ちる雪。いや、あれは滝の水なのであったよ。○法皇　宇多法皇。▽昌泰元年(八九八)十月、宇多法皇は侍臣とともに吉野の宮滝へ行幸、多くの和歌が作られた。これもその時の作。古今集の三一七・三二一・三二七などのように、雪が一般的なイメージになっていた吉野山であるゆえに、滝の壮大さを山峡から崩れ落ちる雪に見立てたスケールの大きさはみごとである。

法皇御製

1237 宮の滝《たき》むべも名におひて聞《き》こえけり落《お》つる白泡《しらあわ》の玉と響《ひゞ》けば

山踏《ぶ》みし始《はじ》めける時

僧正遍昭

1238 今更《いまさら》に我は帰《かへ》らじ滝《たき》見つゝ呼《よ》べど聞《き》かずと問はば答《こた》へよ

題しらず

よみ人も

1239 滝つ瀬《せ》の渦巻《うづまき》ごとにとめ来《く》れど猶《なほ》尋《たづね》来《く》る世の憂《う》きめ哉《かな》

初《はじ》めて頭《かしら》おろし侍《はべり》ける時、物《もの》に書《か》きつけ侍ける

遍昭

1240 たらちめはかゝれとてしもむばたまの我《わ》が黒髪《くろかみ》を撫《な》でずや有《あり》けん

1237 宮の滝は、なるほどと、そのような名を持っている理由がわかることだよ。落ちる白泡が玉のように響くものだから。○むべも なるほど。だからやはり。○名におひて その名を背負っていると。○聞こえけり わかってくる。▽玉楼とか玉の台《うてな》とか言うように、宮殿は玉で飾り立てられるものであることを前提に、このように洒落たのである。

1238 もう今さら私は俗世には帰らないつもりだ。誰かが問うたならば、滝を見ているばかりで、いくら呼んでも聞かなかったと答えてください。○山踏み 仏道修行のために山野を歩くこと。○我は帰らじ 俗世には帰らないつもりだ。○滝見つゝ 既に決意して山中に入って修行していることを示すとともに、滝の音によって呼んでも聞こえないということを言っているのであろう。▽山中の滝を巡り、滝に打たれて修行するのが、山踏みの一般的イメージだったのであろう。

1239 滝つ瀬の渦巻く所を一つ一つ探し求めてやって来るのだが、やはり、さらにそこまで追いかけて訪ねて来るのは俗世の苦しみであるよ。○滝つ瀬 「激つ瀬」が本来の形であったのだろうが、「滝つ瀬」と書くことが多い。激流逆巻く瀬であるゆえに、「渦巻ごとに」と言ったのであろう。▽滝や激流が多い高山に入って修行しようとするのだが、俗世の憂さが追いかけて来るというのである。

1240 我が母は、このように髪を削るようにと願って私の黒髪を撫ではしなかっただろうに。○頭おろし侍ける時 剃髪した時。○物に 何か、紙でないものに書きつけたのであろう。○たらちめ 母。当初「母」にかかる枕詞であった「たらちね」が「親」にかかるようになり、親そのものの意にも用いられるようになって来た段階で、母だけを言う語として転成した。○かゝれとてしも か

陸奥守《みちのくにのかみ》にまかり下《くだ》れりけるに、武隈《たけくま》の松の枯《か》れて侍けるを見て、小松《こまつ》を植《う》へ《(ゑ)》継《つ》がせ侍て、任果《は》てて《ゝ》後《のち》、又同《おな》じ国《くに》に《ゝ》まかりなりて、かの前《さき》の任に植《う》へ《(ゑ)》し松を見侍て

藤原元善《もとよし》の朝臣

1241 栽《(うゑ)》し時 契《(ちぎり)》やし剣《(けん)》 武隈《たけくま》の松をふたゝび逢《あ》ひ見つる哉《(かな)》

伏見《ふしみ》といふ所にて、その心をこれかれよみけるに

よみ人しらず

1242 菅原や伏見の暮《くれ》に見わたせば霞にまがふ小《を》初瀬《はつせ》の山

題しらず

1243 事の葉《は》もなくて経《へ》にける年月にこの春だにも花は咲《さ》かなん

くあれと願って。つまりこのように剃髪の身であれと願って。「し」「も」は強意の助詞。〇むばたまの　「ぬばたまの」に同じ。「黒髪」の「黒」にかかる枕詞。▽「ずや有けん」は後代の例だが「初時雨しのぶの山のもみぢ葉を嵐吹けとは染めずやありけん」(新古今集・冬・七条院大納言)と同じ用法。

1241 植えた時に、また逢い見ようと契ったのだろうか。そんなことはなかったのに、こうして武隈の松を再び逢い見たことであるよ。〇武隈　宮城県岩沼市。陸奥の国府があった所。〇任果てて後　陸奥守の任期が終わった後。〇又同じ国にまかりなりて　また陸奥守に任じられたのである。〇かの前の任に植へし松　「かの」は「松」にかかる。前の任期の時に植えたあの松。〇契やし剣　地方官として赴任することは望んでいなかったので予想もしていなかったという気持。

1242 菅原の伏見の里、ここで、「臥し見」という地名にふさわしく、暮れ方にずっと見渡すと、霞にまがうように初瀬の山が見えることであるよ。〇伏見といふ所にて　歌に「菅原や伏見」とあるので、京都の伏見ではなく、大和の伏見。奈良市の西。垂仁天皇の菅原伏見東陵のある尼辻(あまがつじ)から安康天皇の菅原伏見西陵のある宝来にわたる地域。菅原氏の本貫。〇その心を…　「伏見」という名を何らかの形で生かした歌。だから、「伏し見(臥し見)」から「暮に見わたせば」という表現が生れたのである。

1243 あなたのお言葉もないままに過ごして来た年月ですが、せめてこの春だけでも花は咲いてほしいものです。〇事の葉　形をなした言葉や和歌。この場合は相手の手紙。〇年月に　年月の中に。「に」は格助詞だが、逆接の形で後に続けて訳してよい。〇花は咲かなん　「花」は「言の葉」の「葉」に対する縁語。

身のうれへ侍《(はべり)》ける時、摂津《つ》の国《くに》にまかりて住《す》み始《はじ》め侍けるに

業平朝臣

1244 難波《なには》津《づ》を今日《けふ》こそみつの浦ごとにこれやこの世をうみわたる舟

時に遇《あ》はずして、身を恨《うら》みて籠《こも》り侍ける時

文室康秀

1245 白雲の来《き》宿《やど》る峰の小《こ》松原枝繁《しげ》けれや日の光《ひかり》見ぬ

心にもあらぬことを言《い》ふ頃《ころ》、男《おとこ》の扇に書《か》きつけ侍ける

土左

1246 身に寒《さむ》くあらぬ物からわびしきは人の心の嵐なりけり

1244 難波津を今日まさに見た。この御津の浦ごとに見える舟、これが、まさしく海ならぬこの世を憂みわたる舟と言うべきであるよ。〇身のうれへ侍ける時　一身上について欲求不満を感じている時。〇摂津の国　今の大阪府中西部から兵庫県神戸市の須磨にまで至る地。〇住み始め侍けるに　一時的に隠棲したのである。「…事にあたりて、津の国須磨といふ所にこもり侍りけるに…」という詞書を持つ古今集・雑下の在原行平の歌が思い出される。〇今日こそみつの浦ごとに「今日こそ見つ」と「御津の浦」を掛ける。御津は政府御用の港のこと。〇この世をうみわたる舟「この世を憂みわたる」と「海渡る」を掛ける。

1245 白雲がやって来て宿る峰の小松原は、枝が繁っているからだろうか、中に入ると陽の光を見ないことであるよ。〇時に遇はずして　権門の引き立てを得ないで。〇身を恨みて　我が身の拙さを恨んで。〇白雲の来宿る峰　詞書に「籠り侍りける時」とあるように、山に籠居していたのであろう。「白雲のたえずたなびく峰にだに住めば住みぬる世にこそありけれ」(古今集・雑下)のように「白雲の来宿る」は、俗世を捨てて仙人のように山に住んでいる雰囲気を表わす。〇日の光　恩寵を喩える。古今集・雑上「日の光藪し分かねば…」と同じ用法。

1246 今のお言葉はこの扇の風のように我が身にとって寒くは感じませんが…つらいのは、やがてあなたのお心から吹いて来て、今のお言葉をも散り散りにしてしまう嵐なのでございます。〇心にもあらぬことを言ふ頃　男が本心とは違うやさしいことを言う頃。〇人の心の嵐　人の心から吹いて来る嵐。嵐は木の葉を散らせるように、あなたの心から吹いて来る嵐が、今のお言葉をも散り散りに散らせてしまうでしょうと皮肉っているの

1247 ながらへば人の心も見るべきを露《つゆ》の命《いのち》ぞかなしかりける

人のもとより、「久《ひさ》しう心地わづらひて、ほと〳〵しくなんありつる」と言《い》ひて侍ければ　閑院大君

1248 もろともにいざとは言《い》はで死出《しで》の山いかでか一人越《ひとりこ》えんとはせし

月夜に、かれこれして　かむつけのみねお(を)

1249 を(お)しなべて峰も平《たひ》らになりなな《ゝ》ん山の端《は》なくは月も隠《かく》れじ

である。▽夏である今、この扇の風は寒くはないが、やがて秋になってあなたの心から吹いて来る嵐に、今のお言葉も散り散りになってしまうのが予見されると言っているのである。

1247 長生きすればあなたのお心がお言葉と同じかどうか確かめられるのですが、とてもそれまで生きられない露のようにはかない我が命であるのが悲しいことでございます。○人の心も見るべきを　「あの人の心をも確認出来るのに」と訳し得るが、その相手の人に贈った歌と見れば、「あなたのお心をも確認出来るのに」と訳すことも出来る。

1248 「ご一緒に、さあ、どうぞ…」などと言わないで、死出の山を、どうして一人で越えようとなさったのですか。○人のもとより　作者が女であるので、「男のもとより」と訳せばよい。○心地わづらひて　気分がどうしようもなくなって。○ほと〳〵しくなんありつる　ほとんど死にそうだったよ。○死出の山　死後、冥土へ行くために越えなければならぬ山。▽古今集・恋五の「死出の山麓を見てぞ帰りにしつらき人よりまづ越えじとて」を意識して詠まれた歌であろう。

1249 全体に峰も平たくなってしまってほしい。もし山の端がなければ月が隠れることもないだろうと思うので。○かれこれして　あの人この人、気の合う人々が集まって。○平らに　平地に。○なりななん　なってしまってほしい。「な」は完了の助動詞「ぬ」の未然形。「なん」はあつらえの終助詞。…してしまってほしい。○山の端　山の稜線。▽伊勢物語八十二段の最後の歌「おしなべて峰も平らになりななん山の端なくは月も入らじを」は、この歌の改作。

後撰和歌集巻第十八

雑　四

蛙《かはづ》を聞《き》き《ゝ》て　　　　よみ人しらず

1250 我《わ》が宿《やど》にあひ宿《やど》りして住《す》む蛙《かはづ》夜《よる》になればや物は悲《(かなし)》き

人《ひと》〴〵あまた知《し》りて侍《(はべり)》ける女のもとに、友達《だち》のもとより、「この頃《ごろ》は思定《(おもひさだめ)》たるなめり。たのもしき事也」と戯《たはぶ》れを《(お)》こせて侍ければ

1250 我が家に同居して住んでいる蛙は、夜になったから、私と同様に物悲しいのだろうか、あのように鳴いているよ。〇あひ宿りして住む　同じ家にいっしょに住むこと。〇蛙　「我が宿に」共に住むということだから、「河鹿」ではなく「蛙」のことである。▽やや説明不足の感があるのは、蛙が鳴いているということを一言も言っていないのと、「あひ宿りして」いるゆえに、「そのもう一人の住人である私と同様に」の意が述べられていないからであろう。

1251 玉江を漕ぐ葦刈り小舟が棹をさして葦を分けて進むように、誰を誰という形で指し示して相手を定めるようなことはいたしません。〇人〲あまた知りて侍ける女　男達をたくさん知っている女。〇思定たるなめり　一人の男に焦点を定めたようですね。〇たのもしき事也　あなた自身、安心ですね。〇戯れをこせて　冗談まじりに言って来たので。〇玉江漕ぐ　「玉」は美称の接頭語だが、「三島江の玉江の葦をしめしより…」(拾遺集・雑恋、万葉集にも類歌あり)を意識しているとすれば、摂津の三島江(今の摂津市・高槻市・茨木市の淀川沿いの所)のことになる。〇さし分けて　「さし」は舟を漕ぐ棹の縁語。特別に指名すること。特別に指名して。〇誰を誰とか我は定めん　「か」は反語。私は誰を誰とか我は定めましょうか。定め

1251 玉江漕《こ》ぐ葦刈《あしか》り小舟《を》さし分《わ》けて誰を誰《たれ》とか我は定めん

男《をとこ》の、はじめ如何《いか》に思《おも》へるさまにか有《(あり)》けむ、女の気色《けしき》も心解《と》けぬを見て、「あやしく思《おも》はぬさまなること」と言《い》ひ侍ければ

1252 陸奥《みちのく》のおぶち《(を)》の駒《こま》ものがふには荒《あ》れこそ勝《まさ》れなつくものかは

中将にて内にさぶらひける時、相知《あひし》りたりける女蔵人《(にょくらうど)》の曹司《ざうし》に、壺《つぼ》やなぐひ・老懸《おいかけ》を宿《やど》し置《を》きて侍けるを、俄《にはか》に事ありて、遠《とを》き所にまかり侍けり。この女のもとより、この老懸《おいかけ》をおこせて、あはれなる事など言《い》ひて侍ける返事《(かへりごと)》に

源善《(よし)》朝臣

1253 いづくとて尋来《(たづねき)》つ覧《(らん)》玉かづら我は昔の我ならなくに

はいたしません。

1252 陸奥のおぶちの駒も野で飼う場合には荒れることが一段と勝るものですが、私たちの場合もあまりいやがりなさると、親しく出来なくなってしまいますよ。〇如何に思へるさまにか有けむ　どのように思っている様子だったのだろうか。〇あやしく思はぬさまなること　「おかしなほど想像もしなかったあなたの様子であるよ」の意。男の言葉である。〇おぶちの駒　「尾駮」は青森県下北半島太平洋側の地。「尾駮の駒」はそこで産する馬。〇のがふ　野で馬を放し飼いにする意の「野飼ふ」と、新撰字鏡が「送却」という字を読ませる「嫌って他へ押しやる」の意の「のがふ」を掛ける。古今集・誹諧歌「いとはるる我が身は春の駒なれやのがひがてらに放ち捨てつる」と同じ用法。

1253 ここをどこだと思って訪ねて来たのだろうか、この老懸は。私はもう昔の近衛中将の私ではないのになあ。〇女蔵人　宮中に勤める下級の女官。〇曹司　使用人が宮中に与えられている部屋。〇壺やなぐひ　壺胡簶。矢を挿して背負うやなぐい(胡簶)の一種。〇老懸　武官が正装する際、冠の左右につける半月形のもの。作者の善は近衛中将であったので「壺胡簶」や「老懸」など武官の正装のままに女のもとに行き、それらを女の曹司に預けていたのであろう。〇俄に事ありて…　昌泰四年(九〇一)菅原道真の事件に連座して出雲へ左遷されたのである。〇あはれなる事　しみじみとした別れの言葉。〇尋来つ覧　老懸を擬人化して言っているのである。〇玉かづら　一六二に見られるように「懸けて」に続く枕詞として用いられるので、ここは「老懸」のこととして用いられている。〇我は昔の我ならなくに　今は左遷されて壺胡簶や老懸をつける近衛の官人の身でないのに…と言っているのである。

たよりにつきて、人の国《くに》の方《(かた)》に侍《(はべり)》て、京にひさしうまかりのぼらざりける時に、友達《ともだち》につかはしける

よみ人しらず

1254 朝毎《あさごと》に見し宮《(みや)》こ地《(ぢ)》の絶《た》えぬれば事あやまりにとふ人もなし

遠《とを》き国《くに》に《ゝ》侍ける人を、京にのぼりたりと聞《き》き《ゝ》てあひ待《ま》つに、まうで来《き》ながら、とはざりければ

1255 何時《いつ》しかと待乳《まつち》の山の桜花待《ま》ちてもよそに聞《き》くがか《ゝ》なしさ

題しらず

伊勢

1256 いせ渡《わた》る河は袖より流《なが》るれどと《ゝ》ふにとはれぬ身はうきぬめり

1254 毎朝見ていた都の往来もすっかり意識から消えてしまった私ですから、間違って手紙をよこす人とてありません。〇たよりにつきて　縁に従って。男が地方官になって赴任したのについて行ったのであろう。〇人の国　他国。地方。〇事あやまり　言葉の誤り。言いそこね。▽詞書の「たよりにつきて」から女の歌として解釈した。女房時代につきあっていた友達に贈ったのであろう。女房時代につきあっていた友達に贈ったのであろう。

1255 何時お出ましがあるかと待っていますのに、待乳山の桜のように遠くにいらっしゃるという噂を聞くのは悲しいことです。〇まうで来ながら　上京していながら。〇待乳の山　今の奈良県五條市と和歌山県橋本市の境にある山。「待つ」意を掛けて詠むことが多かった。▽桜の季節だったから「待乳の山の桜花」と言っただけで、待乳山の桜が特に有名であったわけではない。

1256 多くの瀬をたどって渡る大河は私の袖を伝って流れていますのに、私の方からお便りしても、お便りをいただけない私の身は浮いているように、またまさしく憂き身そのものであると思われることです。〇いせ渡る河　「いせ」は「五十瀬」と書く。「五十日」を「いか」と言うのと同じである。多くの瀬をたどって渡るほどの河。大河のこと。作者である伊勢自身の名を詠みこんでいる。〇袖より流るれど　袖を伝って流れる河とは涙河のことである。涙がきわめて多く流れると言っているのである。〇身はうきぬめり　我が身がその大河に浮いてしまうほど大量の涙だと言っている。また「身は憂き」を掛ける。

北辺左大臣

1257 人目《め》だに見えぬ山地《(ち)》に立雲《(たつ)》を誰《たれ》すみがまの煙といふらん

伊勢

男《をとこ》の「人にもあまた問《と》へ。我やあだなる心ある」と言《い》へりければ

1258 明日香《あすか》河淵瀬《せ》に変《かは》る心とはみな上下《かみしも》の人も言《い》ふめり

女の母《はゝ》

人の婿《むこ》の「今まうで来《こ》む」と言《い》ひてまかりにけるが、文《ふみ(お)》をこする人ありと聞《きゝ》て、久《ひさ》しうまうで来《こ》ざりければ、あとうがたりの心をとりて、「かくなむ申《(まうす)》める」と言《い》ひつかはしける

1259 今来《こ》むと言《い》ひし許《(ばかり)》を命《いのち》にてまつに消《け》ぬべしさくさめの刀自《とじ》

1257 人に見られない山路に立っている雲を、誰が住みついて焼いている炭竈の煙だと人は言うだろうか。誰も気がつかないだろうよ。○立雲を 「立つ」は「煙」にふさわしい動詞。「立つ煙が雲のように見えるのを」の意。やや言葉足らずである。○誰すみがまの煙 「住み」と「炭竈」を掛ける。▽北辺左大臣は貞観十年(八六八)に没した嵯峨天皇の第一皇子源信。

1258 すぐに淵が瀬に変る明日香河のような変りやすいお心だと、身分の高い人も低い人も、皆言っているようですよ。○人にもあまた問へ… 私に浮気な心があるかどうか、多くの人に聞いてみよ、と言っているのである。○みな上下の人 河の縁語で「水上」「水下」と続け、あわせて「皆、上下の人も…」という意を示している。▽すぐに変りやすい人の心を明日香河の淵瀬に喩える例は五三五・七五〇・七五一・七五二など、後撰集にきわめて多い。

1259 「またすぐ来ましょう」とおっしゃったお言葉だけを命の糧にしてお待ちしておりましたが、あの松明(たいまつ)が消えるまで待っていたさくさめの刀自の物語のように、私の命も、待つ苦しみで消え入りそうでございますよ。○今まうで来むすぐにやって来ますよ。○まかりにけるが 帰って行った人が。○文をこする人ありと聞きて… 女に手紙を送って来る人がほかにいると聞いて元の男がやって来なくなったのである。○あとうがたりの心をとりて 「あとう語りの内容を用いて」という意であろうが、その内容は未詳。○かくなむ申める 娘がこのように言っているようです。○まつに消ぬべし 松明が消えるのと男を待っている間に命が消えてしまう意を掛けているのであろう。○さくさめの刀自 「あとう語り」の登場人物であろう。「刀自」は一家を切り盛りする女性で年齢に関係はない。

返し　　　　　　　　　　　　むこ

1260 数《かず》ならぬ身のみ物憂《う》く思《おも》ほえて待《ま》たるゝまでもなりにける哉《(かな)》

常《つね》に来《く》とて、うるさがりて、隠《かく》れければ、つかはしける

よみ人しらず

1261 有《(あり)》と聞《(きく)》音羽《をとは》の山の郭公《(ほととぎす)》何隠《かく》るらん鳴《な》く声《こゑ》はして

物に籠《こも》りたるに、知《し》りたる人の局並《つぼねなら》べて正月行《をこ》なひて出《い》づる暁に、いと汚《きたな》げなる下沓《したうづ》を落《お》としたりけるを、取《と》りてつかはすとて

1262 あしのうらのいと汚《きたな》くも見ゆる哉《(かな)》浪は寄《よ》りても洗《あら》はざりけり

1260 婿の数にも入らない我が身がつらく思われていたのに、待たれるほどになってしまったことだなあ。▽女に手紙を送る人がほかにいるということを聞いて気後れしてしまっていた男の返歌であるので、「待たるる」を自発に解して「お誘いのたよりを自然に待つような消極的な態度になってしまっていたことだよ」と訳すことも出来るが、受身に解した方が答歌として生き生きとして素直な婿の様子が彷彿とする。

1261 そこにいることが音でわかる音羽の山のほととぎすよ。どうして隠れているのか。鳴く声は聞こえているのに。○有と聞音羽の山の郭公「有りと聞く音は…」と「音羽の山の郭公」を掛ける。「音羽の山」は今の京都市山科区。○何　疑問副詞。どうして。

1262 葦の生えている浦がたいそう汚く見えますよ。浪が寄っても洗わないからでしょうね。下ぐつがないと、足の裏がたいそう汚く見えますよ。だからお届けしますよ。○物に籠りたるに　あるお寺に参籠したところ。○知りたる人の局並べて…　かねて知っている男が隣の部屋で正月の参籠を行なって出立する暁に。○下沓　「したぐつ」と同じ。男が束帯を着る時に靴の下に穿く白の平絹の靴下。○あしのうらの　「葦の浦」と「足の裏」を掛ける。▽かねて知っていた男が某寺の隣の局に参籠している。関心を持っていたところ、何と汚い下沓を落して行った。「葦の浦」で一首をまとめつつ、「足の裏のいと汚くも見ゆるかな」と言い送った即興ぶりは、後撰集ならではという感がする。

1263 人の心はすぐ変るもの。白露が消えるまでの短い間でさえ、これに比べると、なお長いぐらいですよ。▽「人心」は、相手の心。

題しらず

1263 人心たとへて見れば白露の消《き》ゆる間《ま》も猶《(なほ)》久《ひさ》しかりけり

1264 世中《(よのなか)》と言《い》ひつる物かかげろふのあるかなきかのほどにぞ有《(あり)》ける

友達《だち》に侍《(はべり)》ける女の、年《とし》久《ひさ》しくたのみて侍ける
男《おとこ》に訪《と》はれず侍ければ、もろともに嘆《なげ》きて

1265 かく許《(ばかり)》別《(わかれ)》のやすき世中《(よのなか)》に常《つね》とたのめる我ぞはかなき

常《つね》になき名《な》立《た》ち侍ければ　伊勢

1266 塵《ちり》に立《(たつ)》我《わ》が名《な》清《きよ》めんもゝしきの人の心を枕《まくら》とも哉《(がな)》

1264 これが世の中と言っているものでありましょうか。まさしくかげろうのように、あるのか、ないのか、わからないほどのはかない短さでありますよ。○世中　前歌の「人心」と同じように男女の世界と見てよい。○言ひつる物か　これが…と言うものなのか。○かげろふのあるかなきか　陽炎《(かげろう)》がすぐ消えるようにはかない。↓一二六一。▽前歌に続いて「男心」のうつろいやすさを常套的な比喩を用いて一般的に述べてみたのである。

1265 これほどまでに別れることが簡単な男女の中であるのに、常に変らぬものだと信じこんでいた私こそ、まさにこの世以上にはかない存在であったことよ。○世中　「別れのやすき」と具体的に言っているので、「男女の中」と訳してみた。○常とたのめる　変らないものであると安心していた。▽世の中がはかないとはよく言うことであるが、そんな世の中を信じていた自分がはかない存在であったと、友の経験を自分のこととして言っているのである。

1266 塵のように立つ私の無き名を清めたいものです。枕は真実を知るというから、この内裏の人の心を枕にしたいもの。そうすれば、あの噂、この噂、すべて無いことだとわかってもらえましょうから。○なき名　ありもしない評判。○塵に立　「塵をだに据ゑじとぞ思ふ咲きしより妹と我が寝る床夏の花」（古今集・夏）のように「塵」は「(寝)床」の縁語。○もゝしきの人の心　内裏の人々の心。「ももしき」の「しき」も「(寝)床」の縁語と見てよい。▽古今集・恋一「我が恋を人知るらめやしきたへの枕のみこそ知らば知るらめ」のように枕が恋の実相を知っているという把握を前提にして詠まれているが、同じ伊勢の「知るといへば枕だにせで寝しものを塵ならぬ名の空に立つらん」（古今集・恋三）と同発想である。

あだなる名立《た》ちて言《い》ひ騒《さは》がれける頃《ころ》、ある男《おとこ》ほのかに聞《き》きて、「あはれ、いかにぞ」と問ひ侍《(はべり)》ければ　　小《こ》町《まち》が孫《むまご》

1267 うき事をしのぶる雨の下《した》にして我《わ》が濡衣《ぬれぎぬ》はほせど乾《かは》かず

隣《となり》なりける琴《こと》を借《か》りて、返《かへ》すついでに　　よみ人しらず

1268 逢事《(あふ)》のかたみの声《こゑ》の高《たか》ければ我《わ》が泣《な》く音《ね》とも人は聞《き》かなん

題しらず

1269 涙のみ知《し》る身の憂《う》さも語《かた》るべく嘆《なげ》く心を枕《まくら》にも哉《(がな)》

物思《(おもひ)》ける頃《ころ》　　伊勢

1267 いやなことを辛抱しているこの雨の下ならぬ天の下にいるゆえに、私の濡衣は幾らほしても乾きません。○あだなる名立ちて　浮気だという評判が立って。○あはれいかにぞ　かわいそうに、どうなっているのだ。○雨の下　仏教語の「天下」の翻読語の「あめのした」と「雨の下」を掛ける。○濡衣　↓九八・九五五・九五六・一二〇二。

1268 存分に賞翫させていただいて形見のようになったこの琴の音が高いので、逢うことが難しいゆえに泣いている私の泣き声だとでもあなたには思って聞いていただきたいものです。○隣なりける琴　隣家にあった琴。○逢事のかたみの声「逢うことが難み」と「形見の琴の声」を掛ける。「形見」はその思いを託して残す物。○人は聞かなん「人」は隣家の人のこと。「あなたは」と訳してよい。

1269 あの歌のとおり、涙だけが知っている我が身の憂さをも語り合えるように、私と同様に嘆く心を枕にしたいものですよ。○涙のみ知る身の憂さ　古今集・雑下「世の中のうきもつらきも告げなくにまづ知るものは涙なりけり」による。○嘆く心を枕にも哉　一二六六の注にも示した古今集・恋一の「我が恋を人知るらめやしきたへの枕のみこそ知らば知るらめ」による。▽男女の間の憂さは涙だけが知り、切ない恋の思いは枕だけが知っている、共に語り合い慰め合いたいと、涙と枕を擬人化して言っているのである。

1270 何度も逢った上で、なお恋の物思いに苦しむ今日この頃の私の袖は、たまっている涙に映っている月までが、私と同じく泣き濡れた顔をしていることであるよ。○逢ひに逢ひて「逢ふ」を強調した言い方。あれほど何度も逢った上で。○物思　恋の苦しみに悩むこと。▽古今集・恋五に「題しらず　伊勢」という形で同じ歌が見える。後

1270 逢《あ》ひに逢《あ》ひて物思《(おもふ)》頃《ころ》の我《わ》が袖は宿《やど》る月さへ濡《ぬ》るゝ顔《かほ》なる

ある所に、簾《す》の前《まへ》に、かれこれ物語《がたり》し侍ける を聞《き》き《ゝ》て、内《うち》より、女の声《こゑ》にて「あやしく物 のあはれ知《し》り顔《がほ》なる翁《おきな》かな」と言《い》ふを聞《き》き《ゝ》て

つらゆき

1271 あはれてふ事にしるしは無《な》けれども言《い》はではえこそあらぬ物なれ

女ともだちの常《つね》に言《い》ひかはしけるを、ひさし く訪《をとづ》れざりければ、十月許《(ばかり)》に、「あだ人の思 ふと言《い》ひし事の葉《は》は《ゝ》」といふ古言《ふるごと》を言《い》ひかは したりければ、竹の葉《は》に書《か》きつけてつかはし ける

よみ人しらず

1272 うつろはぬ名《な》に流《なが》れたる川竹《かは》のいづれの世にか秋を知《し》るべき

撰集は「物思ひける頃」という詞書を付して別の収録方法を示したのであろう。

1271 「あはれ」という言葉に、言ったからどうというような効能はないけれども、やはり「あはれ」と言わざるを得ないもの、それがまさしく「あはれ」なのであるよ。○ある所に簾の前に　簾の前ということで、身分ある女君の前であることがわかる。○かれこれ　あの人この人が集って。○物語し侍けるを　後に見える「あはれ知り顔なる翁かな」という言い方から見て、歌物語をしていたと考えてよかろう。感情を揺さぶられるような歌物語を貫之らが語っていたのであろう。○内より女の声にて　女君とともに簾の中にいた女房の声であろう。○あやしく物の…　おかしなほど物のあわれを知っている顔をしている翁ですねえ。○しるしは無けれども　効能はないけれども。○言はではえこそ…　「え…ぬ」の否定の形。「こそ」があるので「ものなれ」と已然形で結んでいる。言わないではいられないものであるよ。▽貴人の御簾の前に集って物語をし、あげくには「あはれ」の本質論議をしているのがおもしろい。

1272 うつろうことがないという定評が広まっている川竹のように、私は、いずれの世にも、秋、飽きるということを知るはずもありません。○女ともだちの常に言ひかはしけるを　女同士の友達で常に音信をしていた人を。○あだ人の思ふと言ひし事の葉は　歌の上句だが、下句未詳。ただし、詞書に「十月許に」とあることを見れば、兼輔集の「いで人の思ふと言ひし言の葉は時雨とともに散りにけらしも」の初句を「あだ人の」とする異伝があったとも考えられる。○川竹　和名抄や字類抄に言う「苦竹」であろう。真竹の別名。○いづれの世にか　「か」は反語。▽同性の友と恋歌仕立てのやりとりを楽しむことは、当時よくあった。

題しらず　　贈太政大臣

1273 深《ふか》き思ひ染《そ》めつと言《い》ひし事の葉《は》は《ゝ》何時《いつ》か秋風吹《ふ》きて散《ち》りぬる

返し　　伊勢

1274 心なき身は草木にもあらなくに秋来《く》る風に疑《うたが》はるらん

題しらず　　よみ人しらず

1275 身のうきを知《し》ればは《ゝ》したになりぬべみ思《おも》ひは胸《むね》のこがれのみする

1276 雲地《（くもち）》をも知《し》らぬ我さへ諸声《もろごゑ》に今日《けふ》許《（ばかり）》とぞ泣《な》きかへりぬる

1273 深い思いであなたを思い染めたと申しました私の言葉は、何時、秋風ならぬ飽き風が吹いて散ったでしょうか。散らずにそのまま残っていますよ。○秋風　「飽き風」を掛ける。○吹きて散りぬる　「散る」は「言の葉」の「葉」の縁語。▽九三に、女から浮気を責められた男の歌として重出している。

1274 情趣を解し得ない我が身は、草や木であるわけでもないのに、秋風ならぬ「飽き風」を感じると、何故に自然に疑われてくるのでしょうか。○秋来る風　「飽きて来る風」を掛ける。○疑はるらん　「る」は自発の助動詞、また「らん」は原因推究の意を持つ助動詞。「どうして自然に疑われて来るのだろうか」の意。草木が枯れさせられるように、離(か)れさせられるのではないかと心配しているのである。▽秋中・二八六に重出しているが、贈歌がまったく異なっている。

1275 我が身の憂さを知っているので、中途半端になってしまいそうだから、思いが先行して胸が焦がれてばかりいることであるよ。○はした　中途半端。○べみ　「べし」の不活用部分「べ」に理由を表わす接尾語「み」がついた。…だろうから。

1276 鳥が通う雲路を知らない私までが、雁と声を合わせて、「今日は雁(かり)です」と言ってひどく泣いておりますのも今日ばかりです。こうして泣くのも今日ばかりです。○雲地　→六〇・三六五・一三三。○諸声に　雁と声を合わせて。○今日許　「ばかり」と「今日は雁」を掛ける。○泣きかへりぬる　「…かへる」は「徹底的に…する」という意の接尾語。

1277 こんなに早くからみずからの思いのような濃い色に染めようと思って、若紫の根を探していらっしゃるのでしょうか。○まだきから　こんなに早くから。相手の女はまだ年若いのであろう。○思ひ濃き色に　男の「思ひが濃い」ということと

1277 まだきから思《おも》ひ濃《こ》き色《いろ》に染《そ》めむとや若紫《わかむらさき》の根《ね》を尋《たづ》ぬらん

伊勢

1278 見えもせぬ深き心を語《かた》りては人に勝《か》ちぬと思ふものかは

亭子院にさぶらひけるに、御斎《とき》の下《おろ》したまはせたりければ

1279 伊勢の海に年へて住《す》みしあまなれどかゝるみるめはかづかざりしを

粟田の家にて人につかはしける

兼輔《かねすけ》の朝臣

1280 あしひきの山の山鳥かひもなし峰の白雲立《た》ちし寄《よ》らねば

「濃き色に染める」ということを掛ける。〇若紫の根を尋ぬらん　「若紫」は若い女性を表わすので若い女性を探し求めるということと染色するための紫草の根を探すということを掛けて言った。▽幼い女を早くから思いをこめて自分の色に染めあげようとしている男の存在が源氏物語の若紫の巻に先行している。

1278 見えもしない深い心を語ることによって、あなたの愛情が他の男に勝っているなどと思いはいたしませんよ。〇語りては　語ることによっては。〇人に勝ちぬと　あなたが他の人に勝っていると。〇思ふものかは　「かは」は反語。「私は思わない」と強く言い切っているのである。

1279 私は伊勢の海に長い年月にわたって住んでいた海人(あま)でございますが、このような「みるめ」を潜って取るようなことはいたしませんでしたよ。長い間、お仕えしていますが、僧衣を着た上皇を囲んでのお食事は見たこともありませんでしたよ。〇亭子院　→三九。〇御斎の下し　「とき(斎)」は、仏家において午前中に行なう食事。「おろし」は「おさがり」のこと。宇多上皇は既に出家していたので、上皇を囲んでの食事を「御ときのおろし」と言ったのである。〇伊勢の海に年へて住みし　伊勢という名で呼ばれているのでこう言った。〇あま　僧形の法皇に対して、「海人」を掛けて、みずからを「尼」と言ったのである。〇みるめ　「海松布」と「見る機会」の意の「見るめ」を掛ける。

1280 「長々し夜を独りかも寝む」と詠まれたように、あしひきの山の山鳥は効(かい)もありません。峰の白雲が夕方になっても立ち寄ってくれないのですから。〇粟田の家　兼輔の家。→二〇七。〇山の山鳥かひもなし　雲州本後撰集や、後撰集から採歌したと思われる兼輔集の部類名歌集本や書陵

左大臣の家にて、かれこれ題を採《さぐ》りて歌よみ
けるに、露《つゆ》といふ文字《もじ》を得《え》侍《(はべり)》て
藤原《ふぢはら》のたゞくに

1281 我ならぬ草葉も物は《ゝの》思《(おもひ)》けり袖より外《(ほか)》に置《を》ける白露《しらつゆ》

人のもとにつかはしける
伊勢

1282 人心嵐の風の寒《さむ》ければこのめも見えず枝ぞしほるゝ

異《こと》人をあひかたらふと聞《き》き《ゝ》てつかはしける
よみ人しらず

1283 うきながら人を忘《わす》れむ事難《かた》み我《わ》が心こそ変《かは》らざりけれ

ある法師の、源のひとしの朝臣の家にまかり
て、数珠《ずゞ》のすがりを落《お》としをけるを、朝《あした》に贈《をく》

部本では「山のやどりのかひもなし」とする。この方がわかりやすいが、あえて底本のままに解釈してみた。上句は、拾遺集・恋三の「あしひきの山鳥の尾のしだり尾の長々し夜を独りかも寝む」(万葉集・巻十一にも)を引いて、今日もかいなく独り寝をするのかという気持を表わし、夕方になれば山に雲がかかるはずであるのに、「峰の白雲」も立ち寄らないので、さびしく、かいもないことだと嘆いているのである。

1281 私だけでなく、なんと、草の葉も物を悩んでいるのだねえ。私の袖以外の草の葉にも、涙のような白露が置いていることであるよ。〇左大臣の家にて　左大臣藤原実頼の邸で。〇かれこれ　あの人この人と多く集まって。〇題を採りて　漢詩の探韻と同じ。各人が籤で当った題に従って歌を詠むこと。本来は詩会で行われたが、歌会でも踏襲された。〇露といふ文字を…　「露」という文字が籤で当ったのである。

1282 あなたのお心は荒々しく、そこから吹いて来る風は、まさに嵐ともいうべく寒々しく感じられるので、木の芽も見えないし枝もしおれております。私の目も涙で見えず、体もしおれ切っております。〇人心嵐の風の…　「人心荒し」と「嵐の風」を掛ける。「嵐の風の寒ければ」は古今集・雑下「逢坂の嵐の風は寒けれど行方知らねばわびつつぞ寝る」に例がある。〇このめも見えず　「この目も見えず」と「木の芽も見えず」を掛ける。

1283 いやなことですが、あなたを忘れようとするのが難しいので、私の心の方はこのように変ることとてないのですよ。あなたの心が変って忘れてもらうように。〇異人をあひかたらふと聞きて　自分とは異なった人と親しくつきあっていると聞いて。

るとて

1284 うたゝねの床《とこ》にとまれる白玉は君がを《(お)》きける露《つゆ》にやあるらん

返し

1285 かひもなき草の枕にを《(お)》く露《つゆ》の何に消《き》えなで落《お》ちとまりけむ

題しらず

1286 思《(おもひ)》やる方《(かた)》も知《し》られず苦《くる》しきは心まどひの常《つね》にやあるらむ

昔《むかし》を思《(おもひ)》出て《いでゝ》、むらのこの内侍につかはしける　　左大臣

1287 鈴虫に劣《おと》らぬ音《ね》こそ泣《な》かれけれ昔の秋を思《(おもひ)》やりつゝ

1284 うたたねの寝床に残っている白玉は何かと思っていたが、あなたが起きた後に残した露だったのでしょうか。○数珠のすがり　数珠の袋。網状になっている。▽終夜の読経をおろそかにして「うたた寝」をしていた法師をからかい、数珠の縁で白玉と言い、まずそれを白露に見立てたうえ、その縁語の「置く」を介して、「起く」と展開してゆく、機智に充ちた挨拶の歌としている。

1285 草の上に置いた、何の効(かい)もない露が、どうして消えることもなく、落ちたままで残っていたのでしょうか。○かひもなき　「かひもなき」は「効果もない」の意。「置いても意味のない露」。「露」にかかる。○草の枕　旅寝。源等(ひとし)の家での旅寝は、恋のアバンチュールもなく、何の甲斐もなかったのに、どうして露すなわち白玉すなわち数珠のすがりを落としたのだろうかと言っているのである。○何に　どうして。▽僧侶の恋愛は後撰集にも多く対象になっているが、ここは、実事ではなく、このような風流事に託して気のきいたやりとりを楽しんでいるのである。

1286 自分の思いをどこへ向けてよいかわからないほどに苦しいのは、心惑いしている時の常のことであるのでしょうか。▽「思ひやる」は、「思いを向うに遣(や)る」という意。

1287 鈴虫に負けないような声で自然に泣けて来ますよ。昔、共に住んでいた頃のあの秋に思いを馳せながら。○むらのこの内侍　未詳。清慎公集には「ないしのすけに」とあるだけ。▽前歌の「思ひやる」にこだわって、「思ひやりつつ」とある歌を続けたのであろう。

ひとり侍《（はべり）》けるころ、人のもとより「いかにぞ」ととぶらひて侍ければ、あさがほの花につけてつかはしける

よみ人しらず

1288 夕暮《ゆふぐれ》のさびしき物は槿《（あさがほ）》の花をたのめる宿《やど》にぞありける

左大臣の書《か》かせ侍ける草子《さうし》の奥《おく》に書《か》きつけ侍ける

つらゆき

1289 はゝそ山峰の嵐の風をいたみふる言《こと》の葉《は》をかきぞあつむる

題しらず

小《こ》町《まち》が姉《あね》

1290 世中《（よのなか）》を厭《いと》ひてあまの住《す》む方《（かた）》もうきめのみこそ見えわたりけれ

1288 夕暮れ時がさびしいのは、今宵のことはあきらめて、朝顔の花を早く見たいと期待している我が家でありますよ。○槿の花をたのめる　夕暮は男の来訪が期待出来ずにつらいから早く朝になればいいと、朝顔が咲く朝を待望しているのである。○宿　この場合は自分の家。▽夕暮、男の来訪を待つのが空しいと言っているのであるから、女の歌である。

1289 柞(ははそ)山の峰に荒々しく吹きつける風がきびしいので、降るように落ちた古い柞の葉ならぬ言の葉を書き集めてみたのでございます。○左大臣　藤原実頼。○書かせ侍ける　貫之は能筆としても知られていた。○草子の奥　草子は冊子。巻物でなく綴じた本のこと。「奥」はその奥書の部分。古い歌を集めた歌集を編纂したのである。○はゝそ山　「柞(ははそ)」は小楢のこと。「佐保山のははそ」と詠まれることは古今集にもあったが、「ははそ山」の例はこの時代にない。何故「ははそ」かという点については、「はは(母)」を掛けて貫之の母の歌集を編んだと見ることも出来る。○ふる言の葉　「古い言の葉(和歌)」の意と「降る柞の葉」を掛けている。○かきぞあつむる　「和歌を書き集める」と「落葉を掻き集める」を掛ける。

1290 世の中を厭い尼となって住む将来には、尼ならぬ海人(あま)にふさわしく、「浮き布(め)」ならぬ「憂き目」だけがずっと見渡せることでございます。○世中　俗世間。○厭ひてあまの住む方　俗世を厭い尼となって住むという方向。○うきめ　「憂鬱な境遇」の意の「憂き目」と海人が刈る「浮き布(め)」を掛ける。「尼」は「海人」に転換して縁語となっているのである。○見えわたりけれ　ずっと見える。「わたる」は、時間と空間を含んでいる。▽慶長本や雲州本は小町の作としている。小町集にも見える。

昔《むかし》あひ知《し》りて侍ける人の、内にさぶらひける
がもとにつかはしける　　　　伊勢

1291 山河の音《をと》にのみ聞《き》くもゝしきを身をはやながら見るよしも哉《(がな)》

人に忘《わす》られたりと聞《き》く女のもとにつかはしけ
る　　　　よみ人しらず

1292 世中《(よのなか)》はいかにやいかに風の音《をと》を聞《き》くにも今は物《もの》やかなしき

返し　　　　伊勢

1293 世《よ》の中《なか》はいさともいさや風の音《をと》は秋に秋そふ心地こそすれ

1291 今では噂に聞くばかりの宮中を、昔の若い我が身のままで、見たいものでございます。○昔あひ知りて侍ける人の… 以前に知己を得ていた人が女房として宮中に仕えていたのである。○山河の 山の中の河。傾斜がはげしく流れの音が高いので「音」に続く枕詞として用いられている。○音にのみ聞く 噂話だけで聞く。○身をはやながら 我が身を以前の若いままの姿にして。「身を」は「河」の縁語の「水脈(をみ)」を掛ける。「はや」は「早し」の語幹。▽古今集・雑下には同じ作者の同じ歌が、醍醐天皇に歌集を召された時に、その奥書に書いた歌として収められている。古今集成立時に伊勢は健在であったから、それが正しいのであろうが、後撰集の形も異伝として両立するほどに虚実とりまぜた伊勢の伝が当時既にもてはやされていたのであろう。

1292 お二人の仲、いかがでございますか。風の音を聞くにつけても、今は何となく悲しい頃ではありませんか。○世中 後撰集の多くの和歌と同じく「男女の中」を言う。○いかにやいかに 重詞。どうでございましょうか。○風の音を… 「風の音」は秋から冬にかけての風について言う。当然「飽き」を思わせ、木の葉ならぬ言の葉を枯れ(離れ)させ、散らせるものとしてとらえられていた。▽伊勢集によれば、女友達の歌。

1293 二人の仲は、どうなのか、自分でもわかりません。しかし、いずれにせよ、風の音を聞くと、秋の季節に「飽き」が重なったような、つらい気持がすることですよ。○いさともいさや 前歌に合せるべく「さあ、どうでしょうか…(わかりません)」の意の「いさ」を重ねて強調した。▽伊勢集では伊勢の歌に対する友達の返歌となっており、拾遺集・雑恋でも「よみ人しらず」となっている。

題しらず　　　　　よみ人も

1294 たとへくる露《つゆ》と等《ひと》しき身にしあらばわが思ひにも消《き》えんとやする

つらかりける男《をとこ》のはらからのもとにつかはしける

1295 さゝがにの空《そら》に巣《す》がける糸《いと》よりも心細《ぼそ》しや絶《た》えぬと思《おも》へば

返し

1296 風吹《ふ》けば絶《た》えぬと見ゆる蜘蛛《くも》の網《い》も又かき継《つ》がで止《や》むとやは聞《き》く

伏見《ふしみ》といふ所にて

1297 名に立《た》ちてふしみの里《さとゝ》といふ事は紅葉《もみぢ》を床《とこ》に敷《し》けばなりけり

1294 昔から喩えて来たような、露と同じくはかない我が身であるのなら、私自身の「思ひ」の「日」によって、すぐに消えてしまうだろうか。○たとへくる露と等しき…　昔から人生のはかなさを露に喩えて来た。五三七・八九四・九三三・一〇三一・一二三〇などに例は多い。なお、堀河本・雲州本や伊勢集の諸本は「身にしあれば」とする。この方がわかりやすいが、平凡。○わが思ひにも消えんとやする「思ひ」の「ひ」に「日」を掛ける。露は太陽の光にあたれば、すぐに消えてしまうのである。

1295 蜘蛛が空に巣を張っている糸よりも、私の心は絶え絶えで心細いのですよ。二人の関係がもうすっかり絶えてしまっていると思いますと。○つらかりける男　つらくあたる男。○はらから　「つらかりける男」の姉か妹に女が贈ったのである。○さゝがに　蜘蛛。○心細し　「細し」は「糸」の縁語。○絶えぬと思へば　「絶え」も「糸」の縁語。

1296 風が吹いたせいで、切れてしまったと見える蜘蛛の巣でも、もう一度巣がきを続けずに、そのままやめてしまうと聞いたことはありません。○蜘蛛の網　蜘蛛の巣のこと。○かき継がで「蜘蛛の巣がき」というように、蜘蛛が巣を張ることを「かく」という。「つが」は「継ぐ」の未然形。

1297 噂が立つように共に臥した里という名がついているのは、あの色の変りやすい紅葉を寝床に敷くからなのでしょうね。○伏見といふ所にて　一二四三に詠まれた大和の菅原の伏見であるのか、山城(京都)の伏見であるのかわからない。○名に立ちて　評判になるほどに。「立ちて」と「て」がついているが、連用修飾の形。○ふしみの里　地名の「伏見」と「臥し身」を掛ける。○床　寝床。「臥し」の縁語。▽伏見という地名の由来を「臥し身」を基本に据え、「名に立つ」「床」と色が変りやすい

題しらず

ひとしき子《こ》のみこ

1298 我も思ふ人も忘《わす》るなありそ海の浦吹風《(うらふくかぜ)》の止《や》む時もなく

山田法師

1299 あしひきの山下響《したとよ》み鳴《な》く鳥《とり》も我《わ》がごと絶《た》えず物思《(ものおもふ)》らめや

神無《な》月のついたち頃《ごろ》、妻《め》のみそか男《をとこ》したりけるを、見つけて、言《い》ひなどして、つとめて

よみ人しらず

1300 今はとて秋はてられし身なれどもきりたち人をえやは忘《わす》るゝ

十月許《(ばかり)》、おもしろかりし所なればとて、北

紅葉をもって洒落たのである。

1298 私も思っています。あなたも私のことを忘れないでください。荒磯海の浦に吹いて来る風が止む時もないように思い続けてください。○ありそ海　荒磯に波が打ち寄せる荒々しい海。▽万葉集・巻四の笠女郎の「我も思ふ人もな忘れおほなわに浦吹く風の止む時なかれ」が、伝承の過程で均子内親王の歌とされたか、均子内親王がこの歌を改作して用いたかの、いずれかであろう。

1299 山の麓で響くように鳴いている鳥も、私と同様に、絶えず物思いをしているのだろうか。○あしひきの山下響み鳴く鳥も…　古今集・秋上「秋萩にうらびれをればあしひきの山下とよみ鹿の鳴くらん」を言い換えた。○物思らめや　恋に苦しんでいるのだろうか。まさかそんなことはあるまい。▽山田法師は伝未詳だが、高山に住む隠者の風貌と人間的悩みから抜けられない人物として設定されていることも確かである。

1300 もうお別れと、秋が果てた今にふさわしく、完全に飽きられた我が身ではありますが、霧が立つように心に隔てを作ったあなたを忘れることは出来ないのです。○言ひなどしてつとめて　それを知っているぞと一夜中とがめた、その翌朝。○今はとて　慣用句。もうお別れだと言って。↓五二〇・五三二・七七八・八五三。○秋はてられし　当時は神無月(十月)から冬とされていたから、「秋は果てた」ということと、「完全に飽き果てられていた」ことを掛けて言った。○きりたち人　八雲御抄が歌語と認定して「へだてたるよし也」と解し、連歌書や俳書にもそれが受け継がれているが、言葉足らずで、はっきりしない。間に霧が立つように心に隔てを作った人(あなた)と解しておく。○えやは忘るゝ　忘れることが出来ようか、出来ない。「やは」は反語。

山のほとりに、これかれ遊《あそ》び侍《（はべり）》けるついでに　兼輔朝臣

1301 思《（おもひ）》出《いで》て《ゝ》来《き》つるもしるくもみぢ葉《ば》の色は昔に変《かは》らざりけり

おなじ心を　坂上是則

1302 峰高み行《（ゆき）》ても見べきもみぢ葉《ば》を我がゐながらもかざしつる哉《（かな）》

しはす許《（ばかり）》に、東《あづま》よりまうで来《き》ける男《おとこ》の、もとより京にあひ知《し》りて侍ける女のもとに、正月ついたちまで、をとづれず侍ければ　よみ人しらず

1303 待《ま》つ人は来《き》ぬと聞《き》けどもあらたまの年《とし》のみ越《こ》ゆる逢坂《あふさか》の関《せき》

1301 思い出してやって来たのだけれども、まさにぴったり。紅葉した色は昔と変っていなかったよ。○おもしろかりし所　すばらしい所。「おもしろかりし」の「し」は、経験した過去を表わす。○これかれ　この人あの人。○遊び侍けるついでに　「遊ぶ」は清遊すること。○しるく　まさにぴったり。予想どおりであって。

1302 峰が高いので、出かけて行って、やっと見ることの出来る紅葉の葉を、今日は、私がここにいながら、髪に挿して賞美していることであるよ。○我がゐながらも　私がここにいるままでも。○かざしつる哉　木や草の枝を頭髪や冠に挿して自然と一体になって楽しむこと。木や草の精気を体につけることから始まった。▽ふだんは、峰の上にのみ見ていた紅葉を、今日は、ここ北山にやって来たゆえに、身近かに賞美できると喜んでいるのである。

1303 私が待っている人は既に京都に来ていると聞いたのですけれども…新しい年だけが逢坂の関を越えて京都にやって来たのでありましたよ。○しはす許に　十二月の頃に。○もとより　以前から。○あらたまの　「年」の枕詞だが、ここは「あらたまの年」で「新しい年」すなわち「新年」の意で用いられている。→一〇七四。○逢坂の関　京都から東国へ行き来する場合に通る関所。同時に男女が「逢ふ」という一線を越える意をこめて用いられている。▽東国から帰って来た男に対して、新年は東から逢坂の関を越えてやって来たのに、我が待つ人はどうなっているのか、帰って来たとも聞くが、どうなっているのか…と皮肉ったのである。当時、流行していた五行説では、春は東から来るとされていた。

後撰和歌集巻第十九

離別　羇旅

陸奥《みちのくに》へまかりける人に、火うちをつかはすとて、書《か》きつけ侍《(はべり)》ける

貫　之

1304
折《おり》〳〵に打《(うち)》てたく火の煙あらば心ざすかをしのべとぞ思《(おもふ)》

あひ知《し》りて侍ける人の東《あづま》の方《(かた)》へまかりけるに、桜《さくら》の花の形《かた》に幣《ぬさ》をしてつかはしける

よみ人しらず

1305
あだ人のたむけに折《お》れる桜《さくら》花相坂《(あふさか)》までは散《ち》らずもあらなん

1304　機会ある毎に、この燧(火打石)を打って煙が立ったならば、私の方から思いを籠めてお送りしている薫りとして、このように離れてしまった私どもを偲んでほしいと思うことです。○心ざすかを　「心を籠めてお送りする香」に「そうはいうものの(遠く離れたというものの)」の意の「さすが」を掛ける。貫之集には「同じ少将、物へゆく人に火打ちの具して、これにたきものを加へてやるに、よめる」とあって、「薫物(たきもの)」の縁で「心ざす香(私が心を籠めてお贈りする香)を偲んでください」という意であることがわかる。▽貫之集の諸本によって、藤原師尹に依頼された代詠の歌であることがわかる。

1305　浮気なあなたへの手向けにと思って折った桜の花です。いくら浮気なあなたでも、また逢うという意を持つ逢坂の関までは散らないでいてほしいと願っております。○桜の花の形に幣をして　具体的にはわかり難いが、旅行く人の平安を願って絹や紙で作る幣を桜の花びらの形に切ったのであろう。▽地方官として赴任する男に贈った女の歌である。東国に行く時、まず逢坂の関で手向けをして幣を撒くのだが、それまでは散らさないで持っていてほしいと言いつつ、また逢う日まで心変りをしないようにと願っているのである。朝忠集所収の「別路を惜しむ心ぞ桜花逢坂までは散らずはあらなん」との前後関係はわからない。

遠《とを》くまかりける人に餞し侍《はべり》ける所にて　　橘　直幹《なほもと》

1306 思《(おもひ)》やる心許《(ばかり)》はさはらじを何《(なに)》隔《へだ》つらん峰の白雲

下野《しもつけ》にまかりける女に、鏡《かゞみ》にそへてつかはしける　　よみ人しらず

1307 ふたご山ともに越《こ》えねどます鏡そこなる影をたぐへてぞやる

信濃《しなの》へまかりける人に、たき物つかはすとて　　駿《する》河《が》

1308 信濃《しなの》なる浅間《あさま》の山も燃ゆなれば富士《ふじ》の煙《けぶり》のかひやなからん

遠《とを》き国《くに》へまかりける友達《ともだち》に、火うちにそへて

1306 遠くにいるあなたに思いを馳せることだけならさしさわりはないだろうに、峰の白雲はどうして二人の間を隔てているのだろうか。○餞し侍ける所にて　送別の宴をいたしました所で。○何隔つらん峰の白雲　「なに」は疑問副詞。「らん」と呼応して「どうして…だろうか」の意。「峰の白雲」は遠く隔てられているイメージを表わす。古今集・離別の「白雲の八重に重なるをちにても思はむ人に心へだつな」がその先蹤。▽雲州本には「尾張のことみが安芸守になりてくだりけるに、右中弁に侍ける時、師尹朝臣の家にて餞給ひけるに」とある。

1307 ふたご山をあなたと共に越えるわけにはいかないけれども、この鏡とともに、そこに映っている私の像を私と同じものと思っていただくべくお贈りいたします。○下野　今の栃木県。○ふたご山　二子山、下野の国(栃木県)への往路にあたる上野(かみつけ)の国、今の群馬県前橋市の東にある小高い山。古墳としても有名。

1308 信濃にある浅間山も燃えているということですから、この駿河が「不尽」の思いを籠めてお贈りする駿河の国の富士の煙では、お役に立たないでしょうか…とにかくお贈りいたします。○たき物　種々の香木を練り合せたもの。香炉などで燃やすので、和歌においては一三〇四のように「煙」を詠むことが多かった。○燃ゆなれば　「なれ」は伝聞推定の助動詞「なり」の已然形。○富士の煙　自分が駿河とよばれているので富士山を持ち出したのである。あなたに対する思いがいつまでも続くという意を籠めて「不尽」を掛ける。○かひやなからん　お役に立たないでしょう。

1309 この度の旅においても、私をお忘れにならないのであれば、この燧(火打石)を打ってみる度ごとに、私を思い出してほしいものです。○こ

つかはしける

よみ人しらず

1309 このたびも我を忘《わす》れぬ物ならばうち見むたびに思《(おもひ)》いでなん

京に侍ける女子《(をんなご)》を、いかなる事か侍けん、心うしとて、留《とゞ》め置《を》きて、因幡《いなば》の国《くに》へまかりければ

むすめ

1310 打《(うち)》捨て《すてゝ》君しいなばの露《つゆ》の身は消《き》えぬ許《(ばかり)》ぞ有《(あり)》とたのむな

伊勢にまかりける人、とくいなんと、心もとながると聞《き》き《ゝ》て、旅《たび》の調度《てうど》なと《ゝ》取らする物から、畳紙《たゝむがみ》に書《か》きて取《と》らする、名をば馬《むま》といひけるに

1311 惜《お》しと思《(おもふ)》心はなくてこのたびはゆく馬に鞭《むち》をおほせつる哉《(かな)》

のたびも我を忘れぬ物ならば　「このたび」の「たび」は「度」と「旅」を掛ける。古今集・羇旅「このたびはぬさもとりあへず手向け山…」。○うち見むたびに　「ちらっと見る」意の「うち見る」と「燧(火打石)を打ってみる」の意の「うちみる」を掛ける。▽古今集・哀傷の「かずかずに我を忘れぬものならば…」を用いて一首をまとめている。

1310 私を捨てて、あなたは因幡の国へ行ってしまわれましたが、残った私は稲葉においた露のようにはかない身、何とか消えないでいるだけです。健在であると安心しないでください。○心うしとて　いやだと言って。気が進まないと言って。○留め置きて　京都の家に残して。○因幡の国　今の鳥取県。○君しいなばの露の身は　「いなば」は「因幡の国」を下に敷いて、「君し往なば」と「稲葉の露」を掛ける。○有とたのむな　伊勢物語九段の「…我が思ふ人はありやなしやと」の「あり」と同じ。健在であると安心するな。

1311 この度のあなたの旅は、別れを惜しむという気持は持てずに、まさしく行く馬に鞭をあてるようにあわただしく送り出すばかりでありましたよ。○伊勢にまかりける人　伊勢国へ出かける人。女房である。斎宮の女房としての赴任か、国司になった夫に従っての旅であろう。○とくいなんと　すぐに出立しようと。○心もとながる　落ち着かない様子になる。○旅の調度　旅の具。○畳紙　懐に入れて常に持っている紙。懐紙。○名をば馬といひけるに　有名な馬内侍と同様に女房名を馬と言ったのである。○このたびは　「度」と「旅」を掛ける。○ゆく馬に鞭をおほせつる哉　そんなに早く行きたければ早く行きなさいと、鞭で追うように急がせたというのである。馬という名であるので「鞭」と言った。「おほす」は「負ほす」。鞭を与える。

返し

1312 君が手をかれゆく秋の末《すゑ》にしものがひに放《はな》つ馬《むま》ぞかなしき

同《おな》じ家に久《ひさ》しう侍《(はべり)》ける女の、美濃《みのゝ》の国《くにゝ》に親《おや》の侍ける、とぶらひにまかりけるに

藤原きよたゞ

1313 今はとて立帰《(たちかへり)》ゆくふるさとの不破《ふわ》の関路《せきぢ》に都忘《みやこわす》るな

遠《とを》き国《くにゝ》にまかりける人に、旅《たび》の具《ぐ》つかはしける、鏡《かゞみ》の箱《はこ》の裏《うら》に書《か》きつけてつかはしける

おほくぼののりよし

1314 身を分《わ》くる事の難《かた》さにます鏡影許《(ばかり)》をぞ君にそへつる

1312 万物が枯れゆく時にふさわしく、あなたの手を離(か)れゆくこの秋の末に、野で飼うために放たれる馬のように、私―馬は悲しいことであります。○君が手をかれゆく　「かれ」は、秋に草木が枯れる意の「枯れ」と、離れるという意の「離れ」を掛ける。○のがひに放つ　「馬を野で飼う」意の「野飼ふ」の連用形と、「嫌って他へ押しやる」意の「却(がの)ふ」を掛ける。雑二・一三三とともに、古今集・誹諧歌「いとはるる我が身は春の駒なれやのがひがてらに放ち棄てつる」による。「はなつ」は「あなたがはなつ」の意。

1313 「今はもうお別れです」と言って、あなたは親の住む美濃の国へ帰って行きますが、ふるさとの不破の関路にいても、この都のことは忘れないでほしいものだよ。○同じ家に久しう侍ける女　微妙な表現だが、単なる召使ではなかろう。召使の立場で妾のような役割をも果たす召人であろう。○美濃の国　今の岐阜県南部。○とぶらひに　御機嫌うかがいに。○ふるさとの　以前に深いゆかりのあった土地。○不破の関路　「不破の関」は当時廃止されていたので、単に美濃の名所として詠まれているのである。今の関ヶ原。

1314 私の身を二つに分けて連れ添わせることが難しいので、私の影だけをあなたに添わせて行かせます。○旅の具　旅行用具。○身を分くる　古今集・離別の「思へども身をし分けねば目に見えぬ心を君にたぐへてぞやる」を意識した表現。○ます鏡　鏡の歌語。「鏡の箱の裏」に書いたので「ます鏡」と言ったのであるが、「影」にかかる枕詞の役割を果たしている。○影　「面影」の「影」。実体はないのに目に見えるように思われるもの。この場合は鏡に映っている自分の映像。

1315 あの空を飛んでいる初雁と同様に、私も空中にいるような心もとない状態にありますので、

「このたびの出《い》で立《た》ちなん物うくおぼゆる」

と言《い》ひければ　　　よみ人しらず

1315 初雁《はつかり》の我もそらなるほどなれば君も物うき旅《たび》にやあるらん

あひ知《し》りて侍ける女の、人の国《くに》にまかりける

に、つかはしける　　　公忠朝臣

1316 いとせめて恋《こひ》しきたびの唐衣ほどなくかへす人もあらなん

返し　　　女

1317 唐衣たつ日をよそに聞《き》く人はかへす許《(ばかり)》のほども恋《こ》ひじを

あなたの方も、いやな思いで行く今度の旅なのでありましょうか。○物うくおぼゆる　何となく気が進まない気持がいたします。旅に出る男の言葉である。○そらなるほど　雁が天空にいるという意と、古今集・恋二「五月山こずゑを高みほととぎす鳴く音(ね)そらなる恋もするかな」のように、「はっきりした反応がないので、たよりなく心細い」という意の「そらなる」を掛ける。▽「空」と「憂き」の呼応は、古今集・恋一の「朝な朝な立つ河霧の空にのみうきて思ひのある世なりけり」、後撰集・一二四三「あま雲のうきたることと聞きしかどなほぞ心はそらになりにし」などがある。「空」に「浮く(憂く)」という把握が前提になっているのである。

1316 旅に着る衣、まったくせめつけられるように恋しい今度の旅に着る衣、あの小町の歌が言う「衣を返す」ではなく、すぐにでもあなたを都へ帰す人があってほしいものですよ。○人の国にまかりける　京都以外の土地はすべて「人の国」であった。他国。○いとせめて恋しきたびの…　古今集・恋二の小野小町の歌「いとせめて恋しき時はむばたまの夜の衣を返してぞ着る」に依拠。「たび」は「度」と「旅」を掛ける。○ほどなくかへす　「かへす」は小町の歌の「衣を返す」を利用転換して「女を他国から帰す」の意を表わしている。

1317 私が出立する日のことを、よそ事として聞くようなお人は、私が帰されて来るまでの間、恋い続けてくださりはしないでしょうに。○唐衣たつ日　古今集・離別「唐衣たつ日は聞かじ朝露のおきてしゆけば消ぬべきものを」により、「衣を裁つ」の「裁つ」と「出立する」意の「立つ」を掛詞としている。○かへす許のほども恋ひじを　贈歌と同様に小町の歌を踏まえ、「衣を返す」ではなく、「私を帰す」時まで恋い続けてはくださらないでしょうに…と怨んで見せたのである。

三月許《ばかり》、越《こし》の国《くに》へまかりける人に、酒《さけ》たうびけるついでに

よみ人しらず

1318 こひしくは事づてもせん帰《かへ》るさのかりがねはまづ我《わ》が宿《やど》に鳴《な》け

善祐法師の伊豆の国《くに》に流《なが》され侍《はべり》けるに

伊勢

1319 別《わかれ》ては何時《いつ》逢《あ》ひ見むと思《おもふ》らん限《かぎり》ある世《よ》の命《いのち》ともなし

題しらず

よみ人も

1320 そむかれぬ松の千歳《ちとせ》のほどよりもとも〴〵とだに慕《した》はれぞせし

1318 恋しくなったら、雁に言づけでもしましょう。だから、北へ帰る時の雁はまず何よりも私の家で鳴いてほしいものだよ。○三月許　「帰雁」をテーマにしているので、特にことわったのである。○越の国　越前・越中・越後。越の国へ帰る雁に言づけをするという把握は、古今集・春上(三〇)や後撰集・秋下(三五六)の歌に見られる。○酒たうびけるついでに　送別の宴で餞として酒を飲んだ時に。

1319 別れてしまうと、今度はいつ逢えるだろうと思っていらっしゃるのでしょうか。限りあるこの世のすべてを生きる命というわけでもありませんのに。○善祐法師の…　二条后との密通事件により伊豆に配流されたという。扶桑略記・寛平八年(八九六)九月二十二日の条に「皇太后藤原高子与二東光寺善祐法師一密交通云々。仍廃二后位一、至二于善祐法師一配二流伊豆講師一」とある。

1320 そむくことの出来ぬ千歳の松のような寿命が与えられるよりも、とにかく共にいたいと、あなたが慕われることです。○そむかれぬ　背を向けることが出来ない。従わずにはいられない。○松の千歳　常緑樹である松の生命の長さ。○とも〴〵とだに　「だに」は「せめて…だけでも」の意だから、「私の命はどうなってもよい、せめて一緒にいるだけでもよいと慕われる」という意に解すべきであろう。▽伊勢集には「人のはらからなくなりたる、とぶらふとて」という詞書で「うべもなく(ほどもなく)誰もおくれぬ身なれどもとまるはゆくをあはれとや見し」という伊勢の歌に対する返歌としてこの一三二〇があり、さらにそれに対する返歌として次の一三二一が見えるが、本集においては、離別の歌とするほかない。「あなたと共にいることが可能ならば、長生できなくてもよい」と詠んでいるとみるべきであろう。

返し

1321 とも〴〵と慕《した》ふ涙のそふ水はいかなる色に見えてゆくらん

亭子のみかどおりゐたまうける秋、弘徽殿の壁《かべ》に書《か》きつけける

伊　勢

1322 別《わか》るれどあひも惜《お》しまぬもゝしきを見ざらん事やなにかかなしき

みかど御覧じて、御返し

1323 身ひとつにあらぬ許《(ばかり)》をおしなべてゆきめぐりてもなどか見ざらん

陸奥《みちのくに》へまかりける人に、扇《あふぎ》調《てう》じて、歌絵《うたゑ》に書《か》

1321 共に行きたいと慕うあなたの涙がつきそって行く海の水はどのような色に見えるでしょうか。きっと血の涙で紅の色になって、私と共に目的地へ行くことでしょう。

1322 今、お別れして出て行っても、あなた様が別れを惜しんでくださることもない宮中なんか、見なくなることが少しも悲しくはありませんよ。○亭子のみかどおりゐたまうける秋　宇多天皇の退位は寛平九年(八九七)七月。陰暦では七月から秋。○弘徽殿の壁　宇多天皇の女御温子のいた弘徽殿が退位直後、暫くの間の御座所になったようである。伊勢はあらかじめそれを知っていて、退位の日に帝が御覧になるように壁に歌を書いて退出したのであろう。壁に書いて残したということは、本人はもはやその場にいないことを表わしている。温子中宮ともども、先に退出していたのであろう。○別るれどあひも惜しまぬもゝしきを　ここから別れて行くのをお互いに惜しみ合うこともないもしき(宮中)。言い直せば、あなたがいらっしゃらなくなる宮中。

1323 我が身一人が再びここを見ないだけであるのに…退位するわけでもない一般の人達は再び戻って来て宮中を見ればよいのですよ。○身ひとつにあらぬ許を　「身ひとつ」は「我が身ひとつ」と同じ。「自分一人だけがそうではない」と言っているのである。春下・八一の「我が身ひとつのあらずもあるかな」と同じ。○おしなべて　一般的には。○ゆきめぐりても　一度出て行って帰って来たりしてでも。○などか見ざらん　どうして見ないのか、見ればよいのだ。▽大和物語や大鏡にもとりあげられて有名な逸話になった。

かせ侍《(はべり)》ける

よみ人しらず

1324 別《(わかれ)》ゆく道の雲《くも》ゐになりゆけばとまる心もそらにこそなれ

宗于《(むねゆき)》朝臣のむすめ、陸奥《みちのくに》へくだりけるに

1325 いかで猶《(なほ)》笠取《かさとり》山に身をなして露《つゆ》けき旅《たび》に添《そ》はむとぞ思《(おもふ)》

返し

1326 笠取《かさとり》の山とたのみし君を置きて涙の雨に濡《ぬ》れつゝぞゆく

男《をとこ》の伊勢の国《くに》へまかりけるに

1327 君がゆく方《(かた)》に有《(あり)》てふ涙河まづは袖にぞ流《(ながる)》べらなる

1324 別れていらっしゃる行く道中が雲がいる所のように遠くになりますので、都に留まっている私の心も「そら心」ともいうべきうつろな状態になっております。〇扇調じて歌絵に書かせ侍ける　歌絵という様式によって書かせたとする説もあるが、素直に「扇を作って、次の歌をその絵に書かせた」と読むべきであろう。〇雲ゐになりゆけば　「雲ゐ」は雲がいるほどに遠い所。〇心もそらにこそなれ　→一三二五。「雲」の縁で「そら」と言った。

1325 やはり何とかして、笠取山ならぬ笠とりにでも我が身をなして、露が多いという陸奥の旅に御供したいと思うことです。〇笠取山　山城の歌枕。今は宇治市に東笠取町と西笠取町という地名を残す。西北の醍醐山を含めてそのあたりの山の総称。古今集・秋下の「雨降れど露ももらじを笠取の山はいかでか紅葉そめけむ」、「雨降れば笠取山のもみぢ葉はゆきかふ人の袖さへぞ照る」のように、「笠」の縁で「露」や「雨」とともに詠まれた。「笠持ちの従者」の意の「笠とり」を掛ける。〇露けき旅　古今集・東歌の「みさぶらひ御笠(みかさ)と申せ宮城野の木の下露は雨にまされり」を前提に、陸奥の旅の苦難を言っているのである。〇添はむとぞ思　従者として従いたいと思います。

1326 笠取山のように、万事にたよりにいたしていましたあなたを都に残して、涙の雨に濡れながら、私は悲しく旅立つことです。〇笠取の山とたのみし　「山とたのむ」は、「安心してたよりにしていた」の意。〇涙の雨　別れを悲しむ涙の雨。

1327 あなたがお出ましになる方にあるという涙河は、先に私の袖に流れているようでありますよ。〇涙河　おびただしく流れる涙を河に見立てた普通名詞として詠まれるのが一般的だが、ここでは伊勢の国の歌枕になっている。

旅《たび》にまかりける人に装束《さうぞく》つかはすとて、添《そ》へ
てつかはしける

1328 袖濡《ぬ》れて別《(わかれ)》はすとも唐衣ゆくとな言《い》ひそ来《き》たりとを見む

返し

1329 別地《(わかれぢ)》は心もゆかず唐衣きれば涙ぞ先《さき》にたちける

旅《たび》にまかりける人に扇つかはすとて

1330 添《そ》へてやる扇の風し心あらば我《わ》が思ふ人の手をな離《はな》れそ

友則がむすめの陸奥《みちのくに》へまかりけるにつかはし
ける

藤原滋幹《(しげもと)》がむすめ

1331 君をのみしのぶの里《さと》へゆく物を会津《あひづ》の山のはるけきやなぞ

1328 袖が濡れるほどに涙を流して別れても、「今から行く」などという言葉はお使いにならないでください。この「衣」の縁で「着た—来た」と思って、またお逢いしたいと思います。〇唐衣　装束を贈ったので「唐衣」と言い、「着たり」に続けたのである。堀河本には「狩衣」とあるのは、男の旅の衣裳としてはその方がよいと思ってのことであろうが、ここは「着たり」を言い出して「来たり」と続ける役割を果たすだけだから、衣の歌語としての「唐衣」がよい。

1329 私も別れてゆく道は心も晴れません。いただいたこの衣を、着ると、あなたを思う涙が何よりも先立ってしまうことでありますよ。〇心もゆかず　心が晴れないという意だが、贈歌に「ゆくとな言ひそ」とあったので「ゆかず」と言ったのである。〇きれば　いただいたこの衣を着ると。〇先にたちける　「たち」は衣の縁語の「裁ち」を媒介として「出発する」意の「立つ」に転換した。

1330 旅について行かせるこの扇がやさしい心を持っているならば、私が思っているお方の手を離れないようにしてほしいものです。〇添へてやる　添うように派遣する。扇を人に見立てた表現。〇扇の風し　ここは「扇」の意。「し」は強意。〇心あらば　人間のような心があるなら。

1331 あなただけを偲ぶという名を持つ信夫の里へいらっしゃるのに、会津の山という地名に隠されている「会う」機会が遠いのはなぜでしょうか。〇しのぶの里　信夫郡の信夫郷。今の福島市。「君をのみ偲ぶ」を掛ける。〇会津の山　磐梯山を中心とした福島県会津地方の山。「会ひ」の意を掛ける。▽同じ陸奥、磐城地方の歌枕である「信夫の里」と「会津の山」を用いて、あなたをずっと偲んでいるのに、会うことが出来ないのは何故かと言っているのである。

1332 筑紫《つくし》へまかるとて、きよい子《こ》の命婦に送《をく》りける

小野好古朝臣

年をへてあひ見る人の別《(わかれ)》には惜《お》しき物こそ命《いのち》なりけれ

1333 出羽よりのぼりけるに、これかれ馬《むま》のはなむけしけるに、かはらけとりて

源のわたる

ゆくさきを知《し》らぬ涙の悲《(かなし)》きはたゞ目《め》の前《まへ》に落《お》つるなりけり

1334 平のたかとを《(ほ)》が、いやしき名とりて、人の国《くに》へまかりけるに、「忘《わす》るな」と言《い》へりければ、たかとを《(ほ)》が妻《め》の言《い》へる

忘《わす》るなと言《い》ふにながるゝ涙河うき名《な》をすゝぐ瀬《せ》ともならなん

1332 何年もたってからお逢いする人との別れにあたって最も惜しまれるものは、別れではなくて、命そのものでありますよ。〇筑紫へまかるとて　好古が大宰大弐として筑紫におもむいたのは天慶八年(九四五)のこと。〇きよい子の命婦　一三八三の作者と同じ人か。〇年をへてあひ見る人　一年以上たって再会する人の意だが、端的に言えば、何年も逢えない人ということである。▽「別れを惜しむ」という言い方があるのを前提に、我が命は来年どうなるかわからない、惜しむものは、別れではなく、命そのものなのだと言っているのである。

1333 行く先を知らないので、いつ逢えるか分からずに出る涙にとって悲しいことは、ただ目の前に落ちることであるよ。〇出羽　今の秋田県・山形県。〇これかれ　出羽の国府に出入りする人々。〇馬のはなむけ　送別の宴。〇かはらけとりて　杯をとって詠んだのである。▽「行く先」と「目の前」を対比させた即興性が眼目であろう。

1334 「忘れるな」という言葉によって泣かれて流れる私の涙の河は、あなたの汚名をすすぐ早瀬となってほしいものです。〇いやしき名とりて人の国へ…　汚名によって地方に左遷されたのであろう。〇ながるゝ　「泣かるる」と「流るる」を掛ける。〇うき名　いやな評判。汚名。〇瀬　「河」の縁語。「浅瀬」の意であることが多いが、ここは汚名を早くすすぐのに適した「早瀬」と訳した。

1335 私のことばかりを思いつつお出かけになった越前敦賀でありますならば、帰る道の鹿蒜(かひる)の山は迷うことなく、私のもとに帰っていらっしゃることでしょうよ。〇あひ知りて侍ける

あひ知《し》りて侍《(はべり)》ける人の、あからさまに越《こし》の国へまかりけるに、幣《ぬさ》心ざすとて

よみ人しらず

1335 我をのみ思ひつるがの越《こし》ならばかへるの山は惑《まど》はざらまし

返し

1336 君をのみいつはたと思《(おもふ)》越《こし》なればゆきゝの道は遥《ゝる》けからじを

秋、旅《たび》まかりける人に、幣《ぬさ》を紅葉《もみぢ》の枝につけてつかはしける

1337 秋深《ふか》く旅《たび》ゆく人のたむけには紅葉《もみぢ》にまさる幣《ぬさ》なかりけり

人　おそらく男。歌の作者は女であろう。〇あからさまに　「急に」という意と「ほんの暫く」という意があるが、ここは後者がよい。国司などになって赴任するのではなく、臨時に、たとえば使者などになって出立したのであろう。〇幣心ざすとて　旅立ちにあたって撒く幣を贈ると言って。〇我をのみ思ひつるがの　「思ひつる」と地名の「敦賀」を掛ける。〇越ならば　底本「浦」の傍に「こし」と記しているが、堀河本・坊門局筆本・正徹本・雲州本などの非定家本や亀山天皇筆本・中院本など初期の定家本はすべて「こし」となっているので傍記に従って校訂した。越前敦賀のことである。〇かへるの山　当時の敦賀郡、今は南条郡今庄町にある鹿蒜山。古今集・離別の三七〇・三八二にも「帰る」と掛けて詠まれている。

1336 あなたのことばかりを、いつまた逢えるかと思いつつやって来た越の国でありますから、往復の道も遠くは思わないでしょうよ。〇いつはたと　延喜式・神名帳に「敦賀郡五幡神社」と見える「五幡」という地名と「何時はた」を掛ける。〇思越なれば　「来(こ)し」と「越の国」を掛ける。「思ひ来し」と言っているところから見れば、越の国に到着してから返歌したのであろう。▽伊勢集の「忘れてはよに来じものをかへる山いつはた人に逢はむとすらん」も、「かへる山」と「いつはた」を詠み込んでいる。

1337 秋が深くなった頃に旅に出る人の手向けには、あの古今集歌のように、紅葉にまさる幣(ぬさ)はありませんよ。〇たむけ　旅の安全を祈って神に幣などをお供えすること。転じて旅立つ人に餞別を贈ること。▽古今集・秋下「道知らば尋ねもゆかんもみぢ葉をぬさとたむけて秋はいにけり」、同・羇旅「このたびはぬさもとりあへずたむけ山紅葉の錦神のまにまに」を前提にした歌。

西四条の斎宮の九月晦日《（つごもり）》下《くだ》り給ける、供《とも》なる人に幣《ぬさ》つかはすとて

大輔

1338 もみぢ葉《ば》を幣《ぬさ》とたむけて散《ち》らしつゝ秋とともにやゆかむとすらん

物《もの》へまかりける人につかはしける

伊勢

1339 待《ま》ちわびて恋《こひ》しくならば尋《たづ》ぬべくあとなき水の上《うへ》ならでゆけ

題しらず

贈太政大臣

1340 来《こ》むと言《い》ひて別《わか》るゝだにもある物を知《し》られぬ今朝《けさ》のましてわびしさ

返し

伊勢

1341 さらばよと別《（わかれ）》し時に言《い》はませば我も涙におぼほれなまし

1338 紅葉した葉を幣として手向け、それを散らしつつ秋が過ぎ去って行くのにあわせて、どうしてあなたも行ってしまおうとなさるのですか。〇西四条の斎宮　醍醐天皇皇女雅子内親王。後に右大臣師輔と結婚して為光・高光を産んだ。斎宮群行は承平三年(九三三)九月二十六日のこと(日本紀略)。〇供なる人　斎宮の女房なのか男性なのかわからない。▽これも前歌の注に掲げた古今集の秋下の歌による。

1339 待っているのが苦しく恋しくなったならば、後をたどって行けるように、足跡が残らない水の上を通らず陸路でお出かけください。〇物へまかりける人に　「ものへまかる」は目的や目的地をはっきりさせずに漠然と言う言い方。〇待ちわびて　「わぶ」は苦しい思いをすること。〇あとなき水の上　足跡が残らない水路。

1340 また来ようと言って別れるだけでも苦しさはあるのだけれども、今後、いつ来られるか知ることの出来ないままに別れる今朝は、いつも以上に苦しいことであるよ。〇ある物を　わびしさがあるのに。▽後撰集では贈太政大臣時平の歌だが、伊勢集では弟の枇杷左大臣仲平の歌。

1341 「今度いつ逢えるかわかれば…」と別れた時におっしゃってくださいましたら、私も同感して涙に溺れてしまっていたでしょうが、何もおっしゃらずに別れましたので、何もわからず、泣くこともできませんでした。〇さらばよと　後撰集新抄などは、別れの挨拶の「さらば(さようなら)」の意と解しているが、「いつ逢えるか知られぬ今朝の状態であることを別れた時に言っていたら」の意と見た。〇おぼほれなまし　「な」は完了の助動詞「ぬ」の未然形。「まし」は反実仮想の助動詞。溺れてしまうほどになっていたでしょう。しかしそんなお言葉がなかったので、そこまでしなくて

1342 春霞はかなく立《た》ちて別《わか》るとも風より外《(ほか)》に誰《たれ》かとふべき

よみ人しらず

返し

伊勢

1343 目《め》に見えぬ風に心をたぐへつゝやらば霞《かすみ》の別《わかれ》こそせめ

甲斐《かひ》へまかりける人につかはしける

1344 君が世はつるの郡《こほり》にあえてきね定《(さだめ)》なき世《よ》の疑《うたが》ひもなく

舟にて物へまかりける人につかはしける

1345 遅《をく》れずぞ心に乗《の》りてこがるべき浪に求《もと》めよ舟見えずとも

すみました。

1342 春霞が知らぬ間に立つように、はかなく別れて立って行っても、風のほかに便りをくださる人とてないでしょうね。○春霞　「たちて」を導き出す役割を果たしている。○立ちて別るとも　自分が出立して別れても。「立つ」は「霞が立つ」の「立つ」と出発する意の「立つ」を掛ける。○風より外に誰かとふべき　「風のたより」という語があるように、風が季節のたよりを伝えるとされていた。また古今集・春下「花の色は霞にこめて見せずとも香をだに盗め春の山風」のように、風が霞を分けるとされていた。

1343 目に見えない風に託して心を送るならば、霞が隔てを分けてくれて、たよりも届くことでしょうよ。○別こそせめ　「わか」は「分く」の未然形。「れ」は自発の助動詞「る」の連用形。贈歌は「別る」の意で「春霞…立ちてわかる」と言ったのに対し、ここは「分ける」の意で「わかる」を用いたのである。▽贈歌・答歌ともに、恋五・九二九・九三〇に重出しているが、この離別部では、遠くへ別れて行った友達との贈答として解することもできる。

1344 あなたの人生は、都留(つる)の郡ならぬ鶴の郡にあやかって長寿になって来てください。定めない人生、次はいつ逢えるかというような疑いはお持ちにならないで。○甲斐　今の山梨県。○つるの郡　都留郡を長寿のシンボルである鶴に言い換えた。○あえてきね　あやかって来なさい。○疑ひもなく　「うたがひ」に「甲斐」を隠す。

1345 舟に乗って漕がれては行かない私も、心に乗って、遅れないようにあなたのことを思い焦がれつつ、ついて行くはずです。そんな私を浪の間に探してください。舟は見えなくてどこかにいるはずですから。○心に乗りて　→秋下・三六七。心を占有して離れないこと。「舟に乗りて」と対応さ

返し　　よみ人しらず

1346 舟なくは天《あま》の河まで求《もと》めてむ漕《こ》ぎつゝ潮《しほ》の中《なか》に消《き》えずは

舟にて物へまかりける人

1347 かねてより涙ぞ袖をうち濡《ぬ》らすうかべる舟に乗《の》らむと思へば

返し　　伊勢

1348 押《を》さへつゝ我は袖にぞせきとむる舟越《こ》す潮《しほ》になさじと思《おも》へば

遠《とを》き所にまかるとて、女のもとにつかはしける　　貫之

1349 忘《わす》れじとことに結《むす》びて別《わか》るればあひ見むまでは思ひ乱《みだ》るな

せている。○こがるべき　「舟」の縁語である「漕がるべき」を転換して「焦がるべき」と言っているのである。

1346 あなたの舟が見えなければ天の河までででも探し求めましょうよ。私の舟が漕いで行くうちに潮流の中に消えてしまわない限りは。▽坊門局筆本・正徹本・雲州本では初句「舟ならば」とあり、伊勢集では「舟ならば…漕ぎてむ星の中に消えずは」となっており、「舟であるならば天の河を渡る舟でも探し求められるが…舟でないのが残念です」の意となる。▽後撰集正義は漢の武帝が張騫を遣して黄河の源を求めさせたところ、張騫は知らずに天の河に至ったという故事によるとする。

1347 浪が袖を濡らすより前から、涙が袖を濡らすことでありますよ。「憂(ぅ)」を思わせる「浮かべる舟」に乗ろうと思いますと。○かねてより　それ以前から。○うかべる舟　「浮いている舟」の「う」に「憂」を掛ける。舟に乗って出立したくないと言っているのである。

1348 押さえ押さえ私は涙を袖で堰き止めています。私の涙が舟を越して沈めてしまうような大きな潮になってはいけないと思いますので。○押さへつゝ　袖で涙を何度も押さえるのである。○舟越す潮　舟を越して沈めるような海水。

1349 忘れないでおこうと殊更に深く契りを結んで別れたのだから、再び逢い見るまでは思い乱れないようにしてください。○ことに結びて　「ことさらに契りを結んで」の意であろう。○思ひ乱るな　「乱る」は「結ぶ」と同じく「糸」の縁語。乱れて他の男に思いを移さないようにと言っているのである。▽本来は、旅立ちにあたって旅路の平安を祈る呪術的な面を担っていた離別歌が、このように男女間の戯れ的やりとりになったのは、後撰集の特徴。

羇旅歌

ある人いやしき名とりて、遠江国《(とほたふみのくに)》へまかる
とて、初瀬《はつせ》河を渡《わた》るとてよみ侍《(はべり)》ける
よみ人しらず

1350
初瀬《はつせ》河渡《わた》る瀬《せ》さへや濁《にご》るらん世にすみがたき我《わ》が身と思へば

たわ《(は)》れ島《じま》を見て

1351
名にしおはば《ゝ》あだにぞ思《(おもふ)》たはれ島《じま》浪の濡衣《ぬれぎぬ》幾夜《いくよ》着《き》つらん

東《あづま》へまかりけるに、過《す》ぎぬる方こひしくおぼえけるほどに、河を渡《わた》りけるに、浪《なみ》の立《た》ちけ

1350 初瀬河は私が渡る浅瀬さえも濁っていることでしょう。この世に住みがたい我が身が渡る所はやはり澄みがたいと思いますので。〇いやしき名　汚名。〇遠江国　今の静岡県西部。〇初瀬河　今の奈良県桜井市初瀬を流れる河。〇世にすみがたき　罪を得て遠江国へ流される自分はこの世に「住みがたい」という意に「水が澄みがたい」という意を掛ける。▽遠江国へ流されるのに、何故に初瀬河を渡るのか説明がない。具体的な事実があったのだろうが、説明不足である。

1351 そのような名を持っていると、誰しも浮気だと思いますよ。たわれ島はどんなに長く浪に濡衣を着せられているのでしょうか。〇名にしおはば　「名に負ふ」は、名前として背負っていること。正徹本・雲州本の「名にしおへば」の方が「そのような名を持っているのだから」となって、わかりやすい。〇たはれ島　今の熊本県宇土市の島の名だという。〇浪の濡衣　寄せる浪を衣に見立てて「濡衣」と言ったのである。▽伊勢物語六十一段の「名にしおはばあだにぞあるべきたはれ島浪の濡衣着るといふなり」は、この後撰集歌の改作であろう。

るを見て

業平朝臣

1352 いとゞしく過《す》ぎゆく方《(かた)》の恋《こひ》しきにうら山《(やま)》しくも帰《(かへる)》浪哉《(かな)》

白山《しら》へまうでけるに、道中《みち》よりたよりの人につけてつかはしける

よみ人しらず

1353 宮《(みや)》こまで音《をと》にふり来《く》る白山はゆきつきがたき所なりけり

なかはらのむねきが、美濃の国《みのゝくに》へまかりくだり侍《(はべり)》けるに、道《みち》に女の家に宿《やど》りて、言《い》ひつきて、去《さ》りがたくおぼえければ、二三日侍て、やむごとなき事によりて、まかりたちければ、絹《きぬ》を包《つゝ》みて、それが上《うへ》に書《か》きて、を《(お)》くり

1352 ここまで来てみると、今まで以上に過ぎ去った方が恋しいのに、河を見ると、うらやましくも浪が返っている、私も帰りたいことであるよ。○過ぎぬる方 「方」は空間をも時間をも表わすので、通り過ぎた所とも、過ぎ去った時間とも解し得る。要するに都での生活が恋しいのである。○いとゞしく 今まで以上に。○帰浪哉 浪打つ状態を「返る」というので、「帰る」に掛けた。▽伊勢物語七段に見える歌なので業平の作となっているが、その七段は後補されたと考えられるので、坊門局筆本・正徹本・雲州本が「よみ人しらず」とするのが古い形であろう。

1353 古くから都まで評判が聞こえている白山は、雪が尽きない所にふさわしく、行き着きがたい遠い所であるよ。○白山 今の石川・岐阜・福井・富山の各県にまたがる白山。古今集・羇旅「消え果つる時しなければ越路なる白山の名は雪にぞありける」や後撰集・冬・四八二のように雪で有名。○たよりの人 手紙を届ける便宜のある人。○音にふり来る 古くから評判として聞こえて来る。「雪」の縁で「降り来る」と「古り来る」を掛ける。○ゆきつきがたき 「白山には雪が尽きない」の意と「行(ゆ)き着きがたい」の意を掛ける。

1354 山里の草葉の露はみっちりと置いているでしょうか。私の身の代りに置いてゆくこの蓑代

侍ける　　中原宗興

1354 山里《ざと》の草葉《ば》の露《つゆ》も繁《しげ》からんみのしろ衣縫《ぬ》はずとも着《き》よ

土左よりまかりのぼりける舟の内《うち》にて見侍けるに、山の端《は》ならで、月の浪の中《なか》より出《い》づるやうに見えければ、昔《むかし》、安倍の仲麿《なかまろ》が、唐《もろこし》にて、「ふりさけ見れば」といへることを思《（おもひ）》やりて　　つらゆき

1355 宮《（みや）》こにて山の端《は》に見し月なれど海より出《い》でて海にこそ入《い》れ

法皇、宮の滝《たき》といふ所御覧じける、御供《とも》にて　　菅原右大臣

1356 水ひきの白糸延《しらいとは》へて織《を》る機《はた》は旅の衣に裁《た》ちや重《かさ》ねん

衣を、縫っていなくても、蓑の代りとして着てくださいよ。○美濃の国　今の岐阜県の南部。○道に　道中にある。○言ひつきて　よしみを通じて。○やむごとなき事　避けることができない用事。○まかりたちければ　出発しましたので。「まかり」は聞き手を意識した敬語。○絹を包みて　歌に「縫はずとも着よ」とあるから「衣（きぬ）」ではなく「絹」であろう。○山里の　女の家は山間部の田舎家だったのであろう。○みのしろ衣　春上の巻頭歌同様「蓑代衣」として蓑の代りに露を防ぐようにの意を第一とし、第二に「身代（みのしろ）衣」、自分の形見の衣の意を掛け、第三に「美濃の国」の「美濃」を掛け、第四に「白絹」だったから「白」を掛けて言ったのである。○縫はずとも着よ　衣ではなく、絹だから、まだ縫っていないが、縫って、蓑の代りに着てくださいと言っているのである。

1355 都にいる時は山の端から出て山の端に入るのを見ていた月であるが、このように海上の舟から見ると、海から出て海に入ることであるよ。○土左よりまかりのぼりける…　土佐日記によって推定すれば承平五年（九三五）の一月二十日。○ふりさけ見ればといへること　土佐日記では「青海原ふりさけ見れば春日なる三笠の山に出でし月かも」という形で引用。なお、古今集・羇旅には、同じ歌が初句「天の原」として見える。○思やりて　思いを馳せるのである。○山の端　山の尾根。

1356 水を引くようにして出来た白糸を伸ばして織った布は、今度の旅の衣として早速裁って縫い、重ねて着てみましょうよ。○水ひきの　はっきりしないが、ここでは、滝のこととして、「水を引き伸ばすようにして」と訳しておく。○延へて　引き伸ばして。○機　機織りした布。○裁ちや重ねん　裁断して重ねて着てみよう。▽宇多法皇の吉野宮滝行幸は昌泰元年（八九八）十月のこと。

道まかりけるついでに、ひぐらしの山をまかり侍《はべり》て

1357 ひぐらしの山路《ち》を暗《くら》み小夜《さよ》ふけて木《こ》の末《すゑ》ごとに紅葉《もみぢ》照《て》らせる

初瀬《はつせ》へまうづとて、山の辺《べ》といふわたりにてよみ侍ける

伊勢

1358 草枕旅《たび》となりなば山の辺《べ》に白雲《しらくも》ならぬ我や宿《やど》らん

宇治殿《うぢどの》といふ所を

1359 水もせに浮《う》きぬる時はしがらみの内《うち》の外《と》のとも見えぬもみぢ葉《ば》

1357 一日歩いた日暮しの山は、道が暗かったので、夜がふけると、かえって木の梢ごとに紅葉が月に輝いて見えることであるよ。〇ひぐらしの山　地名であろうが、該当するものを見出せない。ただし、新勅撰集・羇旅に「亭子院、宮滝御覧じにおはしましける御供につかうまつりて、ひぐらし野といふ所をよみはべりける」という詞書が見える。同じ宮滝行幸の作である前歌との関係を考えれば、その近所の山であったと考えてよかろう。ただし、「日暮しの山路」は「一日中、日を過ごした山路」の意を掛ける。〇紅葉照らせる　紅葉が月光を反射して照り輝いているのである。

1358 野宿をする旅となったならば、白雲が宿るような地名の、この山の辺に、白雲ならぬ私が宿るのでしょうか。〇初瀬　今の奈良県桜井市の長谷観音。〇山の辺　大和の国山辺郡。今の天理市のあたり。〇草枕　草を結んでまとめた野宿のための枕。転じて「旅」にかかる枕詞ともなった。〇山の辺に　詞書に「山の辺といふわたり」とあったので、それを普通名詞のように用いたのである。〇白雲ならぬ…　山には白雲がかかるとされていた。「白雲のおりゐる山と見えつるは…」(四八四)など。

1359 水面も狭くなるほどにいっぱいに浮いている時は、柵(しがらみ)の内だとか外だとかいうこともわからないほど一面に見える紅葉であることよ。〇宇治殿といふ所を　後世、道長・頼通と伝えられて平等院になったのは有名だが、この時代の実状はわからない。いずれにせよ、「宇治殿」を隠し題にした物名の歌である。〇水もせに　「水の上が紅葉でいっぱいになるほどに」の意。〇しがらみ　柵。流れを堰き止めるために杭を打ち並べて竹などを編んで張ったもの。〇内の外のとも　「うぢの殿とも」と掛けて、「(しがらみの)内の(紅

海のほとりにて、これかれ逍遥《せうえう》し侍けるついでに　こまち

1360 花咲《さ》きて実《み》ならぬ物はわたつうみのかざしにさせる沖《おき》つ白浪

東《あづま》なる人のもとへまかりける道に、相模《さがみ》の足《あし》柄《がら》の関《せき》にて、女の京にまかりのぼりけるにあひて　真静法師

1361 足柄《あしがら》の関《せき》の山地《(ぢ)》をゆく人は知《し》るも知《し》らぬもうとからぬ哉《(かな)》

法皇、遠《とを》き所に山踏《ぶ》みしたまうて、京に帰《かへ》りたまふに、旅宿《たびやど》りしたまうて、御供《とも》にさぶらふ道俗、歌《うた》よませ給《(たまひ)》けるに　僧正聖宝

1362 人毎《ごと》に今日《けふ》〳〵とのみ恋《こ》ひらるゝ宮《(みや)》こ近《ちか》くも成《(なり)》にける哉《(かな)》

葉)とすべきか、外の(紅葉)とすべきか、さっぱりわからなくなった」と言っているのである。

1360 花が咲いても実がならない物は、海の神がかんざしに挿しているように見えるあの沖の白浪であるよ。〇これかれ　この人あの人数人で。〇逍遥　俗世を棄てて自然に没入すべく山野を歩くこと。荘子の「逍遥遊」から始まる漢文学語。〇わたつうみの　「海」の意や「海」の枕詞としても使われるが、ここは海神の意。▽沖の白浪を海神が髪に挿す花に見立て、しかしこれは一時的に咲くだけで実はならないよと言っているのである。「白浪」を海神のかざしに見立てた歌としては、古今集・雑上「わたつうみのかざしに挿せる白妙の浪もてゆへる淡路島山」があり、また「花」に見立てた歌としては、同・秋下「草も木も色変れどもわたつうみの浪の花にぞ秋なかりける」などの例がある。

1361 足柄の関の山路を行く人は、あの逢坂の関を通って来たのだから、知っている人でも、知らない人でも、他人とは思えないよ。〇相模の足柄の関　相模の国と駿河の国との境の関。昌泰二年(八九九)に設けられた。▽雑一・一〇八九の蟬丸の歌「これやこのゆくも帰るも別れつつ知るも知らぬも逢坂の関」によって、みな逢坂の関を通って来た都の女だから、蟬丸の言うように「知るも知らぬも」また逢うはず、疎くはないよ、と言っているのである。

1362 あの人にも、この人にも、今日は帰れるか、今日は帰れるか…とばかり言って恋しがっていた、その都が遂に近くなったことであるよ。〇法皇遠き所に山踏みしたまうて　昌泰三年(九〇〇)、宇多法皇は金峰山・高野山・竹生島などに仏道修行のために行幸した。〇旅宿りしたまうて　旅宿なさって。〇道俗　仏門にある人と俗世にある人に。

土左より、任果《は》てて《ゝ》上《のぼ》り侍《(はべり)》けるに、舟の内《うち》にて、月を見て

つらゆき

1363 照《て》る月の流《なが》るゝ見れば天《あま》の河出《い》づるみなとは海にぞ有《(あり)》ける

題しらず

亭子院御製

1364 草枕紅葉むしろにかへたらば心を砕《くだ》く物ならましや

京に思ふ人侍て、遠《とを》き所より帰《かへ》りまうで来《き》ける、道《みち》に留《とゞ》まりて、九月許《(ばかり)》に

よみ人しらず

1365 思ふ人ありて帰《かへ》ればいつしかの妻《つま》待《ゝ》つ宵《よゐ》の声《こゑ》ぞかなしき

1363 この海の上で、照る月が天の河を流れるように空を移行しているのを見ると、月が流れる天の河の河口は、やはり海につながっていると思ったことであるよ。〇照る月の流るゝ見れば… 月が天の河を流れるという言い方は、古今集・八八二や後撰集・二二〇・二二九・二三〇などにあった。それを前提に、水平線に入るのだから月が流れ出る天の河の河口は、やはり海につながっているのであったよと言っているのである。「みなと」は「水門」、河口のこと。▽土佐日記に伊勢物語八十二段の「山の端逃げて入れずもあらなん」という業平の歌を前提にしている旨の記述があるが、天の河を流れる月が山の端でなく水平線に入るところを見ると、天の河の水門は海につながっていたのだなあと言っているのである。

1364 旅寝だからと言って、この散り敷いた紅葉を筵の代りにして寝たならば、心を砕くほどの苦しい旅になるでしょうか。かえって素晴らしい旅になったことであるよ。〇草枕 旅宿すること。〇むしろ 筵。旅寝する時に敷く物の意でよまれた。〇心を砕く… 旅の苦しさを痛感する。古今集・離別に「白雲のこなたかなたに立ち別れ心をぬさと砕く旅かな」とあった。▽昌泰元年(八九八)十月の宮滝行幸の時の歌であろう。従駕した菅原道真の「このたびはぬさもとりあへずたむけ山紅葉の錦神のまにまに」(古今集・羇旅)が思い出される。美しい紅葉の錦を敷いて寝ることが出来るならば、つらい旅宿も問題ではないと言っているのである。

1365 思う人が都にいるゆえに帰るので、妻を待って早く逢いたいと鳴く宵の鹿の声が、ことさら悲しく聞こえてくることでありますよ。〇京に思ふ人侍て 都に愛する人がいて。〇道に留まりて 帰路、宿泊した所から手紙を贈ったのである。〇いつしかの 「早く…たい」の意の「何時しか」に

1366 草枕結《ゆ》ふ手《て》許《(ばかり)》は何《なに》なれや露《つゆ》も涙《なみだ》もを《(お)》きかへりつゝ

宮の滝《たき》といふ所に、法皇おはしましたりけるに、おほせごとありて

素性法師

1367 秋山に惑《まど》ふ心を宮滝《みやたき》の滝《たき》の白泡《しらあわ》に消《け》ちや果《は》てゝむ

秋の景物の「鹿」を掛けた。「いつしかの音になきかへり…」(恋四・八七三)参照。○妻待つ 「つま」は「夫」をも「妻」をも言うが、さを鹿(牡鹿)が妻を求めて鳴くという表現が和歌に多いので「妻」と解した。

1366 草枕を結ぶ私の手はいったい何なのだろうか。露も涙もいっぱいに置いてこのようにひどく濡れていることであるよ。○草枕結ふ手 旅寝をするための枕にしようと草を引いて丸める手。○何なれや 何であるからか。○をきかへりつゝ 「かへる」は「ひどく…する」こと。▽詞書がないのがやや落ち着かないが、前歌の詞書を受けて、都にいる女を思う気持の切なさを詠んだものと見ておく。

1367 出家の身でありながら秋の山の美しさに執着して悟りきれない私の心を、この宮滝の白い泡といっしょにして完全に消してしまいたいものです。○宮の滝と… ↓一三五六。○おほせごとありて 御命令があって詠んだ歌。○秋山に惑ふ心 出家の身でありながら秋の山の美しさに執着して惑う我が心。○滝の白泡に 滝の白泡が消えるのとともに。▽今の天理市にある良因院(石上寺)で修行していた素性法師は、宇多法皇の宮滝行幸に急遽呼び出されて、俗人のように前駆けなどを努め、寺の名にちなんで良因朝臣と呼ばれて活躍したという。

後撰和歌集巻第二十

慶賀　哀傷

女八の親王《みこ》、元良の親王《みこ》のために四十賀し侍《（はべり）》けるに、菊《きく》の花をかざしに折《お》りて

藤原伊衡《（これひら）》朝臣

1368 万世《よろづ》の霜にも枯《か》れぬ白菊をうしろやすくもかざしつる哉《（かな）》

典侍あきらけい子《こ》、父《ちゝ》の宰相のために賀し侍けるに、玄朝法師の裳《も》・唐衣《からぎぬ》縫《ゝ》ひてつかはしたりければ

典侍あきらけい子

1368 ずいぶん永い間、きびしい霜にも枯れないこの白菊を、安心しきって頭に挿してみることです。〇女八の親王　醍醐天皇第八皇女。皇胤紹運録の注記によれば、元良親王の息佐頼王の妃であったらしいが、その名は未詳。〇かざしに折りて　長寿をことほぐための髪に挿す菊を折り、親王に奉ったのである。〇うしろやすくも　何の心配もなく。髪挿《（さか）》しは冠の後の方に挿すので、それを掛けて「うしろやすくも」と言った。

1369 天女のように雲を分けて飛べる天の羽衣をいただいて羽織ったからには、父の長寿のみならず、あなたの御長寿をも確かめえないはずがございません。〇典侍あきらけい子　未詳。御匣殿別当を勤めた藤原明子とする説があるが、その父

1369 雲分《わ》くる天《あま》の羽衣うち着《き》ては君が千歳《ちとせ》にあはざらめやは

題しらず　　太政大臣

1370 今年《ことし》より若菜《わかな》にそへて老《おい》の世《よ》にうれしき事をつまむとぞ思《（おもふ）》

章明《のりあきら》の親王《みこ》かうぶりしける日、あそびし侍けるに、右大臣これかれ歌《うた》よませ侍けるに　　つらゆき

1371 琴《こと》の音《ね》も竹も千歳《ちとせ》の声《こゑ》するは人の思ひに通《かよ》ふなりけり

賀のやうなることし侍ける所にて　　よみ人しらず

1372 百年《もゝとせ》と祝《いは》ふを我は聞《きゝ》きながら思ふがためはあかずぞ有《（あり）》ける

藤原仲平の四十の賀の年には僅か九歳であるので無理。○父の宰相　未詳。○雲分くる天の羽衣　玄朝法師にいただいた裳と唐衣を、神仙世界の天女が着て空を飛ぶ天の羽衣に見立てたのである。○君が千歳に…　父の長寿を確認できるだけではなく、あなたの御長寿をも確認出来ないはずがあろうか。必ず確認出来るというのである。

1370 今年からは、新春の子(ね)の日に長寿をことほぐ若菜を摘むことに加えて、この年とった人生に嬉しいことを積みあげようと思います。○若菜にそへて　毎年正月の子の日に若菜を食して邪気を払うのに加えて。○つまむとぞ思　「若菜を摘む」ことに加えて「うれしきことを積む」、積み重ねたいと思うと言っているのである。▽正徹本の「賀めけるわざしけるところにて」のように、一三七二の詞書をここに付す本もある。

1371 琴も笛も、あなたの千歳を予祝するような音を発するのは、ここに集まっている人の思いに通じ合ってのことでありましょうよ。○章明の親王　醍醐天皇皇子。日本紀略によれば正暦元年(九九〇)に六十七歳で没しているから、十五歳で元服したとすれば、承平六年(九三六)のことになる。○右大臣　藤原師輔であろう。○竹　笛のこと。琴の音に対応させて言った。「笛竹」(九五四・一一八四・一一八五)という言い方もある。○千歳の声　「千秋楽」などを意識したか。

1372 百年も生きるようにと祝う声を私は聞くのだけれども、あなたに思いを寄せる私のためには、それでは不充分でありますよ。○思ふがためは　あなたを思う私のためには。○あかずぞ有ける　満足できないことであるよ。▽貫之集に「延喜十二年、定方左衛門督の賀の時の歌」として見えるから、前歌に続いて貫之の歌とすべきであろう。

左大臣の家の男子《をのこゞ》女子《ど》、冠《かうぶり》し、裳着《もき》侍けるに　つらゆき

1373 大原《おほはら》や小《を》塩《じほ》の山の小《こ》松原はや木《こ》高《だか》かゝれ千代《ちよ》の影見む

人の冠《かうぶり》する所にて、藤《ふぢ》の花をかざして　よみ人しらず

1374 打《(うち)》寄《よ》する浪の花こそ咲《さ》きにけれ千代《ちよ》松風や春《はる》になるらん

女のもとにつかはしける

1375 君がため松の千歳《ちとせ》も尽《つ》きぬべしこれよりまさん神の世も哉《(がな)》

年星《(ねんさう)》を《(お)》こなふとて、女檀越《(にょだんをち)》のもとより、数《ず》珠《ゞ》を借《か》りて侍《(はべり)》ければ、加《くは》へてつかはしける　ゆいせい法師

1373 大原の小塩の山の小松の原は早く木高くなりなさい。千年も栄え茂るその蔭を見たいと思いますので。○左大臣の家の男子女子　藤原実頼の男君と女君。○冠し　男の成人式。○裳着侍けるに　女の成人式。○大原や　今の京都市西京区大原野にある大原野神社は春日大社を招請した藤原氏の氏神。氏の長者であった実頼の男君と女君のことであるから、このように詠んだ。○小松原　子供の賀であるから「小松原」と言ったのである。○千代の影見む　「松」の縁で「千代」と言い(→七九二・一三八四)、「蔭(影)」と言った(→四二・三七四)。▽貫之集によれば承平五年(九三五)十二月の作。

1374 打ち寄せるように浪の花が咲いたことだよ。千代を待っても変ることのない松風も春風に変ったのだろうか。○打寄する浪の花こそ…　藤の花を「藤浪」というので、「浪」に見立てたのである。○千代松風や…　千年の間も変ることのない松に吹く風。▽藤をかざして詠んだのであるから、当然藤原氏の元服であろう。

1375 あなたに逢っていただくためには、松の千歳に喩えられるほどの長い年月も尽きてしまうでしょう。これよりも長い、悠久の神代にでも喩えられる長い時間がほしいことですよ。

1376 あなたの長寿を、百年に八十年を添えるべく祈りを籠めておいたこの数珠の霊験を、あなたが見ないはずはありませんよ。○年星　陰陽道の影響を受けた密教の星祭り。除災招福のためにその人の当り星を供養すること。○女檀越　「檀越」は「檀那」と同じく施主のこと。年星の行事の主催者である。○数珠を借りて侍ければ　数珠を借りて、それに祈願を籠めておくのであろう。○

1376 百年《もゝとせ》に八《や》十《そ》年《とせ》添《そ》へて祈《いの》り来《く》る玉のしるしを君見ざらめや

左大臣の家に脇足《けうそく》心ざし贈《をく》るとて加《くは》へける　　僧都仁教

1377 脇足《けうそく》を抑《ゝさ》へてまさへ万代《よろづよ》に花の盛《さか》りを心静《しづ》かに

今上、帥《(そち)》の親王《みこ》ときこえし時、太政大臣の家に渡《わた》りおはしまして帰《かへ》らせ給《(たまふ)》、御贈物《をくりもの》に、御本奉《たてまつ》るとて　　太政大臣

1378 君がため祝《いは》ふ心の深《ふか》ければ聖《ひじり》の御代《みよ》の跡《あと》ならへとぞ

御返し　　今上御製

1379 教《をし》へ置《を》く事《こと》たがはずは行末《ゆくすゑ》の道遠《とを》くとも後《あと》はまどはじ

加へて　歌を加えて。〇百年に八十年添へて　坊門局筆本・雲州本・正徹本書入などは「…やとせをそへて」とある。数珠は百八の珠を持つので、この方がよい。〇玉のしるし　数珠で祈った霊験。

1377　この脇足を押さえてじっとしていらっしゃい。いついつまでも花の盛りが心静かに続きますように。〇左大臣　藤原実頼。〇脇足　普通は「脇息」「脇足」をあてるが、「正倉院文書」は「挟軾」の字をあてており、「そく」は「しょく」の直音表記であったらしい。「挟」は脇、「軾」はつかまっているための横木。〇心ざし贈る　気持のしるしとして物を贈ること。〇加へける　加えた歌。〇まさへ　「いらっしゃる」の意の敬語動詞「ます」の未然形に継続を表わす助動詞「ふ」の命令形がついた。

1378　あなたのために祈る心が深うございますので、中国の聖代の跡を習うようにと、この本をお贈りするのです。〇今上帥の親王ときこえし時　村上天皇が大宰の帥の任にあったのは、天慶六年(九四三)十二月八日から翌年四月二十二日まで。数え年十八歳と十九歳の時。助動詞「き」の連体形「し」は村上天皇の事績を述べる場合などに限って用いられ、「ける」と区別されている。〇太政大臣の家に…　太政大臣藤原忠平は村上天皇の伯父にあたる。〇御本　承保本は「手本」、雲州本は「御手本」とするが、「本」だけでも、習字の手本。「聖の御代の跡ならへ」と歌にあるので、三史五経のような儒学の書を書の手本にしたのであろうか。〇祝ふ　この場合は神の前で前途をことほぐこと。〇聖の御代　中国の聖代。

1379　この書が教えおいたことに違背しなければ、聖人の道はいかに迂遠であっても、惑うことなくその跡に従うことが出来るでしょう。▽贈歌答歌ともに、親王が村上天皇になったから収録された歌である。

今上梅壺《むめつぼ》におはしましし《ゝ》時、薪木《たき》樵《こ》らせて奉《たてまつ》り給《(たまひ)》ける

1380 山人の樵《こ》れる薪木《たき》は君がため多《おほ》くの年を積《つ》まんとぞ思《(おもふ)》

御返し　　　　御製

1381 年の数積《かずつ》まんとすなる重荷《をもに》に《ゝ》はいとゞ小付《こづけ》を樵《こ》りも添《そ》へなん

東宮の御前に、呉竹《くれ》植《う》へ《(ゑ)》させたまひけるに　　きよたゞ

1382 君がため移《うつ》して植《う》ふ《(う)》る呉竹《くれ》に千代《ちよ》もこもれる心地こそすれ

院の殿上にて、宮の御方より碁盤出《い》ださせたまひける、碁石笥《ごいしけ》の蓋《ふた》に　　命婦いさぎよき子

1380 この山人が切って持参しました薪は、あなた様のためにここに積み重ねようと思って、ここに積んでいるのでありますよ。〇今上梅壺におはしましし時　九条殿記・天慶六年(九四四)閏十二月二日条によれば、村上天皇はその頃から東宮時代にかけて(九四七年四月まで)梅壺を御所としていた。なお、一三七八に述べたように助動詞「き」の連体形「し」は村上天皇の事績を述べる場合に用いられている。〇奉り給ける　前の二首から考えれば太政大臣忠平とすべきであろう。〇山人の樵れる薪木…　古今集・一〇八九のように正月十五日在京の官人が薪を献上して天皇に忠節を示す御竈木(みかまぎ)の儀式の歌であろう。「焚き木を積む」と「年を積む」を掛けて天皇の長寿を祈った。

1381 私のあらまほしき年の数ほども積み上げて運んで来たとおっしゃる重い荷には、さらにそれ以上にあなたの長寿をことほぐ追加の木を切り取って添えてほしいものです。〇年の数積まんとすなる　「なる」は伝聞推定の意を表わす助動詞の連体形。私の長寿を予祝するためとおっしゃるその重い荷には。〇小付　追加的に加える荷。

1382 私が君のために移植し申しあげた呉竹には、普通の「よ」ではなく、千世(ちよ)の年数が込めてあるような思いがいたすことでございます。〇東宮の御前に　東宮御所の庭前に。前歌に引き続いて村上天皇の東宮時代のことと見るべきであろう。〇呉竹　中国渡来の竹。枕草子によれば「葉細し」という。和歌においては、枕詞や縁語として「世」(古今集・一〇〇二・一〇〇三、後撰集・九〇七・九三〇)や「夜」(後撰集・五四)を導く形でよく詠まれた。「竹」の節と節の間の空間を「よ」というからである。

1383 あの有名な故事のように、斧の柄が朽ちてしまうのが気づかないほど、未来永劫、碁を打ち続けてください。この碁盤と碁石を使って。〇

1383 斧《おのゝ》の柄《え》の朽《く》ちむも知《し》らず君が世の尽《つ》きむ限《かぎ》りはうちこゝろみよ

西四条の親王《みこ》の家の山にて、女四の親王《みこ》のもとに

右大臣

1384 並《な》み立《た》てる松の緑の枝分《わ》かず折《を》りつゝ千代《ちよ》を誰とかは見む

十二月許《(ばかり)》に、冠《かうぶり》する所にて

つらゆき

1385 祝《いは》ふこと有《(あり)》となるべし今日《けふ》なれど年のこなたに春《はる》も来《き》にけり

院の殿上にて　朱雀院の殿上の間でのことであろう。○宮の御方　女御熙子女王と見る方がよかろう。○碁石笥の蓋に　碁石を入れる箱の蓋に歌を書きつけたのである。○斧の柄の朽ちむも知らず　述異記などに見える有名な故事による。晋の王質が山中で仙童の囲碁に見とれているうちに、携えていた斧の柄が朽ち、村に帰ると知人はみな故人になっていたという話。仙界の時間は人間界のそれとは異なって悠久であることを示す。

1384 並んで立っている緑の松の枝を区別せず両方を折りながら、この松のように千歳を生き栄えてほしいと願うのは、誰でもない、あなたの方なのですよ。○西四条の親王　醍醐天皇皇女雅子内親王。延喜九年(九〇九)生れ。斎宮を勤めた後、右大臣師輔の妻となり為光を生んだ。→九二七。○山にて　築山で。○女四の親王　勤子内親王。延喜四年生れ。雅子内親王の姉。天慶元年(九三八)師輔と結婚したが、間もなく没した。○並み立てる…　並んで立っている松。姉妹の皇女二人を喩えている。○枝分かず　二人の姉妹を区別しないで。兄弟姉妹の意の「連枝」という語を意識した表現。○折りつゝ　「自分の物にしつつ」の意を含む。右大臣師輔は妻であった姉の勤子内親王と死別した後、雅子内親王と結婚したように思われているが、実際は初めから二人と関わっていたことがわかる。

1385 祝うことがあるからに違いない。まだ十二月の今日ではあるが、年が明ける前に、もう春がやって来たよ。○冠する所にて　貴人の息が元服する所へ呼ばれてことほぎの歌を奉呈したのである。○年のこなたに　年を越える手前に。▽ちょうど年内立春の年にあたったのを利用して、元旦より前に春がやって来たのはあなたをお祝いするためだと元服する人を祝ったのである。古今集・一参照。

哀傷歌

敦敏《あつとし》が身まかりにけるを、まだ聞《き》かで、東《あづま》より馬を送《ゝく》りて侍《(はべり)》ければ

左大臣

1386 まだ知《し》らぬ人も有《(あり)》ける東路《あづまぢ》に我も行てぞ住《す》むべかりける

兄《あに》の服《ぶく》にて、一条にまかりて

太政大臣

1387 春の夜の夢の中《なか》にも思《(おもひ)》きや君なき宿《やど》をゆきて見むとは

返し

1388 宿《やど》見れば寝《ね》てもさめても恋《こひ》しくて夢うつゝとも分《わ》かれざりけり

1386 息子が死んだのをまだ知らない人もある東国に、私も出かけて行って住むべきであるようです。○敦敏が身まかりにける　少将藤原敦敏は左大臣実頼の長男。天暦元年(九四七)十一月十七日に三十六歳で没した。○東より…　東国の人が馬を贈って来たのである。▽氏の長者であった実頼の長男を失った悲しみが劇的に表わされているので、栄花物語、大鏡、古本説話集、宝物集などでも、この歌を中心としてしみじみと語りあげている。

1387 はかない春の夜の夢の中でも、そんなこと思いもかけなかったことだよ。あなたがいらっしゃらないこのお住まいに来て見ようなどとは。○兄の服にて　延喜九年(九〇九)に三十九歳で逝去した長兄時平の喪に服していた時のことであろう。○一条　一条殿。時平の邸として有名なのは、中御門北、堀川東の本院だが、一条にも邸宅を持っていたのであろう。後に忠平が領有した小一条殿のことかも知れない。○春の夜の夢　漢詩によくよまれる「春夢」と同じく、はかないことの喩え。後撰集・七六・五〇九にも見られる。○思きや　思っただろうか、まったく思いもしなかった。

1388 私はずっとこのお住まいを見ていますゆえ、醒めていても寝ていても恋しいばかりで、夢であるのか現実であるのか、まったく何もわからないことでありますよ。○宿見れば　「君なき宿をゆきて見むとは」と言ったのに対して、その「君

先帝おはしまさで、世中《(よのなか)》思ひ嘆《なげ》きてつかはしける

三条右大臣

1389 はかなくて世にふるよりは山科《しな》の宮の草木とならましものを

返し

兼輔朝臣

1390 山科《しな》の宮の草木と君ならば我は雫《しづく》に濡《ぬ》る許《(ばかり)》也

時望《もち》の朝臣身まかりてのち、果《は》ての頃近《ころちか》くなりて、人のもとより「いかに思《(おもふ)》らむ」と言《い》ひを《(お)》こせたりければ

時望朝臣妻

1391 別《わか》れにし程《ほど》を果《は》てとも思《おも》ほえず恋《こひ》しきことの限《(かぎり)》なければ

なき宿」をいつも見ているので…と応じたのである。▽「寝てもさめても」「夢うつつとも」というように、伊勢物語六十九段や古今集・恋三にある有名な業平に対する歌「…夢からつつか寝てかさめてか」を思い出させる。なお、諸本ともこの返歌の作者名がないが、作者は時平の妻か、あるいは一条殿の女房であろうか。

1389 はかない状態でこの世に永らえるよりは、山科の御陵の草木になればよかったと思いますよ。○先帝　醍醐天皇。延長八年(九三〇)九月二十九日没。○つかはしける　藤原兼輔のもとに歌を贈ったのである。○はかなくて　生きているかどうかわからない状態で。○山科の　日本紀略によれば、醍醐天皇は同十月十日に醍醐寺北、笠取山西、小野寺下の山科陵に葬られたとある。

1390 あなたが山科の宮の草木におなりになるなら、私はおそばを離れずに、その草木に置いた露の雫に濡れているほかありません。泣き濡れているほかありません。▽三条右大臣定方と兼輔がきわめて親しい関係にあったことは一三五—一三九を見てもわかる。彼らは従兄弟である上に、兼輔は定方の娘を妻にしていた。また醍醐天皇の母の胤子は定方の妹であり、定方の娘能子と兼輔の娘桑子は共に醍醐天皇の更衣であるというように、醍醐天皇との関係も特別のものがあった。→一三九六—一三九八。

1391 死別した時節を最後の時だとは思えません。あの人を恋しく思うことが限りなく続くのですから。○時望の朝臣　平時望。承平八年(九三八)三月に六十二歳で没した。○果ての頃　服喪が終わる頃。夫の死による服喪は一年であるので、ここは一周忌の忌明けを言っているのであろう。

女四の親王《みこ》の文《ふみ》の侍《（はべり）》けるに、書《か》きつけて、内侍のかみに　　右大臣

1392 種《たね》もなき花だに散《ち》らぬやどもあるをなどかかたみのこだになからん

返し　　内侍のかみ

1393 結《（むすび）》置《を》きし種《たね》ならねども見るからにいとゞ忍《（しのぶ）》の草を摘《つ》む哉《（かな）》

女四の親王《みこ》の事、とぶらひ侍て　　伊勢

1394 こゝら世《よ》をきくが中にも悲《かな》しきは人の涙も尽《つ》きやしぬらん

返し　　よみ人しらず

1395 聞人《（きくひと）》もあはれてふなる別《（わかれ）》にはいとゞ涙ぞ尽《つ》きせざりける

1392 種もない花でさえも散らないで咲いている庭もあるのに、それを入れる筐(かたみ)の籠(こ)がどうしてないのだろうか。書いた人もいない手紙も残っているのに、どうして形見の子を残していないのだろうか。○女四の親王　右大臣師輔の妻になった醍醐天皇皇女勤子内親王。天慶元年(九三八)、三十四歳で没した。→一三八四。○文の侍けるに書きつけて　手紙が残っていたその余白に歌を加筆して。○内侍のかみ　尚侍。天慶元年十一月に尚侍に任ぜられた忠平の娘貴子か。○種もなき花だに散らぬやどもあるを　亡くなった女四の皇女の手紙を「種もなき花」と言っているらしいが、典拠は未詳。「やど」はこの場合「屋外」すなわち「庭」と訳した方がよい。○かたみのこ　女四の皇女の「形見の子」と「花」の縁語としての「筐(かたみ)の籠(こ)」を掛ける。

1393 私のために結び文にしておいた手紙ではありませんが、見るや否やいっそうあの人を偲んでしまうことですよ。○結置きし種　前歌と同様に女四の皇女の手紙をテーマにしている。私に届けるために結び文にした手紙ではないけれども。○見るからに　見るや否や。○忍の草を摘む　しのぶ草を摘むこと、具体的には亡き人を偲ぶこと。

1394 長生きして、世の中のことをあれこれと多く聞きました中でも、とりわけ悲しいこのことには、あなたの涙も流れ果てて尽きてしまったことでありましょう。○こゝら　非常に多く。「世を聞く」に掛かる。勤子内親王が亡くなった天慶元年(九三八)の伊勢の推定年齢は六十七歳、「人生のさまざまなことを多く経験した中でも」という気持をよく表わしている。○人の涙も…　「…らん」と言っているように、相手方のことを推量しているのである。

先帝おはしまさで、又の年の正月一日贈《をく》り侍ける

三条右大臣

1396 いたづらに今日《けふ》や暮《く》れ南《(なん)》あたらしき春の始《(はじめ)》は昔ながらに

返し

兼輔朝臣

1397 泣《な》く涙ふりにし年の衣手はあたらしきにも変《かは》らざりけり

重《かさ》ねてつかはしける

三条右大臣

1398 人の世の思ひにかなふ物ならばわが身は君に後《をく》れましやは

妻《め》の身まかりてのち、住《す》み侍ける所の壁《かべ》に、

1395 お聞きになったあなたでも悲しいとおっしゃるこの死別については、そばにいて一切を見ました私としては、それ以上に涙が尽きることなく流れることでありますよ。○あはれてふなる「あはれ」と言っていらっしゃるような。「あはれ」は感情が爆発するように悲しいこと。「てふ」は「といふ」の約。「なる」は伝聞推定の意を表わす助動詞「なり」の連体形。▽作者が誰かはわからないが、女四の皇女に近仕していた女房であろう。

1396 無聊をかこちながら今日もまた暮れてゆくのだろうか。新しい年の始めは昔と変らずにやって来たのだけれども。○先帝おはしまさで又の年　醍醐天皇没の翌年は延長九年(九三〇)。○贈り侍ける　兼輔のもとに贈った歌である。○いたづらに　何もすることもないままに。諒闇であるので宮廷の新年の公式行事がないのである。○あたらしき春の始は昔ながらに　新年は先帝の時代と変らずにやって来たと言っているのである。

1397 泣く涙が降るように落ちたゆえに濡れて古くなった衣の袖は、新しい年になっても変らずに濡れ続けていることであるよ。○泣く涙ふりにし年　「泣く涙が降るように」の意の「ふる」という意と「ふりにし年」(古くなった年―去年)の「ふる」を掛ける。○衣手　「袖」の歌語。○変らざりけり　喪服を着ている生活が変らないのと涙で濡れることが変らないのである。

1398 人の世の定めが自分の思いにかなうものであるならば、我が身は帝に後れをとることがあるはずもございません。私が先に世を去ることになったはずです。○重ねてつかはしける　気持がおさまらず、もう一度兼輔に思いを訴えたのである。○君に　この場合は先帝のこと。○後れましやは　死に遅れるだろうか、死に遅れない。

かの侍《(はべり)》ける時書《か》きつけて侍ける手《て》を見侍て　　兼輔朝臣

1399 寝《ね》ぬ夢に昔の壁《かべ》を見つるよりうつゝに物ぞかなしかりける

あひ知《し》りて侍ける女の身まかりにけるを、恋《こ》ひ侍ける間《あひだ》に、夜《よ》ふけて鴛鴦《をし》の鳴《な》き侍ければ　　閑院左大臣

1400 夕《ゆふ》されば寝《ね》にゆく鴛鴦《をし》のひとりして妻恋《つまこ》ひすなる声《こゑ》のかなしさ

七月許《(ばかり)》に、左大臣の母《はゝ》身まかりにける時に、おもひに侍ける間《あひだ》、后《きさい》の宮より萩の花を折《お》りて給《たま》へりければ　　太政大臣

1401 女郎花《をみなへし》枯《か》れにし野辺《のべ》に住《す》む人はまづ咲《さ》く花をまたくとも見ず

1399　寝ているわけでないのに、昔の人の筆跡を壁ならぬ夢に見てからというものは、目覚めている時にも、何となく悲しく感じられることであるよ。○かの侍ける時…　あの人が生きています時に妻が。○手　筆跡。○寝ぬ夢に　眠っていないのに幻のように見える夢として。○昔の壁　「故人の筆跡が書かれている壁」というのが表の意だが、眠っていないのに見える夢は壁をスクリーンのようにして見えるという故事があったとすれば、「寝ていないのに、壁に見える夢に故人を見た」と言っていることになる。同じ状況を詠んだとも考えられる兼輔集の「はやうなくなりにける人ともろともに逍遥せし所を、久しくなりて見て　うたたねのうつつにものの悲しきは昔の壁を見ればなりけり」や、後撰集・五〇九の駿河の歌「まどろまぬ壁にも人を見つるかな…」も同じ故事によった詠み方である。「(壁を)塗る」と「寝(ぬ)る」の語呂合せで「夢をば壁といふなり」とする歌林良材集や、正法念経の七宝殿の壁の故事を引く色葉和難集の説には従えないが、何らかの故事・本説があったと見なければ読解できない。

1400　夕方になったので寝に行く鴛鴦が一人で妻を恋い慕って鳴いている声の、何とも悲しいことであるよ。○恋ひ侍ける間に　亡くなった妻を恋い慕っている間に。○ひとりして　自分と同じように独身で。擬人化しているのである。▽鴛鴦は特に雌雄むつまじいものとされていた。「あひ知りて侍りける女」は現代的に言えば、「妻であった女」の意。

1401　女郎花が枯れてしまった野辺に住む私は、秋が来て最初に咲くこの萩を見ても、待ちに待った花だと心がはやるようなこともありません。○七月許に　陰暦では秋の初めの月。○左大臣の母　後撰集成立時の左大臣である藤原実頼の母。

なくなりにける人の家にまかりて、帰《かへ》りての朝《あした》に、かしこなる人につかはしける　伊勢

1402 なき人の影だに見えぬ遣《やり》水の底《そこ》は涙に流《なが》してぞ来《こ》し

大和《やまと》に侍ける母身まかりてのち、かの国《くに》へまかるとて

1403 ひとりゆく事こそうけれふるさとの奈良《なら》のならびて見し人もなみ

法皇の御服《ぶく》なりける時、鈍色《にびいろ》のさいでに書《か》きて人に送《をく》り侍ける　京極御息所

1404 すみぞめの濃《こ》きも薄《うす》きも見る時は重《かさ》ねて物ぞかなしかりける

つまり作者の太政大臣忠平の妻。尊卑分脈には右大臣源能有の娘の昭子とあるが、顕昭の勅撰和歌作者目録は宇多天皇皇女源順子とし、底本に加えられた定家の勘物は宇多天皇皇女源欣子とする。〇おもひに侍ける間　喪に服している間。〇后の宮　藤原穏子。太政大臣忠平の妹で朱雀・村上両帝の母。〇女郎花枯れにし野辺　妻が亡くなった家を言う。〇人は　自分のこと。〇またくとも見ず　底本はじめ多くの本は「またてとも見ず」とあり、「待たでとも見ず」と読むが、通じない。「て」を「く」の誤写として承保本・正徹本に従い、「いつしかとまたく心を…」(古今集・誹諧歌)のように、「待望する」「心がはやる」の意の「またく」と解した。

1402 亡くなった人の影も映っていない遣水の底は、私が涙で流して帰って来ましたよ。

1403 一人で行くことは気が進まない。昔住んだことのある奈良で、二人で並んで見物した母も今はいないので。〇大和に侍ける母　伊勢の父藤原継蔭は寛平三年(八九一)から四年余り大和守であった。〇うけれ　憂けれ。〇ふるさとの奈良　平城天皇の作と伝える「ふるさととなりにし奈良の都にも…」(古今集・春下)以降、奈良のことを言うようになり、「奈良」の枕詞にもなった。〇奈良のならびて　同音反復の枕詞のように「並びて」に続いている。

1404 濃い鈍色の布を見ても、薄い鈍色の布を見ても、繰り返し物哀しい気分になることであるよ。〇法皇の御服なりける時　法皇の没にあって喪に服している時。宇多法皇の没は承平元年(九三一)。〇鈍色のさいで　濃いねずみ色の裁ち布。鈍色の喪服を作った余り布。〇すみぞめの濃き　鈍色の濃いもの。自分自身の喪服の色と見てよい。〇薄きも　「墨染めの薄きも」の略。御息所が喪服を贈ろうとしている人の喪服の色。死者との関係

女四の親王《みこ》のかくれ侍《(はべり)》にける時　右大臣

1405 昨日まで千代《ちよ》と契《ちぎ》りし君を我《わ》が死出《しで》の山地《(ぢ)》にたづぬべき哉《(かな)》

先坊うせたまひての春《はる》、大輔につかはしける　玄上《はるかみ》の朝臣のむすめ

1406 あらたまの年越《こ》え来《く》らし常《つね》もなき初《はつ》鶯の音《ね》にぞなかるゝ

返し　大輔

1407 音《ね》に立《た》てゝなかぬ日はなし鶯の昔の春を思《(おもひ)》やりつゝ

同《おな》じ年の秋　玄上朝臣女

1408 もろともにをきゐ《(お)》し秋の露《つゆ》許《(ばかり)》かゝらん物と思《(おもひ)》かけきや

によって喪服の色の濃淡に違いがあった。

1405 昨日まで千代を共にしようと契っていたあなたを、私が死出の山路に訪ねて行かなければならなくなったことであることよ。○女四の親王　右大臣師輔の妻。→一三九二・一三九四。○死出の山地　死者の魂が山の中へ赴くという古代信仰のなごり。→九六二・一一六六・一二四八。

1406 新しい年が山を越えてやって来るらしい。常にはいない鶯の初音のように、無常を嘆いて声を出して泣かれることですよ。○先坊　先の皇太子で文彦太子と呼ばれた保明親王のこと。延喜二十二年(九二三)三月二十一日に二十一歳で没した。一三〇三の「前坊」と同じ。○あらたまの　「年」にかかる枕詞だが、ここは「あらたまの年」で新しい年の意。○越え来らし　年が鶯のように山を越えて「来らし」の意。○常もなき　「常にもないほど」の意と無常の世の意を掛ける。

1407 私も声を立てて泣かない日とてありません。鶯ならぬ、憂く日を過ごした去年の春、先坊がおなくなりになった頃に思いを馳せながら。○鶯の昔の春　「鶯」に「憂くひす」を掛け(古今集・四二二)、「憂く日を過ごした昨年の春」の意を表わす。

1408 かつてあの方と共に、皆で起きて楽しく過ごしていたあの秋の、露が置く頃、このようになるだろうと、少しでも思ったでしょうか。まったく思いもかけませんでしたよ。○もろともにをきゐし　かつて玄上朝臣女と大輔が先坊とともに「起きゐ」たことと秋の露が「置きゐ」たことを掛ける。○露許　「ほんの少し」の意の「つゆ…」と「秋の露」を掛ける。○かゝらん物と　「かくあらん物」の意と「露がかかる」の意を掛ける。○思かけきや　反語。「思っただろうか、思いもかけなかった」の意。▽大輔は、先坊の乳母子、召人として先坊の寵を受けていた。「もろともに起きゐし」

清正が枇杷大臣の忌《いみ》に籠《こも》りて侍けるにつかはしける　藤原守文

1409 世中《(よのなか)》のかなしき事を菊の上《うへ》に置《を》く白露ぞ涙なりける

返し　きよたゞ

1410 きくにだにつゆけかるらん人の世を目《め》に見し袖を思《(おもひ)》やらなん

兼輔朝臣なくなりてのち、土左の国《くに》よりまかりのぼりて、かの粟田《あはた》の家にて　つらゆき

1411 引《ひ》き植《う》へ《(ゑ)》し二葉《ふたば》の松は有《(あり)》ながら君が千歳《ちとせ》のなきぞ悲《(かなし)》き

と言っているのだから、玄上朝臣女もおそらく同じような立場にあったのだろう。

1409 世の中の悲しいことを聞くにつけても、あの菊の上に置いている白露こそが我が涙であると思われるよ。○清正が枇杷大臣の忌に籠りて　藤原清正は兼輔の息であるが、枇杷左大臣仲平の忌に籠ったということから見れば、妻が仲平の娘であったのであろう。ただし系図などにその痕跡は見出せない。○かなしき事を菊の上に　「悲しい事を聞く」と「菊の上」を掛ける。古今集・恋一「音にのみ菊の白露…」と同じ。仲平の没は天慶八年(九四五)九月五日。陰暦では秋の終りの月。菊の月である。○涙なりける　自分の涙であったよとあらためて認識しているのである。

1410 お聞きになるだけでも涙で袖を濡らしたとおっしゃる人の世のはかなさを直接まのあたりにした私の袖の濡れざまを想像してみてください。○きくにだに　聞くことだけでも。贈歌の「菊」を掛ける。○つゆけかるらん　袖が涙で「露けかるらん」ということである。▽贈歌の「菊」を答歌では「聞く」に転換し、「露」→「涙」→「袖」と巧みに詠みなしている。

1411 子(ね)の日に引いて来て植えた二葉の松はこのようにここにあるけれども、この松に象徴されるあなたの千歳の命がもう無くなったのが悲しいことです。○兼輔朝臣なくなりてのち　承平三年(九三三)二月十八日に五十七歳で没した。貫之が土佐から帰国したのは、承平五年のこと。○かの粟田の家　「かの」は「兼輔朝臣の」の意。粟田の家→一二〇七・一三八〇。○引き植へし…　子の日の小松引き(→五一七)に長寿をことほいで植えた松。○二葉の松　「二葉」は芽を出したばかりの若い植物。この場合は「小松」のこと。

そのついでに、かしこなる人

1412 君まさで年はへぬれどふるさとに尽《つ》きせぬ物は涙なりけり

人のとぶらひにまうで来《き》たりけるに、「早《はや》くなくなりにき」と言《い》ひ侍《(はべり)》ければ、かえ《(へ)》での紅葉《もみぢ》に書《か》きつけ侍ける

戒仙法師

1413 過《す》ぎにける人を秋しも問《(とふ)》からに袖は紅葉《もみぢ》の色にこそなれ

なくなりて侍ける人の忌《いみ》に籠《こも》りて侍けるに、雨の降《ふ》る日、人《ひと》のとひて侍ければ

よみ人しらず

1414 袖乾《かは》く時なかりつる我《わ》が身には降《ふ》るを雨とも思《おも》はざりけり

1412 御主君がいらっしゃらないままに年がたったのだけれども、この思い出の里に尽きないものは、私達の涙でありますよ。○かしこなる人　兼輔の夫人の地位にあった女性であろうか。○ふるさと　以前、共に親しく過ごした里。

1413 亡くなった人を秋に弔問したとたん、私の袖は血の涙で紅葉の色になったことでありますよ。○人のとぶらひにまうで来たりけるに　ある人が弔問にやって来た時に。「人」とあるのが作者の戒仙法師のこと。後撰集の詞書の書き方の特徴を表わしている。○早くなくなりにき　「かなり前に亡くなったのですよ」と皮肉ったのである。○かえでの紅葉に書きつけ侍ける　歌を書いた紙を紅葉に結びつけたのであろう。○過ぎにける人　亡くなった人。○秋しも　まさに秋に。「し」「も」は、共に強意。○からに　…すると同時に。

1414 涙で袖が乾く時もなかった我が身にとっては、今、降っているのを、雨であるとも思いはしませんでしたよ。○人のとひて侍ければ　人が弔問いたしましたので。○降るを雨とも思はざりけり　降るといえば、涙だと思って雨だとは気づきませんでしたよ。底本の傍記によれば「わかれざりけり」となり、「今、降っているのを雨だとして、涙と区別できない」という意となる。

1415 元の家に帰った時に、人々が待っていて、あなたはどこにおいでになったのかと聞いたならば、どこの空の霞になっていらっしゃると答えたらよいのでしょうか。○人の忌果てて侍けるに帰りける日　共に生活していた男性の忌が果てて、実家に帰った日。○ふるさとに　「ふるさと」は以前に馴染んだ所。現代語の故郷と少しニュアンスが違う。女の実家。○君はいづらと　亡くなったお方のことを今はどこにいらっしゃるのかと。

人の忌果《いみは》てて、もとの家に帰《かへ》りける日

1415 ふるさとに君はいづらと待《ま》ち問《と》はばいづれの空《そら》の霞と言《い》はまし

敦忠朝臣身まかりて又の年、かの朝臣の小野《をの》なる家見むとて、これかれまかりて、物語《ものがたり》し侍けるついでに、よみ侍ける　清　正

1416 君がいにし方《(かた)》やいづれぞ白雲の主《ぬし》なき宿《やど》と見るがかなしさ

親《おや》のわざしに寺にまうで来《き》たりけるを聞《き》きつけて、「もろともにまうでまし物を」と、人の言《い》ひければ　よみ人しらず

1417 わび人の袂《たもと》に君がうつりせば藤の花とぞ色は見えまし

○いづれの空の霞と言はまし　死者を焼く火葬の煙が霞になると思われていた。古今集・哀傷「数々に我を忘れぬものならば山の霞をあはれとは見よ」。

1416 あなたが逝ってしまった方向はどちらか、知らないのです。ただ白雲がかかるこの山荘が主のいない宿だと見るのが悲しいことでありますよ。○敦忠朝臣身まかりて… 敦忠の没は天慶六年(九四三)三月七日。その「又の年」であるから、翌七年のこと。○小野なる家　小野にあった敦忠の山荘。小野は今の左京区上高野から八瀬にかけての地。○君がいにし　「君」は敦忠のこと。○白雲の　「いづれぞ知らず」と「白雲」を掛ける。「白雲」は山荘だからかかるのである。

1417 親を失ってつらい思いでいる私の袂にたまった涙、それにあなたの花やかな衣が映ったならば、花は花でも藤の花に見えることでしょうよ。喪に服していないあなたにいらっしゃっていただくわけにはまいりません。○親のわざ　親の法事。四十九日か一周忌であろう。○人の言ひければ　男であろう。「一緒に寺に行ってやったのに」と言ったのである。○わび人の　つらい思いをしている私。古今集・哀傷・躬恒「神無月時雨に濡るるもみぢ葉はただわび人の袂なりけり」参照。○君がうつりせば　袂にたまった涙にあなたが映ったならば。つまり「側にいらっしゃってくださるならば」の意。○藤の花とぞ色は見えまし　あなたは藤衣に映った花のように見えてしまうでしょう。古今集・哀傷の遍昭の歌「みな人は花の衣になりぬなり苔の袂よかわきだにせよ」のように、喪に服していない人の衣を「花」に喩え、私の喪服(藤衣)に映る花衣だから「藤の花」だと言ったのである。▽「わび人」「花(の衣)」など、前掲古今集の哀傷歌の歌語を連ねている。

返し

1418 よそにお《(を)》る袖だにひちし藤衣涙に花も見えずぞあらまし

題しらず　　伊勢

1419 程《ほど》もなく誰もを《(お)》くれぬ世なれどもとまるはゆくをかなしとぞ見る

人を亡《な》くなして、限《かぎ》りなく恋《こ》ひて、思ひ入《い》りて寝《ね》たる夜の夢《ゆめ》に見えければ、思《おも》ひける人に、「かくなん」と言《い》ひつかはしたりければ　　玄上《(はるかみ)》朝臣女

1420 時の間《ま》もなぐさめつらん覚《さ》めぬ間《ま》は夢にだに見ぬ我《われ》ぞかなしき

1418 遠く離れている私の袖までも涙で濡らしたあなたの藤衣の袖は、花が映っても、涙で見えなかったことでありましょう。○よそにおる袖　離れた所に控えている私の袖。「藤の花」の縁で「折る」を転換して「居る」と言ったのである。○ひちし　「ひつ」は他動詞。濡らす。

1419 時間の差もなく、誰が後に残るということもないこの世でありますが、生き残っている者は去り逝くもののことをしみじみと悲しく思うことですよ。○程もなく　この世を去り逝くのに、時間差はないと言っているのである。○誰もをくれぬ　誰も後に残ることのない。○かなしとぞ見る　「かなし」を「いとおしい」と訳することも出来るが、死別に関することであるので、「悲しい」と訳した。▽伊勢集には「人のはらからのなくなりたるを、とぶらふとて」という詞書がある。

1420 夢であの方にお逢いになったとか。目が覚めない間は、少しの間とはいえ、お心が慰みましたでしょう。夢にもお逢い出来ない私は、ほんとうに悲しいことです。○人を亡くなして　大鏡は、先坊保明親王が亡くなった時のこととする。一四〇六―一四〇八との関連から、そのように解したのであろう。○思ひける人　同じく亡くなった人を思っていた人。大輔のことである。○かくなんと　このように夢に見たと。○時の間も　瞬時の間も。○覚めぬ間は　倒置法。「覚めぬ間はなぐさめつらん」の意。

返し　　　　　　　　　　大輔

1421 かなしさのなぐさむべくもあらざりつ夢《ゆめ》のうちにも夢と見ゆれば

在原としはるが身まかりにけるを聞き《きゝ》て　　　　伊勢

1422 かけてだに我《わ》が身の上《うへ》と思《(おもひ)》きや来《こ》む年春の花を見じとは

一《ひと》つがひ侍《(はべり)》ける鶴《つる》のひとつがなくなりにければ、留《と》まれるがいたく鳴《な》き侍ければ、雨の降《ふ》り侍けるに

1423 鳴《な》く声《こゑ》にそひて涙はのぼらねど雲の上《うへ》より雨《あめ》と降《ふ》るらん

1421 悲しさのあまり、私の心を慰めるすべとてありませんでした。夢でお逢いしたとはいえ、夢の中でも「これは夢だ」と意識しつつ見ているような、はかないものでありましたから。▽夢の中でも心は醒めていて、あの方は亡くなったのだ、これは夢なのだ、と思いつつ見ていたというのである。

1422 来るべき年の春の花を見ないだろうなんて、我が身にかかわることとしては、全く思いもかけませんでしたよ。○かけてだに　反語表現の「…思ひきや」と呼応。ほんの少し心にかけることもしなかった。心の端にも思いもしなかった。○我が身の上と　自分自身にかかわることとしては。○思きや　思っただろうか、思いもしなかった。○来む年春の　「来るであろう年の春の」に「在原としはる」という名を隠す。▽人の死を知り、人の世のはかなさに意外に無関心であった自分を嘆じているのである。

1423 涙は鳴く声につきそって天に上るわけではないのに、どうして雨となって雲の上から降っているのでしょうか。○留まれるが　生き残った鶴が。○鳴く声に…　詩経・小雅・鶴鳴の「鶴鳴二于九皐一声聞二于天一」を踏まえるという。○雨と降るらん　どうして雨となって降るのだろうか。「らん」は原因推究。▽不老長寿のシンボルとして番(つがい)の鶴を飼うのが流行っていた。なお、この鶴が亡くなったのは九月九日であったらしい。↓秋下・三九六。

妻《め》の身まかりての年《とし》のしはすのつごもりの日、
ふるごと言《い》ひ侍《(はべり)》けるに

兼輔朝臣

1424 亡《な》き人のともにし帰《(かへる)》年ならば暮《く》れゆく今日《けふ》はうれしからまし

返し

つらゆき

1425 恋《こ》ふる間《ま》に年の暮《く》れなば亡《な》き人の別《(わかれ)》やいとゞ遠《とほ》くなりなん

1424 年が立ちかえるとともに、亡くなった人が一緒に帰って来るのであれば、年が暮れてゆく今日は嬉しいことでありましょうが…。○ふるごと　昔話。▽万葉集・巻十七や素性集に「あらたまの年たちかへる…」とあるように、年が改まって新年になることを「年かへる」と言ったので、亡くなった妻が年が返るのとともに帰って来てくれるのであれば、新年が待たれるのであるが、そうでないのが悲しいと言っているのである。

1425 亡くなった人を恋しく思っている間に年が暮れてしまったならば、一周忌になって、亡くなった人がこの娑婆と別れる時がいっそう後になってしまうでしょうよ。○恋ふる間に年の暮れなば　亡くなった人をあきらめきれず、恋しく思い続けている間に年が暮れてしまったら。○亡き人の別　死者は一周忌までこの世から別れきれない、成仏しきれないと考えられていたので、続けて恋い慕っていると、一周忌が来てこの娑婆から別れて成仏するのがいっそう遅れますよと説いているのである。▽拾遺集・哀傷に「中納言兼輔妻なくなりて侍りける年のしはすに、貫之まかりて物言ひ侍りけるついでに」として重出しているが、一四二四の兼輔の歌はない。当時の後撰集にこの貫之の返歌がなかったので、補完しようとして拾遺集はこれだけを採歌したのであろうか。

付録

底本書入定家勘物一覧

一、底本に書入れられた藤原定家の勘物をまとめ一覧できるようにした。
二、勘物は歌集の空白部の所々に書入れられていて順序等が混乱している場合もあるので、最小限の整理を加えた。
三、底本の奥書部分に見える『後撰和歌集』の撰集にかかわる勘物を末尾に付載した。
四、読み方の注には、理解を助けるために濁点を付した。

巻一 春上

5「左大臣」の注 「小野宮」

8 歌の注 「古今興風哥相似」

10「行明親王」の注 「延喜親王 実寛平第十 母京極御息所」

16「閑院左大臣」の注 「冬ミ嗣」

17「藤原兼輔朝臣」の注 「入古今 中納言右衛門督 承平三年薨」

22 歌の他出の注 「万葉」

33 歌の他出の注 「万」

37 歌の他出の注 「万」

38「朱雀院の兵部卿のみこ」の下 「寛平第五 敦固 三品兵部卿
延長四年九月薨」

39「紀長谷雄朝臣」の注 「延喜二年参議 十年権中納言 十二年
二月薨 六十八」

43「藤原雅正」の「正」の字の読み 「タヾ」

46 詞書の「宰相」の注 「延喜廿年正月参議 中将如元」

巻二 春中

47「藤原扶幹朝臣」の注 「大納言 按察 天慶元七月薨 七十五」

48「藤原伊衡朝臣」の注 「延喜十六年右少将 七年蔵人 延長三
四位 同十月中将」

「延長八年正四下兼内蔵頭 承平四参議 七年右兵衛督」

56「河原左大臣」の注 「融 入古今」

57「菅原右大臣」の注 「延喜廿二年贈右大臣正二位 正暦四年五
月右大臣正一位 十一月贈太政大臣」

61「大将御息所」の注 「藤能子 女御 元更衣 三条右大臣女 仁
善子弟」

62 歌の他出の注 「万」

67「藤原師尹朝臣」の注 「後小一条左大臣 左大将 天暦二年権
中納言 左兵衛督」

68「衛門のみやすん所」の注　「能子同人云、　父右衛門督之時為更衣両所名不同　随其時書歟」
70「藤原朝忠朝臣」の注　「天暦六年参議　応和三中納言　康保三薨　五十七」

巻三　春下

81「藤原顕忠朝臣母」の注　「大納言源湛女　従五上　字裁更衣」
「顕忠　天暦二年大納言　九年右大将　天徳元左大将　四年右大臣康保二薨　六十八」
93「こわかぎみ」の注　「惟喬親王女」
102「もとよしのみこ」の注　「元良　陽成第一　三品兵部卿　天慶六薨　五十四」
103「源さねあきら」の注　「信明」
105詞書の「すけのぶ」の注　「助信　敦忠卿一男　天徳二年蔵人少将　後右中将」
106「あつたゞの朝臣」の注　「天慶二参議左中将　五年権中納言六年薨　卅八」
114「源清蔭朝臣」の注　「大納言　陽成院源氏　天暦四年薨」
125「三条右大臣」の注　「兼左大将　内大臣高藤三男」
133「源仲宣朝臣」の注　「延長八右少将　承平六四位右兵衛督　大納言貞恒男　光孝天皇孫」

巻四　夏

160「良岑義方朝臣」の注　「天慶三蔵人　承平六年右少将　天慶八年中将　天暦元卒」
169「藤原高経朝臣」の注　「蔵人頭　従四位下右兵衛督　贈太政大臣長良七男」
177歌の他出の注　「万」
182「三条右大臣…少将」の注　「寛平九年右少将　延喜六年左中将」
187歌の他出の注　「万」
203「内侍のかみ」の注　「尚侍貴子　貞信公一女　延喜入文彦太子宮　天慶元尚侍　応和二薨　贈正一位」
「太政大臣」の注　「貞信公」
209「桂のみこ」の注　「敦慶親王也　見大和物語」
215「みな月はらへしに河原にまかりいでゝ」の注　「古人六月中多出川原修祓　不限晦日也」

巻五　秋上

225「源昇朝臣」の注　「大納言」
227「源中正」の注　「筑前守　大蔵少輔当年子　近院右大臣孫」
234歌の他出の注　「万」
239歌の他出の注　「万」
241「そこゐ」の注　「そよみ　清本　奥義釈之　家本用そこゐ」
262「藤原元善朝臣」の注　「宮内卿　右京大夫是法子　中納言葛野麿孫」

巻六　秋中

277「近江更衣」の注　「源周子　右大弁唱女　生時明并内親王三人」
279「法王御製」の注　「寛平」

281「右大臣」の注　「九条」
314「ひとつ」の注　「清本ひつと　家本ひとつ也」
349「枇杷左大臣」の注　「仲平　兼左大将　昭宣公三男」

巻七　秋下

367「兼輔朝臣左近少将に侍ける時」の注　「延喜十三年左少将蔵人　十七年蔵人頭　十一月四位　十九年中将」
「藤原忠房朝臣」の注　「延喜十一年左少将　十八年四位　止少将」
375 歌の他出の注　「在冬初　諸本同」
423「右近」の注　「季縄女」
425「平伊望朝臣女」の注　「大納言　天慶二年薨」
430「源わたす」の注　「済」

巻八　冬

443 歌の他出の注　「在秋部」
470「いもうとの前斎宮のみこ」の注　「柔子」
480「師氏朝臣」の注　「師氏　天慶七参議　天徳四中納言　安和二大納言　天禄元薨」
502 歌の他出の注　「古今」

巻九　恋一

530「きのめのと」の注　「陽成院乳母」
544 歌の他出の注　「在春中　諸本同」
545「贈太政大臣」の注　「時平　左大臣　左大将」
547「源たのむがむすめ」の注　「頼」
550「これたゞのみこ」の注　「是忠　光孝第一　一品式部卿　延喜廿年出家」
577「源ひとしの朝臣」の注　「等　中納言希男　参議右大弁　天暦五年薨」

巻十　恋二

607「藤原輔文」の注　「一本　輔仁」
614「藤原顕忠朝臣」の注　「富小路右大臣　本院大臣二男」
615「平時望朝臣」の注　「権中納言　承平七年任　天慶元年薨」
619「源ひとしの朝臣」の注　「等」
631 歌の他出の注　「入拾遺　しる人のなさ」
632「大江朝綱朝臣」の注　「参議　天徳元薨　七十二」
633「貞元のみこ」の注　「閑院三のみこ　清和第三　四品　承平元薨　母治部卿仲統女」
634「おほつぶね」の注　「在原棟梁女」
637「橘公頼朝臣」の注　「延木廿一中将　延長二参議　承平五帥　天慶二中納言　四年薨　六十五」
640「中将更衣」の注　「参議伊衡女」
651「藤原滋幹」の注　「大納言国経男　延長六年右少将　承平元年卒」
653「長明のみこ」の注　「四品　天暦三年閏正月薨」
「母の更衣」の注　「藤淑姫　参議菅根女」
655「藤原兼茂朝臣」の注　「参議右兵衛督　延長元卒」
666「さだくにの朝臣のみやす所」の注　「女御和香子　延喜三年為

女御」
671「源うかぶ」の注　「浮」
672「源すぐる」の注　「俊 少将 使宣旨 右大弁唱男」
675「源重光朝臣」の注　「代明親王一男 康保元参議 元中将 後大納言 長徳四年薨」
679「とを山どり」の注　「とを山ずり 清本 両説共用」
687 歌の他出の注　「古今」
697「源もろあきらの朝臣」の注　「庶明 権中納言」

巻十一　恋三

715「少将さねたゞ」の注　「真忠」
718「これまさの朝臣」の注　「伊尹 天徳四年八月参議左中将 一条摂政 天禄三年薨」
720「在原行平朝臣」の注　「致仕中納言」
722「平中興」の注　「左衛門権佐 蔵人頭 右大弁季長男」
735「もろまさの朝臣」の注　「小一条左大臣」
746「右近」の注　「季縄女」
747「藤原守正」の「正」の字の読み　「タヾ」
「藤原守正」の注　「兼輔卿男」
748 歌の他出の注　「入古今」
753「右大臣」の注　「九条」
758「はせおの朝臣」の注　「中納言長谷雄」
763「藤原真忠がいもうと」の注　「真忠 右大臣恒佐四男 天慶六年右少将 五年左馬頭」
765「源たのむ」の注　「頼」
769「紀内親王」の注　「一本 三のみこ」
776「つりどのゝみこ」の注　「綏子 仁和皇女 母同寛平 配陽成院号釣殿宮」
783「元平のみこのむすめ」の注　「二品弾正尹 陽成院第二 左大臣顕光母」
790「藤原ありよし」の注　「有好」

巻十二　恋四

832「平なかきがむすめ」の注・「中興」
842「源是茂朝臣」の注　「中納言 民部卿 天慶四年薨 五十七 光孝源氏」
843「坂上つねかげ」の注　「常景」
844「平まれよの朝臣」の注　「希世 右中弁」
858「源よしの朝臣」の注　「善 寛平五年右少将 昌泰三年左中将 参議舒男」
859「春澄善縄朝臣女」の注　「善縄 貞観二年参議 三年式部大輔 十二年従三位 薨七十三」
860 歌の他出の注　「古今」
869 歌の他出の注　「古今」
「おもひの」の校異　「わが身の」

巻十三　恋五

891「在原業平朝臣」の注　「枇杷大臣哥也 諸本如此 非書写之誤」
901「さだかずのみこ」の注　「貞数 清和 母行平卿女」
903「はちすば」の注　「他説 はすなはの」

916「源英明朝臣」の注　「斎世親王一男　母菅丞相女　右近中将　前
蔵人頭　天慶四年卒」
「あまのまてかた」の注　「蛤也　他家説まくかた　自他説殊不
同　只可随各可好」
917「藤原ためよ」の注　「為世」
927「西四条の斎宮」の注　「雅子内親王」
931「さだもとのみこ」の注　「貞元」
949「内侍たひらけい子」の注　「平子」
961「あつたゞの朝臣」の注　「贈太政大臣延木九年薨　卅九　于時
敦忠五歳　雖難信諸本同」
967歌の他出の注　「古今　躬恒哥也　諸本皆同」

巻十四　恋六

1021歌の他出の注　「拾遺」
1022「源とゝのふ」の注　「整」
1032「兵衛」の注　「兼茂朝臣女」
1035「女五のみこ」の注　「依子　鬘宮　母更衣貞子　大納言昇女」
1039「藤原かげもと」の注　「蔭基」
1054「元長のみこ」の注　「式部卿　陽成第三　天延四年薨　七十六」
「南院式部卿のみこのむすめ」の注　「貞保　式部卿　清和第四
母二条后　延長二薨」
1060歌の他出の注　「古今」
1067歌の他出の注　「在恋第三　諸本同」
1069「源たゞあきらの朝臣」の注　「正明　天暦五年参議兼大弼　是
忠親王子」

1074「藤原ときふる」の注　「時雨」

巻十五　雑一

1075「嵯峨の御時の例にて」の注　「或記云　二年十二月十四日寅刻
行幸芹河野　為用鷹鷂也　狩猟之儀一依承和故事　或考旧記　或随
古老口伝　如此記者非嵯峨例」
「在原行平朝臣」の注　「仁和二年十二月四日行幸　三年四月十
三日致仕　寛平五年薨　七十七」
1080「嵯峨后」の注　「嘉智子　仁明母后　嘉祥三年崩　六十五」
1087「おほきおほいまうちぎみ」の注　「貞信公」
1093「西院の后」の注　「正子　淳和后　嵯峨皇女」
1096「藤原元輔」の注　「右大臣顕忠子　天暦五蔵人少将　天徳三中
将　天禄三参議　治部卿　天延元卒」
1097「七条のきさき」の注　「温子　昭宣公三女　寛平九年為皇后　延
木七崩　卅六」
1104「元長のみこ」の注　「元長　陽成第三　二品式部卿　天延四年薨
七十六」
「つねあきらのみこ」の注　「常明　延木御子　母女御和子　仁和
源氏　四品　天慶六年薨」
1106「兼輔朝臣」の注　「延長五年任中納言　超上臈五人　八年兼右
衛門督」
1109「三条右大臣身まかりて…」の注　「承平二年八月四日薨　同三
年二月十三日　仲平任右大臣　左大将如元」
「むすめの女御」の注　「仁善子　右大臣一女」
1110「斎宮のみこ」の注　「柔子　延木同母」

1112「庶明朝臣」の注　「天暦五年正月権中納言従三位　初叙三位時
著大臣袍流例也」
1117「七条后」の注　「温子」
1119「あつみのみこ」の注　「敦実　式部卿　寛平第八　天暦四年出家
康保四年薨」
1124「小野好古朝臣」の注　「伊与国海賊純友追討也」
「天慶元年正月右少将　二年正五下　四年五月二日従四位下　同年
正月事歟　天暦元年参議　六十　大弐如元　四年止大弐　天徳三年
左大弁　四年又任大弐　康保四年致仕　八十五」

巻十六　雑二

1132「きたのゝ行幸」の注　「延喜十七年閏十月十九日幸北野　野に
みこしをかといふ岡あり」
「枇杷左大臣」の注　「于時中納言　春宮大夫　左兵衛督」
1145「藤原敦敏」の校異　「清本　宮少将ト書　不知其由」
「藤原敦敏」の注　「清慎公一男　母贈太政大臣女　天慶六年左
少将蔵人　九年十一月正五位下　天暦元年卒　卅」
1155「高津内親王」の注　「桓武皇女」
1163「賀朝法師」の注　「御導師也」
1169「武蔵」の注　「つりどのゝみこの家に侍ける」
1187「兼忠朝臣母のめのと」の注　「兼忠　参議　治部卿　貞元親王子
母昭宣公女」

巻十七　雑三

1219「大弐藤原おきのりの朝臣」の注　「興範」
「ひがきの嫗」の注　「筑前国人」
1226「故女四のみこ…」の注　「勤子　延木　母更衣周子　吏部王第四
内親王　真性柔順　容止可観　先帝鍾愛　親教鼓箏之妙得音韵　去
年叙四品　天慶元年十一月五日薨　卅五　于時右大臣権中納言右
衛門督　別当」
1236「源昇朝臣」の注　「左大臣融二男　大納言民部卿　延木十八年
薨」
1241「藤原もとよしの朝臣」の注　「元善」
1248「閑院大君」の注　「宗于朝臣女」

巻十八　雑四

1253「源善朝臣」の注　「従四位下　左近中将　延木元年正月左遷」
1257「北辺左大臣」の注　「信　嵯峨第一源氏　貞観十年薨　五十九」
1259「さくさめのとじ」の注　「庭訓左金吾説　他家一同姑　妻母名
云ヽ　但又有顕綱朝臣説」
1270 歌の他出の注　「古今」
1273 歌の他出の注　「在恋五　他本又同」
1274 歌の他出の注　「在秋中」
1291 歌の他出の注　「古今」
1298「ひとしきこのみこ」の注　「均子　寛平　母中宮温子」

巻十九　離別　羇旅

1314「おほくぼののりよし」の注　「大窪則善」
1333「源のわたる」の注　「済」
1338「西四条の斎宮」の注　「雅子　母同勤子　又配九条右大臣　生高

光 恒徳公 天暦八年八月薨 卌五」

巻二十 慶賀 哀傷

1369「ちゝの宰相」の注 「未勘」
「典侍あきらけい子」の注 「御匣殿別当」
「佐時 敦忠卿子 母御匣殿別当 天延三年右少弁 春宮大進 貞元
元年正月正五下 母譲 同十一年春宮亮」
1370「太政大臣」の注 「貞信公」
1371「のりあきらのみこ」の注 「章明 三品弾正尹 母兼輔卿女 永
祚二年九月薨」
1376「ゆいせい法師」の注 「惟済」
1378「太政大臣」の注 「貞信公」
1383「命婦いさぎよき子」の注 「清子」
1386「あつとし」の注 「敦敏 蔵人右少将」
1387「太政大臣」の注 「貞信公」
「あにのぶくにて」の注 「贈太政大臣 延喜九年四月九日薨
卅九 于時権中納言左兵衛督」
1388作者名に関しての注 「可有作者歟 諸本無之」
1394「女四のみこの事とぶらひ侍て」の注 「天慶元年十一月事也」
1401「左大臣のはゝ身まかりにける」の注 「寛平源氏欣子 母女御
菅原衍子 菅丞相女」
1406「先坊うせたまひて」の注 「文彦太子 延喜廿一年三月廿一日
薨 廿一」
1408「玄上朝臣女」の注 「玄上 延喜十九年参議刑部卿 承平二年
従三位 三年薨 七十八」

1414「おもはざりけり」の校異 「わかれざりけり」

巻末勘物

天暦五年十月晦日 於昭陽舎撰之 為蔵人左近少将藤原伊尹別当
寄人讃岐大掾大中臣能宣 河内掾清原元輔 学生源順 近江少掾
紀時文 御書所預坂上望城等也 謂之梨壺五人
御筆宣旨奉行文 謙徳公 順
右親衛藤原亜将者当世之賢士大夫也 雄剣在腰抜則秋霜三尺 雌
黄自口吟又寒玉一声 逮于跪彼仙殿之綺莚 銜此神筆之綸命 天
下弥知忠鯁不朽 艶情相兼之臣《ト云コトヲ》 昔雖柿下大夫振英声於万葉
花山僧正馳高興於行雲 而亦伝人間之虚詞 未賜聖上之真迹 見
今思古 尠《スクナイカナ》哉希哉 于時天暦五年歳次辛亥玄英初換《カハル》之月 朱
草将尽《ツキナムトスル》之期也

底本書入行成本校異一覧

一、藤原定家が底本に朱筆で書き入れた万寿按察大納言（藤原行成）筆本の校異をまとめ一覧できるようにした。

二、掲出にあたって、意味が理解できる形にまとめたために書入の校異本文より長くなった場合については、書入本文の部分に傍線を引いて明示した。

三、（作者名ナシ）など、編者の説明はカタカナ書きにして区別した。

四、底本の奥書部分に見える行成本に関する定家の勘物を末尾に付した。

巻一　春上

春上 → 春哥上
1 正月一日 → 元日に
2 よめる → （無シノ墨消表示）
5 えつからまつらで → えつからまつらずして
7 こ松ひきになん → こ松ひきにのべになん
8 人もつむやと → 人につまれん
9 人にをくれて → 人のともにをくれ侍て
10 宇多院に…つみてん → 此本無
11 はつ春 → はやき春
17 藤原兼輔朝臣 → 中納言兼輔朝臣
19 御覧ぜさせよ → 天覧もせしめよ
蔵人 → くらむど
21 ふりぬる → ふりゆく
25 ちらずもあら南 → ちらでまた南
26 見えまがふ哉 → 見えわたる哉
28 家づとにせん → 山づとにせん
30 年をへて… → 本無此詞
33 かきくらし…鶯ぞなく → 無
39 紀長谷雄朝臣 → 中納言長谷雄朝臣
42 みやりて → みツカハシて
43 つねには → つねきは
（巻末）→ 巻第一

巻二　春中

春中 → 春哥中
51 おもしろき → いとおもしろき

55 よみ人も ↓ よみ人しらず
56 つからまつりけるに ↓ つかむまつりけるに
61 見るよしも ↓ 見るやうも
大将御息所 ↓ 三条右大臣女
62 よみ人も ↓ よみ人しらず
花かげにして ↓ 花のかげにて
66 いひつかはしたりければ ↓ いひつかはせりければ
68 衛門の ↓ 右衛門の
うづまさに ↓ うづまさのもとに
69・70・71 御返し…春をうらみむ ↓ 三首本無
73 よみてたてまつれ ↓ よむでたてまつれ
74 よみ人も ↓ よみ人しらず
76 なすよしも哉 ↓ 見るよしも哉
(巻末) ↓ 巻第二

巻三 春下

春下 ↓ 春哥下
83 返し…常にやはあらぬ ↓ 本無
93 おもしろかりける ↓ いとおもしろかりけるえだ
心ざせるやうにもあらで ↓ 心ざせるやうにもあらず
99 いでたりけるに ↓ いでたりけるを見つけて
101 わが物にして ↓ わが物なりと
104 宮こ人 ↓ 宮人は
105 身まかりてのち ↓ 身まかりてのちも時〳〵
110 猶こそ ↓ ぬれこそ
119 けふはちるとや ↓ いまはちるとや
120 よみ人も ↓ よみ人しらず
124 よみ人も ↓ よみ人しらず
125 まかりて侍けるに ↓ まかりわたりて侍けるに
133 ちることの ↓ ちるときの
136 春なれば ↓ 春ひすら
139 とはれでふれば ↓ ゆかでへぬれば
141 よみ人も ↓ よみ人しらず
146 いひて侍 ↓ のせうそこら
(巻末) ↓ 巻第三

巻四 夏

夏 ↓ 夏哥
147 よみ人も ↓ よみ人しらず
178 玉匣 ↓ から匣
179 物いふ ↓ 物のたうぶ
184 葦引の ↓ ふるさとの
197 よみ人も ↓ よみ人しらず
213 よみ人も ↓ よみ人しらず
215 みな月はらへに…月のあかきを見て ↓ 本 題しらず
(巻末) ↓ 巻第四

巻五 秋上

秋上 ↓ 秋哥上
217 歌合に ↓ 歌合のうた

219 君はつれなし ↓ 君はつれなく
223 いひをこせて ↓ のうたびをこせて
225 いひつかはして ↓ のたうびつかはして
226 よみひとも ↓ よみひとしらず
229 七日 ↓ なぬか日に
230 (作者名ナシ) ↓ よみ人しらず
231 七日 ↓ なぬかのよ
あはむと思 ↓ あひ見むと思
237 七日 ↓ なぬかびに
238 七日 ↓ なぬか日
241 けふよりは ↓ けさよりは
そこゐ ↓ そよみ　本用之
244 秋なれば…こゆる日のおほき ↓ 無
248 七月八日のあした ↓ 本　なぬかのよの又のあした
250 思事侍て ↓ 思ところ侍て
(巻末) ↓ 巻第五

巻六　秋中

秋中 ↓ 秋哥中
271 めしければ ↓ めしありければ
290 よみ人も ↓ よみ人しらず
310 よみ人も ↓ よみ人しらず
314 ひとつ ↓ ひとつ(清輔本ノ「ひつと」ト異ナリ、底本ト一致スル旨ヲ注ス)
325 八月十五夜 ↓ は月のとうかあまりいつかのよ

336 八月十五夜 ↓ はつきのとうかあまりいつかのよ
337 めしければ ↓ めしありければ
339 よみ人も ↓ よみ人しらず
343 名にしおへば…秋はうくとも ↓ 無
344 にたる物哉 ↓ にたる花哉
348 年ごろ…あひだになん侍ける ↓ 合点(左注、無シノ表示)
(巻末) ↓ 巻第六

巻七　秋下

秋下 ↓ 秋哥下
354 よみ人も ↓ よみ人しらず
375 はつしぐれ…まづもみづらん ↓ 有(行成本ニモ有リノ表示)
383 よみ人も ↓ よみ人しらず
396 九月九日 ↓ なが月のこゝぬか
397 よみ人も ↓ よみ人しらず
428 よみ人も ↓ よみ人しらず
432 花見れば ↓ きく見れば
435 よみ人も ↓ よみ人しらず
442 つごもりに ↓ つごもりの夜
(巻末) ↓ 巻第七

巻八　冬

冬 ↓ 冬哥
443 よみ人も ↓ よみ人しらず
456 よみ人も ↓ よみ人しらず

460 よみ人も → よみ人しらず
506 いひわたり侍けるを → のたうびわたりけるを（「侍」ヲ消ス）
（巻末）→ 巻第八

巻九 恋一

恋一 → 恋哥一
507 あひがたく → 又あひがたく
532 よみ人も → よみ人しらず
534 雲井の → しらくも
545 色まさりけり → 色かはりけり
551 忘草に → 萱草の花
556 よみ人も → よみ人しらず
557 いはせ山 → いはせ河
588 よみ人も → よみ人しらず
591 折もこそあれ → 時もこそあれ
596 名たちければ → 名たちけるをきゝて
598 ゆめの見なるなりけり → ゆめとおもふなりけり
（巻末）→ 巻第九

巻十 恋二

恋二 → 恋哥二
607 いひてのち → のたうびてのち
609 をとせざりければ → をともせざりければ
616 こまちがあね → こまちがいとこ
629 おとこ侍女を → おとこあひそへる女を
634 返し…しらずとをいはん → 無
648 ふじのねの → かれぬ身の
652 よみ人も → よみ人しらず
659 おほつぶね → 在原棟梁女
661 住吉の → 住の江の
671 なぐさむともなきに → なぐさむともなきヲ
679 とを山どりの → とを山ずりの　「可用スリ」
682 ちかうよせられ → ちかうもめしよせられ
誰かなこその関をすへけん → あひみぬせきヲたれかすへけん
686 つかはしける → のたうびける
（巻末）→ 巻第十

巻十一 恋三

恋三 → 恋哥三
700 女に → 女のもとに
706 よみ人も → よみ人しらず
793 せみのからを → せみのもぬけを
（巻末）→ 巻第十一

巻十二 恋四

恋四 → 恋哥四
795 女に → 女のもとに
800 立いでゝ → 立いでば
805 物いひける女 → 物のたうびける女
810 よみ人も → よみ人しらず

816 こざりければ ↓ まうでこざりければ
822 よみ人も ↓ よみ人しらず
（巻末）↓ 巻第十二

巻十三　恋五

恋五 ↓ 恋哥五
891 「在原業平朝臣」ノ右 ↓ 此本又同
903 「はちすばの」ノ左 ↓ 可付家説（他説ノ「はすなはの」ヲ否定）
916 「まてかた」ノ右上 ↓ 「本 まて」（他家説ノ「まくかた」ヲ否定）
919 俊子 ↓ 本 としこ
920 兼茂朝臣のむすめ ↓ 兵衛
928 本院のくら ↓ ちご
929 よみ人も ↓ よみ人しらず
953 左大臣 ↓ 右大臣
956 中将内侍 ↓ 宮内侍
961 左大臣 ↓ ひだりのおほいまうちぎみ
（巻末）↓ 巻第十三

巻十四　恋六

恋六 ↓ 恋哥六
1008 物いひわびて ↓ 物のたうびてわびて
1027 女三のみこに　あつよしのみこ ↓ あつよしのみこに　女一のみこ
（巻末）↓ 巻第十四

巻十五　雑一

雑一 ↓ 雑哥一
1075 千世のふるみち ↓ のべのふるみち
1076 おなじ日 ↓ 仁和のみかどせりかはの行幸したまひける日
行幸の…たてまつりける ↓ （消去ヲ示ス合点ヲ施シ）本無
1088 はいをとりて ↓ ひはをとりて
はひにぞ人は ↓ ひはにぞ人は
1094 右衛門 ↓ ゆげひ
1095 たゞみあへてと侍ければ ↓ ついでありて
1103 大江玉淵朝臣女 ↓ 江御　マタ横ニ「つくしなる名ヲかくぞ申なる」ト記シ、「注也」ト注ス。
1110 かの女御 ↓ かのやすむ所
1112 契てけりな ↓ きさしてけりな
1122 四条御息所女 ↓ 「本無」ト注ス。
（巻末）↓ 巻第十五

巻十六　雑二

雑二 ↓ 雑哥二
1128 あつたゞの朝臣の母 ↓ あきたゞの朝臣の母
1131 延喜御時 ↓ 延長御時
1132 みこしをかにて ↓ おほんこしをかにて
1145 藤原敦敏 ↓ 此本 宮少将
1156 こゝらちる花 ↓ こゝらちるはの 本
1181 六七年許に ↓ むとせ許に

1182 俊子 ↓ いへぬし とも
1194 蔵人 ↓ くらむど
(巻末) ↓ 巻第十六

巻十七 雑三

雑三 ↓ 雑哥三
1195 遍昭侍りと ↓ 真性法し侍りと
遍昭(作者名) ↓ 真性法師
1199 よみ人も ↓ よみ人しらず
1203 前坊 ↓ 東宮
1210 よみ人も ↓ よみ人しらず
1216 わがため ↓ わがために
1239 よみ人も ↓ よみ人しらず
(巻末) ↓ 巻第十七

巻十八 雑四

雑四 ↓ 雑哥四
1259 あとうがたり ↓ あとがたり
1261 つねにくとて ↓ つねにまうでくとて
1291 歌ノ頭ニ「無」ト注ス。
1294 よみ人も ↓ よみ人しらず
(巻末) ↓ 巻第十八

巻十九 雑別 羇旅

離別 ↓ 離別哥
羇旅 ↓ 本無
1320 よみ人も ↓ よみ人しらず
1331 友則がむすめの ↓ ごぜのともよりの
1332 きよいこの命婦に ↓ いさぎよいこの命婦に
1338 くだり給ける ↓ くだり侍りたうびける
1350 詞書ノ前ニ「羇旅哥」ト記シ、「別之同巻也」ト注ス。
1359 うぢどの ↓ うぢのとの
1361 真静法師 ↓ 真性法師
1362 山ぶみ ↓ 遊覧
(巻末) ↓ 巻第十九

巻二十 慶賀 哀傷

慶賀 ↓ 賀哥(「慶」ヲ消ス) 伊波比
哀傷 ↓ 無(「ココニハ「哀傷」ト書カレテイナカッタ旨ヲ注ス)
1371 あそびし侍けるに ↓ 管絃らし侍けるに
1368 詞書ノ前ニ「哀傷哥」ト記シ、「賀之同巻也」ト注ス。
1398 つかはしける ↓ そへてつかはしける
1401 七月許に ↓ ふん月許に
1404 京極御息所 ↓ 京極のみやすむどころ
(巻末) ↓ 巻第二十

行成筆本などについての奥書識語

此集謙徳公蔵人少将之時奉行之由見于此文。
　料紙表紙共有下絵。色紙、紗表紙、二十巻也。
万寿按察大納言之筆定為証本歟之。由致信尋出彼本校合。
無殊珍事。
　近代説〻相異事等、以朱注之
さくさめのとじ　　或抄云、此大納言筆、真名にテ年と被書。
　　　　　　　　　於此本は全不異他仮名七字也。

あとうがたり　　あとがたりと被書
そよみともなく　　とを山ずりのかり衣　　両事如此
作者、宮少将　　此本又如此
おほつぶね　　又如此
はちすばのうへはつれなき
あまのまてがた　　如家説
北野行幸　　みこしをか　　おほむこしをかと被書。
　陽成院のみかどのおほみうた
つくばねのみねよりおつるみなのがは
こひぞつもりてふちとなりける
　はるすむのよしなはのあそんのむすめ
さかのへのこれのり
　天福二年四月六日校之

　世間久云伝之説
題しらず　　よみ人しらず　　古今如此
題しらず　　よみ人も　　後撰
題よみ人しらず　　拾遺抄如此
　亡父命云此説不定事也。被書進　院之本、皆如古今被書。
今、見此本果而如古今。如此事只後人之所称歟。

他出一覧

一、『後撰和歌集』所収の和歌が、同時代、もしくはやや後代の撰になるかと思われる歌集に収められている場合を一覧できるようにした。

一、表示は、該当歌集名を適宜省略した形で掲げ、『新編国歌大観』の歌番号を付した。ただし、万葉集のみは併記の旧番号によった。

（例）　古今集七六　敏行集一　朱雀院集四

なお、私家集については、『新編国歌大観〈私家集編Ⅰ〉』所収の本に該当歌が存在しない場合に限って、次のような処置を加えた。

a　『新編国歌大観〈私家集編Ⅲ〉』に収められている場合は、歌集名の前に「Ⅲ」を付し、次のように示した。

（例）　Ⅲ躬恒集三五七

b　また『新編国歌大観〈私家集編〉』のⅠ・Ⅲのいずれにも収められていない場合は、まず『私家集大成』により、その本文を持つ伝本の『私家集大成』における伝本番号を次のように示した。

（例）　伊勢集（大成ⅡⅢ）

さらに『私家集大成』にも収められていない伝本にのみ存在する場合は、次のように特記した。

（例）　素性集（歌仙家集本）

一、歌物語の場合は、段序番号によって示した。

（例）　大和物語八六段

一、同一歌の他出と認定する基準は、原則として異なりが二句以内の場合に限ったが、同意の言い換えなどによる異なりについては、少し範囲を拡げた場合もある。

他出一覧

巻一　春上

1 敏行集 一
2 Ⅲ躬恒集 二五七
3 大和物語八六段
4 古今六帖 四七
5 Ⅲ朱雀院集 四
6 Ⅲ朱雀院集 五
8 古今集 一〇三一、新撰万葉集 二四九、寛平后宮歌合 一〇、興風集 五六
9 躬恒集 三六五
11 友則集 一、古今六帖 七六八
12 新撰万葉集 一五、古今六帖 三九一
13 Ⅲ躬恒集 三一二
16 古今六帖 四一二六
17 兼輔集 四、大和物語七四段
18 古今六帖 四二八七
19 躬恒集 四二七
20 伊勢集 一四、古今六帖 三一九一
21 古今六帖 四七八
22 万葉集 一四二六、人麿集(大成Ⅱ)、赤人集 三、家持集 二、古今六帖 七三九
23 万葉集 三三二八、人麿集 一六四、家持集 三一・四七
25 古今六帖 三三〇六
27 拾遺抄 一三、拾遺集 二七
28 素性集 七、古今六帖 四一四三
31 古今六帖 三三二九
32 古今六帖 四七九
33 万葉集 一四四一、拾遺集 二一、古今六帖 二三・四三八七
35 赤人集 四、千里集 二、古今六帖 四四〇三
37 万葉集 一八三九、古今六帖 一七三九
38 古今六帖 二八八
39 古今六帖 四八一
40 伊勢集 三三六、古今六帖 三三・四三九七
41 躬恒集 三五七、古今六帖 一三三一
42 是則集 八、古今六帖 四一〇九
43 貫之集 三七六、古今六帖 四一〇五
44 貫之集 三七四、Ⅲ躬恒集 二五八、古今六帖 四一五三
46 貫之集 七〇六

巻二　春中

48 古今六帖 四三九八
49 遍昭集 四、古今六帖 四三三〇
50 素性集 五六、家持集(大成Ⅰ)、古今六帖 四三三一
51 伊勢集 三〇五、古今六帖 三一三九
52 伊勢集 三〇六、古今六帖 三一四〇
54 是則集 三
55 伊勢集 一一三、古今六帖 四〇二七
56 新撰和歌 五三
58 伊勢集 四五七、古今六帖 四一六三
59 躬恒集 三七六、古今六帖 二六二五

60 Ⅲ躬恒集 二六九
62 万葉集 一八七五、人麿集（大成Ⅲ）、赤人集 一七二、古今六帖 二八三
64 新撰万葉集 二六三、寛平后宮歌合 二四
70 朝忠集 五八
72 古今六帖 一五〇四
73 興風集 一九、古今六帖 六〇六
78 古今六帖 二八五〇
79 古今六帖 四四六六
80 古今六帖 四六三

巻二 春下

82 拾遺集 一〇五四、貫之集 八八〇
83 貫之集 八八一
85 伊勢集 三六四、古今六帖 一三三七
89 古今六帖 三九一七
92 深養父集 八
96 Ⅲ躬恒集 二七〇
98 古今六帖 四〇三九
99 伊勢集 二五一、古今六帖 三三八四
101 伊勢集 二六三
103 信明集 九九、Ⅲ中務集 二七九
105 敦忠集 一三九
106 敦忠集 一四〇
107 古今六帖 一五五〇
108 兼輔集 一九
110 敏行集 三、古今六帖 四五六
111 古今六帖 四二一〇
112 新撰万葉集 二五一、寛平后宮歌合 一三、古今六帖 一三一
113 古今六帖 六三一
115 伊勢集 四五三
116 赤人集 七、千里集 五
117 古今六帖 四三八
118 亭子院歌合 四
119 貫之集（大成Ⅲ）、古今六帖 四一八一
120 伊勢集 六五、古今六帖 四二四九
123 遍昭集 三、大和物語 一六八段
125 三条右大臣集 六、兼輔集 二五
126 三条右大臣集 七、兼輔集 二六
128 三条右大臣集 九、兼輔集 二七、九条右大臣集 七九
129 三条右大臣集 一〇、兼輔集 二八、九条右大臣集 八〇
130 古今六帖 四〇三八
132 躬恒集 三七八、古今六帖 四一八七
135 貫之集 九〇三、古今六帖 二三六
136 古今六帖 二七七
137 貫之集 八六三
138 貫之集 八六三、古今六帖 二六七
139 貫之集 八六四
140 貫之集 八六五、古今六帖 三八七三
141 伊勢物語九一段
142 Ⅲ躬恒集 三六三

144 躬恒集三八七
145 Ⅲ躬恒集三九五
146 貫之集九〇一、Ⅲ躬恒集三六四

巻四　夏

147 亭子院歌合四二
148 家持集七〇、伊勢集四四三
153 拾遺集九四、古今六帖八二
159 伊勢集四五五、古今六帖四四三
160 古今六帖三七九九
163 貫之集六六一
164 亭子院歌合(解題)
165 新撰万葉集二九一、寛平后宮歌合四二
166 古今六帖九一
168 古今六帖三三九三
169 忠岑集一九
170 忠岑集一五九
171 大和物語三一段
172 拾遺集一〇五、伊勢集一一九、元輔集(大成Ⅰ)、古今六帖四四三五
173 中務集一五六
175 伊勢集二八四
177 万葉集一四七六、家持集八五
181 古今六帖四四四四
183 古今六帖二六〇四
184 古今集一五〇
186 中務集一三
187 万葉集一九三八、赤人集二三〇
189 伊勢集四五四、古今六帖四四三
190 伊勢集二三九、古今六帖二三八
193 新撰万葉集七七、新撰和歌一四五、寛平后宮歌合四八
194 古今六帖一三二三
199 万葉集一四四八、古今六帖三六一八
200 貫之集二七三
206 興風集二五、新撰万葉集二八五、寛平后宮歌合四四、寛平中宮歌合八
207 新撰万葉集二八九、古今六帖二八八・四四九〇、千里集七三
209 大和物語四〇段
211 貫之集八九九、古今六帖四四三一
212 貫之集九〇〇
213 伊勢集二三一
215 家持集六九
216 古今六帖三三九

巻五　秋上

217 新撰万葉集一三五、古今六帖一三八
219 古今六帖四三一
220 古今六帖三七二一
222 古今六帖四一七
223 業平集一一、古今六帖四〇八、大和物語一六〇段
224 業平集一三、古今六帖四一六、大和物語一六〇段
226 家持集一九七

229 拾遺集 六四九
231 伊勢集 二三三
232 伊勢集 二三四
234 万葉集 二〇七八、古今六帖 一三八
237 敦忠集 一三六
238 敦忠集 一三七、朝忠集 二一
239 万葉集 二〇五五、拾遺集 一四四、人麿集 八三、古今六帖 一三六
240 家持集 二一二
241 家持集 二〇四、友則集 一三、古今六帖 一五三
242 友則集 一四
243 万葉集 二〇八五、友則集 一五
244 万葉集 二〇三〇、赤人集 二九五
245 友則集 一六
247 躬恒集 四五五
248 兼輔集(大成Ⅲ)、古今六帖 一六六
249 拾遺集 一〇八四、貫之集 八三六、古今六帖 一六四
252 業平集 一〇、古今六帖 四〇一一、伊勢物語四五段
253 古今六帖 四〇〇六
254 古今六帖 四〇〇四
257 是貞親王家歌合 四三、古今六帖 三九八九
259 古今六帖 三九九三
260 古今六帖 三九九四
261 古今六帖 三九六八
262 古今六帖 三九七〇
263 新撰万葉集 三五五、寛平后宮歌合 一〇三
264 寛平中宮歌合 一五
265 忠岑集 二九、新撰万葉集 一三九、是貞親王家歌合 三〇
269 古今六帖 一二三

巻六 秋中

273 興風集 三七、新撰万葉集 三五五、寛平后宮歌合 一四三、寛平中宮歌合 二四、古今六帖 六五三
274 興風集 一一、古今六帖 三六七九
275 興風集 三、亭子院女郎花合 一七、古今六帖 三六八九
276 興風集 一三、古今六帖 三六九〇
279 伊勢集 一三五、古今六帖 五六三
280 拾遺抄 一一〇、拾遺集 一六七、伊勢集 一三六、古今六帖 五六二
281 九条右大臣集 八七
282 九条右大臣集 八八
283 九条右大臣集 八九
284 九条右大臣集 九〇
286 伊勢集 二九五、古今六帖 三五六三
288 伊勢集 二四七、古今六帖 三八五五
289 伊勢集 二四一、古今六帖 四〇五八
290 古今六帖 五五三
291 是則集 一三
292 九条右大臣集 七
295 万葉集 二一〇〇
296 是則集 四〇
299 宗于集 三

300 万葉集二〇九九、人麿集九五、宗于集二四
301 家持集二五八、貫之集六三五
302 古今六帖一一三九
304 是貞親王家歌合五九
305 万葉集一五七三、古今六帖三六九三
306 貫之集五九八、古今六帖五四〇
307 新撰万葉集三三七、寛平后宮歌合八一、古今六帖五四一
308 新撰万葉集八七、寛平后宮歌合九〇
309 家持集二一九、Ⅲ忠岑集八四、古今六帖五七一
310 古今六帖五六一
311 是貞親王家歌合五一
312 是則集二
316 貫之集六二七、一条摂政御集一四三、古今六帖一一四五
317 深養父集三、古今六帖三六四九
318 新撰万葉集三六三、寛平后宮歌合一一三、古今六帖三九八
322 深養父集一三、古今六帖三一〇
323 是貞親王家歌合五五、古今六帖三一一
324 古今六帖三〇九
327 古今六帖三一二
328 古今六帖二九四
330 新撰万葉集三八〇、是貞親王家歌合六一
332 深養父集一四
334 是貞親王家歌合八、忠岑集二六
335 古今六帖五五八
337 古今六帖三六六六
342 古今六帖三六六九
343 新撰万葉集一四三、是貞親王家歌合三七、古今六帖三六六八
344 Ⅲ躬恒集二八〇、古今六帖三六七六
345 Ⅲ躬恒集二八一
346 Ⅲ躬恒集二八三、古今六帖三六八一
347 Ⅲ躬恒集二七九
348 三条右大臣集三
349 伊勢集三四六、古今六帖三六八三
350 伊勢集三四七、古今六帖三六八四

巻七　秋下

351 家持集二六一
353 新撰万葉集一〇一、寛平后宮歌合一〇四
355 新撰万葉集三三五、寛平后宮歌合八九
356 是貞親王家歌合四三
357 貫之集(大成Ⅲ)、古今六帖四三六三
358 古今六帖四三六五
359 万葉集二一九四、人麿集一三九、家持集二四四、古今六帖四〇八九
362 是貞親王家歌合五二
365 Ⅲ躬恒集二八三、古今六帖四三六九
366 Ⅲ躬恒集二八四、古今六帖四三七〇
367 古今六帖一八三
368 古今六帖三五六三
369 古今六帖一一四七
370 古今六帖一一四八

371 古今六帖 三五六四
372 友則集 一八、新撰万葉集 一三九、古今六帖 二一八三
373 友則集 一九、古今六帖 九四一
374 家持集 三三一、友則集 二〇、古今六帖 四一〇八
375 友則集 二八、古今六帖 五〇五
376 万葉集 三二一、人麿集（大成Ⅱ）、家持集 一三六、新撰和歌 六三
377 万葉集 二一八一、古今六帖 五八五
378 友則集 二七、是貞親王家歌合 四六、古今六帖 六四八
379 宗于集 三三、古今六帖 九三〇
380 宗于集 二七
381 古今六帖 四〇八五
382 友則集 二六、古今六帖 九一二
383 友則集 二九
384 貫之集（大成Ⅲ）
385 古今六帖 四〇六四
386 家持集 二六五、古今六帖 四〇七四
387 忠岑集 八
388 忠岑集 九、古今六帖 三五三三
389 忠岑集 一〇、古今六帖 三五一七
390 忠岑集 一一、古今六帖 四〇八四
391 新撰和歌 五〇、古今六帖 三八七六
392 古今六帖 六四三
393 素性集 三一、古今六帖 八八一
394 伊勢集 四七〇、古今六帖 一八九
395 伊勢集 四七一
396 伊勢集 一三一
399 古今六帖 三七三四
400 古今六帖 三七五五
402 古今六帖 三三五九
403 寛平后宮歌合 一一五、古今六帖 三五一八
404 古今六帖 三五三三
405 貫之集（大成Ⅲ）、古今六帖 四〇六六
406 古今六帖 四〇六五
407 拾遺抄 一三九、拾遺集 二〇八、新撰万葉集 三四三、寛平后宮歌合 九五
408 古今六帖 三五三〇
409 古今六帖 三五三四
410 古今六帖 三五三六
412 古今六帖 三五三八
413 古今六帖 三四八七
414 古今六帖 四〇七三
415 古今六帖 三五三九、是貞親王家歌合 六九
416 是貞親王家歌合 一三
417 新撰和歌 八四
418 興風集 一八・六一、古今六帖 四〇八六
420 貫之集（大成Ⅲ）、古今六帖 四〇〇五
432 友則集 六〇
433 友則集 六一
434 古今六帖 二九六
439 拾遺集 一三六九、元良親王集 一一五
441 古今六帖 一九九

442 Ⅲ躬恒集二六九、古今六帖二〇三

卷八　冬

443 友則集二八、古今六帖五〇五
444 是則集一〇、古今六帖五〇六
445 古今六帖二〇九
446 伊勢集四〇八
447 躬恒集二八七
448 秋萩集六
449 新撰万葉集四一八、寛平后宮歌合一三〇、古今六帖二一五・四二四
450 古今集七六二、小町集三一
451 秋萩集四、新撰和歌一三〇
453 古今六帖一四四一
454 古今六帖三五三一
455 古今六帖三〇五三
456 古今六帖二一〇
457 躬恒集二六四、古今六帖九〇二
458 伊勢集一
459 伊勢集二、古今六帖五〇八
460 興風集四八、古今六帖一四八六
462 古今六帖六六七
464 秋萩集八、新撰万葉集一六五、寛平后宮歌合一一九、古今六帖七六二
465 古今六帖五〇七
466 秋萩集一九、古今六帖四三〇
467 躬恒集二六六、古今六帖七〇八・三一七〇
468 古今六帖九八二
469 古今六帖三二一
470 古今六帖八四五、大和物語九五段
471 貫之集八四一、兼輔集(大成Ⅳ)、古今六帖一三九七
472 貫之集八四二、兼輔集(大成Ⅲ)、古今六帖一三九八
473 貫之集八四三、兼輔集(大成Ⅳ)
474 兼輔集(大成Ⅲ)、古今六帖一三九九
475 新撰万葉集一九七、古今六帖七四〇
476 新撰万葉集一六三、寛平后宮歌合一三一、古今六帖七四五
477 古今六帖七七〇
478 拾遺集三三八、古今六帖二一四・一四七六
479 古今六帖七四六
482 家持集二八二、古今六帖七四七
483 古今六帖六七七
484 新撰万葉集一七五、寛平后宮歌合一四〇
486 秋萩集二九、新撰万葉集四〇二、寛平后宮歌合一三三、寛平中宮歌合
三
487 古今六帖七四八
488 秋萩集一六、新撰万葉集四〇〇、寛平后宮歌合一三〇、古今六帖七七一
489 古今六帖七四九
491 躬恒集一〇三、古今六帖七五〇
492 秋萩集二八、新撰万葉集一六一、寛平后宮歌合一四四、古今六帖七七三
493 新撰和歌一四六、寛平后宮歌合一三六、古今六帖六八五
494 秋萩集二三、新撰万葉集一八九、寛平后宮歌合一四三、古今六帖七七五
496 拾遺集二四六、貫之集六五五、古今六帖六九八

497 古今六帖 七〇〇
499 躬恒集 一二二、古今六帖 七三四
500 古今六帖 二四九
502 古今集 六六二、Ⅲ躬恒集 三二、古今六帖 七三
503 古今六帖 三一七
504 古今六帖 二四一
505 伊勢集 九三、古今六帖 二三〇
506 敦忠集 一三八、大和物語九一段、古今六帖 二四八

巻九 恋一

507 宗于集 一
508 古今六帖 二八〇〇
510 元良親王集 一
515 伊勢集 三〇四、古今六帖 一七三八・二五一
516 公忠集 二四
522 元良親王集 一五七
528 貫之集(西本願寺本)
539 伊勢集 二三〇
544 拾遺集 八一三、古今六帖 一一〇五
545 伊勢集 二七八
546 伊勢集 二七九、古今六帖 七六八
555 伊勢集 二〇九、古今六帖 三二一八
557 伊勢集 一五〇・四一〇、古今六帖 一四六〇
559 伊勢物語五四段
560 拾遺集 八六一
566 素性集(歌仙家集本)
567 深養父集 五三
578 兼盛集 一〇四
581 万葉集 三〇三八
583 古今六帖 二七一六
584 伊勢集(大成ⅡⅢ)
587 九条右大臣集 九一
594 中務集 一六六、信明集 九二
595 中務集 一六七、信明集 九三
596 中務集 一三九
597 中務集 一四〇
598 古今六帖 二〇五四

巻十 恋二

601 新撰万葉集 四五四、寛平后宮歌合 一六一
602 忠岑集 一五七、古今六帖 二一三八・二六三〇
603 友則集 三八、古今六帖 二五三
605 古今六帖 三八六〇
608 拾遺集 九九六
609 仲文集 四九
613 敦忠集 一四
616 新撰和歌 三三
617 伊勢集 五
618 伊勢集 六
619 深養父集 四九

621 元良親王集 一三
625 兼輔集(大成ⅢⅣ)
627 伊勢集 二四八
628 Ⅲ業平集 七六
630 興風集 七三、古今六帖 一八九〇
631 拾遺抄 二三〇、拾遺集 六三三、深養父集 四六、貫之集 六三一、古今六帖 二六五九
634 古今集 六三〇、深養父集 五三、古今六帖 三〇七一
636 深養父集 五〇
638 貫之集 六三四、新撰和歌 二三
640 延喜御集 一〇
641 延喜御集 二
643 宗于集 五
644 貫之集(西本願寺本)
647 平中物語 一一段
648 古今六帖 七九三
649 貫之集 六四〇、古今六帖 五四四
653 仁和御集(解説)
660 貫之集(大成Ⅲ)
661 忠岑集 一三、古今六帖 三〇三八
662 清慎公集 八六、元輔集 三一
663 元輔集 二三
665 大和物語八一段
667 信明集 三一
668 拾遺集 九〇七、信明集 一三八、伊勢集(大成Ⅲ)
670 万葉集 三九六一、伊勢集(大成ⅡⅢ)
671 能宣集 二七八、古今六帖 一九二二
673 公忠集 二三、深養父集 五六
676 兼輔集 八三
678 深養父集 四七、素性集(歌仙家集本)
682 古今六帖 一〇三一
684 小町集 三六
687 古今集 四八〇
689 深養父集 五一
690 深養父集 五五

巻十一 恋三

700 三条右大臣集 一八、古今六帖 三八八八
701 定文家歌合(解題)、古今六帖 三三四八、伊勢物語一一一段
702 古今六帖 三三四九、伊勢物語一一一段
703 古今六帖 二〇五四
704 貫之集 五六八、古今六帖 二四〇四
707 信明集 九〇、古今六帖 二一五五
708 信明集 九一、古今六帖 二一五六
709 古今六帖 四三三五
716 朝忠集 七二
717 一条摂政御集 六六
718 一条摂政御集 三五
719 貫之集 六九一、古今六帖 二七三九
720 古今六帖 二五九六

723 兼輔集(大成ⅢⅣ)
724 躬恒集 一三七、古今六帖 一九四六
726 伊勢集 一五九
727 敦忠集 一七
728 大和物語 一二一段
730 古今六帖 二五九七
731 一条摂政御集 六
732 一条摂政御集 七
733 清正集 六七
735 古今六帖 三九三
737 清正集 九一
741 忠岑集 一五八、信明集(大成Ⅱ)、古今六帖 二六四五
742 古今六帖 一九二一
743 万葉集 三一四五、古今六帖 二七八七
744 Ⅲ躬恒集 三一八、古今六帖 三三八九
745 是則集 二六、古今六帖 一七五一
747 清正集 一八、能宣集 四五三
750 伊勢集(大成ⅡⅢ)、古今六帖 三〇一五
751 伊勢集(大成ⅡⅢ)
752 伊勢集(大成ⅡⅢ)
753 拾遺集 六五〇、九条右大臣集 三〇、古今六帖 二五四六
754 九条右大臣集 三一
755 伊勢集(大成ⅡⅢ)
756 伊勢集 一四、Ⅲ業平集 七三、古今六帖 一三八二
757 古今集 七三三、伊勢集 一五、Ⅲ業平集 七四、古今六帖 一三八三
759 伊勢集(大成ⅡⅢ)
760 伊勢集 四八〇
762 信明集 一三七
765 古今六帖 二〇五一
768 古今六帖 二五三五
769 古今六帖 三〇六〇
775 九条右大臣集 一八
776 古今六帖 一五四九
779 小町集 二、古今六帖 一八一六
782 九条右大臣集 九二
787 古今六帖 三八九〇
788 古今六帖 二八七二
789 古今六帖 三八五二
790 伊勢集 一四四、亭子院歌合 六九
794 拾遺集 七二一、是則集 三八

巻十二 恋四

795 敏行集 一七
796 古今六帖 二八九六
797 古今六帖 二五五二
798 友則集 三六、古今六帖 二五四四
799 友則集 三七、古今六帖 二一二三
808 伊勢集 一三
809 伊勢集 一三、古今六帖 二三三八
811 伊勢集 二八一

812 伊勢集二八〇
817 伊勢集二五九
818 伊勢集二六〇
819 伊勢集二六一、古今六帖一六六三・一九五七
820 伊勢集(大成Ⅲ)
821 伊勢集(大成ⅡⅢ)
822 伊勢集二八三、古今六帖三三二九
823 伊勢集二七五、古今六帖二八一〇
824 伊勢集三三六、古今六帖六四四・二九六一
825 伊勢集二一四、古今六帖二〇五五
826 伊勢集三四一
828 朝忠集一六、古今六帖一九三〇
829 古今六帖二九三〇
830 伊勢集一〇
831 伊勢集一一
832 古今六帖八八四、大和物語一〇五段
833 伊勢集(大成Ⅱ)、古今六帖三一六〇
836 古今六帖一四七一
838 三条右大臣集一九
839 三条右大臣集二〇
840 貫之集六六三
844 古今六帖三六八二
845 古今六帖一三七六
846 中務集二三〇、古今六帖三七一八
851 元良親王集一〇八、古今六帖七二四、大和物語一三九段
855 古今六帖一六七八
860 古今集四九一、古今六帖一四五三
862 拾遺集七一五、貫之集六九二、古今六帖二七三三
869 古今集五三九、古今六帖一六四三
874 古今六帖四三一六
876 朝忠集(大成Ⅱ)
880 拾遺集七〇七
882 敦忠集一二、大和物語九二段
884 朝忠集一二、素性集(歌仙家集本)
885 朝忠集一三、素性集(歌仙家集本)
886 一条摂政御集一〇三
890 朝忠集九、古今六帖二五四七

巻十三　恋五

891 伊勢集四六〇、Ⅲ業平集七
892 伊勢集四六一、Ⅲ業平集八、古今六帖一八六八
894 小町集八九
895 拾遺集七一八、小町集七九
896 深養父集三四、古今六帖三九七七
899 兼輔集(大成ⅢⅣ)
901 古今六帖二六七二
904 古今六帖一七二七
909 深養父集四五
910 伊勢集(大成Ⅲ)
921 深養父集五四

927 敦忠集 一八、古今六帖 三一二四、大和物語九三段
928 古今六帖 二一一九
929 伊勢集 二八八
930 伊勢集 二八九
933 伊勢集 二九四
936 古今集 八一三、新撰和歌 三三八、伊勢集 一三六
937 伊勢集 一七
942 寛平后宮歌合 七七
943 Ⅲ延喜御集一
944 兼輔集 七四
945 兼輔集 七五
949 清慎公集 一〇三
950 清慎公集 四三
951 清慎公集 四四
952 中務集 二三七、古今六帖 二一〇
953 九条右大臣集 七八
954 西宮左大臣集二
960 拾遺抄 三一七、拾遺集 七六六、元良親王集 一三〇、古今六帖 一九六〇
961 拾遺集 六三五、敦忠集 一四三、大和物語九一段
962 敦忠集 一三三、朝忠集 一九
963 古今六帖 三七六三
967 古今集 六二四、Ⅲ業平集 八〇・八七、Ⅲ躬恒集 三三五、伊勢集 一三三、古今六帖 二五六七
968 Ⅲ業平集 八八、伊勢集 一三四、古今六帖 三九八六
969 古今集 五三九、貫之集 六五五、西宮左大臣集 四三、古今六帖 九九七
970 貫之集 六四六、古今六帖 九九三
978 古今六帖 三七〇、大和物語五六段
979 大和物語五六段

巻十四 恋六

997 宗于集 六
998 宗于集 七
1010 九条右大臣集 七七
1011 中務集 二〇〇
1012 定文家歌合 三、Ⅲ躬恒集 一六八、古今六帖 二五三八
1014 朝忠集 五九
1015 朝忠集 六〇
1021 古今六帖 二五三九
1025 古今六帖 八〇六
1032 元良親王集 一三
1033 古今六帖 一〇五七
1036 伊勢集 四六四、古今六帖 一九八六
1059 拾遺集 九六四
1060 古今集 七六六
1067 伊勢集(大成Ⅲ)
1070 兼輔集 七九
1073 兼盛集 一〇

巻十五 雑一

1075 古今六帖 一三三一

1076 Ⅲ業平集一〇八、古今六帖一三九六・三三〇七、伊勢物語一一四段
1077 友則集五五、古今六帖四四九八
1078 友則集五六、古今六帖四四九九
1079 古今六帖五三八
1080 古今六帖五三九
1081 Ⅲ業平集一〇九、古今六帖三三八五
1082 Ⅲ業平集一一〇、古今六帖三三八六
1083 業平集七八、古今六帖九八四、伊勢物語五九段
1084 Ⅲ躬恒集三三七、古今六帖四三九五
1086 古今六帖一七一四
1087 古今六帖一七一三
1089 素性集四七
1090 小町集三三、古今六帖一八八四
1091 兼盛集二〇
1092 素性集四五、古今六帖一四四四
1093 素性集四六、遍昭集(大成Ⅱ)
1095 忠岑集一六六
1096 忠見集一五三
1097 伊勢集二四
1098 伊勢集二五、古今六帖一七五四
1099 古今六帖三三三八
1100 Ⅲ躬恒集二九四、古今六帖三一九
1102 兼輔集一三七、古今六帖一四一三、大和物語四五段
1103 古今六帖三一八三
1105 Ⅲ忠岑集七九
1106 兼輔集三
1107 Ⅲ躬恒集二九五、古今六帖二九一三
1109 大和物語一一〇段
1110 大和物語一二〇段
1111 九条右大臣集一
1112 九条右大臣集二
1113 朝忠集一四
1114 朝忠集一五
1116 兼輔集二
1117 伊勢集三一二、古今六帖一六一三
1118 伊勢集三一三、古今六帖一六二〇
1119 古今六帖一三〇四
1120 古今六帖一九〇七
1123 公忠集二九、大和物語四段

巻十六　雑二

1125 業平集七三、古今六帖一四〇二
1126 敏行集一八
1130 古今集(元永本)、古今六帖一四三三、大和物語一〇九段
1131 三条右大臣集二
1132 古今六帖一〇三九
1133 素性集(歌仙家集本)、古今六帖一四四三
1134 興風集五九、古今六帖六七六
1135 古今六帖九九〇
1136 古今六帖一六五〇

1143 元良親王集六六、古今六帖三三七六
1144 拾遺集四三八、素性集三三、遍昭集(大成Ⅱ)、古今六帖一三三
1169 大和物語一五段
1170 兼盛集五一
1171 兼盛集四八、古今六帖一一九
1172 大和物語五七段
1174 新撰和歌三三、古今六帖二一〇一
1175 貫之集八〇一
1178 Ⅲ忠岑集一一、古今六帖一〇六三
1180 人麿集(大成Ⅱ)、伊勢集(大成Ⅲ)、古今六帖三〇七四
1182 大和物語六八段
1183 大和物語六八段
1186 Ⅲ躬恒集三〇四、古今六帖一〇六三・三五七六
1187 古今六帖三一三三
1189 貫之集六〇五、古今六帖二一一六
1194 Ⅲ躬恒集一八五、古今六帖二〇五八

巻十七 雑三

1195 遍昭集一七、小町集三四、古今六帖二四三三、大和物語一六八段
1196 遍昭集一八、小町集三五、大和物語一六八段
1198 清慎公集九、九条右大臣集七五
1199 九条右大臣集七六
1202 伊勢集一四三、古今六帖三三二四
1205 敦忠集一三三、朝忠集一
1206 敦忠集一三四、朝忠集二、古今六帖四三九六
1207 伊勢集二七三
1208 伊勢集一五三
1209 伊勢集(大成ⅡⅢ)
1211 元良親王集一六四
1213 伊勢集(大成ⅡⅢ)
1217 伊勢集一五一
1219 檜垣嫗集三三、大和物語一二六段
1220 貫之集五七二、古今六帖三〇七八
1221 伊勢集(大成Ⅱ)
1224 貫之集五五三、古今六帖二八六三
1226 九条右大臣集九三
1227 九条右大臣集九四
1231 業平集六四、古今六帖一六四〇
1233 業平集三九
1236 寛平中宮歌合二一、古今六帖一七一五
1237 古今六帖一七一六
1238 遍昭集三三、古今六帖一七〇〇
1239 古今六帖一八六五
1240 遍昭集二
1242 古今六帖八四四
1244 業平集七九、古今六帖一八〇八、伊勢物語六六段
1247 小町集八九
1248 信明集一二八、大和物語一一九段
1249 古今六帖三四四、伊勢物語八二段

巻十八　雑四

1250 古今六帖 一五九八
1256 伊勢集 二七
1257 古今六帖 一〇三五
1258 伊勢集(大成ⅡⅢ)
1264 古今六帖 八三〇
1266 伊勢集 二七三
1267 小町集 七三
1268 伊勢集 一七八
1269 伊勢集 二七四
1270 古今集 七五六、伊勢集 三〇八、古今六帖 三三〇
1271 貫之集 五九六、新撰和歌 三三四
1273 伊勢集 二九四
1274 伊勢集 二九五、古今六帖 三五六三
1275 伊勢集 二一八
1276 伊勢集 二六五
1278 伊勢集 四八一
1279 伊勢集 二一九、古今六帖 一八五三
1280 兼輔集(大成ⅢⅣ)
1281 古今六帖 五七七
1282 伊勢集(大成ⅡⅢ)
1283 伊勢集 二九〇
1287 清慎公集 一〇三
1290 小町集 九〇
1291 古今集 一〇〇〇、伊勢集 三三、古今六帖 一三四九
1292 伊勢集 三〇七
1293 拾遺集 一三三八、伊勢集 三〇八
1294 伊勢集 二四三
1297 伊勢集 一三四
1298 万葉集 六〇六、古今六帖 二六一三
1301 兼輔集(大成ⅢⅣ)
1302 是則集 一五

巻十九　離別・羇旅

1304 貫之集 七三八、古今六帖 七八七
1306 古今六帖 五三八
1307 古今六帖 三三三六
1314 古今六帖 三三三五
1316 公忠集 二六
1319 伊勢集 二一七、古今六帖 三三五七
1320 伊勢集 二八六
1321 伊勢集 二八七
1322 寛平御集 一六、伊勢集 三三九、古今六帖 一三五一、大和物語一段
1323 寛平御集 一七、伊勢集 二四〇、大和物語一段
1324 古今六帖 三三七五
1325 宗于集 一七
1326 宗于集 一八
1327 宗于集 一九
1328 宗于集 一一

1329 宗于集 三
1330 宗于集 一三、古今六帖 三四四八
1338 古今六帖 三三九六
1339 伊勢集 二二
1340 伊勢集 二六三
1341 伊勢集 二六四
1342 伊勢集 二八八
1343 伊勢集 二八九
1344 伊勢集 二二三
1345 伊勢集 一五八
1346 伊勢集(大成Ⅲ)
1347 伊勢集(大成Ⅲ)
1348 伊勢集 一五七
1351 伊勢物語六一段
1352 伊勢物語七段
1355 古今六帖 三三五、土佐日記
1356 古今六帖 三三五五
1358 伊勢集 一三、古今六帖 二四三一
1359 伊勢集 二五三、古今六帖 一〇三七
1360 小町集 二六
1363 古今六帖 一九六八、土佐日記
1367 素性集 三

巻二十 賀・哀傷

1368 古今六帖 三三三〇
1372 貫之集 六九七、古今六帖 三四五
1373 貫之集 七一七、古今六帖 八四〇・四一〇七
1378 古今六帖 三三八五
1379 古今六帖 三三八六
1380 円融院御集 四
1381 円融院御集 五
1382 古今六帖 三三九八
1384 九条右大臣集 三四
1386 清慎公集 一〇一
1389 兼輔集 一一七、三条右大臣集 二七
1390 兼輔集 一一八、三条右大臣集 二八
1392 九条右大臣集 七三
1393 九条右大臣集 七四
1394 伊勢集 四四七
1395 伊勢集 四四八
1396 兼輔集 一一四、三条右大臣集 二九
1397 兼輔集 一一五、三条右大臣集 三〇
1398 兼輔集 一一三、三条右大臣集 二六
1399 兼輔集(大成Ⅳ)
1400 古今六帖 二四九九
1402 伊勢集 四六九
1403 伊勢集 一三、古今六帖 二三五八
1405 九条右大臣集 七二
1412 貫之集(大成Ⅲ)
1419 伊勢集 二八五

1421 古今六帖 二〇五三

1422 伊勢集（大成ⅡⅢ）

1423 伊勢集 一三〇

1424 兼輔集（大成ⅢⅣ）

1425 拾遺抄 三七二、 拾遺集 一三〇九、 貫之集 七七八、 古今六帖 二四五五

解説

解説

片桐洋一

一 『後撰和歌集』の撰集開始

『古今和歌集』が延喜五年(九〇五)に醍醐天皇の勅によって撰集を開始した勅撰和歌集であり、紀友則・紀貫之・凡河内躬恒・壬生忠岑の四人がその撰者であったことは、真名序および仮名序によって知られるが、『後撰和歌集』(以下『後撰集』と略称する)の場合は、序文がないので、作品内部の記述によってそれを確かめることが出来ない。古来、天暦五年(九五一)に撰集を開始した村上天皇の勅撰和歌集であるとされて来たのは、本書付録の「底本書入定家勘物一覧」に収めた藤原定家の巻末勘物に見える次の記述(四四三頁参照)にすべて依拠しているのである。

今、この要をとれば、

天暦五年十月晦日、昭陽舎において、蔵人左近少将藤原伊尹を別当に、大中臣能宣・清原元輔・源順・紀時文・坂上望城の五人を寄人として撰集したこと、そしてその昭陽舎は梨の木が植えられていたゆえに梨壺とも呼ばれていたので、この五人の寄人を梨壺の五人と言った。

ということなのであるが、この勘物は清輔の承安三年本の勘物(天理図書館蔵)の影響下に定家が記したものであってどこまで溯り得るか定かではない。それに対して、これに続く奉行文は、前述した撰和歌所の寄人の一人であった源順が書いた一等資料なのである。

さて、「底本書入定家勘物一覧」に掲げた本文と異なって、『本朝文粋』巻十二所収の本文では、標題が「侍中亜相(伊尹)の撰和歌所別当となる御筆宣旨の奉行文」となっていて、「撰和歌所」と明記されている。そして、藤原伊尹がその別当となり、「仙殿の綺筵に跪きて」「宸筆の綸命」を受けたと述べ、昔の柿本人麿や僧正遍昭といえども、このように「聖上之真跡」を賜わる名誉には浴していなかったと説くのであるが、このように「宸筆の綸命」によって事が始まっているということは、本集が疑いもなく勅撰和歌集として出発していることを示しているのである。

ところで、『本朝文粋』巻十二には、さらにこれに続いて、和歌所への濫入を禁止する禁制文が続いている。今、それを訓み下して掲げておこう。

撰和歌所の闌入を禁制する事　　源　順

右蔵人少内記大江澄景仰せて言はく、件の所、名は妖艶に渉れども、実は神秘に入る。万葉の曩篇を振ひて百代の遺美を知る。況んや昭陽を排いて修撰の処となし、箕裘を尋ねて寓直の徒となる。手に水亀を提げて近く青苔の暁露を採り、心は花鳥を恋ひて偸に紅梨の秋風を待つ。事の秘重敢へて門より出さず。宜しく闌入を禁じ、各々識る所を勤むべしといへり。禁制件の如し。

趣旨は和歌所への闌入を禁制することにあるわけだが、ここでも、宣旨によって「昭陽(舎)を排いて(和歌)修撰の処となし」「万葉の曩篇を振ひて百代の遺美を知る」べく『万葉集』の訓読をも開始したということが述べられているのである。

ここで、あえて臆説を述べておくと、私はこの点にこそ、第一の勅撰集である『古今集』に対する批判の姿勢を見ることが出来ると思うのである。すなわち『古今集』は、仮名序において、あたかも柿本人麿と同時代の人であるかのように書いた「ならの帝《みかど》」を、「百年《ももとせ》あまり」前、「十《と》代《つぎ》」前の平城天皇のこととする事実誤認をしているのだが、『後撰集』においては、そのような伝承された『万葉集』ではなく、まさしくその本文を目の前に据えて訓釈しようというのであるから、『万葉集』に対する姿勢については、『古今集』とは異なり、画期的であると言ってよい。『後撰集』には序文がないので、臆測の域を出ないが、梨壺における撰和歌所の事業には、このように『古今集』を凌駕しようという志があったと見ることも可能なのではなかろうかと思うのである。

源順の書いた奉行文と禁制文は、撰和歌所設置の日付を天暦五年(九五一)十月晦日と記している。とすれば、言うまでもなく、御筆の宣旨を下したのは村上天皇である。

かくして、『古今集』のように序文などの内部記録はないが、『後撰集』は、まさしく村上天皇宣下の勅撰和歌集であり、最初の勅撰和歌集とされる『古今集』の撰集開始後、約五十年の天暦五年十月に撰集を開始したことは疑うべくもないのである。

二　『後撰和歌集』の完成時期について

このようにして撰集を開始した『後撰集』の完成・奏覧は何時だったのか。『古今集』の場合と同じように、これに関する外的資料はなく、歌集内部の作者名の官位表記から帰納して推定するほかない。かの顕昭が「奉勅之日者如此雖分明、奏覧之年者慥不見歟」(『万葉集時代難事』)と言っているとおりである。

さて、この方面の研究の先達ともいえる奥村恒哉氏は、古来、たとえば『八雲御抄』に記しているように、作者名表記において、その名に「朝臣」が付されて、「藤原朝忠朝臣」とか「源重光朝臣」というように記されている場合は四位になっている人であるのに対して、四位に至っていない人は「藤原清正」とか「平定文」というように「朝臣」を付さない形で表記されているという法則が『後撰集』においてもおおむね用いられていることを確認した上で、天暦五年(九五一)以降、最も遅く天暦九年正月に従四位下に叙せられた藤原伊尹が、七一八番と七三一番の作者名表記において「朝臣」が付せられているという事実によって、『後撰集』の成立は天暦九年以降であるとまず認定し、その後に最も早く、天徳二年(九五八)正月に従四位下になった藤原元輔には「朝臣」がつけられていない(一〇九六番)という事実から『後撰集』の成立は天徳二年以前であると判断されたのである(『古今集・後撰集の諸問題』第二部「後撰集」第一章「成立年代に関する諸問題」)。

奥村氏に従えば、『後撰集』の成立は、このように天暦九年正月から天徳二年正月までの三年間にしぼられるということになるのであるが、この見解に従えば、たとえば、小野道風の場合、二六七番と八七九番では「小野道風朝臣」という形で「朝臣」が付されているのに対し、八八七・九五七番の作者名表記と八八三番の詞書では「朝臣」が付されていないというような不統一をどのように説明するかということや、詞書は歌が作られた時点で書かれているゆえに作者名表記とは次元が異なるというような誤った理解を前提にしている点などに問題は残るが、『後撰集』の作者名表記が、おおむねその頃を基準にして書かれているらしいことは、誰しも率直に認めなければならないのである。

しかし、それをもって成立奏覧の時点を示すものと断定してよいのかと言えば、疑問が残る。今、その一例として、恋五冒頭の八九一・八九二番と同じく恋五の九六七・九六八番の二組の贈答歌を掲げてみよう。

題しらず　在原業平朝臣

伊勢の海に遊ぶ海人《あま》ともなりにしか浪かきわけて見るめかづかむ

返し　伊勢

おぼろけの海人《あま》やはかづく伊勢の海の浪高き浦に生《お》ふるみるめは

久しく言ひわたり侍けるに、つれなくのみ侍ければ　業平朝臣

たのめつつ逢はで年ふる偽《いつは》りに懲《こ》りぬ心を人は知らなん

返し　伊勢

夏虫の知る知る迷《まど》ふ思ひをば懲《こ》りぬ悲しと誰か見ざらん

作者名表記による限り、共に在原業平と伊勢の贈答であるが、貞観十四年(八七二)頃の生まれと推定される伊勢(拙著『伊勢』日本の作家7、昭和六十年、新典社)に対して、業平は四十七歳年上の天長二年(八二五)の生まれ。業平が没した元慶四年(八八〇)に伊勢は僅か九歳であるから、このような贈答があったとは考えられない。業平ではないとすれば、作者は誰か。既に底本に定家が勘物を付しているように(付録「底本書入定家勘物一覧」)、藤原仲平の作とするほかはないと思う。「り」と「か」の草体はきわめて近似しているゆえに「なかひら」を「なりひら」と誤ったのだと思うのだが、注意すべきは、仲平の作者名は、現存の『後撰集』本文による限り「藤原仲平朝臣」ではなく、「枇杷左大臣」

と表記されていることである。ということは、現存本の作者名表記に整えられる前に、「なかひら」などと仮名によって作者の実名を注記するだけという段階があったということなのであり、それを誰かが後に「在原業平朝臣」と誤りながらも形を整えたということになるのであるが、撰者自身が整えたとすればお粗末に過ぎる。現在の作者名表記の形に整えたのは撰者ではなく、後代の人であるとしなければならないと思うのである。

同じようなことは『後撰集』を材料にして採歌編集している私家集や『古今六帖』との関係を見る時、さらにはっきり確認出来るのであるが、ここでは在原棟梁《むねやな》の作となっている恋二・六四三番が『宗于《むねゆき》集』に入っていたり、藤原雅正《まさただ》の作となっている雑一・一一一四番が『朝忠《あさただ》集』に入っているという事実についてだけ述べておこう。

『宗于集』は『古今集』『後撰集』から宗于の歌を選んで成立した私家集であるが、源宗于の歌ではなく在原棟梁の作である『後撰集』六四三番を採ったのは、「在原棟梁」という作者名を「源宗于朝臣」と誤ったとするよりも、氏《うじ》や「朝臣」が付されることなく、名だけが仮名で書かれていた段階、すなわち「むねやな」から「むねゆき」に誤ったと見るのが自然であるし、同様に雑一・一一一四番の雅正の返歌が大輔の贈歌とともに『朝忠集』に見えるのは、「雅正」から「朝忠朝臣」に誤ったとするよりも、「まさたゞ」から「あさたゞ」に誤ったと考える方が、誰しも納得出来ると思うのである。

このように見て来ると、現存伝本の作者名表記の在り方をもって『後撰集』の成立奏覧の時期を推定するのは、楽観的に過ぎると言わざるを得なくなって来るのであるが、ここで注目されるのは山口博氏の次の提言である（『王朝歌壇の研究　村上冷泉円融朝篇』所収「後撰和歌集の成立」）。

前述したように、この『後撰集』の撰集事業と『万葉集』の訓釈事業は、村上天皇の直接の宣旨によって、天暦五年(九五一)十月に、後宮の昭陽舎(梨壺)を撰和歌所にして始められたのであるが、『村上御記』によれば、皇太后藤原穏子が天暦八年正月四日に昭陽舎(梨壺)で亡くなっており、また『九条殿記』によれば、その前年の天暦七年十月二十八日には、この穏子皇太后を中心にした菊合が梨壺において行われている。ということは、その頃梨壺には、皇太后穏子が居住していたということであって、そこに撰和歌所を置いて進められていた『後撰集』撰集と『万葉集』訓釈の事業は、既に終了していたと見るほかないと山口氏は言われるのである。

　奥村氏の説に従えば、天暦五年に撰集を開始して、完成は早くても四年後の天暦九年、遅ければ七年後の天徳二年(九五八)ということになる。常識的に言って、あまりにも長すぎるという印象は免れないのであるが、山口氏説に従えば、天暦七年十月、つまり『後撰集』の撰集を開始して二年の後には、一応の決着がついたことになる。あれほどまで大袈裟に人々の出入りを禁止して進めて来たこの二つの事業であってみれば、二年ぐらいが限界と見るのが自然であろうと私も思うが、いずれにしても臆測に過ぎぬゆえに暫くおくとしても、『後撰集』成立時の作者名表記は、現在のそれとは大いに異なって、「……朝臣」は勿論、「藤原」「源」「在原」などの氏も明記せず、ただ名のみを仮名で注記した程度のものであって、成立時期確定の材料に出来るようなものでなかったということだけは確言出来ると思うのである。

三　『後撰和歌集』の作者名表記と詞書

作者名表記に関連してもう少し述べておきたい。『後撰集』の性格を考えるための重要な契機がそこに潜んでいると思われるからである。

まず、雑一の一一〇八番を掲げてみる。

人のむすめに源のかねきが住み侍けるを、女の母聞き侍て、いみじう制し侍ければ、しのびたる方にて語らひける間《あひだ》に、母知《し》らずして俄《には》かに行きければ、かねきが逃げてまかりにければ、つかはしける　　　女の母

を山田のおどろかしにも来ざりしをいとひたぶるに逃げし君哉《かな》

この作者名は、『古今集』などの他の勅撰集であれば、当然「よみ人しらず」となっているはずで、「女の母」とあるだけでも『後撰集』の特徴を示していると言えるのだが、これを「をんなの母」と読んで作者索引を作ったりしてはいけない。詞書冒頭の「人のむすめに……」を受けて「女の母聞き侍て」と言っているのであるから、「むすめの母」と読むべきであり、それに連続する作者名も「むすめの母」と読まなければならない。つまり作者名表記は詞書から独立して存在しているわけではなく、まさしく詞書の延長なのである。ちなみに、承保三年奥書本や正徹筆本では「……かねきがにげゝれば、女のはゝ」と続いているし、堀河本でも「……かねきがにげ《テマカリニ》ゝれば、女のはゝ《ノツカハシケル》」というように、まさしく詞書の一部になっているのである。

続く一一〇九番と一一一〇番の贈答を見よう。

三条右大臣身まかりて翌年《あくる》の春、大臣召しありと聞きて、斎宮のみこにつかはしける　　　むすめの女御

いかでかの年ぎりもせぬ種も哉《がな》荒れたるやどに植へて見るべく

かの女御、左のおほいまうちぎみにあひにけりと聞きてつかはしける　　　斎宮のみこ

春ごとに行きてのみ見む年ぎりもせずといふ種は生ひぬとか聞く

一見してわかるように、この作者名表記は詞書から連続していて独立性がない。「むすめの女御」と言い得るのは、詞書に「三条右大臣」という記述があるから、「(その)むすめの女御」という意味で書かれているのであり、また次の詞書の冒頭が「かの女御」と書かれ得たのは、前歌の作者名表記を受けてのことであるというように、詞書と作者名表記が全く同次元で連続していることを知るのであるが、一一〇九番の作者名「むすめの女御」は、承保三年奥書本・正徹筆本や堀河本では「……斎宮のみこのもとにつかはしける、むすめの女御のせうそくにて」というように、作者名表記ではなく詞書の一部になっているのである。

同じような例として雑二・一一六三番と一一六四番の贈答を掲げておこう。

人の妻《め》にかよひける、見つけられ侍て　　　賀朝法師

身投ぐとも人に知られじ世の中に知られぬ山を知るよしも哉《がな》

返し　　　もとの男

世の中に知られぬ山に身投ぐとも谷の心は言はで思はむ

この場合、返歌の作者名表記「もとの男」は、贈歌の詞書を受けて成り立っているものであって、「返し　もとの男(が詠んだ)」というように詞書としても理解できるものである。ちなみに贈歌の詞書も、堀河本・承保三年奥書

本・正徹筆本などにおいては「賀朝法師人のめにかよひ侍て、みつけられて」となっているが、この場合、「賀朝法師(が)……」は作者名表記ではなく、詞書そのものであり、しかも主語の役割を果たしているのである。

このように見て来ると、『後撰集』の作者名表記の中には、本来詞書の一部として重要な役割を果たしていたものが作者名表記となり切らぬままに残存していることがわかるのであるが、その痕跡はさまざまな伝本を見れば見るほどに顕著に見出し得るのである。

たとえば、春下・一〇四番の

県《あがた》の井戸といふ家より、藤原治方につかはしける

橘の公平《きむひら》が女《むすめ》

みやこ人来ても折らなんかはづ鳴くあがたの井戸の山吹の花

は、二荒山本を見ると、

あがたのゐどのいへにて、たちばなのきむひらがむすめ右京はるかたにつかはしける

となっていて、「たちばなのきむひらがむすめ」が詞書の中で、「つかはしける」に対する主語の役割を果たしているし、その次の一〇五番の

すけのぶが母身まかりてのち、かの家に敦忠朝臣のまかりかよひけるに、桜の花の散りける折にまかりて、木のもとに侍ければ、家の人の言ひ出《い》だしける

よみ人しらず

今よりは風にまかせむ桜花散るこのもとに君とまりけり

の場合も、詞書の中の「家の人の」が「言ひ出だしける」に対する主語の役割を果たしており、「よみ人しらず」のない二荒山本・片仮名本・堀河本・烏丸切の形が、本来のものであると言えそうなのである。

このように見て来る時、我々は『後撰集』の材料が、かの『伊勢集』冒頭の物語的部分や『一条摂政御集』の物語的部分はおろか、『大和物語』をも連想させるような物語的なものであったということをあらためて確認するのであるが、その一方、そのような素材の段階を越えて「歌集的」「勅撰集的」な形に整理しようとしつつも十分に整理し得ていない姿に、古くからあった〈未定稿説〉を思い起こさざるを得ないのである。

四　集内和歌重出と未定稿説

『後撰集』が未定稿ではないかということを最初に言い出したのは、藤原清輔である。清輔の『袋草紙』の「故撰集子細」の部の該当の項を訓読して示すと、「此集未定ニテ止《や》ムト云々。仍《よ》リテ本四度計無《しどけな》シ」とあるのだが、これを受けて、北村季吟も、『八代集抄』の発端において「此集未定にて之を止《やむ》と袋草子にも侍れば、序をかゝしめ給ふまでにも及ばざるにや」と言って、序の存しないことをもって、未定稿説を是認しているかのようである。『古今集』を継承する姿勢を随所に示していること、そして『本朝文粋』に収められるほどの奉行文・禁制文を書いた源順や序を持つ家集を残している大中臣能宣も撰者に加わっていることを思えば、序のないのは確かに不思議であり、「序をかゝしめ給ふまでに」至らぬうちに撰集作業が頓挫してしまったのではないかと説く中山美石の言葉(『後撰集新抄』

物論）に納得しそうになるのも事実なのである。

　ところで、この中山美石が、未定稿説を唱えるための最も主要な根拠にしているのは、部立と配列の乱れである。すなわち「正しくえらびあへられざりしものと見えて、四季・恋・雑などわけられたるさまは、古今集とひとしけれど、恋・雑などの歌と見ゆるが、四季のうちに入たるなどもをり〳〵ありて、歌の次序《ツイデ》もいとみだりがはしく、よみ人のしるしざまも、いかにぞや見ゆる所々もあり」と述べていることに、それははっきりと示されている。

　実際、春の部や秋の部に恋の部や雑の部に入れるべき歌があまりにも多く含まれていることに驚くのであるが、それは後述するように『後撰集』の歌の性格がもたらした結果であって未定稿説と直結するものではない。しかし、春の巻・秋の巻など、それぞれの巻の内部における歌の配列の混乱は、確かに問題になるところである。

　たとえば、春上の三六番「花だにもまだ咲かなくに……」が、一三番の「梅の初花折り尽くしてむ」や二四番の「折り尽くしてむ梅の花」、さらには二八番の「梅の花……我が袖に匂ひ香うつせ」の後に位置しているのはやはり落ちつかないし、春部全体の終りに近い春下・一一二番に「春来れば花見にと思ふ心こそ野辺の霞と共にたちけれ」とあるのは遅きに過ぎると言うほかないのである。また恋部の六巻についても、「まだ見ぬ恋」から始まって「恋の終焉」まで、継時的に続く『古今集』の場合とはあまりに異なって、恋一に「いと忍びたる女にあひ語らひてのち、人目につつみて、又あひがたく侍ければ」（五五〇番）とか「女のもとより忘草に文をつけておこせて侍ければ」（五五一番）という詞書を持つ歌があるかと思えば、恋六の一〇一二番になって「はじめて人につかはしける」という詞書を持つ歌があったりというように、時間に従っての配列にはなっていない。『古今集』の配列を知っている者には、あまりにも杜撰、あまりにも未整理という印象を打消しがたく、未定稿説が生まれるのも当然という思いがするのである。

『後撰集』未定稿説のもう一つの重大な根拠は、『古今集』所収歌との重出と、『後撰集』内部における歌の重出である。このうち、『古今集』に存する歌との重出は、先行の勅撰集における作歌事情や歌詞を訂正するために意識して重出させているのだという奥村恒哉氏(『古今集・後撰集の諸問題』第一部「古今集」第二節「三代集の重出歌とその問題」)が提示された考え方も傾聴すべきものを含んでいるが、『後撰集』の内部における重出は、やはり杜撰と言うほかないと思われるのである。

『後撰集』内部の歌に重出があることは、既に底本の勘物において定家が指摘している(付録「底本書入定家勘物一覧」参照)。そのうち、

巻七・秋下・三七五番に「在冬初　諸本同」とあるのは、冬部・四四三番との重出。

巻十四・恋六・一〇六七番に「在恋第三　諸本同」とあるのは、恋三・七五二番との重出。

巻十八・雑四・一二七三番に「在恋五　他本又同」とあるのは、恋五・九三三番との重出。

巻十八・雑四・一二七四番に「在秋中」とあるのは、秋中・二八六番との重出。

の四例は、まさしく定家の指摘通りだが、

巻八・恋一・五四四番に「在春中　諸本同」と注しているが、重出はない。後述する片仮名本のように、この歌が重出している本にあった勘物をそのまま定家が写したのであろうか。

なお、定家は気づいていないのか勘注を加えていないが、

巻九・恋一・五九八番は、巻十一・恋三・七〇三番と重出。

巻十三・恋五・八九四番は、巻十七・一二四七番と重出。

巻十三・恋五・九二九番と九三〇番の贈答は、巻十九・離別・一三四二番・一三四三番と重出。

の三例は、明らかな重出である。定家が気づかなかったように、撰者もまた気づかなかったのであろう。

重出していても、撰者自身が気づかずに完璧だと思っているのであれば、未定稿の理由にはならない。しかし、二荒山本を見ると、このほかに巻九・恋一・五四六番が巻五・秋上・二四〇番の次に重出しているし、片仮名本を見ると、巻二・春中・六六番の次に巻九・恋一の五四五・五四六番の二首を重出し、七三番の次に巻八・恋一・五四四番を重出しているほか、巻四・夏・一八五番の次に同じ巻の一五八番が、巻六・秋中・三五〇番の次に同じ巻の三一六番を重出し、さらに巻九・恋一・五七二番の次にこれも同巻の五八〇番が重出しているというように、底本に用いた定家本よりもかなり重出が多いのである。二荒山本も片仮名本も巻十までしか伝存しないのに、これだけの重出があるということは、巻二十までの完本であれば、さらに重出が多いことを予想させる。ちなみに底本と同じ定家本でも、定家が若い頃に書写したと考えられる無年号A類本系の京都大学附属図書館所蔵中院本では、巻十一・恋三の七五八番の次に巻一・春上・四一番の躬恒の歌が存し、定家はこれに合点を付して消去すべしと結論づけている。前述した底本巻八・恋一・五四四番の「在春中　諸本同」という勘物にもかかわらず、底本に重出はなく、底本以外の定家本にはさらに重出が多かったことを確認し得たことを含めて、このようにして知った『後撰集』の杜撰さは、今や否定し得べくもないのである。定家ならずとも、重出に気づいた場合、他本を校合して一方を消去して重出を除こうと努力するものである。しかし、そんな努力にもかかわらず、どうしようもなく露呈してしまっているこの杜撰さは、やはり異常というほかない。

周知のように、『栄花物語』月の宴の巻には、「醍醐の先帝の御時は『古今集』廿巻《はたまき》撰《え》りととのへさせ給ひて、世にめでたくせさせ給ふ。(中略)この御時には、その『古今』に入らぬ歌を、昔のも今のも撰ぜさせ給ひて、後に撰ずとて『後撰集』と云ふ名をつけさせ給ひて、また廿巻撰ぜさせ給へるぞかし」と述べられ、さらに『後拾遺集』の序には『万葉集』『古今集』に続けて「村上のかしこき御代には、また『古今和歌集』に入らざる歌二十巻《はたまき》を撰びいでて『後撰集』と名づく」と明記されている。この扱いは、やはり『後撰集』が、当初から勅撰和歌集として尊敬されて来たことを物語っている。というわけで、『後撰集』そのものが完成奏覧されなかったという理解には抵抗があることも確かだが、現存伝本に関する限り、未定稿本の系統に属していたと考えるのが、最も素直な、最も妥当な見方だと言えるのではないか。

『後撰集』の完成奏覧は、前述のように、天暦五年(九五一)以降の何時のことであったのか断定し得ないが、天徳四年(九六〇)九月二十三日夜半の内裏の火災は平安京遷都以来の最大の火災と言われ、「宣陽殿累代宝物、温明殿神霊鏡太刀節刀契印、春興安福両殿戎具、内記所文書、又仁寿殿太一式盤、皆成灰燼」「天下之災、無過於之」(『扶桑略記』)とまで言われるほどのものであった。村瀬敏夫氏がいみじくも説かれたように(「後撰集撰述考」『文学・語学』二号、昭和三十一年十二月)、この際に奏覧本は炎上し、奏覧以前の草稿本の類がそれぞれに復活して、前述のような混乱した本文が流布することになったという可能性を否定することも出来ないのである。

五 『後撰和歌集』における詠歌の場

奏覧があったかどうかは別にして、現存本に関する限り、『後撰集』は草稿本であるというほかない。しかし、草稿本であるゆえに瞥見し得る『後撰集』の『後撰集』らしさは、その時代の和歌享受の実態を示すものとして、かえって我々を感激させる面があることも確かである。そして、それは、何故かと言えば、『後撰集』の和歌が、まさしく「場」に生き、「場」においてこそ理解できる性格のものだったからである。

ここに言う「場」とは、〈和歌が作られる「場」〉、そして、勅撰和歌集としては極度に多い贈答歌において特に歴然としているように〈相手に伝える「場」〉、そしてさらには、物語のように〈語って第三者に伝える「場」〉まで含めて考えねばなるまい。奏覧本のような、公的な、権威ある本文がなく、それぞれのルートで、いわば勝手に手に入れて私物化した本文であるから、それまでの伝承と享受をそれぞれに背負い込んでいて、「場」に生きていた『後撰集』和歌の姿を、思いがけず瞥見することが出来るのである。

この解説の第三章において、諸本を対照することによって、いわゆる作者名表記が詞書の一部に成り変ることがあり、その形の方が勅撰集的に整理される前の『後撰集』の姿を伝えているのではないかと述べたが、同じような例は、他にも多く見出し得る。たとえば、

恋三・七三八番の詞書と作者名は、底本では、

左兵衛督師尹朝臣につかはしける　　本院兵衛

となっているが、堀河本では、

左兵衛督師尹朝臣に本院兵衛がつかはしける

となっているし、底本では、

山へ入るとて　　増基法師

となっている冬部・四五三番も、伝西行筆白河切では、

　　ぞうき法し、山にいるとて

と作者名表記を詞書の主語にしている。

第三章で掲げた例を含めて、これらのいずれが本来の形であり、またいずれが改変された形であるか断定はできないが、たとえば、恋三・七〇五番の

　　かりそめなる所に侍ける女に、心変りにける男の「ここにては、かくびんなき所なれば、心ざしはありながらなむ、え立ち寄らぬ」と言へりければ、所を変へて待ちけるに、見えざりければ　　　女

を見た場合、作者名表記の「女」を詞書に連続させて読む方が、「かりそめなる所に侍ける女に」という叙述の位置づけや「所を変へて待ちけるに」という動作の主体がはっきりする。詞書の一部と見てこそ、落ち着いて理解できるという書き方になっていることに気づくのである。

もう一例、同じ巻の七一五番の詞書だが、

　　少将さねたゞ、かよひ侍ける所をさりて、異女《ことをんな》につきて、それより、春日の使に出で立ちてまかりければ　　　もとの女

の場合も、一見作者名表記のように見える「もとの女」も、実は「異女《ことをんな》」に対する「もとの女」であって、作者名表記のように見えるが、本来は詞書と同次元のものであって、「もとの女(が)詠みました」という主語の役割を果たす

ものであることが確認されるのである。

このように見て来ると、『後撰集』の詞書は、訂正し得べくもないほどに、物語的な、第三人称的な書き方になっているものが多いということが、あらためて確認されるのであるが、かの本居宣長の『後撰集詞のつかね緒』では、前者の恋三・七〇五番の詞書を、

かりそめなる所に侍けるころ、心変りにける男の「ここは、かくびんなき所なれば、心ざしはありながらなん、え立ち寄らぬ」と言へりければ、所を変へて待ちけるに、見えざりければ

よみ人しらず

と訂正している。つまり女自身の立場からの第一人称的な書き方に改訂しなければ気がすまず、歌の作者についての詞書中の第三人称的呼称をすべてにわたって訂正している。神聖かつ厳正であるべき勅撰和歌集が物語的であってはならないという宣長の常識と信念がこのように訂正させているのであろうか。

物語が「昔……ありけり」「いづれの御時にか……ありけり」というように、人物の提示から話を始めているのは、決して偶然ではない。また「竹取の翁の物語」「かぐや姫の物語」「光源氏の物語」というように、多くの物語が主人公の名を冠しているのも偶然ではない。物語は、本来、人物の事蹟を語るものであった。それに対して、和歌の集は、あくまで和歌を伝えるものであった。しかし、数多くの例について見て来たように、歌の作者を詞書の冒頭や和歌の直前に主語として提示することの多い『後撰集』の場合は、誰々が、どのような場で、どのような状況で、歌を詠んだかという、いわば人物の事蹟を、物語的に伝えるという性格を持っていることを否定できないのである。

六　『後撰和歌集』の世界とその主役

冒頭で述べたように、『後撰集』の撰者は、大中臣能宣・清原元輔・源順・紀時文・坂上望城の五人であるとされているが、彼ら五人の和歌は『後撰集』には一首も採られていない。『古今集』においては紀貫之らの撰者の歌が最も多く採られていたのと大きな違いである。

『後撰集』において歌を多く採られているのが、貫之・伊勢・躬恒・兼輔など前代を代表する専門歌人と、贈太政大臣時平・右大臣師輔・左大臣実頼・太政大臣忠平など当代の最高権力者であるということと関連して、たとえば藤岡作太郎氏の『国文学全史 平安朝篇』などでは、撰者が権力者におもねり、卑下してみずからの歌を入れないのだと説く。それに対して、村瀬敏夫氏は『後撰集』撰集の時点において、五人の撰者たちは若きに過ぎ、それほど重きをなしていなかったのだと言われる(「村上天皇と梨壺の五人」『和歌文学研究』七号、昭和三十四年三月)。

撰者たちが若く経験不十分な面があったことは確かであり、撰者たちが権要の人物におもねり過ぎているというのも、現代人の立場から見れば、その通りであろう。しかし、その特徴は、『後撰集』の本性がもたらしたものであり、そのこと自体を問題にするよりも、もっと広い立場に立って、『後撰集』の和歌の性格を問題にしなければならない。

『後撰集』に権要の人物の歌が多いというが、彼らの歌は、晴の場で一人で詠んだものはほとんどなく、女性との私的な贈答が大部分を占める。また、贈答でなくても、女に贈った歌である場合が多い。

具体的に言えば、宇多法皇や藤原時平・仲平兄弟の場合は伊勢であるし、師輔や朝忠の場合は、大輔に対するものが多い。そして贈答ではないが、敦忠の場合は御匣殿別当藤原明子に贈った歌が最も多い。

『後撰集』に権門貴族の歌が多いことは確かだが、それよりも注目すべきは、女性の歌が多いことだと思う。名前のわかっている女性だけでも、八十名にものぼるが、「よみ人しらず」と書かれている女性はさらに多く、男性以上の数になる。

今、試みに三首以上採歌されている女性とその歌数をあげると、やはり伊勢が最も多く七十首にのぼり、続いては大輔の十六首、伊勢の娘の中務の七首、土佐の七首、右近の五首、小町の四首と続く。さらに在原棟梁の娘で時平の妻になったおほつぶねと平中興の娘が三首という状況であって、伊勢のほかは、意外に歌数が少ないことに気づく。

一方、二首以上採られている女性は十二人。一首だけという女性は実に六十人にのぼる。『後撰集』の女流歌人八十人中、六十人が、実は一首しか歌を採られていない一首歌人であったというわけであり、多くの女流一首二首歌人たちに支えられている『後撰集』の特徴が見られると思う。

これらの女流一首二首歌人を見ると、「七条の后」「嵯峨の后」などの后・中宮から始まって、「大将の御息所」「右衛門の御息所」「京極の御息所」「近江の更衣」「中将の更衣」など帝王の寵を受けた人や、「斎宮」「斎院」始め「高津内親王」「桂の皇女」「女四の皇女」「女五の皇女」「元平親王女」「惟喬親王女」「兼覧王女」など内親王や女王、あるいはこれに類する人が数えられるが、最も多いのは、やはり「典侍明子」「少将の内侍」「内侍平子」「紀の乳母」「少弐の乳母」「命婦清子」「かつみの命婦」「中宮宣旨」「承香殿中納言」など宮廷に奉仕していたことが明らかな女官、そして「大輔」「兵衛」「右近」「駿河」「本院侍従」「本院兵衛」「下野」「閑院」「武蔵」など、その出仕先はわからぬが、宮廷もしくは権門貴族に仕えていたと思われる女房、そしてさらには「承香殿のあこき」「亭子院の今あこ」

「いまき」など、裳着をすませていない女童などまで数えると、大変な数字になるのであるが、これら名前の知られる宮仕え女房たちのほかに、「よみ人しらず」として歌を採られている女房も実ははなはだしく多いのである。

ある人の許《もと》に新参《にひまい》りの女の侍けるが、月日久《ひさ》しくへて、正《む》月の
一日《ついたち》ごろ、前許《まへゆる》されたりけるに、雨の降《ふ》るを見て

よみ人しらず

白雲の上《うへ》知る今日ぞ春雨のふるにかひある身とは知りぬる

（春上・四）

前に出ることを許された相手の貴人が男君であったのか、女君であったのかわからないが、初めて宮仕えする人にだけわかる初々しい感激を表わす模範的な歌だったのであろう。

宮仕えを始めた時は初々しかった女房も、間もなく男と関係が出来る。

女の宮仕へにまかりいでて侍けるに、めづらしきほどは、これ
かれ物言ひなどし侍けるを、程もなく一人に逢ひ侍にければ、
正月一日ばかりに言ひつかはしける　よみ人しらず

何時の間に霞立つらむ春日野の雪だにとけぬ冬と見し間に

（春上・一五）

当時において、複数の男と顔を合わせ、言葉を交わす女は、宮仕え女房しかいなかったと言ってよい。だから、

女に物言ふ男二人ありけり。一人が返事《かへりごと》すと聞きて、いま一人

がつかはしける

なびく方《かた》ありけるものをなよ竹の世にへぬ物と思ひける哉

（恋五・九〇六）

というように、複数の男性に求められることもあったし、

源巨城《おほき》がかよひ侍けるを、のちのちはまからずなり侍にければ、

隣の壁の穴より巨城をはつかに見てつかはしける　　駿河

まどろまぬ壁にも人を見つる哉まさしからなん春の夜の夢

（恋一・五〇九）

というように、去って行った男への激しい執心を率直に示す場合もあり、そして、最後には、他人から見れば、如何と思われるような男に従って地方へ流れてゆくこともあったのである。

昔、同じ所に宮仕へし侍ける女の、男につきて人の国に落ちゐたりけるを聞きつけて、心ありける人なれば、言ひつかはしける

をちこちの人目まれなる山里に家居せんとは思ひきや君

返し

身をうしと人知れぬ世を尋ねこし雲の八重立つ山にやはあらぬ

（雑二・一一七二、一一七三）

伊勢のように宇多上皇・左大臣藤原時平・左大臣藤原仲平・兵部卿敦慶親王をはじめ多くの貴紳の愛を受けることは、新参りの女房にとって、夢のような話であり、同時に心からの期待であったのだろうが、現実は厳しい。そんな女房生活を「場」とともに伝える『後撰集』の世界に、『後撰集』の撰者たちが介入する余地はない。せいぜい女房たちの援助を得て歌反古を集め、整理することが、仕事だったのであろう。見て来たように、『後撰集』は、宮廷社会の逸話を集めた歌集であり、彼ら撰者は、みずからを逸話の主人公にするほどの立場ではなかったのである。しかし、その一方で、

住み侍ける女、宮仕へし侍けるを、友達なりける女、同じ車にて、貫之が家にまうで来たりけり。貫之が妻《め》、客人《まらうど》に饗応《あるじ》せんとてまかり下りて侍けるほどに、かの女を思ひかけて侍ければ、しのびて車に入れ侍ける　貫之

浪にのみ濡れつる物を吹く風のたよりうれしき海人《あま》の釣舟

（雑三・一二二四）

における貫之のように、逸話になるような歌人に早くなりたいと当然願っていたことであろうと思う。

七　『後撰和歌集』の伝本について

『後撰集』の性格に触れつつ、伝本についても、あれこれと述べて来た。『後撰集』の場合、伝本研究と、それを

母胎にした本文研究は、本質的研究と深くかかわっていることを察していただいたことと思う。それは、池田亀鑑氏の『古典の批判的処置に関する研究』における『土佐日記』の場合のように、唯一無二の原本を志向するものではなく、『後撰集』が、あちらこちらで、さまざまな姿で生きて来た生きざまの記録を整理するような研究なのである。

まず、底本の説明をしよう。「底本書入定家勘物一覧」に掲げた「御筆宣旨奉行文」の裏面を空白にして、奇数丁の一行目から識語を書く。

天福二年三月二日庚子　重以家本終書
功　于時頽齢七十三　眼昏手疼寧成字哉
　　　　　　　　　　桑門明静
同十四日令読合之　書入落字訖
　此本付属大夫為相　頽齢六十八　桑門融覚
　　　　　　　　　　　　　　（花押）

天福二年(一二三四)三月二日、時に七十三歳であった定家は、精魂を込めて家蔵の本を重ねて書写した。目は昏がり、手は疼き、全く字の様を成さなかったが、あえて書写したと言っているのである。そして同月の十四日には読み合せて落字を補っている。なお「桑門明静」は定家の法名である。そこまでが定家の自筆で、後は為家の加筆である。「此本付属大夫為相」はこの本を阿仏尼が産んだ為相に伝授すると言っているのである。「桑門融覚」は為家の法名であるが、この本は現物ではなく、江戸時代中期に『古今集』『拾遺集』とともに透写したもの。高松宮に伝来し、現在は国立歴史民俗博物館に所蔵されている。なお、原本は、今も冷泉家時雨亭文庫に秘蔵されている。

さて、定家は、その生涯に何度も『後撰集』を書写した。現在知られているものだけでも、

（1）無年号A類本
（2）無年号B類本
（3）承久三年五月二十一日書写本
（4）貞応元年七月十三日書写本
（5）貞応元年九月三日書写本
（6）貞応二年九月二日書写本
（7）寛喜元年四月一日書写本
（8）天福二年三月二日書写本
（9）嘉禎二年十一月二十九日書写本

がある。（1）の無年号A類本の書写年代はわからぬが、定家本の中では最も古い段階のものと思われる。『後撰和歌集総索引』は京都大学附属図書館の中院本を翻刻した。（2）の無年号B類本は岩波文庫に伝亀山天皇宸翰本の翻刻がある。いずれにしても、定家本は初期のものほど非定家本に近く、定家が次第に校訂を加えて行ったことがわかるのであるが、最後の(9)嘉禎二年十一月二十九日書写本は、天福本に加えられた行成筆本の本文を徹底的に活かした本文である点、特異である。今後これを如何に評価するかは、大きな問題だが、そのためには、同系の善本の出現が望まれる。

今に伝わる『後撰集』の伝本のおおむねは定家書写本の系統に属するが、非定家本の系統がないわけではない。こ

こでは、大きく三種に分けておく。

① 二荒山本・片仮名本・伝慈円筆本・伝坊門局筆本　これらは六条家の清輔の系統の本。ほかに書入れによって清輔の承安三年書写本の内容がうかがわれる。

② 堀河本・胡粉地切　天福本書入の行成筆本もこれに近い面がある。また烏丸切・雲州本もこれに付属させてよい。

③ 承保三年奥書本　天理図書館の伝正徹筆本はその善本である。

このほか、白河切などもきわめて特異な本文である。

なお、これらの伝本は、これをどのように活用するかによって価値も分類の基準も変って来る。形式的分類や形式的系統づけよりも、実際に活用する中で、位置づけてゆくべきであろう。

主要参考文献 付解題

〔本文とその研究〕

高松宮蔵版『定家本三代集』(解説共四冊。昭和一六年、開明堂)

本書の底本を含む定家筆本透写の高松宮本三代集の影印本。日野西資孝の解説は先駆的。

松田武夫『後撰和歌集』(岩波文庫、昭和二〇年刊。昭和五八年復刊。岩波書店)

定家書写無年号B類本系の伝亀山天皇宸翰本を翻刻。

小松茂美『後撰和歌集校本と研究』(解説共二冊。昭和三六年、誠信書房)

二荒山本を底本にした巻十までの校本のほか、堀河本・承保三年奥書本に古筆切三種を収める。

大阪女子大学蔵版『後撰和歌集総索引』(昭和四〇年、大阪女子大学国文学研究室)

本書の底本のほか、無年号A類定家本・貞応二年九月書写定家本・堀河本・二荒山本・片仮名本を翻刻。

久曾神昇・深谷礼子『後撰和歌集雲州本と研究』(昭和四三年、未刊国文資料刊行会)

非定家本系の松平雲州侯旧蔵本の翻刻と研究。

雑賀美枝『後撰和歌集』(昭和四四年、ノートルダム清心女子大学古典叢書刊行会)

ノートルダム清心女子大学の無年号B類本を雑賀美枝が翻刻し同類本を対校。杉谷寿郎の解題を付す。

杉谷寿郎『後撰和歌集諸本の研究』(昭和四六年、笠間書院)

詳細な伝本研究のほか、資料篇として、清輔本系の伝慈円筆本と承安三年奥書本を紹介している。

天理図書館善本叢書『後撰和歌集　別本』(昭和五九年、八木書店)

　承保三年本系の善本である伝正徹筆本の影印と杉谷寿郎の解題。

『二荒山神社本　後撰和歌集』(昭和六二年、桜楓社)

　重要文化財二荒山神社本影印の廉価版。高橋良雄・杉谷寿郎の解説を付す。

小松茂美『古筆学大成』六・七・二六巻(昭和六四年、講談社)

　巻十までの二荒山本をはじめ平安・鎌倉時代の古筆類を網羅。

岸上慎二『後撰和歌集の研究と資料』(昭和四一年、新生社)

　『後撰集』伝本の先駆的研究。橋本英子「後撰和歌集作者伝」を付す。

片桐洋一「後撰和歌集の伝本」(『女子大文学』一七号、昭和四〇年)

片桐洋一「後撰和歌集の作者名と作者—新資料坊門局筆本の紹介をかねて—」(『古筆と国文学』昭和六二年)

〔注釈的研究と注釈書〕

藤原清輔『奥義抄』(風間書房刊『日本歌学大系　一』、八木書店刊『天理図書館善本叢書　平安時代歌論集』)

藤原定家『三代集之間事』(明治書院刊『三代集の研究』)

藤原定家『僻案抄』(明治書院刊『三代集の研究』、風間書房刊『日本歌学大系　別巻五』)

『後撰集正義』(風間書房刊『日本歌学大系　別巻五』)

　定家の『僻案抄』を増補したもの。鎌倉時代末期の編か。

「桑原文庫所蔵後撰集聞書」(芦田耕一『山陰文化研究紀要』二一号、昭和五六年)

「島根大学附属図書館蔵『後撰集聞書注』上下」(芦田耕一『国文学研究ノート』一四・一五、昭和五六・五七年)

北村季吟『八代集抄』(有精堂刊『八代集全註』所収)

中山美石『後撰集新抄』(大正元年、歌書刊行会版。昭和六三年、風間書房復刻。『聖心女子大学論叢』には日向一雅の新しい翻刻を連載中)

一八〇〇年代前半に活躍した中山美石の注釈書。巻十七・十八を欠くが、現代に至るまで最高の注釈書。

岸上慎二・杉谷寿郎『後撰和歌集』(昭和六三年、笠間書院)

歌集・歌学書・注釈書を博捜した基本文献を頭注に紹介。

岸本由豆流『後撰和歌集標注』(江戸後期の版本の翻刻、平成元年、和泉書院)

和歌の他出を中心とした頭注に意義あり。妹尾好信の解説を付す。

木船重昭『後撰和歌集全釈』(昭和六三年、笠間書院)

明治以降最初の全巻注釈として意義がある。

柿本奨「後撰集解釈断章」(『平安文学研究』六六—七三輯、昭和五六—六〇年)

工藤重矩「後撰和歌集注釈」(『福岡教育大学紀要』三三号以降に連載、未完)

〔成立の研究〕

奥村恒哉『古今集・後撰集の諸問題』(昭和四六年、風間書房)

村瀬敏夫「後撰集撰述考」(『文字・語学』二号、昭和三一年)

村瀬敏夫「村上天皇と梨壺の五人」(『和歌文学研究』七号、昭和三四年)

山口博「後撰和歌集成立考」(『王朝歌壇の研究 村上冷泉円融朝篇』昭和四二年、桜楓社)

熊谷直春「秘閣における源順—後撰集と古点作業完成の時期」(『和歌文学研究』二八号、昭和四七年)

熊谷直春「梨壺における事業の再検討」(『国文学研究』七〇号、昭和五五年)

熊谷直春「続・梨壺における事業の再検討」(『国文学研究』七一号、昭和五五年)
杉谷寿郎「後撰集の成立時期に関する考察」(『語文』六四号、昭和六一年三月)

〔表現研究・内容研究〕
本居宣長『後撰集詞のつかね緒』(『本居宣長全集』一四巻、昭和四七年、筑摩書房)
藤岡忠美「後撰集の構造 その一〜その三」(『平安和歌史論』昭和四一年、桜楓社)
佐藤高明『後撰和歌集の研究』(昭和四五年、日本学術振興会)
片桐洋一「後撰和歌集の本性」(『国語国文』昭和三一年五月号)
片桐洋一「後撰和歌集の表現」(『女子大文学』一六号、昭和三九年)
片桐洋一「宮廷女房文学としての『後撰和歌集』」(上村悦子編『論叢王朝文学』昭和五三年、桜楓社)

〔索引〕
大阪女子大学蔵版『後撰和歌集総索引』(昭和四〇年、大阪女子大学国文学研究室)

〔研究史の研究〕
田嶋毓堂『後撰和歌集研究史』(昭和四五年、東海学園女子短期大学国語国文学会刊)
杉谷寿郎「後撰集 研究の現段階と展望」(小沢正夫編『三代集の研究』昭和五六年、明治書院)

新日本古典文学大系 6
後撰和歌集

1990 年 4 月20日 第 1 刷発行
2011 年 10月17日 第 8 刷発行
2016 年 11月10日 オンデマンド版発行

校注者 片桐洋一《かたぎりよういち》

発行者 岡 本 厚

発行所 株式会社 岩波書店
〒 101-8002 東京都千代田区一ツ橋 2-5-5
電話案内 03-5210-4000
http://www.iwanami.co.jp/

印刷／製本・法令印刷

ISBN 978-4-00-730519-1 Printed in Japan

索　　引

初句索引

1) この索引は,『後撰和歌集』1425首の,初句による索引である.句に付した数字は,本書における歌番号を示す.

2) 検索の便宜のため,表記はすべて歴史的仮名遣いによる平仮名表記とし,五十音順に配列した.

3) 初句を同じくする歌がある場合は,更に第2句を,第2句も同じ場合は第3句を示した.

あ

あかからば 430
あかずして 1039
あかつきと 508
あかつきの 862
あきかぜに
—あひとしあへば 352
—いとどふけゆく 336
—きりとびわけて 357
—さそはれわたる
——かりがねは 355
——かりがねは 360
—ちるもみぢばは 410
—なみやたつらん 330
あきかぜの
—うちふきそむる 221
—うちふくからに 388
—くさばそよぎて 253
—ふきくるよひは 257
—ふきしくまつは 264
—ふくにつけても 846
—ふけばさすがに 250
—ややふきしけば 261
あきぎりの
—たちしかくせば 392
—たちぬるときは 271
—たちののこまを 367
—はるるはうれし 338
あきくれば
—おもふこころぞ 331
—かはぎりわたる 244
—のもせにむしの 262
あきごとに
—くれどかへれば 363
—つらをはなれぬ 435
あきちかみ 208
あきとてや 824
あきのいけの 321
あきのうみに 322
あきのたの
—いねてふことを 513
—かりそめぶしも 845
—かりほのいほの 302
—かりほのやどの 295
あきのつき
—つねにかくてる 324
—ひかりさやけみ 434
あきののに
—いかなるつゆの 370
—おくしらつゆの 312
—おくしらつゆを 309
—きやどるひとも 260
—よるもやねなん 345
あきののの
—くさはいととも 307
—くさもわけぬを 316
—つゆにおかるる 275
—にしきのごとも 369
あきのよに
—あめときこえて 407
—かりかもなきて 356
あきのよの
—あかぬわかれを 247
—くさのとざしの 899
—こころもしるく 235
—つきにかさなる 320
—つきのかげこそ 318
—つきのひかりは 323
あきのよは 334
あきのよを
—いたづらにのみ 290
—まどろまずのみ 296
あきはぎの
—いろづくあきを 301
—えだもとををに 304
あきはぎを
—いろどるかぜの 223
—いろどるかぜは 224
あきはてて
—しぐれふりぬる 448
—わがみしぐれに 450
あきふかく 1337
あきふかみ 425
あきやまに 1367
あけくらし 268
あけてだに 1104
あけながら 1124
あさごとに
—おくつゆそでに 315
—つゆはおけども 1044
—みしみやこぢの 1254
あさしてふ 531
あさぢふの 577
あさとあけて 249
あさなけに 1174
あさぼらけ 130
あざりする 941
あしがらの 1361
あしたづの
—くもゐにかかる 754
—さはべにとしは 753
あしのうらの 1262
あしひきの
—やましたしげく

—はふくずの 605
—ゆくみづの 935
—やましたとよみ 1299
—やましたみづの 860
—やましたみづは 168
—やまだのそほづ 806
—やまにおひたる 1084
—やまにおふてふ 694
—やまのもみぢば 411
—やまのやまどり 1280
—やまのやまもり 384
—やまほととぎす 184
—やまゐはすとも 632
あすかがは
—こころのうちに 1013
—せきてとどむる
—ものならば 752
—ものならば 1067
—ふちせにかはる 1258
—わがみひとつの 1232
あだなりと 390
あだにこそ 541
あだびとの 1305
あだびとも 1198
あたらよの 103
あぢきなく 759
あづさゆみ 379
あづまぢに 732
あづまぢの
—さののふなはし 619
—さやのなかやま 507
あとみれば 635
あなこひし 742
あはざりし 563
あはでのみ 905
あはぬまに 1161
あはれてふ
—ことこそつねの 1179
—ことにしるしは 1271
—ことになぐさむ 1192
あはれとも 1191
あひおもはで 59
あひにあひて 1270
あひみしも 157
あひみては 794
あひみても
—つつむおもひの 790
—わかるることの 728
あひもみず 582
あぶくまの 607
あふことの
—かたいとぞとは 550
—かたのへとてぞ 917
—かたふたがりて 815
—かたみのころもの 1268
—こよひすぎなば 237
—としぎりしぬる 1197
—よよをへだつる 673
あふことは
—いとどくもゐの 534
—たなばたつめに 225
—とほやまずりの 679
あふことを
—いざほにいでなん 727
—よどにありてふ 994
あふごなき 1043
あふさかの
—このしたつゆに 723
—せきともらるる 859
—ゆふつけになく 1126
あふとだに 822
あふとみし 173
あふはかり 1018
あふみぢを 785
あふみてふ 858
あまぐもに 637
あまぐもの
—うきたることと 1142
—はるるよもなく 814
あまのがは
—いはこすなみの 240
—かりぞとわたる 366
—こひしきせにぞ 245
—しがらみかけて 329
—せぜのしらなみ 243
—とほきわたりは 239
—ながれてこひば 233
—ながれてこふる 242
—ふゆはこほりに 488
—みづまさるらし 210
—わたらむそらも 226
あまのすむ 1090
あまのとを 621
あまりさへ 135
あめふりて 227
あめふれど 973
あめやまぬ 578
あやしくも 608
あらかりし 747
あらたまの
—としこえくらし 1406
—としのみとせは 971
—としはけふあす 1074
—としもこえぬる 783
—としをわたりて 482
あられふる 468
ありしだに 952
ありときく 1261
ありとだに 981
ありとのみ 158
あをやぎの
—いとつれなくも 67
—いとよりはへて 58

い

いかでかく 555
いかでかの 1109
いかでなほ 1325
いかでわれ 719
いかなりし 1162
いかにして
—かくおもふてふ 961
—ことかたらはん 1020
いかにせむ 196
いくきとも 387
いくたびか 532
いくちはた 402
いくよへて 317
いけみづの 890
いさやまだ 964
いざりびの 681
いせのあまと 908
いせのうみに
—あそぶあまとも 891
—しほやくあまの 744
—としへてすみし 1279
—はへてもあまる 579
いせのうみの
—あまのまでかた 916
—ちひろのはまに 927
—つりのうけなる 1085
いせわたる 1256
いそのかみ
—ふるののくさも 368
—ふるのやまべの 49
いたづらに
—けふやくれなん 1396

—たちかへりにし 884
—たびたびしぬと 707
—つゆにおかるる 431
いづかたに
—ことづてやりて 980
—たちかくれつつ 748
—よはなりぬらん 442
いづくとて 1253
いづことも 19
いづこにも 1228
いつしかと
—まつちのやまの 1255
—やまのさくらも 498
—わがまつやまに 522
いつしかの 873
いつとても 325
いつのまに
—かすみたつらん 15
—こひしかるらん 729
—ちりはてぬらん 132
—ふりつもるらん 1236
いつまでの 897
いづれをか
—あめともわかむ 1133
—わきてしのばむ 371
いでしより 693
いとかくて 883
いとせめて 1316
いとどしく
—すぎゆくかたの 1352
—ものおもふやどの 220
いとはるる 751
いとはれて 1063
いなせとも 937
いにしへの
—こころはなくや 1003
—のなかのしみづ 813
いにしへも
—いまもこころの 1004
—ちぎりてけりな 1112
いのりける 586
いはせやま 557
いはでおもふ 689
いはねども 866
いはのうへに 1195
いはふこと 1385
いひさして 1016
いひそめし 160
いふからに 900
いふことの 1207
いまこむと 1259
いまさらに
—おもひいでじと 788
—われはかへらじ 1238
いまぞしる 567
いまのみと 536
いまはてふ 674
いまはとて
—あきはてられし 1300
—うつりはてにし 853
—こずゑにかかる 803
—たちかへりゆく 1313
—ゆきかへりぬる 778
いまははや
—うちとけぬべき 284
—みやまをいでて 950
いままでに 1077
いままでも 922
いまよりは 105
いもがいへの 41
いもがひも 376
いろかへぬ 186
いろといへば 202
いろならば 631
いろにいでて 580
いろふかく
—そめしたもとの 587
—にほひしことは 126

う

うきことの 1051
うきことを 1267
うきしづみ 1027
うきながら 1283
うきものと 152
うきよとは 996
うぐひすに 101
うぐひすの
—いとによるてふ 131
—くもゐにわびて 614
—なきつるこゑに 35
—なくなるこゑは 81
うけれども 1203
うたたねの
—とこにとまれる 1284
—ゆめばかりなる 898
うだののは 1034
うぢがはの 1136
うちかへし
—きみぞこひしき 512
—みまくぞほしき 796
うちすてて 1310
うちつけに 218
うちはへて
—かげとぞたのむ 374
—ねをなきくらす 192
—はるはさばかり 92
うちむれて 405
うぢやまの 440
うちよする 1374
うちわたし 570
うちわびて 969
うつせみの
—こゑきくからに 195
—むなしきからに 896
うつつにぞ 641
うつつにて 711
うつつには 925
うつつにも
—あらぬこころは 878
—はかなきことの
—あやしきは 598
—わびしきは 703
うつろはぬ
—こころのふかく 1156
—なにながれたる 1272
うとまるる 174
うのはなの 148
うばたま→むばたま
うへにのみ 991
うみとのみ 1098
うめ→むめ
うらちかく 273
うらみても 660
うらむとも
—かけてこそみめ 849
—こふともいかが 998
うらむれど 997
うらめしき 151
うらわかず 553
うれしきも 1188
うれしげに 558
うゑしとき
—ちぎりやしけん 1241
—はなみむとしも 47
うゑたてて 280
うゑてみる 552

え

えだもなく 844
えだもはも 432

お

おきあかす 283
おきてゆく 863
おきどころ 1053
おきなさび 1076
おくからに 310
おくしもの 914
おくつゆの 698
おくれずぞ 1345
おさへつつ 1348
おしなべて
—みねもたひらに 1249
—ゆきのふれれば 489
おそくとく 381
おとにきく 1093
おとにのみ
—ききこしみわの 624
—ききてはやまじ 1165
—こゑをきくかな 823
おともせず 1040
おなじくは 855
おほあらきの 1178
おほかたに 291
おほかたの 423
おほかたは
—せとだにかけじ 957
—なぞやわがなの 633
おほかたも 278
おほしまに 829
おほぞらに
—おほふばかりの 64
—ゆきかふとりの 1222
—わがそでひとつ 314
おほはらや 1373
おぼろけの 892
おほゐがは 1231
おもかげを 1208
おもはむと
—たのめしことも 662
—たのめしひとは
　—ありときく 665
　—かはらじを 706
—われをたのめし 921
おもひいづる 1190
おもひいでて
—おとづれしける 876
—きつるもしるく 1301
—とふことのはを 1151
—とふにはあらじ 439
おもひいでの 1226
おもひがは 515
おもひきや
—あひみぬことを 668
—きみがころもを 1111
おもひだに 518
おもひつつ
—ねなくにあくる 481
—へにけるとしを 1021
—まだいひそめぬ 1012
おもひには
—きゆるものぞと 1134
—われこそいりて 782
おもひねの
—ゆめといひても 872
—よなよなゆめに 766
おもひやる
—かたもしられず 1286
—こころにたぐふ 678
—こころばかりは 1306
—こころはつねに 516
おもひわび 953
おもふてふ
—ことこそうけれ 920
—ことのはいかに 919
—ことをぞねたく 741
おもふとは 551
おもふひと
—ありてかへれば 1365
—おもはぬひとの 571
おもへども 623

か

かがみやま
—あけてきつれば 843
—やまかきくもり 393
かかりける 613
かがりびに 869
かきくらし
—あられふりしけ 464
—ゆきはふりつつ 33
かきごしに 85
かぎりなき
—おもひのつなの 1082
—なにおふふぢの 125
かぎりなく
—おもひいりひの 879
—おもふこころは 1150
かくこふる 581
かくてのみ 1131
かくながら 95
かくばかり
—つねなきよとは 615
—ふかきいろにも 963
—もみづるいろの 382
—わかれのやすき 1265
かくれぬに
—しのびわびぬる 606
—すむをしどりの 775
かくれゐて 1153
かげだにも 530
かけていへば 1146
かけてだに 1422
かげにだに 805
かげみれば
—いとどこころぞ 910
—おくへいりける 1037
かげろふに 654
かげろふの 856
かささぎの 207
かざすとも 1220
かざせども 96
かさとりの 1326
かすがのに 13
かすがのの 663
かずしらず 394
かずしらぬ 1052
かずならぬ
—みにおくよひの 1169
—みのみものうく 1260
—みはうきくさと 977
—みはやまのはに 966
—みやまがくれの 549
—みをもちににて 1167
—わがみやまべの 179
かすみたつ 8
かぜさむみ 263
かぜしもに 1229
かぜにしも 106
かぜのおとの 421
かぜふけば 1296
かぜをいたみ 865
かぜをだに 88

かたときも　677
かづきいでし　1149
かつきえて　479
かづらきや
—くめぢにわたす　985
—くめぢのはしに　774
かなしきも　1204
かなしさの　1421
かねてより　1347
かはとのみ　992
かはとみて　636
かひもなき　1285
かへりくる　1221
かへりけむ　675
かへりては　1184
かへるかり　60
かへるべき　888
かみさびて　116
かみなづき
—かぎりとやおもふ　456
—しぐるるときぞ　465
—しぐれとともに　451
—しぐればかりを　453
—しぐれふるにも　461
—ふりみふらずみ　445
かもがはの　215
からころも
—かけてたのまぬ　746
—きてかへりにし　529
—そでくつるまで　313
—たつたのやまの
　—もみぢばは　383
　—もみぢばは　386
—たつひをよそに　1317
—たつををしみし　713
からにしき
—たつたのやまも　385
—をしきわがなは　685
かりがねの
—くもゐはるかに　777
—なきつるなへに　359
かりなきて　377
かりびとの　1009
かれずとも　699
かれはつる　540

き

きえかへり　332
きえずのみ　990
きえはてて　517
きくにだに　1410
きくのうへに　396
きくのはな
—うつるこころを　852
—ながつきごとに　397
きくひとも　1395
きしもなく　760
きてかへる　948
きてみべき　23
きのくにの　1223
きのふまで　1405
きのふみし　128
きみがあたり　918
きみがいにし　1416
きみがため
—いはふこころの　1378
—うつしてうゑる　1382
—まつのちとせも　1375
—やまだのさはに　37
きみがてを　1312
きみがなの　880
きみがねに　867
きみがゆく　1327
きみがよは　1344
きみこずて　137
きみこふと
—なみだにぬるる　427
—ぬれにしそでの　562
きみとわれ　380
きみにだに　139
きみにより　566
きみのみや　7
きみまさで　1412
きみみずて　847
きみみよと　115
きみをおもふ
—こころながさは　842
—こころをひとに　724
—ふかさくらべに　554
きみをのみ
—いつはたとおもふ　1336
—しのぶのさとへ　1331
きよけれど　726

く

くさのいとに　270
くさまくら
—このたびへつる　692
—たびとなりなば　1358
—もみぢむしろに　1364
—ゆふてばかりは　1366
くもぢをも　1276
くもわくる　1369
くもゐぢの　1141
くもゐにて　576
くやくやと　510
くやしくぞ　1101
くることは　1001
くれてまた　145
くれなゐに
—いろをばかへて　44
—そでをのみこそ　810
—なみだうつると　811
—なみだしこくは　812
くれぬとて　628
くれはてば　294
くれはとり　712
くろかみと　473
くろかみの
—いろふりかふる　472
—しろくなりゆく　467

け

けさのあらし　466
けふさくら　56
けふすぎば　640
けふそくを　1377
けふそゑに　882
けふよりは
—あまのかはらは　241
—なつのころもに　147
—をぎのやけはら　3

こ

こえぬてふ　1041
こがくれて
—さつきまつとも　159
—たぎつやまみづ　861
こがらしの　572
こころよを　1394
こころあてに　487
こころありて　256
こころから　779
こころして　1138
こころなき
—みはくさきにも　1274
—みはくさばにも　286

こころみに 612
こころもて
—おふるやまだの 269
—をるかはあやな 29
こさまさる 817
こずやあらん 938
ことしげし 1080
ことしより 1370
ことならば 24
ことのねも 1371
ことのはに 1097
ことのはは 827
ことのはも
—なくてへにける 1243
—みなしもがれに 923
こぬひとを 851
このごろは 163
このたびも 1309
このつきの 504
このはちる 418
このみゆき 1092
このめはる 544
このもとに 409
こひこひて 231
こひしきに 720
こひしきも 722
こひしくは
—かげをだにみて 909
—ことづてもせん 1318
こひしさは 671
こひしとは 701
こひてぬる 868
こひてへむと 820
こひのごと 583
こひわびて 1036
こひをのみ 565
こふるまに 1425
こふれども 1060
こほりこそ 477
こまにこそ 979
こむといひし
—つきひをすぐす 542
—ほどやすぎぬる 259
こむといひて 1340
こよひかく 214
こりずまの 800
これはかく 667
これやこの 1089
これをみよ 793
ころもでは 328
ころをへて 545
こゑたてて 372
こゑにたてて 1216

さ

さがのやま 1075
さきさかず 61
さくらいろに 134
さくらばな
—いろはひとしき 51
—けふよくみてむ 54
—にほふともなく 55
—ぬしをわすれぬ 57
ささがにの 1295
ささらなみ 926
さしてこと 1029
さだめなく 596
さてもなほ 666
さとごとに 548
さみだれに
—ながめくらせる 182
—ぬれにしそでに 277
—はるのみやびと 166
さみだれの 190
さらばよと 1341
さをさせど 127
さをしかの
—こゑたかさごに 1057
—たちならすをのの 306
—つまなきこひを 1056

し

しぐれふり 297
したにのみ 1234
したひもの 702
しづくもて 433
しづはたに
—おもひみだれて 902
—へつるほどなり 999
しでのやま 1166
しなのなる 1308
しぬしぬと 708
しののめに 721
しのびかね 122
しひてゆく 939
しほといへば 1095
しほのまに 758
しほみたぬ 528
しまがくれ 1212
しもおかぬ 915
しもがれの 476
しらがしの 1206
しらかはの
—たきのいとなみ 1087
—たきのいとみま 1086
しらくもと 119
しらくもの
—うへしるけふぞ 4
—おりゐるやまと 484
—きやどるみねの 1245
—みなひとむらに 987
—ゆくべきやまは 1065
しらざりし 1038
しらたまの 311
しらたまを 20
しらつゆに 308
しらつゆの
—うへはつれなく 285
—おかまくをしき 300
—おきてあひみぬ 826
—おくにあまたの 293
—かはるもなにか 279
しらなみの
—うちいづるはまの 828
—うちさわがれて 1158
—よするいそまを 670
—よるよるきしに 599
しらやまに 470
しらゆきの
—けさはつもれる 1070
—つもるおもひも 1071
—ふりはへてこそ 480
しられじな 1017
しるしなき
—おもひとぞきく 1015
—おもひやなぞと 645
しろたへに 154
しろたへの 342

す

すがはらや
—ふしみのくれに 1242
—ふしみのさとの 1024
すぎにける 1413
すずかやま 718
すずむしに 1287
すみぞめの

—くらまのやまに 832
—こきもうすきも 1404
すみのえの
—なみにはあらねど 638
—めにちかからば 819
すみよしの
—きしともいはじ 1096
—きしにきよする 818
—きしのしらなみ 561
—まつにたちよる 661
—わがみなりせば 597
すみわびぬ 1083

せ

せきこえて 801
せきこゆる 505
せきもあへず
—なみだのかはの 1058
—ふちにぞまどふ 946
せきもりが 982
せきやまの 875
せをはやみ 1059

そ

そでかわく 1414
そでにうつる 319
そでぬれて 1328
そへてやる 1330
そむかれぬ 1320
そらしらぬ 715
そらとほみ 327

た

たえたりし 1005
たえぬとも 949
たえぬると 881
たえはつる 569
たかさごの
—まつといひつつ 864
—まつをみどりと 834
—みねのしらくも 652
たがために 945
たきつせに 1235
たきつせの
—うづまきごとに 1239
—はやからぬをぞ 1217
たぐひなき 232
たけちかく 48
ただちとも 1160
たちかへり 533
たちさわぐ 1148
たちよらぬ 114
たちよらば 682
たちよりて 408
たちわたる 63
たつたがは
—あきにしなれば 414
—あきはみづなく 416
—いろくれなゐに 413
—たちなばきみが 1033
たとへくる 1294
たなばたに 344
たなばたの
—あまのとわたる 238
—かへるあしたの 248
—としとはいはじ 246
たなばたは 216
たなばたも 229
たにさむみ 34
たねはあれど 807
たねもなき 1392
たのまれぬ 1125
たのむきも 452
たのめこし 219
たのめつつ 967
たびねして 187
たまえこぐ 1251
たまかづら
—かつらぎやまの 391
—たえぬものから 234
—たのめくるひの 1002
たまくしげ
—あけつるほどの 178
—ふたとせあはぬ 1123
たまだれの 1157
たまつしま 768
たまのをの 646
たまもかる 798
たむけせぬ 704
たよりにも 687
たらちめは 1240
たれきけと
—こゑたかさごに 373
—なくかりがねぞ 361
たれとなく
—おぼろにみえし 737
—かかるおほみに 736

ち

ちかければ 802
ちかはれし 1129
ちかひても 886
ちぎりけん 236
ちはやぶる
—かみがきやまの 457
—かみなづきこそ 469
—かみにもあらぬ 1025
—かみにもなにに 1026
—かみひきかけて 781
—かみもみみこそ 659
ちよふべき 83
ちよへむと 792
ちりにたつ 1266
ちりぬべき 84
ちることの 133
ちるとみて 1147

つ

つきかげは 326
つきかへて 743
つきにだに 1011
つきひをも 543
つきもせず 1211
つくしなる 1046
つくばねの 776
つつめども 209
つねもなき 193
つねよりも
—おきうかりつる 913
—のどけかるべき 136
—はるべになれば 107
—まどふまどふぞ 975
つのくにの 769
つまにおふる 697
つゆだにも 395
つゆならぬ 292
つゆのいのち 1008
つゆばかり 974
つゆわけし 222
つらからぬ 734
つらからば 592
つらきをも 749
つらくとも 627
つらしとも
—いかがうらみむ 547
—おもひぞはてぬ 656

つらしとや 893
つれづれと 185
つれなきを 787
つれもなき 733

て

てるつきの
—あきしもことに 428
—ながるるみれば 1363
てるつきを 1081

と

ときしもあれ 70
ときのまの 767
ときのまも 1420
ときはなる 735
ときはにと 816
ときわかず
—つきかゆきかと 155
—ふれるゆきかと 153
ときわかぬ 835
とこなつに
—おもひそめては 201
—なきてもへなん 180
とこなつの 200
としくれて 500
としごとに
—くもぢまどはぬ 365
—しらがのかずを 474
としのかず 1381
としふかく 499
としふれど 475
としふれば 1219
としをへて
—あひみるひとの 1332
—いけるかひなき 940
—たのむかひなし 1121
—にごりだにせぬ 1105
—はなのたよりに 78
とふことの 426
とふことを 1049
とふやとて 1007
ともかくも 609
ともすれば 556
ともどもと 1321
ともにこそ 138
とりもあへず 1159

な

なかたえて 986
ながつきの 441
なかなかに 848
ながめして 854
ながめつつ 942
ながらへて 600
ながらへば
—ひとのこころも
—みるべきに 894
—みるべきを 1247
ながれいづる 972
ながれてと 657
ながれての 1115
ながれては 642
ながれゆく 486
ながれよる 838
なきたむる 574
なきながす 764
なきなぞと 725
なきひとの
—かげだにみえぬ 1402
—ともにしかへる 1424
なきわびぬ 156
なくこゑに 1423
なぐさむる 1031
なくなみだ 1397
なげきさへ 65
なげけども 850
なつごろも 1019
なつのよに 188
なつのよの 206
なつのよは 169
なつむしの
—しるしるまどふ 968
—みをたきすてて 213
なでしこの 204
なでしこは 203
などさらに 389
などわがみ 429
なにごとを 658
なにしおはば
—あだにぞおもふ 1351
—あふさかやまの 700
なにしおへば
—しひてたのまむ 343
—ながつきごとに 398
なにせんに 1099
なにたちて 1297
なににかは 885
なににきく 400
なにはがた
—かりつむあしの 625
—なににもあらず 1103
—みぎはのあしの 1170
なにはづを 1244
なにはめに 887
なのみして 773
なびくかた 906
なほききに 1155
なほざりに
—あきのやまべを 403
—をりつるものを 16
なみかずに 1210
なみだがは
—いかなるせより 889
—ながすねざめも 771
—みなぐばかりの 494
なみださへ 459
なみたてる 1384
なみだにも 644
なみだのみ 1269
なみにのみ 1224
なみのうへに 837
なみわけて 417
ならのはの 1183
なるとより 651

に

にくからぬ 956
にごりゆく 1023
にはかにも 217
にほひこき 69
にほひつつ 165

ぬ

ぬきとむる 335
ぬきとめぬ 1209
ぬれつつも 976

ね

ねにたてて 1407
ねになけば 907
ねぬゆめに 1399
ねられぬを 76

は

はかなかる 871
はかなくて
—おなじこころに 594
—たえなんくもの 1139
—よにふるよりは 1389
はちすばの
—うへはつれなき 903
—はひにぞひとは 1088
はつかりの 1315
はつしぐれ
—ふるほどもなく 444
—ふればやまべぞ 375・443
はつせがは 1350
はなざかり
—すぐししひとは 1048
—まだもすぎぬに 121
はなさきて 1360
はなしあらば 144
はなすすき
—そよともすれば 353
—ほにいづることも
—なきものを 840
—なきやどは 288
—ほにいでやすき 354
はなだにも 36
はなとりの 212
はなのいろは
—ちらぬまばかり 43
—むかしながらに 102
はなみにと 272
はなもちり 211
ははそやま 1289
はまちどり
—かひなかりけり 1091
—たのむをしれと 695
はるがすみ
—たちてくもゐに 75
—たちながらみし 99
—たなびきにけり 18
—はかなくたちて 929・1342
はるくれば
—こがくれおほき 62
—さくてふことを 98
—はなみにとおもふ 112
はるごとに
—さきまさるべき 46
—ゆきてのみみむ 1110
はるさめに 39
はるさめの
—はなのえだより 110
—ふらばのやまに 32
—よにふりにたる 74
はるたちて 21
はるたつと 2
はるちかく 501
はるのいけの 72
はるののに 9
はるのひの
—かげそふいけの 94
—ながきおもひは 86
はるのよの 1387
はるばるの 1078
はるひさす 100
はるふかき 111
はるやこし 1175
はるをだに 738
はをわかみ 604

ひ

ひかりまつ 527
ひきうゑし 1411
ひきてうゑし 1107
ひきまゆの 874
ひぐらしの
—こゑきくからに 255
—こゑきくやまの 254
—こゑもいとなく 420
—こゑをこひしみ 1128
—やまぢをくらみ 1357
ひこぼしの 230
ひさしかれ 82
ひさしくも 672
ひたすらに
—いとひはてぬる 808
—わがおもはなくに 364
ひたぶるに 830
ひとごころ
—あらしのかぜの 1282
—いさやしらなみ 1154
—うさこそまされ 30
—たとへてみれば 1263
ひとごとに 1362
ひとごとの
—うきをもしらず 911
—たのみがたさは 943
ひとごとは 523
ひとこふる
—こころばかりは 514
—なみだははるぞ 546
ひとしれず
—おもふこころは 593
—きみにつけてし 463
—まつにねられぬ 1032
—ものおもふころの 901
—わがしめしのの 198
ひとしれぬ
—みはいそげども 731
—わがものおもひの 762
ひとすまず 458
ひとづてに 686
ひとづまに 688
ひととせに
—かさなるはるの 97
—ふたたびさかぬ 109
ひとなみに 1064
ひとにつく 1186
ひとのうへの 591
ひとのおやの 1102
ひとのよの 1398
ひとはいさ
—ことぞともなき 287
—みやまがくれの 951
—われはなきなの 634
ひとはかる 944
ひとふしに 1185
ひとめだに 1257
ひとよのみ 129
ひとりぬる
—ときはまたるる 895
—ひとのきかくに 447
ひとりねの 684
ひとりのみ
—おもへばくるし 602
—こふればくるし 690
—ながめてとしを 1119
ひとりゆく 1403
ひとりゐて 177
ひとわたす 1117
ひとをのみ 934
ひとをみて 601
ひるなれや 1100
ひをへても 833

ふ		
ふえたけの	954	
ふかきおもひ	1273	
ふかくおもひ	933	
ふかくのみ	680	
ふかみどり		
―そめけんまつの	931	
―ときはのまつの	42	
ふきいづる	1137	
ふくかぜに		
―ちらずもあらなん	25	
―ふかきたのみの	333	
―まかするふねや	437	
ふくかぜの		
―さそふものとは	91	
―したのちりにも	1180	
ふくかぜは	449	
ふくかぜや	12	
ふくかぜを	53	
ふしてぬる	620	
ふしなくて	691	
ふじのね	648	
ふじのねを	1014	
ふすからに	181	
ふたごやま	1307	
ふたこゑと	172	
ふたばより	183	
ふちせとも		
―いさやしらなみ	526	
―こころもしらず	611	
ふちとても	958	
ふちながら	947	
ふぢばかま	351	
ふちはせに	750	
ふねなくは	1346	
ふゆくれば	446	
ふゆなれど	1069	
ふゆのいけに	502	
ふゆのいけの		
―かものうはげに	460	
―みづにながるる	490	
ふりそめて	471	
ふりとけぬ	676	
ふりぬとて		
―いたくなわびそ	80	
―おもひもすてじ	1114	
ふりやめば	904	
ふるさとに	1415	

ふるさとの		
―さほのかはみづ	1181	
―ならのみやこの	1113	
―のべみにゆくと	10	
―みかさのやまは	1106	
―ゆきははなとぞ	485	
ふるさとを	399	
ふるゆきに	495	
ふるゆきの	1	
ふるゆきは		
―かつもけななん	45	
―きえでもしばし	493	
ふるみは	1118	
へ		
へだてける	1122	
へつるより	1000	
ほ		
ほかのせは	525	
ほしがてに	519	
ほととぎす		
―あかつきがたの	197	
―きてはたびとや	176	
―きゐるかきねは	149	
―こゑまつほどは	150	
―なつきそめてし	912	
―はつかなるねを	189	
―ひとこゑにあくる	191	
ほどもなく	1419	
ほにはいでぬ	267	
ほのみても	857	
ま		
まこもかる	483	
まだきから	1277	
まださりし	841	
まだしらぬ	1386	
またもこむ	146	
まぢかくて	1045	
まちくらす	870	
まちわびて	1339	
まつにくる	6	
まつのねに	265	
まつのはに	492	
まつひとは		
―きぬときけども	1303	
―たれならなくに	164	
まつむしの	251	

まつもひき	5	
まつやまに		
―つらきながらも	755	
―なみたかきおとぞ	1028	
まつやまの	932	
まどろまぬ		
―かべにもひとを	509	
―ものからうたて	877	
まめなれど	1120	
み		
みえもせぬ	1278	
みこしをか	1132	
みじかよの	167	
みしゆめの	825	
みそめずて	539	
みちしらで	786	
みちしらぬ	1205	
みちなれる	1227	
みちのくの	1252	
みづとりの	836	
みづのおもに	11	
みづのもり	995	
みづひきの	1356	
みづまさり	228	
みづまさる	993	
みづもせに	1359	
みどりなる	1225	
みなかみに	585	
みなぐとも	1163	
みなぞこの	124	
みなひとに		
―ふみみせけりな	1218	
―をられにけりと	436	
みにさむく	1246	
みぬひとの	52	
みぬほどに	639	
みねたかみ	1302	
みのうきを	1275	
みのならん	959	
みははやく		
―なきもののごと	1213	
―ならのみやこと	560	
みひとつに	1323	
みみなしの	1035	
みやこにて	1355	
みやこびと	104	
みやこまで	1353	
みやのたき	1237	

みやびとと 1199
みやまより 1127
みよしのの 117
みるごとに 378
みるときは 588
みるめかる
—かたぞあふみに 772
—なぎさやいづこ 650
みるもなく 799
みをうしと 1173
みをつめば 1068
みをわくる 1314
みをわけて
—あらまほしくぞ 575
—しもやおくらん 462

む

むかしせし 710
むかしより 1140
むさしのは 1177
むすびおきし
—かたみのこだに 1187
—たねならねども 1393
—わがしたひもの 524
むつましき 1214
むばたまの
—こよひばかりぞ 1116
—よるのみふれる 503
むめがえに 497
むめのはな
—いまはさかりに 38
—かをふきかくる 31
—ちるてふなへに 40
—よそながらみむ 27
—をればこぼれぬ 28

め

めづらしや 1135
めにみえぬ 930・1343
めもみえず 955

も

もえいづる 14
もえわたる 66
もがみがは 839
もしもやと 821
もちづきの 1144
ものおもふと
—すぐるつきひも 506
—つきひのゆくも 358
—ゆきてもみねば 1193
もみぢばに 422
もみぢばの
—ちりくるみれば 401
—ながるるあきは 415
—ふりしくあきの 412
もみぢばは
—ちるこのもとに 438
—をしきにしきと 454
もみぢばも 455
もみぢばを
—ぬさとたむけて 1338
—わけつつゆけば 404
ももしきは 717
ももとせと 1372
ももとせに 1376
もるひとの 984
もるめのみ 1030
もろともに
—いざといはずは 962
—いざとはいはで 1248
—おきゐしあきの 1408
—をるともなしに 716

や

やどかへて 705
やどちかく 17
やどみれば 1388
やどもせに 289
やへむぐら
—こころのうちに 140
—さしてしかどを 1055
—しげきやどには 194
やまがくれ 1073
やまかぜの
—はなのかかどふ 73
—ふきのまにまに 406
やまがはの 1291
やまざくら 118
やまざとに 68
やまざとの
—くさばのつゆも 1354
—まきのいたども 589
—ものさびしさは 266
やましなの 1390
やまたかみ 90
やまちかみ 491
やまのはに 763
やまびこの
—こゑにたたでも 797
—こゑのまにまに 970
やまびとの 1380
やまふかみ 1230
やまもりは 50
やればをし 1143

ゆ

ゆきかへり
—きてもきかなん 983
—ここもかしこも 362
—をりてかざさむ 298
ゆきかへる 161
ゆきやらぬ 559
ゆくかたも 590
ゆくさきに 143
ゆくさきを
—しらぬなみだの 1333
—をしみしはるの 142
ゆくほたる 252
ゆくみづの 696
ゆふぐれの 1288
ゆふぐれは 511
ゆふされば
—おもひぞしげき 1062
—ねにゆくをしを 1400
—わがみのみこそ 739
ゆふだすき 162
ゆふやみは 978
ゆめかとも 714
ゆめぢにも 770
ゆめにだに
—うれしともみば 1194
—まだみえなくに 740
—みることぞなき 538
ゆめのごと 765
ゆめよりも 170

よ

よしのやま 1168
よそながら
—おもひしよりも 17
—やまんともせず 535
よそなれど 988
よそにても 87
よそにのみ 653
よそにふる 568
よそにをる 1418

よとともに		
—あぶくまがはの	520	
—なげきこりつむ	761	
—みねへふもとへ	1079	
—わがぬれぎぬと	1202	
よのつねの		
—ねをしなかねば	669	
—ひとのこころを	831	
よのなかと	1264	
よのなかに		
—しのぶるこひの	564	
—しられぬやまに	1164	
—なほありあけの	1066	
よのなかの		
—うきはなべても	1061	
—かなしきことを	1409	
よのなかは		
—いかにやいかに	1292	
—いさともいさや	1293	
—うきものなれや	1176	
よのなかを		
—いとひがてらに	1233	
—いとひてあまの	1290	
—しらずながらも	1201	
よひながら	205	
よひのまに	756	
よもすがら	622	
よるしほの	965	
よるならば	496	
よろづよに	282	
よろづよの	1368	
よろづよを	1145	
よをうみの	617	
よをさむみ	478	
よをそむく	1196	

わ

わがかどの	616	
わがきたる	108	
わがこころ	603	
わがごとく		
—あひおもふひとの	521	
—ものおもひけらし	424	
—ものやかなしき	258	
わがごとや	626	
わがこひし	1072	
わがこひの		
—かずにしとらば	643	
—かずをかぞへば	795	
—きゆるまもなく	989
わがこひを	630
わがせに	22
わがそでに	303
わがそでは	683
わがたちて	1054
わがために	
—おきにくかりし	1215
—おもはねやまの	71
—かつはつらしと	1042
わがためは	
—いとあさくや	784
—みるかひもなし	789
わがのりし	1130
わがみにも	1200
わがやどと	809
わがやどに	
—あひやどりして	1250
—すみれのはなの	89
わがやどの	
—かきねにうゑし	199
—かげともたのむ	120
—さくらのいろは	77
—なげきはるも	93
—にはのあきはぎ	299
—はなになきそ	79
—むめのはつはな	26
—をばながうへの	305
わがやどを	1182
わかるれど	1322
わかれぢは	1329
わかれつる	730
わかれては	1319
わかれにし	1391
わかれゆく	1324
わかれをば	573
わすらるる	804
わすられて	
—おもふなげきの	664
—としふるさとの	1006
わするとは	1171
わするなと	1334
わすれぐさ	1050
わすれじと	1349
わすれなんと	
—おもふこころの	
—つくからに	1152
—やすからば	780
わすれねと	928

わすれむと	924	
わたしとと		
—あれにしとこを	757	
—たのめしことを	618	
わたつみに	584	
わたつみの		
—かみにたむくる	419	
—そこのありかは	655	
わたのそこ	745	
わたりては	1047	
わびしさを	595	
わびぬれば	960	
わびはつる	936	
わびびとの		
—そほづてふなる	610	
—たもとにきみが	1417	
わびわたる	649	
わりなしと	629	
われならぬ		
—くさばもものは	1281	
—ひとすみのえの	1022	
われのみや	1094	
われのみや	647	
われもおもふ	1298	
われをこそ	113	
われをのみ	1335	

ゑ

ゑにかける	709

を

をしからで	1189	
をしとおもふ	1311	
をしへおく	1379	
をしめども	141	
をちこちの	1172	
をののえの	1383	
をみなへし		
—いろにもあるかな	346	
—かれにしのべに	1401	
—くさむらごとに	339	
—にほふさかりを	347	
—にほへるあきの	337	
—はなのこころの	276	
—はなのさかりに	341	
—はなのななならぬ	348	
—ひるみてましを	340	
—をりけんえだの	349	
—をりもをらずも	350	

をやまだの		をやみせず	537	をりをりに	1304
——おどろかしにも	1108	をりつれば	123	をるからに	274
——なはしろみづは	791	をりてみる	281		
——みづならなくに	1010	をりはへて	175		

初句索引

作者名・詞書人名索引

1) 『後撰和歌集』所収の和歌の作者名と詞書中の人名のすべてに，簡単な解説を加えたものである．人名の表記は歴史的仮名遣いを用い，配列は現代仮名遣いの五十音順によった．

(例) ゐ→い　ゑ→え　を→お
あふ→おう　やう→よう
かう・くわう→こう　くわん→かん
けう→きょう　せう→しょう　てう→ちょう

2) 人名は，僧侶の名・男性の官職名・縁者の官職名を転用した女房名を除いては，おおむね訓読によって掲出し配列した．ただし，「太政大臣」「左大臣」などについては「おほきおほいまうちぎみ」「ひだりのおとど」などとはせず，慣用に従って「だいじやうだいじん」「さだいじん」とした．

3) 実名，一般的な呼称，本集の呼称がそれぞれに異なる場合は，なるべく実名を見出しに用い，一般的な呼称や本集の呼称の項は → のマークをもって実名を参照するように指示した．ただし，実名が推定の域を出ない場合は，本集の呼称を優先させて見出しに用いた．

4) 詞書に存する人名については，その歌番号に（　）を付し，左注に存する場合は，（　)左 として作者名と区別した．

5) 『古今集』に歌が採られている人物には＊を付して参考に供した．

あ

あきただ(顕忠)　藤原．本集で「贈太政大臣」と呼ばれている藤原時平の二男．81 番の作者である母は，大納言源湛の娘．寛平 10 年(898)誕生．延長 8 年(930) 33 歳で従四位下となる．承平 7 年(937) 40 歳で参議となり，天慶 6 年(943) 46 歳で中納言．51 歳にあたる天暦 2 年(948)に大納言．天徳 4 年(960) 63 歳で右大臣となったが，康保 2 年(965)に 68 歳で没した．富小路右大臣と呼ばれた．　614

あきただのはは(顕忠母)　藤原．81 番の勘物によれば大納言源湛の娘．贈太政大臣藤原時平と結ばれ顕忠を産んだが，後に別れたことが同じ 81 番の詞書によってわかる．　81

あきらけいこ(明子)　藤原．底本の勘物に「御匣殿別当」と書かれているのは，左大臣仲平の娘で御匣殿別当を勤めた藤原明子と混同したのであろう．これは『貞信公記』に天慶元年(938) 11 月 14 日に典侍に任ぜられたとある藤原明子であろう．「父の宰相」とあるので参議の娘であろうが，誰の子かわからない．(1369), 1369

あさただ(朝忠)　藤原．延喜 10 年(910)の生れ．父は右大臣藤原定方．母は中納言藤原山蔭の娘．延長 5 年(927) 18 歳にて侍従．同 8 年，昇殿して蔵人となり朱雀天皇に近侍し天慶 6 年には従四位下．以後，参議・右衛門督などを経て中納言．康保 3 年(966) 57 歳で没した．村上天皇即位の大嘗会には悠紀方の歌を詠み，天徳内裏歌合には巻頭歌を出詠するなど公卿歌人としては最高の扱いを受けていたが，少弐・大輔・右近・本院侍従など有名な宮廷才女たちと華やかな恋愛絵巻を繰り広げてもいた．なお，「さ」と「つ」の誤写によって敦忠の歌との混乱が見られる．　70, (85), 828, (876), 884, 962

あさつな(朝綱)　大江．大江玉淵の息．仁和 2 年(886)誕生．延喜年間に文章生・文章得業生を経て，延長 6 年(928)に大内記，承平 4 年(934)に文章博士というように，儒臣コースを歩んだが，天慶 9 年(946)昇殿，天暦 7 年(953)に参議となったのは，この時代の儒者としては珍しく，祖父の音人が江相公と称さ

れたのに対して後江相公と呼ばれた．本集所収の4首はいずれも女とのやりとりを伝えるもので，そんな彼の一面を伝えるものとして興味深い．天徳元年(957) 72歳で没した．632, 829, (980), 1120

あさやす(朝康)* 文室．文室康秀の息．生没年未詳だが，『古今集目録』が伝える寛平4年(892)駿河掾，延喜2年(902)大舎人大允という略歴を見ると，宇多・醍醐朝に活躍した卑官の専門歌人と見てよい．本集所収の2首も和歌行事にあたって詠まれた歌のようである． 308, 417

あさより(朝頼) 藤原．右大臣定方の息，朝忠の弟で，母も朝忠と同じ山蔭中納言の娘．左兵衛督などを経て従四位上勘解由長官に至ったらしい．『勅撰作者部類』は康保2年(965)の没とするが，定かではない． (928), 1014

あつただ(敦忠) 藤原．本集で「贈太政大臣」と呼ばれている藤原時平の三男．顕忠の弟．母を在原棟梁の娘とする説と本康親王の娘廉子とする説がある．延喜6年(906)誕生．同21年昇殿，侍従・兵衛佐・衛門佐・少将を経て，承平4年(934)蔵人頭，天慶2年(939)参議，同5年権中納言になったが，翌年38歳で没した．世の人々は父時平に左遷され死亡した菅原道真の怨霊のせいだと噂した．本集によれば，105番の詞書に見える長男助信を産んだ参議源等の娘のほか，御匣殿別当藤原明子，西四条の斎宮雅子内親王，さらには，大輔・越後の蔵人などの女房との間にも，恋歌のやりとりがあったことが知られる． (105), 106, 237, 506, 613, 727, 882, 890, 927, 961, (1205), 1206, (1416)

あつただのはは(敦忠母) 藤原．『三十六人歌仙伝』『公卿補任』や『尊卑分脈』の一説は在原棟梁の娘とするが，『尊卑分脈』は兄保忠と同じく本康親王の娘廉子とする．前者であれば，叔父藤原国経の妻で，美人の誉れが高いゆえに藤原時平に奪われた有名な女性である．『大和物語』14・124段に「本院の北の方」として見えるほか，『今昔物語集』や『十訓抄』などにもその逸話が伝えられている． 1129

あつとし(敦敏) 藤原．本集で「左大臣」と呼ばれている清慎公藤原実頼を父に，贈太政大臣藤原時平の娘を母として延喜12年(912)に誕生した．天慶6年(943)蔵人，同9年(946)正五位下に及んだが，翌天暦元年(947)に36歳で没した．1145番は彼が病床にある時の歌，1386番は彼が死んだ時に父の左大臣(実頼)が詠んだ歌である．なお三蹟の一人として有名な能筆佐理は子息である．1145番の作者を清輔本や行成筆本が「宮少将」としているが，「宮」と呼ばれた根拠は未詳． 1145, (1386)

あつみのみこ(敦実親王) 宇多天皇第八皇子．母は醍醐天皇や敦慶親王と同じく内大臣高藤の娘胤子．寛平5年(893)の生れ．上野大守・中務卿を経て式部卿となったので式部卿宮と呼ばれることが多かった．時平の娘と婚し，左大臣源雅信，左大臣源重信などの子をなした．笛や和琴の名手と言われている．天暦4年(950)出家，康保4年(967)に没した．1119番の京極御息所は妻の姉．470番の女は『大和物語』によれば三条右大臣定方の娘能子． (10), (133), (470), 1119

あつもとのみこ(敦固親王) 本集では「朱雀院の兵部卿のみこ」と記されている．宇多天皇の第五皇子．宇多天皇の別院である朱雀院に住んでいたのでこのように呼ばれていたのであろう．誕生の日時は不明だが，寛平3年(891)に親王宣下，延喜2年(902)に元服しているので，寛平元年または2年の生れであろう．延長4年(926)没．38番は相手の紀長谷雄が延喜12年に没しているので，それ以前，21歳前後の作であろう． 38

あつよしのみこ(敦慶親王) 宇多天皇第四皇子．母は醍醐天皇と同じ内大臣高藤の娘胤子．仁和3年(887)の誕生．中務卿を経て延長2年(924)頃に式部卿の職についたようである．美男子として知られ，玉光る宮と呼ばれたのにふさわしく，色好みとして有名．異母妹均子内親王を妻とし，のちにその女房であった伊勢と結ばれ女流歌人中務を儲けた．また本集だけを見ても，他に異母妹の桂宮孚子内親王(529番)，源頼の娘(548番)，女三内親王(1027番)など多くの女性と関係を持っていたことが知られる．延長8年(930)2月に44歳で没した． (348), (529), 548, 680, (788), 1027

ありふん(有文) 藤原．『尊卑分脈』によれば，貞観14年(872)に64歳で没した藤原氏宗の三男．母は多治門継の娘．生没年未詳だが，『勅撰作者部類』のいう天慶8年没を否定す

る根拠もない. 677

ありよし(有好) 藤原. 大納言右大将藤原定国(867–906)の息. 母は藤原有実の娘. 生没年未詳だが, 醍醐朝に活躍した人物と見てよかろう. 従五位下, 左馬助に至った. 790, 987

い

いさぎよきこのみやうぶ(清子命婦) 1383番の詞書によれば, 朱雀院皇女昌子内親王に仕えていたらしいが未詳. 1332番の詞書に見える「きよいこの命婦」と同一人物か. 1383. →きよいこのみやうぶ(清子命婦).

いせ(伊勢)* 大和守や伊勢守を勤めた藤原継蔭の娘. 生没年は未詳だが, 私は貞観14年(872)の生れで天慶元年(938)以降の没と見ている(『伊勢—日本の作家7』新典社刊). 宇多天皇の寵を得て皇子を産んだほか, 仕えていた温子皇后の兄にあたる藤原時平•藤原仲平とも愛し合った. その後, 敦慶親王との間に中務を産んだ. 『古今集』『後撰集』『拾遺集』の三代集のいずれにも, 女流としては最多の歌が選ばれている屈指の歌人である. 20, 52, 58, 85, 101, 115, 159, 172, 189, 280, 286, 289, (349), 350, (394), 394, 396, 459, 515, 546, 555, 618, 726, 751, 757, 760, 809, 819, 820, 824, 825, (830), 831, 833, 892, 910, 930, 936, 937, 968, 1098, 1118, 1180, 1208, 1209, 1213, 1256, 1258, 1266, 1270, 1274, 1275, 1278, 1279, 1282, 1291, 1293, 1319, 1322, 1339, 1341, 1343, 1344, 1345, 1348, 1358, 1359, 1394, 1402, 1403, 1419, 1422, 1423

いちでう(一条) 『皇胤紹運録』や『尊卑分脈』には清和天皇の皇子貞平親王の娘とされている. 『大和物語』には, 京極御息所に仕えていて, 後に壱岐守の妻になったことが知られる. 本集では伊勢とかなり親しかったことがわかる. (909), 909

ゐんのみかど(院のみかど) →すざくゐん(朱雀院)

う

うゑもん(右衛門) 『勅撰作者部類』が「加賀守源兼胤女」としているように女房名と解するのが自然なようだが, 詞書をよく読むと, 作者は斎院の御禊に参加した男性ということになる. 右衛門府の尉などの武官が馬の内侍に歌を贈ったのであろう. 行成筆本の「ゆげひ(靫負)」という異文も六衛府の尉のことである. 1094

うかぶ(浮) 源. 大納言源定の孫, 大和守源精の息. 『古今集』の女流歌人寵の兄にあたる. 五位, 肥前守. 承平5年(935)の没と伝えるが, 詳細はわからない. 671

うこん(右近) 『大和物語』81段には「季縄少将のむすめ右近」とあるが, 『尊卑分脈』には藤原千乖(ちかげ)の娘で季縄の妹とされている. 本集所載の歌ではいずれも相手の名前が記されていないが, 『大和物語』によれば敦忠や師輔と関係があったようである. とすれば, 953番の「左大臣」(実頼)は行成筆本書入朱注の「右大臣」(師輔)の方が正しいという可能性が高い. 『大和物語』や『拾遺集』を勘案すれば, 延長(923–931)から天慶(938–947)にかけて活躍していたようである. 423, 665, 746, (953), 1049, 1068

うだいじん(右大臣) →もろすけ(藤原師輔)

うだのゐん(宇多院) 宇多天皇. 亭子院, 寛平法皇などとも呼ばれた. 貞観9年(867)生れ. 父は光孝天皇, 母は班子女王. 仁和3年(887)から寛平9年(897)まで在位. 寛平5年成立の『新撰万葉集』やその素材源となった寛平御時后宮歌合など, 古今集前夜の和歌史を主導し, 退位後, 昌泰2年(899)に出家してからも亭子院歌合を開くなど, 文華の中心にあった. 七条后温子に仕えていた閨秀歌人伊勢との関係や, 出家後に京極御息所褒子を熱愛するなど, その方面の話題にも事欠かず, 『後撰集』『大和物語』に多くの素材を提供している. 承平元年(931)65歳で没した. (102), (118), 279, (349), (682), (1092), (1097), (1117), (1197), (1236), 1237, (1322), (1323), 1323, (1356), (1362), 1364, (1367), (1404)

うま(馬) 1) 斎院に仕えていた女房の名. (1094)

2) 斎宮に仕えていた女房の名. (1311), 1312

え

ゑちごのくらんど(越後蔵人) 未詳. 女蔵人の名. (237)

ゑもんのみやすんどころ(衛門御息所) 底本に書入れられた藤原定家の勘物(438頁参照)が言うように, 三条右大臣藤原定方の娘で三条の御息所と呼ばれた能子と同人. 父が衛門督の時に入内したゆえの呼称であろう. また父

大臣の三条邸に居住することが多かったので三条御息所とも呼ばれたのであろう．醍醐天皇の女御，のち藤原実頼の室となり，また敦実親王の愛をも受けた．(68), 68

えんぎのみかど(延喜帝)　→だいごてんわう(醍醐天皇)

お

あふみ(近江)　女房．延喜・延長の頃に活躍した坂上常景と贈答しているので，その時代の女房であろうが，詳細はわからない．(528), (843)

あふみのかうい(近江更衣)　源周子．醍醐天皇の更衣．右大弁源唱の娘．時明親王・盛明親王・源高明・勤子内親王・郁子内親王・雅子内親王など多くの子を産んだ．帝寵が厚かったのであろう．277

おほいまうちぎみ(大臣)　→ただひら(藤原忠平)

おほき(巨城)　源．『勅撰作者部類』などは「宗城」とする清輔流の伝本によって敦固親王の息としているが，『大和物語』109段にも「おほき(源巨城)」と源宗于の娘との贈答が見え，「宗城」が正しいとすることもできない．(509), 804

おほきおほいまうちぎみ(太政大臣)　→ただひら(藤原忠平)

おほつぶね　底本634番に書入れられた定家の勘物(439頁参照)に「在原棟梁女」とあり，659番の作者名が二荒山本・片仮名本で「むねやながむすめ」，雲州本で「在原棟梁女」となっているのを見ると，在原棟梁の娘であることは間違いなかろう．ただし顕昭の『勅撰和歌作者目録』が「オホツブネ　左大臣時平室，中納言敦忠母，元大納言国経室也」としているのに従えば別項「敦忠母」と同一人物ということになるが，『大和物語』14段には「本院の北の方のみおとうとの，童名をおほつぶねといふいますかりけり」とあって，敦忠母の妹ということになる．本集によれば，平定文・元良親王など当代屈指の色好みとつきあっており，姉妹ともに業平の孫にふさわしい美人だったのであろう．(633), 634, 659, 696

おきかぜ(興風)*　藤原．卑官だが，『浜成式』を作った参議藤原浜成の曽孫にあたる．父は正六位上で相模掾の道成．興風も昌泰3年(900)相模掾，延喜4年(904)上野権大掾，同14年下総権大掾などになっているが，特に権官である後二者の場合は遥任で都にいたのであろう．早くから宇多天皇の庇護を受け，寛平御時后宮歌合や亭子院歌合などに多く出詠，また「為弾琴之師，能管絃之人也」といわれているように，都にあって風流韻事に活躍していた．73, 274, 418, 630, 1134

おきとし(興俊)　大江．未詳．1136

おきのり(興範)　藤原．式家藤原氏の祖である蔵下麿から4代目．豊前守，筑前守などを経て大宰大弐となる．その後，文章生あがりの官僚にふさわしく，右中弁，式部大輔などを勤め，延喜11年(911)に参議となったが，同17年に74歳で没した．(1219)

をんなごのみこ(女五内親王)　宇多天皇第五皇女依子内親王．母は民部卿源昇の娘貞子．『大和物語』23段では，元平親王と夫婦の関係にあったとされているが，本集でも藤原忠房やよみ人しらずの男と贈答しており，華やかな生活をした人のようである．承平6年(936)42歳で没した．(880), 881, 1035

をんなさんのみこ(女三内親王)　宇多天皇第三皇女君子内親王．母は参議橘広相の娘義子．寛平5年斎院に卜定．延喜2年(902)42歳で没した．(1027)

をんなしのみこ(女四内親王)　醍醐天皇第四皇女勤子内親王．母は近江の更衣と呼ばれた更衣源周子．右大臣師輔に降嫁．天慶元年(938)11月に没した時の師輔の悲しみの深さは本集がみごとに伝えている．(753), 754, (1226), (1384), (1392), (1394), (1405)

をんなはちのみこ(女八内親王)　醍醐天皇第八皇女修子内親王．母は民部大輔相輔王の娘である更衣満子女王．『皇胤紹運録』によれば，元良親王の子息佐頼王の母を延喜第八内親王としており，元良親王の正妻であったことは明らか．1368番の詞書は夫の元良親王の四十の賀を主催したことを示している．承平3年(933)没．(1368)

か

かひ(甲斐)　女房の名．(1028)

かいせん(戒仙法師)　比叡山の僧．『大和物語』や『貫之集』によれば，貫之・友則とも親交があった．在原棟梁の子とする説もある．742, 1044, (1133), 1413

かげもと(蔭基)　藤原．相模権守で東宮学士を

勤めた博文の息と伝えるが未詳．東宮蔵人，日向介という．　479, 1039

がてう(賀朝法師)　底本の勘物に「御導師也」とあり，比叡山の僧であろうが，未詳．　1163

かつみ(かつみの命婦)　藤原．本集によれば元良親王や良岑義方と関係があったらしいが，未詳．　(160), 511

かつらのみこ(桂内親王)　宇多天皇皇女孚子内親王のこと．母は参議十世王女．天暦 8 年 9 月に没した．異母兄にあたる敦慶親王との恋愛は有名だが，貞数親王や源嘉種とも関係があった．　(209), 529, (901)

かつらのみこのわらは(桂内親王の童女)　「かつらのみこ」を男君と解して主語とし，「わらは」がその男親王に思いを寄せていたと読む説もあるが，「桂内親王に仕えている童女」と解してここに収めた．出自は未詳．　(209), 209

かねき(かねき)　平．中務に通っていた男だが，未詳．　(846)

かねき(兼材)　源．未詳だが，大納言源清蔭の息であろう．従五位下右馬権頭．　(1108)

かねすけ(兼輔)*　藤原．邸宅が鴨川堤にあったので堤中納言と呼ばれた．右中将利基の息．共に歌を詠むことの多い三条右大臣定方とは従兄弟の関係にあり，かつ兼輔の妻は定方の娘であった．蔵人頭，参議などを経て中納言兼右衛門督に至る．貫之を始めとする歌人たちの盟主でもあった．子供に恵まれ，『後撰集』に歌を残している雅正・清正・庶正などの息のほか，娘としては醍醐天皇の更衣として章明親王を産んだ桑子が知られている．承平 3 年(933) 57 歳で没した．　17, (46), 108, (125), 126, 129, 167, 248, (367), (429), 472, 474, 625, (676), 723, 899, 945, 1070, (1079), (1102), 1102, (1106), 1106, (1107), 1116, (1186), 1280, 1301, 1390, 1397, 1399, (1411), 1424

かねただ(兼忠)　源．清和天皇の皇子貞元親王の一男．正四位下治部卿．天徳 2 年(958)没．(1187)

かねただのはは(兼忠母)　清和天皇の皇子貞元親王の妻．『尊卑分脈』によれば，太政大臣藤原基経の娘．枇杷左大臣仲平の妹にあたる．(1187)

かねただのははのめのと(兼忠母の乳母)　顕昭の『勅撰和歌作者目録』によれば，「右近少将在原季方女，左近少将真忠妻」とするが，未詳．　1187

かねみ(兼三)　藤原．中納言山蔭の息．少納言，刑部少輔，内蔵権介などを経て，延長 7 年(929)陸奥守になった．　229

かねみち(兼通)　藤原．右大臣師輔の二男．母は兄の伊尹と同じく藤原経邦の娘盛子．『本院侍従集』では主人公的役割を果たしている．関白太政大臣となったが長く続かず，貞元 2 年(977)に病によって没した．　(783)

かねみのおほきみ(兼覧王)*　文徳天皇第一皇子惟喬親王の息．侍従，神祇伯などを経て宮内卿．承平 2 年(932)に没した．『古今集』397-399 番に見られる貫之・躬恒との深い共感は特筆すべきものがある．78, 338, 605, 778

かねみのおほきみのむすめ(兼覧王女)　兼覧王の娘であるが，未詳．　14

かねもち(兼茂)*　藤原．藤原利基の息で兼輔の兄にあたる．寛平 9 年(897)蔵人となり，少将，中将，左兵衛督などを経て延喜 23 年(923)参議となったが，間もなく没した．　655

かねもちのむすめ(兼茂女)　藤原．1032 番の作者名「兵衛」に定家は「兼茂朝臣女」という勘物を付している．また『尊卑分脈』も兼茂の娘に「号兵衛，後撰集作者」と注している．ただし，この 1032 番は『元良親王御集』には「かねもとのむすめの兵部」とあるが，102 番の詞書から見て「かねもちのむすめ」の誤りとしてよかろう．　(102), (639), 739, 920, 1032

かねもり(兼盛)　平．底本の作者名表記に「兼盛王」とある 3 番の作者について二荒山本・片仮名本・堀河本などは「かねみの王(兼覧王)」とするが，『大和物語』86 段は兼盛の作としている．兼盛は光孝天皇から数えて 5 代目の孫だが，天暦 4 年(950)に至って平の姓を許されたために，作者名表記が不統一になったと考えられる．官位には恵まれず，従五位上，駿河守となったのが最高のようであるが，歌人としての活躍は特筆すべきものがあり，『百人一首』にも採られている「忍ぶれど色に出でにけり我が恋は物や思ふと人の問ふまで」など有名な歌を多く残している．正暦元年(990)に没した．なお，『大和物語』によれば，978 番と 1172 番も兼盛の作ということになる．　3, 578

かはらのさだいじん(河原左大臣)　→とほる(源融)

かんゐん(閑院)*　『大和物語』が「閑院の御」

とするように高級女房であろう．「閑院」に住んでいた清和天皇の皇子貞元親王と何らかのかかわりがあったのであろう．諸注は顕昭目録にしたがって「延喜の頃の人」とする．ただし，225番は大納言源昇との贈答だが，『古今集』740番によれば，昇が近江介であった仁和4年(888)から寛平3年(891)の頃に二人の交渉が盛んであったらしいから，光孝・宇多朝にその活躍のピークがあったとすべきであろう．1126番の詞書にいう「閑院の御」はこの女性のことであろう．　225, 1175

かんゐんのおほいぎみ(閑院の大君)　1248番の勘物に定家は「宗于朝臣女」と注している．『大和物語』119段には延喜19年(919)に陸奥守であった藤原真興との贈答があって，その活躍時期が推察される．　(735), 736, 1248

かんゐんのご(閑院の御)　1) 藤原敏行と贈答しているので，「閑院」と同人物としてよさそうである．次項の「閑院の御」とは別人の可能性が高い．　(1126)

2) 1130番の作者は『大和物語』108・109段で右京大夫源宗于の娘で「南院の今君」と呼ばれた人の作となっており，また元永本古今集では「源宗岳娘」，志香須賀文庫本古今集でも「源宗于朝臣」とあって「源宗于朝臣女」の誤りと見られる形になっている．これらに従えば，1)の「閑院の御」とは別人ということになる．　1130

かんゐんのさだいじん(閑院左大臣)　→ふゆつぐ(藤原冬嗣)

かんかんほふしのはは(寛湛法師母)　942番の詞書によれば公頼の妻であった人ということになるが，未詳．公頼は637番の作者である橘公頼．610・612番の作者橘敏仲はその息であるが，寛湛法師とは腹違いの兄弟であろう．　942

くわんぴやうのみかど(寛平帝)　→うだのゐん(宇多院)

き

きたのべのさだいじん(北辺左大臣)　→まこと(源信)

きのないしんのう(紀内親王)　仁和2年(886)6月29日に88歳で没している桓武天皇皇女紀伊内親王をあてるのが通説だが，歌の表現から見て時代が合わない感じである．底本の異本書入や中院本・亀山天皇筆本などの初期の定家本や承保本・正徹本・雲州本などは作者を「三のみこ」とするが，これも未詳．　769

きのめのと(紀乳母)*　『古今集目録』は，陽成天皇の乳母であった紀全子とする．『古今集』にも2首の歌を残す女房歌人だが，647番では平定文と贈答をしており，時代が合わない感がある．　530, 648

きよいこのみやうぶ(清子命婦)　1332番の詞書によれば小野好古の恋人．『本朝世紀』天慶元年(938)11月14日条に典酒従五位下として見える路真人清子か．底本書入の行成筆本によれば「清子」は「いさぎよき子」と読んだらしく，1383番の作者「命婦いさぎよき子」と同一人物である可能性が高い．→いさぎよきこのみやうぶ(清子命婦)．　(1332)

きやうごくのみやすんどころ(京極御息所)　贈太政大臣藤原時平の女褒子．晩年の宇多上皇の寵愛を受け，3人の皇子を儲けたが，上皇出家後のことであったので，醍醐天皇の皇子とした．雅明・載明・行明の3親王である．風流を好み，延喜21年(921)の京極御息所歌合の主催者としても有名．また960番によれば元良親王と通じていたことが知られ，1119番によれば尼になって戒を受けたことが知られる．　(75), (960), (1119), 1404

きよかげ(清蔭)　源．陽成天皇の皇子で延長3年に源氏を賜わり参議となった．母は紀氏．正三位大納言．天暦4年(950)に67歳で没した．『大和物語』によれば，藤原忠房の娘のほか，醍醐皇女で斎院をも勤めた韶子内親王とも夫婦の関係にあった．　114, (666), 666, 959, 963

きよただ(清正)　藤原．中納言兼輔の二男．兄の雅正や弟の守正と同様に従五位下が最終．左近少将や紀伊守を勤め，天徳2年に没した．屏風歌などを詠む専門歌人として遇せられ，三十六歌仙の一人とされた．　335, 336, 673, 733, 737, 1313, 1382, (1409), 1410, 1416

きよただがはは(清正母)　藤原．堤中納言兼輔の妻だが，出自などは未詳．　676

きよなりがむすめ(清成女)　未詳．　714

きよひでがむすめ(清秀女)　藤原．藤原忠房が大和守をしていた時に大和介であった藤原清秀の娘だが，詳細は未詳．　(873)

きんじやう(今上)　→むらかみてんわう(村上天皇)

きんただ(公忠)　源．光孝天皇の孫．延喜18

年(918)に蔵人に補せられてから，卓越した鷹や香の才を生かして醍醐天皇に近侍することが多かった．その後，大宰大弐，近江守兼右大弁を経て，天暦2年(948)に60歳で没した．三十六歌仙の一人に数えられているが，同じく三十六歌仙の一人で中務の夫としても有名な信明はその息．1123, 1316

きんただ(公忠)　三統．『外記補任』によれば，承平6年(936)少外記，天慶元年(938)大外記を勤める．同9年の村上天皇の即位に当っては正五位下となり悠紀国司を勤める．天暦3年(949)に没した．516

きんひらがむすめ(公平女)　橘．未詳．『大和物語』111段によれば，公平には少なくとも3人の娘がいたらしいが，そのうちの誰かわからない．三女であれば，信明や庶正と交渉のあった人である．104

きんより(公頼)　橘．陽成・光孝・宇多3代の侍読を勤めた漢学者参議左大弁橘広相の子．斎院長官，左兵衛督，右京大夫などを経て，中納言，兼大宰権帥．天慶4年(941)2月，65歳の時，任地にて没した．610・612番の作者敏仲はその息．また962番の詞書によれば，娘は朝忠の妻の一人であったらしい．637, (942)

きんよりのむすめ(公頼女)　橘．上記橘公頼の娘．詞書によれば，朝忠を通わせた．(962)

く

くにつね(国経)*　藤原．中納言藤原長良の息．母は従五位下難波淵子．弟の基経が良房の養子となって太政大臣にまで至ったのに対し，正三位大納言にとどまった．甥の時平に愛妻(在原棟梁の娘)を奪われた話は有名．(710)

くにもち(国用)　藤原．『尊卑分脈』に藤原菅根の孫，季方の子に国用とある人か，敏行の孫，伊衡の甥に正五位下陸奥守とある人のいずれかであろうが，血統から見ても後者の可能性が強い．なお，『仲文集』に家集の一部分23首が混入している．家集を残すほどの歌人だったのであろう．(609)

くらのないし(蔵内侍)　小野好古と交渉のあったことはわかるが，未詳．886

くろぬし(黒主)*　大伴．六歌仙として数えられているが，他の5人よりも時代は新しく，醍醐天皇即位にあたっての大嘗会屏風歌を詠み，延喜17年，宇多法皇の石山参詣の帰路に歌を献じている．近江の国滋賀郡に住んでいたので志賀黒主とも言う．事実，近江に関係した歌が多い．670, 768, (1099), 1099

け

げんてう(玄朝法師)　未詳．(1369)

こ

くわうかうてんわう(光孝天皇)*　仁明天皇第三皇子．母は藤原総継の娘沢子．天長7年(830)に生れ，元慶8年(884)，55歳に至って即位したが，仁和3年(887)8月に没した．短い在位期間であったが，文事を好み古風を復活し，宇多・醍醐朝の文華の基をなした．宇多天皇の父．「仁和のみかど」「小松のみかど」とも呼ばれた．(1075)

こはちでうみやすんどころ(小八条御息所)　宇多天皇の更衣．河原左大臣融の息である大納言源昇の娘貞子．重明親王の母．依子内親王を産んだ．藤原顕忠母とは姉妹の関係にある．682

こまち(小町)*　小野．六歌仙，三十六歌仙の一人として敬愛されている女流歌人．『尊卑分脈』などが伝える「小野良真(良実)」の娘とする説などは否定されるべきものである．『古今集』において贈答している男性の閲歴から見ると，830年より少し前の生れ，仁明朝の終り頃(848-851)に最も活躍したと見るべきであろう(『小野小町追跡』笠間書院刊)．その意味において，仁明天皇の更衣小野吉子をあてる説は興味深いものがある．没後まもなく多くの説話を生むが，実体はほとんどわからない．779, 1090, 1195, 1360

こまちがあね(小町姉)*　小町の「小」に「年若い方の町」という意があるとすれば，姉の存在が前提になっている．既に『古今集』にも見られる名であるが，未詳．616, 895, 1290

こまちがむまご(小町孫)　小町の結婚や出産が確認できぬので未詳．なお，慶長本には「小町があね」，堀河本には「小町がめい」とある．1267

これさだのみこ(是貞親王)　光孝天皇第二皇子．母は班子女王．寛平5年(893)頃，歌合を主催したので有名．その是貞親王家歌合は，母班子女王のもとで行われた寛平御時后宮歌合とともに，『古今集』を先導する画期的和歌行事となった．(217), (265), (323)

これただのみこ(是忠親王)　光孝天皇皇子．一度は源氏を名乗っていたが，寛平3年(891)親王となり三品．その後一品式部卿となったが，延喜20年に出家，南院と号した．同22年に没した．三十六歌仙の一人源宗于はその子．550

これのり(是則)*　坂上．生没年未詳．延喜8年(908)に大和権少掾になってから，延長2年(924)に従五位下加賀介に至るまで，少内記，大内記などを歴任したが，和歌活動はそれよりも広く，寛平5年(893)頃の寛平御時后宮歌合をはじめ，延喜7年(907)の大堰川行幸和歌や，同13年(913)の亭子院歌合にも名を連ねるなど，古今集時代の歌人を代表する人物である．後撰集撰者の一人坂上望城は，その息である．42, 54, 645, 745, 794, 1302

これひら(伊衡)　藤原．藤原敏行の息．母は従五位上多治弟梶の娘．延喜年間に蔵人となり，左近中将などを経て，承平4年(934)には正四位下参議になるというように，醍醐・朱雀両帝に近侍する立場にあった．天慶元年(938)63歳で没した．躬恒・忠岑と歌を詠み合うなど，若い時から，歌人としての活動に華々しいものがあった．48, 1368

これひらのむすめのいまき(伊衡女今君)　藤原．「いまき」は今君のこと．姉も宮仕え女房になっていたので区別したのであろう．761, 1011

これまさ(伊尹)　藤原．右大臣藤原師輔の長男．延長2年(924)に生れた．母は藤原経邦の娘盛子．『後撰集』の撰集にあたっては撰和歌所の別当を勤めるなど重要な役割を果たした．活動はすべて華美，積極的で，かかわり合った女性もきわめて多く，それらの女との贈答歌が多く残されている．それらをまとめた『一条摂政御集』は，豊蔭という卑官の人物を主人公に仕立てあげた物語的歌集であって，伊尹自身が仮託して作ったものと見てよい．天禄2年(971)には摂政太政大臣として位人臣をきわめたが，翌年大病を得て没した．49歳．718, 731

これもち(是茂)　源．源昇の息だが，光孝天皇の養子となった．従三位，中納言や民部卿に至ったが，天慶4年(941)に57歳で没した．842

これもちのむすめ(伊望女)　平．桓武平氏で，中宮大夫や皇太后宮大夫を勤め，天慶2年に59歳で没した大納言平伊望の娘．425

こわかぎみ(小若君)　惟喬親王の娘．93

さ

さいゐんのきさき(西院后)　西院は淳和天皇．その后は嵯峨皇女正子内親王．出家は承和7年(840)．元慶3年(879) 71歳にて没した．(1093)

さいくうのみこ(斎宮内親王)　宇多皇女柔子内親王．三条右大臣定方が没した承平2年(932)の斎宮は醍醐皇女雅子内親王だが，卜定はされていたものの野宮にも入っていない時であったので，このような贈答がなされたとは思えない．一年前に退下していた柔子内親王とすべきであろう．470番の詞書に見える「前斎宮のみこ」と同じ人である．柔子内親王の母は内大臣高藤の娘胤子．三条右大臣定方の妹にあたる．(470), (1109), 1110

さがてんわう(嵯峨天皇)　桓武天皇第二皇子．延暦5年(786)に誕生，大同4年(809)帝位につき，弘仁14年(823)まで在位．譲位の後は洛西嵯峨の院で自適の生活を送った．『凌雲集』『文華秀麗集』などの勅撰漢詩集の撰集を行うなど，漢風文化振興の中心人物であった．(1075), (1156)

さがのきさき(嵯峨后)　橘嘉智子．清友の娘で，檀林皇后として知られる人．嘉祥3年(850) 65歳で没した．1080, 1156

さきのさいくうのみこ(前斎宮内親王)　→さいくうのみこ(斎宮内親王)

さきのだいじやうだいじん(前太政大臣)　→もとつね(藤原基経)

さきのちゆうぐうせんじ(前中宮宣旨)　→ちゆうぐうせんじ(中宮宣旨)

さだいじん(左大臣)　→なかひら(藤原仲平)．→さねより(藤原実頼)

さだかずのみこ(貞数親王)　清和天皇の皇子．母は在原行平の娘．延喜16年(916)に33歳で没した．901

さだかた(定方)*　藤原．内大臣高藤の息．貞観15年(873)生れ，寛平4年(892)内舎人に任ぜられてから，少将・権中将などを経て，延喜9年(909)参議になった．同13年中納言・左衛門督，延長2年(924)右大臣．承平2年(932)に60歳で没している．娘が結婚している兼輔とは特に親しく，彼とともに，貫之を擁する和歌サロンの中心的存在になって

いた．(125), 125, 128, (182), 348, 700, 839, (1109), 1131, 1389, 1396, 1398

さだくに(定国)　藤原．定方の兄．定方や醍醐天皇の母胤子と同じく内大臣高藤の息．仁和3年(887)蔵人，寛平3年(891)に侍従，以後ずっと宇多天皇の側近として重要な役割を果たし，延喜2年(902)大納言となったが，同6年に40歳で没したのは惜しまれる．忠岑との話が『大和物語』125段に見える．(666)

さだふん(定文)*　平．平中と呼ばれ，色好みとして有名．『平中物語』をはじめ後代にも多くの逸話が伝わっている．桓武天皇の裔．父好風の時に平の姓を賜わった．寛平3年(891)内舎人に任じられ，延喜13年(913)侍従．従五位上左兵衛佐兼参河権介にて延長元年(923)に没した．自邸で歌合を催すなど，和歌史における活躍が目立っている．531, (553), 554, 647, 658, 695, (710), 710

さだもとのみこ(貞元親王)　清和天皇の皇子．母は藤原仲統の娘．閑院に住んでいたので閑院親王と呼ばれた．延喜9年(909)に没した．源重之はその孫．633, 931

さねあきら(信明)　源．光孝天皇の裔．古今集歌人源公忠の息．承平7年(937)蔵人に補せられたが，その後は受領が中心．若狭・備後・信濃・越後・陸奥の守を勤めた．女流歌人中務とは夫婦の関係にあった．三十六歌仙の一人に数えられている．103, (594), 595, 596, 668, (707), 708

さねき(真興)　藤原．南家藤原氏．従四位上．参議菅根の弟．『西宮記』によれば，延喜19年(919)陸奥守．『大和物語』119段によれば，任地で没したらしい．(1116)

さねただ(真忠)　藤原．冬嗣の孫にあたる右大臣恒佐の息．『尊卑分脈』は「有忠」とした後，「イ 真忠」とする．これに従えば，従四位上左馬頭．(715), 1046

さねただがいもうと(真忠妹)　藤原．上記「真忠」の妹．763

さねとし(実利)　橘．橘清友の裔．神祇伯春行の息．醍醐天皇時代の蔵人．従四位下．生没年未詳．656

さねより(実頼)　藤原．貞信公藤原忠平の長男．父と同様に太政大臣に至ったが，後撰集撰集時には左大臣．小野宮太政大臣，清慎公と呼ばれた．延長4年(926)蔵人．同8年蔵人頭．翌年参議．以後，中納言・大納言などを経て，天暦元年(947)任左大臣．康保4年(967)には関白太政大臣となったが，天禄元年(970)71歳で没した．和歌をよくし，天徳内裏歌合の判者を勤め，歌集『清慎公集』を残す．5, (135), 136, 266, 294, 788, (949), 950, (952), 953, (1110), 1198, (1200), (1281), 1287, (1289), (1373), 1386

さんでうのうだいじん(三条右大臣)　→さだかた(藤原定方)

さんでうのみやすんどころ(三条御息所)　三条右大臣と呼ばれた藤原定方の娘で醍醐天皇の女御となった能子．天皇の没後，敦実親王を通わせていたが，藤原実頼に迎えられ，妻となった．底本の勘物や『尊卑分脈』が仁善子とするのは誤り．仁善子は時平の娘で東宮保明親王の妃である．1109, (1110)

し

しげかねがむすめ(滋包女)　藤原．娘が光孝天皇の母や太政大臣藤原基経の母となった藤原総継の孫にあたる陸奥介滋包の娘だが，詳細は未詳．1101

しげみつ(重光)　源．醍醐天皇皇子代明親王の息．母は右大臣藤原定方の娘．延長元年(923)生れ．天慶5年(942)侍従．天暦7年(953)右近中将．のち正三位権大納言に至り，長徳4年(998)没．675, 793

しげもと(滋幹)　藤原．大納言藤原国経と後に時平に奪われた在原棟梁の娘の間に生れた．延長6年(928)右少将．承平元年(931)に没した．651, 781

しげもとがむすめ(滋幹女)　藤原．未詳．1331

しでうみやすんどころむすめ(四条御息所女)　行成筆本に作者名なく，坊門局筆本は「四条御息所」とする．四条御息所と呼ばれる人には左大臣実頼の娘で村上天皇女御の述子がいるが，天暦元年(947)に15歳で没しているので，娘でも本人でも時代が合わない．別人であろうが，未詳．1122

しちでうのきさき(七条后)　宇多天皇の女御温子．寛平9年(897)皇太夫人となった．関白藤原基経の娘．時平・仲平・忠平の妹で，伊勢が仕えていた人．延喜7年(907)没す．1097, 1117

しもつけ(下野)　『勅撰作者部類』は下野守源正澄の娘とするが，未詳．786

しやうきやうでんのあこき(承香殿あこき)　光

孝皇女で醍醐女御の承香殿女御源和子に仕えていた童女であろう． 426

しやうきやうでんのちゆうなごん(承香殿中納言) 同じく醍醐天皇の承香殿女御源和子に仕えていた中納言という女房．『大和物語』139段にも見える． 851

せうしやうのないし(少将内侍) 兼輔が通っていた宮廷女房だが，未詳． 944

じやうぞう(浄蔵法師) 『元亨釈書』によれば，三善清行の八男．寛平3年(891)生れ，7歳で出家したと言う．『大和物語』『拾遺集』に歌を残す． (832)

せうに(小弐) 次項の「小弐乳母」と同一人物であろう．詞書の人名と作者名表記が異なっているのである． (70), 71

せうにのめのと(小弐乳母) 『大和物語』『九条右丞相集』などで右大臣師輔と，また異本系統の『拾遺集』や『一条摂政御集』によって伊尹とも関係が深かったことがわかる．村上天皇の乳母を勤めた人と見てよかろう．天徳4年の内裏歌合にも召され，歌人としても高い評価を得ていたことがわかる．『大斎院前の御集』に見える「少弐乳母」「少弐命婦」をも同一人とすればずいぶん長く女房生活をしていたことになる． 1137

しやうほう(僧正聖宝)* 醍醐天皇の祖師．寛平6年(894)権律師，昌泰元年(898)には東大寺別当．延喜2年僧正となったが，同9年入滅．『古今集』にも歌が採られている．ただし，承保本・雲州本では1362番の作者を「僧都済高」とする． 1362

しんえん(真延法師) 未詳． (873), 1226, 1229

しんせい(真静法師)* 『古今集』556番の詞書によれば，天長2年(825)生れの安倍清行と同時代の人．本人も『古今集』に2首の歌を残す．御導師．河内の国の人だという． 1361

す

すがはらのうだいじん(菅原右大臣)・**すがはらのおほいまうちぎみ**(菅原大臣) →みちざね(菅原道真)

すぐる(俊) 源．嵯峨源氏．従四位下右大弁唱の息．従四位上近江守．娘が右大臣師輔の息忠君や有名な源満仲の妻(頼光母)となっていることからも知られるように社会的地位は高かったようである． 672

すけおみ(輔臣) 藤原．底本は「輔臣」とするが，『尊卑分脈』などに該当者は見当らない．顕昭や『勅撰作者部類』は「輔仁」とし，藤原玄上の息の従五位下輔仁のこととするが，五位では「朝臣」がつかない．1148番の詞書に「すけむと」とあるので，「すけもと(扶幹)」の誤りとみたい． 1149

すけのぶがはは(助信母) 藤原．参議源等の娘．藤原敦忠の妻となり，助信を産んだ． (105)

すけふみ(輔文) 藤原．『尊卑分脈』などに該当者は見当らない．底本に「一本 輔臣」とあるが，堀河本・雲州本は「すけもと」，中院本・亀山天皇筆本は「すけむと」とあるので，「すけもと(扶幹)」の誤りとみたい． 607

すけむと(扶幹) 「无」の草体は「む」とも「も」とも読むので，「すけもと(扶幹)」のことにした． (1148)

すけもと(扶幹) 藤原．冬嗣の弟福当麿の裔．左大弁，従三位按察使大納言．天慶元年(938)に没した． 47

すざくゐん(朱雀院) 醍醐天皇の第十一皇子．母は基経の娘穏子．延長元年(928)誕生．同8年即位．天慶9年(946)弟の村上天皇に譲位．天暦6年(952)出家．同年8月，30歳で没した． 6, (166), (1137), (1383)

すざくゐんのひやうぶきやうのみこ(朱雀院兵部卿親王) →あつもとのみこ(敦固親王)

するが(駿河) 宮廷女房であろうが，出自などは未詳． 509, 1308

せ

せかゐのきみ(清和院君) 詞書によれば宇多天皇の寵を得たが，のち衰えたという．『勅撰作者部類』は是忠親王の娘とするが，根拠未詳． 1197

せみまろ(蟬丸) 『今昔物語集』などに数々の伝承が伝わるが，実像は未詳．歌によって逢坂の関に住んでいたことだけはわかる． 1089

せんじ(宣旨) →ちゆうぐうせんじ(中宮宣旨)

せんだい(先帝) →だいごてんわう(醍醐天皇)

ぜんばう(前坊) →やすあきらのみこ(保明親王)

ぜんゆう(善祐法師) 『扶桑略記』によれば，寛平8年(896)9月22日，陽成上皇母の二条后が東光寺の善祐法師と密通して后の位を廃され，善祐は伊豆の講師として配流されたとある． (1319)

そ

ぞうき(増基法師)　『大和物語』によれば，宇多天皇当時の殿上僧を勤めた比叡山の法師．なお『後拾遺集』以下の勅撰集に見える「いほぬし」の作者増基法師とは別人であろう．453

ぞうだいじやうだいじん(贈太政大臣)　→ときひら(藤原時平)

そせい(素性法師)*　僧正遍昭が在俗時に儲けた息．『古今集』に多くのすぐれた歌を残している．六歌仙時代と古今集撰者時代をつなぐ重要な役割を果たした．宇多天皇の信認篤く，宮滝行幸に活躍したことは有名．生没年未詳だが，嘉祥3年(850)の遍昭の出家以前に生れ，醍醐朝に入った900年代初めに没したことは確か．　28, 50, 393, 1092, 1093, 1144, 1367

そで(袖)　女の童の通称であろうが，未詳．(762)

た

だいごてんわう(醍醐天皇)　宇多天皇の第一皇子．諱は敦仁．母は内大臣藤原高藤の娘胤子．仁和元年(885)誕生．寛平5年(893)9歳で立太子．同9年13歳で即位，以後33年の長きにわたって帝位にあった．延喜5年(905)に『古今集』の撰集を宣下したことは有名．また女御更衣との贈答をまとめた『延喜御集』も残っている．延長8年(930)46歳で没した．(277), 278, 641, 653, (1389), (1396)

たいしやうのみやすんどころ(大将御息所)　底本勘物は，三条右大臣の娘で醍醐天皇女御の藤原能子とする．別掲の三条御息所と同じ人ということになるが，朱雀院の桜を懐かしく思う女性でなければならないことと，朱雀天皇の天慶5年(942)に始めて昇殿した延光の年齢と経歴を考えれば，天慶元年(938)改元とともに右大将となった実頼の娘であるゆえに大将御息所と呼ばれていた朱雀天皇の女御藤原慶子とするほかないのである．天暦5年(951)に没した．61

だいぜうだいじん(太政大臣)　→ただひら(藤原忠平)

たいふ(大輔)*　嵯峨天皇の孫宮内卿源弼の娘．『大和物語』や『大鏡』によれば保明親王の乳母子であったらしい．魅力ある女性だったらしく，実頼・師輔・朝忠・橘敏仲などに愛された．『古今集』にも1首採られている．(266), (281), 282, 284, (587), 611, (879), 883, (884), 885, 889, (890), (950), 951, (1113), 1113, 1138, (1145), 1146, 1200, 1203, (1205), 1205, 1338, (1406), 1407, 1421

たいふのご(大輔御)　未詳．前項の大輔と同人の可能性もある．552

たかあきら(高明)　源．醍醐皇子．母は源唱の娘の更衣周子．藤原師輔の三女愛宮を妻としていた．延喜14年(914)の生れ．天慶2年(939)参議となった後，天暦元年(947)権中納言，翌年中納言となる．その後，大納言・右大臣・左大臣となったが，安和2年(969)には帝位を窺ったとして大宰府に左遷された．天禄3年(972)許されて帰京，天元5年(982)に没した．(954)

たかかぜ(高風)　宮道．『勅撰作者部類』によれば，五位右京亮．天慶3年(940)に至る．72

たかつね(高経)　藤原．権中納言藤原長良の息．二条后の兄にあたる．正四位下右兵衛督．寛平5年(893)没．169

たかつのみこ(高津内親王)　桓武天皇皇女．嵯峨天皇の妃となったが，後に廃される．その理由は不明．承和8年(841)に没した．1155

たかとほ(高遠)　平．未詳．(1334)

たかとほがめ(高遠妻)　平．未詳．(1334), 1334

ただあきら(正明)　源．光孝天皇皇子是忠親王の子．寛平5年(893)生れ．天暦5年(951)参議．従四位上．天徳2年(958)66歳で没した．(1069)

ただくに(忠国)　藤原．『勅撰作者部類』は伊予介連永の息とするが，『尊卑分脈』では連永の息は安国・成国だけで，連永の兄連煎の息に陸奥守従五位上忠国がいる．681, 1281

ただひら(忠平)　藤原．関白太政大臣基経の四男．兄時平の没後，次兄仲平を越えて昇進．氏の長者，太政大臣，摂政関白となった．性格も和歌もゆったりとして人々から尊敬されていた．天暦3年(949)70歳で没した．203, (1086), 1087, (1102), 1370, (1378), 1378, 1380, 1387, 1401

ただふさ(忠房)*　藤原．延喜21年(921)の京極御息所歌合の中心となるなど，宇多上皇出家後もその周辺で活躍した歌人．延喜20年

(920)大和守，延長3年(925)従四位上山城守．同5年右京大夫．和歌のみならず楽舞にも長じた風流人．同6年没． 367, 454, 601, 606, 873, 874, 880, (1105)

ただみ(忠見)　壬生．忠岑の子．生没年未詳だが，天暦8年(954)御厨子所定外膳部，天徳2年(958)摂津大目というように官位は低かったが，天徳内裏歌合に出詠するなど歌人としては認められていた． 1095

ただみね(忠岑)*　壬生．藤原定国の随身をはじめ，左近衛番長や右衛門府生などの六衛府の下官を歴任しているように，官位は低かったが，寛平5年(893)以前に行われた寛平御時后宮歌合や是貞親王家歌合に出詠，その頃から既に歌人として認められ，延喜5年(905)には，初めての勅撰和歌集である『古今集』の撰者に抜擢されるという名誉に浴している．その和歌は古今集撰者中，最も余情があると言えよう．生没年未詳． (80), 170, 265, 309, 387, 602, 661, 741, 1036, 1105, 1178

ただゆき(忠行)*　藤原．近江守有貞の長男．仁和3年(887)土佐掾，昌泰3年(900)遠江守，延喜6年(906)若狭守となる．『古今集』にも採られている． 432

たのむ(頼)　源．未詳．ただし，伝えられるように源順の兄弟だとすれば，少納言左馬少允挙の息． 765

たのむがむすめ(頼女)　源．前記源頼の娘．未詳． 547

たまぶちがむすめ(玉淵女)　朝綱の妹．なお，『尊卑分脈』によれば，光孝天皇4代の裔の長門守源清邦の母を丹波守大江玉淵の娘とする． 1103

ためよ(為世)　藤原．忠行の甥．忠相の息．従五位下右兵衛大尉． 917

ち

ちかぬ(千兼)　藤原．宇多天皇の側近歌人忠房の息．琵琶の名手としても知られていた． 642, (1182)

ちかぬがむすめ(千兼女)　藤原．前記千兼の娘．母は『大和物語』で活躍する俊子か． 440

ちさと(千里)*　大江．参議音人の息．元慶7年(883)備中大掾，その後，延喜3年(903)には兵部大丞．歌人としては，寛平5年(893)以前に行われた是貞親王家歌合や寛平御時后宮歌合に既に歌を召されている．『古今集』には10首採られた．漢詩句を和歌にして宇多天皇に献じた『句題和歌』は有名． 222, (871), (872), 1115

ちふる(千古)　大江．参議音人の息．千里の弟．従四位，式部大輔，加賀守，伊予権守．生年は未詳だが，延長2年(924)に没した．醍醐天皇の侍読を勤めるなど，累代の漢学をもって活躍したが，和歌にも棄てがたいものがある． (454), 455, 678

ちゆうぐうせんじ(中宮宣旨)　宇多天皇の中宮温子の宣旨を勤めた女房であろう．1127番の詞書によれば温子の兄である時平の愛を受けた時期があったらしい． 288, (1127), 1127

ちゆうじやうのかうい(中将更衣)　醍醐天皇の更衣．参議藤原伊衡の娘．『延喜御集』に見える． 640

ちゆうじやうのないし(中将内侍)　未詳．955番の詞書によれば小野好古の正妻であったらしい． (955), 956

つ

つねあきらのみこ(常明親王)　醍醐天皇皇子．母は承香殿女御和子．延喜8年(908)親王となり，天慶7年(944)39歳で没した． (1104)

つねかげ(恒蔭)　坂上．底本の勘物は「常景」の字をあてるが，『外記補任』の言う「恒蔭」であろう．大学少允を経て外記の職を歴任したが，長門守となった．延喜時代の人． 843

つらき(列樹)*　春道．主税頭新名の息．延喜10年(910)文章生になってから，漢学の知識を必要とするポストを歴任していたが，延喜20年(920)に没した． 79, 549

つらゆき(貫之)*　紀．紀望行の子．土佐守を勤めたのは有名．その後，天慶3年(940)玄蕃頭，天慶8年(945)木工権頭．従五位上．その翌年に没したかと言われている．『古今集』『後撰集』『拾遺集』ともに最も多くの歌が詠まれている和歌の巨匠である．後撰集撰者の時文はその息． 45, 46, 80, 82, 88, 98, 107, 119, 127, 130, 135, 139, 140, 143, 146, (146)左, 168, 211, 249, 254–261, 271, 272, 298, 301, 306, 307, 316, 328, 337, 342, 343, 356, 357, 384, 385, 386, 391, 392, 405, 414, 420, 434, 441, 471, 473, 508, 631, 638, 644, 646, 649, 660, 687, 704, 719, 730, 743, 862, 865, 1176, (1186), 1189, 1220, 1221, (1224), 1224, 1271, 1289, 1304, 1349, 1355, 1363, 1371, 1373, 1385, 1411, 1425

つらゆきがめ(貫之妻)　紀．前項紀貫之の妻．未詳．(1224)

つりどののみこ(釣殿内親王)　光孝天皇皇女で，陽成天皇の女御となった．母は班子女王．是忠親王•是貞親王•宇多天皇の同母妹．延長3年(925)に没した．(776)

て

ていじのゐん(亭子院)　→うだのゐん(宇多院)

ていじのゐんのいまあこ(亭子院今あこ)　宇多上皇の御所である亭子院に仕えて「今あこ」と呼ばれていた童女．「今」は「新しい方の」「若い方の」の意．「あこ」は「かわいい児」の意．1140

てんぢてんわう(天智天皇)　父は舒明天皇，母は皇極天皇．中大兄皇子として有名．近江に都したので近江の帝とも呼ばれた．推古天皇22年(614)に誕生，天智10年(671)に没した．302番は本来は作者不明の古歌だが，平安時代の天皇の祖先として敬愛される中で，その作として伝承されるようになったのであろう．302

と

とほおきがむすめ(遠興女)　小野．734

とほる(融)*　源．嵯峨皇子．弘仁13年(822)の生れ．貞観14年(872)に左大臣，鴨川の河原に広壮な屋敷を構え，多くの文人歌人を集めて風雅の限りを尽くした．河原左大臣として有名．寛平7年(895)に没した．56, 1081

ときひら(時平)*　藤原．太政大臣基経の長男として，貞観13年(871)に生れた．昌泰2年(899)左大臣となり，右大臣道真を斥け藤原北家中心の摂関政治体制を確立したが，延喜9年(909) 39歳で没した．のちに太政大臣の位を贈られ，本集でも「贈太政大臣」と呼ばれている．和歌は伊勢との贈答が有名．(81), 545, (710), 752, 755, 759, 808, 821, 830, 902, 933, 1067, 1077, (1127), 1128, (1129), 1273, 1340, (1387)

ときふる(時雨)　藤原．『尊卑分脈』によれば，従五位下，備後守．その他は未詳．1074

ときもち(時望)　平．桓武天皇4代の裔．中納言，右大将惟範の長男．修理大夫を長く勤めた上に蔵人頭を兼ねるなど重要なポストにあったが，延長8年(930)右大弁，修理大夫のままで参議，承平7年(937)任中納言，同8年，62歳で没した．大変な実務派官僚が恋愛の歌を伝えているのがおもしろい．615, (1391)

ときもちがめ(時望妻)　平．前掲，平時望の妻．1391

とさ(土左)　履歴は全く不明だが，延喜9年(909)に没した貞元親王，延長元年(923)に没した平定文と贈答しているので，宇多朝から醍醐朝初期に活躍した女房であろう．553, 683, 749, (931), 932, 1174, 1246, 1247

としこ(俊子)　『大和物語』で大活躍している女性．藤原千兼と結婚し子供も多くあった．『拾遺集』に「承香殿の俊子」とあるのは，醍醐天皇の女御源和子に仕えていたことを示すものであろう．919, 1182

としなか(敏仲)　橘．中納言橘公頼の息．従五位下伊賀守．610, 612

としはる(利春)　在原．未詳．業平の息滋春の縁者か．(1422)

としゆき(敏行)*　藤原．陸奥出羽按察使従四位下富士麿の息．貞観8年(866)少内記になってから，図書頭，春宮大進，蔵人頭などを経て，従四位上右兵衛督に至る．業平時代と貫之時代をつなぐ『古今集』前夜の重要な歌人．昌泰4年(901)の没だが，生年は未詳．1, 110, 795, 1126

ととのふ(整)　源．天暦5年(951)に没した参議等の息．従五位上摂津守．427, 1022, (1023)

とものり(友則)*　紀．宮内少輔有友の息．寛平元年(889)少内記，延喜4年(904)大内記となったが，間もなく没したものと思われる．官位は低いが，貫之ら古今集歌人を主導した重要人物である．11, 241, 372, 382, (432), 433, 603, 798, 799, (1077), 1078

とものりがむすめ(友則女)　紀．前項紀友則の娘．詳細は未詳．(1331)

な

ないしのかみ(尚侍)　太政大臣藤原忠平の娘貴子．延喜18年(918)皇太子保明親王に入るが，その死によって重明親王と再婚．御匣殿別当を勤めた後，天慶元年(938)尚侍となる．応和2年(962) 59歳で没した．なお，御匣殿別当を勤めたことによって左大臣仲平の娘明子(あきらけいこ)と混同することが多いが，貴子は，本集では御匣殿別当と呼ばれることはない．(203), (1392), 1393

ないしのすけあきらけいこ(典侍明子)　→あきらけいこ(藤原明子)

ないしのすけよるか(典侍因香)　→よるか(典侍藤原因香)

ないしのすけたいらけいこ(典侍平子)　未詳だが，949番の詞書によれば，左大臣実頼と関係があったらしい．　949

なほもと(直幹)　橘．「ただもと」と読んだ可能性も高いが，弟の忠基と区別すべく「なほもと」と読んでみた．『古今集』に歌を残している長門守長盛の息．漢学者として有名．式部大輔・東宮学士などを勤め，天徳内裏詩合で活躍．大和守など国司にも任じられ，康保4年(967)56歳で没した．　1306

ながあきらのみこのははのかうい(長明親王母更衣)　長明親王，兼明親王，英子内親王などを産んだ醍醐天皇更衣．名は淑姫．参議藤原菅根の娘，天暦3年(949)に没した．(653)

なかき(中興)*　平．従四位下右大弁平季長の長男．昌泰元年(898)蔵人となってから，文章生，少内記，大内記など漢学者系官僚のポストを勤めた後，讃岐守・近江守などの国守を歴任．延喜19年(919)に正五位下左衛門権佐となって京官に戻った．1079番の詞書はこの間の事情を語っている．　722, 1079

なかきがむすめ(中興女)　平．前項「なかき(平中興)」の娘．『後撰集』と『大和物語』によって，親が帝にも奉ろうと思うほどの美貌であったこと，浄蔵法師との恋に落ちたほか，元良親王や源巨城などと深い交渉があったことが知られる．　803, 832, 841

なかただ(中正)　源．文徳源氏．右大臣能有の孫，大蔵大輔当平息．従五位上筑前守となる．227, 604, 785

なかつかさ(中務)　中務卿，のちに式部卿になった宇多皇子敦慶親王と閨秀歌人伊勢との間に生れた娘．延喜12年(912)頃の生れ，永祚元年(989)以降，81歳以上で没した．三十六歌仙の一人に数えられる歌才を持っていた上に，夫と目される信明のほか，実頼・元良親王・常明親王など多くの貴公子に執心されるほどの美貌であったらしい．(82), 83, 594, 707, 846, 952, 1086, 1104

なかのぶ(仲宣)　源．光孝天皇孫．延喜8年(908)に没した大納言貞恒の息．承平6年(936)に従四位下となり，のち正四位上右兵衛督．　133

なかひら(仲平)*　藤原．太政大臣基経の二男．枇杷殿に住んでいたので，枇杷左大臣と呼ばれた．貞観17年(875)に生れ，天慶8年(945)71歳で没した．兄の時平や弟の忠平に比べると昇進は遅かったが，承平7年(937)には左大臣となった．『伊勢集』冒頭に伝えられる伊勢との恋愛は有名．　349, 458, 617, 756, 797, (961), (1110), 1132, (1182), 1183, (1187), (1409)

なかまろ(仲麿)*　安倍．安倍船守の息．遣唐留学生として17歳で渡唐．玄宗皇帝の寵を受けて活躍，李白・王維など一流詩人ともつきあっていたが，天平勝宝年中(749–757)帰国しようとして果たさず，かの地で没した．故郷を思って詠んだという『古今集』の羇旅歌「あまの原ふりさけ見れば…」は有名．(1355)

なりくに(成国)　藤原．紀伊守総継の孫で伊予介連永の息．『紀略』によれば，天暦元年(947)右衛門権佐であったが，訴状によって勘を受ける．天暦8年(954)没．　845

なりひら(業平)*　在原．平城天皇皇子阿保親王の五男．在原氏で権中将に至ったので，在五中将と呼ばれた．母は桓武天皇皇女伊都内親王．天長2年(825)に生れ，元慶4年(880)56歳で没した．恵まれた容姿をもって漁色風流に走ったとされているが，そのイメージの大半は彼自身が成立にかかわったと思われる『伊勢物語』によって生み出されたものである．なお，891・967番は業平の作となっているが，実は，藤原仲平の歌．「なかひら」というメモが「なりひら」と誤写されたのであろう．　224, 252, 628, 891, 967, 1083, 1125, 1231, 1244, 1352

なんゐんのしきぶきやうのみこのむすめ(南院式部卿親王女)　底本の勘物は清和天皇皇子貞保親王の娘とするが，『皇胤紹運録』や『尊卑分脈』は光孝天皇皇子是忠親王の娘をあてる．後者とすれば源宗于の妹．　1054

に

にししでうのさいくう(西四条斎宮)　醍醐皇女雅子内親王．延喜10年(910)の生れ．承平元年(931)朱雀天皇の斎宮に卜定されたが，5年後の承平6年(936)母の死によって退下．のち，右大臣師輔の妻となって高光・為光らを産む．天暦8年(954)没．(927), (1338),

(1384)

にししでうのみこ(西四条内親王)　→にししでうのさいくう(西四条斎宮)

にでうのきさき(二条后)*　清和天皇の女御藤原高子．長良の娘．承和 9 年(842)の生れ，延喜 10 年(910) 3 月没．陽成天皇の母であったので，皇太夫人・皇太后になったが，寛平 8 年(896)僧善祐と密通したということで廃后．ただし天慶 6 年(943)に本位に復した．(1)

にんけう(僧都仁教)　権大僧都．但馬守藤原数守の息という．天暦 3 年(949)没．　1377

にんなのみかど(仁和帝)　→くわうかうてんわう(光孝天皇)

の

のちかげ(後蔭)*　藤原．中納言有穂息．宇多天皇の時に蔵人，醍醐朝には左兵衛佐，右近少将，さらに蔵人などを勤め，延喜 19 年(919)従四位下備前権守．　748

のぶみつ(延光)　源．醍醐皇子代明親王の息．重光の弟．延長元年(923)の生れ，天慶 5 年(942)昇殿，同 9 年従四位下．天暦 2 年(948)侍従，康保 3 年(966)参議，のち権大納言春宮大夫となったが，長徳 4 年(998)没．　(5), (61)

のぼる(昇)　源．源融の息．寛平 2 年(890)侍従を兼任，同 5 年蔵人頭，さらに 7 年参議，延喜 8 年(908)中納言，同 14 年大納言となり，同 18 年 71 歳で没した．小八条御息所や藤原顕忠母の父．　(225), 1236

のりあきらのみこ(章明親王)　醍醐皇子，母は中納言兼輔娘の更衣．正暦元年(990)に 67 歳で没した．　(1371)

のりよし(則善)　大窪．『勅撰作者部類』は五位勘解由次官というが，未詳．　1314

は

はせを(長谷雄)　紀．弾正忠貞範の息．承和 12 年(845)の生れ．貞観 18 年(876)文章生となってから，図書頭・文章博士・大学頭・式部大輔・左大弁など典型的な儒臣コースをたどっていたが，醍醐天皇の侍読を勤めたこともあって，延喜 2 年(902)参議となり，同 10 年には権中納言，翌年中納言に至り紀納言と呼ばれた．そんな人物が本集には白熱した恋歌 3 首を残しているのはおもしろい．延喜 12 年(912) 68 歳で没した．　39, 620, 758, 789

はるかた　→はるまさ(治方)

はるかみがむすめ(玄上女)　藤原．宇多・醍醐朝の宮廷で活躍した参議従三位藤原玄上(856–933)の娘．前坊保明親王の傍に侍し寵を受けた一人であったらしい．　1406, 1408, 1420

はるまさ(治方)　藤原．武蔵守経邦の息で少納言．上総・遠江・摂津守を勤めた．また 104 番の二荒山本詞書によれば右京大夫を勤めたこともあるらしい．忠房と公平女とのやりとりがあるのだから延喜末年から延長に活躍したと見られる．　(104), 669, (1105)

ひ

ひがきのおうな(檜垣嫗)　筑紫に住んでいながら色好みの美人として都の人にも知られていた女性．常に老い衰えた嫗としてとらえられ，その老女を見つけた人も，本集では藤原興範，『大和物語』では小野好古というように，人物も時代も異なり，当時既に説話化されつつあったことが知られる．　1219

ひであきら(英明)　源．宇多皇子斎世親王の長男．母は菅原道真の娘．従四位上左近中将で蔵人頭を勤める．天慶 3 年(940)に没した．　916

ひとし(等)　源．嵯峨源氏．　中納言希の息．右大弁，勘解由長官などを経て，天暦元年(947)参議．同 5 年 3 月 72 歳で没した．その娘が藤原敦忠と結婚して助信の母となった．　577, 619, 654, (1284), 1284

ひとしきこのみこ(均子内親王)　宇多天皇と七条后温子の間に生れた女一の宮．七条后のサロンで活躍し異母兄の敦慶親王と結婚したが，延喜 10 年(910) 21 歳で没した．　1298

ひやうゑ(兵衛)　→かねもちのむすめ(藤原兼茂女)

びはのさだいじん(枇杷左大臣)　→なかひら(藤原仲平)

ふ

ふかやぶ(深養父)*　清原．撰者清原元輔の祖父，清少納言の曾祖父．宇多・醍醐朝に活躍し，兼輔・貫之らとも近い位置にあった．延喜 8 年(908)内匠允，官位は恵まれず，延長元年(923)内蔵大允に至ったというが，孫の元輔の年齢から考えて最晩年のことであろう．92, (167), 317, 322, 332, 896

ふゆつぐ(冬嗣)　藤原．藤原北家摂関時代の基盤を作った人．忠仁公良房や五条后順子の父．正二位左大臣に至り閑院左大臣と呼ばれた．本集の歌はその私生活を伝えるものとして貴重．　16, 729, 1181, 1400

へ

へんぜう(僧正遍昭)*　遍照とも書く．大納言良岑安世の息．良岑宗貞として仁明天皇に近侍し蔵人頭に至ったが，嘉祥3年(850) 36歳の時，天皇の没にあって出家．慈覚大師円仁から菩薩戒を受け，仁和元年(885)には僧正となり，光孝天皇から七十の賀を賜わった．寛平2年(890) 76歳で没した．素性法師は在俗時に儲けた息．本集所収の遍昭の歌はすべて僧正にふさわしい内容の歌である．　49, 123, (1195), 1196, 1238, 1240

ほ

ほふわう(法皇)　→うだのゐん(宇多院)

ほんゐんのうきやう(本院右京)　本院左大臣と呼ばれた藤原時平か，その娘で本院御息所と呼ばれたと思われる保明親王妃仁善子の，いずれかに仕えていた女房であろうが，未詳．ただし右京大夫治方(はるまさ)の娘とする可能性は高い．　609

ほんゐんのくら(本院蔵)　続く2人と同じく本院に仕えていた女房であろうが，未詳．　928

ほんゐんのじじゆう(本院侍従)　保明親王の妃で本院の女御と呼ばれていたと思われる本院左大臣時平の娘仁善子に仕えていたのであろうが，天慶8年(945)仁善子が没しその喪を終えてから中宮安子のもとに出仕し，さらにのち斎宮女御徽子に仕えたと見てよい．安子に仕えていた頃，その兄の伊尹・兼通や朝忠に熱烈に懸想された様子が『本院侍従集』『一条摂政御集』『朝忠集』にうかがえる．天徳内裏歌合に歌を召されるほどの歌人であった．　709

ほんゐんのひやうゑ(本院兵衛)　これも同じく本院に仕えていた女房であろうが，未詳．　738

ま

まこと(信)　源．嵯峨天皇皇子として大同4年(809)に生れる．天長8年(831)参議となり，以後，数々の要職を歴任して大納言春宮傅，春宮が即位して清和天皇となるや左大臣になって太政大臣良房を助ける．貞観10年(868) 59歳で没．北辺左大臣と呼ばれた．　1257

まさただ(雅正)　藤原．中納言兼輔の息．従五位下，周防守・豊前守などを勤める．貫之とはきわめて昵懇．紫式部の祖父．　43, 137, 138, 212, 325, 395, (1113), 1114

まちじりのきみ(町尻君)　後に関白藤原道兼が伝領した町尻殿に縁のある女であろうが，当時の居住者は未詳．なお『万代集』秋下には，延長6年(928) 8月に大后穏子に仕えていた町尻の御の歌が伝えられている．同一人物の可能性が高い．　(764)

まれよ(希世)　平．仁明天皇皇子本康親王の孫だが，生没年未詳．右少将，内蔵頭を勤め，右中弁，従四位上に至る．　844

み

みかど(帝)　→むらかみてんわう(村上天皇)

みくしげどの(御匣殿)　→みくしげどののべつたう(御匣殿別当)

みくしげどののべつたう(御匣殿別当)　藤原明子．左大臣藤原仲平の娘．権中納言敦忠の妻となり，佐時・佐理を産むが，天慶6年(943)敦忠が没した後，御匣殿別当として出仕，貞元元年(976) 70歳の頃までその任にあったらしい．太政大臣忠平の娘で御匣殿別当・尚侍となった貴子をあてるのが通説だが，誤り．(506), (882), (959), (961)

みちかぜ(道風)　小野．小野峰守の孫で，筑前守・備前守などを勤めた葛弦の息．正四位下，内蔵権頭に至り，康保3年(966) 73歳で没した．三蹟の一人に数えられるほどの能書．267, 879, (883), 887, 888, 957

みちざね(道真)*　菅原．貞観4年(862) 18歳で文章生に補せられてから民部少輔・式部少輔を経て文章博士に進む儒臣コースにいたが，仁和2年(886)の讃岐守の後，寛平3年(891)蔵人頭兼左中弁となり，同5年には参議で式部大輔・左大弁，さらに春宮亮を兼ねた．同7年には中納言，さらに大納言を経て昌泰2年(899)には遂に右大臣となったが，左大臣時平の許さざるところとなって，大宰の員外の帥として左遷，翌々年任地において没した．のち，その祟りを怖れ，延喜23年(923)右大臣正二位を追贈されたが，なおも怖れて正暦4年(993)贈左大臣正一位，さらに菅贈太政

大臣の称を奉り，北野の宮に奉祀した．従って本集の作者名表記は「菅原右大臣」だが，『拾遺集』では「贈太政大臣菅」となっているのである． 57, (1024), 1356, 1357

みつね(躬恒)* 凡河内．生没年未詳だが，寛平5年(893)以前に行われた寛平御時后宮歌合や是貞親王家歌合には，既に有力歌人と認められて歌を召されているので当時30歳ぐらいと見てよかろう．翌年甲斐少目に任じられ，以後丹波権大目，和泉権掾，淡路権掾など下級地方官を歴任．しかし，その間，権門に依頼されて屏風歌応制歌などを数多く作った．延長年間(923–931)まで活躍した模様．2, 9, 13, 19, 41, 44, 59, 96, 132, 145, 247, 344, 365, 442, 724, 744, 1084, 1085, 1100, 1107, 1186, 1194

みねを(岑雄)* 上野．生没年未詳だが，『古今集』には寛平3年(891)太政大臣基経の死にあたって詠んだ哀傷歌が見られるから，光孝・宇多朝の人であろう． 1249

みやのないし(宮内侍) 兼輔が懸想していた内親王に仕えていた内侍か．未詳． (429)

みる 下仕えの童女の名． (1099)

む

むかしのしやうきやうでんのあこき(昔の承香殿あこき) →しやうきやうでんのあこき(承香殿あこき)

むさし(武蔵) 陽成院の寵を得ていた女房．伝未詳． (463), 1169

むすめのにようご(娘女御) →さんでうのみやすんどころ(三条御息所)

むねおき(宗興) 中原．『勅撰作者部類』は六位と伝えるが，未詳． (1354), 1354

むねもち(棟用) 藤原．藤原治方(はるまさ)の弟にあたる伊賀守保方の息丹波守棟用であろう．(888)

むねやな(棟梁)* 在原．業平の長男．『古今集』巻頭歌人在原元方の父．藤原敦忠母やおほつぶねなど美人で有名な娘を持っていた．貞観11年(869)春宮舎人，以後，蔵人・雅楽頭・左兵衛佐・左衛門佐などを経て，寛平10年(898)筑前守，従五位上．寛平御時后宮歌合にも歌を召され歌人として認められていたことが知られる．昌泰元年(898)没． 353, 643

むねゆき(宗于)* 源．光孝皇子是忠親王の息．寛平6年(894)臣籍に下って源姓を得たが，丹波・摂津・三河・信濃・伊勢などの権守を勤め，最終は正四位下右京大夫であったらしく，『大和物語』には不遇をかこつ歌が多い．寛平御時后宮歌合に出詠，紀貫之とも贈答するなど，歌人としては認められていたらしい．三十六歌仙の一人に数えられている．天慶2年(939)に没した． 299, 379, 507

むねゆきのむすめ(宗于女) 源．「閑院大君」とか「閑院の御」と呼ばれた人があったらしいが，1325番の詞書に見える人は，そのいずれとも断じ難い． (1325)．→かんゐんのおほいぎみ(閑院大君)．→かんゐんのご(閑院御)．

むま →うま(馬)

むらかみてんわう(村上天皇) 『後撰集』成立時の天皇．醍醐天皇第十四皇子．冷泉・円融両帝の父．母は太政大臣基経の娘中宮穏子．延長4年(926)の誕生．天慶9年(946)即位．和歌にも造詣深く，特に天暦5年(951)の後撰集撰集と『万葉集』の訓読，天徳4年(960)の内裏歌合の挙行は和歌史上画期的なことであった．また『村上御集』は多くの女御・更衣との贈答をまとめたものである． (1378), 1379, (1380), 1381

むらのこのないし(むらのこの内侍) 群子，叢子などの字が考えられるが，未詳． (1287)

も

もとかた(元方)* 在原．業平の孫で，棟梁の息．『古今集』では巻頭歌をはじめ14首の歌が採用され，本集でも8首採られているのに，生没年や閲歴はまったくわからない． 109, 368, 381, 650, 701, 740, 750, 1033

もとすけ(元輔) 藤原．右大臣藤原顕忠の息．延喜16年(916)の誕生．天慶6年(943)蔵人，同8年侍従．のち，少将・中将を経て安和元年(968)蔵人頭．天禄3年(972)参議，治部卿となったが，天延3年(975)60歳で没した．天徳内裏歌合にも参加． 1096

もとつね(基経) 藤原．二条后や藤原国経と同じく藤原長良の息だが，叔父の太政大臣良房の養子となり，氏の長者．天安2年(858)蔵人頭となった後，参議・中納言・大納言などを歴任，遂には摂政関白太政大臣にまで至った．時平・仲平・忠平のほか，宇多天皇女御の温子や，醍醐天皇の中宮となった穏子などの子宝に恵まれ，藤原北家の摂関政治の体制を確立

し，寛平3年(891) 56歳で没した．(1125)

もとながのみこ(元長親王)　陽成皇子．母は姉子女王．二品式部卿に至る．天延4年(976) 76歳で没した．(1054), (1104)

もとひらのみこのむすめ(元平親王女)　陽成皇子弾正尹元平親王の娘．関白藤原兼通と結婚し，顕光の母となった．783

もとよし(元善)　藤原．底本の勘物や『勅撰作者部類』などは従四位上右京大夫是法の息．従四位下，宮内卿の元善とするが，1241番から見れば従四位下で丹後守・備前守を勤めた諸藤の息で，従四位下陸奥守となった元善の方がふさわしい．262, 1241

もとよしのみこ(元良親王)　陽成天皇第一皇子．母は主殿頭藤原遠長の娘．三品兵部卿に任ぜられたが，天慶6年(943) 54歳で没した．宇多皇女誨子内親王，醍醐皇女修子内親王，神祇伯藤原邦隆の娘を妻妃とするほか，京極御息所，兼茂女，中興の娘，承香殿中納言，源昇の娘などをも愛し，『元良親王集』の冒頭に「いみじき色好みにおはしければ…」と書かれるのにふさわしい行動をしていた．(102), 102, 510, 629, 679, 960, (1032), 1143, (1368)

もりただ(守正)　藤原．中納言兼輔息．生没年未詳．従五位下修理亮．なお，有名な天台座主明豪大僧正はその息．747

もりふみ(守文)　藤原．従五位下民部大輔，右馬助有声(もちな)の息．従五位下，伊賀守，大蔵大輔．天暦5年(951)没．270, 1028, 1409

もろあきら(庶明)　源．宇多源氏．広幡中納言と称された．斉世親王息．母は橘公廉の娘．延喜3年(903)生れ．侍従などを経て天慶4年(941)参議となり，天暦5年(951)従三位権中納言に至り，広幡中納言と称せられた．同9年53歳で没した．697, 698, 1056, (1111), 1112

もろうぢ(師氏)　藤原．太政大臣忠平の四男．母は右大臣源能有の娘昭子．延長7年(929)侍従となり，以後，蔵人頭，左近中将などを経て，天慶7年(944)参議，さらに右衛門督，中納言，春宮大夫，権大納言などを歴任，正三位皇太子傅となったが，天禄元年(970) 58歳で没した．(480), 764

もろざね(師実)　清原．伝未詳．712

もろすけ(師輔)　藤原．本集では右大臣と表記．邸宅の所在によって九条右大臣・坊城右大臣と呼ばれた．太政大臣忠平の二男．母は右大臣源能有の娘昭子．延長2年(924)侍従となってから，右兵衛佐，蔵人頭，右近中将などを歴任して，承平5年(935)参議となり，以後，中納言，中宮大夫，大納言，春宮大夫，右大将などを歴任，天暦元年(947)に右大臣となったが，病を得て天徳4年(960) 53歳で没した．当代村上天皇の中宮安子や本集撰集事業の責任者である一条摂政伊尹の父である点は，本集所収の数多くの女性への懸想と哀傷の歌とともに記憶すべきことであろう．281, 283, 292, 587, 753, 775, 782, 1010, 1111, (1227), 1227, (1371), 1384, 1392, 1405

もろただ(庶正)　藤原．中納言兼輔の息．左兵衛尉．天暦元年(947)没．(294)

もろのり(師範)　大春日．六位御書所預というが，未詳．166

もろまさ(師尹)　藤原．太政大臣忠平の五男．母は右大臣源能有の娘昭子．承平5年(935)侍従となってから，左兵衛佐，蔵人頭，左近中将などを歴任して，天慶8年(945)参議となり，以後，左兵衛督，中納言，春宮大夫，大納言，右大将などを歴任，康保4年(967)に右大臣，安和2年(969)に左大臣に転じたが，同年50歳で没した．人々は彼が安和の変に左大臣高明を讒言したせいだと噂したということと，娘の宣耀殿女御芳子が『古今集』を暗誦していたという逸話は有名．67, 196, (203), 735, (738)

や

やすあきらのみこ(保明親王)　延喜4年(904)立太子，文彦太子と称したが，即位することなく延喜23年(923) 21歳で没したので「前坊」と呼ぶ．醍醐天皇第二皇子，母は基経の娘中宮穏子．死去を惜しむ歌が『大和物語』や本集に見える．(1203), (1406)

やすくに(安国)　藤原．伊予介従五位下連永の息．従五位下，右衛門権佐．延長元年(923)没というが未詳．681・1281番の作者忠国は従兄弟．173

やすひで(康秀)*　文室．出自は未詳．『古今集』の序で六歌仙の一人に数えられる．『中古歌仙伝』によれば，貞観2年(860)中判事，貞観19年(877)山城大掾，元慶3年(879)縫殿助に任じられたという．二条后宮に出入りしていた．朝康はその息．1245

やまだのほふし(山田法師)　伝未詳．『古今集』

のよみ人しらず歌「あしひきの山田のそほづおのれさへ我を欲してふうれはしきこと」に仮託した架空の人物か．なお，『山田法師集』は後代のものであろう． 1299

やまと(大和) 1) 未詳だが，「院のやまと」と書かれているから，朱雀院に仕えていたのであろう．次項の大和と区別するためにこのように呼んだのであろう． (782)

2) 未詳だが，「敦慶のみこの家の大和」と書かれているように，敦慶親王方の女房であろうが，実頼に懸想されたのだから，かなりの女性であったのだろう．『大和物語』171段にも見える． (788)

やまのゐのきみ(山の井の君) 山の井殿にゆかりのある女性であろう．山の井殿は『拾芥抄』が「三条坊門北，京極西」と記する所．寛弘7年(1010)に没した山の井三位藤原永頼の別荘として有名であるが，永頼の母が三条右大臣定方の娘であることを思えば，その母から山の井殿を伝領したとも考えられ，三条右大臣定方の娘，あるいはそのゆかりの人を山の井の君に擬することも出来ようかと思うのである．定方一族の本集における活躍ぶりを見れば，あり得ることと言えよう． (1165)

ゆ

ゆいせい(惟済法師) 伝未詳． 1376

ゆきあきらのみこ(行明親王) 宇多天皇出家後に京極御息所との間に儲けた子であるので，醍醐第十二皇子とした．承平7年(937)元服し上総の大守となったが，天暦2年(948)に没した．顕忠女との間に一子を儲けた． 10, (1229), 1230

ゆきひら(行平)* 在原．平城皇子阿保親王の息．弘仁9年(818)誕生．業平の腹違いの兄．承和10年(843)侍従，その後，数々の官職を歴任して貞観12年(870)参議となり，同14年蔵人頭，さらに，大宰権帥を経て元慶6年(882)中納言．民部卿を経て，同8年正三位．仁和3年(889)4月致仕．寛平5年(893)没．娘の文子は清和天皇の更衣となり貞数親王を産んだ．在民部卿歌合を主催するなどして当時の歌人をリードしていたさまは，虚構の物語ながら『伊勢物語』に描かれている彼の姿を彷彿させる． 720, 1075, 1076, (1081), 1082

よ

やうぜいのゐん(陽成院) 清和天皇皇子．母は二条后高子．貞観10年(868)誕生，同18年(876)9歳で即位したが，元慶8年(884)17歳で退位．以後，天暦3年(949)82歳まで長寿を保ち，二度の陽成院歌合を初め幾つかの歌合を主催するなど，風流韻事を楽しんだ．子息の元良親王・元平親王(の娘)・元長親王・源清蔭が揃って本集において活躍しているのが注意される． 776, (1169)

よし(善) 源．嵯峨天皇の孫である舒の息．生没年未詳．昌泰元年(898)の宇多上皇宮滝行幸に従駕して歌を奉るなどしていたが，同4年(901)菅原道真の事件にかかわり，みずからも出雲権守として左遷された． 858, 860, 1063, 1253

よしかた(義方) 良岑．良岑安世の孫にあたる参議従四位上衆樹の息．資料によってかなりの異なりがあるが，延喜20年(920)五位蔵人．承平6年(936)右少将，天慶2年(939)従四位となり，四位の蔵人…，といったところである．天暦元年(947)没とする伝もある．『大和物語』では監の命婦との恋愛を伝えている． 160

よしき(美材)* 小野．参議篁の孫．父は大内記俊生．元慶4年(880)文章生として料を賜わり，仁和2年(886)文章得業生という儒臣コースをたどる．少内記・大内記を勤める．伊予権介・信濃権介を兼官遥任した．延喜2年(902)没と伝える． 321

よしなはがむすめ(善縄女) 春澄．春澄洽子(あまねいこ)．貞観15年(873)既に従五位上の掌侍を勤めていたが，元慶元年(877)正五位下，仁和3年(887)には従四位下となり，典侍となった．延喜2年(902)には従三位にまで至った．『貞信公記』によれば，承平元年(931)まで健在であったことが知られる． 859

よしふる(好古) 小野．「小野氏系図」とはやや異なるが，『公卿補任』によれば，参議篁の孫で，大宰大弐葛絃の二男．延喜12年(912)讃岐権掾になってから，諸官を勤め，承平元年(931)昇殿．同6年中宮権亮となり，右少将を兼ねたが，天慶3年(940)藤原純友の騒ぎにあたり追捕凶賊使として西海に派遣された．1123・1124番の贈答はこの翌年正月のことであろう．同4年従四位下で昇殿．左

中弁となったが，同 8 年から長期にわたって大宰大弐を勤め，天暦元年(947)大弐のままで漸く参議となった．康保 5 年(968) 85 歳で没した．小野氏の人にふさわしく，漢学に秀でた武人であったらしいが，和歌もよくした．(886), 955, (1123), 1124, 1332

よしふるがむすめ(好古女)　小野．『一条摂政御集』46 番の詞書に「野宰相のむすめの野内侍」とあり，また 48 番の詞書には「この御め(妻)の内侍」とあって，好古の娘が宮中に仕えて内侍になっていたことと，一条摂政伊尹の妻の扱いを受けていたことが知られるが，伊尹が四位になった天暦 9 年(955)に野内侍は既に没していたことも，『一条摂政御集』46 番によって知られる．　732

よしみつ(淑光)　紀．中納言長谷雄の三男．昌泰元年(898)文章生．治部・兵部・式部などの少丞を経て延喜 7 年(907)蔵人．刑部・中務の少輔や少弁・中弁を勤めた後，延長 5 年(927)昇殿．右大弁に任ぜられ，承平 4 年(934)参議，従四位上となる．天慶 2 年(939)71 歳で没す．延喜 21 年(921)夏，宇多上皇主催で行われた京極御息所歌合では，左の伊衡に対抗して右の読師を勤めている．　327

よるか(典侍因香)*　藤原．『古今集』によれば尼敬信の娘．貞観 13 年(871)従五位下，元慶 2 年(878)権掌侍，寛平 9 年(897)従四位下掌侍，その後，典侍となる．『古今集』によって，右大臣源能有と関係があったことが知られる．　112

わ

わたす(済)　源．1333 番は諸本とも「源のわたる」とするが，底本の勘物や『勅撰作者部類』に従って同一人物とした．等の息．整の兄．1333 番の詞書によれば，陸奥の国司にもなったようだが，最終は従五位上，淡路守であったらしい．　430, 1333

歌枕・地名索引

1) この索引は，『後撰和歌集』の和歌と詞書に見られる歌枕・地名について，その所在を歌番号によって示すとともに，簡単な解説を加えたものである．なお，和歌に含まれる歌枕・地名はそのすべてを掲げたが，詞書の地名については，極めて特殊で一般性のないものや，和歌の表現性とかかわりのないもの(たとえば，町名や殿舎名など)は省略し，それぞれの脚注に譲った．

2) 詞書に記されている地名については，歌番号に( )を付した．それ以外は歌中の地名である．

3) 配列は，すべて現代仮名遣いの五十音順によった．

4) 見出しは，まず漢字まじりの通行の表記を掲げた後，現代仮名遣いによる読みを示したが，それが歴史的仮名遣いと異なる場合は続けて歴史的仮名遣いによる表記を掲げた．掛詞などの理解に資するためである．

5) 既に『古今集』に詠まれている地名語については，見出しに＊を付した．

6) 解説は，『後撰集』の用例を中心に，平安時代中期の一般的用法について略述した．

あ 行

会津の山《あいづのやま/あひづ―》 磐梯山を中心とした福島県会津地方の山．『万葉集』では「あひづね」と詠まれているが，平安時代には「会津山」「会津の山」の形で，男女が「会う」意を掛けて詠むのが一般的であった． 1331

県の井戸《あがたのいど/―ゐど》 『枕草子』に「家は…小野の宮，紅梅，あがたの井戸」とあるように，惟喬親王の小野の宮や菅原道真の紅梅殿と並ぶ邸宅．『拾芥抄』によれば，一条の北，東洞院西角にあったらしい． (104), 104

浅間の山《あさまのやま》* 「信濃なる浅間の山」と詠まれているように長野県から群馬県に及ぶ．活火山として「燃ゆ」「煙」などの語とともに詠まれ，抑え難い恋の思いを表現することが多かったが，「浅まし」の意を掛ける場合もあった． 1308

足柄の関《あしがらのせき》 相模(神奈川県)・駿河(静岡県)両国の境をなす関．昌泰2年(899)に設けられた． (1361), 1361

飛鳥川《あすかがわ/―がは》* 「明日香川」とも書く．奈良県高市郡の南境高取山に発し，稲淵を経て飛鳥村を北流し大和川に入る川．万葉時代から和歌に詠まれることが多かったが，平安時代には『古今集』雑下の有名なよみ人しらず歌「世の中は何か常なる飛鳥川昨日の淵ぞ今日は瀬になる」を本歌として，世の無常，特に男女の愛の無常を嘆く歌として詠まれるのが一般的であった． 525, 750, 751, 752, (1013), 1013, 1067, 1232, 1258

東《あずま/あづま》* 東国．その範囲は一定しないが，今の関東地方より広く伊勢(三重県)・尾張(愛知県西部)以東を指す場合もあった． (712), (1303)

東路《あずまじ/あづまぢ》* あずまへ行く道．すなわち東海道を言う場合が一般的だが，漠然と「東国にある道」の意で群馬県の佐野にかかる「あづまぢの佐野の舟橋」の例もあった． 507, 619, 732, 1386

阿武隈川《あぶくまがわ/―がは》* 「阿武隈」と略して言う場合もあった．白河の関の北を流れ，福島から仙台の南に至って太平洋へそそぐ川．『古今集』東歌の「阿武隈に霧立ちくもりあけぬとも君をもやらじ待てばすべなし」によって霧を詠むことが多いが，「あぶくま」に「逢ふ」を掛ける場合もあった． 520, 607

淡路《あわじ/あはぢ》* 今の兵庫県淡路島．当時は一国であった． (1107)

粟田の家《あわたのいえ/―いへ》 粟田は山城の国愛宕郡粟田郷．現在の京都市東山区三条白川橋のあたりから蹴上(けあげ)に至る一画に左京区岡崎を含む地だが，藤原兼輔の別邸であった粟田の家がどこにあったかはわからない． (1107), (1280), (1411)

粟津の森《あわづのもり/あはづ―》 「粟津」は今の滋賀県大津市の膳所(ぜぜ)にある琵琶湖畔の船着場．その近くの森である．同音反復して「逢はず」に続

ける. 801

生田の浦《いくたのうら》 今の神戸市中央区三宮(さんのみや)の南の海岸.「生く」「幾」などと掛けて詠まれることが多かった. 532, 533

石山*《いしやま》 現在の滋賀県大津市の北, 石山町にある「石山寺」のこと. 観音信仰の霊地として女性の参詣も多かった. (1126)

伊豆の国《いずのくに/いづ―》 現在の静岡県三島市を中心とし, 東京都に属する伊豆諸島を含む国. 重罪人の流刑地として知られる. (1319), 1319

和泉の国*《いずみのくに/いづみ―》 摂津の国の南, 紀伊の国の北. 今の大阪府堺市以南. (111)

伊勢*《いせ》 伊勢の国のこと. 今の三重県の中心.「海人(あま)」に続く場合, 間投助詞の「を」をともなって「伊勢をの海人」となることもあった. 718, (908), 908, (1311)

伊勢の海*《いせのうみ》 伊勢湾. 漁業が盛んであるので,「海人(あま)」など釣にかかわる形で詠まれることが多く, また深いので「深き心」の比喩として詠まれることが多かった. 579, 744, 891, 892, 916, 927, 1085, 1279

伊勢の国*《いせのくに》 今の三重県の中心部. 伊勢神宮のある所, 斎宮の赴く所というイメージが中心. (944), (1327)

石上*《いそのかみ》「磯上」とも書く. 今の奈良県天理市の地名. 石上(いそのかみ)氏の拠点.『万葉集』以来, その中心をなす布留(ふる)の地に続けて「いそのかみ布留」と詠むケースが多い. 石上寺はここにあって遍昭・素性にゆかりの深い寺である. 49, (116), 368, 756, (1195)

井手*《いで》 京都府綴喜郡井手町. 京都と奈良を結ぶコースであったので早くから開けた. 木津川にそそぐ玉川にかかわる形で「かはづ」と「山吹」の名所としてよく歌に詠まれた. 606

出羽《いでわ/いでは》 出羽の国. 今の秋田県・山形県. (1333)

因幡の国*《いなばのくに》 今の鳥取県の東寄りの地.「行ったならば」の意の「往(い)なば」と掛けて詠まれることが多かった. (1310), 1310

稲日野《いなびの》『万葉集』から「稲日野」と書かれているが, マ行音がバ行音に通じたものであって,「いなみ野」(印南郡の野)が正しい. 播磨の国印南郡の野. 今の兵庫県加古川市東部の野. 鹿や女郎花とともに詠まれることもあったが,「否」を導き出す役割が最も多かった. 1009

妹背の山*《いもせのやま》「妹山」と「背山」.『万葉集』から紀伊の国にあるものとして詠まれており, 和歌山県伊都郡と那賀郡の境のあたりに紀ノ川を隔てて対峙するものとしてとらえられていた. 妹背すなわち兄と妹の恋の比喩に詠まれることが多かった. 380, 1214

入佐の山《いるさのやま》『八雲御抄』は但馬の歌枕とし, 今も兵庫県出石(いずし)郡出石町の此隅山のこととする説があるが定かではない. 379

岩瀬の森《いわせのもり/いはせ―》『万葉集』以来の歌枕. 大和の斑鳩(いかるが)の竜田川の東の森を想定する説が有力.「言は(ず)」を言い出すための役割を果たす場合が多かった. 1033

岩瀬山《いわせやま/いはせ―》 上記「岩瀬の森」の近くか. やはり「言は(ず)」の意を含む場合が多かった. 557

宇治*《うじ/うぢ》 今の京都府宇治市. 京都から奈良へ至る道の途中に位置する交通の要衝であったため, 宇治橋・宇治の渡りは特に有名. 中心は宇治川. 1005, (1136)

宇治川《うじがわ/うぢがは》 琵琶湖から瀬田川をへて宇治を通り淀川に流れ込む川. 鮎の一種である氷魚(ひお)や氷魚を捕るための設備である網代(あじろ)などとともによく詠まれた. 1136

宇治殿《うじどの/うぢ―》 藤原道長・頼通父子の別荘であった平等院の元の名だが, 後撰集時代は誰の所有であったかわからない. (1359), 1359

宇治山*《うじやま/うぢ―》 京都府宇治市の南東にある山. 標高 416 m. 現在は喜撰山と呼ばれている. 440

太秦《うずまさ/うづまさ》 今の京都市右京区太秦. 広隆寺のあたり. (68), (266), (879)

宇多の院《うだのいん/―ゐん》 今の京都市中京区西ノ京宇多小路, 花園大学の近くにあった宇多上皇の御所. (10), (1034)

宇陀の野《うだのの》 伊賀の国に接する大和の国宇陀郡の野. 吉野に通ずる位置にあった. 1034

浦の初島《うらのはつしま》 本書の底本などの定家本では742番の歌に「津の国の…」とあるが, 非定家本系の堀河本や『古今六帖』では「紀の国の…」とあるのが正しいようである. 現に和歌山県有田市の JR 紀勢本線に初島という駅がある. 742

逢坂《おうさか/あふ―》「相坂」とも書く.「逢坂の関」のことを言う場合が多い. (367), 723, 905, 982, 1038, 1126

逢坂の関*《おうさかのせき/あふ―》 山城と近江, 今の京都府

と滋賀県の境にある逢坂山に置かれた関所．東国へ旅する人は皆通った．男女が「逢ふ」ための関所の意で用いられることが多い．また祓(はらえ)のための木綿(ゆう)をつけた「ゆふつけどり(木綿付け鶏)」を詠んだり，関所にある清水を詠むことがよくあった．516, 731, 732, 786, 802, 859, 981, 983, 984, (1089), 1089, 1303

逢坂山*《おうさかやま/あふー》 前項と同じく男女が「逢ふ」意をこめて詠む場合が多かった．622, 700, 1074

近江*《おうみ/あふみ》 近江の国．今の滋賀県．東国へ赴く時には必ず通る要衝であったため「近江路」と詠まれることが多かったが，「あふみ」と書くので，男女が「逢ふ身」の意をこめて詠むことが特に多かった．772, (801), 843, 858, 859, 875, (1126)

近江路《おうみじ/あふみち》 東国へ行くために通る近江の道だが，男が女に逢うために通る道の意で詠まれることもあった．785

近江の海《おうみのうみ/あふー》 琵琶湖のことだが，「逢ふ身」の意をこめて詠まれることもあった．972

大荒木の森《おおあらきのもり/おほー》 『万葉集』の場合は，地名をあてる場合も，奈良県五條市にあった今井(荒木)神社の森を指すといわれるが，本来は「大荒城」「大殯」と書き，本葬までの間，死体を仮に置いて風化させる場所を言う普通名詞であったので，特定の地を想定する必要はない．しかし平安時代後期になると，京都市伏見区の与杼(よど)神社の森をあてる説も強くなっていた．いずれにしても，古くなり，固くなって，馬も喜ばなくなった森の下草に年老いて用いられない自分を喩えるために詠まれるものとなった．1178, 1186

大井*《おおい/おほゐ》 「大堰」とも書く．「大堰川」の略．(1231)

大堰川*《おおいがわ/おほゐがは》 「大井川」とも書く．桂川の部分名．堰関を多く設けていた嵐山・松尾あたりを言う．都の貴族の遊覧の地というイメージが強かった．1231

大島*《おおしま/おほー》 大きな島の意であるので，全国所々にあってよいが，次項の「大島の鳴門」の「大島」とおなじとすると，周防の国(山口県)の大島であろう．829

大島の鳴門*《おおしまのなると/おほー》 『万葉集』巻15の歌に見える周防の国(山口県)の大島であろう．593

大原*《おおはら/おほー》 京都には，三千院や寂光院で有名な八瀬の北の大原(左京区)と，西京区の小塩山の麓の大原野神社がある大原が知られているが，これは後者である．1373

小倉山*《おぐらやま/をぐらー》 京都市右京区嵯峨にある小高い山．定家が『小倉百人一首』を選んだ所という伝によっても知られる．平安中期以降は，大堰川の対岸にある嵐山とともに貴族の行楽の地．特に紅葉の名所として有名になったが，春の桜もよく詠まれている．また，「をぐらし(小暗し)」の意を持たせて詠まれることも，『後撰集』の2例のように多かった．196, 501, 1231

小塩の山*《おしおのやま/をしほー》 京都市西京区大原野町にあるが，山麓の大原野神社とのかかわりで詠まれるのが普通．大原野神社は藤原氏の氏神である奈良の春日大社を勧請したもので，藤原氏関係の慶賀の場でよく詠まれた．1373

音羽山*《おとわやま/おとはー》 京都市山科区．今も新幹線のトンネルが下を通っているが，当時もここを通って逢坂の関に出た．「音」の縁で「音に聞く」と詠まれたり，「ほととぎすの声」が詠まれたりした．158, 251, 1261

小野*《おの/をの》 本来は，山に近くて小さく，しかし手入れの行き届いている野の謂の普通名詞であるので，全国各地にあるが，『後撰集』1416番の詞書にいう敦忠の小野の山荘は比叡山の西坂本にあったことが知られるので，愛宕郡の小野，すなわち，今の京都市左京区の上高野から八瀬にかけての地であったと思われる．(1416)

姨捨山*《おばすてやま/をばー》 今の長野県更埴市にある冠着山(かむりきやま)のことと言う．妻に強いられて伯母を姨捨山へ棄てに行った男が，後に月を見て，「我が心なぐさめかねつ更級やをばすて山に照る月を見て」と詠み，堪えきれなくなって連れ戻しに行ったという姨捨説話は有名で，『大和物語』156段などに見えるが，この話は「姨捨山」という地名によって付会されたものである．しかし，『古今集』の題しらず・よみ人しらず歌である「我が心慰めかねつ…」は単独でも有名で，『後撰集』の2首をはじめ，多くの歌が「月」をテーマにして詠まれる淵源になっているのである．542, 675

小初瀬の山《おはつせのやま/をー》 「初瀬の山」に接頭語の「を」がついているだけで，奈良県桜井市初瀬町の周りの山．花や霞など春の景が詠まれ

ることが多かった. 1242

か 行

甲斐*《かい/かひ》 今の山梨県. 昔は東海道であった. (1344), 1344

帰山*《かえるやま/かへる―》 越路の歌枕として「帰る」の意を掛けて詠まれた. 延喜式に見える鹿蒜駅の近くの山. 福井県南条郡今庄町から敦賀市杉津(すいづ)に掛けての山かという. 1335

鏡山*《かがみやま》 滋賀県蒲生郡竜王町と野洲郡野洲町の間にある山. 鏡の縁で,「影」「曇りなき」「明し」「見ゆ」などと詠まれることが多かった. (393), 393, 405, 843

笠取山*《かさとりやま》 京都府宇治市の東部, 滋賀県との境にある山. 紅葉の名所として知られるとともに,「笠」「傘」の縁で「雨」などが詠まれることも多かった. 1325, 1326

春日*《かすが》 今の奈良市の東方, 奈良公園の一帯. 中心をなす春日大社の意で用いられることも多かった. (715), (1181)

春日野*《かすがの》 今の奈良市の東方, 奈良公園一帯の野. 春の日を象徴する地名であるので, 若菜摘みなどを中心に新春の到来を詠む歌が多かったが,『古今集』18 番によって「飛火の野守」を詠むこともあった. 8, 13, 15, 663

春日山*《かすがやま》 春日大社の背後にある三笠山・春日山などの総称. 藤原氏の山というイメージとともに, その表記から春の到来を感知する山という把握もあった. 2

葛城*《かずらき/かづらき》 奈良県御所(ごせ)市と北葛城郡にあたる. 北西に連なる金剛山に至る葛城山の意でも用いられたが, 特に「くめぢの橋」に続けて詠まれることが多かった. 391, 774, 985, 986

交野《かたの》 河内の国交野郡. 今の大阪府枚方市・交野市にあたる. 桓武天皇以来, 王侯貴族の遊猟の地となり, 枚方市には今も禁野(きんや)という地名が残る. 917

神垣山《かみがきやま》 後代には大和の歌枕となるが, 本来は神域にある山という意の普通名詞. 457

神無備山*《かみなびやま》 大和の歌枕とされ, 奈良県生駒郡斑鳩(いかるが)町の山などがあてられているが, 本来は神が降りて宿る山の意. 187

神無備の森《かむなびのもり》 「な」は連体格助詞で「の」の意.「び」は「べ(辺)」かといわれるので,「神のいます森」の意の普通名詞だが, 次第に大和の古い森をイメージするようになった. 451

賀茂川*《かもがわ/―がは》 京都市の上賀茂神社の西を流れ, 下鴨神社の南で高野川と合流するので, ここから南を「鴨川」と書くことが多い. 禊(みそぎ)・祓(はらえ)をする所としてよく歌に詠まれた. 215

賀茂の河原《かものかわら/―かはら》 賀茂川の河原. 1129

賀茂の社*《かものやしろ》 京都市北区の上賀茂神社(賀茂別雷《かものわけいかずち》神社)と左京区下鴨神社(賀茂御祖《かものみおや》神社)のこと. 本来は賀茂氏の氏神であったが, 王城鎮護の神として皇室の神としての扱いを受け, 伊勢の斎宮に準じて未婚の皇女が斎院として奉仕した. (1131), 1131

辛崎《からさき》 滋賀県大津市, 日吉大社の下の琵琶湖に突き出た崎.『万葉集』以来歌に詠まれて有名. 1099

北野《きたの》 当初は京洛北郊の野をかなり広く言い, 紫野から嵯峨に及ぶ広い範囲について言われていたが, 次第に今の上京区北野天満宮のあたりに限定されていった. 皇室・貴族の遊猟の地. (1132)

北山*《きたやま》 京都の北方の山をかなり広く言う. 具体的には左京区岩倉のあたりから, 北区鷹峰, 衣笠山に至る広い範囲の山並み. (1301)

紀伊の国*《きのくに》 今の和歌山県にあたる. 1223

京*《きょう/きやう》 都. 今の京都市のこと. 地方と対比する型で詞書中で用いられた. (116), (626), (1193), (1254), (1255), (1303), (1310), (1361), (1362), (1365)

久米路の橋《くめじのはし/くめぢ―》 「葛城(かずらき)や久米路の橋」と詠まれる場合が多い. 役行者(えんのぎょうじゃ)が葛城一言主神(かずらきのひとことぬしのかみ)に命じて, 大和の葛城山(かずらきやま)から吉野の金峰山(きんぷせん)へ橋を架けようとしたが, 神は容貌の醜いのを恥じて夜間だけしか働かなかったので, 途中で絶えてしまったという伝承にもとづき,「中(仲)が絶える」を導き出す役割を果たしていた. 774, 985, 986

暗部山*《くらぶやま》 通説では鞍馬山の古名と言うが, 確かではない.「暗し」「比ぶ」などを言い出す役割を果たす. 271, 867

鞍馬山《くらまやま》 京都市左京区鞍馬本町. 鞍馬寺がある.「暗い」というイメージを表わす歌枕として用いられた. (832), 832, (1140), 1140

越*《こし》 越の国. 具体的には, 越前(福井県)・越中(富山県)・越後(新潟県)にまたがる地.

(356), (1318), (1335), 1335, 1336

越路《こしじ/こしぢ》　越の国へ向い，越の国を通る道．1063

越の白嶺《こしのしらね》　越前(福井県)と美濃(岐阜県)にまたがる白山(はくさん)を越路の方から眺めた呼称．499

小余綾の磯*《こゆるぎのいそ》　神奈川県小田原市の国府津から大磯にかけての磯という．「越ゆ」を掛けたり，「磯」を「急ぎ」に続けたりする．724, 1049

こりずまの浦《こりずまのうら》　地名ではないが，「須磨の浦」に掛けて「懲りず」ということを言う役割を果たす．　800, 865

衣の関《ころものせき》　『後撰集』では「衣が二人の間の隔てになる」という意で詠まれていて，「関」は比喩に過ぎないため，衣の関の実在性を確かめ得ないが，『能因歌枕』をはじめ多くの歌枕書が陸奥の歌枕としているのは，岩手県平泉町の衣川(ころもがわ)の関を想定してのことであろう．　1160

さ　行

嵯峨の山《さがのやま》　京都市右京区嵯峨にある山を呼ぶ場合もあるが，『後撰集』の例は，嵯峨天皇のことを言ったもので，地名ではない．1075

相模《さがみ》　相模の国．今の神奈川県の大部分．(1361)

桜川《さくらがわ/―がは》　『五代集歌枕』『和歌初学抄』『八雲御抄』のほか，世阿弥作の謡曲「桜川」など，常陸の国の歌枕とするが，はっきりしない．　(107), 107

佐野の船橋《さののふなばし》　今の群馬県高崎市下佐野あたりの烏川に舟を並べてその上に架けた橋．『万葉集』にも既に詠まれている．　619

さび江《さびえ》　難波(なにわ)にあったらしいが，どこにあったのか，またどのような漢字をあてるべきか未詳．　(1105), 1105

佐保川《さほがわ/―がは》　奈良市の東に位置する春日山に発し，平城京の中を通って初瀬川と合流し大和川となる．奈良市内を流れる代表的な川．446, (1181), 1181

佐保山*《さほやま》　平城京の北東に位置する丘陵．紅葉の名所としても知られる．　366, 444

小夜の中山《さやのなかやま》　静岡県掛川市の日坂と小笠郡菊川の間にある坂道．東海道の険路として知られていた．「なかなかに」を導き出す序の役割を果たすことが多い．　507

志賀《しが》　琵琶湖の南西部一帯を指す．滋賀県滋賀郡，大津市をも含む．また，当時崇敬を集めた大津市内にある志賀寺(崇福寺)を言う場合もある．　1099, (1135), (1233), 1233

信濃《しなの》　今の長野県．　(1308), 1308

信夫の里《しのぶのさと》　岩代の国信夫郡．今の福島市のあたり．　1331

下野《しもつけ》　国名．今の栃木県．　(1307)

白河《しらかわ/―かは》　1) 京の白河．京都の東郊．粟田口の北，鴨川と東山の間．藤原良房が作り，子孫に伝領した白河殿を中心として貴族の別荘が多い所であった．　(1086), 1086
2) 筑紫の白河．阿蘇山に発し，熊本を流れて有明海にそそぐ川．　(1219), 1219

白河の滝《しらかわのたき/しらかは―》　「白河 1)」の上流の滝．1086, 1087

白山*《しらやま》　加賀(石川県)・飛騨・美濃(共に岐阜県)・越前(福井県)にまたがるが，和歌に詠まれる場合は「越(こし)の白嶺(しらね)」として越路の側から，雪の名所として詠まれるのが常であった．古来修験道の聖地として知られるが，和歌にその影響はない．　470, 482, 1063, (1353), 1353．→越の白嶺《こしのしらね》

すゑの松山*《すゑのまつやま》　「すゑ」は「末」の字をあてることが多いが，未詳．また，所在についても，宮城県多賀城市の末松山陶国寺などを後代にはあてるが，信じられない．なお，「松山」という形で詠まれることも多かった．『古今集』東歌「君をおきてあだし心を我が持たばすゑの松山浪も越えなん」を本歌として，「君をおきてあだし心を持つ」の意を表わす歌枕として頻用された．　683

菅原《すがわら/―はら》　「菅原や伏見」と続けることが多かった．菅原氏の本貫．大和の国生駒郡菅原．現在の奈良市菅原町よりもかなり広い範囲に及んでいた．『古今集』雑下の「いざここに我が世はへなん菅原や伏見の里の荒れまくもをし」によって，「荒る」を導く役割を担っている場合が多かった．　1024, 1242

鈴鹿山《すずかやま》　伊勢の国(三重県)鈴鹿郡の西にある山の総称．京都から近江(滋賀県)・伊賀(三重県北西部)まわりで伊勢に入る場合は，この鈴鹿の関を通るので有名になった．「鈴」の縁で，「鳴る」「降る」などの掛詞などとともに詠まれた．　718, 1040, 1041

須磨の浦*《すまのうら》　神戸市須磨区の海岸．『後撰

集』の2例は「こりずまのうら」という形で詠んでいる. 800, 865

住の江*《すみのえ》 大阪市南部から堺市にかけての海岸. 今は埋め立てられて跡かたもないが, 本来は住吉神社の松林なども含まれていた.『万葉集』では「住吉」と書いて「すみのえ」と読み, 郷の名であったが, 後には「住の江」という表記が多くなることでもわかるように,「すみよしの江」(住吉の海岸)という理解になった. 111, 638, 653, 672, 819, 1022

住吉*《すみよし》 難波(なにわ)の南. 旧西成郡. 現在の大阪市西成区・住吉区・住之江区から堺市に至る海岸よりの地. 当初海の神として知られ, 後には歌の神として仰がれた住吉神社で有名. 和歌では, その「松」や「岸」, そしてそれらに寄せる「浪」がよく詠まれたが, 男が女のもとに「住みよし」という意をこめて詠まれることも多かった. 561, 597, 599, 661, 818, 1096, 1210

駿河《するが》 駿河の国. 今の静岡県東部. 565

関*《せき》 逢坂の関のことを言う場合が多かった. 785, 801. →逢返の関《おうさかのせき》

関寺《せきでら》 逢坂の関の近くにあった寺だが, その所在や遺跡は必ずしも明らかでない. (1126)

関山*《せきやま》 関所のある逢坂山のこと. 875

芹川《せりかわ/―かは》 本来は京都市伏見区鳥羽(とば)を流れていた川のことだが,『後撰集』雑一の「嵯峨の山みゆき絶えにし芹川の…」の「嵯峨の山」を右京区嵯峨の地に比定したために, 江戸時代には「芹川」も嵯峨に付会されていた. (1075), 1075

染川《そめがわ/―がは》 現在の福岡県太宰府市を流れる川. 1046, 1047

た 行

たかがた 播磨の国(兵庫県中西部)の海岸であったらしいが, 未詳. (1193), 1193

高砂*《たかさご》 本来は土砂が盛り上がって出来た小高い所を言う普通名詞. 地名としては, 播磨の国の加古川の河口に出来た砂土で盛り上がった所の謂で, 今の兵庫県高砂市のあたりを言う. 既に『古今集』の仮名序に住吉と併称されて「松」が名物として詠まれるようになっているから, 地名としての歴史も古い. 50, 167, 652, 834, (864), 864, (1056), 1056, 1057

武隈の松《たけくまのまつ》 宮城県岩沼市. 陸奥の国府のあたりにあった松. (1241), 1241

田子の浦*《たごのうら》 現在は静岡県富士市の富士川の河口東側の海岸をいうが, 往時は庵原郡の富士川と興津川にはさまれたあたりの海岸を言っていたらしい. 富士山の眺望のよい所. 630

立野《たちの》 『和名抄』の言う武蔵の国の都筑郡立野郷. 今の横浜市緑区とする説, 港北区とする説, 東京都町田市とする説があるが, 未詳. 朝廷に献ずる馬を飼う牧場として有名. 367

竜田川*《たつたがわ/―がは》 奈良県生駒郡を流れる川. 上流は生駒川. 下流は大和川となる. 紅葉の名所として有名. 413, 414, 416, 1033

竜田山《たつたやま》 奈良県生駒郡の生駒山地の南端. 河内への交通の要路. また紅葉の名所として知られていた. 359, 376, 377, (382), 382, 383, 385, 386, 389

玉津島*《たまつしま》 和歌山市和歌浦にあった島. 今は地続きになっている妹背山のことと言う. 玉津島明神は後に和歌の神として尊ばれる. 768

戯島《たわれしま/たはれ―》 熊本県宇土市. 有明海に臨む住吉神社北西の沖にある小島.「戯(たわ)れ」の意と掛けて詠むのが普通. 1120, (1351), 1351

筑紫*《つくし》 今の福岡県の大半の地を言うが, 九州全体を指して言うこともある.「尽くし」の意を掛けることが多い. 1046, 1047, (1103), 1103, (1219), (1332)

筑波嶺*《つくばね》 茨城県新治・筑波・真壁の3郡にまたがる山. 筑波山に同じ.「心を付く」「心を尽くす」と掛けて詠むことが多い. 776, 1150

筑波山《つくばやま》 「筑波嶺」に同じ.「思ひを付く」「心を付く」と掛けて詠むことが多い. 674, 686

摂津の国*《つのくに》 大阪市と大阪府の淀川より東から兵庫県の東寄り, 神戸市須磨区, 三田市に及ぶ地. 554, 742, 769, 1201, (1244)

敦賀《つるが》 今の福井県敦賀市. 1335

都留の郡《つるのこおり/―こほり》 今の山梨県都留市. 長寿のシンボルである鶴の意をこめて詠まれることが多かった. 1344

遠江《とおとうみ/とほたふみ》 遠江の国. 静岡県の西部にあたる. 琵琶湖のある近江に対して, 浜名湖をもって「遠つ近江」としたゆえの称. (1350)

土左《とさ》 高知県にあたる. 紀貫之の任地として

知られる. (1355), (1363), (1411)

飛火野*《とぶひの》 奈良市春日山の麓の野. 和銅5年(712)に煙を立てて変事を通報するための烽(とぶひ)が設けられたので, その名がついた. 663

な 行

長浜*《ながはま》 伊勢の国の歌枕. 今の三重県員弁(いなべ)郡の海岸か.「長く」の意をこめて詠まれた. 945

長柄《ながら》 摂津の国の歌枕. 長柄橋東側の一帯. 1201

長柄の橋*《ながらのはし》 現在はJRの大阪駅と新大阪駅との間の淀川鉄橋のすぐ東に架かる橋を言うが, 当時もそこから遠くない所に架かっていたと思われる. 淀川の増水によってよく損壊し流出したので,『古今集』の仮名序には, 損壊した「長柄の橋も(今は)つくるなり」と書かれたほどである. 1117, 1118

長等の山《ながらのやま》 近江の歌枕. 滋賀県大津市三井寺の背後にある山.「…ながら」の意を掛けることが多い. 1135, 1233

名草の浜《なぐさのはま》 紀伊の国海草郡. 今の和歌山市南部の海岸. 635, 1223

勿来の関《なこそのせき》 今の福島県いわき市, JR常磐線勿来駅の南の丘陵. 古来関所があったので有名.「な来(こ)そ」の意をこめて詠まれることが多かった. 682

難波*《なにわ/なには》 摂津の中心であるため「津の国の難波」という形で多く詠まれた. 今の大阪市. 淀川の河口に開けた土地であるため,「浦」「葦」「澪標(みおつくし)」などとともに詠まれることが多かった. また「なには」に「名には」を掛けることもあった. (553),553,769,887,941, 943, 960, 1022, 1064, 1201

難波潟*《なにわがた/なには—》 難波の潟. 625, 1103, 1170

難波津*《なにわづ/なにはづ》 難波の湊. 1244

奈良*《なら》 今の奈良市. 古い都である平城京の名残りの地であるので,「ふるさと(昔馴染みの里)の奈良」という形で詠まれることが多かった. 560, 1113, 1403

奈良思の山《ならしのやま》 大和の国の歌枕であり, 斑鳩(いかるが)町竜田とする説の他にも説は多いが, 詳細は未詳.「馴らし」と掛けることが多かった. 53

双の池《ならびのいけ》 『続日本後紀』承和14年(847) 10月20日条によれば, 京都市右京区御室(おむろ)にある双岡(ならびがおか)の下にある池. 855

鳴門《なると》 潮の音が高く鳴る水門. 徳島県の阿波の鳴門か, 山口県の大島の鳴門か定めがたい. 651

仁和寺《にんなじ/にんわ—》 京都市右京区御室の仁和寺. 光孝天皇の勅願によって建立. 宇多法皇が出家後に入った. (1119)

野中の清水《のなかのしみず/—しみづ》 野の中の清水という普通名詞とも考えられるが, 平安時代末期には今の神戸市西区岩岡町野中をあてるようになっていた. 784, 813

は 行

羽束師の森《はつかしのもり・はづかし—》 京都市伏見区羽束師志水町の羽束師神社の森であろう.「はづかし」と掛けて詠まれる. 664

初瀬*《はつせ》 「泊瀬」とも書いた. 今の奈良県桜井市初瀬町. その中心に位置する長谷寺は観音信仰の霊場として有名. (1181), (1358)

初瀬川*《はつせがわ/—がは》 初瀬を流れる川. (1350), 1350

花山*《はなやま》 京都市山科区北花山. 僧正遍昭が創建した元慶寺で有名. (50)

柞山《ははそやま》 柞(ははそ)が生えている山.「柞の紅葉」はよく歌に詠まれた. 1289

播磨《はりま》 播磨の国. 今の兵庫県の西南部. (1193)

日暮の山《ひぐらしのやま》 地名であろうが, 所在未詳. (1357), 1357

富士*《ふじ》 「富士の嶺(ね)」「富士の山」などと詠まれた. 駿河の国. 静岡県と山梨県の境にある山. 活火山であったので,「燃ゆ」「煙」などとともに詠まれることが多かった. 565, 647, 648, 1014, 1015, 1308

伏見*《ふしみ》 奈良市の菅原伏見と京都市伏見区の伏見があったが, 和歌の詠み方に不満が残る. 1024, (1242), 1242, (1297), 1297

双子山《ふたごやま》 群馬県前橋市の東にある山. 今は古墳として知られる. 1307

両村山《ふたむらやま》 愛知県豊明市の近く. 712, 713

布留*《ふる》 「布留の山」「布留野」なども詠まれた. 奈良県天理市の地名. 僧正遍昭の母のゆかりの地. (49), 49, 368, 512

不破の関《ふわのせき/ふは—》 平安時代には既に廃止されていた. 今の関ヶ原がその跡. 1313

堀江《ほりえ》 難波の堀江. 難波王朝の時代に難波江の水を掘割に引いた水路. 今の大阪市の天

満のあたりと言う. 483, 554

ま 行

籬の島*《まがきのしま》 宮城県塩釜市の松島湾にある島と言う. 籬(垣根)があって行き難い所という意をこめて用いる. 666

松が浦島《まつがうらしま》 『五代集歌枕』『和歌初学抄』『八雲御抄』は陸奥の歌枕とするが未詳. あるいは松島のことであろうか. 1093

待乳の山《まつちのやま》 奈良県五條市と和歌山県橋本市の境にある山. 1255

松山*《まつやま》 「すゑの松山」の略. 522, 755, 759, 760, 783, 932, 1028. →すゑの松山《すゑのまつやま》

三笠山*《みかさやま》 奈良市の東方. 春日大社の後ろの山. 「御笠」「御傘」を掛けて, 傘を「さす」などの縁語関係をなすように詠まれた. また, 大君の側近く御蓋(みかさ)を守る意から近衛府大将・中将・少将のことを言った. 715, 1029, 1030, 1106

御輿岡《みこしおか/―をか》 現在地未詳. (1132), 1132

美豆の森《みずのもり/みづ―》 京都市伏見区淀美豆町から久世郡久御山(くみやま)町にかけての地. 朝廷の馬を飼う牧場があったために「駒」とともに詠まれること多く, また宇治川・木津川・桂川が合流して淀川となるあたりなので,「淀む」という語とともに詠まれることが多かった. 994, 995

陸奥*《みちのく・みちのくに》 「道の奥(の国)」の意. 和歌の場合は「みちのく」, 詞書の場合は「みちのくに」としているようである. 青森・岩手・宮城・福島の4県についての総称だが, 出羽(秋田・山形)を加えて言う場合もあった. (666), (1141), 1252, (1304), (1324), 1324, (1325), (1331)

御津*《みつ》 難波の御津. 大阪にあった政府公認の港. 887, 1244

水無瀬川《みなせがわ/―がは》 本来は水が無くて瀬だけが見える川の意の普通名詞だが, 大阪府三島郡の水無瀬を流れて淀川にそそぐ川を言う場合もある. 1218

男女の川《みなのがわ/―がは》 筑波山の女体山から流れ出て筑波川に至る川. 776

美濃の国*《みののくに》 岐阜県の南部. (1313), (1354), 1354

耳成山*《みみなしやま》 天の香具山, 畝傍山とともに大和三山と言われた. 橿原市木原町にある高さ139mの山. 1034, 1035

都*《みやこ》 地方に対して京都を言う場合に用いた語. 116, 176, 1254, 1313, 1353, 1355

宮路山《みやじやま/みやぢ―》 三河の国(愛知県西部)宝飯郡にある山. 918

宮滝《みやたき》 奈良県吉野郡吉野町にある吉野離宮跡の滝. 1237, (1356), (1367), 1367

三吉野*《みよしの》 「三(み)」は美称の接頭語だから,「吉野」と同じ. ただし,「みよしのの」が「吉野」の枕詞として用いられることも多い. 19, 117, 465, 477, 1236

三輪山*《みわやま》 奈良県桜井市三輪. 三輪山は山全体が御神体. 平安時代には,『古今集』雑下の「我が庵は三輪の山もと恋しくはとぶらひ来ませ杉立てる門(かど)」を本歌にした歌が数多く詠まれた. 624

武蔵*《むさし》 今の東京都・埼玉県と神奈川県の一部にわたる国名. (367)

武蔵野*《むさしの》 今の東京都・埼玉県と神奈川県の一部にわたる広大な野. 『古今集』雑上「紫のひともとゆゑに武蔵野の草は皆ながらあはれとぞ見る」によって紫草が詠まれることが多かった. 337, 1177

最上川*《もがみがわ/―がは》 山形県の米沢から新庄へ流れた後, 出羽丘陵を急流となって流れ, 酒田市で日本海にそそぐ. 『古今集』東歌の「最上川のぼればくだる稲舟の否にはあらずこの月ばかり」により,「この月ばかり」「否にはあらじ」を言い出す序として用いられた. 839

望月《もちづき》 信濃の国, 長野県北佐久郡望月町. 朝廷に献上する馬を産した. 1144

守山*《もるやま》 滋賀県守山市. 旧中山道の宿駅の一つ. (384), 384

唐土*《もろこし》 中国のことを言う. (1355)

や 行

八橋*《やつはし》 三河の国, 今の愛知県東部の歌枕. 『伊勢物語』と『古今集』羇旅に見える在原業平の歌で有名. 蜘蛛の手のように八方に分かれて流れる川に橋を渡したのでその名があると言う. 570

山科《やましな》 京都市山科区. 古くから天智天皇の山科陵で知られるが,『後撰集』では, 今は伏見区に属する醍醐天皇の後(のち)山科陵が詠まれている. 1389, 1390

大和*《やまと》 大和の国. 今の奈良県. (13), (49), (117), (359), (366), (512), 512, (873), (1403)

山の辺《やまのべ》 大和の国(奈良県)山辺郡. 天理市

から桜井市にかけてのあたり．（1358), 1358

吉野*《よしの》　大和の国(奈良県)吉野郡．吉野山や吉野の滝の略としても詠まれた．809

吉野川*《よしのがわ/―がは》　大台ケ原を源とし，吉野の山地を通り，和歌山県へ出て紀ノ川となる．山地を流れるので，流れが激しく早いことを特徴として詠まれた．121

吉野山*《よしのやま》　今の吉野山だけでなく，吉野川のほとりから大峰山に向けて高まる吉野山814mの尾根全体を言う．本来は人里離れた隠遁の地，また，雪に覆われた僻地というイメージで歌に詠まれたが，後に吉野山の範囲が狭まるとともに，桜の名所となった．117, 808, 1167, 1168, 1236

淀《よど》　今は京都市伏見区の地名だが，本来は宇治川•木津川•桂川が合流して川水が淀むゆえの称であり，その淀川の西岸(乙訓郡)をも含んでいた．994, 995